# Doce e Distante

# Doce e Distante

*Libba Bray*

Tradução
Sonia Coutinho

**ROCCO**
JOVENS LEITORES

Título original
THE SWEET FAR THING

Esta é uma obra de ficção. Todos os incidentes e diálogos, e todos os personagens, exceto as figuras históricas e públicas conhecidas, são produtos da imaginação da autora e não são para ser interpretadas como reais. Os incidentes, as situações, e os diálogos que aparecem relacionados às pessoas históricas ou públicas reais foram usados de forma fictícia e sem a intenção de despistar acontecimentos reais ou mudar a natureza ficcional da obra. Em todas as outras referências, qualquer semelhança com pessoas reais, vivas ou não, é mera coincidência.

Copyright © 2007 by Martha E. Bray

Primeira publicação pela Delacorte Press, um selo da
Random House Children's, uma divisão da Random House Inc.

Edição brasileira publicada mediante acordo com
Barry Goldblatt Literary LLC e Sandra Bruna Agencia Literaria S.L.
Todos os direitos reservados.

Direitos para a língua portuguesa reservados
com exclusividade para o Brasil à
EDITORA ROCCO LTDA.
Av. Presidente Wilson, 231 – 8º andar
20030-021 – Rio de Janeiro – RJ
Tel.: (21) 3525-2000 – Fax: (21) 3525-2001
rocco@rocco.com.br
www.rocco.com.br

*Printed in Brazil*/Impresso no Brasil

preparação de originais
LEONARDO VILLA-FORTE

CIP-Brasil. Catalogação na fonte.
Sindicato Nacional dos Editores de Livros, RJ.

B838d      Bray, Libba
Doce e distante / Libba Bray; tradução Sonia Coutinho.
– Rio de Janeiro: Rocco Jovens Leitores, 2012. – Primeira edição.
Tradução de: The sweet far thing
ISBN 978-85-7980-077-1
1. Magia – Literatura infantojuvenil. 2. Sobrenatural – Literatura infantojuvenil. 3. Internatos – Literatura infantojuvenil. 4. Inglaterra – Usos e costumes – Século XIX – Literatura infantojuvenil.
3. Literatura infantojuvenil americana. I. Coutinho, Sônia, 1939- . II. Título.
11-2627     CDD – 028.5     CDU – 087.5

O texto deste livro obedece às normas do
Acordo Ortográfico da Língua Portuguesa.

Para Barry e Josh, com amor

E para todos os que acreditam que a paz não é um ideal nem um castelo no ar, mas uma necessidade

A essência da não violência é o amor. Do amor e da disposição para agir com altruísmo surgem naturalmente estratégias, táticas e técnicas para uma luta não violenta. A não violência não é um dogma, é um processo.

– THICH NHAT HANH

A paz não só é melhor do que a guerra, mas é também infinitamente mais trabalhosa.

– GEORGE BERNARD SHAW

# AGRADECIMENTOS

Diz um antigo provérbio africano que é preciso uma aldeia inteira para criar uma criança. Descobri que isto, em grande parte, é verdadeiro. Mas para escrever o último volume de uma trilogia é preciso mais do que uma aldeia. Numa avaliação final, são necessários um excelente local para tomar café, muita cafeína e chocolate, Guitar Hero (com "Bark at the Moon", tocando é demais!), um dreno para baba, lenços de papel e muita, mas muita gente compreensiva, amigos, parentes, editores de texto, donos de editoras e outros escritores para assentir com a cabeça e passar o sorvete do Ben & Jerry's e, de vez em quando, alimentar nossa autoestima para nos arrancar da Noite Perpétua do Abismo do "Eu sou uma droga". (Um bom nome para banda. A autoria é minha.)

Fiz tantas revisões neste livro que me lembrei do filme *Apertem os cintos... o piloto sumiu!*: "Vejam – posso fazer um chapéu, ou um broche, ou um pterodáctilo..." Também acho que perdi muito do que restava das células do meu cérebro e, como tenho medo de me esquecer de alguém aqui, quero agradecer coletivamente a todos os que partilharam oxigênio comigo nos últimos dezoito meses. Tenho certeza de que vocês me ajudaram imensamente. É sério. Então, saudações extras aos que se seguem:

Minha editora, Santa Wendy de Loggia, que merece ter seu rosto em um "santinho", por me telefonar e dizer calmamente: "Deixe-me mostrar a você quais são as datas, em retrospecto", em vez de gritar, ao telefone: "Se você não cumprir mais um prazo final, vou enfiar sua cabeça numa lança e deixar aqui na frente do meu escritório, como advertência para outros autores!" Você é a melhor, querida.

Pam Bobowicz, também conhecida como "corda de segurança", por me deixar entrar vagarosamente em seu escritório com um tique no olho e dizer: "Ei, você tem um minuto disponível?", para só libertá-la após duas horas depois, depois de contar todos os possíveis desfechos da trama e até estar convencida de que ela guardava uma garrafa de uísque escocês, bem escondida, atrás do monitor do seu computador. Adoro você, Pam.

Meu agente/marido, que sofre há tanto tempo, Barry Goldblatt (soa tão *Chinatown*, não é? "Meu agente [*plaft!* – som de uma bofetada], meu marido [*plaft!*]), que tolerou minhas lamúrias intermináveis e enfrentou isso muito bem, além de cuidar do nosso filho, tudo com muita desenvoltura.

Beverly Horowitz – algumas vezes é preciso uma aldeia, outras vezes é preciso a melhor mãe judia na área das editoras. Grande beijo.

Chip Gibson, por arrancar meus dedos do teclado e me obrigar a comer bolo e rir das pessoas que tomam *shots* de gelatina.

Pessoal legal da Random House, que me deixou, durante três meses, me instalar lá sem convite, e que aparecia em minha casa, algumas vezes, com chocolates, como os duendes da Keebler do mundo editorial.

Holly Black, Cassandra Clare e Emily Lauer, a Santíssima Trindade do que há de mais legal, por *tudo*. Sou toda sua, senhoras. E, Holly, eu seria capaz até de parir seu filho para você, de tanto que a amo. (Já fiz parto natural e posso dizer: não é nada em comparação com o terceiro volume de uma trilogia.)

Rachel Cohn, pelas trufas de café (ainda sinto o gostinho), pelos CDs, por escrever as datas e pela companhia.

Maureen Johnson, Justine Larbalestier, Dani Bennett e Jaida Jones, por fazerem a leitura mais rápida do mundo do último esboço e oferecerem preciosas observações.

Os queridos Cecil Castellucci, Margaret Crocker e Diana Peterfreund, por sua presença graciosa, cheia de estilo e sarcástica.

Os superbibliotecários Jen Hubert e Phil Swann, pela ajuda na pesquisa e por continuarem a atender aos meus telefonemas cada vez mais desesperados.

Delia Sherman, Ellen Kushner, Jo Knowles, Tracie Vaughn Zimmer, Cynthia e Greg Letitch-Smith, Nancy Werlin, YA Writers, Tony Tallent e Chaundra Wall pelo apoio e pela inspiração.

Cheryl Levine, Susanna Schrobsdorff, Pam Carden e Lori Lebovitch, por conversarem comigo até me tirar do abismo, e simplesmente por serem maravilhosas, de maneira geral.

Meus companheiros da Kensington Publishing, por me deixarem tirar todo o tempo de folga de que eu precisava.

Os fabulosos baristas do Tea Lounge, no Brooklyn – Aimee, Alma, Amanda, Asia, Beth, Brigid, Geri, Kevin, Rachel –, por manterem constantes os níveis de cafeína e de hilaridade.

Ben Jones e Christine Kenneally, por serem tão incrivelmente divertidos e solidários, e a Gangue do Sofá – Jeff Strickland, Nicola Behrman, Matt Schwartz, Kyle Smith e Jonathan Hafner-Layton (ou será Layton-Hafner?), por contarem imediatamente uma piada, quando eu começava a parecer Jack Nicholson em *O iluminado*.

Minha mãe, Nancy Bray, pela ajuda com a poesia. Obrigada, mamãe.

Os meus leitores, que me fizeram continuar.

David Levithan, pela ótima sugestão de título. Infelizmente, o marketing achou que *Lamba meu suor* talvez não fosse exatamente o que procurávamos.

E, por último, porém não menos importante, meu maravilhoso filho, Joshua, por ser tão paciente em relação "ao livro" (insira aqui os olhos se revirando) quando o mínimo que eu poderia fazer era escrever alguma coisa sobre coelhinhos ninjas ou dragões. Da próxima vez, amorzinho. Da próxima vez.

Rosa de todas as Rosas, Rosa de todo o Mundo!
Também vieste para onde são lançadas as turvas marés
Para cima dos cais do sofrimento, e ouviste tocar
O sino que nos chama, doce e distante.
Beleza que se entristeceu com sua eternidade
Tornou-te nossa, e do mar cinzento e sombrio.
Nossos compridos navios arriam velas tecidas com pensamentos e esperam,
Pois Deus os destinou a partilharem a mesma sina,
E quando, finalmente, derrotados em Suas guerras,
Afundarem sob as mesmas brancas estrelas,
Não ouviremos mais o pequeno grito
De nossos corações tristes, que talvez não vivam nem morram.

– De *A rosa da batalha*, de W.B. Yeats

# ATO I

*Antes do amanhecer*

*Nada é mais fácil do que a autoilusão:
todo homem deseja
que aquilo em que acredita seja verdade.*

– Demóstenes

# PRÓLOGO

*1893*
LONDRES

A NOITE ESTAVA FRIA E SINISTRA E, NO MEIO DO TÂMISA, OS BARQUEIros amaldiçoavam sua má sorte. Cruzar sorrateiramente as sombras do grande rio de Londres em busca de lucro não era uma ocupação animadora, mas, de vez em quando, pagava uma refeição, e a umidade que enrijecia seus ossos e causava dores em suas costas fazia parte de tudo isso, gostassem eles ou não.

– Tá vendo alguma coisa, Archie?
– Nadinha – gritou Archie para seu amigo, Rupert. – Nunca vi uma noite tão horrorosa.

Estavam naquilo já fazia uma hora, sem nenhum resultado, a não ser uma pequena peça de roupa tirada do corpo de um marinheiro. Isto eles poderiam vender aos trapeiros que chegariam pela manhã. Mas um bolso cheio de moedas colocaria comida e cerveja em suas barrigas aquela noite mesmo, e, para barqueiros como Archie e Rupert, o aqui e agora era o que contava; esperar algo além do amanhã era de um otimismo louco, mais compatível com pessoas que não passavam sua vida vasculhando o Tâmisa em busca de mortos.

A única lanterna do barco não era lá muito útil contra o nevoeiro infernal. A escuridão assombrava as margens. Do outro lado do rio, as casas apagadas eram caveiras escuras. Os barqueiros navegavam pelas águas rasas do Tâmisa enfiando seus compridos ganchos dentro da água suja, à procura do corpo de qualquer pessoa que tivesse se deparado com o infortúnio essa noite – marinheiros ou estivadores bêbados demais para escapar do afogamento; as deploráveis vítimas de brigas de faca, ou de punguistas e assassinos; os catadores da lama, arrastados para longe por uma repentina maré forte, com seus aventais pesados, cheios de carvão recolhido, o mesmo carvão que os puxara para baixo até a morte.

O gancho de Archie bateu em algo sólido.

– Opa, mais devagar, Rupert. Achei alguma coisa.

Rupert tirou a lanterna da sua vara e fez com que ela brilhasse em cima da água, onde um cadáver boiava. Pescaram o corpo, tirando-o da água, deixaram-no cair no convés e o viraram de barriga para cima.

– Puxa – disse Rupert. – É uma senhora.

– Era – disse Archie. – Vamos ver o que tem dentro dos seus bolsos.

Os barqueiros iniciaram sua pavorosa tarefa. A dama era abonada, usava um bom vestido de seda cor de lavanda, que não devia ter sido barato. Não era o que estavam acostumados a encontrar naquelas águas.

Archie sorriu.

– Olha só!

Tirou quatro moedas do bolso do casaco da dama e mordeu cada uma.

– O que você conseguiu, Archie? Dá para comprar uma caneca de cerveja pra gente?

Archie olhou atentamente para as moedas. Não eram libras. Xelins.

– É, dá, mas não muito mais do que isso, parece – resmungou. – Tire o colar.

– Certo.

Rupert o tirou do pescoço da mulher. Era uma coisa esquisita – de metal, com a forma de um olho, tendo uma lua crescente pendurada embaixo. Na verdade, não era uma joia; ele não conseguia imaginar ninguém que quisesse aquilo.

– E o que é isso? – perguntou Archie.

Puxou para trás os dedos rígidos da mulher. Ela agarrava com força um pedaço de papel encharcado.

Rupert cutucou seu parceiro.

– O que está escrito aí?

Archie empurrou o papel para cima dele.

– Como vou saber? Não sei ler.

– Fui à escola até os oito anos – disse Rupert, tomando o papel da mão dele. – A Árvore de Todas as Almas vive.

Archie cutucou Rupert.

– E o que isso quer dizer?

Rupert sacudiu a cabeça.

– Sei lá. O que devemos fazer com isso?

– Jogue fora. Palavras não dão nenhum lucro, Rupert, meu rapaz. Tire as roupas da mulher e jogue ela pra fora do barco.

Rupert encolheu os ombros e fez como ordenado. Archie tinha razão ao dizer que não conseguiriam dinheiro nenhum com uma carta velha. Mesmo assim, era triste que as últimas palavras da falecida se perdessem com ela. Mas, raciocinou ele, se essa senhora tivesse alguém que se preocupasse um pouco com ela, não estaria flutuando de cara para baixo no Tâmisa, numa noite tempestuosa. Com um forte empurrão, o barqueiro jogou a morta no rio. Houve apenas um abalo quase imperceptível na água.

Seu corpo deslizou vagarosamente para baixo, com as mãos brancas e inchadas permanecendo na superfície por alguns segundos mais, como se procurassem alguma coisa. Os barqueiros pressionaram seus ganchos contra o fundo lamacento e zarparam com a correnteza, à caça de um tesouro que pudesse compensar o incômodo de passar uma noite no frio.

Archie deu uma última cutucada com seu gancho na cabeça da mulher, uma bênção violenta, e ela deslizou para baixo, na imundície e no lodo do poderoso Tâmisa. O rio a engoliu inteiramente, aceitando sua carne, levando seu aviso final para um túmulo tenebroso.

# CAPÍTULO UM

*Março de 1896*
ACADEMIA SPENCE PARA MOÇAS

HÁ UM CÍRCULO PARTICULAR DO INFERNO NÃO MENCIONADO NO famoso livro de Dante. É chamado Comportamento e existe nas escolas para moças por todo o império. Não sei qual é a sensação de ser atirada dentro de um lago de fogo. Tenho certeza de que não é agradável. Mas posso dizer, com toda certeza, que percorrer todo o comprimento de um salão de baile com um livro em cima da cabeça e uma tábua amarrada às costas, usando espartilho apertado e camadas de anáguas e sapatos que doem, é uma forma de tortura que até o Sr. Alighieri acharia horrenda demais para documentar em seu *Inferno*.

– Vamos manter os olhos fixos no paraíso, meninas – implora nossa diretora, a Sra. Nightwing, enquanto tentamos fazer nossa lenta marcha ao longo da pista de dança, com a cabeça bem para o alto e os braços estendidos, como bailarinas.

As laçadas da tábua esfolam os lados de meus braços. O bloco de madeira não cede e sou forçada a ficar em pé tão rígida quanto os guardas do Palácio de Buckingham. Meu pescoço dói com o esforço. Em maio debutarei, um ano antes do previsto, porque foi decidido por todas as partes envolvidas que, com quase dezessete anos, estou pronta, e que seria bom para mim frequentar a temporada social agora. Deverei usar belos trajes, comparecer a pródigas festas e dançar com belos cavalheiros – se sobreviver ao meu treinamento. No momento, este resultado me parece muito duvidoso.

A Sra. Nightwing caminha por toda a extensão do salão de baile. Suas saias rígidas farfalham sobre o piso, como se o repreendessem por se estender ali. Grita ordens o tempo inteiro, como se fosse o almirante Nelson em pessoa:

– Cabeças altas! Não sorria, Srta. Hawthorne! Expressões serenas e sombrias! Esvaziem suas mentes!

Esforço-me para manter meu rosto inexpressivo. Minha coluna vertebral dói. Meu braço esquerdo, estendido para o lado durante um período que parece horas, treme com o esforço.

– E façam uma mesura...

Como suflês que desabam, caímos até bem baixo, tentando desesperadamente não perder nosso equilíbrio. A Sra. Nightwing não dá a ordem para nos levantarmos. Minhas pernas se balançam com a exaustão. Ah, não consigo fazer isso. Eu tropeço. O livro cai da minha cabeça e vai parar no chão com uma pancada forte. Fizemos isso quatro vezes, e quatro vezes falhei, de alguma maneira. As botas da Sra. Nightwing param a centímetros da minha posição desacreditada.

– Srta. Doyle, permita-me lembrar-lhe que isto é a corte e você está fazendo uma mesura para seu soberano, não se apresentando no Folies Bergère.

– Sim, Srta. Nightwing – digo, encabulada.

Não há esperanças. Jamais farei uma mesura sem cair. Ficarei espichada nos cintilantes pisos do Palácio de Buckingham como uma mancha vergonhosa, em vez de uma moça, com meu nariz repousando em cima da bota da rainha. Serei o assunto das fofocas da temporada social, sussurradas por trás de leques abertos. Não há dúvida de que todos os homens me evitarão como se eu fosse uma epidemia de tifo.

– Srta. Temple, quer fazer o favor de demonstrar para nós como se faz corretamente uma mesura?

Sem demora, Cecily Temple, A-Que-Não-Erra-Nunca, abaixa-se até o chão num longo, lento e gracioso arco que parece desafiar a gravidade. É uma coisa bela. Sinto uma inveja terrível.

– Obrigada, Srta. Temple.

*Sim, obrigada, sua monstrinha diabólica. Desejo que você se case com um homem que coma alho em todas as refeições.*

– Agora, vamos... – A Sra. Nightwing é interrompida por pancadas altas. Ela fecha os olhos com força, como se quisesse proteger-se do ruído.

– Sra. Nightwing – geme Elizabeth. – Como podemos manter a concentração em nossos exercícios com um barulho tão terrível vindo da Ala Leste?

A Sra. Nightwing não está com disposição para ouvir nossas queixas. Ela respira fundo e coloca as mãos na cintura, a cabeça bem levantada.

– Vamos continuar, sim, como a própria Inglaterra. Se ela pôde suportar Cromwell, a Guerra das Duas Rosas e os franceses, com certeza vocês podem esquecer algumas marteladas. Pensem em como a Ala Leste ficará linda quando estiver pronta. Tentaremos novamente – firmes! Todos os olhos estão fixos em vocês! Não funcionará correr furtivamente para Sua Majestade como um tímido camundongo de igreja.

Muitas vezes imagino a que tipo de colocação a Sra. Nightwing poderia candidatar-se se não estivesse nos torturando atualmente como diretora da Academia Spence para Moças. "Prezados senhores", assim poderia começar sua carta de candidata a um emprego. "Escrevo-lhes para indagar sobre o anúncio que puseram para o cargo de Detonadora de Balões. Tenho um alfinete de chapéu que fará qualquer balão explodir na mesma hora e provocará o choro de criancinhas em toda parte. Meus ex-patrões atestarão o fato de que raramente sorrio, nunca dou uma só gargalhada e que posso tirar a alegria de qualquer sala simplesmente entrando e concedendo a todos meu senso sem par de profunda tristeza e desespero. Minhas referências quanto a este assunto são perfeitas. Se não caíram num estado de profunda melancolia apenas por lerem minha carta, por favor respondam à Sra. Nightwing (tenho um nome de batismo, mas ninguém tem licença, jamais, para usá-lo), aos cuidados da Academia Spence para Moças. Se não se derem ao trabalho de descobrir por conta própria o endereço, não estão se esforçando ao máximo da sua capacidade. Cordialmente, Sra. Nightwing."

– Srta. Doyle! Por que está com esse sorriso desagradável? Será que eu disse alguma coisa engraçada? – A repreensão da Sra. Nightwing faz minhas faces se ruborizarem. As outras meninas riem alto.

Deslizamos pelo piso, tentando, o mais que podemos, ignorar as marteladas e os gritos. Mas não é o barulho que nos perturba. O que nos deixa nervosas e excitadas é saber que há homens aqui, um andar acima de nós.

– Será que não poderíamos ver o andamento do trabalho, Sra. Nightwing? Seria realmente ótimo – sugere Felicity Worthington, com uma doçura que chega à beira do puro açúcar.

Só Felicity teria o atrevimento de sugerir isso. Sua audácia é incrível. Aliás, ela é uma de minhas únicas aliadas aqui na Spence.

— Vocês só atrapalharão os trabalhadores, que já estão atrasados, sem cumprir o programa – diz a Sra. Nightwing. – Levantem a cabeça, por favor! E...

Um ruído forte de pancada vem de cima. O repentino barulho nos faz pular. Até a Sra. Nightwing solta um "Meu Deus do céu!". Elizabeth, um feixe de nervos disfarçado de debutante, grita e agarra Cecily.

— Ah, Sra. Nightwing! – exclama Elizabeth.

Olhamos esperançosamente para nossa diretora.

A Sra. Nightwing dá um suspiro desaprovador.

— Está bem. Ficará tudo para depois. Vamos tomar um pouco de ar, para recuperar o rosado de nossa face.

— Podemos levar nosso papel e desenhar o progresso do trabalho na Ala Leste? – sugiro. – Será um bom registro.

A Sra. Nightwing me concede um raro sorriso.

— Uma excelente sugestão, Srta. Doyle. Está bem, então. Peguem seus papéis e lápis. Mandarei Brigid acompanhá-las. Vistam seus casacos. E sigam em frente, por favor.

Abandonamos nossas tábuas e nosso decoro, e saímos correndo para a escada, felizes com a promessa de liberdade, por mais provisória que seja.

— Não corram! – grita a Sra. Nightwing.

Quando deixamos de atender ao seu pedido, ela berra atrás de nós que somos selvagens, moças que não servem para o casamento. Acrescenta que seremos a vergonha da escola e mais alguma coisa, mas já descemos o primeiro lance de escadas e suas palavras não chegam até nós.

# Capítulo
## Dois

A LONGA EXTENSÃO DA ALA LESTE SE PROLONGA COMO O ESQUELETO de um grande pássaro de madeira. A estrutura está no lugar, mas os homens despendem a maior parte de seu esforço na restauração do torreão em ruínas que liga a Ala Leste ao resto da escola. Desde o incêndio que o destruiu, há vinte anos, não passa de uma bela ruína. Mas ressurgirá, com pedras, tijolos e argamassa, e promete ser uma torre magnífica – alta, larga e imponente – quando ficar completa.

Desde janeiro, bandos de homens têm vindo das aldeias próximas para trabalhar, no frio e na umidade, todos os dias, menos aos domingos, a fim de tornar nossa escola novamente inteira. Nós, moças, não temos permissão para chegar perto da Ala Leste durante sua reconstrução. O motivo oficial é que há muito perigo: poderíamos ser atingidas por uma viga errante ou empaladas por um prego enferrujado. As várias maneiras pelas quais poderíamos chegar a um fim terrível foram tão completamente detalhadas pela Sra. Nightwing que toda batida de martelo deixa as mais nervosas de nós tão sobressaltadas quanto gatos num saco.

Mas a verdade é que ela não quer que cheguemos perto dos homens. Suas ordens foram claras quanto a essa questão: não deveremos, absolutamente, falar com os trabalhadores e eles não deverão falar conosco. É mantida uma cuidadosa distância. Os operários armaram suas tendas a um quilômetro da escola. Estão sob o olhar vigilante do Sr. Miller, o capataz deles, enquanto não ficamos nunca sem uma acompanhante. Foram tomados todos os cuidados para nos manter separados. Isto é, precisamente, o que nos impele a ir atrás deles.

Com nossos casacos abotoados até em cima, para nos proteger do frio de março, ainda intenso, caminhamos depressa pelo bosque atrás da Spence, junto com nossa governanta, Brigid, que vem respirando forte, por causa do esforço para acompanhar nossa marcha. Não é gentil de nossa parte caminhar mais depressa do que o necessário, mas é a única maneira de conseguirmos alguns momentos de privacidade. Quando subimos o morro correndo e garantimos um lugar com uma vista abrangente da construção, Brigid já ficou bem para trás, proporcionando-nos um tempo precioso.

Felicity estende uma das mãos.

– Os binóculos, por favor, Martha.

Martha tira os binóculos do bolso de seu casaco e eles são passados de uma garota a outra, até chegar às mãos de Felicity, que estão à espera. Ela espia através deles.

– Muito impressionante, de fato – diz Felicity, com um tom de satisfação em sua voz.

Na verdade, não creio que ela se refira à Ala Leste. De onde estamos sentadas, posso ver seis homens muito bem formados, com as mangas arregaçadas, levantando e colocando no lugar uma viga gigantesca. Tenho certeza de que, se eu tivesse os binóculos, poderia ver o contorno de cada músculo deles.

– Ah, deixe-me ver, Fee – geme Cecily.

Ela estende a mão para pegar os binóculos, mas Felicity se afasta.

– Espere sua vez!

Cecily faz um muxoxo.

– Brigid estará aqui num instante. Não terei *uma vez*!

Felicity abaixa rapidamente os binóculos e estende a mão para pegar seu bloco de desenho.

– Não olhe agora, mas acho que chamamos a atenção de um dos homens.

Elizabeth levanta-se com um pulo, esticando o pescoço de um lado para outro.

– De qual? De qual deles?

Felicity pisa em cima dos pés de Elizabeth e ela recua.

– Ai! Por que você fez isso?

– Eu disse para não olhar agora – silva Felicity, por entre dentes cerrados. – É importante dar a impressão de que não notamos a atenção deles.

– Ahhh – diz Elizabeth, como quem entende.

– Aquele lá na ponta, da camisa com os horríveis remendos vermelhos – diz Felicity, fingindo interesse em seu desenho.

Sua frieza é um talento que eu desejaria ter. Em vez disso, procuro todos os dias no horizonte algum sinal de outro rapaz, de quem não tenho nenhuma notícia desde que o deixei em Londres, três meses atrás.

Elizabeth dá uma espiada sorrateira pelos binóculos.

– Ah, meu Deus! – diz ela, abaixando-os rapidamente. – Ele piscou para mim! Mas que ousadia! Deveria, imediatamente, dar queixa dele à Sra. Nightwing – protesta ela, mas a excitação em sua voz arquejante trai seus verdadeiros sentimentos.

– Valha-me Deus – diz Brigid, que afinal nos alcançou.

Às pressas, Felicity entrega os binóculos a Martha, que solta um gritinho e os deixa cair na grama, antes de empurrá-los para dentro do bolso de sua pelerine.

Brigid senta-se numa pedra, para recuperar o fôlego.

– Vocês são rápidas demais para sua velha Brigid. Não têm vergonha de me deixar deste jeito?

Felicity sorri, meigamente.

– Ah, sentimos muito, Brigid. Não sabíamos que você tinha ficado tão para trás. – Num sussurro, acrescenta: – Sua bruxa velha.

Brigid estreita os olhos diante de nossas risadas abafadas.

– Vejam só, o que estão aprontando? Fazem troça da sua Brigid, é isso?

– Ah, de jeito nenhum.

– Ora, assim não dá – suspira Cecily. – Como podemos desenhar a Ala Leste de tão longe? – Ela olha esperançosamente para Brigid.

– Vão desenhar daqui e nem um só centímetro mais perto, senhorita. Ouviram o que a Sra. Nightwing disse a respeito do assunto. – Brigid olha fixamente para o suporte de madeira e para os pedreiros cortando pedras. Sacode a cabeça. – Não é certo reconstruir aquele lugar maldito. Deviam deixar tudo como estava.

– Ah, mas é emocionante! – protesta Elizabeth.

– E pense como a Spence ficará linda, depois que a Ala Leste for restaurada! – diz Martha, fazendo eco. – Como pode dizer que não é certo, Brigid?

– Porque eu lembro – diz Brigid, batendo do lado da sua cabeça. – Havia alguma coisa que não era certa naquele lugar, especialmente no torreão. Alguma coisa que dava para sentir. Poderia contar histórias a vocês...

– Sim, tenho certeza de que poderia, Brigid, e seriam ótimas histórias – diz Felicity, tão docemente quanto uma mãe acalmando seu filho irritável. – Mas fico preocupada com a possibilidade de que o frio faça você voltar a ter dores nas costas.

– Ora – diz Brigid, esfregando seus flancos. – É um problema. E meus joelhos também não estão ficando mais jovens.

Fazemos sinais afirmativos com a cabeça, num preocupado assentimento.

– Só caminharemos para a frente uma pequena fração – diz meigamente Felicity. – Só o suficiente para podermos fazer um desenho que preste.

Nós nos esforçamos ao máximo para parecermos tão inocentes quanto um coro de anjos.

Brigid faz para nós um rápido aceno com a cabeça, concordando.

– Vão, então. Mas não cheguem perto demais! E não pensem que não estarei de olho em vocês!

– Obrigada, Brigid! – gritamos, alegremente. E descemos o morro depressa, antes que ela possa mudar de ideia.

– E andem rápido com isso! Parece que vai chover!

Uma repentina rajada de vento forte do final de março sopra pelo gramado quebradiço. Faz chacoalharem os cansados ramos das árvores, como se fossem colares de ossos, e chicoteia nossas saias para cima, até que somos obrigadas a puxá-las para baixo. As meninas gritam de surpresa – e satisfação – porque isso atraiu os olhares de todos os homens durante um instante desprotegido e proibido. O vento é o último ataque do exército do inverno. Já as folhas afastam o sono e se armam. Logo aumentarão seu ataque de verde, forçando a retirada do inverno. Enrolo o xale em torno do meu pescoço. A primavera está chegando, mas ainda não consigo evitar sentir frio.

– Eles estão olhando? – pergunta Elizabeth, cheia de excitação, lançando miradas furtivas para os homens.

– Eles não desviam a vista – diz Felicity, num sussurro.

Os cachos de Martha estão pendurados, moles, em seu pescoço. Ela lhes dá um empurrão esperançoso, mas eles não voltam para o lugar certo.

– Digam-me com franqueza, a umidade arruinou inteiramente meu cabelo?

– Não – mente Elizabeth, no exato momento em que digo "Sim, arruinou".

Martha faz um muxoxo.

– Eu já devia saber que você seria descortês, Gemma Doyle.
As outras meninas me lançam olhares fixos e gélidos. A impressão que dá é a de que "Digam-me com franqueza" é uma mensagem cuidadosamente codificada, que significa "Mintam, custe o que custar". Registrarei isso. Parece que há um manual que orienta tudo. Ser cortês, ser uma dama, para essas coisas não tive a boa orientação de suas páginas. Talvez seja por isso que Cecily, Martha e Elizabeth me detestam tanto e só toleram minha presença quando Felicity está por perto. Da minha parte, acho suas mentes tão estreitas e espartilhadas quanto suas cinturas, pois só conversam sobre festas, vestidos e sobre os infortúnios ou as falhas dos outros. Eu preferiria arriscar-me com os leões do antigo Coliseu de Roma do que suportar outro bate-papo com garotas desse tipo durante o chá. Pelo menos, os leões são honestos quanto a seu desejo de nos devorar – e não fazem nenhum esforço para esconder isso.

Felicity dá uma olhada nos homens.
– Aqui vamos nós.
Avançamos para mais perto do local de trabalho.
Os operários agora pegaram nossa febre. Param tudo o que estão fazendo e, rapidamente, tiram seus bonés. O gesto é de imensa cortesia, mas seus sorrisos sugerem pensamentos menos educados. Descubro que estou corando.
– Atenção, cavalheiros. Continuem a trabalhar, se querem continuar a ter trabalho – adverte o capataz.
O Sr. Miller é um homem troncudo, com braços do tamanho de pequenos presuntos. Conosco, ele é cortês:
– Bom-dia, senhoras.
– Bom-dia – murmuramos.
– Há brindes para levar, se quiserem um suvenir da velha dama.
Faz um sinal com a cabeça na direção de uma pilha de lixo, onde madeira descartada está caída junto com o vidro quebrado e sujo de fuligem de abajures com décadas de existência. É exatamente o tipo de coisa que a Sra. Nightwing colocaria em sua lista de "A-evitar-por-medo-de-ferimentos-morte-ou-desgraça".
– Levem os suvenires que quiserem.
– Obrigada – diz Cecily, recuando.
Elizabeth continua a corar e sorrir, e dá tímidas olhadas para o homem com a camisa cheia de remendos vermelhos, que a aprecia desejosamente.

– Sim, obrigada – diz Felicity, assumindo o controle da situação, como ela sempre faz. – Faremos isso.

Começamos a remexer nos restos da velha Ala Leste. O grande passado da escola está contado aqui, na madeira lascada e queimada e nos restos de papel. Para alguns, é a história de um trágico incêndio que tirou a vida de duas moças. Mas sei de coisas que vão além disso. A verdadeira história deste lugar é de magia e mistério, de dedicação e traição, de maldade e sacrifício indizíveis. Acima de tudo, é a história de duas moças – as melhores amigas uma da outra e que se tornaram mortais inimigas –, ambas dadas como falecidas no incêndio de vinte e cinco anos atrás. A verdade é muito pior.

Uma das moças, Sarah Rees-Toome, escolheu um caminho de escuridão, sob o nome de Circe. Anos depois, perseguiu e encontrou a outra moça, sua antiga amiga, Mary Dowd, que se tornara uma nova pessoa, Virginia Doyle – minha mãe. Com um espírito do mal à sua disposição, Circe assassinou minha mãe e colocou minha vida num rumo diferente. A história sussurrada nessas paredes se mistura à minha.

Por toda parte ao meu redor as meninas pulam de um lado para outro, numa alegre caça ao tesouro. Mas não posso sentir-me feliz aqui. Este é um lugar de fantasmas e não acredito que novas vigas e um fogo bem forte numa lareira de mármore mudem isso. Não quero nenhum suvenir do passado.

Uma nova série de marteladas faz com que uma família de pássaros voe grasnando em direção à segurança do céu. Fico olhando fixamente para a pilha de restos descartados e penso em minha mãe. Será que ela tocou naquela coluna ali? Será que seu cheiro ainda perdura num fragmento de vidro ou lasca de madeira? Um terrível vazio se instala em meu peito. Por mais que eu siga em frente com minha vida, há sempre pequenos lembretes que reavivam a sensação de perda.

– Veja que beleza.

É o homem com o remendo vermelho em sua camisa. Ele aponta para uma coluna de madeira denteada, devorada numa das extremidades pela podridão. Mas boa parte dela conseguiu sobreviver à ira do fogo e aos anos de esquecimento. Entalhados nela há vários nomes de meninas. Corro os dedos sobre os sulcos e os arranhões fantasiosos. Tantos nomes. Alice. Louise. Theodora. Isabel. Mina. Meus dedos se movimentam pela madeira cheia de saliências, apalpando-a, como uma pessoa cega. Sei que o nome dela deve estar aí e não me desaponto. Mary. Achato a palma da minha mão contra o entalhe desgastado pelos anos, esperando sentir a presença da minha mãe embaixo da minha pele. Mas é apenas madeira morta. Pisco para conter as lágrimas que fazem meus olhos arderem.

– Senhorita?

O homem está olhando para mim com curiosidade. Depressa, enxugo minhas faces.

– É o vento. Soprou cinza para dentro de meus olhos.

– Sim, o vento está forte. Vem mais chuva por aí. Talvez uma tempestade.

– Ah, aí vem a Sra. Nightwing! – sussurra Cecily. – Por favor, vamos! Não quero problemas.

Rapidamente, juntamos nossos desenhos e nos sentamos a uma distância segura, num banco de pedra junto ao roseiral, que ainda hiberna, com nossas cabeças encurvadas numa concentração desesperada. Mas a Sra. Nightwing não presta nenhuma atenção. Ela avalia o progresso no prédio. O vento carrega sua voz até onde estamos:

– Eu esperava que o trabalho estivesse bem mais adiantado a esta altura, Sr. Miller.

– Estamos trabalhando dez horas por dia, senhora. Mas há a chuva. Não se pode culpar o homem pelos fenômenos da natureza.

O Sr. Miller comete o grave erro de sorrir para a Sra. Nightwing de uma maneira sedutora. Ela não sucumbe à sedução. Mas é tarde demais para eu avisar a ele. O olhar raivoso e intimidante da Sra. Nightwing faz os homens baixarem a cabeça em cima da madeira. É ensurdecedor o ruído dos martelos e serras trabalhando duro. O sorriso do Sr. Miller desaparece.

– Se não puder terminar o trabalho dentro do prazo, Sr. Miller, serei forçada a procurar outros trabalhadores.

– Há construções em Londres inteira, senhora. Não será fácil encontrar um pessoal como nós.

Segundo minha contagem, há no mínimo vinte homens trabalhando dia após dia, e, mesmo assim, a Sra. Nightwing não está satisfeita. Reclama com o Sr. Miller e o atormenta diariamente, com suas preocupações. É muito estranho. Afinal, se o velho prédio permaneceu vazio durante todo esse tempo, o que importam uns poucos meses a mais?

Em meu papel, tento captar a aparência exata do novo torreão. Quando estiver pronto, será a parte mais alta da Spence, talvez com cinco andares de altura. Também é largo. Um homem está em pé junto ao topo, como se fosse um cata-vento, diante das nuvens de chuva que se acumulam.

– Não acha estranho que a Nightwing esteja com tanta pressa para aprontar a Ala Leste? – pergunto a Felicity.

Cecily escuta pelo alto e se sente compelida a dar sua opinião:
– Se quer saber o que penso, já passou da hora. É uma vergonha terem deixado isso assim durante tanto tempo.

– Ouvi dizer que só agora conseguiram o dinheiro – informa Elizabeth.

– Não, não, não! – A Sra. Nightwing caminha com determinação na direção dos pedreiros, como se eles fossem seus pupilos. – Já disse aos senhores: essas pedras devem ser colocadas em ordem.

Ela aponta para um esboço feito com giz.

– Peço desculpas, senhora, mas o que importa isso? A construção está subindo firme e forte.

– É uma restauração. – Ela torce o nariz, com desdém, como se falasse com um pateta. – Os planos devem ser seguidos com exatidão, sem desvios.

Lá de cima, do terceiro andar do torreão, um operário grita para baixo:

– Vem chuva, senhor!

Um salpico atinge minha face, em advertência. Seguem-se gotas ritmadas. Elas respingam em minha página, transformando meu esboço da Ala Leste em pequenos rios de carvão. Os homens olham para o céu com as palmas das mãos viradas para cima, como se pedissem piedade, e o céu responde: *Não haverá clemência.*

Depressa, eles descem correndo pelo lado do torreão e vão cobrir suas ferramentas, para salvá-las da ferrugem. Com os blocos de desenho suspensos em cima das nossas cabeças, nós, moças, disparamos por entre as árvores como gansos assustados, gritando e guinchando por causa da indignidade de ficarmos tão encharcadas. Brigid nos acena, seus braços prometendo segurança e um fogo bem quente. Felicity me puxa para trás de uma árvore.

– Fee! A chuva! – protesto.

– Ann volta esta noite. Poderíamos tentar entrar nos reinos.

– E se eu não puder fazer a porta aparecer?

– Você só precisa se concentrar – insiste ela.

– Você acha que não me concentrei na semana passada, no mês passado, nem na ocasião anterior? – A chuva cai mais forte, agora. –

Talvez eu esteja sendo castigada pelo que fiz com Nell e com a Srta. Moore.

– A Srta. Moore! – diz Felicity, com veemência. – Circe, este é o nome dela. Ela era uma assassina. Gemma, ela matou sua mãe e inúmeras outras moças para chegar até você e seu poder; e, com certeza, ela a destruiria, se você não a tivesse impedido.

Quero acreditar que isto é verdade, que agi corretamente aprisionando para sempre a Srta. Moore nos reinos. Quero acreditar que prender a magia a mim mesma era a única maneira de salvá-la. Quero acreditar que Kartik está vivo e bem, e que vem vindo para onde estou, aqui na Spence, que o verei neste bosque, a qualquer momento, com um sorriso dirigido apenas para mim. Porém, nestes últimos dias, não tenho mais certeza de nada.

– Não sei se ela está morta – murmuro.

– Ela está morta e que bons ventos a levem.

A vida é sempre tão mais simples no universo de Fee. E, desta vez, desejaria poder rastejar para dentro de suas linhas sólidas e viver sem indagações.

– Tenho de saber o que aconteceu com Pippa. Esta noite, tentaremos novamente. Olhe para mim.

Ela vira meu rosto para o dela, de modo que não posso evitar seus olhos.

– Prometa.

– Prometo – digo, e espero que ela não consiga ver minha dúvida transformando-se em medo.

# Capítulo
# Três

A CHUVA DESCARREGA PLENAMENTE SUA RAIVA. ENCHARCA O ADORMEcido roseiral e o gramado, o verde amarelado das folhas que lutam para nascer. Também encontrou minha amiga Ann Bradshaw. Ela está em pé no saguão, com um casaco simples de lã marrom e um chapéu pardacento pintalgado com gotículas. Sua pequena valise repousa aos seus pés. Ela passou a semana com seus primos em Kent. Em maio próximo, quando Felicity e eu fizermos nossos *débuts*, trabalhará para eles como governanta dos dois filhos do casal. Nossa única esperança de mudar suas perspectivas era entrar nos reinos e tentar prender a magia a todas nós. Porém, por mais que eu tente, não consigo entrar nos reinos. E, sem os reinos, não posso fazer a magia ganhar vida. Desde o Natal não vejo aquele mundo encantado, embora tenha tentado dezenas de vezes, nesses últimos meses, voltar para lá. Houve momentos em que senti uma centelha, mas de curta duração, sem maiores consequências do que uma única gota de chuva numa seca. A cada dia nossas esperanças diminuem e nossos futuros parecem tão fixos quanto as estrelas.

– Bem-vinda em casa – digo, ajudando Ann a tirar seu casaco molhado.

Seu nariz escorre, e seu cabelo, da cor do pelo de um rato silvestre, soltou-se e caiu. Longas e finas mechas pendem sobre seus olhos azuis e se colam em suas faces rechonchudas.

– Como foi sua temporada com seus primos?

Ann não sorri, absolutamente.

– Tolerável.

– E as crianças? Você gosta delas? – pergunto, esperançosa.

– Lottie me trancou num armário e fiquei presa durante uma hora. A pequena Carrie chutou minha perna e me chamou de pudim. – Ela enxuga o nariz. – Isto aconteceu no primeiro dia.

– Ah. – Ficamos em pé, indecisas, sob o clarão do abominável candelabro de serpentes da Spence.

Ann baixa a voz, até chegar a um sussurro:
– Você conseguiu voltar aos reinos?

Balanço a cabeça, e Ann dá a impressão de que vai chorar.
– Mas tentaremos outra vez, esta noite – acrescento, depressa.

O brilho de um sorriso ilumina o rosto de Ann por um instante.
– Ainda há esperança – completo.

Sem uma palavra, Ann me segue até o grande salão, passando pelas lareiras, que rugem, pelas colunas com entalhes floreados e pelas meninas entretidas com um jogo de uíste. Contando histórias de fadas e duendes que, como ela jura, vivem na floresta atrás da Spence, Brigid emociona um pequeno círculo de meninas mais novas.

– Não é verdade, não vivem lá, não! – protesta uma menina, mas, em seus olhos, vejo o desejo de que lhe provem o contrário.

– Vivem sim, senhorita. E mais criaturas, além dessas. É melhor não saírem depois que escurece. Essa é a hora delas. Fiquem em suas camas, em segurança. Senão, podem acordar e descobrir que foram levadas embora pelos Outros – adverte Brigid.

As meninas correm para as janelas, a fim de espiar a vasta extensão da noite, com a esperança de pelo menos entrever fadas e espíritos. Eu poderia dizer-lhes que aí nada verão. Que teriam de viajar conosco, pela porta de luz, até o mundo para além deste, e lá estarão, afinal, na companhia de criaturas tão fantásticas. E talvez não gostem de todas as que verão.

– Nossa Ann voltou – anuncio, abrindo as cortinas da tenda privada de Felicity.

Sempre dramática, Felicity isolou com cortinas de seda um canto do quarto imenso. É como o lar de um pachá, e ela governa sua área separada como se fosse um império todo seu.

Felicity vê a bainha da saia de Ann, molhada e suja de lama.
– Cuidado com os tapetes.

Ann limpa sua saia suja, deixando cair migalhas de lama seca no chão, e Felicity suspira de irritação:
– Ah, Ann, mas que coisa!
– Desculpe – murmura Ann.

Ela puxa as saias para perto de seu corpo e se senta no chão, tentando não sujá-lo mais. Sem pedir licença, estende a mão para a caixa aberta de chocolate e pega três, deixando Felicity ainda mais aborrecida:

– Não precisa pegar todos – resmunga Felicity.
Ann põe dois de volta na caixa. Estão com marcas de seus dedos.
Felicity suspira:
– Agora você já tocou neles, é melhor comê-los.
Com um ar de culpa, Ann atira todos três, de uma só vez, para dentro da sua boca. Não é possível que esteja apreciando seu gosto.
– O que você tem aí?
– Isso? – Felicity estende um cartão branco com alguma coisa escrita nele, numa bela caligrafia negra. – Recebi um convite para o chá de Lady Tatterhall, oferecido à Srta. Hurley. Terá uma temática egípcia.
– Ah – diz Ann, obtusamente. – Sua mão se demora em cima da caixa de chocolate. – Acho que você também já recebeu um, não, Gemma?
– Sim – digo, com um tom de culpa.
Detesto o fato de que Ann não foi incluída – é tremendamente injusto –, mas não posso deixar de desejar que ela não me fizesse sentir tão reprovável por causa disso.
– E claro que há o baile em Yardsley Hall – continua Felicity.
– Promete ser bastante grandioso. Você ouviu falar da jovem Srta. Eaton?
Balanço a cabeça.
– Ela usava diamantes antes do anoitecer! – Felicity quase guincha de deleite. – Londres inteira só falava disso. Ela jamais cometerá esse erro novamente. Ah, você devia ver as luvas que mamãe encomendou para o baile Collinsworth. São lindas!
Ann puxa um fio na bainha de seu vestido. Ela não comparecerá ao baile dos Collinsworth, nem a nenhum outro, a menos que seja, algum dia, como acompanhante de Lottie ou Carrie. Não terá sua temporada social nem dançará com pretendentes bonitos. Não usará plumas de avestruz em seu cabelo nem se curvará diante de Sua Majestade. Ela está aqui na Spence com o patrocínio de seus primos ricos, a fim de poder tornar-se uma governanta apropriada para os filhos deles.
Pigarreio. Os olhos de Felicity se encontram com os meus.
– Ann – diz ela, com um excesso de alegria na voz –, como foi sua temporada em Kent? Lá é mesmo lindo na primavera, como dizem?
– A pequena Carrie me chamou de pudim.
Felicity tenta não rir.
– Humm. Ora, ela é apenas uma criança. Logo você a terá sob seu controle.

– Há um quartinho para mim no alto da escada. Dá para o estábulo.
– Uma janela. Sim, é bom ter uma vista – diz Felicity, sem entender nada do que foi dito. – Ah, o que você tem aí?

Ann nos mostra um programa para uma apresentação de *Macbeth*, no Teatro Drury Lane, estrelando a grande atriz americana Lily Trimble. Ela olha cobiçosamente para o dramático desenho da Srta. Trimble no papel de Lady Macbeth.

– Você foi ver a peça? – pergunto.

Ann sacode a cabeça.

– Meus primos foram.

Sem ela. Todos os que conhecem Ann, mesmo que apenas superficialmente, sabem o quanto ela adora peças de teatro.

– Mas deixaram você ficar com o programa – diz Felicity. – Que simpático.

Sim, exatamente tão simpático quanto um gato que não arranca a cauda de um camundongo. Felicity pode ser tão detestável às vezes...

– Você teve um bom aniversário? – pergunta Ann.

– Sim, foi mesmo ótimo – diz Felicity, satisfeita. – Dezoito anos. Que idade maravilhosa. Agora receberei o dinheiro de minha herança. Bem, não imediatamente, sabem. Minha avó insistiu para que eu debutasse, como uma cláusula de seu testamento. No momento em que eu fizer uma mesura diante da rainha e recuar, serei uma mulher rica, e poderei fazer o que quiser.

– Quando você debutar – diz Ann, engolindo o fim de seu chocolate.

Felicity pega um chocolate para si mesma.

– Lady Markham já anunciou sua intenção de me apadrinhar. Então está praticamente resolvido. Felicity Worthington, herdeira. – O bom humor de Fee desaparece. – Só gostaria que Pippa estivesse aqui para partilhar isso.

Ann e eu trocamos olhares à menção de Pip. Antigamente, ela era uma de nós. Agora, está em alguma parte dos reinos, mais provavelmente perdida nas Terras Invernais. Quem sabe o que ela se tornou? Mas Fee ainda não abriu mão da esperança de que possa ser encontrada, talvez ainda salva.

A tenda se abre. Cecily, Elizabeth e Martha entram e lotam o local. Estão próximas demais de todas nós, que já estamos aqui. Elizabeth cai em cima de Felicity, enquanto Martha e Cecily se sentam perto de mim. Ann é empurrada para os fundos da tenda.

– Acabei de receber um convite para um baile oferecido pela duquesa de Crewesbury – diz Cecily.

Ela se instala no chão como um gato persa mimado.

– E eu também – acrescenta Elizabeth.

Felicity se esforça ao máximo para parecer entediada.

– Minha mãe recebeu o nosso há séculos.

Não recebi esse convite e espero que ninguém me pergunte sobre isso.

Martha se abana, fazendo uma careta.

– Ah, meu Deus. Está bastante apertado aqui, não é? Acho que não cabemos todas neste lugar.

Ela lança uma olhada para Ann. Cecily e seu bando jamais trataram Ann como algo mais que uma criada, mas desde nossa malograda tentativa de fazê-la passar na sociedade como a filha de um duque com sangue russo, no Natal passado, Ann se tornou uma completa pária. A fofoca se espalhou por meio de cartas e sussurros, e agora não há uma moça na Spence que não conheça a história.

– Sentiremos muito sua falta, Cecily – digo, sorrindo alegremente.

Gostaria de dar um chute bem nos dentes dela.

Cecily deixa bem claro que não será ela quem sairá. Espalha suas saias, tomando ainda mais espaço. Martha sussurra alguma coisa no ouvido de Elizabeth e as duas explodem em risos sufocados. Eu poderia perguntar do que elas estão rindo, mas não me diriam, então não adianta.

– Que cheiro é esse? – pergunta Martha, fazendo uma careta.

Cecily fareja exageradamente.

– Será de caviar? Vindo de tão longe, da Rússia! Ora, deve ser do próprio czar!

Mas que safadas! As faces de Ann estão vermelhíssimas e seus lábios tremem. Ela fica em pé tão depressa que quase tropeça e cai, enquanto corre até as abas da tenda.

– Peço licença, mas preciso terminar umas costuras.

– Envio meus cumprimentos ao seu tio, o duque – grita Cecily para ela, depois que Ann já saiu, e as outras soltam risadinhas.

– Por que você faz tanta troça dela? – pergunto.

– Ela não merece estar aqui – diz Cecily, como quem tem absoluta certeza do que afirma.

– Não é verdade – digo.

– Como não é? Algumas pessoas simplesmente não pertencem ao meio. – Cecily me olha fixamente com uma expressão de desdém.

– Recentemente, ouvi dizer que seu pai não está bem e se encontra em Oldham, repousando. Como você deve estar preocupada! Qual é a doença dele?

Só falta em Cecily uma língua bifurcada, porque com certeza ela é uma serpente, por trás de seu lindo vestido.

– Gripe – digo, e a mentira tem um sabor ácido em minha boca.

– Gripe – repete ela, olhando dissimuladamente para as outras.

– Mas ele melhorou muito e lhe farei uma visita amanhã.

Cecily não cede, mesmo assim:

– Estou satisfeita em saber disso, porque às vezes a gente ouve histórias tão desagradáveis sobre cavalheiros que são encontrados em antros de ópio e obrigados a se internar em sanatórios, por causa disso. Escandaloso.

– É gripe – repito, mas minha voz perdeu a firmeza.

O sorriso de Cecily é triunfante.

– Sim, claro que é.

Corro atrás de Ann, gritando seu nome, mas ela não para. Em vez disso, segue ainda mais depressa, até quase correr, desesperada para se afastar de nós e de nossa conversa sobre festas e chás. Todas as cintilantes promessas tão próximas e tão distantes.

– Ann, por favor – digo, parando no sopé da escada. Ela está a meio caminho, subindo os degraus. – Ann, não deve prestar atenção ao que elas dizem. Não são meninas de verdade, são demônios horrendos, trogloditas com cachinhos!

Se eu tivesse a intenção de fazer Ann rir, teria falhado.

– Mas quem manda são elas – diz, sem erguer os olhos. – Sempre mandaram e sempre mandarão.

– Mas, Ann, elas não viram as coisas que você viu nos reinos. Elas não sabem o que você fez. Você transformou pedras em borboletas e navegou ao longo de uma cortina de ouro. Com sua canção, você nos salvou das ninfas da água.

– Já é coisa do passado – diz ela, taxativamente. – E que importância tem isso? Não mudará meu destino, não é? No próximo mês de maio, você e Felicity serão apresentadas à sociedade. Eu trabalharei para meus primos. Será o fim, não nos veremos nunca mais.

Durante um momento, ela olha bem dentro dos meus olhos, obviamente esperando encontrar conforto neles. *"Diga-me que estou errada, diga-me que você tem outro trunfo em sua manga, Gemma"*, seus olhos suplicam. Mas ela não está errada e não sou suficientemente rápida nem desembaraçada para mentir. Esta noite, não.
– Não deixe que elas vençam, Ann. Volte para a tenda.
Ela não me olha, mas posso sentir sua repugnância.
– Você não entende, não é? Elas já ganharam.
E, depois de dizer isso, ela se refugia nas sombras.
Eu poderia voltar para a companhia de Fee e das outras, mas não estou com disposição para isso. Uma melancolia profunda se instalou em meu coração e não diminuirá; faz com que eu deseje solidão. Descubro uma boa cadeira para leitura no grande salão, bem longe da tagarelice das moças. Não li mais do que umas poucas páginas quando noto que estou a menos de um metro de distância da abominável coluna. Ela é um dos muitos detalhes estranhos na Spence. Há o candelabro com serpentes entalhadas, no saguão. As gárgulas olhando de esguelha do telhado. O ridículo papel com penas de pavão nas paredes. O retrato de sua fundadora, Eugenia Spence, que aparece no alto da escada, com seus penetrantes olhos azuis vendo tudo. Eu colocaria entre essas singularidades as lareiras gigantescas, que parecem mandíbulas abertas de feras terríveis. E há, para além de tudo, essa coluna no centro do grande salão exibe entalhes com fadas, sátiros, duendes, ninfas e diabretes de todos os tipos.

E a coluna está viva.

Ou estava, antigamente. Esses "entalhes" são criaturas dos reinos, presas aqui por toda a eternidade. Uma vez, numa tolice, nós as trouxemos de volta à vida, com a magia, e quase fomos destruídas por causa disso. Algumas das travessas criaturas tentaram fugir; outras tentaram comprometer nossa virtude. No final, nós as forçamos a voltar para sua prisão.

Espio atentamente esses minúsculos corpos congelados na pedra. A boca das criaturas está aberta, num grito de raiva. Já seus olhos, fixos em mim, penetram-me. Se elas se soltassem, eu não gostaria de estar aqui. Embora isto me assuste, sou compelida a tocar na coluna. Meus dedos acabam repousando nas asas rígidas de uma fada detida no meio de seu voo. Tenho um tremor e coloco a palma da minha mão em outro lugar. Ela para sobre os lábios arreganhados de um sátiro e as batidas do meu coração se aceleram, pois sinto uma mistura de fascínio e repulsa. Fecho os olhos e permito que meus dedos explorem os toscos sulcos e reentrâncias da sua boca ameaçadora, a língua, os lábios, os dentes.

Meus dedos deslizam na pedra; uma beirada áspera corta minha pele. Arquejo de dor. O sangue pinga na fenda estreita. Não tenho lenço, então mergulho meu dedo na boca, provando seu sabor amargo. A coluna está silenciosa, mas posso sentir sua ameaça no pulsar do meu ferimento. Movimento minha cadeira para mais perto do confortante tagarelar de Brigid, dos seus provérbios maternais, colocando-me bem longe da perigosa beleza da coluna.

Às dez horas, com nossos olhos pesados e nossos corpos ansiando pelo calor dos cobertores e o esquecimento do sono, nós, as meninas, subimos a escada para passar a noite em nossos quartos.

Felicity passa por mim empurrando-me.

– Meia-noite e meia. No lugar de costume – sussurra ela.

Não espera por meu sinal com a cabeça, concordando. Deu a ordem e basta.

As lâmpadas ainda ardem suavemente em meu quarto. Ann está dormindo, mas deixa as tesouras de costura onde posso vê-las. As lâminas estão fechadas, mas sei que fizeram seu trabalho, marcando o lado de dentro dos seus braços. Sei que ela está coberta com novos vergões, que logo se misturarão à tapeçaria de velhas cicatrizes tecida em sua carne. Se eu tivesse uma maneira de entrar nos reinos outra vez, um caminho para a magia, talvez fosse capaz de ajudá-la. Mas, por enquanto, não posso mudar seu destino. Só posso me perguntar se ela mudará.

# Capítulo
## quatro

Quando cheguei pela primeira vez à Academia Spence para moças, não sabia nada do passado da escola nem de sua relação com minha vida. Cheguei enlutada, minha mãe morrera apenas meses antes. Cólera foi a explicação oficial para a tragédia. Mas eu sabia que não fora isso. Numa visão, presenciara sua morte, caçada por um horrendo espectro de outro mundo, um rastreador, que pretendia levar sua alma, se ela não tivesse acabado com a própria vida, em autodefesa. Essa foi a primeira de minhas visões, mas não a última. Passei a ter muitas. Herdara um poder; uma linhagem fora passada da minha mãe para mim, um dom, sob certos aspectos, sob outros, uma maldição. Foi ali na Spence que soube de meu elo com um mundo para além deste, um mundo de extraordinário poder, chamado "os reinos".

Durante séculos, os reinos foram governados por uma poderosa tribo de sacerdotisas, a Ordem. Juntas, usavam a magia dos reinos para ajudar, quando necessário, os mortos a completarem as tarefas de suas almas e atravessarem o rio. Com o tempo, o poder delas cresceu. Podiam criar grandes ilusões, influenciar pessoas e acontecimentos no mundo mortal. Mas seu maior dever era manter o equilíbrio entre o bem e o mal dentro dos reinos. Porque há muitas tribos lá, e algumas – as malévolas criaturas das Terras Invernais – fariam qualquer coisa para tomar o controle da magia e assim governarem os reinos e talvez nosso mundo também. Para manter a magia segura, a Ordem selou-a num círculo de runas. Apenas a Ordem podia, naquele tempo, usufruir do poder da magia. As outras tribos dos reinos decepcionaram-se e ficaram ressentidas. Queriam ter o mesmo poder.

Com a passagem do tempo, até os aliados da Ordem se tornaram pouco confiáveis. Antigamente a Ordem estava unida com os Rakshana, na proteção aos reinos. Esses homens mantinham a lei lá, e protegiam as sacerdotisas. Eram, além disso, seus amantes. Mas eles também se tornaram ressentidos com o controle da Ordem sobre os reinos e sua grande magia.

E, durante muito tempo, foi assim: cada lado lutando para ficar com a magia – até o incêndio, vinte anos atrás. Aquela noite, minha mãe e sua melhor amiga ofereceram um sacrifício – uma menina cigana – às criaturas das Terras Invernais, em troca de poder. Mas alguma coisa deu errado. A criança foi morta acidentalmente e assim sua alma não podia ser tomada. Enraivecidas, as criaturas exigiram as próprias moças, porque elas haviam, tolamente, entrado na barganha e agora esta tinha de ser cumprida, de uma forma ou de outra. Para salvar a vida de minha mãe e de Sarah, Eugenia Spence, a grande professora da Ordem e a fundadora da Academia Spence, entregou a si mesma às criaturas das Terras Invernais, como pagamento pela terrível ação das moças. Seu último gesto foi atirar seu amuleto para minha mãe. Eugenia fechou os reinos, selou-os, para que ninguém e nada pudesse entrar ou sair de lá, até nascer uma sacerdotisa poderosa que pudesse abri-los outra vez e traçar um novo rumo para o mundo mágico.

Essa jovem sou eu. E parece que ninguém está feliz com isso. A Ordem acha que sou teimosa e tola. Os Rakshana me consideram perigosa. Eles enviaram um dos seus homens, um rapaz chamado Kartik, para me vigiar e me avisar que não entrasse nos reinos; e, quando isso não funcionou, disseram-lhe que me matasse. Em vez disso, ele traiu sua irmandade e salvou minha vida, pagando o preço com sua própria cabeça.

Talvez eles não gostem, mas o fato é que fui a pessoa capaz de abrir novamente os reinos, e, até agora, ninguém pode entrar lá sem minha ajuda. Fui a pessoa que quebrou o selo da magia, despedaçando as runas. E que encontrou a fonte da magia, num lugar protegido chamado O Templo. No Templo lutei com Circe, a inimiga de minha mãe e da Ordem, a fim de manter a magia segura. Ao fazer isso, a matei e prendi a magia a mim mesma, por proteção. Prometi unir-me a minhas amigas, a Kartik e às tribos dos reinos, fazendo uma aliança que daria uma parcela da magia a todos.

Porém, desde este período, não tive mais visões e não consigo entrar nos reinos. Não tenho nenhuma pista quanto aos motivos disso. Sei apenas que, todas as vezes em que tentei fazer aparecer a porta de luz que conduz ao outro mundo, ela não veio. Em vez disso, sou atormentada por uma momentânea visão de Circe, de como a deixei, aprisionada embaixo da superfície do Poço da Eternidade, dentro do

Templo. Perdida para sempre naquele poço mágico, que se transformou para ela num túmulo de água.

Sou a pessoa que pode decidir o futuro dos reinos e seu poder, e não tenho a menor ideia de como voltar para lá.

É isso.

Entretanto, esta noite, será diferente. Descobriremos uma forma de entrar, encontrarei minha coragem. Sentirei novamente em minhas veias a centelha da magia. Minhas amigas e eu entraremos nos perfumados jardins dos reinos e começará um novo capítulo.

Porque, se não for assim, talvez os reinos, para nós, estejam definitivamente perdidos.

Quando a escola já está escura e silenciosa, e a alegre tagarelice diurna das alunas agora não passa de um eco nos salões da Spence, Ann e eu caminhamos na ponta dos pés para encontrar Felicity perto da escada. A Ala Leste dorme esta noite – não há marteladas para nos perturbar. Mas ela tem um poder próprio.

*Fique em silêncio, Ala Leste. Esta noite não ouvirei seus sussurros.*

Felicity está com alguma coisa em sua mão em concha.

– O que você tem aí? – pergunto.

Ela abre a mão e nos mostra um requintado lenço de renda.

– É para Pippa, se nos encontrarmos com ela.

– É muito bonito. Ela vai adorar esse lenço – digo, porque não quero tirar a esperança de Felicity.

Nós a seguimos pela comprida escada abaixo. À medida que descemos, nossas sombras se espicham e ficam cada vez mais altas, como se estivessem em busca da segurança de nossas camas. Entramos furtivamente no grande salão, vamos para a tenda de Felicity e nos sentamos no chão, com as pernas cruzadas, como já fizemos tantas vezes.

Ann morde seu lábio inferior e me observa.

– Prontas? – pergunta Felicity.

Respiro fundo e expiro.

– Sim. Vamos começar.

Seguramos as mãos umas das outras e faço o que posso para esvaziar minha mente e não pensar em nada, a não ser nos reinos. Vejo o verde do jardim, as Cavernas dos Suspiros elevando-se bem altas sobre o rio cantante. Aquele mundo encantado começa a tomar forma, atrás dos meus olhos.

– Você já vê alguma coisa? – interrompe Ann.

A visão do jardim se desfaz, como se fosse um fio de fumaça.
– Ann!
– Desculpe – resmunga ela.
– Você não deve perturbar os nervos dela! – repreende Felicity. Ela aperta minhas mãos. – Lembre-se, Gemma, o futuro de todas nós depende de você.

*Sim, obrigada. Isto me deixa mais calma do que nunca.*
– Preciso de absoluta tranquilidade, por favor.

Zelosamente, elas curvam a cabeça e fecham a boca, e isto já parece um toque de magia.

*Vamos, Gemma. Você não deve pensar que não pode. Imagine a porta. Ela virá. Faça com que venha. Ela virá.*

A porta não aparece. Não vejo nada, não sinto nada. Entro em pânico, e ouço perguntas familiares sussurradas em minha alma: e se o dom fosse apenas emprestado? E se o perdi para sempre? E se foi tudo um erro e sou apenas, afinal, uma pessoa comum?

Abro os olhos, tento firmar minha respiração.
– Preciso de um momento.
– Não devíamos ter esperado tanto tempo para tentar – reclama Felicity. – Devíamos ter entrado imediatamente, em janeiro. Por que esperamos?
– Naquele momento eu não estava preparada para voltar.
– Você estava esperando que ele voltasse – diz Felicity. – Ora, ele não está voltando.
– Não estava esperando Kartik – respondo bruscamente, de uma só vez.

Em parte ela tem razão, claro. Mas apenas em parte. Uma imagem da Srta. Moore surge em minha mente. Vejo seu maxilar determinado, o relógio de bolso em sua mão, o aspecto dela quando era nossa amada professora, antes de sabermos que ela era Circe. Antes que eu a matasse.

– Eu... eu não estava preparada ainda. É só isso.

Felicity me olha friamente, com uma mirada fixa.
– Você não fez nada que deva lamentar. Ela merecia morrer.
– Vamos tentar novamente – diz Ann.

Ela oferece suas mãos e vejo os vergões salientes dos pequenos cortes que fez à noite.

– Está bem. Da terceira vez é que dá certo – digo, em tom de brincadeira, embora meu espírito esteja tudo, menos brincalhão.

Fecho os olhos e respiro com mais vagar, tentando novamente limpar da mente tudo o que não sejam os reinos ou uma maneira de entrar neles. Sinto um calor incômodo em meu estômago. É como raspar repetidas vezes do lado da caixa um fósforo estragado, que não acende. *Vamos, vamos.* Por um momento, ele se acende, o fogo familiar acendendo-se no pavio dos meus desejos. Vejo as oliveiras que se balançam suavemente no jardim. O doce rio. E agora vejo a porta de luz. Rá! Ah, sim! Eu tinha perdido isto! Agora preciso apenas fazer com que ela permaneça...

A imagem se desfaz e, em seu lugar, vejo o rosto fantasmagórico de Circe, dentro da água fria do poço. Seus olhos se abrem bruscamente.

– Gemma...

Com um arquejo, interrompo tudo e o poder desaparece. Posso sentir os reinos recuando, como uma onda do mar que não consigo trazer para a praia. Por mais que tente fazê-la voltar, não posso.

Ann desiste primeiro. Ela está acostumada aos desapontamentos e reconhece mais rapidamente a derrota.

– Vou para a cama.

– Lamento – sussurro. Respiro com dificuldade, diante do peso da infelicidade delas. – Não sei o que aconteceu.

Felicity sacode a cabeça.

– Não entendo como isso pode acontecer. Você prendeu a magia a si mesma. Deveríamos ser capazes de obtê-la sem nenhuma dificuldade.

Deveríamos, mas não podemos. Eu não posso. E, a cada tentativa falha, minha confiança vai desaparecendo. E se eu nunca voltar? Muito tempo depois que minhas amigas foram dormir, fico sentada na cama, abraçando meus joelhos junto do peito, com os olhos fechados com força. Suplico que a porta de luz apareça, com duas palavras repetidas. *Por favor, por favor, por favor...* Suplico até minha voz ficar rouca, por causa das lágrimas e do desespero, até a madrugada lançar sua luz implacável em cima de mim, até que me resta apenas o que não consigo dizer a mim mesma – que perdi minha magia e que não sou nada sem ela.

# Capítulo
# Cinco

O SANATÓRIO OLDHAM, A UMA HORA DE TREM DE LONDRES, É UM grande prédio branco cercado por um vasto e agradável gramado. Várias cadeiras foram colocadas ali fora, para os residentes poderem tomar algum sol, com a frequência que desejarem. Como havíamos prometido, Tom e eu viemos visitar papai. Eu não queria vê-lo neste lugar. Prefiro pensar nele sempre em seu gabinete, junto ao fogo forte da lareira, com seu cachimbo numa mão, um brilho no olhar e uma história fantástica pronta para divertir a todos. Mas acho que até o Sanatório Oldham é uma lembrança muito melhor do que aquela que tenho de meu pai num antro de ópio, na parte leste de Londres, tão afundado na droga que até trocou sua aliança de casamento por mais.

Não, não pensarei nisso. Hoje, não.

– Lembre-se, Gemma, você precisa mostrar-se alegre e animada – aconselha Tom, meu irmão mais velho, mas infelizmente não mais sábio, enquanto caminhamos pela grande extensão de gramado, passando por sebes muito bem aparadas, sem nenhum galho fora do lugar ou erva daninha errante para perturbar sua cuidadosa simetria. Sorrio alegremente para uma enfermeira de passagem.

– Acho que me lembrarei de como devo comportar-me, mesmo sem seu bom conselho, Thomas – digo, por entre meus dentes cerrados.

– Duvido muito.

Honestamente, para que servem os irmãos, a não ser para atormentar e irritar, uma coisa seguindo-se à outra, em parcelas iguais?

– Thomas, você devia ter mais cuidado ao tomar seu café da manhã. Está com uma imensa mancha de ovo em sua camisa.

Tom remexe em si mesmo, em pânico.

– Não vejo nada!

– Bem – dou uma palmada do lado da sua cabeça – aqui.
– O quê?
– Primeiro de abril!
Sua boca se retorce num sorriso amarelo.
– Mas não estamos ainda em abril.
– Sim – digo, marchando à frente, com rapidez. – Mesmo assim, você caiu nessa.
Uma enfermeira com um avental branco engomado nos conduz a uma pequena área onde se sentam os pacientes, perto de um gazebo. Um homem está espichado numa espreguiçadeira abaixada, com um cobertor axadrezado por cima de suas pernas. De início, não reconheço papai. Ele está tão magro!
Tom pigarreia.
– Olá, papai. Você está com um bom aspecto.
– Sim, estou melhorando a cada dia. Gemma, querida, acho que você ficou mais bonita.
Lança-me apenas uma rápida olhada enquanto me diz isso. Não olhamos mais um para o outro. De verdade, não. Não desde que eu o arranquei daquele antro de ópio. Agora, quando o olho, vejo o viciado. E, quando ele me olha, vê o que preferiria não lembrar. Desejaria poder ser outra vez sua adorada menininha, sentada ao seu lado.
– Você é gentil demais, papai.
*Animada e gentil, Gemma.* Dou um sorriso dolorido. Ele está tão magro.
– Um dia bonito, não é? – diz papai.
– É mesmo. Um dia muito bonito.
– Os jardins aqui são lindos – digo.
– Sim, muito lindos – concorda Tom.
Papai faz um aceno distraído com a cabeça.
– Ah, sim.
Estou sentada na beira de minha cadeira, pronta para ir embora ao menor sinal. Ofereço a ele uma caixa embrulhada com um sofisticado papel dourado e enfeitada com um grande laço de fita vermelha.
– Trouxe para o senhor aquelas pastilhas de hortelã-pimenta de que gosta tanto.
– Ah – diz ele, pegando a caixa sem entusiasmo. – Obrigado, querida. Tom, já pensou na Sociedade Hipócrates?
Tom faz uma carranca.
– Que é a Sociedade Hipócrates? – pergunto.

– Um ótimo clube para cavalheiros, um clube de cientistas e médicos, todos grandes pensadores. Eles manifestaram interesse em nosso Thomas.

Parece um bom lugar para Tom, pois ele é assistente clínico no Hospital Real Bethlem – Bedlam – e, apesar de suas muitas falhas, um médico talentoso. Medicina e ciência são suas duas paixões, e então não posso entender seu desdém pela Sociedade Hipócrates.

– Não tenho nenhum interesse nessa associação – diz Tom, firmemente.

– Por que não?

– A maioria dos membros está entre os quarenta anos e a morte.

– Tom torce o nariz.

– Há uma grande sabedoria naqueles salões, Thomas. Seria sábio da sua parte reconhecer isso.

Tom pega uma das pastilhas.

– Não tem o mesmo nível do Clube Athenaeum.

– Você está com aspirações um pouco elevadas demais, não é, meu filho? O Athenaeum só aceita gente como eles, e não somos gente como eles – diz papai, com decisão.

– Eu poderia ser – argumenta Tom.

Tom deseja desesperadamente ser aceito na mais elevada sociedade de Londres. Papai acha que ele é um tolo por causa disso. Detesto quando eles discutem, e não quero que Tom perturbe papai justamente neste momento.

– Papai, ouvi dizer que o senhor voltará para casa em breve – digo.

– Sim, é o que me dizem. O pai de vocês está em boa forma. – Ele tosse.

– Como será bom – diz Tom, sem entusiasmo.

– Muito bom – concorda papai.

E, com isso, todos ficamos em silêncio. Um bando de gansos vagueia pelo gramado, como se eles também estivessem perdidos. Um funcionário da propriedade os enxota na direção de um pequeno lago, a distância. Mas não há ninguém para nos ajudar a tomar um novo caminho e então ficamos sentados, sem falar de nada importante e evitando mencionar qualquer coisa que possa importar. Finalmente, aproxima-se uma enfermeira com um rosto redondo e um cabelo acobreado que se torna grisalho.

– Muito bom dia, Sr. Doyle. É hora do banho.

Papai sorri, aliviado.
– Srta. Finster, como um raio de sol numa manhã sombria, a senhorita chega e tudo fica bem.
A Srta. Finster sorri com tanta força que seu rosto parece que vai se partir.
– Seu pai é um sedutor.
– Bem, então podem ir – diz-nos papai. – Não gostaria que perdessem seu trem para Londres.
– É verdade, é verdade. – Tom já se afasta. Ficamos aqui durante menos de uma hora. – Bem, nós o veremos em casa dentro de duas semanas, papai.
– É isso mesmo – diz a Srta. Finster. – Mas vamos lamentar a partida dele.
– Obrigado – diz Tom.
Ele afasta um cacho perdido de sua testa, mas o cabelo torna a cair em cima de seus olhos. Não há nenhum aperto de mãos, nem abraço. Nós sorrimos, fazemos acenos com a cabeça e nos separamos o mais rapidamente possível, aliviados por nos livrarmos uns dos outros e de nossos constrangidos silêncios. Mas também me sinto envergonhada por essa sensação de alívio. Pergunto-me se outras famílias também são assim. Parecem tão contentes de estarem juntos. Todos se encaixam, como partes de um quebra-cabeça já montado, com a imagem bem clara. Mas somos como peças avulsas, que não podem se ajustar perfeitamente, e dizemos: "Ah, então é assim."
Papai pega o braço da Srta. Finster como um perfeito cavalheiro.
– Srta. Finster, concede-me a honra?
A Srta. Finster dá uma risada de colegial, embora deva ser tão velha quanto a Sra. Nightwing.
– Ah, Sr. Doyle. Vamos!
De braços dados, eles caminham na direção do grande prédio branco. Papai vira muito levemente a cabeça em nossa direção.
– Verei vocês na Páscoa.
Sim, dentro de duas semanas estaremos juntos novamente.
Mas duvido que ele realmente vá me ver.

Repreendo Tom, na viagem de trem para Londres:
– Thomas, por que você atormenta tanto o papai?
– Eu já esperava por isso. Defenda-o, como você sempre faz. Você, a favorita.

– Não sou a favorita. Ele nos ama igualmente.

Mas dizer isso me deixa com uma sensação esquisita no estômago, como se estivesse mentindo.

– É o que dizem, não? Pena não ser verdade – diz ele, amargamente. Mas, de repente, anima-se. – Na verdade, ele estava errado quanto ao Clube Athenaeum. Fui convidado para jantar lá, com Simon Middleton e Lorde Denby.

À menção do nome de Simon, fico sem fôlego.

– Como vai Simon? – pergunto.

– Bonito. Encantador. Rico. Em suma, vai muito bem. – Tom me dá um pequeno sorriso e não posso deixar de sentir que ele se diverte à minha custa.

Simon Middleton, um dos mais cobiçados solteiros da Inglaterra, é de fato todas essas coisas. Ele me cortejou ardorosamente durante o período do Natal e pretendia casar-se comigo, mas o recusei. E, de repente, não consigo lembrar-me do motivo.

– É prematuro dizer – continua Tom –, mas acredito que o velho Denby apresentará minha candidatura a membro. Apesar da maneira horrorosa como você tratou Simon, Gemma, sei que o pai dele continua meu defensor. Mais do que papai.

– Simon... Simon lhe disse que o tratei de uma maneira horrorosa?

– Não. Ele não mencionou absolutamente seu nome.

– Será maravilhoso ver os Middleton novamente – digo, fingindo que as palavras dele não me magoaram, de jeito nenhum. – Com certeza Simon deve estar todo feliz acompanhando jovens pela cidade, não é? – Dou uma pequena risada, com a intenção de que soe desdenhosa.

– Hum – diz Tom. – Não sei.

– Mas eles estão em Londres, atualmente?

Meu sorriso desaparece. *Vamos, Thomas. Jogue uma migalha para mim, droga de irmão.*

– Logo estarão. Eles têm uma prima distante, dos Estados Unidos, que virá visitá-los durante a temporada social, uma tal Srta. Lucy Fairchild. Vale uma fortuna, pelo que sei. – Tom sorri, presunçosamente. – Talvez você possa dar um jeito para que eu seja apresentado a ela. Ou, quando eu for um membro bem posicionado do Athenaeum, quem sabe ela não pedirá para ser apresentada a mim?

É realmente impossível manter um sorriso na presença do meu irmão. Nem mesmo os monges têm o tipo de paciência exigido para isso.

– Não entendo por que você se preocupa tanto com o Athenaeum – digo, com irritação.

Tom ri com a maior superioridade possível e não posso deixar de imaginá-lo imerso num grande caldeirão e cercado por canibais famintos, brandindo tochas.

– Você não entende, não é, Gemma? Não quer pertencer a ninguém, nem a nada.

– Pelo menos, os membros da Sociedade Hipócrates são homens da ciência e da medicina – digo, ignorando a desconsideração dele. – Têm os mesmos interesses que você.

– Eles não são merecedores do mesmo respeito conquistado pelo Clube Athenaeum. É lá que está o verdadeiro poder. E ouço dizer que os homens da Hipócrates podem votar pela permissão ao ingresso de mulheres, num escalão inferior. – Meu irmão ri, com desdém. – Mulheres! Num clube de cavalheiros!

– Já estou gostando deles – digo.

Ele sorri afetadamente.

– É, só podia mesmo gostar.

# Capítulo
## Seis

Da última vez em que vi nossa casa, em Belgravia, ela estava coberta pela rigidez do inverno. Quando nossa carruagem dá voltas pelo Hyde Park, somos saudados pela gloriosa visão de árvores florescentes erguendo-se tão altivas quanto a guarda real. Os narcisos exibem seus novos gorros amarelos. Londres sorri.

Mas não nossa governanta, a Sra. Jones. Ela me cumprimenta da porta com seu vestido preto e avental branco, tendo na cabeça uma touca branca que parece um paninho de mesa, e uma expressão tão severa que me imagino colocando um vidro na frente de sua boca pra ver se ainda há algum hálito saindo dela.

– Fez boa viagem, senhorita? – pergunta ela, sem entusiasmo.

– Ótima, muito agradável, obrigada.

– Que bom, senhorita. Então, mando levar sua mala para seu quarto?

– Sim, obrigada.

Nós nos esforçamos muito para manter a cortesia. Nunca dizemos o que queremos. De tão artificiais, poderíamos cumprimentar uns aos outros e falar apenas de queijos – "Que tal seu Limburger, senhorita?", "Salgado como um Stinking Bishop maduro, obrigada", "Ah, muito cheddar, senhorita. Mandarei levar seu Stilton para seu Camembert, então" – e, provavelmente, ninguém notaria a diferença.

– Sua avó a espera na sala de visitas, senhorita.

– Obrigada. – Não consigo me segurar. – Verei a mim mesma dentro do queijo Muenster.

– Como quiser, senhorita.

E cá estamos, embora seja uma pena que minha maldade tenha sido desperdiçada, sem ninguém para apreciá-la, a não ser eu mesma.

– Você está atrasada – declara vovó, no momento em que abro a porta da sala de visitas. Não sei por que ela me culpa, pois não fui nem o cocheiro nem o cavalo. Ela me lança um olhar desaprovador dos pés à cabeça. – Temos de comparecer a um chá em casa da Sra. Sheridan. É claro que você vai querer trocar de roupa. O que aconteceu com seu cabelo? É a moda na Spence atualmente? Você precisa trocar de penteado. Fique em pé, imóvel. – Vovó puxa meu cabelo para cima com tanta força que lágrimas me vêm aos olhos. Ela enfia três grampos que quase afundam em meu crânio. – Melhorou muito. Uma dama deve sempre se apresentar da melhor maneira possível.

Ela toca uma sineta e nossa governanta chega como um fantasma.

– Sim, madame?

– Sra. Jones, a Srta. Doyle precisará de ajuda para se vestir. Acho que ela deve usar seu vestido de lã cinzenta. E outro par de luvas. Algo que não pareça ser da faxineira – diz ela, olhando carrancuda para as manchas nas pontas de meus dedos.

Cheguei em casa há menos de um minuto e já estou cercada e sob avaliação. Meu olhar percorre a sala de visitas escura – as pesadas cortinas de veludo cor de vinho, as paredes cobertas por um papel verde-escuro, a escrivaninha e as estantes de mogno, o tapete oriental e a enorme samambaia num vaso pesado.

– Esta sala precisa de um pouco de luz.

*Rá*. Se ela quer críticas, ambas podemos brincar desse jogo.

O rosto de vovó se franze de preocupação.

– É uma sala elegante, não? Está dizendo que não é elegante?

– Não disse isso. Só falei que seria bom deixar a luz entrar.

Vovó olha para as cortinas, como se considerasse essa possibilidade. Mas é por pouco tempo, e outra vez ela me observa como se eu fosse uma completa idiota, que não entende de nada.

– O sol desbotaria o sofá. E agora, se já encerramos o assunto decoração, é melhor ir trocar de roupa. Sairemos em meia hora.

Uma criada silenciosa nos conduz para a formidável biblioteca da Sra. Sheridan. A visão de tantos livros me conforta, mas não posso dizer o mesmo do traje de lã cinzenta. Ele irrita minha pele e provoca uma coceira que me dá vontade de gritar. A Sra. Jones apertou com tanta força em meu espartilho que, se eu ousar tomar dois goles de chá, o segundo com certeza voltará. Cinco outras moças vieram com suas mães. Fico horrorizada ao descobrir que não conheço nenhuma delas, embora elas pareçam conhecer umas às outras. Pior ainda, nenhuma foi obrigada a usar lã sem graça. O aspecto delas é de um frescor primaveril, enquanto eu pareço a tia solteirona que toda moça sente pavor de ter como acompanhante. O máximo que consigo é não fazer uma confidência à moça mais próxima de mim: "Se eu morrer durante o chá asfixiada por meu próprio espartilho, por favor, não deixe que me enterrem com um vestido tão horroroso, senão voltarei como uma assombração para atormentar você."

Não tenho ilusões de que isto seja simplesmente um chá; é uma feira, e nós, moças, somos a mercadoria. Enquanto as mães conversam, bebemos nosso chá em silêncio, com nossos sorrisos espelhando os delas, como se fôssemos intérpretes de uma pantomima. Devo lembrar-me de só falar quando me dirigirem a palavra, e de fazer eco aos sentimentos dos outros. Trabalhamos em conjunto para manter a limpa e bela superfície desta vida, jamais ousando causar um respingo.

Com cada pergunta, cada olhar, estamos sendo medidas pelas escalas exigentes de suas mentes, subindo e descendo, como se estivéssemos numa balança que equilibrasse as expectativas e os desapontamentos delas. Esta ri demais. O cabelo daquela é áspero, sua pele, avermelhada. Aquela moça tem uma expressão triste; ainda outra mexe seu chá demoradamente demais, enquanto uma desafortunada moça arrisca ousadamente dizer que acha a chuva "romântica", e ouve a firme resposta de que a chuva só é boa para as rosas e para causar reumatismo. Sem dúvida, a mãe dela a repreenderá impiedosamente, na carruagem, e culpará diretamente a governanta pela iniquidade.

Durante um curto espaço de tempo, as mulheres nos fazem perguntas: Estamos esperando com alegria por nossos *débuts*? De que ópera, ou de que peça gostamos? À medida que damos nossas respostas superficiais, elas sorriem e não consigo ler o que está por trás de suas expressões. Será que invejam nossa juventude e beleza? Sentem felicidade e entusiasmo diante da vida que temos diante de nós? Ou desejam outra oportunidade em sua própria vida? Uma oportunidade diferente?

Logo as mães se cansam das perguntas. Começam uma conversa que não nos diz respeito. Durante uma excursão pelo jardim da Sra. Sheridan – que lhe causa um orgulho desmedido, embora o trabalho todo tenha sido feito pelo jardineiro –, graças a Deus somos abandonadas à nossa própria conversa. As máscaras treinadas desaparecem.

– Viu a tiara de Lady Markham? Não é linda? Eu daria tudo para usar uma tiara como aquela, nem que fosse apenas por um momento.
– Por falar em Lady Markham, será que você soube dos rumores? – pergunta uma moça chamada Annabelle.

As outras voltam imediatamente sua atenção para ela.

– Annabelle, que rumores? O que aconteceu?

Annabelle dá um suspiro profundo, mas há uma certa alegria nisso, como se ela estivesse todo aquele tempo contida, esperando uma oportunidade para contar a novidade.

– Eu soube confidencialmente, e só revelarei o que é se prometerem não contar a mais ninguém.

– Ah, claro! – prometem as moças, sem dúvida pensando quem será a primeira a ouvir a história infeliz.

– Ouvi dizer que Lady Markham mudou de ideia e que talvez, afinal, não apresente a Srta. Worthington à corte.

As meninas põem mãos enluvadas em cima da boca, mas a alegria delas aparece, como uma anágua que despencou. Estão contentes com a fofoca, e duplamente contentes porque não tem nada a ver com elas. Não sei o que dizer. Devo contar a elas que Felicity e eu somos amigas? Será que elas sabem?

Começa um coro de exclamações: "Ah, meu Deus. Pobre Felicity!" "Que escândalo." "Mas ela é tão atrevida." "É verdade. A culpa é dela mesma." "Eu a adoro, mas..." "De fato."

Annabelle intervém. Claramente, ela é a rainha entre as moças.

– A independência dela não lhe traz a estima das damas influentes. E, depois, há a questão da mãe dela.

– Ah, mas que questão? Detesto minha governanta, ela nunca me conta nada! – diz uma moça, com as faces parecendo maçãs e uma boca delicada.

Os olhos de Annabelle cintilam.

– Há três anos, a Sra. Worthington foi para o exterior, enquanto seu marido, o almirante, estava no mar. Mas todos sabiam que ela fugiu para Paris, a fim de se encontrar com seu amante! Se o almirante Worthington não fosse o herói que é, e um favorito de Sua Majestade, a Srta. Worthington não teria nenhum lugar, absolutamente, na sociedade decente.

Sei muita coisa sobre os horrores que o almirante infligiu à sua filha, como ele ia ao quarto dela tarde da noite, para fazer o que nenhum pai deveria. Mas jurei a Fee guardar esse segredo, e quem acreditaria nele, mesmo se a verdade fosse contada? As pessoas têm o hábito de inventar ficções, nas quais acreditam com convicção, a fim de ignorar a verdade que não podem aceitar.

– Mas há mais coisas – diz Annabelle.

– Conte! Conte!

– Ouvi por alto mamãe contar à Sra. Twitt que, se a Srta. Worthington não fizer seu *début*, sua herança estará perdida. O testamento da avó dela declara, com a maior ênfase, que ela deve fazer seu *début* "como uma dama de boa posição moral", senão o dinheiro irá para o Hospital Foundling, e Felicity ficará à mercê do almirante, que definirá seu futuro.

O maior desejo de Felicity é sua liberdade. Mas agora ela corre o risco de ver esse sonho desfeito. Não posso impedir que o sangue suba ao meu rosto. Minhas bochechas devem estar ruborizadas, e todas vendo. Se eu pudesse, socaria as lindas orelhas de Annabelle. Como meu espartilho está apertado demais, mal posso respirar. Minha pele está formigando, minha cabeça gira e, por um momento, é como se eu saísse do meu próprio corpo.

– Ai! – grita Annabelle, virando-se para a moça que está ao seu lado. – Constance Lloyd! Como ousa me beliscar?

A boca de Constance se abre num "O" de surpresa.

– Não belisquei.

– Beliscou, sim, ora essa! Meu braço ficou machucado!

As outras moças tentam conter sua alegria, enquanto Constance e Annabelle se empenham numa guerra impiedosa. A tontura que eu sentia um momento antes desapareceu e me sinto muito bem, melhor do que me sentia há anos.

– Quando eu disse que poderíamos oferecer uma festa no jardim, à inglesa, a Sra. Sheridan me lançou um olhar estranhíssimo. Acha que considerou a ideia comum demais? Pensei que seria uma festa muito simpática. E você, qual sua opinião?

Vovó me atormentou com essa conversa durante toda a viagem de carruagem até em casa. Ela se aflige constantemente por causa de todas as possíveis desconsiderações ou julgamentos que imagina. Queria que ela vivesse sua própria vida e não se preocupasse tanto com o que pensam os outros.

Claro que tenho minhas próprias aflições. Como posso contar a Felicity o que ouvi sem perturbá-la? Como alguém consegue ter uma conversa racional com Felicity? É como tentar domar uma força da natureza.

– Acho linda e apropriada uma festa no jardim inglesa. Não é um baile turco, admito, mas até Sua Majestade acha exibições desse tipo inconvenientes. Isso foi discutido entre as jovens? Elas acharam minha sugestão inadequada?

– Não se conversou sobre isso.

Suspiro, apoiando minha cabeça do lado da carruagem. O espesso nevoeiro londrino vai chegando. As ruas estão escuras, as pessoas aparecem como se fossem fantasmas. Espio um rapaz com cachos escuros e um boné de vendedor de jornais e meu coração dá um salto. Quase me inclino para fora da janela.

– Com licença! O senhor aí! Senhor! – chamo.

– Gemma Doyle! – arqueja minha avó.

O rapaz se vira. Não é Kartik. Ele oferece as notícias do dia.

– Quer um jornal, senhorita?

– Não – digo, engolindo em seco. – Não, obrigada.

Torno a me instalar no assento, decidida a não olhar novamente nem despertar desnecessariamente minhas esperanças. *Onde está você, Kartik?*

– Que coisa mais descortês – diz minha avó, com impaciência. Seus olhos se estreitam, com um novo pensamento. – Elas acharam, na festa, que falta alguma coisa em você, Gemma? Será que você falou com excessiva liberdade, ou se comportou... de maneira estranha?

*Apareceram garras no lugar das minhas unhas e eu lati para a lua. Confessei que devoro corações de criancinhas. Disse a ela que gosto dos franceses.* Por que a culpa é sempre minha?

– Falamos das flores da Sra. Sheridan – digo, com um tom de voz neutro.

– Ora, não há nada de errado nisso – diz minha avó, tranquilizando-se. – Não, nada, absolutamente.

Já tarde, em minha última noite em Londres, minha infelicidade alcança proporções operísticas. Vovó vai para a cama cedo, "exausta" com os acontecimentos do dia. Tom vai jantar no Athenaeum, por ordem de Lorde Denby.

– Quando voltar, serei um grande homem – diz ele, admirando a si mesmo no espelho em cima do console da lareira.

Está usando uma cartola nova, que o faz parecer um espantalho rico.

– Ficarei praticando minha reverência, enquanto você estiver fora – respondo.

Tom se vira para mim com um sorriso sarcástico.

– Gostaria de mandar você para um convento, mas nem mesmo aquelas santas mulheres têm paciência suficiente para suportar sua petulância. Não precisa me acompanhar até a saída – diz ele, caminhando a passos largos para a porta, como se tivesse molas em seus pés. – Não quero interromper seu amuado recolhimento junto à lareira.

– Não se preocupe – digo, tornando a me virar para o fogo, com um suspiro. – Você não interromperá.

Minha temporada social sequer começou e já me sinto um fracasso. É como se eu tivesse herdado uma pele à qual não me ajusto inteiramente, e então caminho de um lado para outro puxando-a e esticando-a constantemente, prendendo-a com alfinetes e aparando-a, numa tentativa desesperada de preenchê-la, com a esperança de que ninguém observe minha luta e diga: "Aquela ali – ela é uma fraude. Veja como ela não se encaixa, de jeito nenhum."

Se, pelo menos, eu pudesse entrar nos reinos. Ah, o que está acontecendo lá? Por que não consigo entrar? O que aconteceu com a magia? Onde estão minhas visões? E pensar que eu tinha medo delas, antigamente. Agora, o poder que eu amaldiçoava é a única coisa pela qual anseio.

A única coisa, não. Mas também não posso fazer nada em relação a Kartik.

Olho fixamente para o fogo, espiando as gordas chamas alaranjadas que pulam de um lado para o outro, exigindo atenção. Profundamente, dentro de cada uma, uma fina alma azul arde pura e quente, devorando cada pedacinho de mecha, para manter o fogo aceso.

O relógio do console da lareira bate os segundos; o som constante é como uma canção de ninar que me faz cochilar. Vem o sono, e me perco em sonhos.

Uma pesada neblina me envolve. Diante de mim está um enorme freixo, com seus galhos retorcidos elevando-se na direção de um sol que se desvaneceu. Uma voz me chama:

*Venha até onde estou...*

Minha pulsação se acelera, mas não consigo ver ninguém.

Você é a única pessoa que pode nos salvar, salvar os reinos. Precisa vir até onde estou...

– Não posso entrar – murmuro.

– Há outro caminho, uma porta secreta. Confie na magia. Deixe que ela a conduza para lá.

– Não tenho mais magia...

Está enganada. Seu poder é extraordinário. Ele se acumula dentro de você e quer ser liberado. Solte seu poder. É o que eles temem, o que você não deve temer. Posso ajudar você, mas precisa vir até onde estou. Abra a porta...

A cena muda. Estou dentro das Cavernas dos Suspiros, diante do Poço da Eternidade. Abaixo da superfície gelada da água jaz a Srta. Moore, com seu cabelo escuro espalhando-se, como o de Kali. Ela flutua debaixo de sua prisão de gelo, linda como Ofélia, assustadora como uma nuvem de tempestade. Sinto um tremor no fundo de meus ossos.

– Você está morta – arquejo. – Eu te matei.

Os olhos dela se abrem, repentinamente.

– Está enganada, Gemma. Estou viva.

Acordo, num sobressalto, e descubro que ainda estou na cadeira, com o relógio no console da lareira marcando onze e meia da noite. Sinto-me estranha, febril. Fios soltos de meu cabelo estão pendurados junto da minha boca e meu sangue corre furiosamente. Minha impressão é de ter sido visitada por um fantasma.

*Foi apenas um sonho, Gemma. Deixe pra lá. Felicity tem razão. Circe está morta e, se o sangue dela está em suas mãos, você não tem nada do que se envergonhar.* Mas não consigo parar de tremer. E que tal a outra parte do sonho? Uma porta. O que eu não daria por um caminho de volta para os reinos, para a magia. Não ficaria assustada, dessa vez. Sentiria apenas prazer nisso.

Lágrimas quentes me vêm aos olhos. Sou inútil. Não posso entrar nos reinos. Não posso ajudar minhas amigas nem meu pai. Não posso encontrar Kartik. Não posso sequer ficar alegre numa festa de jardim. Não tenho lugar neste mundo. Remexo no fogo agonizante, mas ele se transforma em apenas lascas ardendo. Parece que sou inútil até para isso. Jogo o atiçador no chão e bato com a mão, ruidosamente, no console da lareira. Gostaria de me afogar em calor e acabar com os tremores.

Meus dedos formigam, meus braços tremem. Volta a mesma tontura que senti mais cedo. Tenho a impressão de que vou desmaiar.

Um repentino hálito quente vem da boca da chaminé. O fogo torna a arder, ganha vida. Com um grito alto, tiro minha mão e caio no chão. Imediatamente, o fogo crepita e se apaga.

Mantenho minha mão diante de meu rosto. Fiz isso? As pontas dos meus dedos ainda formigam, mas muito de leve. Aponto-as na direção da lareira, mas nada acontece. Fecho meus olhos. "Ordeno que façam fogo!" Uma tora escurecida se fragmenta e cai, transformando-se em fuligem. Mas nada.

Passos nervosos, *tap-tap*, vêm pelo saguão. A Sra. Johnson entra apressadamente na sala.

– Srta. Gemma! O que aconteceu?

– O fogo. Estava apagado e depois se acendeu de repente, e a lareira inteira ficou em chamas.

A Sra. Jones pega o atiçador jogado fora e remexe com ele os últimos gravetos.

– Agora está apagado, senhorita. Ficará a fuligem na chaminé. A primeira coisa que vou fazer amanhã é chamar o limpador.

Tom chegou em casa e, embora a hora já seja tardia, eu só o esperava muito mais tarde. Ele serve para si mesmo um copo do uísque escocês de papai e se instala numa cadeira.

A Sra. Jones lança uma olhada desaprovadora.

– Boa-noite, senhor. Vai precisar de mim?

– Não, obrigado, Sra. Jones. Pode retirar-se.

– Está bem, senhor. Senhorita.

Tom me olha com desprezo.

– Já não passou da sua hora de ir para a cama?

– Como eu poderia dormir sabendo que o mais novo membro do Clube Athenaeum honraria nosso lar a qualquer momento com sua elevada presença?

Faço uma curvatura com um floreio excessivo e espero que Tom retribua a estocada. Quando ele não retribui, fico sem saber se ele é mesmo meu irmão. Não é coisa sua deixar que eu fique com a última palavra, sem sequer uma fraca tentativa de me derrubar.

– Tom, o que aconteceu?

Ele está caído em sua cadeira, com a gravata desamarrada, os olhos vermelhos.

– Em vez de mim, aprovaram Simpson como o novo membro – diz ele, tranquilamente.

– Lamento – digo, e é verdade. Talvez eu ache tola a preocupação de Tom com o Clube Athenaeum, mas a questão é importante para ele e foi cruel da parte daquela gente não ter enxergado isso. – Há alguma coisa que eu possa fazer?

– Sim – diz ele, esvaziando o que ainda havia em seu copo. – Deixar pra lá.

## CAPÍTULO SETE

EMBORA EU NUNCA IMAGINASSE QUE DIRIA ISSO, FICO CHEIA DE alegria ao ver a dama severa e imponente que é novamente a Spence. Os três dias que passei em Londres foram torturantes, com o aborrecimento de Tom, a constante preocupação de vovó e a ausência de papai. Não sei como sobreviverei à temporada social.

E há aquela outra questão: meu sonho perturbador e a estranha ocorrência na lareira. Conforme a confirmação do limpador, a súbita irrupção de fogo fora causada apenas por fuligem resistente dentro da chaminé. O sonho é mais difícil de deixar de lado, talvez porque quero acreditar que há uma porta secreta para entrar nos reinos e que a magia ainda vive dentro de mim. Mas o desejo por si só não torna as coisas uma realidade.

Os sinos da capela badalam, chamando-nos para as orações matinais. Vestidas com nossos antigos uniformes brancos, com as fitas dos nossos cabelos bem presas em seus lugares, seguimos pelo muito usado caminho, a ladeira que leva à velha capela de pedras e vigas.

– Como foi a visita à sua casa? – pergunta Felicity, começando a caminhar ao meu lado.

– Horrenda – digo.

Felicity sorri.

– Ora, aqui a infelicidade foi total! Cecily insistiu em brincar de fazer charadas, como se ainda estivéssemos no jardim de infância; e, quando Martha as adivinhava imediatamente, Cecily ficava amuada. Era *O morro dos ventos uivantes*, e todo mundo sabe que este é livro favorito dela, a não é mistério nenhum.

Rio com sua história e, por um segundo, tenho o impulso de lhe contar meu sonho. Mas isto apenas traria à baila outra vez o assunto

dos reinos, de modo que penso melhor e não digo nada a respeito. Em vez disso, falo:
— É bom estar de volta.
Os olhos de Felicity se arregalam de horror.
— Você está doente, Gemma? Está com febre? Sinceramente, não derramarei uma só lágrima quando chegar a hora de dizer adeus. Estou louca para fazer meu *début*. A odiosa fofoca de Annabelle é um peso imenso em minha alma.
— E Lady Markham é quem vai apresentar você, não é?
— Sim. Preciso ter uma madrinha para me introduzir na sociedade — diz Fee, bruscamente. — Meu pai pode ser um herói naval, mas minha família não tem a mesma posição que a sua.
Ignoro o golpe. O sol nos abençoou com o primeiro gosto do tempo quente que virá e voltamos nosso rosto para ele como flores.
— Que tipo de mulher é Lady Markham?
— É uma das seguidoras de Lady Denby — zomba Felicity.
Encolho-me à menção do nome da mãe de Simon. Lady Denby não tem nenhum amor por Felicity nem pela Sra. Worthington.
— Você sabe que tipo é esse, Gemma. Elas gostam de ser lisonjeadas e levadas a acreditar que a pessoa reverencia cada palavra que dizem como se tivesse saído da língua de Zeus. "Ah, Lady Markham, obrigada por seu bom conselho." "Como a senhora é inteligente, Lady Markham." "Seguirei ao pé da letra. Como tenho sorte por ser aconselhado pela senhora, Lady Markham." Elas querem ser donas da pessoa. — Felicity estica seus braços por cima da cabeça, buscando o céu.
— Vou deixar tudo isso por conta da minha mãe.
— E se Lady Markham não apresentasse você... O que aconteceria, então? — pergunto, com o coração na mão.
Os braços de Felicity tornam a cair dos lados de seu corpo.
— Eu estaria liquidada. Se eu não debutar, minha herança irá para o Foundling Hospital e estarei à mercê de papai. Mas isso não acontecerá. — Ela franze a testa. — Escute, você está insistindo muito nesse assunto. Ouviu alguma coisa?
— Não — digo, hesitando.
— Você está mentindo.
Não há como escapar. Ela me atormentará até que eu lhe diga a verdade.
— Está bem. Sim. Ouvi uma fofoca em Londres. Diziam que Lady Markham estava desistindo de apresentar você à corte... por causa

de... por causa da sua reputação. E só pensei que, havendo tanta coisa em jogo, talvez seja melhor que você... você... se comporte bem. Pronuncio o final quase num fio de voz.

Felicity estreita os olhos, mas há mágoa neles.

– Que eu me comporte bem?

– Só até depois de sua temporada social...

Felicity troça:

– Será que devo temer a cada pequena fofoca? Já sobrevivi a coisas piores. Sinceramente, Gemma, depois que parou de nos levar para os reinos, você está parecendo um ratinho idiota. Mal reconheço a Gemma de antigamente.

– Só pretendia avisar você – protesto.

– Não preciso de avisos, preciso de uma amiga – diz ela. – Se sua intenção é me repreender, como se fosse uma diretora de escola, é melhor se sentar junto à Sra. Nightwing.

Ela se afasta com um movimento brusco e vai dar o braço a Elizabeth, e o sol, que proporcionava uma sensação de calor tão agradável, não me aquece mais.

Evito a Sra. Nightwing e vou atrás de Ann. O sol da manhã ilumina os vitrais embolorados da capela. Ele revela a camada de fuligem que há em cima dos anjos e empresta uma feroz claridade ao bizarro painel com um solitário anjo guerreiro ao lado de uma cabeça cortada de górgona.

Curvamos nossas cabeças para rezar. Cantamos um hino. E, no final, nossa professora de francês, Mademoiselle LeFarge, lê um poema de William Blake:

> *And did those feet in ancient time*
> *Walk upon England's mountains green?*
> *And was the holy Lamb of God*
> *On England's pleasant pastures seen?*\*

Será essa minha vida, para sempre? Chás cuidadosos e o medo silencioso de não me ajustar, de ser uma fraude? Tive a magia em

---

\* E aqueles pés, em tempos antigos/ Caminharam sobre o verde das montanhas da Inglaterra?/ E o sagrado Cordeiro de Deus/ Foi visto nas agradáveis pastagens da Inglaterra?

minhas mãos! Experimentei a liberdade numa terra onde o verão não termina nunca. Enganei os Rakshana com um rapaz cujo beijo, de certa forma, ainda sinto. E foi tudo para nada? Eu preferia não ter vivido nada disso a ver tudo arrancado de mim, depois de apenas provar.

Com lágrimas ameaçando vir aos meus olhos, para manter a compostura, fixo minha atenção nos vitrais e na estranha mistura de anjos perigosos e guerreiros indecisos. Mademoiselle LeFarge enche a capela com as palavras elevadas do Sr. Blake:

> *And did the Countenance Divine*
> *Shine forth upon our clouded hills?*
> *And was Jerusalem builded here*
> *Among these dark satanic mills?*
>
> *Brincy me my bow of burning gold!*
> *Bring me my arrows of desire!*\*

Várias meninas mais novas soltam risadas abafadas por causa da palavra *desejo* e LeFarge precisa esperar por silêncio antes de continuar:

> *Bring me my spear! O clouds unfold!*
> *Bring me my chariot of fire!*
>
> *I will not cease from mental fight*
> *Nor shall my sword sleep in my hand*
> *Till we have built Jerusalem*
> *In England's green and pleasant land.*\*\*

LeFarge sai do púlpito, e a Sra. Nightwing toma nele seu lugar.
– Obrigada, Srta. LeFarge, por sua leitura. Muito emocionante. O poema nos lembra que a grandeza se encontra até no menor dos instantes, no mais humilde dos corações, e seremos, cada um de nós,

---

\* E o Semblante Divino/ Brilhou sobre nossas nubladas colinas?/ E foi Jerusalém construída aqui/ Entre esses escuros e satânicos moinhos?/ Tragam-me meu arco de ouro ardente!/ Tragam-me minhas setas do desejo!
\*\* Tragam-me minha lança! Abram-se nuvens!/ Tragam-me meu carro de fogo!/ Não cessarei meu combate mental/ Nem minha espada dormirá em minha mão/ Até termos construído Jerusalém/ Nas verdes e agradáveis terras da Inglaterra.

chamados para a grandeza. Se nos elevaremos até sua altura, ou se a deixaremos escapar, este é o desafio que se coloca diante de nós todos.

Os olhos dela percorrem a sala e parecem repousar em cada moça, passando-lhes um manto invisível. Meu impulso anterior de rir desaparece e um peso se instala sobre mim, como uma neve tardia da primavera.

– Abril está quase chegando, maio nos acena. E, para algumas de nossas meninas, logo virá o tempo de nos deixar.

Ao meu lado, Ann esfrega distraidamente as cicatrizes em seu braço. Ponho minhas mãos nas suas.

– Todos os anos, oferecemos um pequeno chá em homenagem a nossas graduadas. Este ano, não faremos.

Um ruído surdo e prolongado, manifestando choque, reverbera na pequena capela. As moças perdem seus sorrisos. Elizabeth está com uma expressão de quem vai chorar.

– Ah. Ah, não.

– Ela não ousará fazer uma coisa dessas – sussurra Cecily, horrorizada. – Ou será que sim?

– Quietas, quietas, por favor – diz a Sra. Nightwing. – É com grande prazer que lhes digo: este ano, não daremos um chá, mas um baile.

Uma onda de excitação se espalhou pelas meninas de um banco a outro da igreja. Um baile!

– Será um baile de máscaras, um alegre espetáculo de fantasias, a se realizar no dia Primeiro de Maio, para patronos e pais. Sem dúvida, vocês já começaram a sonhar com asas de fada e nobres princesas indígenas. Talvez haja entre vocês um pirata, Nefertiti ou a majestosa Rainha Mab.

Outra onda de exultação juvenil perturba a calma da capela.

– Eu seria uma maravilhosa Rainha Mab – diz Felicity. – Vocês não acham?

Cecily está ultrajada.

– Ora, Felicity Worthington, essa será minha fantasia.

– Não será mais. Pensei primeiro nela.

– Como você poderia ter pensado primeiro, quando quem pensou fui eu?

– Senhoras! Graça, força, beleza! – grita a Sra. Nightwing por sobre a algazarra, lembrando-nos o lema da Spence, bem como nossas boas maneiras. Nós nos aquietamos, como um jardim florido depois de uma ventania repentina. – Tenho outra surpresa. Como sabem, nossa Srta. McCleethy esteve fora durante esses meses, cuidando de questões pessoais urgentes. Estou satisfeita de dizer que suas obrigações em outros lugares terminaram, e ela voltará logo para cá. Recebi uma carta, que lerei em voz alta. – Ela pigarreia. – "Queridas damas da Spence, espero que esta carta as encontre bem. A primavera deve estar brilhando em nossa querida escola. Deve ser uma linda visão e espero apreciá-la em breve. A Sra. Nightwing me perguntou se eu poderia aceitar permanentemente o cargo deixado vago pela Srta. Moore, e estou feliz de dizer que aceitei. Não era minha intenção ficar na Spence, mas parece que sou necessária aí e vou para onde quer que meu dever me chame. Tenho a ardente esperança de ver todas vocês no fim do mês. Até então, espero que sigam bem com seus estudos, e que tenham muita sorte com o mingau."

A isto se seguiram risadas, pois o mingau da Spence é notoriamente horroroso.

"E, para aquelas que em breve nos deixarão, a fim de ocupar seus lugares no mundo, pediria que se lembrassem de suas obrigações, juntamente com seus sonhos. Afetuosamente, Srta. McCleethy."

A comunicação foi feita. As moças recomeçam com sua alegre tagarelice. Embora eu também esteja entusiasmada, não me sinto inteiramente à vontade. Não posso deixar de sentir que esse último trecho é dirigido a mim, uma flecha voando diretamente do arco retesado do desejo da Srta. McCleethy de ver a Ordem retomar seu lugar dentro dos reinos.

A última vez em que vi Claire Sahirah McCleethy foi no período do Natal, em Londres. Ela fingiu forjar uma aliança com os Rakshana e tentou forçar-me a levá-la para dentro dos reinos. Quando prendi a magia a mim mesma, ela esperava que eu devolvesse o poder à Ordem, unindo-me a esta nos termos que desejavam seus membros. Quando recusei, advertiu-me que não fizesse inimigos entre eles. E, depois, ela foi embora. A Sra. Nightwing disse pouco às moças da Spence sobre sua ausência. Agora ela está voltando e me indago o que isso pressagia para mim.

Saímos num jorro pelas antigas portas de carvalho da capela, em grupos de duas ou três, conversando ofegantes sobre o que acontecerá:

– Estou satisfeita de saber que a Srta. McCleethy está voltando. É uma boa notícia, sem dúvida – diz Cecily.

– Devemos preparar uma canção ou poema para receber nossa Srta. McCleethy, quando ela voltar – gorjeia Elizabeth.

– A voz dela incomoda meus ouvidos.

Martha entra na desordem:

– Ah, sim! Gostaria que fossem os sonetos do Sr. Shakespeare.

– Eu p-p-poderia cantar para ela – oferece-se Ann.

Ela vem seguindo logo atrás. Durante um momento, ninguém fala.

– Ah, Elizabeth, você tem uma voz linda. Por que *você* não canta para nossa Srta. McCleethy? – diz Cecily, meigamente, como se Ann não tivesse dito uma só palavra.

Ela me lembra uma abelha, aparentemente ocupada em fazer mel, mas com um ferrão bastante perigoso.

– Sim, cante – concorda rapidamente Martha.

– Então, está combinado. Martha e eu leremos um soneto. Elizabeth, você cantará. Fee, você quer fazer os preparativos conosco?

Gostaria que Ann se defendesse, dissesse a Cecily como ela é desprezível. Mas ela não se defende. Em vez disso, retarda seus passos, ficando bem para trás.

– Ann – digo, estendendo a mão.

Mas ela não olha para mim nem responde. Deixa claro que, agora, sou uma delas. Ainda faltam semanas para nos separarmos, mas ela já me empurra para longe.

Ótimo. Que faça como quiser. Desço a trilha para me unir às outras. As árvores vestem ainda desajeitadamente sua nova folhagem. Por entre as folhas esparsas, espio o progresso na Ala Leste. O torreão é surpreendente. Descubro que não posso deixar de olhar para ele, como se fosse um ímã puxando-me para entrar lá.

Altos gritos e ameaças irrompem do lugar e corremos para ver do que se trata. Um grupo de homens está em pé no gramado, todos de punhos cerrados, de prontidão. Quando me aproximo, vejo que não são os trabalhadores; são ciganos. Os ciganos voltaram! Examino seus rostos, esperando avistar Kartik. Ele já viajou em companhia dos ciganos. Mas hoje não está entre eles, e sinto uma dor no coração.

Os trabalhadores formam uma fila atrás de seu capataz, Sr. Miller. Seu número ultrapassa o dos ciganos numa proporção de dois para um, mas eles mantêm seus martelos à mão.

– O que há? Por que toda essa confusão? Sr. Miller, por que seus homens pararam de trabalhar? – pergunta a Sra. Nightwing.

– São esses ciganos, senhora. – O Sr. Miller sorri, com desdém. – Estão causando um problema.

Um cigano alto, de cabelo claro e sorriso sagaz, adianta-se. Seu nome é Ithal. Ele é o cigano que Felicity beijou, atrás do abrigo dos barcos. Felicity o vê também. O rosto dela empalidece. Com o chapéu na mão, ele se aproxima da Sra. Nightwing.

– Procuramos trabalho. Somos carpinteiros. Estamos construindo para muita gente.

– Cai fora, cara – diz o Sr. Miller, numa voz baixa e tensa. – Este trabalho é nosso.

– Podíamos trabalhar juntos. – Ithal estende a mão. O Sr. Miller não a aceita. – Essas são senhoras decentes. Não querem saber de ciganos sujos e ladrões por aqui.

A Sra. Nightwing chega até onde os dois estão.

– Tivemos ciganos em nossas terras durante muitos anos. Não nos causaram nenhum problema.

Os olhos do Sr. Miller soltam chispas.

– Estou vendo que a senhora é boa e caridosa. Mas se for bondosa com eles, nunca irão embora. Deviam voltar para seu próprio país.

Ithal segura seu chapéu com força, dobrando a aba.

– Se voltarmos, eles nos matarão.

O Sr. Miller sorri, largamente.

– Estão vendo? O próprio país deles não os quer por lá. Não contrate ciganos, madame. Eles a roubarão sem dó nem piedade. – Baixa a voz: – E o que acontecerá com essas moças aqui presentes, madame... O que poderia acontecer, ora, nem quero falar sobre isso.

Não gosto do Sr. Miller. Seu sorriso é uma ilusão. Não combina com o veneno de suas palavras. Ithal não diz nada em resposta, mas posso ver a linha apertada de seu maxilar e o que ele gostaria de fazer.

A Sra. Nightwing endireita a espinha, como faz quando repreende uma de nós.

– Sr. Miller, posso confiar que o senhor terminará esta ala a tempo para nosso baile?

– Sim, senhora – diz o Sr. Miller, ainda com os olhos em Ithal. – Foi a chuva que nos atrasou.

A Sra. Nightwing fala com os ciganos como faria com crianças intrometidas, que precisassem ir para a cama.

– Obrigada por seu interesse, cavalheiros. No momento, está tudo sob controle.

Observo os ciganos partirem, ainda esperando ver Kartik a qualquer momento. A Sra. Nightwing está ocupada com o Sr. Miller e aproveito minha oportunidade. Com uma moeda de um centavo na mão, caminho atrás dos ciganos.

– Com licença, senhor. Talvez tenha deixado cair isto – digo, oferecendo a moeda brilhante.

O cigano sabe que inventei a história; posso ver em seu sorriso desconfiado. Ele olha para Ithal, pedindo uma orientação.

– Não é nosso – diz Ithal.
– Poderia ser! – declaro, com veemência.
O outro homem está intrigado.
– Em troca do quê?
– Cuidado, amigo – adverte Ithal. – Somos como sujeira embaixo dos pés deles.

Ele transfere seu olhar para Felicity, que sequer se dá ao trabalho de espiar.

– Só quero saber se o Sr. Kartik está atualmente em sua companhia.

Ithal cruza os braços em cima do peito.
– Por que quer saber?
– Ele procurava trabalho como motorista. Conheço uma família que precisa de um, e achei que podia informar isso a ele.

Sinto vergonha de minha mentira.

– Está vendo? Sujeira. – Ithal me olha com raiva. – Não vejo o Sr. Kartik há alguns meses. Talvez ele já esteja a serviço de uma boa família e não possa vir brincar mais.

O comentário é uma bofetada, e me sinto adequadamente atingida por ele, mas estou ainda mais aborrecida por saber que ninguém viu Kartik. Receio que alguma coisa terrível tenha acontecido a ele.

A Sra. Nightwing cerca as moças e me apresso a voltar para o curral. Quando faço isso, ouço Ithal falando com os outros ciganos:

– Não se sintam tentados pelas rosas inglesas. A beleza delas desaparece, mas os espinhos ficam para sempre.

– Srta. Doyle! O que estava fazendo com aqueles homens? – repreende-me a Sra. Nightwing.

– Eu tinha um seixo dentro de minha bota. Só parei para tirá-lo.

– Escandaloso – sussurra Cecily.

Os sussurros dela poderiam ser ouvidos até pelos mortos.

A Sra. Nightwing segura meu braço.

– Srta. Doyle, junto com as outras, por favor...
Sua repreensão é interrompida por um grito alto de um dos trabalhadores.

– Vejam! Tem alguma coisa aqui embaixo!

Vários dos homens pulam para dentro do buraco, que fica entre o novo torreão e a parte antiga da escola. Alguém pede uma lanterna e ela é baixada. Seguimos a Sra. Nightwing, nos aglomerando em torno do buraco, com a esperança de dar uma olhada no que quer que tenha sido descoberto.

Os trabalhadores jogam para um lado suas pás. Movimentam rapidamente suas mãos sujas de terra para a frente e para trás, removendo torrões de lama seca. Há de fato alguma coisa dentro do solo – parte de um velho muro. A pedra tem estranhas marcas, mas estão fracas demais para se ver o que há ali. O Sr. Miller franze a testa.

– O que será isso, agora?

– Talvez seja uma adega – opina um homem com um bigode cerrado.

– Ou um cárcere – diz outro, sorrindo. Ele dá um tapa na bota do menor dos homens. – Quietinho, Charlie! Seja um bom rapaz, senão você vai parar dentro do buraco!

Ele agarra de repente o tornozelo do rapaz, assustando-o, e os homens caem numa risada descontrolada.

A Sra. Nightwing pega a lanterna e a segura por cima da pedra antiga. Ela a examina do alto, franzindo os lábios, e depois, com a mesma rapidez, devolve a lanterna ao Sr. Miller.

– Provavelmente é uma relíquia dos druidas, ou até dos romanos. Dizem que o próprio Aníbal atravessou essa área com seus soldados.

– Talvez a senhora tenha razão. Parece uma espécie de construção para marcar o lugar – diz o homem troncudo.

Há alguma coisa estranhamente familiar em tudo isso, como se fosse um sonho que não consigo captar inteiramente, antes que ele escape da minha memória para sempre. Não consigo impedir que meus dedos se estendam na direção da relíquia. Minha respiração se acelera, minha pele está quente. Quero tocar naquilo...

– Cuidado, senhorita! – O Sr. Miller me empurra para trás quando tropeço para a frente.

O calor sai das minhas mãos e tenho um sobressalto, como se acordasse.

– Srta. Doyle! Está perto demais! – repreende a Sra. Nightwing. – Nenhuma de vocês, meninas, deveria estar aqui, e acredito, na verdade, que Mademoiselle LeFarge está esperando por algumas de vocês.
– Sim, Sra. Nightwing – respondemos, mas não saímos dali.
– Devemos tirar isso daí, senhora? – pergunta o Sr. Miller, e novamente aquela estranha sensação toma conta de mim, embora eu não saiba dizer o motivo.

A Sra. Nightwing faz que sim com a cabeça. Os homens se esforçam para retirar aquilo. Repetidas vezes, eles se afastam, com os rostos vermelhos e arquejando, sem fôlego. O maior e mais forte entre eles pula para dentro do buraco e coloca todo o seu peso contra ele. Mas este homem também se afasta.

– Não cede nem um centímetro – diz.
– O que quer fazer, senhora?
A Sra. Nightwing sacode a cabeça.
– Está aí há tanto tempo... Deixem isso pra lá.

# Capítulo Oito

Felicity ainda não me perdoou pelo meu conselho referente a Lady Markham, então me descubro sem poder entrar em sua tenda, no grande salão. Não é que ela me diga que não sou bem-vinda, simplesmente recebe cada uma das monótonas histórias de Cecily com uma jovial risada e mostra um excesso de interesse em cada pretensioso detalhe da última ida de Elizabeth à costureira, enquanto cada sílaba que pronuncio encontra um completo desdém. Finalmente, refugio-me na cozinha.

Fico surpresa ao ver Brigid deixando uma tigela de leite na lareira. E ainda mais curioso, ela prende um crucifixo na parede ao lado da porta e pequenos rebentos de folhas marcam as janelas.

Sirvo-me de um pedaço duro de pão de centeio, da despensa.

– Brigid – digo, então, e ela dá um pulo.

– Pelo amor de Deus! Não aborde assim de mansinho sua velha Brigid – diz ela, pousando a mão em cima do coração.

– O que você está fazendo? – Aceno com a cabeça em direção ao leite. – Há algum gato por aqui?

– Não – diz ela, agarrando sua cesta de costura. – E isto é tudo o que posso dizer sobre o assunto.

Brigid sempre tem mais a dizer sobre todos os assuntos. É, simplesmente, uma questão de induzi-la a contar o boato.

– Por favor, Brigid. Não direi a ninguém – prometo.

– Bem... – Ela faz um sinal para que me sente junto dela, em frente ao fogo. – É para proteção – sussurra. – Como também a cruz e as folhas de sorveira-brava nas janelas.

– Proteção contra o quê?

Brigid enfia sua agulha dentro do tecido e a puxa do outro lado.

– A Ala Leste. Não é certo colocar outra vez aquele lugar amaldiçoado do jeito como estava.
– Você quer dizer por causa do incêndio e das moças que morreram?
Brigid estica o pescoço para se certificar de que ninguém nos ouve. A costura está parada em seu colo.
– Sim, por causa disso. E sempre senti que havia alguma coisa errada ali.
– O que você quer dizer? – pergunto, dando outra mordida no pão.
– A gente descobre essas coisas por pura intuição. – Ela apalpa a cruz que usa numa correntinha no pescoço. – E um dia ouvi a Sra. Nightwing perguntando à Sra. Spence alguma coisa sobre a Ala Leste, e a Sra. Spence, que descanse em paz, disse a ela que não se preocupasse, que ela nunca deixaria nada entrar, mesmo que para isso precisasse morrer primeiro. Tenho até um calafrio quando penso nisso.
Eugenia Spence dando sua vida para salvar todo mundo das criaturas das Terras Invernais. Engulo com dificuldade o pão que estava mastigando.

Brigid olha através das janelas o bosque escuro adiante.
– Gostaria que deixassem aquilo como estava.
– Mas, Brigid, pense como ficará lindo quando estiver pronto e a Spence recuperar seu aspecto de antigamente – argumento. – Não seria uma bela homenagem à Sra. Spence?
Brigid faz que sim com a cabeça.
– É verdade, seria. Mas, mesmo assim... – Põe sua mão em concha embaixo do meu queixo. – Você não vai contar nada a ninguém sobre o leite da velha Brigid, não é?
Balanço a cabeça.
– Claro que não.
– Você é uma boa menina. – Ela dá palmadinhas em minha face e isso, mais do que qualquer simpatia para dar boa sorte, tem o poder de livrar minha alma dos fantasmas. – Logo que chegou aqui, usando roupa de luto, achei você muito estranha. São seus olhos verdes, eles me fazem lembrar que a pobre Mary Dowd também morreu no incêndio, junto com sua amiga Sarah. Mas você não se parece com elas. De jeito nenhum.
– Obrigada pelo pão – digo, embora tenha se transformado em chumbo na minha barriga.

– De nada, amor. É melhor voltar. Sentirão sua falta. – Ela olha novamente para a escuridão lá fora. – Não é certo botar aquilo novamente como estava. Sinto isso. Não é certo.

Os olhos de Eugenia Spence, que enxergam tudo, observam-me enquanto subo a escada e vou para meu quarto. Seu cabelo branco está penteado à moda da época, com cachos na testa e uma massa de cabelo cacheado na parte de trás de sua cabeça. Seu vestido tem uma gola alta e um elaborado franzido descendo dos dois lados do corpete verde vivo – nada da calma do cinzento ou do preto para Eugenia Spence. E em seu pescoço está o amuleto do olho sobre o crescente, o mesmo que agora se encontra pendurado no meu, escondido embaixo do meu vestido.

Minha mãe causou sua morte.

Em meu quarto, pego o diário de minha mãe e leio novamente sobre o heroísmo de Eugenia, como ela se ofereceu em sacrifício, no lugar de Sarah e minha mãe.

– Você vai pagar por isso – gritou a criatura, agarrando o braço de Sarah.

A boca de Eugenia se apertou.

– Temos que ir até as Terras Invernais.

Nós nos vimos naquela terra de gelo e fogo, de árvores nuas e de noite eterna. Eugenia a enfrentou.

– Sarah Rees-Toome, as Terras Invernais não tomarão você. Volte comigo. Volte.

A criatura virou-se para ela:

– Ela me chamou. Ela tem que pagar, senão o equilíbrio dos reinos estará ameaçado.

– Eu irei no lugar dela.

– Que seja. Nós poderemos fazer muita coisa com alguém tão poderoso.

Eugenia atirou seu amuleto do olho crescente na minha direção.

– Mary, corra! Leve Sarah com você para o outro lado da porta e fecharei os reinos!

Então a coisa a fez gritar de dor. Seus olhos encheram-se de súplica, e eu perdi o ar, pois nunca tinha visto Eugenia assustada antes.

– Os reinos devem ficar fechados até conseguirmos encontrar nosso caminho de novo. Agora... corra! – gritou ela. E, na última vez que vi Eugenia, ela estava recitando o feitiço para fechar os reinos, enquanto a escuridão a engolia sem deixar traços.

Fecho o diário de minha mãe e fico deitada de barriga para cima, olhando para o teto e pensando em Eugenia Spence. Se ela não tivesse jogado o amuleto para minha mãe e fechado os reinos para sempre, não daria nem para imaginar que tipo de terrores seriam infligidos a este mundo. Com aquele único ato, ela nos salvou a todos, embora ele significasse sua destruição. E indago a mim mesma o que aconteceu a ela, que destino terrível teve a grande Eugenia Spence, por causa do pecado de minha mãe, e se terei, algum dia, condições de repará-lo.

Quando meus sonhos me encontram, são inquietantes. Uma bela dama, com vestido e chapéu lilases, corre pelas ruas de Londres, tomadas por nevoeiros. Seu cabelo louro-avermelhado se solta e cai sobre seu rosto assustado. Ela acena para mim, chamando-me para que eu a siga, mas não posso acompanhar sua corrida; meus pés estão tão pesados quanto chumbo e não consigo enxergar nada. As pedras do calçamento estão cobertas de anúncios de papel de um espetáculo de algum tipo. Estendo a mão e pego um dos anúncios: "*Dr. Theodore Van Ripple – extraordinário prestidigitador!*"

O nevoeiro clareia e estou subindo a escada da Spence, passando pelo enorme retrato de Eugenia Spence. Subi até me chegar ao telhado, com minhas roupas de dormir. O vento as levanta com sua força. No horizonte, há uma massa de nuvens de tempestade. Abaixo, os homens continuam com seu trabalho na Ala Leste. As mãos deles são tão rápidas quanto o piscar de uma coruja. A coluna de pedra eleva-se mais alto do que todo o resto. Uma pá bate no solo, mas não o penetra. Atinge alguma coisa sólida. Os homens olham para mim.

– Gostaria de abrir isso, senhorita?

A dama com o vestido lilás abre a boca. Tenta me dizer alguma coisa, mas não sai nenhum som, apenas seus olhos transmitem alarme. De repente, tudo se movimenta muito depressa. Vejo um quarto iluminado por uma única lâmpada. Palavras. Uma faca. A dama correndo. Um corpo flutuando na água. Ouço uma voz, como um sussurro em meu ouvido: "*Venha até onde estou...*"

Acordo com um sobressalto. Quero dormir novamente, mas não consigo. Alguma coisa me chama, me atrai escada abaixo, faz com que eu saia para o gramado, onde uma lua cheia espalha sua luz amanteigada por cima do esqueleto de madeira da Ala Leste. O torreão se eleva até nuvens muito baixas. Sua sombra estende-se pelo gramado e toca os dedos de meus pés descalços. A grama está fria com o orvalho.

Em cima do telhado, as gárgulas dormem. O chão parece zumbir embaixo de meus pés. E, outra vez, sou arrastada para o torreão e para as pedras que há lá. Desço pelo buraco. A estrutura da Ala Leste paira por cima de minha cabeça e as nuvens noturnas se movimentam como açoites de um chicote irado. O olho crescente brilha e, sob a luz fraca, vejo um esboço com a mesma forma do amuleto na pedra.

Um formigamento começa em meus dedos. Viaja pelo meu corpo. Alguma coisa dentro de mim quer se libertar. Não posso controlar isso e tenho medo do que possa ser.

Ponho minhas mãos na pedra. Uma onda de poder crescente percorre meu corpo. A pedra brilha, num tom dourado claro, e o mundo escurece. É como olhar para o negativo de uma fotografia. Atrás de mim está a Spence; à minha frente, o esqueleto da Ala Leste e, mais adiante, o bosque. Mas se eu virar a cabeça, há outra imagem brilhando, de uma coisa diferente, que se eleva no meio. Pisco, tentando tornar a imagem mais clara.

E quando torno a olhar, vejo o esboço de uma porta.

– Gemma, por que você nos trouxe aqui para fora, no meio da noite? – resmunga Felicity, esfregando os olhos para despertar.

– Você verá – digo, passando a luz de uma lanterna sobre o gramado dos fundos.

Ela treme, com sua camisola fina.

– Poderíamos, pelo menos, ter trazido nossos casacos.

Ann passa os braços pelo meio de seu corpo. Seus dentes chacoalham.

– Q-q-quero... voltar p-para a c-c-cama. Se a Sra. Nightwing nos e-e-encontrar...

Ela dá uma olhada para trás, em busca de sinais de nossa diretora.

– Prometo que não ficarão desapontadas. Agora fiquem em pé aqui.

Eu as posiciono ao lado do torreão e aponto a lanterna para seus pés. A luz os deixa de um branco sobrenatural.

– Se isso é alguma brincadeira de criança, vou matar você – adverte Felicity.

– Não é.

Fico em pé no trecho bem acima da velha pedra e fecho os olhos. O ar da noite belisca minha pele.

– Mas que coisa, Gemma – queixa-se Felicity.

– Shh! Preciso me concentrar – digo, bruscamente.
A dúvida sussurra cruelmente em meu ouvido: *Você não pode fazer isso. Não tem mais o poder.*
Não vou ouvir. Desta vez, não. Vagarosamente, livro-me de meu medo. O chão vibra embaixo de meus pés. A própria terra parece me chamar, colocando-me sob seu feitiço. Meus dedos zunem com uma energia que assusta e excita, ao mesmo tempo. Abro os olhos e estendo a mão, procurando a porta escondida. Posso senti-la mais do que vê-la. A sensação é de intensa ânsia e alegria. Uma ferida de desejo que não pode ser curada. Ela sussurra para mim segredos que não compreendo, em línguas que não conheço. O vento uiva. Faz com que se levantem, chicoteando, pequenos tornados de poeira.
A terra brilha. O fraco esboço da porta torna a aparecer.
– Puxa! – arqueja Ann.
Felicity estende a mão, numa tentativa.
– Você acredita que ela conduz aos reinos?
– Na noite do incêndio, a criatura das Terras Invernais veio pegar Sarah – lembro-lhes. – E Eugenia Spence ofereceu-se para tomar o lugar de Sarah. Ela atirou seu amuleto, este amuleto, para minha mãe e selou a porta para os reinos. A Ala Leste foi destruída pelo incêndio. Todos os vestígios da porta desapareceram.
– Não sabemos se esta é a mesma porta – diz Ann, tremendo. – Pode levar para qualquer parte. Talvez para as Terras Invernais.
– Estou disposta a aproveitar esta oportunidade – digo, aceitando a faísca de esperança que me foi oferecida.
– P-poderemos c-c-cair numa a-a-armadilha – diz Ann.
– Já estamos numa armadilha – diz Felicity. – Quero descobrir o que aconteceu com Pip.
Ela pega em meu braço. Agarro a lanterna.
– Ann. – Estendo a mão e ela entrelaça seus dedos frios nos meus.
Respiro fundo e seguimos em frente. Por um segundo, a sensação é de que estamos caindo, e depois não há nada a não ser a escuridão. Há um cheiro ao mesmo tempo de mofo e agradável.
– Gemma? – sussurra Ann.
– Sim?
– O que aconteceu com Felicity?
– Estou aqui – diz Fee. – Seja lá onde for.
À frente delas, giro a lanterna e consigo ver alguns metros adiante. É um corredor comprido. A luz da lanterna cai sobre um alto teto

arqueado de pedra clara. Raízes pendem por entre fendas aqui e acolá. Atrás de nós, a Spence dorme, mas é como se aquele mundo estivesse por trás de um vidro e continuamos a caminhar.

Enquanto passamos, as paredes vibram com um brilho fraco, como se centenas de vaga-lumes iluminassem o caminho em frente, enquanto o percurso já percorrido torna a cair na escuridão. O corredor se retorce e dobra de uma maneira confusa.

As queixas de Ann ecoam no túnel:
– Não deixe que a gente se perca, Gemma.
– Quer ficar quieta? – repreende Felicity. – Gemma, espero que esteja certa.
– Continuem a caminhar – digo.

Chegamos a uma parede.
– Estamos presas – diz Ann, com uma voz trêmula. – Eu sabia que acabaria assim.
– Ah, pare com isso! – grita Felicity.

Tem de ser aqui. Não desistirei. *Deixe a magia fluir, Gemma. Sinta a magia. Libere seu poder.* Alguma coisa me chama. É como se as próprias pedras despertassem. O esboço de outra porta aparece na parede, com uma luz muito forte sangrando em torno de seus cantos. Dou um empurrão na porta. Ela gira e se abre, com uma rajada de poeira, como se estivesse fechada há séculos, e caminhamos para dentro de um prado cheirando a rosas. O céu está azul-claro numa direção e, na outra, há o dourado-alaranjado do crepúsculo. É um lugar conhecemos bem, mas não víamos há algum tempo.

– Gemma – murmura Felicity. Sua reverência dá lugar ao entusiasmo. – Você conseguiu! Finalmente voltamos para os reinos!

# Capítulo Nove

– É TÃO LINDO! – grita Felicity. Ela gira de um lado para o outro e fica tão tonta que cai em cima do gramado, mas ri enquanto isso.

– Ah, é como a mais estupenda primavera que já vi algum dia – murmura Ann.

E é mesmo. Longas cordas de musgo, parecendo veludo, pendem do alto das árvores como cortinas verdes transparentes; os galhos estão cheios de flores cor-de-rosa e brancas. Uma brisa suave faz com que caiam sobre nossa face e lábios, que estão virados para cima. Elas se aninham em meu cabelo, dando-lhe um cheiro doce, como de uma chuva nova. Esmago uma flor entre meus dedos e sinto seu perfume. Preciso ter certeza de que é real, de que não estou sonhando.

– Estamos mesmo aqui, não é? – pergunto, enquanto Fee se enrola no musgo, como se ele fosse arminho.

– Sim, estamos – garante-me Fee.

Pela primeira vez em meses, a esperança domina minha alma: se posso fazer isso, vir com as duas para os reinos, então nem tudo está perdido.

– Isto não é o jardim – diz Ann. – Onde estamos?

– Não sei – digo, olhando ao redor.

Altas lousas de pedra foram erguidas de uma maneira aparentemente casual que me faz lembrar Stonehenge. Serpenteando por elas há uma fraca trilha de pó que vai da porta até os reinos além. A trilha é difícil de ver, como se não fosse usada há muito tempo.

– Há uma pequena trilha ali – digo. – Nós a seguiremos.

Quando nos afastamos, a porta desaparece na pedra.

– Gemma – arqueja Ann. – Sumiu!

É como se alguém tivesse apertado um cordão em torno do meu coração. Tento manter a presença de espírito. Dou um passo na direção da pedra e a porta torna a brilhar.

— Ah, graças a Deus — digo, soltando a respiração, num ruidoso suspiro de alívio.

— Vamos — implora Felicity. — Quero ver o jardim. Quero... — Ela não termina sua frase.

Seguimos a trilha pelas pedras. Embora estejam cheias de marcas por causa do tempo e da sujeira, ostentam uma majestosa série de frisos, mostrando mulheres de todos os tipos. Algumas são tão jovens quanto nós; outras, tão velhas como a própria Terra. Algumas são claramente guerreiras, com espadas erguidas na direção dos raios do sol. Uma está sentada com crianças e filhotes de corça em torno dela, com seu cabelo flutuando até o chão, em ondas soltas. Outra, vestida com uma cota de malha, luta contra um dragão. Sacerdotisas. Rainhas. Mães. Curandeiras. É como se todo o sexo feminino estivesse representado aqui.

Ann fica pasma diante da mulher com o dragão.

— Quem vocês acham que elas são?

— Talvez fossem da Ordem, ou ainda mais antigas — digo. Passo a mão sobre um relevo com três mulheres numa balsa. A da esquerda é uma jovem, a da direita é um pouco mais velha e, no centro, está uma mulher velha e enrugada, erguendo uma lanterna como se esperasse alguém. A cena me provoca uma sensação estranha na barriga, como se eu tivesse uma rápida visão do futuro. — São notáveis, não?

— Notável é que nenhuma delas usa um maldito espartilho — diz Felicity, com uma risada alta. — Ah, Gemma, vamos depressa. Não consigo esperar muito tempo mais.

A trilha nos leva por altos campos de trigo, passando por bem-arrumadas fileiras de oliveiras, até a gruta onde antigamente se erguia o Oráculo das Runas. Finalmente, chegamos ao jardim que já consideramos nosso feudo particular.

No instante em que alcançamos território familiar, Felicity sai correndo.

— Pippa? — chama. — Pippa! Pippa, sou eu, Felicity! Voltamos! — Ela procura em todos os cantos. — Onde está ela?

Não consigo dizer o que estou pensando — que agora perdemos para sempre nossa querida amiga Pippa. Ou ela atravessou o rio, para a terra que fica do outro lado, ou se uniu às criaturas das Terras Invernais e se tornou nossa inimiga.

Fico à espera de que a magia se inflame dentro de mim, mas ela não se comporta como no passado. Estou sem prática. *Certo. Comece com alguma coisa simples, Gemma.* Agarro um punhado de folhas e as aperto entre meus dedos. Fecho os olhos. Meu coração dá algumas batidas mais rápidas e depois uma repentina febre me domina. É como se o mundo inteiro – toda a experiência, passada e presente – fluísse por mim, tão rapidamente quanto um relâmpago. Meu sangue pulsa com uma nova vida. Meus lábios se estendem num sorriso de êxtase. E, quando abro os olhos, as folhas se transformaram em rubis na palma de minha mão.

– Ah! Vejam! – grito. Atiro as joias para o ar e elas caem como uma chuva vermelha.

– Ah, fazia tanto tempo que não brincávamos com a magia. – Ann junta folhas em suas mãos e sopra. As folhas voam com seu sopro e depois vão caindo, numa lenta espiral, até seus pés. Ela franze a testa.

– Queria que elas se tornassem borboletas.

– Agora vou tentar. – Felicity agarra um punhado de folhas, mas, por mais que se esforce, nada de novo acontece, continuam apenas folhas. – Por que não posso mudá-las? O que aconteceu com a magia? Como você foi capaz de fazer os rubis, Gemma?

– Simplesmente desejei, e de repente lá estavam eles – digo.

– Gemma, sua esperta! Você amarrou de fato a magia do Templo a si própria, afinal! – diz Felicity, com uma mistura de reverência e inveja. – A magia inteira deve estar dentro de você agora.

– Acho que é verdade – digo, mas não consigo me convencer disso.

Viro a palma de minhas mãos para cima, para baixo, olhando-as como se nunca as tivesse visto. São as mesmas mãos comuns e sardentas que sempre tive, e no entanto...

– Faça outra coisa! – ordena Felicity.

– O quê, por exemplo? – pergunto.

– Transforme aquela árvore num dragão...

– Num dragão, não! – interrompe Ann, com os olhos arregalados.

– Ou transforme flores em pretendentes...

– Sim, gosto disso – diz Ann.

– Ah, puxa vida, Gemma! Você tem dentro de si o Templo inteiro. Faça qualquer coisa que desejar!

– Está bem – digo. Há uma pequena pedra aos meus pés. – Humm, humm, eu a transformarei num... num...
– Falcão! – grita Felicity, enquanto Ann diz:
– Príncipe!
Toco a pedra e, por um momento, sinto que somos a mesma coisa; sou parte da terra. Alguma coisa viscosa bate em minha mão com um *pam*. A rã vasculha tudo ao redor com seus olhos grandes, como se estivesse chocada por descobrir que não é mais uma pedra.

Ann faz uma careta.

– Eu esperava um príncipe.

– Você pode dar um beijinho nela, de qualquer jeito – ofereço, e Fee ri.

Ann colhe uma margarida e arranca suas pétalas, uma por uma.

– Se você está com todo o poder, Gemma, o que isto significa para nós?

Felicity para de rir.

– Nós não temos nenhum.

– Quando fizermos uma aliança com as outras tribos dos reinos e unirmos as mãos, partilharemos a magia...

– Sim, mas isso pode demorar meses – argumenta Felicity. – E neste momento?

Ann embala em seu colo a margarida estropiada. Ela nem me olha. Um instante atrás, eu estava no auge da felicidade. Agora, sinto-me terrivelmente culpada porque tenho este poder, e minhas amigas, não.

– Se sou o Templo, com toda a sua magia – digo, vacilante –, então devo ser capaz de dar um pouco a vocês, como o Templo sempre nos deu.

– Quero tentar – diz Felicity.

Ela põe a mão em meu braço. Seu desejo intenso aquece a pele embaixo de minha manga e sinto vontade de tirá-la dali com uma sacudidela. Será que, se eu lhe der a magia, ficarei com menos? Será que ela terá mais?

– Gemma? – diz Felicity.

Seus olhos estão tão cheios de esperança e sou uma amiga horrorosa por pensar em rejeitá-la.

– Dê-me suas mãos – digo.

Dentro de segundos, estamos unidas. Há um puxão forte, quase uma dor aguda. Como se, por um instante, fôssemos a mesma pessoa. Posso ouvir ecos dos desejos dela dentro da minha cabeça. Liberdade.

Poder. Pippa. Pippa é o desejo mais forte e sinto a dor de Fee, como uma ferida profunda, por causa da nossa amiga perdida. Nós nos separamos e, por um momento, tenho de me apoiar numa árvore, para me firmar.

Fee exibe um sorriso imenso.

– Sinto a magia. Sinto a magia! Enquanto espio, um reluzente peitoral aparece em cima da sua roupa de dormir. O comprido cabelo dela está solto, livre. Amarrada a um de seus braços há uma arma medieval, uma balestra. No outro, um falcão. – Ah, se aquelas viúvas com títulos de nobreza me vissem agora! – Ela adota um tom imperioso. – Lamento, Lady Ramsbottom, mas se zombar de mim mais uma vez terei de permitir que meu falcão a devore.

Ann me olha esperançosamente.

– Venha cá e me dê suas mãos – digo.

Um momento depois, Ann estende os braços à sua frente, como se não conseguisse acreditar no milagre de sua própria pele. Lágrimas escorrem por seu rosto.

– Eu me sinto novamente viva – diz ela, rindo, apesar delas. – Estava tão morta por dentro, mas agora... Ah, vocês não sentem? – pergunta.

– Sim – digo, emocionada. – Sim!

Ann dá a si mesma um traje medieval tecido com ouro. Parece desempenhar o papel de uma princesa num conto de fadas.

– Ann, você está linda – digo.

Não quero que esta noite termine nunca.

Felicity solta o falcão. Ele paira cada vez mais alto, dando mergulhos ousados no ar. Está livre e nem o céu pode detê-lo.

O rio anuncia a chegada de alguma coisa nova. Uma grande embarcação range em cima da água. Na proa está uma maciça e assustadora criatura, com uma cara verde, olhos amarelos e uma cabeça cheia de serpentes que silvam. A Górgona! Corro para saudá-la, acenando furiosamente.

– Górgona! – chamo. – Górgona, sou eu, Gemma! Voltamos!

– Meus cumprimentos, Altíssima – responde ela, com sua voz ondulante, rouca como um sussurro. Seus olhos não registram nem surpresa nem felicidade. Ela se aninha na margem gramada e baixa sua prancha, permitindo-me subir a bordo. As tábuas da embarcação são de um tom cinzento, com o desgaste causado pelo rio. Dos lados, estão penduradas redes prateadas e um emaranhado de cordas. O navio é grande, mas encardido. Séculos atrás, a orgulhosa guerreira de outrora foi presa a este barco como castigo por ter participado de uma rebelião contra a Ordem. Agora, está livre para deixá-lo, mas não o fez ainda.

– Esperávamos por você mais cedo.

– Desde que vi você pela última vez, não consegui mais entrar nos reinos. Tive medo de nunca mais voltar. Mas aqui estamos agora e, ah, Górgona, você está bem? Ah, claro que está bem! A felicidade me domina, porque a magia voltou para mim. Sinto-a inflamando meu corpo. Sim, voltamos para os reinos, afinal. Voltamos para casa.

Aventuro-me e vou para cima da proa, empoleirando-me muito perto da gigantesca cara verde da Górgona. As cobras em torno da sua cabeça coleiam para a frente e para trás, espiando-me, mas não fazem nenhum movimento para atacar.

Os olhos da Górgona se estreitam, enquanto ela observa o horizonte.

– Os reinos andam estranhamente tranquilos nesses últimos tempos. Não ouvi nada a respeito das criaturas das Terras Invernais.

– Parece uma boa notícia.

– Não sei... – murmura a Górgona.

– E Pippa? – pergunto, fora do alcance dos ouvidos de Fee e Ann.
– Você a viu em alguma parte?

– Não – responde a Górgona, e não sei se ao ouvir isso sinto alívio ou medo. – Estou desconfiada, Altíssima. Nunca passei tantos dias sem ver um só sinal dessas criaturas.

O ar está perfumado com as flores. O rio canta agradavelmente, como sempre. A magia inflama minhas veias com uma ferocidade tão doce que é impossível imaginar que alguma coisa torne a se perder algum dia.

– Talvez tenham ido embora – digo. – Ou tenham finalmente feito a travessia.

As serpentes se levantam e se enroscam em cima da maciça cabeça da Górgona, com suas línguas cor-de-rosa saindo e entrando rapidamente de suas pequenas bocas cruéis.

– Não vi absolutamente ninguém atravessando o rio.

– Isso não significa que não atravessaram. É perfeitamente possível que ninguém precisasse de ajuda para fazer isso.

– Talvez – diz a Górgona, num silvo, mas sua cara continua a demonstrar preocupação. – Há outras questões em pauta. Philon está perguntando por você. O pessoal da floresta não se esqueceu de sua promessa de fazer uma aliança com eles, de que todos se dariam as mãos no Templo e partilhariam a magia. Devo levá-la até eles, agora?

Não estou nos reinos nem há meia hora e já me encontro sobrecarregada de obrigações.

– Acho... – Olho para minhas amigas, pescando punhados de flores e atirando-as em direção ao céu, de onde caem em flocos prateados. – Que neste momento ainda não.

Os olhos da Górgona me examinam atentamente.

– Não deseja partilhar a magia?

Dou um pulo para baixo e olho para meu reflexo na bela superfície do rio. Ele me devolve o olhar, à espera. Até ela tem expectativas, pelo que parece.

– Górgona, achei que tinha perdido tudo e mal acabo de voltar. Preciso explorar os reinos e a magia para escolher o melhor caminho – digo, devagar, pensando em voz alta. – É preciso fazer isso em meu mundo também. Gostaria de ajudar minhas amigas, de mudar nossa vida, enquanto ainda podemos.

– Entendo – diz a Górgona, e não consigo decifrar seus sentimentos sobre a questão. A gigantesca besta baixa sua voz, que se torna um suave murmúrio. – Há outras preocupações, Altíssima.

– Que quer dizer?

– Ninguém, algum dia, ficou com todo o poder. Deve haver um equilíbrio entre o caos e a ordem, a escuridão e a luz. Com a magia do Templo atada a você, os reinos não estão mais em equilíbrio. O poder poderia mudar você... e você poderia mudar a magia.

Minha felicidade está evaporando. Deixo cair uma pequena pedra dentro do rio. Ondinhas se movimentam através de meu reflexo, distorcendo meu rosto, até que não o reconheço mais.

– Mas, se fico com o poder, não há nenhuma magia para ninguém pegar – digo, pensando novamente em voz alta, enquanto a ideia se forma em minha cabeça. – Os reinos podem estar seguros, afinal. E... – espio Ann puxar uma folha de uma árvore e transformá-la numa borboleta, com um sopro – eu não ficarei com ela durante muito tempo.

– É uma promessa? – silva a Górgona, e seus olhos amarelos encontram os meus.

– Sim, prometo.

A Górgona desvia os olhos na direção do horizonte, pouco à vontade.
— Há muita coisa que não sabemos sobre as Terras Invernais, Altíssima. É melhor fazer a aliança, e depressa.
Esse medo da Górgona é estranho. Eu jamais vira esse lado seu.
— Diga a Philon... — Paro. O que posso dizer a Philon? Que preciso de mais tempo? Que não tenho certeza de nada, neste momento, a não ser de que estou feliz por me encontrar nos reinos — e que não posso ainda abrir mão dessa felicidade? — Diga a ele que discutiremos o assunto.
— Quando? — insiste a Górgona.
— Breve — digo.
— Com que brevidade?
— Quando eu voltar — respondo depressa, porque quero unir-me às minhas amigas.
— Esperarei por sua volta, Altíssima.
E, depois de dizer isso, ela fecha seus olhos mal-assombrados e dorme.

Brincamos durante horas, permitindo que a magia floresça plenamente dentro de nós, até sentirmos que o próprio tempo é nosso, que poderemos guardá-lo. A esperança que estava latente dentro de cada uma de nós viceja novamente e estamos tontas com a felicidade que traz essa possibilidade. Felicity está ociosa num balanço que improvisou, usando as trepadeiras macias e cheias de folhas. Deixa que ele a embale e arrasta os dedos dos pés em cima do gramado veludoso.
— Se, pelo menos, pudéssemos mostrar ao mundo o alcance de nosso poder — diz Felicity, com uma voz arrastada, sorrindo.
Ann colhe um dente-de-leão que parece um pompom no meio do gramado alto.
— Posso ficar no palco, ao lado de Lily Trimble.
Eu a corrijo:
— Lily Trimble devia implorar para ficar ao seu lado!
Ann leva suas mãos dramaticamente até seu busto e entoa a cantiga das feiticeiras de *Macbeth*, de Shakespeare.
— O belo é feio e o feio é belo!
— Bravo! — Felicity e eu aplaudimos.
— Ah, e devo ser muito, muito linda mesmo. E rica! E devo casar com um conde e ter dez filhos!

Ann fecha os olhos como quem formula um desejo e sopra com força seu dente-de-leão, mas o vento só carrega uma parte da lanugem.

– Qual seria seu desejo, Gemma? O que você quer? – pergunta Felicity.

O que quero? Por que essa simples pergunta – apenas algumas letrinhas – é tão impossível de responder? Eu desejaria coisas impossíveis: que minha mãe vivesse novamente, que meu pai ficasse bem. Desejaria ser mais baixa, mais loura, mais merecedora de amor, menos complicada? Temo que a resposta seja sim. Desejaria ser uma criança novamente, segura e acalentada; e, no entanto, também desejaria algo muito mais perigoso: um beijo de um certo rapaz indiano, que não vejo desde o Natal. Sou uma confusão de paixões, receios e desejos. Parece que estou sempre num estado de insatisfação, raramente de contentamento.

Elas esperam por minha resposta.

– Desejaria aperfeiçoar minha mesura, para não fazer um escândalo diante de Sua Majestade.

– Será preciso mesmo magia – diz Ann, secamente.

– Obrigada por sua confiança. Aprecio muito isso.

– Eu queria trazer Pip de volta – diz Felicity.

Ann morde o lábio.

– Acha mesmo que ela está perdida nas Terras Invernais, Gemma?

Olho para a distância, por sobre o prado interminável. As flores se balançam sob a brisa suave.

– Não sei.

– Não está, não – diz Felicity, com as faces se avermelhando.

– Era para onde ela se dirigia – lembro-lhe, gentilmente.

Da última vez em que vimos nossa querida amiga ela já estava mudando, transformava-se numa criatura daquele lugar. Queria que eu usasse a magia para trazê-la de volta a nosso mundo, mas eu não podia. As criaturas não podem voltar. É uma regra que eu não podia quebrar, e Pippa me detestou por causa disso. Às vezes acho que Fee também me detesta por causa disso.

– Conheço bem Pippa, podem acreditar. Ela jamais me deixaria dessa maneira.

– Talvez a gente a veja em breve – digo.

Mas não estou com uma boa expectativa com relação a isso. Se Pippa se tornou de fato uma criatura das Terras Invernais, ela não é mais nossa amiga. É nossa inimiga.

Felicity agarra sua espada e começa a seguir em direção às árvores.
– Para onde você vai? – grito.
– Descobrir Pip. Vocês podem vir comigo ou não.
Nós vamos, claro. Quando Fee mete alguma coisa na cabeça, não adianta tentar fazer com que aja de maneira racional. E quero saber a verdade, embora não esteja com vontade de ver Pip. Por causa dela e por nossa causa. Espero que ela já tenha passado para o outro lado do rio.
Felicity nos conduz pelo prado florido. Ele cheira a jacinto, ao fumo do cachimbo de meu pai, a *dosa* fresca e ao perfume da água de rosas da minha mãe, aquecida na temperatura da pele. Eu me viro, esperando ver minha mãe atrás de mim. Mas ela não está. Ela se foi, está morta há quase um ano. Às vezes, sinto tanto sua falta que é como se não pudesse respirar sem sentir uma dor no peito. Outras vezes, descubro que esqueci pequenas coisas a respeito dela – a forma da sua boca, o som da sua risada. Não consigo invocar sua lembrança. Quando isto acontece, fico quase em pânico, tentando lembrar. Tenho medo de que, se não conseguir fixar com exatidão essas lembranças, eu a perca para sempre.
Chegamos aos campos de papoulas, abaixo das Cavernas dos Suspiros. As flores de um vermelho vivo nos mostram seus centros escuros. Felicity colhe uma e a coloca atrás de sua orelha. Os penhascos elevam-se bem acima de nós. Os potes de incenso arrotam seu arco-íris de fumaça, escondendo os cumes, onde os Intocáveis protegem o Templo e o Poço da Eternidade. Foi o último lugar onde vi Circe.
*Ela está morta, Gemma. Você a matou.*
No entanto, ouvi a voz dela num sonho, dizendo-me que ainda está viva. Vi seu rosto, fantasmagoricamente branco, nas profundezas do poço.
– Gemma, o que há? – pergunta Ann.
Sacudo a cabeça, como se pudesse limpá-la para sempre da lembrança de Circe.
– Nada.

Caminhamos durante algum tempo, até que a luxuriante vegetação do prado dá lugar a espessas aglomerações de árvores retorcidas. O céu está sombrio aqui, como se estivesse raiado de sujeira. Não há flores nem arbustos. De fato, não há cor alguma, a não ser o marrom das árvores frágeis e o cinzento do céu acima delas.

– Ugh! – diz Felicity.
Ela ergue sua bota e nos mostra a parte de baixo. Está escura e farinhenta, como se tivesse pisado em frutas podres. Quando ergo os olhos, vejo que as árvores estão carregadas aparentemente com cachos de amoras. Achatadas e apodrecidas, elas pendem dos galhos.
– Ah, o que aconteceu aqui? – indaga-se Ann, em voz alta, puxando de um galho uma fruta seca.
– Não sei – digo. – Vamos mudar tudo isso para como era antes?
Colocamos nossas mãos num tronco. A cor flui embaixo da casca seca. Folhas irrompem pela casca quebrada da árvore, com um som como o da própria terra se fendendo e se abrindo. Trepadeiras coleiam pelo solo poeirento. As frutas murchas tornam-se cheias e ganham um tom vermelho arroxeado; os galhos se curvam sob sua abundância de suco. A magia cresce dentro de mim e me sinto tão madura e linda quanto as frutas.
Agarro Ann, que grita, enquanto eu a levo de um lado para outro, numa valsa vertiginosa. Eu a solto e seguro Felicity, que, sendo Felicity, insiste em conduzir a dança. Logo estamos girando sem parar, com uma rapidez que dá tontura, minha felicidade alimentada pela delas.
De repente, um trovão estrondeia na distância; o céu pulsa, vermelho, como uma grave esfoladura. Perco meu controle sobre as outras e voamos separadas. Ann aterrissa com uma pancada e um "ui".
– Mas que coisa, Gemma!
– Vocês viram aquilo? – pergunto, correndo na direção da trilha.
– O céu ficou todo estranho, por um momento.
– Onde? – Felicity busca com o olhar pelo céu, que torna a ficar escuro.
– Por ali – digo, conduzindo-as para adiante.
Caminhamos até chegarmos a uma longa parede de amoreiras silvestres, com espinhos afiados e abundantes.
– E agora? – pergunta Ann.
Por entre as pequenas aberturas nas amoreiras, vejo uma estranha mistura de verde e pedras, nevoeiro e árvores retorcidas, tudo muito parecido com as charnecas inglesas nas histórias sobrenaturais das irmãs Brontë. E, mais adiante, alguma coisa se eleva do nevoeiro.
– O que é isso? – pergunto, envesgando os olhos.
Felicity procura um olho mágico por onde espiar.
– Não adianta. Não consigo ver nada. Vamos encontrar uma maneira de entrar.

Ela sai correndo pela trilha, parando aqui e acolá para testar a força da muralha de amoreiras.

– Aiii. – Retiro minha mão.

Furei meu dedo num dos espinhos afiados. Meu sangue mancha a ponta do dedo. Com um suspiro angustiado, as amoreiras se desgrudam. Os fios longos e espinhosos resvalam e se libertam uns dos outros como serpentes se dispersando. Recuamos quando se abre um largo buraco.

– Vamos entrar – diz Felicity, e há uma sugestão de ousadia em seu sorriso.

Passamos apertadas pela abertura estreita, seguindo para a floresta estéril. O ar está sensivelmente mais frio. Ele faz cócegas em nossa pele, que se arrepia. Grossas trepadeiras se retorcem pelo chão, estrangulando os troncos das árvores e estrangulando até à morte muita coisa que poderia crescer aqui. Algumas flores valentes enfiam a cabeça para fora aqui e acolá. São poucas, mas grandes e bonitas – de um roxo profundo e com pétalas tão gordas quanto o punho de um homem. Tudo está revestido por uma luz azul que me faz lembrar o entardecer do inverno. A terra aqui gera uma sensação peculiar. Sou atraída para ela, mas desejo correr. É como uma advertência, esta terra.

Chegamos à margem da floresta e ficamos pasmas com o que vemos. Em cima de um morro há a magnífica ruína de um castelo. Seus lados avolumam-se por causa de um musgo claro e doentio e de trepadeiras grossas, que parecem cordas endurecidas pelo tempo. Três raízes cresceram para dentro das pedras. Parecem dedos ossudos retorcendo-se e se virando em torno do castelo, mantendo-o apertado num abraço indesejado. Mas uma torre de calcário se recusa a ser abraçada. Eleva-se majestosamente para além das mãos do morro, que agarram.

O solo próximo está coberto por uma fina camada de geada. É como um castelo de bonecas debaixo de uma poeira de açúcar despejada em cima dele. É um lugar estranho. Silencioso como uma primeira nevada.

– Que lugar é este? – pergunta Ann.

– Vamos dar uma olhada lá dentro! – Felicity dá um pulo para a frente, mas a puxo para trás.

– Fee! Não temos nenhuma ideia de onde estamos, nem de quem mora aí!

– Exatamente! – diz ela, como se eu não tivesse entendido de maneira alguma o objetivo de nossa excursão.

– Será que preciso lembrar a você dos Guerreiros das Papoulas? – digo, pronunciando o nome daqueles cavaleiros medonhos, que nos atraíram para sua catedral com a esperança de nos matar e se apropriar de nossa magia. Quando corremos para salvar nossa vida, eles se transformaram em pássaros imensos e negros, que nos caçaram até em cima d'água. Tivemos sorte de escapar deles e não cometerei outra vez o mesmo erro.

Ann estremece.

– Gemma tem razão. Vamos voltar.

A quietude é interrompida por um farfalhar de folhas. Um chamado vem da floresta, causando um calafrio em minha espinha.

– *U-u-uuuuu!*

– O que foi isso? – sussurra Ann.

– Será que foi uma coruja? – digo, com a respiração se acelerando.

– Não, acho que não – diz Felicity.

Nós nos juntamos umas contra as outras. Felicity puxa sua espada. A magia se precipita de meu corpo, combatendo o medo. Há movimento à minha direita, um relâmpago branco em meio ao verde. Com a mesma rapidez, alguma coisa dispara à esquerda, por entre o cerrado de árvores.

– *U-u-uuu. U-u-uuuu.*

Isso parece soar em toda parte, em torno de nós. Um som aqui, outro acolá. Uma faixa de cor se arremessa, passando por nós.

– *U-u-uuuu. U-u-uuuu.*

Mais perto, agora. Nem sei para que lado me virar. Os arbustos estão imóveis. Mas alguém nos espia. Posso sentir isso.

– Apareçam – digo, com minha voz pálida como uma fatia de lua.

Ela sai de trás de uma árvore. Emoldurada pelo roxo escuro da noite, parece bruxulear. Seu vestido branco se tornou marrom, com a sujeira em torno da parte de baixo; sua pele está da cor da pele dos mortos. Em seu cabelo emaranhado usa uma coroa de flores que morreram e se transformaram em ervas daninhas. Mas nós a conhecemos, ainda assim. É a amiga que enterramos meses atrás, aquela que não queria cruzar o rio e que pensávamos estar perdida para as Terras Invernais.

Digo seu nome com um sussurro aterrorizado:

– Pippa.

# CAPÍTULO DEZ

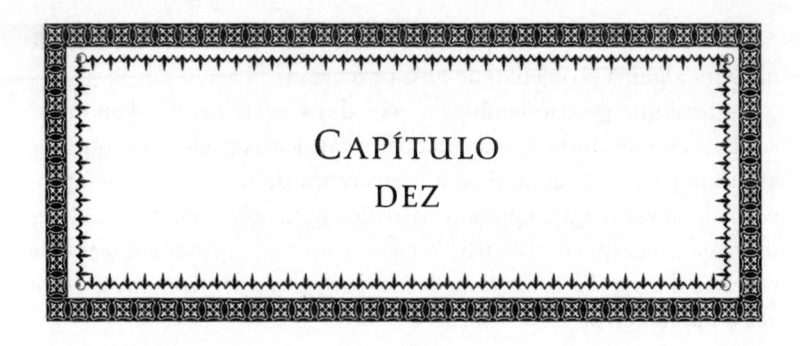

OS OLHOS DE FELICITY SE ARREGALAM.
– Pip? É você?
Pippa esfrega as mãos para cima e para baixo em seus braços, como se tentasse aquecê-los.
– Sim. Sou eu. Sua Pip. – Nenhuma de nós ousa mover-se. Lágrimas escorrem pelas faces pálidas de Pip. – Não me abraçarão? Signifíco tão pouco para vocês agora? Esqueceram-se de mim tão depressa assim?
A espada de Felicity cai estrondosamente no chão duro, enquanto ela corre diretamente para Pippa e envolve nossa amiga perdida.
– Eu disse a elas que você não iria embora sem se despedir de mim. Eu disse a elas.
Pip olha para Ann.
– Querida Ann, você ainda me recebe bem, como uma amiga?
– Claro – diz Ann, estendendo os braços para a pequena e frágil concha que ela é agora.
Finalmente, Pip vem em minha direção.
– Gemma.
Ela me dá um pequeno sorriso triste, mordendo nervosamente seu lábio inferior. Seus dentes se tornaram mais afiados e seus olhos mudam o tempo inteiro de um lindo tom de violeta para um perturbador azul leitoso, com pequenos pontos negros no centro. Sua beleza mudou, mas ela ainda hipnotiza. Seu cabelo, sempre longo e escuro, agora é um emaranhado de cachos, tão selvagem quanto as trepadeiras que se retorcem em torno do castelo. Ela me surpreende olhando-a fixamente. Sua risada é rápida e amarga.
– Gemma, você parece que viu um fantasma.
– Pensei que você tinha ido para as Terras Invernais – digo, sem muita certeza.

– Quase fui – responde ela, estremecendo.
– Mas o que aconteceu? – pergunta Felicity.
Pippa grita na direção da floresta:
– Está tudo bem! Vocês podem sair! Não há perigo. Essas são minhas amigas.
Moças maltrapilhas saem uma por uma de seus esconderijos atrás das árvores e dos arbustos. Duas carregam longas varas que parecem capazes de causar danos. Enquanto elas se aproximam, vejo os farrapos chamuscados de seus vestidos, as horríveis queimaduras em seus rostos e braços. Sei quem são – as moças do incêndio na fábrica, que encontramos meses atrás. Da última vez, nós as vimos marchando na direção das Terras Invernais, da corrupção. Estou aliviada em ver que não acabaram lá, mas não posso imaginar como escaparam.

Uma das que carregam varas – uma garota de ossos grandes, com uma pele áspera e ferimentos por toda a extensão de seus braços – coloca-se ao lado de Pippa. Lembro-me de já ter falado com ela, nos reinos. Bessie Timmons. É do tipo que eu não gostaria de ter como adversária.

Ela nos olha com uma expressão de desconfiança.
– Então, está tudo bem?
– Sim, Bessie. Essas são minhas amigas, aquelas sobre as quais falei com vocês – diz Pippa, orgulhosamente.
– As que pegaram a magia do Templo e deixaram você aqui? – diz Bessie, com desdém.
– Mas elas voltaram, como você pode ver.
Exultante, Pippa abraça Felicity.
Bessie não gosta disso nem um pouquinho.
– Se fosse eu, não ficaria assim tão feliz. Elas não estão aqui para ficar.
Pippa abana um dedo, como faria uma diretora de escola.
– Bessie, lembre-se do nosso lema: cortesia, energia, beleza. Uma dama deve ser cortês ao receber seus convidados.
– Sim, Srta. Pippa – diz Bessie, em tom de arrependimento.
– Mas, Pip... onde você esteve? Quero saber tudo! – diz Felicity, abraçando novamente Pippa.
Sei que deveria abraçá-la como Fee e Ann fizeram, mas só posso ver aqueles olhos perturbadores e os dentes afiados, e tenho medo.
– Vou contar tudo a vocês. Mas entrem. Está frio demais aqui fora.

Pippa pega as mãos de Ann e Felicity, puxando-as na direção do castelo. Resmungando, Bessie Timmons segue-as. As moças restantes fazem uma fila e sigo na retaguarda.

Pippa puxa para trás o trinco de ferro da empenada porta de madeira do castelo. As ervas daninhas enfiam-se pelas pranchas, colando-se à frente da porta.

– Aqui estamos – diz Pippa, empurrando-a e abrindo-a. – Em casa.

O castelo talvez tenha sido uma bela fortaleza em seu tempo, mas agora não passa de um aglomerado de tijolos antigos, com trepadeiras no lugar da argamassa. As paredes estão macias por causa do musgo. Cheira a umidade e deterioração. Margaridas secas, mortas em seus caules, espiam para cima, por entre as lajes quebradas do pavimento. A única coisa que parece crescer é beladona. As flores roxas e venenosas pendem acima de nossas cabeças como pequenos sinos.

– Foi aqui que você... – Paro antes de dizer *viveu*. – Foi aqui que você ficou todo esse tempo?

– Foi o que restou para mim. Um castelo bolorento para a Lady de Shalott. – Pip ri, mas é um riso sem graça. Ela esfrega a palma das mãos por cima dos elaborados relevos de uma lareira. Os relevos parecem rostos de santos que escureceram com o tempo. – Mas dá para ver que aquilo antigamente era mágico e lindo.

– O que aconteceu com ele? – pergunta Ann.

Pippa me olha, raivosamente.

– Foi esquecido.

Felicity puxa para um lado uma tapeçaria puída, revelando uma escada espiralada.

– Onde vai dar essa escada?

– Na torre – diz Pippa, sorrindo tristonhamente. – É meu lugar favorito, porque de cima vejo até quilômetros de distância. Pude ver vocês descendo a trilha. Pareciam tão alegres. – Seu sorriso vacila, mas ela rapidamente coloca outro em seu lugar. – Querem ir até o alto?

Seguimos Pippa até em cima, pelas voltas da escada antiquada. Teias de aranha estão penduradas em caibros apodrecidos, bem acima de nós. Os fios prateados brilham com a umidade. Alguma infeliz criatura encontrou seu fim ali. No centro de uma teia, sua carcaça jaz aprisionada e apodrecendo, enquanto uma aranha avança pouco a pouco em sua direção.

Eu me apoio contra a parede. As trepadeiras enfiam-se em torno dos meus dedos. Espantada, dou um pulo para trás e escorrego na pedra, que se espatifa. Pippa estende o braço e agarra minha mão, puxando-me até eu me firmar.

– Fique quieta um momento – diz ela.

Enquanto espiamos, pasmas, as trepadeiras entrecruzam-se pelas pedras, como um exército conquistador. As paredes gemem com o esforço e temo que todo o castelo caia a nossa volta. Segundos depois elas param, mas novas gavinhas surgiram por toda parte.

– Que foi isso? – sussurra Felicity.

– A terra está engolindo o castelo, de pouquinho em pouquinho, todos os dias – diz Pippa, tristemente. – Logo precisaremos encontrar novos alojamentos, eu acho. – Ela solta minha mão. – Você está bem, Gemma?

– Sim – digo. – Obrigada.

– Duas vezes já salvei sua vida. – Ela não me deixa esquecer. – Lembra-se da primeira vez? As ninfas da água quase levaram você para baixo, mas eu a puxei de volta – diz ela, e percebo que está sendo feita uma contabilidade entre nós.

Pip tem razão sobre a torre: é majestosa. Do alto, podemos ver, para além do caminho por onde viemos, as Cavernas dos Suspiros, as oliveiras que margeiam os jardins, o céu azul e o crepúsculo cor de laranja. Também podemos ver para além das Terras Limítrofes, onde escuras nuvens invernais estão sentadas em cima de suas ancas, no horizonte, e uma enorme muralha se estende por todo o comprimento da terra.

– Aquele é o caminho para as Terras Invernais – diz Pippa, respondendo a uma pergunta não formulada.

Relâmpagos tornam a pulsar contra a massa turva das nuvens negras e cinzentas. Por um momento, um penacho vermelho serpenteia em meio às nuvens escuras.

– Já vimos isso duas vezes. Sabe o que é? – pergunto.

Pippa diz que não, com a cabeça.

– Algumas vezes acontece. Devemos ir para baixo. Wendy pode ficar assustada, coitadinha.

– Quem é Wendy? – pergunta Ann.

Pela primeira vez, Pip dá um sorriso verdadeiro. Seus olhos mudam para o violeta e me lembro da maneira como ela era, cheia de vida e beleza, feliz por causa de luvas novas ou de alguma história romântica.

– Mas que falha terrível a minha! Não apresentei vocês adequadamente a minhas novas amigas!

Pippa nos leva para baixo e entramos num salão revestido de tapeçarias, porém tão sinistro quanto um túmulo. Não há velas, lâmpadas, nenhum fogo na lareira enorme. Mas as moças da fábrica se puseram à vontade ali. Bessie está espichada num divã, entre as ervas daninhas que o envolvem. Sua amiga Mae está sentada no chão, fazendo tranças no cabelo de outra moça, cujo nome parece ser Mercy, porque Mae não para de dizer: "Mercy, fique sentada quieta." Outra moça, mais jovem do que o resto, está sentada num canto, sem olhar para nada. Não posso deixar de dar uma olhada nos ferimentos delas, em seus rostos pálidos e fantasmagóricos.

– Para o que está olhando? – pergunta rispidamente Bessie, ao me surpreender fazendo isso.

Minhas faces ardem, ruborizadas, e fico satisfeita com a proteção da penumbra.

– Desculpe. É apenas porque, da última vez em que vi vocês todas...

– Pensamos que vocês tinham acompanhado as moças de branco para as Terras Invernais e estavam perdidas para sempre – interrompe Felicity.

– Elas estavam em companhia daqueles espíritos maléficos – diz Pippa, instalando-se num trono deteriorado.

– O que aconteceu? – pergunta Ann, sem fôlego.

– Essa é a história que eu queria contar a vocês. Por acaso, eu estava no mesmo caminho, completamente abatida e cheia de desespero.

– Ah, Pip – diz Felicity.

– Tudo bem, tudo bem. – Pip sorri.– Há um final feliz. Vocês sabem que adoro finais felizes.

Engulo em seco. Fui eu que mandei Pip embora, que parti seu coração dessa maneira. Gostaria de consertar tudo.

– Quando vi essas coitadinhas, parei de sentir pena de mim mesma. Sabia que tinha de fazer alguma coisa, senão elas se perderiam completamente. Então, segui atrás delas, bem de perto. No instante em que pararam para descansar, e as moças de branco saíram para colher amoras, aproveitei minha oportunidade. Disse a elas o que aquelas criaturas horrendas de fato queriam. Que pretendiam levá-las diretamente para aqueles ladrões de almas, os rastreadores. – Pip sorri para elas como se fossem suas filhas queridas. – Eu as socorri. Salvei vocês, não foi, minhas queridas?

As moças se unem num coro de assentimento. Olham para Pippa com absoluta adoração, como todas fazíamos de vez em quando.

– Ela é uma santa. Ela nos salvou, sim – diz Mae, com os olhos arregalados. – "Vocês não devem ir atrás delas", disse. "Elas querem fazer mal a vocês. Não vão com elas, venham comigo."
– Ela nos salvou, isso é um fato, é tão certo quanto o fato de estarmos aqui – diz Bessie, concordando. – Não foi, Wendy?
Uma menina de cerca de nove anos faz um sinal afirmativo com a cabeça. Ela chupa a ponta de seu rabo de cavalo, transformando-a em uma vírgula molhada.
– Os outros não tiveram tanta sorte quanto nós. Eles seguiram adiante.
– E vocês viram alguma das criaturas das Terras Invernais desde então? – pergunto.
– Faz muito tempo que não vejo – diz Mae. – Mas Wendy, sim.
– Você viu as criaturas? – pergunto.
Bessie dá um pequeno riso de desdém.
– Wendy não vê nada. O fogo a cegou.
– Mas ouço coisas, algumas vezes – diz Wendy, enrolando-se nos restos de um xale esfarrapado. – Sons, como se fossem de cavalos. E, outras vezes, ouço uma coisa que faz minha pele se arrepiar.
– O quê? – pergunto. – O que você ouve?
– Um grito – responde ela. – Parece vir de longe. E espero que nunca chegue mais perto.
– Peguei você! – grita Bessie, envolvendo o pescoço de Wendy com suas patas carnudas.
Wendy grita, fazendo com que todas nós pulemos.
Pippa fica muito aborrecida com esse comportamento.
– Bessie, chega.
Bessie tira as mãos.
– Antigamente você ria com minhas brincadeiras.
Os olhos de Pippa ficam branco-azulados.
– Esta noite, não acho divertido. Não é a maneira de uma dama agir. – Vira-se para nós, sorrindo muito. – Estou ensinando as moças a serem damas, exatamente como se estivessem na Spence! – Bate palmas, como se fosse a própria Sra. Nightwing. – Agora, vamos. Uma pequena demonstração para nossas convidadas.
As moças se levantam, ansiosas para agradar à sua professora. Sob a direção de Pip, elas exibem suas mesuras, uma por uma. Isto é seguido por uma lição de elocução particularmente divertida, na qual Pippa trabalha com Mae Sutter para mudar seu pesado sotaque do

leste de Londres. Mae luta para colocar "*h*s" em suas palavras, onde não há nenhum, e Bessie zomba dela, implacavelmente.
– Você não é nenhuma dama, Mae. – Nunca será uma dama refinada, como a Srta. Pip.
– Quem *a* perguntou? – grita Mae, e todas rimos.
– Quem *te* perguntou – corrige Pippa.
– Foi o que eu *a* disse – garante Mae. – Quem *te* perguntou?
Há mais risadas, especialmente de Ann, que parece feliz por não ser, desta vez, a moça que é alvo de zombarias. Pouco a pouco, nosso constrangimento vai desaparecendo e surge uma nova aproximação, parecendo até que nunca estivemos separadas. Há meses eu não via Felicity assim. Com Pip ela é mais leve, mais disposta a rir do que a desafiar. E sinto uma pequena punhalada de inveja pela intimidade da amizade delas.
– Em que está pensando? – pergunta Felicity.
Começo a responder, mas então percebo que ela está falando com Pip.
– Estava pensando em como minha vida seria diferente se eu tivesse obedecido à minha mãe e me casado com o Sr. Bumble.
– Sr. Bartleby Bumble, o advogado – entoa Ann, enfatizando as palavras.
As moças do incêndio na fábrica têm um acesso de risadas estridentes. Ann só precisava mesmo deste encorajamento para continuar:
– Esta é minha amada Sra. Bumble – diz Ann, numa perfeita imitação do tom de voz adocicado do Sr. Bumble. – Que vestidinho lindo ela está usando hoje, a querida de minha vida.
Agora rimos loucamente. Ann mal pode continuar, por causa das suas próprias risadas.
– Ah, amorzinho, mas que felicidade! Que doçura esta nossa vidinha!
Felicity grita:
– Ah, Ann!
Ann solta uma risada alta.
– Mel da minha vida, docinho de coco!
Os lábios de Pippa tremem.
– Foi a melhor escolha? – pergunto a mim mesma.
Ela enterra o rosto em suas mãos e chora.
– Ah, Pip, querida. Não chore.

Felicity corre para acalmá-la. Justamente Felicity, que jamais oferece bondade a ninguém.

– Q-que f-foi que eu fiz? – geme Pip. Aos soluços, ela sai correndo da sala.

Bessie Timmons nos lança um olhar duro. Ela é uma moça grande e me parece ser briguenta. Se quisesse, poderia dar-nos uma boa surra.

– A Srta. Pippa é a pessoa mais bondosa que já existiu. É melhor que não a façam chorar novamente.

Posso ver, pela posição do seu maxilar, que isso foi um aviso. Felicity vai até Pippa e volta um momento depois.

– Ela quer falar com você, Gemma.

Vou seguindo às tontas por um corredor cheio de folhas e flores secas.

– Gemma. – Ouço meu nome sussurrado de um ponto atrás de uma tapeçaria esfarrapada. Afasto-a, em meio a um jorro de poeira. Pippa me acena para que eu entre. Felicity me segue bem de perto, mas Pip a detém.

– Preciso ter uma conversa com Gemma – diz ela.

– Mas... – começa Felicity a dizer.

– Fee – repreende Pippa, em tom brincalhão.

– Ah, está bem.

Felicity gira em seus calcanhares, e Pip e eu ficamos sozinhas no grande salão. Um altar de mármore enfeitado está numa extremidade e deduzo que esta deve ter sido a capela do castelo. Parece um lugar estranho para uma conversa particular. O vazio do salão e seu teto alto, arqueado, fazem com que nossas palavras voltem num eco. Pip se senta em cima do altar, com seus calcanhares batendo de leve contra os relevos bolorentos que há nele. Seu sorriso desaparece, substituído por uma expressão de profunda angústia.

– Gemma, não consigo mais suportar isso. Quero que me ajude a atravessar para o outro lado.

Não sei o que esperava que ela dissesse, mas não era isso.

– Pip, nunca ajudei de fato ninguém a atravessar...

– Então, eu serei a primeira.

– Não sei – digo, pensando em Felicity e Ann. – Talvez a gente deva discutir isso...

– Já pensei muito a respeito. Por favor – implora ela.

Sei que ela deve atravessar. E, no entanto, uma parte de mim deseja impedir isso.

– Tem certeza de que você está... pronta para ir?
Ela faz um sinal afirmativo com a cabeça. Só nós duas estamos nesse salão negligenciado pelo tempo e pela magia. É o lugar mais desesperançado que se poderia imaginar.
– Devo levar as outras? – pergunto.
– Não! – O grito de Pippa é tão agudo que tenho medo de que as velhas pedras da capela se quebrem. – Elas tentarão impedir que eu vá. Principalmente Felicity e Bessie. Você pode dar adeus a elas por mim. Foi bom podermos estar juntas uma última vez.
– Sim, foi. – Engulo em seco. Minha garganta dói.
– Volte amanhã, sozinha. Encontrarei você logo adiante da muralha de amoreiras.
– Se eu ajudar você a atravessar para o outro lado agora, Felicity jamais me perdoará – digo.
– Ela não precisa saber, nunca. Será nosso segredo. – Os olhos de Pip se enchem com novas lágrimas. – Por favor, Gemma. Estou pronta. Você me ajudará?
Ela pega minhas mãos, e embora as suas estejam frias e brancas como giz, ainda são as de Pip.
– Sim – digo. – Ajudarei você.

## Capítulo Onze

O PROBLEMA DA MANHÃ É QUE ELA VEM BEM ANTES DO MEIO-DIA. Ah, deleitar-me em minha cama por mais uma hora. Não consegui dormir mais do que duas e, enquanto dormia, uma família de esquilos deve ter feito de minha boca sua residência, pois tenho certeza de que há uma camada de pelo sobre minha língua. Ela está com gosto de esquilo, caso seja o gosto de algo entre mingau de vários dias e queijo podre.

– Gemma! – Ann me empurra. Está bem-vestida, com seu arrumado uniforme da Spence, blusa branca, saia branca e botas. *Como ela conseguiu isso?* – Você está atrasada!

Fico deitada de barriga para cima. A luz da manhã fere meus olhos, então torno a fechá-los.

– Você está com um gosto de esquilo na boca?

Ela faz uma careta.

– Esquilo? Não, claro que não.

– De marmota, então?

– Quer fazer o favor de se levantar?

Esfrego os olhos e obrigo meus pés a pisarem no chão frio e pouco acolhedor. Até ele ainda não está preparado para acordar. Gemo, em protesto.

– Já estendi suas roupas para você. – E estendeu mesmo, como uma menininha boa e esperta. Minha saia e blusa estão dispostas, bem-arrumadas, ao pé da minha cama. – Achei que preferiria procurar sozinha suas meias. – Ela cora ao dizer isso. Pobre Ann. Como pode apreciar histórias sanguinárias de todos os tipos de carnificinas e quase desmaiar com a ideia de canelas nuas? Caminho para detrás do biombo, por uma questão de pudor – o de Ann, quero dizer –, e me visto rapidamente.

– Gemma, não foi maravilhoso estar novamente nos reinos, sentir a magia? A noite volta à minha lembrança – a descoberta da porta, a alegria de estar lá novamente, a magia. Mas minha conversa com a Górgona sobre a aliança e meus deveres lá deixa uma mortalha sobre minha alma. Esperam tanto de mim, e tão depressa. E não posso livrar-me da apreensão que sinto sobre a ajuda a Pippa. Nunca ajudei ninguém, muito menos uma amiga, a atravessar o rio. E, se eu falhar, não ouso tentar adivinhar o resultado.

– Sim, maravilhoso – digo, abotoando minha roupa.

– Você não parece muito feliz com isso – diz Ann.

Firmo-me em pé. Finalmente, reconquistamos a entrada nos reinos. Não posso deixar que preocupações com Philon e o pessoal da floresta tirem de mim esta felicidade. E, quanto a ajudar Pippa, não é uma escolha, ou alguma coisa a ser conversada ou discutida com Felicity ou Ann. É a única coisa honrosa que uma amiga pode fazer. E agora que a magia voltou...

Saio de trás do biombo e pego as mãos de Ann.

– Talvez haja um novo começo para nós – digo. – Talvez se tornar uma governanta não seja seu destino.

Ann permite-se um sorriso magro.

– Mas, Gemma – diz ela, mordiscando nervosamente o lábio inferior. – Só me resta um pouquinho de magia. É muito fraca. E você...?

Posso sentir dentro de mim uma vertiginosa consciência, que me deixa sintonizada com tudo, como se eu tivesse tomado várias xícaras de chá-preto forte. Fecho os olhos, sentindo o que Ann sente. Esperança, com um toque de inveja por trás. Eu a vejo como ela gostaria de se ver: bonita, admirada, cantando num palco banhado por iluminação a gás.

Ann passa por uma mudança sutil. Não posso dizer exatamente qual. Sei apenas que a vejo de maneira diferente. Seu nariz, habitualmente vermelho e escorrendo, não está mais assim. Seu cabelo está mais brilhante e seus olhos parecem, de alguma forma, mais azuis. Ann olha a si mesma no espelho. Sorri com o que vê.

– É só o começo – prometo.

Do lado de fora de nossa porta, meninas correm para a escada numa debandada, e me pergunto se seremos capazes, alguma vez, de chegar a alguma parte sem correr como uma boiada. Alguém dá uma pancada em nossa porta e a empurra, abrindo-a, sem esperar uma resposta. É Martha.

– Ah, vocês estão aí! – grita ela. Atira para Ann duas coisinhas brancas, cheias de babados, e Ann se esquiva e as atira para mim.
– O que é isso? – pergunto, suspendendo um par do que parecem ser calções de mulher.
– São para pedalar, claro! – guincha Martha. – Não estão sabendo?
– Não, não estamos – digo, esperando que minha irritação esteja bem evidente.
– Não haverá aula de francês esta manhã. O inspetor Kent veio e nos trouxe bicicletas! Há três. O inspetor está esperando, bem na frente da escola, para ensinar a todo mundo! Bicicletas! Ele é mesmo um sujeito ótimo!

E então ela sai correndo pelo saguão.
– Você já andou de bicicleta? – pergunta Ann.
– Nunca – digo, olhando para os ridículos calções e me indagando o que será mais humilhante: andar de bicicleta ou usar esse traje.

As outras moças já estão reunidas na frente da Spence quando Felicity e eu chegamos. Estamos com os trajes da última moda para andar de bicicleta: calções compridos, uma blusa com mangas bufantes e chapéus de palha contornados com fitas. Os calções fazem com que eu me sinta como um grande pato. Mas pelo menos não sou tão tímida quanto Elizabeth, que está tão ruborizada que mal consegue caminhar.

Ela se esconde atrás de Cecily e Martha, sacudindo a cabeça.
– Ah, não posso! São indecentes! Imorais!
Felicity agarra-a pela mão.
– E inteiramente necessários para andar de bicicleta. Acho que são bem melhores do que o uniforme. Garanto a você.

Elizabeth grita e torna a correr, procurando um esconderijo. *Ah, meu Deus!* Causa espanto até que ela tome banho sem desmaiar com a falta de pudor de tudo aquilo.

– Está bem. Faça o que bem entender – diz Felicity. Ela não está nem um pouquinho envergonhada, claro. – Nem posso dizer a você a liberdade que sinto por estar sem camadas de saias e anáguas. Você é testemunha da minha promessa solene: quando estiver livre dos impedimentos e morando em Paris com o dinheiro da minha herança, jamais tornarei a usar um vestido.

– Ah, Fee – diz Martha, chocada. – Como pode deixar de querer usar aqueles lindos vestidos que sua mãe mandou da França? Já contei que meu próprio vestido será feito no ateliê de Lady Marble?

– Você não contou! – diz Cecily.

Elas falam de vestidos, luvas, meias, botões e bugigangas com detalhes tão febris e cheios de encantamento que temo que enlouqueçam. Sons de marteladas e serras em ação vêm da nossa Ala Leste. Os trabalhadores nos dão uma longa olhada, cutucando uns aos outros, até que a Sra. Miller ameaça suspender seus salários.

– Ann, você está linda esta manhã – diz Felicity, e Ann se ruboriza com o elogio. Fee baixa a voz. – A noite passada não foi perfeita? Ver Pip novamente tirou um peso do meu coração.

– Sim – digo, engolindo o nó em minha garganta. – Foi bom vê-la novamente.

– E a magia – sussurra Ann.

– Ah, a magia – exulta Felicity. – Gostaria de ter feito tudo o que podia imaginar com ela, porque hoje não tenho mais nenhuma.

– Nenhuma mesmo? – Ann mal consegue esconder seu sorriso. Felicity sacode a cabeça.

– Nem um pouquinho. Você tem alguma?

Ann me olha.

– A magia parece reviver novamente em mim. Presenteei Ann esta manhã, e farei o mesmo com você – digo, segurando suas mãos até sentir a magia inflamar-se entre nós.

– Sobre o que vocês três estão sussurrando? – pergunta Martha, olhando-nos suspeitosa.

– Estamos falando sobre usar a magia para melhorar nossa vida – respondo.

Felicity vira-se para o outro lado, rindo tranquilamente.

– Você é grosseira e vulgar, Gemma Doyle – diz Martha, torcendo o nariz. – E é maldade sua encorajá-la, Felicity Worthington. Quanto a você, Ann Bradshaw, ora, não vou nem me ocupar com isso.

Graças a Deus, trazem as três bicicletas. Teremos de nos revezar. Eu nunca tinha visto uma bicicleta de perto. É como um "S" de metal, tendo duas rodas e uma barra para dirigir. E o assento! Ah, parece alto demais para alguém se sentar em cima dele.

O inspetor Kent nos cumprimenta, com seu casaco e boné de um tecido de algodão marrom. Ele é noivo de Mademoiselle LeFarge, é detetive da Scotland Yard e também um bom homem. Estamos sinceramente felizes por eles se casarem no próximo mês de maio. Mademoiselle LeFarge nos olha do lugar, no gramado, onde estendeu um cobertor e se instalou. Ela usa um gorro grosso que emoldura seu rosto gorducho e seus olhos alegres. Não faz tanto tempo, ela chorava por um amor perdido. Porém, com a bondosa atenção do inspetor Kent, voltou a ser alegre.

– A futura Sra. Kent está uma verdadeira imagem da beleza hoje, não é? – diz o inspetor, fazendo nossa professora de francês corar.

– Tenha cuidado para que ninguém se machuque, Sr. Kent – diz ela, ignorando a gentileza dele.

– Tratarei suas alunas com o máximo cuidado, Mademoiselle LeFarge – responde ele, e o rosto dela se suaviza.

– Sei que sim, Sr. Kent – diz ela, retribuindo o cumprimento.

O cerrado bigode do inspetor Kent esconde seu sorriso, mas percebemos o cintilar de seus olhos.

– Agora, senhoras – diz ele, girando uma das bicicletas em nossa direção –, quem gostaria de dar um passeio nela?

Várias das meninas mais novas pulam de entusiasmo e imploram para ser escolhidas, mas claro que é Felicity quem marcha para a frente e a pergunta é respondida.

– Vou primeiro – diz ela.

– Está bem. Já andou de bicicleta alguma vez? – pergunta ele.

– Sim, em Falmore Hall – responde ela, citando a propriedade rural da sua família.

Monta na bamboleante bicicleta e temo que aterrisse direto no chão. Mas ela dá um forte impulso nos pedais e então parte, rodando sem esforço de um lado para outro do gramado. Batemos palmas e damos vivas. Cecily é a seguinte. O inspetor Kent corre ao lado dela, mantendo-a equilibrada. Quando ele ameaça soltá-la, ela atira os braços em torno do pescoço dele e grita. Martha não se sai muito melhor do que isso. Ela cai e, embora tenha ferido apenas seu orgulho, recusa-se a tornar a montar na bicicleta. Os trabalhadores abafam suas risadas, aparentemente divertidos por nos ver, damas finas, tão derrotadas por uma máquina tão simples, que eles poderiam fabricar usando apenas as mãos.

Felicity retorna para sua segunda volta na bicicleta. O inspetor Kent ajuda Ann, na vez dela.

– Ah, Gemma – diz Felicity, sem fôlego e com as faces rosadas. – Você precisa experimentar! É maravilhoso! Venha cá, eu te ensino.

Ela coloca minhas mãos em cima do pesado guidão. Meus braços tremem enquanto monto na bicicleta. Nunca fui tão desajeitada.

– Agora, sente-se – instrui Felicity.

Luto para me empoleirar no assento alto, mas perco o equilíbrio e caio por cima do guidão de uma maneira altamente deselegante.

– Ah, Gemma! – Felicity se dobra de tanto rir.

Agarro o guidão com renovada determinação.

– Tudo bem. Só preciso de um impulso bastante forte e sairei por aí – digo, torcendo o nariz. – Segure a fera, por favor.

– Está falando da bicicleta ou do seu traseiro?

– Felicity! – digo, num silvo.

Ela gira os olhos.

– Então suba, vamos.

Engulo o nó em minha garganta e me suspendo para cima do desconfortável assento. Agarro o guidão com tanta força que as juntas dos meus dedos doem. Ergo um pé. A fera de ferro se balança e torno a colocar os pés embaixo, rapidamente, com o coração batendo acelerado.

– Desse jeito, você não vai muito longe – repreende Felicity. – Você tem de se soltar.

– Mas como... – digo, alarmada.

– Simplesmente, solte-se. Vá em frente.

Com um forte empurrão, Felicity me impulsiona pelo gramado e em seguida desço pela suave ladeira, na direção da trilha suja. O tempo parece parado. Estou, ao mesmo tempo, aterrorizada e exultante.

– Pedale, Gemma! – grita Felicity. – Não pare de pedalar!

Meus pés empurram aos arrancos os pedais, impelindo-me para a frente, mas o guidão tem um pensamento próprio. Não consigo controlá-lo.

*Comporte-se, bicicleta!*

Um jorro de poder se eleva em minhas veias. De repente, a bicicleta está muito leve. Não é problema algum mantê-la em movimento.

– Ah! – grito, com a maior satisfação.

A magia! Estou salva! Desço uma pequena ladeira e saio pelo outro lado, com a graça perfeita de uma das moças desenhadas pelo ilustrador Charles Gibson como ideais da feminilidade. O pessoal reunido no gramado dá vivas. Cecily me olha fixamente, boquiaberta.

– Muito bem, está ótima! – grita o inspetor Kent. – Até parece que nasceu para isso!

A boca de Felicity também se escancara.

– Gemma! – repreende ela, conhecendo meu segredo.

Mas não me importo. Sou louca por bicicletas! É um esporte verdadeiramente maravilhoso! O vento arranca o chapéu de minha cabeça. Ele rola ladeira abaixo, e três trabalhadores correm para resgatá-lo. Rindo, lutam entre si, disputando quem me devolverá o chapéu. Isto é liberdade. Sinto o girar das rodas, profundamente, em minha barriga, como se a máquina e eu fôssemos uma coisa só e eu não pudesse cair. Isto me torna ousada. Aumentando a velocidade, corro pela ladeira acima e desço a toda pelo outro lado, na direção da estrada, empurrando o pedal com mais força, mais depressa, a cada giro mágico do pedal. As rodas deixam o chão e, por um rápido e glorioso instante, sou transportada pelo ar. Meu estômago me faz cócegas, lá de dentro. Rindo, levantando as mãos do guidão, desafiando o destino e a gravidade.

– Gemma! Volte! – gritam as meninas, mas não têm sorte.

Viro-me para lhes oferecer um aceno alegre, observando-as enquanto se tornam menores com a distância.

Quando torno a olhar para a frente, há alguém na estrada. Não sei de onde veio, mas me encaminho diretamente para ele.

– Cuidado! – grito.

Ele dá um pulo para fora do caminho. Perco a concentração. A fera não está mais sob meu controle. Avança dando voltas de um lado para outro, freneticamente, antes de me atirar em cima do gramado.

– Deixe-me ajudá-la. – Ele me oferece sua mão e eu a pego; fico em pé, com as pernas trêmulas. – Está machucada?

Estou arranhada e com algumas contusões. Tenho um rasgão em meus calções e, abaixo deles, onde as meias aparecem, há uma mancha de grama e de sangue.

– Poderia ser mais cuidadoso, senhor – repreendo.

– Poderia ter prestado mais atenção, Srta. Doyle – responde ele, com uma voz que conheço, embora esteja mais rouca.

Minha cabeça faz um movimento rápido para cima e tenho uma visão dele: os compridos cachos escuros saindo de debaixo de um boné de pescador. A mochila em suas costas. Ele usa um par de calças empoeiradas, suspensórios e uma camisa simples, com as mangas enroladas até seus cotovelos. Tudo isso é familiar. Mas ele não é o rapaz que vi pela última vez no Natal. Ele se transformou num homem, nesses meses que se passaram. Seus ombros estão mais largos, os traços do seu rosto mais marcados. E há outra coisa mudada nele, que não consigo nomear. Ficamos em pé um diante do outro, minhas mãos apertadas no guidão, uma coisa de ferro entre nós.

Escolho minhas palavras tão cuidadosamente como se fossem facas:

– Como é bom ver você novamente.
Ele me dá um sorriso discreto.
– Vejo que agora anda de bicicleta.
– Sim, muita coisa aconteceu durante esses meses – digo bruscamente.
O sorriso de Kartik desaparece e lamento minhas palavras descorteses.
– Está zangada.
– Não, não estou – respondo, com uma risada áspera.
– Entendo perfeitamente.
Engulo em seco.
– Fiquei imaginando se os Rakshana tinham... se você estava...
– Morto?
Faço que sim com a cabeça.
– Parece que não.
Ele levanta a cabeça e noto olheiras escuras em seu rosto.
– Você está bem? Está alimentado? – pergunto.
– Por favor, não se preocupe comigo. – Ele se aproxima e, por um momento vertiginoso, penso que tem a intenção de me beijar. – E os reinos? Quais são as notícias de lá? Voltou à magia e fez a aliança? Os reinos estão seguros?
Ele só quer saber dos reinos. Meu estômago está tão pesado quanto se eu tivesse engolido chumbo.
– Estão sob controle.
– E viu meu irmão em seus reinos? Viu Amar? – pergunta ele, com um leve tom de desespero.
– Não, não vi – digo, abrandando. – Então... você não pôde vir mais cedo?
Ele desvia a vista.
– Preferi não vir.
– N-não entendo – digo, quando torno a encontrar palavras.
Ele enfia as mãos em seus bolsos.
– Acho que seria melhor se separássemos nossos caminhos. Você tem seu caminho, e eu tenho o meu. Parece que nossos destinos não estão mais entrelaçados.
Pisco, para evitar as lágrimas. *Não chore, pelo amor de Deus, Gemma.*
– M-mas você disse que queria fazer parte da aliança. Unir-se a mim... a nós...

– Mudei de ideia.
Ele está tão frio que fico imaginando os motivos graves que teria para isso. O que aconteceu?
– Gemma! – chama Felicity, do outro lado do morro. – É a vez de Elizabeth!
– Elas esperam por você. Vou ajudá-la com isso – diz ele, estendendo o braço para pegar a bicicleta.
Eu o afasto.
– Obrigada, mas não preciso de sua ajuda. Não é seu destino.
Empurrando a bicicleta à minha frente, corro rapidamente para a estrada, a fim de que ele não possa ver o quanto me magoou.

Desculpo-me e peço para não continuar a andar de bicicleta, fingindo que preciso cuidar do meu joelho. Mademoiselle LeFarge se oferece para me ajudar, mas lhe prometo que procurarei imediatamente Brigid e ataduras. Em vez disso, atravesso furtivamente o bosque na direção da casa dos barcos, onde posso me refugiar e cuidar em particular dos meus ferimentos profundos. O pequeno lago reflete a lenta migração das nuvens peregrinas.
– Carolina! Carolina!
Uma velha cigana, Mãe Elena, procura no bosque. Usa seu cabelo prateado embrulhado num lenço azul vivo. Vários colares caem sobre seu peito. Toda primavera, quando os ciganos chegam, Mãe Elena está com eles. Foi sua filha, Carolina, que minha mãe e Sarah conduziram para a Ala Leste, a fim de sacrificá-la às Terras Invernais. A perda de sua filha amada foi demais para que Mãe Elena pudesse suportar; sua mente se desgastou e agora ela é mais um fantasma do que uma mulher. Eu não a via desde que os ciganos voltaram, desta vez. Ela não se aventurava para longe do acampamento deles e fico surpresa de ver como é frágil.
– Viu minha menina, minha Carolina? – pergunta ela.
– Não – respondo, com voz fraca.
– Carolina, amor, não brinque comigo dessa maneira – diz Mãe Elena, olhando atrás de uma grande árvore, como se estivesse apenas brincando, num jogo de esconde-esconde.
– Faz o favor de me ajudar a encontrar minha filha?
– Sim – digo, embora me dê uma dor no coração me unir à sua loucura.
– Ela é travessa – diz Mãe Elena. – E sabe se esconder. Carolina!

– Carolina! – chamo, desanimada.

Espio atrás de arbustos e por entre as árvores, fingindo procurar uma menina assassinada há muito tempo.

– Continue procurando – instrui Mãe Elena.

– Sim – minto, com a vergonha fazendo meu pescoço avermelhar-se.

– Vou procurar.

No instante em que Mãe Elena está fora de minha vista, fujo sorrateiramente para o abrigo dos barcos, suspirando de alívio. Esperarei aqui até que a velha volte para o acampamento. Grãos de poeira brilham nas fendas por onde entra a fraca luz do sol. Posso ouvir o martelar dos trabalhadores e o chamado esperançoso da mãe procurando uma filha que não será encontrada. Sei o que aconteceu à pequena Carolina. Sei que a criança foi assassinada, numa espécie de sacrifício às criaturas das Terras Invernais, há vinte e cinco anos. Sei a horrível verdade daquela noite e gostaria de não saber.

Um remo apoiado casualmente numa parede desliza em minha direção. Sinto o peso suave da madeira em minhas mãos, enquanto meu corpo é tomado por uma sensação que eu não experimentava havia meses – a de uma visão me dominando. Todos os meus músculos se contraem. Aperto o remo com força, enquanto minhas pálpebras se agitam e o som de meu sangue se torna alto, como tambores de guerra em meus ouvidos. E então sou dominada, atravesso a luz como se apenas eu estivesse acordada dentro de um sonho. Imagens passam num jorro e se fundem umas às outras, como num caleidoscópio girando. Vejo a dama vestida de lilás escrevendo furiosamente sob a luz de uma lanterna, seu cabelo colado no rosto pelo suor. Sons – um choro lamentoso. Gritos. Pássaros.

Outro giro do caleidoscópio e estou nas ruas de Londres. A dama faz um sinal para que a siga. O vento sopra um panfleto até meus pés. É outro panfleto sobre o mágico Dr. Van Ripple. Eu o pego e estou agora num barulhento teatro de variedades. Um homem de cabelos negros e um cavanhaque bem aparado coloca um ovo numa caixa e, num piscar de olhos, faz com que ele desapareça. A bonita dama que me conduziu para cá leva a caixa e volta para o palco, onde o mágico a faz entrar num transe. Ele pega uma grande lousa e, com um pedaço de giz em cada mão, a dama escreve nela, como se estivesse possuída: "Fomos traídos. Ela é uma impostora. A Árvore de Todas as Almas vive. A chave guarda a verdade."

A multidão arqueja e aplaude, mas sou puxada para fora do teatro de variedades. Estou novamente na rua. A dama está bem à frente, correndo sobre as pedras do calçamento, escorregadias por causa da umidade, e passando por fileiras de casas estreitas, com as luzes apagadas. Ela corre para salvar sua vida, os olhos enlouquecidos pelo medo. Os barqueiros gritam uns para os outros. Com seus longos ganchos, pescam do rio o corpo frio e morto da dama. Ela está agarrando uma folha de papel. Palavras rabiscam-se a si próprias, sobre a página: "Você é a única que pode nos salvar..."
A visão me deixa como se um trem atravessasse ruidosamente meu corpo e se distanciasse. Volto a mim mesma dentro do bolorento abrigo dos barcos, exatamente quando o remo se parte em minhas mãos. Tremendo, caio no chão e coloco ali os pedaços quebrados. Agora, não estou mais acostumada com a força de uma visão. Não consigo recuperar o fôlego.
Saio aos tropeços do abrigo dos barcos, enchendo os pulmões de ar fresco e frio. O sol faz sua magia, afastando os últimos vestígios de minha visão. Minha respiração se torna mais lenta e minha cabeça se acalma.
"A Árvore de Todas as Almas vive. Você é a única que pode nos salvar. A chave guarda a verdade."
Não tenho nenhuma ideia do que isso significa. Minha cabeça dói, e não melhora nada com as marteladas constantes e sincopadas que chegam por cima do gramado.
Mãe Elena me dá um susto. Ela puxa sua trança, escutando as marteladas.
– Há maldade aqui. É o que sinto. A senhorita também sente?
– N-não – digo, cambaleando na direção da escola.
Mãe Elena vem bem atrás de mim. Caminho mais depressa. *Por favor, por favor, vá embora. Deixe-me em paz.* Chegamos à clareira e ao pequeno morro. Visto daqui, o alto da Spence se eleva majestosamente acima das árvores. Os trabalhadores estão visíveis. Grandes vidraças são içadas por pesadas cordas, que descem do telhado, e encaixadas em seus lugares. Mãe Elena arqueja, com os olhos arregalados de medo.
– Eles não devem fazer isso!
Movimenta-se rapidamente na direção da Spence, gritando numa língua que não entendo, mas posso sentir o alarme em suas palavras.
– Vocês não sabem o que estão fazendo! – berra Mãe Elena para eles, agora em inglês.

O Sr. Miller e os homens acham graça da cigana louca e de seus medos.
– Vá embora e nos deixe fazer nosso trabalho de homens! – gritam eles, em resposta.
Mas Mãe Elena não se afasta. Caminha pelo gramado, apontando para eles um dedo acusador.
– É uma maldade, uma maldição!
Um trabalhador grita uma repentina advertência. Uma vidraça escapou dos homens que a manejavam. Retorce-se em sua corda, pairando precariamente, até que é guiada para as mãos dos operários abaixo. Um homem a agarra e corta a palma de sua mão na beirada afiada. Ele grita, enquanto o sangue flui por seu braço abaixo. Alguém lhe dá um lenço. A mão ensanguentada é embrulhada.
– Viram? – grita Mãe Elena.
Há um ímpeto assassino no olhar do Sr. Miller. Ele a ameaça com um martelo, até que os outros homens o puxam para trás.
– Malditos ciganos! Vocês são a única maldição que vejo!
Os gritos atraem os homens ciganos para o gramado. Ithal se posta protetoramente na frente de Mãe Elena. Kartik também está lá. Os homens do Sr. Miller agarram martelos e ferros e ficam ao lado de seu capataz; temo que exploda uma briga terrível.
Alguém mandou buscar o inspetor Kent. Ele caminha para a fina linha de grama que separa os ciganos dos trabalhadores ingleses.
– Qual é o problema?
– Os malditos ciganos, companheiro – diz o Sr. Miller, com veemência.
Os olhos do inspetor Kent se tornam duros, com um brilho de aço.
– Não sou seu companheiro, senhor. E tenha cuidado, estando as senhoras por perto. Senão, eu o levarei para a Yard. – Em seguida, dirige-se a Mãe Elena: – Melhor voltar, senhora.
Os ciganos viram-se vagarosamente, porém, não antes que um dos trabalhadores – o homem com a camisa com remendos vermelhos – cuspa neles, e o insulto vai parar no rosto de Ithal. Ele limpa a cusparada, mas não consegue apagar tão facilmente seu ódio. A raiva arde também nos olhos de Kartik e, quando ele me dá uma olhada, sinto-me como se eu fosse o inimigo.
Ithal fala meigamente com Mãe Elena, na língua deles. A boca da velha se estreita de medo, enquanto os homens a levam embora.
– Amaldiçoados – resmunga ela, tremendo. – Amaldiçoados.

# Capítulo
## Doze

O jantar é um ensopado de peixe que logo será esquecido e que pede mais sal, desesperadamente.

Não paro de pensar em Kartik, em sua frieza. Da última vez em que o vira, em Londres, ele jurara lealdade. O que pode ter acontecido para que tenha mudado tanto? Ou esse é mesmo o jeito dos homens – ir atrás das moças para depois deixá-las de lado? Ele parecia tão assombrado, tão desesperado por causa de Amar, e eu queria saber o que dizer para confortá-lo, mas não tinha visto o irmão dele, e talvez isto já seja conforto suficiente.

E há também minha visão. *A Árvore de Todas as Almas vive.* Que árvore? Onde? Por que é importante? *Você é a única que pode nos salvar.*

– Gemma, o que você está ruminando aí? – troça Felicity, do seu poleiro ao meu lado.

Não combinaria com ela perguntar-me isso discretamente.

– N-não estou ruminando nada.

Tomo ruidosamente minha sopa, evitando o olhar mal-humorado de Cecily.

– Não, claro que não. Você, simplesmente, se esqueceu de como se sorri. Será que preciso lembrar a você? É bastante simples, vê?

Fee dá um sorriso sedutor de alegria. Concedo-lhe outro, tenso, que, tenho certeza, faz parecer que tenho um grave problema de gases.

*Preferi não vir.* Por que não consigo libertar essa única pequena frase da gaiola de meus pensamentos?

– Preciso dizer a Pip que a sopa está tão horrorosa quanto ela se lembra – sussurra Felicity, rindo.

Pip. Mais um peso a acrescentar, porque esta noite devo encontrá-la e ajudá-la a atravessar o rio, seja lá o que houver do outro lado.

– Realmente, você *está* ruminando alguma coisa, Gemma, e ficou assim a tarde inteira – repreende Felicity, enquanto caminhamos pela trilha muito gasta que leva à capela para fazermos nossas orações do anoitecer. – E acho que sei o motivo. Vi você falando com aquele indiano – diz ela, menosprezando Kartik com uma única palavra.
– Está falando de Kartik? – digo, friamente.
Os ouvidos de Ann se aguçam diante disso.
– Ele voltou?
*Droga.* Agora tenho as duas para me apoquentar – Felicity com seus ares de superioridade, e Ann com seu olhar fixo, perturbador e estranho.
– Sim, é esse mesmo. E o que ele disse, desta vez? – Felicity imita um adivinho, com olhos ferozes. – Não toque na magia! Não entre nos reinos! O fantasma de Jacob Marley levará sua alma se fizer isso. Fique em casa, cirza suas meias, como uma menina boa e bem-comportada, hummm?
– Vejo que não perdeu seu dom para o dramático. Ann, não deixe que ela tome tão facilmente seu talento – digo, com a esperança de mudar de assunto.
– Ele fez isso, não foi? – insiste Fee.
– Ele veio apenas para se despedir de uma forma adequada. – Não quero contar nada a elas sobre Kartik. Fee não é sua amiga e, se eu lhe contasse a verdade, ela apenas se regozijaria. Seria difícil de suportar. – Porém, se pareço preocupada, é porque tive uma visão hoje, minha primeira, desde o Natal.
Os olhos de Ann se arregalam. Felicity me puxa para o lado da trilha, deixando outras moças passarem adiante de nós.
– O que você viu?
– Uma dama que já tinha visto em meus sonhos. Ela é assistente de um mágico, ou uma médium de algum tipo, pois a vejo com o Dr. Van Ripple, um ilusionista. Ela escreve numa lousa, como se estivesse em transe.
– O quê? – continua Felicity a pressionar.
A Sra. Nightwing e Mademoiselle LeFarge aproximam-se pela trilha. Conversam sobre o que quer que as senhoras conversam, quando não estão sob observação. Parecem descontraídas, joviais. Tentamos permanecer alguns passos adiante delas.
– Fomos traídas. Ela é uma impostora. A Árvore de Todas as Almas vive. A chave guarda a verdade.

Até pouco antes, Felicity estivera presa a cada uma das minhas palavras. Porém, agora achava graça.

– Uma árvore? Ora, Gemma. Tem certeza de que não bateu a cabeça quando caiu da bicicleta?

Ignoro seu insulto.

– As imagens em minhas visões nem sempre contam uma história que posso ver. Mas acho que a dama da minha visão pode estar morta.

– Morta? É mesmo? – pergunta Ann, com um arquejo que mostra seu amor pelo macabro. – Por que você diz isso?

– Porque a vi sendo tirada do Tâmisa, afogada.

– Afogada – repete ela, claramente deliciando-se com a perversa excitação inerente ao assunto.

Lá em cima, as portas da capela estão abertas. A luz de velas traz para as vidraças uma atmosfera dramática, bruxuleante, fazendo-as parecerem vivas.

– A que horas nos encontraremos? – sussurra Felicity, quando chegamos às portas.

Viro-me para o outro lado.

– Esta noite, não. Estou cansada demais por causa do passeio de bicicleta. Preciso dormir.

– Mas, Gemma! – protesta Felicity. – Temos de voltar! Pippa espera por nós.

– Iremos amanhã à noite – digo, forçando um sorriso, embora me sinta muito mal com a perspectiva do que devo fazer.

Os olhos de Felicity se enchem de lágrimas.

– Encontramos finalmente nosso caminho de volta, e você quer impedir nossa felicidade.

– Fee... – começo a dizer, mas ela vira as costas e percebo que terei de deixar que me odeiem esta noite, embora seja difícil de suportar.

O bosque dança com a repentina claridade das lanternas. Os ciganos vieram; Kartik está entre eles e mal posso conter-me para não tentar fazer nossos olhos se encontrarem, não importa o quanto eu me deteste por causa disso.

– Vejam só, o que é isso? Qual é o problema? – pergunta a Sra. Nightwing.

Sentindo uma briga, as moças jorram para fora da igreja e se reúnem às suas portas, apesar dos pedidos de Mademoiselle LeFarge para que entrem. São tão inúteis quanto uma tentativa de reunir frangos debaixo de chuva.

– Demos uma olhada no bosque – explica Ithal. Ele tem uma pistola enfiada em seu cinto.
– Olharam o bosque para quê, podem me dizer? – encoleriza-se a Sra. Nightwing.
– Mãe Elena não gosta do que está sentindo. Eu não gosto do que estou vendo.
– Não haverá nenhum problema entre vocês e os homens do Sr. Miller – diz a Sra. Nightwing num tom de comando. – A Spence sempre ofereceu bondade a Mãe Elena. Mas não me pressionem demais.
– Oferecemos proteção – afirma Ithal, mas a Sra. Nightwing não se deixa abalar.
– Não pedimos essa proteção, garanto-lhe. Boa-noite.

Kartik põe uma mão no ombro de Ithal e fala com ele na língua dos ciganos; Ithal faz um sinal afirmativo com a cabeça. Nem uma só vez Kartik olha para mim. Finalmente, Ithal faz um sinal para seus homens.

– Vamos embora – diz ele, e os ciganos voltam para o bosque, para seu acampamento.

– Bobagem. Pura loucura. Proteção! Este é meu dever, e acho que o cumpro muito bem – resmunga a Sra. Nightwing. – Vamos rezar, meninas!

Nightwing e LeFarge nos enxotam para dentro da igreja. Dou uma última olhada no bosque. Os homens se afastam, com suas lanternas queimando pequenos buracos na escuridão do anoitecer. Todos, menos um. Kartik ainda está ali, escondido atrás de uma árvore, observando-nos silenciosamente.

## CAPÍTULO TREZE

Cogito a possibilidade de não ir. Luto contra a ideia por quase uma hora. Imagino os rostos de Fee e Ann, da próxima vez em que viajarmos para os reinos e Pippa simplesmente tiver desaparecido. Pergunto a mim mesma como as moças do incêndio na fábrica continuarão a viver sem ela. Não tenho certeza se esse é o caminho certo, mas prometi e então preciso ir.

Espero até o ronco de Ann ficar mais forte e desço furtivamente a escada, esperando não ser apanhada por Brigid, Sra. Nightwing, Felicity ou qualquer outra pessoa. Sob a sombra do esqueleto da Ala Leste, ponho minha mão na porta secreta. Ela se ilumina e ganha vida, e entro às escondidas nos reinos, sozinha, correndo o percurso inteiro.

Pippa espera junto à muralha de amoreiras silvestres.

– Você veio – diz, e não sei se há alívio ou medo em sua voz. Talvez as duas coisas.

– Sim.

– Fee jamais saberá – diz Pippa, como se lesse meus pensamentos. Seguimos pelo caminho até o jardim e o rio. Não sei o que devo fazer. Haverá alguma coisa que eu deva dizer – uma oração, um feitiço? Não sei. Então, fecho os olhos por um instante e digo, em silêncio: *Por favor. Por favor, ajude minha amiga Pippa.*

Um barquinho pula no rio, atrás de um alto feixe de cravos-de-defunto. Patinamos no gramado pantanoso e o puxo até nós.

Pip colhe um cravo e o gira em suas mãos.

– É tão lindo aqui. Algumas vezes eu me esqueço disso.

– Podemos ir a qualquer momento. Quando você estiver preparada – digo suavemente.

Ela enfia o ramo com a flor atrás de sua orelha.

– Estou preparada agora.

Nós nos instalamos no barco balançante e o empurramos para longe da margem. Já viajei por esse rio em meio a aventuras, alegria, perigo, mas nunca minha viagem foi tão melancólica. Isto é adeus para sempre e, embora eu sinta que é o certo, mesmo assim é muito difícil deixá-la ir embora. Não paro de ver a Pip que eu conhecia antes, que me chamava de amiga.

Dirijo o barco para o outro lado do rio, onde o horizonte brilha com o tom alaranjado do crepúsculo. Ele me faz sentir sonolenta, meio bêbada, como se cochilasse sob o sol. E, de repente, o barco para. Não quer ir adiante.

– Por que paramos?

– Não sei – digo. Tento dar-lhe um impulso para adiante, mas não surte efeito.

– Achei que você tinha o poder de fazer as almas atravessarem – diz Pippa, com pânico em sua voz.

– Nunca fiz isso. Você é a primeira. Acho que não posso levar você mais adiante. Parece que você tem de completar o resto do caminho sozinha.

Os olhos de Pippa se arregalam.

– Não, não posso! Não posso entrar na água. Por favor, por favor, não me obrigue.

– Sim, você pode – garanto, esperando que minha voz não demonstre meu nervosismo. – Vou ajudar você. Agarre meus braços.

Facilito sua entrada na água e a solto. Suas saias se projetam para fora, como flores de lótus.

– Adeus, Gemma – diz ela, movimentando-se contra a correnteza.

Observá-la ir embora é como ver uma parte de mim mesma desaparecer, e preciso pressionar a mão contra minha boca para me impedir de gritar "Não faça isso. Volte. Por favor". A luz a está engolindo. Minhas faces estão molhadas de lágrimas. *Adeus, Pip.*

Com uma repentina guinada, ela afunda na água. Suas mãos se agitam violentamente. Ela aparece de repente na superfície, tossindo água, buscando ar desesperadamente.

– Gemma! – grita ela, aterrorizada. – Me ajude!

Sou dominada pelo pânico. Era supostamente isso que deveria acontecer? Não, não era. Vi outras almas atravessarem sem tamanha angústia.

– Pip! – Inclino-me bastante para fora do barco. Ela agarra minha mão e a puxo para bordo.

– Volte! – diz ela, tossindo. – Volte!
Só quando alcançamos a margem, em segurança, e Pippa cai de joelhos no jardim é que começa a respirar com facilidade.
– O que aconteceu? – pergunto.
– Não pude atravessar! – exclama ela. – O rio não me deixou. – Seus olhos estão arregalados de medo. – O rio não me deixou!
– Ela não pode atravessar. É tarde demais. – A Górgona aparece, deslizando.
Pippa agarra meu braço, desesperada.
– Que é que... ela... está dizendo?
– Você comeu as amoras – silva a Górgona. – Com o tempo, a magia delas agiu em você e a reivindicou para os reinos. Você é uma de nós agora.
Lembro-me daquele dia horrível em que Pippa foi deixada para trás enquanto escapávamos. Lembro-me das criaturas que a perseguiram e a fizeram entrar no rio. Lembro-me de descobri-la mais tarde, fria e pálida, dentro da água. E me lembro do momento fatal em que ela fez sua escolha de ficar, comendo as amoras. Por que a deixei fazer isso? Por que não lutei com mais força para salvá-la?
Pippa corre na direção da Górgona e bate nela com os punhos fechados. As serpentes rugem e ganham vida, movimentando-se bruscamente e silvando. Uma delas morde Pip. Ela grita e cai no gramado, segurando sua mão. Seus soluços saem tão fortes quanto uma chuva sufocante.
– Pretende... me dizer... que terei de ficar aqui? Para sempre?
Os olhos amarelos da Górgona não revelam nenhuma emoção.
– Seu destino está selado. Você precisa adaptar-se. Aceite e continue vivendo.
– Não posso! – geme Pippa. Ela diz palavras sufocadas, por entre soluços. – Gemma... você! Você me disse... que eu... tinha de atravessar!
– Desculpe! Pensei...
– Agora... agora você me diz que terei de ficar aqui... nos reinos, para sempre! Sozinha!
Pippa está atirada no chão, toda encolhida. Faz a testa rolar de um lado para outro contra a grama fresca.
– Você não está sozinha. Você tem Bessie, Mae e as outras – digo, desesperada para oferecer alguma esperança, mas até eu posso sentir como isso soa vazio.
A cabeça dela se levanta, num movimento rápido; seus olhos brilham com as lágrimas.

– Sim, aquelas meninas horrendas, com suas queimaduras horrorosas e maneiras rudes? Que tipo de amigas elas são? Elas foram apenas um jeito que arrumei para passar o tempo. Jamais substituirão Fee, você e Ann. Por favor, não me deixe aqui, Gemma. Leve-me de volta. Por favor, por favor, por favor...

Ela agarra punhados de grama em suas mãos minúsculas, chorando como se seu coração fosse se partir. Mal consigo reprimir minhas próprias lágrimas.

Sento-me ao seu lado, tento acariciar seu cabelo.

– Calma, calma, Pip.

Ela empurra minha mão, afastando-a.

– É sua culpa! Nunca me senti tão desesperada, tão horrível.

– E se você tivesse magia para ajudar a si mesma? – digo, rapidamente, entre meus próprios soluços.

As lágrimas de Pip diminuem.

– Magia? Como costumávamos ter?

– Sim, eu...

A Górgona me interrompe:

– Altíssima. Posso dizer algumas palavras?

A prancha da embarcação baixa até o chão com um suave rangido. Embarco e ocupo meu assento preferido, perto da cara dela.

– O que é?

A Górgona sussurra para mim, com aquela voz que é um silvo meloso:

– Gostaria de adverti-la contra a precipitação, Altíssima.

– Mas não posso deixá-la aqui assim! Ela era uma de nós!

– A moça fez sua escolha. Agora ela precisa aceitar os termos. Pode escolher as Terras Invernais ou pode escolher outro caminho. Não precisa cair.

Olho para Pippa, adiante, que está partindo folhas de grama em duas, bem no meio. Sua pele está pálida, mas as faces se avermelharam de dor. Ela parece um carneirinho perdido.

– Pip não tem nenhum talento para tomar decisões – digo, sentindo a ameaça de mais lágrimas.

– Então, é hora de aprender – diz a Górgona.

Ela se comporta como se fosse minha mãe, como fizeram a Srta. Moore e a Srta. McCleethy. Estou cansada de pessoas me dizendo o que fazer. Tom, vovó e a Sra. Nightwing. Tanta gente querendo me amarrar bem apertado com suas boas intenções.

A Górgona não se perturba com minhas lágrimas.

— A solidariedade pode ser uma bênção e uma maldição. Tenha cuidado para a sua não a prender numa armadilha. Essa luta é dela, não sua.

— Você é muito dura. Não me espanta que seja a última de sua espécie – digo.

Imediatamente me arrependo de ter falado isso. Mas o dano já foi causado. Posso identificar alguma coisa parecida com dor atravessando a cara habitualmente misteriosa da Górgona. As serpentes se abaixam suavemente, esfregando-se contra suas faces, como crianças que precisassem ser acalmadas.

— As coisas não são assim – diz ela.

— As coisas não eram assim. Tudo está mudando e, agora que tenho este poder, pretendo fazer mudanças por conta própria – digo bruscamente.

A Górgona procura meu rosto por um tempo que parece uma eternidade. Finalmente, ela fecha os olhos, isolando-me do lado de fora.

— Faça como quiser.

Eu a insultei. Terei de cuidar dessa ferida mais tarde. No momento, preciso ajudar Pippa. Ela soluça, espichada na margem do rio, com folhas de grama apertadas com força em seus punhos fechados. Agora se senta, cheia de ferocidade.

— Vão embora, todas vocês. Para bailes e festas, casamento e filhos. Encontrarão a felicidade, e ficarei aqui para sempre, sem ninguém, a não ser aquelas horrendas moças da fábrica que nunca foram a um chá.

Desaba sobre si mesma, balançando-se como uma criança pequena. Não posso suportar a dor dela, nem minha culpa, antes de mais nada por tê-la trazido para os reinos – e por não ser capaz de ajudá-la, agora. Faria qualquer coisa, qualquer coisa mesmo, para acabar com seu sofrimento.

— Pip – digo –, shh. Dê-me suas mãos.

— P-por quê? – soluça ela.

— Confie em mim.

As mãos dela estão frias e úmidas, mas as seguro bem apertado. Sinto a magia sair de mim com um puxão feroz, como sempre. Por alguns segundos, ficamos unidas. As lembranças e emoções de Pip se tornam minhas e as vejo, viajando tão rápido quanto o cenário visto das janelas de um trem. A jovem Pip ao piano, aprendendo zelosamente suas escalas. Pippa submetendo-se às fortes escovadelas de sua mãe, com o cabelo brilhando sob cada golpe suportado. Pippa na Spence, procurando Felicity para que a orientasse, para saber quando rir de uma piada ou interromper deliberadamente uma pessoa. Toda sua vida ela fez o que lhe pediram, sem questionar. Seu único ato de rebeldia foi comer aquele punhado de amoras, e isto a prendeu aqui, num mundo estrangeiro e imprevisível. Sinto sua alegria, tristeza, medo, orgulho, anseios. O rosto de Fee relampeja, com a luz que a deixa dourada. Sinto a afeição dolorida de Pip por nossa amiga. Pippa mostra um sorriso extasiado. Ela está mudando diante de mim, banhada em centelhas de luz branca.

– Eu me lembro... Ah, é maravilhoso, este poder! Mudarei!

Ela fecha os olhos com força e aperta os lábios um contra o outro, em furiosa determinação. Vagarosamente, suas faces ficam cor-de-rosa e seus cachinhos cheios e escuros voltam. Seu sorriso é restabelecido, trazendo sua beleza antiga. Apenas seus olhos não querem mudar. Eles oscilam entre o violeta e aquele perturbador azul esbranquiçado.

– Como estou? – pergunta ela.

– Linda.

Pippa lança seus braços em torno do meu pescoço, puxando-me para baixo. Ela parece tanto uma criança, às vezes. Mas acho que é isso que amamos nela.

– Ah, Gemma. Você é uma verdadeira amiga. Obrigada – murmura ela com a cara enfiada no meu cabelo. – Meu Deus, terei de fazer alguma coisa com este vestido! – Ela ri. A mesma antiga Pippa. E, desta vez, fico satisfeita com isso.

– Você imaginou, algum dia, que seria tão poderosa, Gemma? Não é maravilhoso? Pense, você pode fazer o que quiser.

– Acho que sim – digo, suavizando-me.

– É seu destino! Você nasceu para a grandeza!

Gostaria de dizer que essa declaração faz minhas bochechas corarem e que rapidamente a desminto, dizendo que é uma bobagem. Mas, secretamente, eu a aprecio muito. Começo a perceber que gostaria de me sentir especial. Que gostaria de deixar minha marca no mundo. E que não quero ter de me desculpar por causa disso.

# Capítulo
# Catorze

Pippa e eu nos separamos nos campos de papoulas.
— Verei você em breve, querida amiga. E não se preocupe — guardarei nosso segredo. Direi que esta mudança em mim aconteceu por si mesma. Um milagre.
— Um milagre — repito, tentando afastar meus receios. Não posso favorecer Pippa para sempre.

Ela me acena e sopra um beijo para mim, antes de correr de volta na direção das Terras Limítrofes.
— *Gemma*...
— Quem disse isso? — Dou a volta, mas não há ninguém por perto. Torno a ouvir, como um grito fraco, ao vento:
— Gemma...

Estico o pescoço para cima, na direção das Cavernas dos Suspiros, onde ficam o Templo e o Poço da Eternidade. Preciso saber.

A subida até o alto da montanha é mais longa do que eu lembrava. A poeira se gruda em minhas pernas. Quando passo pelo arco-íris de fumaça colorida, Asha, a líder dos Intocáveis, está lá, esperando por mim, como se soubesse que eu viria. Uma brisa abre seu sári vermelho-escuro, descobrindo suas pernas doentes, cobertas de bolhas. Tento não olhar fixamente para ela nem para qualquer dos outros Intocáveis, os Hajin, como também são conhecidos, mas é difícil. Todos foram desfigurados pela doença. Por causa disso, foram injuriados dentro dos reinos e a posição deles é considerada inferior à dos escravos.

Asha me cumprimenta como sempre faz: com uma pequena reverência, as palmas das mãos pressionadas uma contra a outra, como se rezasse.
— Bem-vinda, Senhora Esperança.

Retribuo o gesto e sou conduzida para dentro da caverna. Dois dos Hajin carregam uma porção de papoulas de um vermelho vivo, colhidas nos campos abaixo. Fazem uma seleção das flores, pegando apenas as boas, que eles pesam em grandes balanças antes de colocá-las dentro dos potes de fumaça para alimentá-los. À minha passagem, os Intocáveis me recebem calorosamente, oferecendo-me flores e sorrisos.

– Veio devolver a magia ao Templo? – pergunta Asha.
– Ainda não. Mas farei isso – garanto-lhe.

Asha se curva, mas vejo, pela falta de um sorriso, que ela não acredita em mim.

– Em que os Hajin podem ajudá-la?
– Gostaria de me aproximar do Poço da Eternidade.
– Deseja enfrentar seus temores?
– Há alguma coisa que tenho que esclarecer – respondo.

Ela sacode a cabeça vagarosamente.

– Esclarecer não é tão fácil. Está livre para entrar.

Uma muralha de água me separa do que está lá dentro. Só preciso atravessá-la e saberei com certeza. Meus lábios estão secos de medo. Eu os umedeço com a língua e tento firmar-me. Prendendo a respiração, passo pela película de água e penetro o coração sagrado do Templo.

O Poço da Eternidade fica no centro. Suas águas profundas não fazem nenhum som. Com o coração martelando em meu peito, aproximo-me do poço, até que meus dedos pousam sobre sua áspera beirada. Minha língua fica presa contra o céu da boca. Agarro com força a beirada do poço e espio para dentro. A água, lá, transformou-se em gelo. Meu rosto está refletido em sua superfície enfumaçada. Traço seu esboço nela.

Um rosto de mulher faz pressão contra a superfície e tropeço para trás, arquejando. Suas feições emergem das escuras profundezas do poço. Os olhos e a boca estão fechados, como na morte. Seu rosto foi branqueado, perdendo todas as cores. Seu cabelo flutua na água embaixo do gelo, como os raios de um sol escuro.

Os olhos de Circe se abrem bruscamente.

– Gemma... você veio.

Recuo mais, sacudindo a cabeça. Meu estômago se revolve. Sinto vontade de vomitar. Mas o medo me impede de fazer até mesmo isso.

– Você... você está morta – sussurro. – Eu a matei.

— Não. Estou viva. — Sua voz é um sussurro estrangulado. — Quando você prendeu a magia a si mesma, prendeu-me aqui. Morrerei quando a magia for devolvida.

— F-fico s-satisfeita em saber disso — gaguejo, caminhando rapidamente na direção da parede de água que separa das Cavernas dos Suspiros este terrível salão.

A voz fantasmagórica de Circe ecoa na caverna como murmúrios imaginários de demônios.

— A Ordem está conspirando contra você. Eles planejam retomar os reinos e excluí-la.

— Você está mentindo — digo, tremendo.

— Você se esquece, Gemma, de que fiz parte da Ordem durante algum tempo. Farão de tudo para ter novamente o poder. Não pode confiar neles.

— E é em você que devo confiar!

— Não matei Nell Hawkins — diz ela, pronunciando o nome da moça cujo sangue está em minhas mãos.

— Você não me deu nenhuma escolha!

Mas é tarde demais. Ela descobriu minha ferida e torna a remexer nela:

— Há sempre uma escolha, Gemma. Enquanto ainda há tempo, posso ensinar você a controlar seu poder, a fazer com que ele lhe obedeça. Quer que ele a conduza ou você é quem será sua ama?

Aproximo-me cautelosamente do poço.

— Minha mãe poderia ter me ensinado, no devido tempo. Mas nunca teve a oportunidade. Você a matou antes.

— Ela mesma se matou.

— Para manter sua alma livre de você e daquela horrenda criatura das Terras Invernais, aquele rastreador! Ela não queria ser corrompida. Eu faria a mesma coisa.

— Eu não faria isso. Por uma filha como você, teria lutado até o fim de minhas forças. Mas Mary nunca foi uma grande lutadora, não é como você.

— Você não tem nenhuma licença para falar da minha mãe — digo bruscamente.

Dou uma rápida olhada e, por um segundo, vejo no rosto dela algo de quem ela era antigamente, uma breve visão da minha antiga professora, Srta. Moore. Mas então ela fala e um calafrio torna a percorrer minha espinha:

– Gemma, você não precisa se preocupar comigo. Eu jamais lhe faria mal. E ainda posso ajudá-la. Tudo o que peço, em troca, é experimentar novamente a magia, apenas uma vez, antes de eu morrer.

Por um instante, suas palavras semeiam a dúvida em minha mente. Mas não posso confiar nela. É só uma manobra para obter o poder. Ela não mudou.

– Vou embora.

– Há um plano em andamento. Você não pode imaginar que perigos enfrenta. Não pode confiar na Ordem. Só eu posso ajudá-la. Foi um erro ter vindo.

– Você não conseguirá nada de mim. Pode apodrecer aí dentro, que nem estou ligando.

Ela desliza para baixo da superfície sombreada da água e a última coisa que vejo, antes que desapareça, é uma mão pálida, que parece se estender em minha direção.

– Você voltará a me procurar – sussurra ela, numa voz tão fria quanto a própria água gelada. – Quando não houver mais ninguém em quem confiar, você precisará de mim.

– Encontrou o que procurava, Senhora Esperança? – pergunta Asha, quando volto para as Cavernas dos Suspiros.

– Sim – respondo, amargamente. – Já sei tudo o que precisava saber.

Asha me conduz por um corredor cheio de afrescos desbotados até uma caverna de que me lembro. Relevos com mulheres de quadris exuberantes e homens sensuais enfeitam suas paredes. Essas figuras me atraem, embora eu ruborize com sua nudez. Espio uma coisa que não havia notado antes. É uma gravura mostrando duas mãos, uma presa à outra, no centro de um círculo perfeito. É familiar para mim, embora eu não possa dizer o motivo, como alguma coisa que vimos rapidamente, num sonho. As pedras parecem dizer-me *Este é um lugar de sonhos para aqueles que desejam ver. Ponha suas mãos dentro do círculo e sonhe.*

– Ouviu isso? – pergunto.

Asha sorri.

– Este é um lugar especial. Era para cá que os membros da Ordem e os Rakshana vinham, como amantes.

As palavras me provocam outro rubor intenso, que não quer desaparecer.

— Eles punham as mãos juntas dentro do círculo e entravam nos sonhos um do outro. Isto forjava um elo que não podia ser rompido. O círculo representa a eternidade. Porque ali não há começo nem fim. Está vendo?

— Sim — digo, deixando que meus dedos acompanhem o círculo.

— Eles vinham testar sua dedicação. Se não pudessem entrar nos sonhos uns dos outros, não estavam destinados a ser amantes.

Asha me conduz pelo colorido corredor do Templo. Espero que ela me pergunte sobre a magia e a aliança, mas ela não o faz.

— Pretendo de fato formar uma aliança e prender a magia a todos nós — explico, sem que ela insista. — Mas há questões de que devo tratar primeiro, em meu próprio mundo.

Asha apenas sorri.

— Partilharei a magia. Prometo.

Ela me observa enquanto me afasto.

— Claro, Senhora Esperança.

Vou seguindo sozinha pelos campos de papoulas e em seguida desço por uma vereda escondida embaixo da grande cobertura rendada dos salgueiros. Suas folhas delicadas varrem o chão com um ruído suave e reconfortante. Respiro fundo e tento clarear a cabeça, mas descubro que não consigo. A advertência de Circe se alojou nela. Eu não devia ter ido lá. Não devia cometer esse erro duas vezes. E Pippa? Talvez haja um motivo para ela não poder atravessar. Talvez ainda haja uma chance de salvá-la. Esse pensamento torna meus passos mais leves. Estou quase alcançando o fim da vereda quando ouço um fraco galope de cavalo.

Através da cortina verde dos salgueiros, vejo alguma coisa branca passar num relâmpago. Um cavalo? Dez? Há cavaleiros? Quantos? As folhas mudam de lugar e já não vejo nada. Mas posso ouvir que o ruído dos cascos se aproxima. Levanto minha camisola de dormir e corro como uma louca, sentindo as solas de meus pés baterem com força na trilha. Deslizo entre duas árvores e me arremesso para dentro do trigal, separando com as mãos os caules que batem em mim. Mas ainda ouço o barulho. As batidas do meu coração parecem repetir: *Não olhe para trás; não pare; corra, corra, corra.*

Estou quase chegando à estátua da deusa de três rostos, que marca a subida para a porta secreta. Engolindo em seco, para recuperar o fôlego, dobro na esquina. Corro em zigue-zague por entre pedras que parecem sentinelas, aquelas mulheres vigilantes. Acima, a ladeira cheia de musgo não dá nenhuma indicação de uma porta. Atrás de mim está o firme galopar do cavaleiro não visto. Atiro-me contra o morro. *Abra, abra, abra...* A porta aparece, empurro-a, passo e o som dos cavalos some. Corro em meio ao brilho de vaga-lumes do corredor e saio no gramado. A luz se apaga e a porta some, como se nunca tivesse existido.

No alto do telhado da Spence, as gárgulas estão sentadas sobre suas ancas, vigiando continuamente tudo. Com suas costas escuras banhadas pela luz da lua, parecem quase vivas, como se suas asas pudessem se abrir e fazê-las voar.

Minhas mãos começam a formigar e, antes que eu possa tornar a respirar, essa sensação se espalha pelo meu sangue, com um poder que me faz cair de joelhos. A magia é forte. Ela sobe como um animal que precisa correr. Entro em pânico; serei devorada por ela se não soltá-la.

Cambaleio para o roseiral e corro minhas mãos sobre os rebentos adormecidos. Onde meus dedos tocam, as flores irrompem numa sinfonia de cor nunca vista por mim, algum dia – vermelhos profundos, tons de rosa furiosos, brancos leitosos e amarelos tão brilhantes quanto o sol de verão. Quando acabo, a primavera chegou para todas as rosas. Chegou para mim também, porque me sinto magnífica – forte e viva. A cor floresce dentro de mim, uma alegria recém-descoberta.

– Fiz isso – digo, examinando minhas mãos como se não fossem de fato minhas.

Mas são. Fiz florescerem rosas em meu mundo com elas. E isto é apenas o começo. Com este poder, nem sei dizer o que posso fazer para mudar o que precisa ser mudado – para mim, para Felicity e para Ann. E, quando tivermos assegurado nossos futuros, faremos uma aliança nos reinos.

A magia me conduz na direção da Ala Leste. Ponho minhas mãos no torreão meio construído e sinto a energia fluindo por mim, como se a terra e eu fôssemos uma única coisa. O solo se ilumina de repente. Uma série de linhas aparece nele, como caminhos num mapa. Uma linha leva para além dos morros, na direção do acampamento dos trabalhadores. Outra serpenteia pelo bosque até a capela. Uma terceira se enrosca no sentido das velhas cavernas, onde pela primeira vez nos aventuramos e entramos nos reinos. Mas ela brilha mais intensamente onde estou em pé. O tempo se tornou mais lento. A luz sangra em torno das beiradas da porta secreta. Sinto seu puxão. Coloco minha outra mão contra ela e meu corpo é tomado por um fluxo de energia.

Imagens passam velozmente pela minha mente, depressa demais para eu segurá-las; ficam apenas fiapos: o amuleto de Eugenia atirado nas mãos de minha mãe, areia negra voando sobre montanhas escarpadas, uma árvore de rígida beleza.

Sou repentinamente liberada e caio no chão. A noite está outra vez imóvel, salvo pelas batidas agitadas do meu coração.

O amanhecer ergue seu alarme cor-de-rosa. Ele já rasteja por cima do alto das árvores, trazendo uma nova manhã, e uma nova eu.

# Ato II

*Meio-dia*

*É preciso caos interior para dar
à luz uma estrela dançarina.*

– Friedrich Nietzsche

# Capítulo Quinze

AGORA QUE A PRIMAVERA PARECE SER MAIS DO QUE A PROMESSA DE um pretendente volúvel e os dias se tornam mais quentes numa feliz garantia de que o inverno está em retirada, afinal, a Grã-Bretanha comemora com feiras em profusão. Na manhã seguinte ao dia em que fui ver Pippa, Nightwing e LeFarge nos conduzem como um rebanho para dentro de um trem, e tagarelamos animadamente dentro da barriga do grande dragão de aço enquanto ele se move raivosamente pelo campo luxuriante, arrotando uma longa pluma de espessa fumaça negra que deixa cinzas em nossas saias e luvas. Demora algum tempo até que eu consiga seduzir Felicity e tirá-la do seu mau humor em razão da noite passada, mas lhe prometo que iremos para os reinos esta noite, sem falta, e tudo é perdoado. E, quando Felicity me perdoa, Ann logo a acompanha.

Desembarcamos numa cidade pequena e, com cestas de piquenique enfileiradas, seguimos em frente, na feliz companhia de aldeães, lavradores, criados de folga, crianças excitáveis e homens em busca de trabalho, chegando afinal a uma grande campina, onde a feira se instalou.

O grande mercado ao ar livre se estende por quase um quilômetro. Cada barraca oferece alguma nova tentação – pedaços de pão com a casca durinha, leite com creme sólido em cima, gorros e sapatos graciosos. Olhamos para isso tudo cheias de desejo, concedendo-nos uma provada no picante queijo *cheddar,* ou uma espiada no espelho, quando experimentamos uma nova estola. Todos vieram com suas melhores roupas dominicais, na esperança de passar uma tarde com dança e divertimentos que valham a pena. Até a Nightwing permite-se observar o alegre espetáculo de uma briga de galos.

A um canto, vários homens fazem fila para conseguir empregos de ferreiro ou tosquiador. Há até um capitão de navio que alista rapazes como marinheiros, prometendo comida, bebida e a excitação do mar. Essas negociações são fechadas com uma assinatura, um aperto de mãos e um centavo dado, como prova do contrato.

Outros estão aqui com a finalidade de escolher animais de criação. Eles redemoinham em torno dos estábulos de carneiros e cavalos, ouvindo as garantias dos negociantes.

– Não encontrarão nada melhor, cavalheiros. Isto posso garantir! – berra um homem com um avental de couro e botas altas para dois dos funcionários que examinam seu carneiro premiado. Os agricultores correm suas mãos pelos flancos do animal. Ele bale alto, por causa do que acredito que seja uma profunda humilhação.

– Eu também não gostaria disso – digo, num sussurro. – É uma grosseria terrível.

No conjunto, é uma coisa barulhenta e feliz essa mistura de animais e pessoas, com as mulheres dos lavradores gritando: "O melhor queijo da Inglaterra! Geleia de amoras-pretas – doce como um beijo materno! Um ganso gordo, perfeito para sua ceia de Páscoa!"

À tarde, tomamos nosso chá junto à margem do rio, onde as pessoas se reúnem para espiar as corridas de barcos. Brigid empacotara para nós um maravilhoso lanche com ovos cozidos, pão preto com manteiga, geleia de framboesa e pasteizinhos de groselha. Ann e eu passamos generosas porções de manteiga e geleia em grossos pedaços de pão, enquanto Felicity agarra os pastéis.

– Recebi uma carta de mamãe – diz Fee, dando mordidas felizes para dentro do recheio de fruta.

– Isso, normalmente, não deixa você tão bem-humorada – digo.

– Ela não me presenteia com frequência com uma oportunidade tão magnífica – responde ela, enigmaticamente.

– Muito bem – digo. – Desembuche.

– Vamos ver Lily Trimble em *Macbeth*, no Teatro Drury Lane.

– Lily Trimble! – exclama Ann, com a boca cheia de pão. Ela o engole de uma vez, encolhendo-se. – Você tem mesmo muita sorte.

Felicity lambe os dedos até ficarem limpos.

– Gostaria de levar você, Ann, mas mamãe jamais permitiria.

– Eu entendo – diz Ann, sombriamente.

A Sra. Worthington não se esqueceu da fraude de Ann no Natal, enquanto Ann era convidada na casa deles. Não importa que todas a ajudássemos a se fazer passar como filha de um duque. Na cabeça da Sra. Worthington, Felicity e eu não temos culpa nenhuma, figurando como vítimas do plano desonesto de Ann. É surpreendente ver no que as mães acreditam, apesar de todas as evidências em contrário – qualquer coisa, desde que fiquem a salvo.

– Você não poderia ir como você mesma, Ann – digo. – Mas poderia ir como outra pessoa.

Ela me lança um olhar estranho.

– A magia – sussurro. – Não entende? Será nossa primeira oportunidade para mudar nosso destino.

– Bem debaixo do nariz de mamãe. – Felicity sorri. Só essa tentação já basta para fazê-la aderir.

– E se não funcionar? – diz Ann.

– Vamos deixar que isso nos impeça de tentar? – protesto.

Felicity estende a mão.

– Sou a favor.

Ann põe a sua junto, e eu a minha, em cima.

– Ao futuro.

A multidão de participantes da feira ondula, em seu entusiasmo. Os remadores estão à vista. As pessoas se aglomeram nas margens do rio para lhes dar vivas. Descemos com dificuldade por uma ribanceira, onde podemos ficar mais perto do rio, mas escondidas das vistas de Nightwing. Três barcos lutam pela liderança, levando em sua esteira uma cauda de remadores menos velozes. Os homens enrolaram as mangas de suas camisas até os cotovelos e, quando passam por nós, remando, podemos ver seus braços musculosos em ação. Com as mãos apertadas nos remos, movimentam-se como se fossem apenas um, para a frente e para trás, para a frente e para trás, parecendo uma grande máquina de músculos e carne. O movimento é hipnótico e ficamos sob seu feitiço.

– Ah, eles são muito fortes, não são? – diz Ann, com um tom de voz sonhador.

– Sim – digo. – Muito mesmo.

– Com qual deles você se casaria? – pergunta Ann.

O rosto de Kartik me vem à mente, espontaneamente, e balanço a cabeça para afastar o pensamento, antes de sentir melancolia.

– Ficaria com o que está na frente – digo, fazendo um aceno com a cabeça na direção de um belo homem de cabelos claros e peito largo.

– Ah, ele é lindo. Acha que tem um irmão para mim? – diz Ann.

– Sim – digo. – E você passará a lua de mel na Úmbria.

Ann ri.

– Ele é rico, naturalmente.
– Naturalmente – repito. O jogo já me deixou num estado de espírito mais leve. *Tome essa, Kartik.*
– De qual deles você gosta, Felicity? – pergunta Ann.
Felicity mal os considera.
– De nenhum.
– Você sequer olhou – queixa-se Ann.
– Já que assim desejam... – Felicity pula para cima de uma pedra. Cruza os braços e examina os homens. – Humm, aquele está ficando careca. Os sujeitos na parte de trás mal têm suíças. Este, mais perto de nós... Meu Deus, ele tem orelhas ou aquilo são asas?
Minha risada parece um latido alto. Ann cobre a boca enquanto solta risadas estridentes.

– Mas a *pièce de resistence* é aquele à direita – diz ela, apontando para um homem com um rosto redondo, meio mole, e um grande nariz vermelho. – Ele tem um rosto que faria qualquer garota considerar se afogar.

– Ele não é tão ruim assim – digo, rindo.
É mentira. Há séculos os homens nos avaliam segundo nossa beleza, e nós não somos melhores do que eles, em relação a isso.
Os olhos de Felicity ganham um brilho sinistro.

– Ora, Gemma, como eu poderia ficar entre você e o verdadeiro amor? Ele será seu futuro esposo, eu acho.

– Acho que não!
– Ah, sim, ele será – arrelia Felicity, numa cantilena. – Pense em todos os filhos horrorosos que vocês terão, todos com um nariz grande, gordo e vermelho, igual ao dele!

– Não consigo suportar sua inveja, Fee. Você devia ficar com ele. Por favor. Eu insisto.

– Ah, não. Não sou digna de tanta beleza. Ele deve ser seu.
– Entre ele e a morte, escolho morrer.
– Seria menos doloroso, é claro. – Felicity fica em pé com um pulo e acena com seu lenço. – Boa-tarde! – grita ela, atrevida como gosta de ser.

– Fee! – protesto, sem graça.
Mas é tarde demais. Agora somos alvo de toda a atenção deles e não há para onde correr. Deixando de lado a competição, seu barco flutua no rio, enquanto os tripulantes gritam e acenam para nós, as moças embaixo do penhasco.

– Senhor – diz ela, apontando para o infeliz sujeito –, minha querida amiga aqui é modesta demais para fazer uma confissão de sua admiração pela sua pessoa. Portanto, não tenho escolha a não ser defender a causa dela.
– Felicity! – grito, meio sufocada.
Disparo para atrás do penhasco.
O pobre sujeito está em pé no barco e vejo, tristemente, que ele é tão largo quanto seu rosto – mais parece um barril usando calças do que um homem de fato.
– Gostaria de conhecer a dama, se ela fizer a gentileza de aparecer.
– Está ouvindo, Gemma? O cavalheiro deseja conhecê-la.
Felicity puxa meu braço, numa tentativa de me levantar.
– Não – sussurro, libertando-me de seu puxão.
Esta tolice já foi longe demais.
– Temo que ela seja um tanto tímida, senhor. Talvez seja preciso que o senhor a corteje.
Ele recita um soneto que me compara a um dia de verão:
– "Tu és mais linda e mais moderada" – entoa ele. Quanto a isso, está seriamente equivocado. – Diga-me seu nome, bela dama!
Sai da minha boca antes que eu possa me conter.
– Srta. Felicity Worthington, de Mayfair.
– A filha do almirante Worthington?
– A própria! – grito.
Agora é Felicity quem puxa meu braço, implorando-me que pare.
Em seu empenho para falar conosco, dois outros sujeitos levantam-se com um pulo, perturbando o delicado equilíbrio do barco. Com um grito, caem no rio frio, para divertimento de todos.
Rindo feito loucas, corremos pelo lado da ribanceira abaixo e nos escondemos atrás de sebes altas. Nosso riso é contagioso: cada vez que as risadas estridentes vão silenciando, uma de nós recomeça e tudo volta outra vez. Por fim, nos deitamos no gramado, sentindo a brisa do final de março acariciando nosso corpo, carregando com ela os gritos alegres da festa à distância.
– Foi horrível de nossa parte, não foi? – diz Ann, ainda rindo.
– Mas bem divertido – respondo.
Acima de nós, as nuvens estão cheias e promissoras.
Um toque de preocupação se insinua na voz de Ann:
– Acha que Deus nos castigará por essa maldade?

Felicity faz um diamante com seus polegares e indicadores. Eleva-os na direção do sol como se pudesse pegá-lo.

– Se Deus não tem nada melhor para fazer do que castigar colegiais por causa de algumas tolices, então não adianta Ele existir.

– Felicity... – começa Ann a repreender, mas para. – E você realmente acredita que podemos mudar o curso da nossa vida com a magia, Gemma?

– Vamos tentar. Já me sinto mais viva. Desperta. E vocês, não sentem a mesma coisa?

Ann sorri.

– Dentro de mim, é como se eu pudesse fazer qualquer coisa.

– Qualquer coisa – murmura Felicity. Ela se apoia de um lado do seu corpo e se soergue, uma moça formando um belo "S". – E Pip? O que podemos fazer por ela?

Penso em Pippa na água, debatendo-se de um lado para outro, incapaz de atravessar.

– Não sei. Não sei se a magia pode mudar o curso da existência *dela*. Dizem que...

– *Dizem*. – Felicity ri desdenhosamente, com escárnio. – *Dizemos*. Quem diz somos nós. Agora você está com toda a magia, Gemma. Sem dúvida, podemos fazer mudanças nos reinos, da mesma forma. Para Pippa também.

Ouço as palavras da Górgona em minha cabeça: *Ela não precisa cair*. Uma joaninha caída de costas luta para endireitar-se. Eu a ponho na posição certa com um dedo e ela cambaleia pelo gramado, antes de ficar novamente sem poder andar.

– Sei tão pouco sobre os reinos, a magia e a Ordem... Só o que as pessoas me dizem. É tempo de descobrirmos por nós mesmas o que é possível ou não – digo.

Felicity faz um sinal afirmativo com a cabeça.

– É isso mesmo.

Ficamos deitadas no gramado e deixamos o sol aquecer nossos rostos cansados do inverno, o que é, em si, uma forma de magia.

– Queria que as coisas ficassem como estão para sempre – diz Ann, suspirando.

– Talvez possa acontecer – digo.

Ficamos deitadas bem próximas, segurando as mãos umas das outras, e espiamos as nuvens, aquelas damas felizes, com suas saias infladas e que, enquanto dançam, fazem mesuras e se transformam em algo inteiramente diferente.

À tarde, os negócios da feira começam a esfriar e vários dos expositores já empacotaram suas mercadorias. É hora das danças e entretenimentos. Prestidigitadores emocionam as crianças com apresentações que desafiam a gravidade. Os homens flertam com criadas, aproveitando esse raro dia afastados de seus trabalhos. Uma trupe de pantomima apresenta um número sobre São Jorge. Com seus rostos avermelhados com cortiça queimada e suas túnicas, são uma visão alegre e movimentada. Como a Páscoa está próxima, um auto é encenado na extremidade mais afastada da campina, perto das barracas de contratação de trabalhadores. Nightwing nos leva para ver a peça edificante e ficamos no meio da multidão, espiando um peregrino que avança e transpõe as horas mais escuras da sua alma, chegando enfim ao amanhecer.

Pelo canto de meus olhos, vejo Kartik na barraca do capitão de navio, e meu estômago se revira de leve.

– Felicity – sussurro, puxando-a pela manga. – Acabei de ver Kartik. Preciso falar com ele. Se Nightwing ou LeFarge procurarem por mim, diga a elas que fui ver a briga de galos.

– Mas...

– Por favor!

Felicity faz que sim com a cabeça.

– Mas ande rápido com isso.

Veloz como uma lebre, atravesso furtivamente a multidão, pegando Kartik exatamente quando ele aperta a mão do capitão, selando sua negociação. Sinto uma dor no coração.

– Com licença, senhor. Podemos conversar um pouco? – digo.

Minha familiaridade provoca consternação entre algumas esposas de lavradores, que devem indagar-se que tipo de negócio uma moça bem-criada pode ter com um indiano.

Dou uma olhada na direção do capitão.

– Vai para o mar?

Ele faz um sinal afirmativo com a cabeça.

– O *HMS Orlando*. Ele parte de Bristol dentro de seis semanas, e estarei nele.

– Mas... um marinheiro? Você me disse que não gostava do mar – digo, um nó repentino se formando em minha garganta com a lembrança da primeira noite em que conversamos, na capela.

– Se o mar é tudo o que resta, ele bastará.

Do seu bolso, Kartik tira um lenço vermelho gasto, o que usávamos como um comunicado silencioso. Eu o colocava na janela do meu quarto quando precisava falar com ele, e ele o amarrava na hera aninhada abaixo quando precisava falar comigo. Ele pressiona o lenço contra seu pescoço.

– Kartik, o que aconteceu? – sussurro. – Quando o deixei, em Londres, você prometeu lealdade a mim e à aliança.

– Aquela pessoa não existe mais – responde ele, com seus olhos escurecendo.

– Tem alguma coisa a ver com o Rakshana? E toda aquela sua conversa sobre destino e...

– Não acredito mais em destino – diz Kartik, com uma voz trêmula. – E, se você não se lembra, também não sou mais um membro em boa posição do Rakshana. Sou um homem sem lugar, e o mar será ótimo para mim.

– Por que não vem comigo para dentro dos reinos?

A voz dele não passa de um sussurro:

– Não verei os reinos. Nunca.

– Por que não?

Ele não olha para mim.

– Tenho meus motivos.

– Então me diga quais são.

– São meus motivos, e só meus. – Rasga o lenço em duas partes e coloca metade em minha mão. – Fique com isso. Algo para se lembrar de mim.

Olho fixamente para a bola amassada de tecido. Gostaria de atirá-la nele e me afastar triunfante. Em vez disso, aperto o pedaço de lenço com força, detestando a mim mesma por essa fraqueza.

– Você será um ótimo marinheiro – digo, rispidamente.

Já está quase anoitecendo quando voltamos para a Spence, carregadas com pacotes da feira. Os homens do Sr. Miller estão deixando o trabalho, pelo dia de hoje. Sujos e suados, colocam suas ferramentas numa carroça e se lavam nos baldes de água que a criada da copa deixa para eles. Brigid lhes oferece limonada fria, que bebem em ávidos goles. A Sra. Nightwing inspeciona, junto com o capataz, o que foi feito durante o dia.

– Sr. Miller – chama um dos homens. – Aquela velha pedra no chão. Partiu-se em duas, está bem quebrada.

O Sr. Miller se abaixa para dar uma olhada.

– Sim – diz ele, esfregando suas mãos sujas contra suas coxas fortes. – Nem posso dizer como aconteceu, sendo tão grossa e dura. – Ele se vira para a Sra. Nightwing. – Não passa de uma monstruosidade, senhora. Não é melhor tirar isso daí?

– Está bem – diz a Sra. Nightwing, dispensando-os com um aceno de mão.

Os homens agarram pás e picaretas e as mergulham na terra ensopada em torno da pedra. Prendo a respiração, indagando a mim mesma se a porta secreta será revelada, ou se os esforços deles afetarão nossa capacidade de entrar. Mas há pouca coisa que eu possa fazer, a não ser manter a esperança. Os homens movimentam e soltam os pedaços da pedra e os depositam na carroça.

– Talvez valha algum dinheiro em algum lugar – cogita o Sr. Miller.

Vinda do bosque, Mãe Elena cambaleia em nossa direção.

– Não devem fazer isso! – grita ela, e percebo que estava escondida, observando.

Isto me dá um calafrio, embora eu não possa dizer exatamente o motivo. Mãe Elena é louca, ela está sempre dizendo coisas estranhas.

Alguns dos homens também sentem algo estranho. Eles param de cavar.

– Voltem ao trabalho, companheiros! – grita o Sr. Miller. – E você, cigana... já estamos fartos de suas superstições.

– Vá embora, Mãe – diz Brigid, começando a caminhar na direção da velha.

Mas Mãe Elena não espera. Ela recua e se afasta.

– Dois caminhos – resmunga. – Dois caminhos. Vocês trarão a maldição para todos nós.

## Capítulo Dezesseis

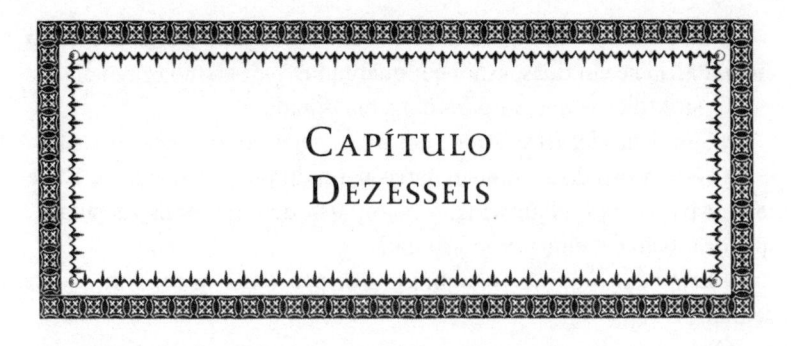

Não precisamos esperar até depois da meia-noite para escapar da Spence. Todos estão tão exaustos por causa da feira que posso ouvir os roncos ressoando nos corredores. Mas nós três estamos mais acordadas do que nunca, tontas com a expectativa. Nos reunimos no grande salão. Tento fazer a porta de luz aparecer mais uma vez, mas parece que não consigo invocá-la. Sinto a ansiedade de Fee e Ann transformando-se em desespero, e então abandono essa maneira de proceder e decido partir para a outra.

– Vamos – digo, conduzindo minhas pupilas para o gramado lá fora.

A noite é uma coisa viva, respirando, cheia de possibilidades. O céu sem nuvens cintila com milhares de estrelas que parecem nos incitar a seguir adiante. Gorda e contente, a lua está ali sentada.

Estendo a mão e invoco a porta em minha mente. A energia dela faz minha mão tremer. O portal secreto aparece, com um brilho tão forte quanto antes, e solto a respiração, aliviada.

– O que estamos esperando? – pergunta Felicity, sorrindo, e passamos pelo corredor reluzente, às carreiras e empurrões, dando muitas risadas. Saímos nos reinos. De braços dados, seguimos pela trilha que serpenteia entre as pedras, movimentando-nos furtivamente de um lado para o outro, para não sermos vistas, e atentas ao aparecimento de qualquer sinal de problema.

– Ah, criaturas das Terras Invernais – cantarola Felicity, quando nos aproximamos das Terras Limítrofes. – Saiam de seus esconderijos.

Ann faz um "shh" para ela.

– N-não a-a-acho q-que a g-gente deva...

— Não está vendo que foram embora? Ou alguma coisa aconteceu com elas. Quando Gemma tirou a magia do Templo, talvez tenha sido o fim delas.
— Então, por que Pip não...
Deixei as palavras morrerem em minha língua.
— Porque ela não é uma dessas criaturas — diz Felicity, bruscamente.
Quando chegamos às Terras Limítrofes, atravessamos cuidadosamente a muralha de espinhos. Suas armadilhas desta vez são mais fáceis de evitar e passamos sem maiores danos, a não ser um arranhão ou outro.
— U... U...! U... U...!
O chamado ressoa na floresta matizada de azul. Bessie Timmons e Mae Sutter, com varas nas mãos, pulam de repente de trás das árvores, fazendo Felicity dar um grito.
— Vocês não precisam fazer isso. Somos só nós — diz Felicity.
— É preciso o maior cuidado — diz Bessie.
— Por mais que sejam nossas conhecidas, assim não é possível — sussurra Felicity para mim. — Que vulgaridade.
Pippa nos acena da torre do castelo.
— Não vão embora, já estou descendo!
— Pip! — Felicity lidera o grupo até as portas do castelo.
Mercy as abre e nos convida a entrar. O castelo parece um pouco mais arrumado do que estava antes. Foram tomados alguns cuidados. Os pisos varridos, a lareira acesa. Está quase aconchegante. Mesmo as trepadeiras não parecem assim tão intimidadoras, com suas flores venenosas de meimendro, de um bonito tom rosado, contra a pedra que desmorona.
Pippa entra correndo na sala.
— Vi vocês na muralha de amoreiras silvestres! Contei os segundos necessários para que chegassem até aqui: duzentos e trinta e dois, para ser exata!
O vestido de Pippa está outra vez em frangalhos, mas ela própria ainda se mantém linda. A magia parece ter durado para ela, o que é curioso, pois, quando a dei a Fee e Ann, ela não durou mais do que umas poucas horas, na melhor das hipóteses.
— Você está maravilhosa — diz Fee, abraçando-a.
Pippa me lança um olhar dissimulado.

– Sim! Deve ter sido a alegria de tornar a me reunir com minhas amigas, porque me sinto uma moça inteiramente diferente. Ah, Gemma, será que pode me ajudar com o fogo, por favor?

– Claro – digo, ignorando o olhar atento e curioso de Fee.

Pip me leva para trás da tapeçaria, e entramos na velha capela.

– Como você está? – pergunto.

Seus lábios tremem.

– Como posso estar? Estou condenada a viver aqui para sempre. A continuar para sempre com esta idade, enquanto minhas amigas envelhecem e se esquecem de mim.

– Não nos esqueceremos de você, Pip – digo, mas o consolo soa falso.

Pippa põe sua mão em meu braço.

– Gemma, tenho a esperança de sentir mais uma vez a magia. Ela já está desaparecendo. – Aponta para seu vestido esfrangalhado. – Será que pode me dar mais? Alguma coisa para manter meu espírito animado, enquanto tento aceitar meu destino? Por favor?

– E-eu não posso fazer isso para sempre – digo, hesitante, com medo do que pode acontecer, seja lá que atitude eu tomar.

– Não lhe pedi que faça para sempre. – Pippa tira uma amora murcha de um vaso e a come, fazendo uma careta. – E, de qualquer jeito, foi você quem ofereceu. Por favor, Gemma. Você não imagina o quanto isso significa para mim. Se preciso suportar este lugar...

Enxuga as lágrimas e me sinto uma amiga horrorosa. Apesar de toda minha conversa sobre mudar as coisas, por que hesito com Pippa? Se pudesse mudar sua sorte, isto não provaria que há um novo mundo, uma nova esperança, sem limites?

– Dê-me suas mãos – digo, e Pippa me abraça.

– Não me esquecerei disso – diz ela, beijando minha face. Depois, sua testa se franze. – Não pode dar-me mais, desta vez, para eu fazer com que dure?

– Não posso controlar a duração – explico. – Ainda estou tentando entender como a magia funciona.

Nos damos as mãos e, mais uma vez, o fio nos une. Sinto o que ela sente, vejo-a num belo vestido de baile, dançando alegremente com suas amigas, girando embaixo do braço de Fee, rindo o tempo inteiro. Mas, por baixo de tudo isso, há alguma outra coisa. Algo fora do lugar, e então rompo o contato.

– Aí está – digo, com a esperança de que ela não perceba o nervosismo em minhas palavras.

Pippa estica os braços por cima de sua cabeça e lambe os lábios, que já se tornam rosados. A mudança nela ocorre mais rapidamente, desta vez, e é mais profunda. Seus olhos brilham.

– Estou bonita?
– Você é a moça mais bonita de todas – digo, e é a verdade.
– Ah, Gemma, obrigada!

Ela me abraça novamente, como uma criança agradecida, e me derreto sob seu encanto.

– De nada, Pip.

Pippa precipita-se para dentro do grande salão, com os olhos brilhando.

– Queridas!

Bessie se levanta, como se Pip fosse sua amada soberana.

– Srta. Pip. Está maravilhosa.
– Sinto-me mesmo maravilhosa, Bessie. Na verdade, renasci. Vejam!

Ela põe suas mãos no pescoço de Bessie, e o lindo camafeu, com uma fita de veludo passando por ele e formando um laço, aparece de repente onde ela toca.

– Não acredito! – grita Bessie.
– Sim, tenho magia – diz Pippa, dando uma olhada em minha direção. – Gemma me deu magia. Todo o poder dos reinos está com ela agora.

Felicity beija minha face.

– Eu sabia que você faria o que é bom para ela – sussurra.

As moças têm um milhão de perguntas a fazer. De onde vem a magia? Como funciona? O que pode fazer?

– Eu mesma gostaria de saber mais sobre ela – digo, sacudindo a cabeça. – Às vezes, é muito poderosa. Outras vezes, mal posso senti-la. Não parece durar muito tempo.

– Pode nos dar magia? – pergunta Mae, com os olhos brilhantes, como se eu pudesse mudar a sorte delas.

– Eu... preferia... – gaguejo.

Não quero dar magia demais, descubro. E se meu poder diminuir? Se isto significar que eu não posso nos ajudar em nosso próprio mundo? Os olhos das moças da fábrica estão postos em mim.

Bessie Timmons ri, amargamente.

– Não, claro que ela não quer partilhar magia com gente como nós.
– Não é verdade – digo.
Porém, em meu coração, sei que ela não está inteiramente errada. Por que elas não poderiam ter magia também? Apenas porque trabalhavam numa fábrica? Porque falam de uma maneira menos cultivada do que a minha?
– Não somos damas como elas, Bessie – diz a pequena Wendy, meigamente. – Não devíamos esperar isso.
– Sim, nem todas podemos esperar isso – acrescenta Felicity, como se falasse com uma criada.
Pippa dá um pulo do chão sufocado pelas ervas daninhas.
– Eu darei magia a você, Mae. Venha cá, vamos nos dar as mãos.
– Não sinto nada – diz Mae, depois de um momento, e fico satisfeita por elas não poderem perceber meu alívio.
Gosto de ser a única que guarda a magia.
O desapontamento aparece no rosto de Pippa.
– Ora, a magia veio apenas para mim. Se eu pudesse, querida, daria a você um presente de magia.
– Sei que sim, Srta. Pip – diz Mae, tristemente, e uma nova onda de vergonha toma conta de mim.
Olhando para as terríveis queimaduras das moças e para seu estado lamentável, como posso ser tão insensível a ponto de lhes negar um pouco de felicidade?
– Está bem. Vamos ter momentos alegres agora que estamos aqui, certo? – digo, e dou as mãos com todas elas, menos com Wendy, que insiste em não querer brincar.
Logo estamos todas transbordantes com um poder brilhante, e nem as paredes podem conter nossos gritos de euforia. Elas rangem e gemem, sob o aperto crescente das trepadeiras.

Felicity e Ann mostram às moças da fábrica como transformarem suas saias esfarrapadas em suntuosos trajes de seda, com contas e bordados, como os que são vendidos nas mais finas lojas de Paris. Todas estão alegres, menos Wendy. Ela está sentada a um canto, apertando seus joelhos contra o peito. Sento-me junto dela, no chão frio e cheio de ervas.
– Qual é o problema, Wendy?
– Tenho medo – diz ela, segurando com força suas pernas.
– Do quê?

– De querer demais, senhorita. – Limpa o nariz na manga. – A senhorita disse que a magia não dura para sempre. Mas se, quando eu experimentar... – Uma lágrima escorre por sua face suja. – E se eu não puder voltar a ser como antes?

– Uma professora minha disse, uma vez, que não podemos voltar; só podemos nos movimentar para a frente – digo, repetindo as palavras daquela que, naquela época, era a Srta. Morre, não Circe. – Você não precisa fazer isso.

Ela faz um sinal afirmativo com a cabeça.

– Quem sabe posso ter apenas um pouquinho? Não muita magia?

Dou a ela apenas um pouquinho e, quando sinto que ela se afasta, paro.

– Então, Wendy, o que vem primeiro, um vestido de baile? Brincos de rubi? Um príncipe? – Engulo em seco e toco meus dedos em seus olhos inúteis. – Ou... quem sabe eu poderia...

Ela faz um sinal afirmativo com a cabeça.

– Sim, senhorita. Por favor.

Cubro os olhos dela e dirijo a magia para essa finalidade.

– Será que... – começo a dizer.

A boca de Wendy se aperta até ficar como uma linha fina.

– Sinto muito, senhorita.

– Você não pode ver?

Ela sacode a cabeça.

– Seria esperar demais.

– Sempre podemos esperar tudo – digo, mas meu coração está pesado. É o primeiro limite para a magia: parece que ela não pode curar. – Alguma outra coisa? Qualquer coisa que você deseje?

– Eu lhe mostrarei – diz ela, pegando minhas mãos.

Tateando para encontrar seu caminho, ela me conduz para fora e, dando a volta pelo castelo, chegamos a uma pequena extensão de gramado, mordido pela geada. Wendy se ajoelha, pressiona contra a grama as palmas de suas mãos. Uma perfeita rosa branca sai coleando do solo. Suas pétalas têm as beiradas de um vermelho escuro, cor de sangue.

Wendy aspira profundamente. Um sorriso lhe passa pelos lábios.

– Ela está aí?

– Sim – digo. – É linda.

– Mamãe vendia rosas no pub. Sempre gostei do cheiro.

Uma doce lebre castanha passa pulando, com o nariz fuçando o chão.
— Wendy — digo —, não se mexa.
Limpo a geada de uma extensão de ervas medicinais e as ofereço ao coelhinho. Curioso, ele pula para mais perto e o aninho em meus braços.
— Venha cá, sinta — digo, colocando o coelho perto de Wendy. Ela acaricia o pelo do bichinho e um sorriso ilumina seu rosto. — Que nome vamos dar a ele? — pergunto.
— Quem escolhe é a senhorita — insiste Wendy.
— Está bem. — Examino de perto o nariz torcido do coelho. Há alguma coisa nobre e distante nele. — Sr. Darcy, eu acho.
— Sr. Darcy. Gosto deste nome.
Improviso uma gaiola para ele com raminhos e trepadeiras e um pouco de magia, e coloco o sujeitinho dentro dela. Wendy segura com força a gaiola, como se ela contivesse seus sonhos mais queridos.

Embora seja duro nos despedirmos, nossa noite precisa terminar e devemos voltar para nosso mundo. Nós nos abraçamos, prometendo que logo nos veremos, e Pippa e as outras nos acompanham até a muralha de amoreiras silvestres. Estamos a caminho da porta secreta quando o chão começa a tremer com o som do galope de cavalos.
— Vamos embora! Depressa! — grito.
— O que é isso? — pergunta Ann, mas já estamos correndo e não há tempo para respostas.
— Eles estão cortando nosso caminho! — grito. — Vamos para o jardim.
Corremos com mais força e mais rapidamente, com os cavaleiros nos perseguindo, mas não conseguimos escapar deles. Quando avistamos o rio já estamos cercadas.
— Use a magia — implora Felicity, mas estou tão assustada que não consigo controlá-la.
A magia percorre meu corpo e me faz cair de joelhos.
Vários magníficos centauros saem de trás de luxuriantes samambaias. São liderados por um que se chama Creostus. Ele não gosta de nenhum mortal e, especialmente, não gosta de mim.
Cruza os braços musculosos sobre o largo peito e me olha com desprezo.
— Olá, sacerdotisa. Acho que deve uma visita a meu povo.

– Sim. Eu tinha planejado fazer isso – minto.

Creostus se inclina até bem perto de mim. Suas sobrancelhas são grossas e seu fino fiapo de barba termina numa ponta, embaixo de um sorriso largo e cruel. Ele tem um cheiro de terra e suor.

– Claro que planejava.

– Já temos tudo preparado, Altíssima. Eu a levarei a Philon agora – diz a Górgona, aparecendo a deslizar, e percebo que ela teve uma participação em tudo isso.

Quer que eu faça a aliança, seja lá como for.

– Sim, está vendo? Já estávamos a caminho – digo, lançando para a Górgona um olhar fulminante, que ela ignora.

Ela baixa a prancha para nós, mantendo seus olhos fixos no centauro.

Creostus permite que Felicity e Ann passem, mas corta meu caminho. Põe seu rosto perto de meu ouvido e diz, com uma voz que é um rouco ronronar e que faz meu pescoço se arrepiar.

– Se nos trair, sacerdotisa, vai se arrepender.

Enquanto subo a prancha de embarque, Felicity me puxa para um lado.

– Precisamos ir com esse bode que cresceu demais?

Suspiro:

– Não há outro jeito.

– E se pretenderem fazer a aliança agora, antes de termos realmente uma chance de mudar alguma coisa? – pergunta Ann, e sei que ela está falando de sua própria existência.

– É apenas uma conversa – digo a elas. – Por enquanto não há nada decidido. A magia ainda é nossa.

– Está bem – diz Felicity. – Mas, por favor, não vamos demorar lá. Não me sentarei perto daquele Creostus. Ele é desprezível.

Navegamos pelo rio, fazendo o possível para ignorar Creostus e seus centauros, que vigiam cada movimento nosso, como se pudéssemos pular para fora do navio. Finalmente, a Górgona dá a volta familiar na direção da morada do povo da floresta. Um véu de água brilhante esconde a ilha deles de nossa vista. A embarcação abre essa cortina e passamos por outra, diferente, de fresca neblina, que cobre nossa pele de respingos como joias e nos transformam em garotas douradas.

O nevoeiro desaparece. Enquanto deslizamos pela água, vemos a margem viçosa da floresta, de um verde espesso tão convidativo quanto uma cama de penas. Quando nossa sólida nau ancora, várias das crianças da floresta param suas brincadeiras e se adiantam, escancarando a boca diante da maravilha terrível que é a Górgona. Esta não fica nada satisfeita com o olhar fixo delas. Vira-se em sua direção e deixa as cobras em torno de sua cabeça espicharem-se e silvarem, com suas línguas bifurcadas dando rápidas chicotadas vermelhas em meio a todo o verde. As crianças gritam e correm à procura de um esconderijo entre as árvores.

— Isso não foi nada simpático da sua parte — repreendo.

Ainda estou zangada porque ela revelou nossa presença a Philon.

— São uns patifes — diz a Górgona, com sua voz coleante. — Não valem nada mesmo.

— São apenas crianças.

— Não tenho o mínimo instinto maternal — ronrona ela.

Diante disso, as cobras se acomodam e descansam. A Górgona fecha os olhos e não fala mais.

As luzes flutuantes que vivem na floresta acenam para que nós as acompanhemos. Elas nos conduzem por entre árvores altas, que cheiram a uma manhã de Natal. Esse aroma picante faz meu nariz escorrer. Finalmente, chegamos às cabanas com teto de palha da aldeia. Uma mulher da cor do entardecer passa por nós, caminhando com dificuldade sob o peso de baldes cheios de água reluzente, com as cores do arco-íris. Os olhos dela se encontram com os meus e, com a rapidez do relâmpago, ela muda de aparência, até que me descubro olhando para meu próprio reflexo.

— Gemma! — grita Ann.

— Como você fez isso? — pergunto.

É estranho haver duas de mim.

Ela sorri — meu sorriso em outro rosto! — e se transforma mais uma vez, tornando-se uma réplica exata de Felicity, com os mesmos lábios carnudos e cabelo louro-claro. Felicity não se diverte com isso. Pega uma pedra e fica com ela na mão.

— Pare agora mesmo, senão se arrependerá!

A mulher muda para seu eu da cor do crepúsculo. Com uma gargalhada alta ergue seus baldes reluzentes e se afasta.

Philon nos cumprimenta na entrada da aldeia. A criatura não é nem homem nem mulher, mas alguma coisa no meio-termo, com um corpo comprido e esguio e uma pele num tom roxo escuro. Hoje, Philon usa um casaco de grossas folhas primaveris. Sua cor forte realça o verde dos olhos dele, grandes e amendoados.

– Então você veio, afinal, sacerdotisa. Eu já começava a pensar que nos esquecera.

– Não esqueci – resmungo.

– Fico satisfeito de ouvir isso, pois detestaríamos pensar que você não se mostraria mais generosa do que as sacerdotisas da Ordem que a antecederam – diz Philon, trocando olhares com Creostus.

– Eu vim – digo.

– Não estamos aqui para trocar cortesias – rosna Creostus.

Acompanhamos a forma flexível e graciosa de Philon até o interior da cabana baixa, coberta de palha, onde nos encontramos pela primeira vez. É bem como me lembro: suntuosas almofadas sobre um chão feito de palha de ouro. O aposento abriga mais quatro centauros e uma meia dúzia de pessoas da floresta. Não vejo Asha nem nenhum dos Intocáveis, mas talvez estejam a caminho.

Sento-me numa das almofadas.

– Vi uma mulher se transformar em mim diante de meus olhos. Como ela pôde fazer isso?

– Ah, Neela. – Philon despeja um líquido vermelho dentro de um cálice de prata. – Ela é uma metamorfa.

– Metamorfa? – repete Ann.

Ela está com dificuldades para se equilibrar em cima de sua almofada. Cai em cima de mim duas vezes, antes de encontrar um lugar bem no meio.

– Tínhamos a capacidade de mudar para outras formas. Servia-nos bem, em nosso mundo. Podíamos nos tornar a fantasia de qualquer mortal. Algumas vezes, os mortais escolhem nos seguir para dentro deste mundo, para se tornarem nossos brinquedos. Não deu muito certo com a Ordem nem com o Rakshana.

Philon conta a história sem absolutamente nenhum pesar ou remorso aparente.

– Você roubou mortais de nosso mundo – digo, horrorizada.

Philon bebe o líquido que está no cálice.

– Os mortais tiveram uma escolha. Escolheram vir conosco.

– Você os enfeitiçou!

Um sorriso afetado repuxa os cantos dos lábios finos de Philon.

– Eles escolheram ser enfeitiçados.

Philon tem sido nosso aliado, mas acho essa informação perturbadora e fico imaginando a quem exatamente fiz promessas.
– Esse poder se extinguiu em muitos de nós por falta de uso. Mas permaneceu em alguns, como Neela.
Enquanto ele diz isso, a mulher crepuscular entra na tenda. Ela olha para nós e depois para Philon e Creostus, e diz alguma coisa a Philon na língua deles. Philon responde na mesma língua e, com um olhar suspeitoso em minha direção, ela ocupa um lugar ao lado de Creostus. Põe uma das mãos nas costas dele e esfrega seu pelo macio. Philon atravessa o aposento em duas longas passadas e se instala numa cadeira grande, feita de frondes de palmeiras. Enquanto observamos, a criatura acende um longo e fino caniço e dá tragadas profundas nele até seus olhos ficarem suaves e vidrados.
– Precisamos conversar sobre o futuro dos reinos, sacerdotisa. Nós a ajudamos quando você precisou. Agora, esperamos um pagamento.
– É hora de fazer a aliança – troveja Creostus. – Devemos ir ao Templo e juntar as mãos. A magia então pertencerá a cada um de nós e nos governaremos como acharmos adequado.
– Mas há outras considerações – digo, tendo em mente, agora, o conhecimento de que eles capturavam mortais para se divertir.
– Que considerações? – pergunta Philon, erguendo uma sobrancelha.
– Os Intocáveis – digo. – Onde estão eles? Deveriam estar aqui.
– Os Intocáveis – diz Neela, com veemência. – Ora!
Philon sopra a fumaça e o quarto fica nevoento.
– Mandei a notícia. Eles não vieram, como sabia que não viriam.
– Por quê? – pergunto.
– Têm medo da mudança – responde Philon. – Servem sem fazer perguntas.
– São covardes! Sempre foram escravos da Ordem aqueles seres imundos e doentes! Eu livraria os reinos daquela gente, se pudesse – brada Creostus.
– Creostus – diz Philon, repreendendo o centauro e lhe oferecendo o cachimbo.
Ele dá um sorriso zombeteiro e o afasta com uma pancada. Imperturbável, Philon fuma mais, até que a sala fica cheia de um perfume forte e picante, que me deixa tonta.
– Há muitas tribos dentro dos reinos, sacerdotisa. Você não conseguirá nunca que todas fiquem satisfeitas e em harmonia.

– Como vamos saber se você chegou a contar aos Intocáveis que esta reunião se realizaria? – pergunta Fee, acusadoramente.

Philon sopra um fio de fumaça para cima do rosto dela. Ela tosse e depois ergue a cabeça, para receber mais.

– Você tem apenas minha palavra – responde Philon.

Esguio e inquieto, Creostus caminha pela extensão da sala.

– Por que devemos partilhar alguma coisa com aqueles vermes, os Intocáveis? A sujeira da Ordem. Os covardes doentes. Merecem sua sorte.

Neela senta-se ao lado de Philon e corre seus dedos pelos cabelos sedosos da criatura.

– Vamos testar a lealdade dela a nós. Diga a ela que nos leve ao Templo agora.

– Não juntarei as mãos sem falar com Asha – digo.

A fumaça afrouxou minha língua.

Creostus resmunga de raiva. Chuta uma mesa com seu casco, deixando-a em pedaços.

– Outra tática para ganhar tempo, Philon. Quando é que você perceberá que não pode negociar com essas feiticeiras?

– Elas levarão a magia e nos deixarão de fora – silva Neela.

Creostus parece prestes a pisar em nós até que viremos pó.

– Devíamos estar cuidando de nós mesmos!

Neela me olha fixamente, com raiva.

– Ela nos trairá, como fizeram as outras. Como vamos saber se ela não está aliada à Ordem, agora?

– *Nyim syatt!* – A voz de Philon troveja na cabana até ela se balançar.

Estamos todos amedrontados. Creostus baixa a cabeça. Philon solta uma grande nuvem de fumaça e vira para mim aqueles olhos de aparência felina.

– Você prometeu partilhar o poder conosco, sacerdotisa. Revoga sua palavra?

– Não, claro que não – digo, mas não tenho mais certeza. Temo ter confiado cedo demais e prometido em excesso. – Só peço um pouco mais de tempo para entender melhor os reinos e meus deveres.

Neela dá um sorriso zombeteiro.

– Ela pede tempo para conspirar contra nós.

Creostus se aproxima de mim. Ele é grande e intimidante.

– Posso oferecer uma parcela temporária de magia – digo, sentindo que preciso acalmá-los. – Um presente, como símbolo de boa-fé.
– Um presente? – rosna Creostus, trazendo seu rosto para perto do meu. – Será que precisamos implorar a você por magia, como fizemos com a Ordem?
– Não sou da Ordem – digo, tremendo.
O olhar de Philon é frio.
– É o que você diz. Mas está cada vez mais difícil dizer qual a diferença.
– Só... só desejo ajudar.
– Não queremos sua ajuda – diz Neela, com veemência. – Queremos nossa parcela justa. Queremos governar a nós mesmos, afinal.
Philon sustenta meu olhar.
– Teremos mais do que apenas uma prova, sacerdotisa. Faça o que tiver que fazer. Nós lhe daremos tempo...
Neela dá um pulo.
– Mas, Philon...
– Nós lhe daremos tempo – repete Philon, olhando raivosamente para Neela. Ela escapole para o lado de Creostus, fazendo uma carranca para todos nós. – Mas, desta vez, não acabarei sem nada e desejando, sacerdotisa. Tenho um dever para com meu povo. Logo tornaremos a nos encontrar, seja como amigos ou como inimigos.

– Você, com certeza, não pretende se unir a essas criaturas horrorosas, não é? – pergunta Felicity, quando passamos com dificuldade pelas árvores altas, na direção da margem do rio onde está a Górgona.
– O que posso fazer? Dei minha palavra a eles.
E agora lamento isso. Meus pensamentos estão tão nebulosos quanto o horizonte, e meus movimentos, lentos. Inspiro o marcante odor das árvores, para livrar minha cabeça da fumaça picante de Philon.
– Será que eles realmente levaram mortais para lá? – pergunta Ann.
É o tipo de fato macabro que ela adora saber e esmiuçar.
– Horrível – diz Felicity, bocejando. – Eles não merecem uma parcela da magia. Só fariam um mau uso dela.
Estou numa posição terrível. Se não der as mãos a Philon, faço inimigos entre o povo da floresta e as tribos que o apoiam. Se partilhar a magia com eles, podem se revelar indignos de tal confiança.

– Gemma.

Eu não ouvia essa voz suave há muito tempo. Meu coração dispara. Em pé no meio do caminho, com seu vestido azul, está minha mãe. Ela abre largamente os braços.

– Gemma, querida.

– Mamãe? – sussurro. – É você?

Ela sorri alegremente. O sorriso se transforma numa risada. A forma muda, se altera, torna-se inteiramente nova e agora olho fixamente para Neela. Ela solta risos estridentes e leva à boca seus dedos compridos que parecem talos.

– Gemma, querida. – É a voz da minha mãe vindo dessa aborrecida criaturinha.

– Por que você fez isso? – grito.

– Porque posso – diz ela.

– Não ouse fazer de novo – digo rispidamente.

– Se fizer, o que acontece? – zomba Neela.

Meus dedos formigam com a coceira da magia. Em segundos, ela jorra por mim como um rio cheio demais e meu corpo inteiro se balança com sua força majestosa.

– Gemma! – Fee me envolve em seus braços para me segurar.

Não consigo conter a magia. Preciso soltá-la. Minha mão pousa em seu ombro e a magia flui para dentro de Felicity sem nenhum aviso, nenhum controle. Mudanças se processam nela: é uma rainha, uma Valquíria, uma guerreira com uma cota de malha. Ela cai de quatro no gramado macio, arquejando, sem fôlego.

– Fee! Você está bem?

Corro para o lado dela, mas não a toco. Tenho medo de fazer isso.

– Sim. – Ela consegue dizer, com uma voz fraca, enquanto uma última mudança se processa e ela volta a ser ela mesma.

Ouço Neela rindo atrás de mim.

– É demais para você, sacerdotisa. Você perdeu a cabeça. É melhor deixar alguém mais qualificado lidar com a magia. Eu ficaria feliz em aliviar você dessa carga.

– Fee – digo, ignorando Neela. – Desculpe, não consegui controlar a magia.

Ann ajuda Felicity a se levantar. Felicity põe uma das mãos em cima de seu estômago, como se tivesse levado um soco.

– Tantas mudanças, e tão depressa – diz ela, sem forças. – Eu não estava preparada.

– Desculpe – digo, e desta vez ponho o braço de Felicity em cima do meu ombro para lhe dar firmeza.

Neela dá uma gargalhada quando saímos tropeçando na direção da Górgona.

– Sacerdotisa! – grita a criatura. Quando me viro, ela está com a minha forma. – Diga-me. Como combaterá, quando não consegue nem ver?

– Como se sente agora, Fee? – pergunto, enquanto seguimos pelo tortuoso corredor de terra com sua fraca luz pulsante.

– Melhor. Veja! – Ela se transforma numa donzela guerreira. Sua armadura cintila. – Devo usar isto como meu novo uniforme da Spence?

– Acho que não.

Atravessamos a porta e saímos no gramado. Meus sentidos estão mais aguçados. Alguém está ali. Ponho meu dedo em cima dos lábios, pedindo silêncio.

– O que é? – sussurra Ann.

Sigo furtivamente até a Ala Leste. Uma figura se afasta deslizando para dentro das sombras e fico aterrorizada. Talvez alguém tenha visto a gente.

– Fosse quem fosse, agora já foi embora – digo. – Vamos para a cama antes que nos peguem mesmo.

# Capítulo
# Dezessete

Na manhã seguinte, numa hora extremamente desagradável, a Sra. Nightwing convoca todas nós a comparecermos ao grande salão. As meninas aparecem aos tropeços com seus uniformes mal abotoados e as tranças feitas apenas pela metade, por causa da pressa. Muitas esfregam os olhos, com sono. Mas não ousamos bocejar. A Sra. Nightwing não nos chamaria até aqui tão cedo para um chá e beijos. Há um ar de reprimenda em tudo; alguma coisa terrível está próxima e tenho medo de que tenhamos sido vistas à noite passada.

– Espero que não tenha nada a ver com o baile à fantasia em nossa homenagem – diz Elizabeth, cheia de ansiedade, e Cecily lhe faz um "shh".

Cinco minutos depois da hora, a Sra. Nightwing entra afobada na sala, com uma expressão sombria que nos causa calafrios. Ela se posiciona à nossa frente, com as mãos nas costas, o queixo erguido e um olhar penetrante como o de uma raposa.

– Um delito muito sério ocorreu, e não será tolerado – diz nossa diretora. – Sabem do que estou falando?

Sacudimos nossa cabeça, para dizer que não. Estou quase doente de medo. A Sra. Nightwing deixa seu olhar imperioso cair sobre nós.

– As pedras da Ala Leste foram violadas – diz, pronunciando cada palavra separadamente. – Foram pintadas com marcas estranhas, de sangue.

Arquejos passam de uma moça a outra, como um incêndio num matagal. Há um senso tanto de horror quanto de êxtase: o Sangue da Ala Leste! Um crime secreto! Isto nos dá assunto para fofocas durante uma semana, no mínimo.

– Quietas, por favor! – grita a Sra. Nightwing. – Alguém sabe alguma coisa desse crime? Se estiverem protegendo alguém com seu silêncio, não estão trazendo nenhum bem a essa pessoa.

Penso na noite passada, na figura na escuridão, mas não posso contar nada a respeito à Sra. Nightwing, senão terei de explicar o que estava fazendo fora de minha cama.

– Ninguém se apresentará? – insiste a Sra. Nightwing. Ficamos em silêncio. – Está bem. Se ninguém admite nada, todas serão punidas. Passarão a manhã com balde e vassoura, esfregando até as pedras tornarem a brilhar.

– Ah, mas, Sra. Nightwing – grita Martha, acima do zumbido dos murmúrios angustiados –, será que deveremos realmente lavar... sangue?

– Acho que vamos todas desmaiar – diz Elizabeth, em prantos.

– Isso não vai acontecer, Elizabeth Poole! – O olhar gélido da Sra. Nightwing faz as lágrimas de Elizabeth pararem imediatamente. – A restauração da Ala Leste é muito importante. Esperamos anos por isso, e ninguém deterá nosso progresso. Não queremos que a Spence esteja com o melhor aspecto possível para nosso baile à fantasia?

– Sim, Sra. Nightwing – respondemos.

– Pensem no orgulho que sentirão ao voltarem daqui a anos, talvez com suas próprias filhas, e puderem dizer "eu estava aqui, quando essas mesmas pedras foram postas no lugar". Todo dia, o Sr. Miller e seus homens labutam para restaurar a Ala Leste. Talvez reflitam sobre isso enquanto esfregarem.

– Ao voltarem com suas próprias filhas – zomba Felicity. – Podem ter certeza de que não voltarei.

– Ah, não consigo suportar tocar em... sangue! – Elizabeth enruga o nariz. Ela parece enjoada.

Cecily esfrega o chão em pequenos círculos.

– Não vejo por que devemos ser todas castigadas.

– Meus braços já estão doendo – resmunga Martha.

– Psiuu – diz Felicity. – Ouçam.

No gramado, a Sra. Nightwing interroga furiosamente Brigid, enquanto o Sr. Miller fica em pé ao lado delas com os braços cruzados sobre seu peito.

– Foi você quem fez isso, Brigid? Só estou pedindo uma resposta honesta.

– Não, senhora, juro que não fui eu.

– Não vou deixar as moças ficarem assustadas com marcas de bruxas e conversas sobre fadas e coisas do gênero.

– Sim, senhora.

O Sr. Miller franze as sobrancelhas.

– São eles, os ciganos. A senhora não pode confiar neles. Se mandar logo essa gente embora, teremos muito mais tranquilidade. Sei que as senhoras, as damas, têm uma sensibilidade delicada...

– Posso garantir ao senhor, Sr. Miller, que não há nada delicado em *minha* sensibilidade – diz bruscamente a Sra. Nightwing.

– Seja como for, se me autorizar, mandarei meus homens cuidarem dos ciganos para a senhora.

Uma reação súbita aparece no rosto de nossa diretora.

– Não será necessário, Sr. Miller. Tenho certeza de que essa pequena travessura não acontecerá novamente.

A Sra. Nightwing olha raivosamente para nós e baixamos de repente a cabeça, esfregando o chão com a maior força de que somos capazes.

– Quem você acha que fez isso? – pergunta Felicity.

– Aposto que o Sr. Miller tem razão. Foram os ciganos. Estão zangados porque não conseguiram trabalho – diz Cecily.

– O que se pode esperar de gente como eles? – concorda Elizabeth.

– Pode ter sido Brigid. Sabem como ela é estranha, com todas as histórias que conta – diz Martha.

– Não posso imaginar Brigid saindo de sua cama, à noite, para marcar as pedras. Ela se queixa de suas costas dia após dia – lembro a elas.

Cecily mergulha sua escova no balde de água suja e vermelha.

– E se for uma artimanha? E se ela, na verdade, for uma feiticeira?

– Ela sabe mesmo uma porção de coisas sobre fadas e seres desse tipo – diz Martha, com os olhos arregalados.

– Essa suspeita já está virando uma brincadeira.

Os olhos de Felicity fixam-se nos de Martha. Ela se inclina para perto da outra.

– Pensando bem, não acha que o pão está com o gosto exato de almas de crianças? Vou desmaiar! – Ela põe uma das mãos na testa.

– Estou falando sério, Felicity Worthington – repreende Martha.

– Ah, Martha, você nunca é séria – zomba Felicity.

– Mas por que marcar a Ala Leste com sangue? – pergunto.

Cecily medita sobre a pergunta.
– Por vingança. Para assustar os trabalhadores.
– Ou para convocar os espíritos do mal – opina Cecily.
– E se for o sinal da presença de uma feiticeira... ou do demônio?
– sussurra Elizabeth.
– Poderia ser por proteção – diz Ann, ainda esfregando.
Elizabeth troça:
– Proteção? Mas contra o quê?
– Contra o mal – responde Ann.
Cecily estreita os olhos.
– E como você sabe disso?
Ann percebe, de repente, que entrou na discussão.
– Eu... eu li essas coisas... na Bíblia.
Alguma coisa dura relampeja nos olhos de Cecily.
– Leu mesmo?
Ann deixa cair sua escova dentro do balde e a água respinga de sujeira seu avental.
– Não... não... não li.
– Você não consegue suportar nossa felicidade, nossa conversa sobre festas e chás, não é? E então deseja estragar tudo!
– N-N-Não desejo.
Ann torna a pegar sua escova e recomeça a limpeza, mas, num sussurro, resmunga alguma coisa.
Cecily vira Ann, a fim de colocá-la de frente para ela.
– O que você disse?
– Pare com isso, Cecily – digo.
O rosto de Ann está corado.
– N-Nada.
– O que você disse? Eu gostaria de ouvir.
– Eu também gostaria – diz Martha.
– Ah, Cecily, mas que coisa. Faça o favor de deixar Ann em paz – diz Felicity.
– Tenho o direito de ouvir o que é dito pelas minhas costas – declara Cecily. – Vamos, Ann Bradshaw, repita. Exijo que me diga!
– Eu disse que, algum dia, você se arrependerá – sussurra Ann.
Cecily ri.
– Eu me arrependerei? Então, diga, eu lhe peço, o que você fará comigo, Ann Bradshaw! O que você poderá, algum dia, fazer comigo?

Ann olha fixamente para as pedras. Movimenta a escova para cima e para baixo no mesmo lugar.

– Acho que não fará nada. Dentro de um mês, ocupará seu lugar certo, o de criada. Essa é sua sina. Já é tempo de você aceitar seu destino.

Terminado nosso trabalho, esvaziamos a água nojenta dos baldes e nos arrastamos na direção da Spence, exaustas e sujas. A conversa passou para o baile e que fantasias usaremos. Cecily e Elizabeth querem ser princesas. Escolherão sedas e cetins para que sejam confeccionados com eles belos vestidos. Fee insiste que irá como uma Valquíria. Digo que gostaria de ir vestida como a Elizabeth Bennet de Jane Austen, mas Felicity me diz que é o traje mais sem graça de toda a história dos trajes e que, além disso, ninguém saberia quem eu era.

– Gostaria de ter dito a Cecily para pular dentro do lago – resmunga Ann.

– Por que não disse? – pergunto.

– E se ela fosse contar à Sra. Nightwing que fui eu quem pintou as pedras? E se a Sra. Nightwing acreditasse nela?

– E se, e se – diz Felicity, com um suspiro irritado. – E se você a enfrentasse pelo menos uma vez?

– Elas têm todo o poder – queixa-se Ann.

– Porque você deu o poder a elas!

Ann dá as costas a Felicity, magoada.

– Não posso esperar que você entenda.

– É, você tem razão. Não entenderei nunca essa sua disposição para se deitar e morrer! – grita Felicity. – Se nem tenta lutar, não tenho nenhuma simpatia por você.

O dia é tão disciplinado quanto o de um soldado. O francês é seguido pela música, que é seguida por um almoço sem alegria, com bacalhau fervido. A tarde é tomada pela dança. Aprendemos a quadrilha e a valsa. Como é dia de lavagem de roupa, somos enviadas para a lavanderia, a fim de entregar nossa roupa branca e trajes, juntamente com um xelim pelo trabalho da lavadeira. Copiamos frases de *Vida e aventuras de Nicholas Nickleby*, do Sr. Dickens, aperfeiçoando nossa caligrafia. A Sra. Nightwing caminha com largas passadas entre as fileiras bem-arrumadas de nossas carteiras, examinando nosso modelo, criticando os arcos e floreios que acha que não correspondem ao padrão. Quando temos uma mancha de tinta na página – e, com nossas penas que vazam e nossos dedos cansados, é quase impossível não ter –, então precisamos começar outra vez a página inteira. Quando ela diz que é hora de parar, meus olhos já começam a envesgar e minha mão, com certeza, jamais se livrará da sua cãibra terrível.

Na chegada da noite, estamos exaustas. Nunca me senti tão satisfeita em ver minha cama. Puxo o fino cobertor até o queixo e, logo que minha cabeça afunda no travesseiro, mergulho em sonhos intrincados como labirintos.

A dama com o vestido cor de lavanda me acena, chamando-me, de dentro do manto de nevoeiro londrino. Eu a sigo até uma livraria. Ela puxa furiosamente livros das prateleiras, procurando até achar aquele que deseja. Deixa-o aberto e começa a desenhar, cobrindo a página com estranhas linhas e marcas que me fazem pensar num mapa. Escreve na página o mais depressa possível, mas somos interrompidas pelo ruído de cascos de cavalos. Os olhos da dama se arregalam de medo. A geada estala na janela. O frio nevoeiro penetra rastejando pelas fendas da porta. De repente, a porta se abre, com estrépito. Um monstro horrendo, com um manto esfrangalhado, fareja o ar – um rastreador das Terras Invernais.

– O sacrifício... – grunhe ele.

Acordo com um sobressalto e descubro que puxei todos os meus livros da estante. Eles estão caídos numa pilha, no chão.

Ann fala comigo, com a voz cheia de sono:

– Gemma, por que você está fazendo tanto barulho?

– T-tive um pesadelo. Desculpe.

Ela se vira para o outro lado e volta a sonhar. Com o coração ainda acelerado, começo a guardar meus livros. *Um estudo em vermelho* tem apenas algumas páginas dobradas, mas *Jane Eyre* está com um feio rasgão. Lamento o dano causado a ele como se o corte fosse em mim mesma, e não na Srta. Eyre. *O livro da selva*, do Sr. Kipling, está estraçalhado. *Orgulho e preconceito*, da Srta. Austen, está danificado, mas não tanto. O único livro a escapar sem um só arranhão é *Uma história das sociedades secretas*, e fico até agradecida por alguma coisa ter sobrevivido a meu tumulto da meia-noite.

Arrumo todos os livros na prateleira, com as lombadas para fora, a não ser *Orgulho e preconceito*, porque preciso do conforto de um velho amigo. À luz da lâmpada, a Srta. Austen me faz companhia até o amanhecer, quando adormeço, afinal, e sonho apenas com o Sr. Darcy, o melhor sonho que uma moça poderia esperar, dentro do razoável.

# CAPÍTULO
# DEZOITO

– NÃO POSSO ACREDITAR QUE EU, ANN BRADSHAW, VOU VER LILY Trimble desempenhar seu maior papel!

– Sim, você a verá, mas não na pele de Ann Bradshaw – digo, atarefada com minha penteadeira. Experimento meu chapéu de palha simples, com uma fita verde-escura. Não me transforma numa beldade, mas é bastante bonito. – Lamento que não possa ir como você mesma, Ann.

Ela faz um sinal afirmativo com a cabeça, resignada.

– Não importa. Eu a verei e isto é tudo o que me importa.

– Você já pensou em como irá? – pergunto.

– Ah, sim! – Ela está exultante.

– Está bem. Vamos experimentar?

Pego as mãos de Ann nas minhas. Ela ainda tem dentro de si um pouquinho de magia restante, que se soma à que lhe dou agora. Sua alegria por ver seu ídolo é contagiosa. Sinto que esse sentimento viaja entre nós usando nossas mãos como canal, um fio invisível que nos liga.

– Vamos, então. Transforme-se em qualquer pessoa que desejar – digo, sorrindo. – Esperaremos por você.

– Só demorará um instante! – diz ela, satisfeitíssima. Suas faces já estão rosadas. – Prometo.

– Tudo isso terminará em infelicidade, não tenho a menor dúvida – resmunga Felicity quando vou para o andar de baixo.

Ela está remexendo num laço em seu pescoço. Ponho minha mão em cima dele e o laço se afofa, cheio e bonito.

– Você mesma sempre diz que a magia não serve para nada, se não pudermos usá-la aqui – digo.

– Não me referia a pequenas saídas para assistir a espetáculos nem a chapéus novos – diz ela, irritada.

– Essas coisas significam muitíssimo para Ann.
– Não vejo como o comparecimento a uma matinê mudará a vida dela – resmunga Felicity.
– Em vez de se tornar apenas uma governanta, ela será uma governanta que foi ao teatro.
– Também não sei como. Mas é um começo – digo.
– Olá.

Nós nos viramos ao ouvir a voz de Ann, mas não é Ann que está em pé na escada, acima. É alguém inteiramente diferente – uma garota de anúncio de moda, mais ou menos com uns vinte anos, abundantes cachos escuros, um nariz arrebitado e olhos da cor de safiras. Não há nenhum traço de nossa Ann nessa criação. Ela usa um vestido que poderia estar na capa da *La Mode Illustrée*. É uma confecção em seda cor de pêssego, com debruns em *moiré* preto e uma gola larga de renda. As mangas são bem bufantes no ombros, mas se tornam mais estreitas à medida que descem pelo braço. O remate final é um chapéu de veludo num tom de caramelo, enfeitado com uma única pluma. Uma sombrinha requintada completa o conjunto.

Ela posa no alto da escada.

– Que tal minha aparência?
– Simplesmente perfeita – responde Felicity, pasma. – Não consigo acreditar!

Ann me olha com curiosidade.

– Gemma, que acha?

Ela está à espera da minha resposta. Não que não esteja linda; está, sim. Mas não é mais Ann. Procuro as feições da minha amiga, que acho tão reconfortantes – o rosto rechonchudo, o sorriso tímido, os olhos desconfiados – e não estão mais ali. Ann foi substituída por essa estranha criatura, que não conheço.

– Você não gosta – diz ela, mordendo o lábio.

Sorrio.

– É apenas porque você está tão diferente...
– Essa é a questão – diz ela. Estende suas saias e dá um pequeno giro. – E você tem certeza de que ninguém poderá descobrir?
– Eu não descobriria – garanto-lhe.

O rosto dela demonstra preocupação.

– E por quanto tempo a ilusão se manterá?
– Não sei – respondo. – Por várias horas, pelo menos. Talvez até o dia inteiro. Com certeza, tempo suficiente para nossos objetivos.

– Queria que fosse para sempre – diz ela, tocando uma mão enluvada em seu novo rosto.

Cecily vem saltitando, toda sorrisos. Usa um lindo colar de pérolas, com um requintadíssimo camafeu pendurado.

– Ah, Fee, venha ver! Não é mesmo lindo? Foi mamãe quem mandou. Não deveria usar antes do meu *début*, mas não consigo resistir. Ah, como vai? – diz ela, vendo Ann pela primeira vez.

Felicity intervém imediatamente:

– Cecily, esta é minha prima, Srta...

– Nan Washbrad – diz Ann, friamente.

Felicity e eu quase explodimos em risadas, porque apenas nós percebemos que este é um anagrama do nome dela, Ann Bradshaw.

O feitiço está funcionando bem para Ann. Cecily parece absolutamente encantada com a "prima mais velha" de Felicity, até parece que fala com uma duquesa.

– Vem tomar chá conosco, Srta. Washbrad? – pergunta ela, sem fôlego.

– Infelizmente não posso. Vamos ver a Srta. Lily Trimble em *Macbeth*.

– Sou uma grande admiradora da Srta. Trimble – arrulha Cecily.

*Mentirosa.*

Ann parece um gato que encurralou o camundongo.

– Que colar lindo. – Ela passa um dedo ousadamente sobre as pérolas e franze a testa. – Ah, é uma imitação.

Horrorizada, Cecily leva a mão até seu pescoço.

– Mas não pode ser!

Ann lança-lhe um olhar ao mesmo tempo de piedade e desprezo.

– Entendo bem de joias, querida, e sinto muitíssimo lhe informar que seu colar é falso.

O rosto de Cecily fica vermelho e temo que ela vá chorar. Tira o colar e o examina.

– Ah, meu Deus, eu o mostrei a todo mundo. Pensarão que sou uma tola!

– Ou então que está enganando todo mundo. Ouvi, há pouco tempo, uma história sobre uma moça que se fez passar como nobre e, quando seu crime foi descoberto, ela ficou desmoralizada. Detestaria se você tivesse o mesmo destino – diz Ann, com algo duro insinuando-se em seu tom de voz.

Em pânico, Cecily põe as pérolas em suas mãos em concha, escondendo-as.
– O que farei? Vou ficar desmoralizada!
– Calma, calma. – Gentilmente, Ann dá palmadinhas no ombro de Cecily. – Não se preocupe. Levarei o colar. E você poderá dizer à sua mãe que o perdeu.
Cecily morde o lábio e olha para as pérolas.
– Mas ela ficará tão zangada!
– É melhor do que pensarem que você é tola, ou coisa pior, não é?
– De fato – murmura Cecily. – Obrigada por seu bom conselho. – A contragosto, ela passa o colar para Ann.
– Vou jogá-lo fora para você, e pode confiar que ninguém jamais saberá sobre isso – tranquiliza-a Ann.
– É muito gentil, Srta. Washbrad. – Cecily enxuga as lágrimas.
– Há alguma coisa em você que provoca essa gentileza – ronrona Ann, e seu sorriso parece o sol.
– Uma falsificação notável – digo, quando estamos sozinhas. – Como você pôde perceber que são falsas? Eu juraria que são pérolas verdadeiras.
– São verdadeiras – diz Ann, prendendo as pérolas em torno do seu próprio pescoço. – A falsificação notável sou eu mesma.
– Ora, Ann Bradshaw! – exclama Felicity. – Você é brilhante!
Ann exulta.
– Obrigada.
Damos as mãos umas às outras, gozando o momento juntas. Afinal, Ann levou a melhor sobre a horrorosa Cecily Temple. O ar parece mais leve, como acontece depois de uma chuva, e tenho certeza de que estamos a caminho de um futuro melhor.

Mademoiselle LeFarge nos informa que a carruagem chegou. Nós lhe apresentamos "Nan" e prendemos a respiração, à espera de sua reação. Será que ela verá o que há por trás da ilusão?
– Como vai, Srta. Washbrad?
– M-muito bem, obrigada – responde Ann, com uma voz vacilante.
Seguro a mão dela com força, com medo de que uma falta de confiança possa enfraquecer a ilusão que ela criou. Ann precisa acreditar irrestritamente nela.

– É estranho, mas não consigo deixar de sentir que já nos conhecemos. Há alguma coisa muito familiar na senhorita, embora eu não possa descobrir o que é – diz Mademoiselle LeFarge.

Aperto a mão de Ann, fortalecendo nosso laço. *Você é Nan Washbrad. Nan Washbrad. Nan Washbrad.*

– Muitas vezes sou confundida com outras pessoas. Em certa ocasião, fui até tomada por uma moça que era uma pobrezinha e vivia num internato – responde Ann, e Felicity explode em risadas.

– Desculpe – diz Fee, recompondo-se. – Só estava lembrando uma piada que me contaram na semana passada.

– Bem, estou contente em conhecê-la, Srta. Washbrad – diz LeFarge. – Vamos? A carruagem espera.

Solto a respiração, que estava prendendo.

– Foi meio complicado no final, não foi? – sussurro, enquanto o cocheiro abre a porta da carruagem.

Ann sorri.

– Mas ela acreditou! Não sentiu nada de estranho. Nosso plano está funcionando, Gemma!

– É verdade – digo, dando palmadinhas em seu braço. – E é apenas o começo. Mas vamos manter nossa cabeça no lugar.

– Meu Deus, que colar lindo – comenta Mademoiselle LeFarge. – As pérolas são perfeitas.

– Obrigada – diz Ann. – Quem me deu o colar foi uma pessoa que não apreciou de forma adequada o valor dessas pérolas.

– Que pena – diz a professora.

A viagem de trem para Londres é ainda mais excitante. É maravilhoso ter um segredo tão poderoso. Sinto um toque de remorso por enganar LeFarge, de quem gosto, mas era necessário. E não posso negar que há uma emoção em saber como é fácil garantir nossa liberdade. Liberdade – teremos mais dela. Curiosamente, descubro que, enquanto uso a magia, sinto-me melhor, mais viva e desperta.

– O que fará em Londres hoje, Mademoiselle LeFarge? – pergunto.

– Tenho coisas referentes ao casamento a tratar – diz ela, com um suspiro feliz.

– Precisa contar tudo a nós – insiste Felicity, e passamos a atormentá-la com perguntas.

Ela levará um leque? Haverá renda? Um véu? Flores de laranjeira bordadas em seu vestido, para dar sorte, como fez a rainha Vitória?

– Ah, não, não será nada tão majestoso assim – contesta ela, olhando para suas mãos gorduchas, que repousam em seu colo amplo.
– Será um casamento simples, campestre, na capela da Spence.
– Continuará na Spence? – pergunta Ann. – Depois que se casar?
– Isso depende do Sr. Kent – responde ela, como se isto esclarecesse tudo.
– Gostaria de continuar? – insiste Felicity.
– Gostaria de ter uma nova vida após o casamento. Na verdade, o inspetor começou a perguntar o que penso sobre os casos dele, para saber a perspectiva de uma mulher. Sei que é fora do habitual para os deveres de uma esposa, mas confesso que acho isso muito emocionante.
– É lindo – diz Ann.

Ela sorri à sua maneira romântica, e percebo que, em sua cabeça, tem imagens de si própria ocupada com uma cozinha e se despedindo com um beijo do marido que vai para o trabalho. Tento imaginar a mim mesma com uma vida assim. Será que eu gostaria? Ou ficaria entediada? Seria um conforto ou uma maldição?

Meus pensamentos se voltam para Kartik – seus lábios, suas mãos, a maneira como ele uma vez me beijou. Em minha cabeça, vejo-me passando os dedos por aqueles lábios, sentindo as mãos dele em minha nuca. Uma dor quente se instala embaixo do meu ventre. Ela inflama alguma coisa profunda dentro de mim, que não sei nomear, e, de repente, é como se eu estivesse dentro de uma visão. Kartik e eu estamos num jardim. Minhas mãos estão tatuadas com hena, como uma noiva indiana. Ele me abraça e me beija, sob uma chuva de pétalas. Gentilmente, ele baixa as beiradas do meu sári, desnudando meus ombros, e seus lábios descem por minha pele nua; sinto que tudo está prestes a mudar entre nós.

Volto a mim, de repente. Minha respiração está difícil e me sinto corada da cabeça aos pés. Ninguém parece notar meu desconforto e faço o melhor que posso para recuperar minha compostura.

– Nunca me casarei – anuncia Felicity, com um sorriso perverso. – Morarei em Paris e me tornarei modelo de um artista.

Ela tenta chocar, e Mademoiselle LeFarge fornece a indispensável repreensão:

– Mas que coisa, Srta. Worthington! – E então ela muda de rumo: – Não deseja um marido e filhos? – pergunta, simplesmente, como se, neste trem, tivéssemos passado de meninas a jovens senhoras, nas quais se poderia confiar para ter um tipo de conversa diferente.

Essa confiança é quase tão poderosa quanto a magia.

– Não, não desejo – diz Felicity.

– E por que não? – insiste LeFarge.

– D-desejo viver sozinha. Não desejaria jamais me sentir presa numa armadilha.

– Não é preciso ficar presa numa armadilha. A vida pode tornar-se mais rica quando alguém partilha as obrigações e as alegrias.

– Nunca vi acontecer isso – murmura Felicity.

Mademoiselle LeFarge faz um sinal com a cabeça, meditando.

– Acho que é preciso o tipo certo de marido, que será um amigo, não um patrão. Um marido que cuide da sua esposa com pequenas gentilezas diárias e confie nela, fazendo confidências. E a esposa, em troca, deve ser uma amiga do mesmo tipo.

– Eu não seria uma boa esposa – diz Felicity, tão baixinho que suas palavras são quase abafadas pelo ruído do trem.

– Que coisinhas bonitas a senhorita comprará hoje? – pergunta Ann, abandonando a sofisticada Nan por um momento, com uma única pergunta infantil.

– Ah, meu Deus, nem sei dizer. Ninharias. Nada tão bonito quanto seu colar, infelizmente.

Ann tira as pérolas de seu pescoço e as estende para ela.

– Gostaria que ficasse com isso.

Mademoiselle LeFarge afasta o colar com a mão.

– Ah, meu Deus, mas isso é um excesso de generosidade de sua parte.

– Não – diz Ann, corando. – Não é. Para ter sorte, é preciso ter alguma coisa emprestada, não é?

– Eu não poderia aceitar – insiste Mademoiselle LeFarge.

Pego a mão de Mademoiselle LeFarge e a imagino com seu vestido de casamento, as pérolas em seu pescoço.

– Fique com elas – murmuro, e meu desejo, transportado pelas asas da magia, viaja rapidamente entre nós e se aninha dentro dela.

Mademoiselle LeFarge pisca.

– Tem certeza?

– Ah, sim. Nada me deixaria mais feliz. – Ann sorri.

Mademoiselle LeFarge prende o colar em torno de seu próprio pescoço.

– Que tal?

– Lindo – dizemos todas, a uma só voz.

Ann, Felicity e Mademoiselle LeFarge entram numa conversa descontraída. Fico olhando fixamente, através das janelas do trem, os montes que passam. Quero perguntar a eles se sabem qual será o *meu* futuro: a saúde de meu pai será restabelecida e minha família se fortalecerá? Eu sobreviverei ao meu *début*? Será que poderei afirmar-me dentro dos reinos e corresponder às expectativas, especialmente às minhas próprias?
– Podem dizer-me? – sussurro para a janela, com meu hálito quente provocando um nevoento desenho de floco de neve sobre o vidro.

Mas ele se dissolve e desaparece rapidamente, como se eu não tivesse dito uma só palavra.

O trem reduz a velocidade e os montes desaparecem atrás de onduladas nuvens de vapor. O cabineiro diz em voz alta o nome da estação. Chegamos, e agora começa nosso verdadeiro teste.

Mademoiselle LeFarge nos entrega à Sra. Worthington na plataforma. Com seu cabelo louro e seus frios olhos cinzentos, a Sra. Worthington se parece com a filha, mas é mais fina. Ela não tem as feições ousadas e sensuais de Felicity, e isto lhe dá um ar de beleza frágil. Todos os homens observam seu encanto. Enquanto ela caminha, eles viram a cabeça ou continuam a olhá-la por um segundo excessivamente longo. Jamais terei esse tipo de beleza, o tipo que abre caminho.

A Sra. Worthington nos cumprimenta calorosamente:
– Que dia lindo teremos. E que maravilha ver você, querida Nan. Fez uma boa viagem?
– Ah, sim, muito boa – responde Ann.

Elas travam uma conversa cortês. Felicity e eu trocamos olhares.
– Ela realmente acredita que Ann é sua prima – digo, com uma tranquila alegria. – Não notou nada de estranho!
Felicity zomba:
– Nem poderia.

Na rua, passamos por uma conhecida da Sra. Worthington e ela para, a fim de conversar. Ficamos em pé por perto, ociosamente, sem sermos vistas, nem ouvidas, nem notadas. A poucos metros de distância, outro grupo de mulheres tenta chamar a atenção. Elas usam letreiros colados em suportes de metal, anunciando uma greve. *O incêndio na fábrica de gorros Beardon. Seis pessoas assassinadas por dinheiro. Queremos justiça – salários justos. Bom tratamento.* Elas gritam para os passantes, implorando-lhes que apoiem sua causa. As pessoas prósperas que se dirigem para o teatro e os clubes se afastam com seus rostos expressando desagrado.

Uma moça de cerca de quinze anos se aproxima correndo com uma lata em suas mãos. Suas luvas são uma farsa. Buracos rasgados devoram a lã como se fossem varíola. As juntas de seus dedos espiam por eles, vermelhas e esfoladas.

– Por favor, senhorita. Pode dar uma moeda para nossa causa?

– Qual é a causa? – pergunta Ann.

– Trabalhamos na fábrica de gorros Beardon, senhorita, e nunca houve um lugar mais tenebroso – diz ela. Meias-luas escuras sombreiam seus olhos. – Um incêndio levou nossas amigas, senhorita. Um terrível incêndio. As portas da fábrica estavam trancadas para nos manter lá dentro. Que chance elas tinham, senhorita?

– Bessie Timmons e Mae Sutter – sussurro.

Os olhos das moças se arregalam.

– A senhorita conhecia as duas?

Abano a cabeça, depressa, negando.

– D-devo ter lido os nomes delas em algum lugar.

– Eram boas moças, senhoritas. Estamos fazendo greve para que isso não aconteça de novo. Queremos salário e tratamento justos. Elas não podem ter morrido em vão.

– Tenho certeza de que, onde quer que estejam suas amigas, devem estar orgulhosas do esforço de vocês.

Deixo cair um xelim em sua lata.

– Obrigada, senhorita.

– Vamos, meninas – diz a Sra. Worthington, indicando-nos nosso caminho. – Por que estavam falando com aquelas infelizes mulheres?

– Elas estão em greve – respondo. – Suas amigas morreram queimadas no incêndio de uma fábrica.

– Que horror! Mas não gosto de ouvir essas coisas. – Passa um cavalheiro, lançando à Sra. Worthington um olhar furtivo. Ela reage com um sorriso satisfeito. – Elas deviam ter maridos para cuidar delas.

– Mas e se não têm? – pergunta Felicity, com voz áspera. – E se são sozinhas? E se têm filhos para alimentar e precisam comprar madeira para o fogo? E se só podem contar consigo mesmas? Ou... se não têm nenhuma vontade de se casar? Será que só porque estão sozinhas não têm mérito nenhum?

É espantoso ver o ardor nos olhos de Felicity, embora de alguma forma eu duvide que essa exibição nasça do zelo de uma reformadora. Acredito que é uma maneira de espicaçar sua mãe. Ann e eu não ousamos entrar nessa briga. Mantemos os olhos fixos no chão.

– Querida, sempre haverá pobres. Não vejo muito claramente o que posso fazer em relação a isso. Tenho minhas próprias obrigações.
– A Sra. Worthington ajeita sua estola de pele até que ela se posiciona bem alta, contra seu pescoço, uma armadura tão suave quanto seu mundo. – Vamos, agora. Não devemos falar desse assunto desagradável num dia tão lindo de primavera. Ah, uma confeitaria. Vamos entrar e ver que doces há nela para nós? Sei que vocês, garotas, apreciam as coisas gostosas. – Sorri, como quem conspira. – Também já fui menina.

A Sra. Worthington entra e Felicity a segue com um olhar de raiva.

– Você será sempre uma menina – sussurra amargamente.

# Capítulo
# Dezenove

A Sra. Worthington leva uma eternidade para decidir que doces levará, e chegamos ao Drury Lane um minuto antes do início do espetáculo. Baixa a escuridão característica dos teatros, um crepúsculo romântico que nos leva para longe de nossas preocupações e possibilita o fantástico. O Drury Lane é famoso por seus espetáculos e, com certeza, não ficaremos desapontadas. As enormes cortinas se abrem, revelando um cenário extravagante – uma floresta que parece o mais real possível. No centro do palco, três velhas feiticeiras cuidam de um caldeirão. Troveja. É apenas um homem batendo com uma grande peça de cobre, mas produz calafrios, de qualquer jeito. As velhas encarquilhadas falam conosco:

> *"When shall we three meet again*
> *In thunder, lightning, or in rain?"*
> *"When the hurly-burly's done,*
> *When the battle's lost and won."*
> *"That will be ere the set of sun."*
> *"Where the place?"*
> *"Upon the heath."*
> *"There to meet with Macbeth."*
> *"I come, Graymalkin!"*
> *"Paddock calls: Anon!*
> *Fair is foul, and foul is fair.*
> *Hover through the fog and filthy air."\**

---

\* "Quando nós três nos encontraremos novamente/ Em meio a trovões, relâmpagos ou sob a chuva?"/ "Quando o tumulto tiver sido feito,/Quando a batalha for perdida e ganha."/Será antes do pôr do sol."/ "E em que lugar?"/ "Na charneca."/ "Lá, o

— Não é maravilhoso? — sussurra Ann, encantada, e fico satisfeita pelo que fizemos.

Quando Lily Trimble entra, a plateia senta-se mais ereta. A Srta. Trimble é uma criatura irresistível, com grossas ondas de cabelo castanho-avermelhado que caem em cascata pelas costas de seu manto roxo. Sua voz é profunda e doce. Caminha com arrogância, cheia de superioridade, conspira e lamenta com tamanho fervor que é quase impossível acreditar que ela não seja Lady Macbeth em pessoa. Quando perambula dormindo, uma sonâmbula, a chorar de remorso por seus atos perversos, ela absorve as atenções e o tempo inteiro Ann permanece sentada à beira de sua cadeira, espiando com intensa concentração. Quando a peça chega ao fim e Lily Trimble faz sua mesura, Ann aplaude mais alto do que qualquer outra pessoa na plateia. Nunca a vira tão emocionada, tão viva.

As lâmpadas são acesas em sua máxima potência, ofuscantes.

— Não foi maravilhoso? — pergunta Ann, exultante. — O talento dela é extraordinário, porque de fato *acreditei* que era Lady Macbeth!

A Sra. Worthington parece entediada.

— Não é uma peça agradável. Prefiro, de longe, *A importância de ser honesto*. Esta foi divertida.

— Tenho certeza de que os desempenhos não foram, de forma alguma, tão bons quanto o que acabamos de ver da Srta. Trimble — opina Ann. — Seria preciso inventar uma palavra capaz de descrever Lily Trimble, porque nenhuma já existente lhe faz justiça. Eu daria qualquer coisa para conhecê-la. Qualquer coisa.

Enquanto nos misturamos à multidão, Ann olha para trás, nostalgicamente, em direção ao palco, onde um rapaz empurra uma vassoura, apagando todos os vestígios da apresentação que a manteve tão escravizada.

Permito que um homem e sua esposa nos separem da Sra. Worthington.

— Ann, quer mesmo conhecê-la? — sussurro.

Ela faz que sim com a cabeça.

— Desesperadamente!

— Então, você a conhecerá.

---

encontro com Macbeth." / "Eu vou, Graymalkin!" / "O sapo coaxa: Daqui a pouco! / O lindo é feio, e o feio, lindo. / Voem através do nevoeiro e ar sujo."

Felicity se aproxima, empurrando as pessoas em volta, e isto aborrece uma matrona, que censura sua rudeza com um "Ora essa!".

– Gemma – diz Fee, com sua curiosidade desperta. – O que você está tramando?

– Vamos levar Ann para conhecer Lily Trimble.

A Sra. Worthington, à nossa procura, estica seu pescoço por cima da multidão que deixa o teatro. Faz-me lembrar um pássaro perdido.

– Mas como nos livraremos de minha mãe?

Só precisamos de uns poucos momentos de liberdade. Uma pequena desordem. Preciso me concentrar, mas é muito difícil, com a multidão apressada em torno de mim. Os pensamentos deles invadem os meus a ponto de eu mal poder enxergar.

– Gemma! – sussurra Fee.

Ela e Ann me dão os braços.

Luto para me ater firmemente à minha intenção original. Repito-a em silêncio, enquanto nos aproximamos da Sra. Worthington: *Você vê uma amiga no meio da multidão. Precisa ir se encontrar com ela. Estaremos bem aqui, sozinhas.* Repito isto até eu mesma acreditar.

– Ah! – exclama de repente a Sra. Worthington. – Ora, ali está minha querida amiga Madame LaCroix, de Paris! Como ela pôde vir sem me escrever avisando! Ah, ela está indo embora! Deem-me licença. Só demorarei um instante.

Como uma mulher em transe, a Sra. Worthington empurra as pessoas, em busca de sua querida amiga que, sem dúvida, ainda está em Paris, enquanto nós estamos aqui.

– O que você fez? – pergunta Felicity, alegremente.

– Fiz uma pequena sugestão a ela. Agora, vamos cuidar de encontrar Lily Trimble, está bem?

Atrás do palco, há um mundo inteiramente diferente. Muitos trabalhadores estão atarefados com acessórios e máquinas. Homens troncudos movimentam de um lado para outro compridas telas pintadas. Vários outros içam cordas, enquanto um homem com um chapéu de abas viradas e um charuto apertado entre os lábios grita ordens para eles. Seguimos por um estreito corredor em busca de Lily Trimble. O ator que fez o papel de Banquo passa por nós com seu camisolão de dormir, sem a mais mínima vergonha.

– Olá, minhas queridas – diz ele, olhando-nos de alto a baixo.

– Gostamos muito do seu desempenho – diz Ann com seriedade.

– Meu próximo desempenho será em meu camarim. Talvez queiram assistir. Vocês são lindas.
– Estamos procurando a Srta. Trimble – diz Felicity, estreitando os olhos.
O sorriso do homem desaparece até se tornar uma leve sombra.
– À esquerda. Se mudarem de ideia, estou à direita.
– É incrível o atrevimento de certas pessoas – diz Felicity, com raiva, empurrando-nos para a frente.
– O que quer dizer? – pergunta Ann.
Felicity caminha com a máxima rapidez e nós lutamos para acompanhá-la.
– Ele fez uma investida imprópria para cima de você, Ann.
– Para cima de mim? – pergunta Ann, com os olhos arregalados. Um sorriso rápido como um relâmpago fende seu rosto. – Mas que maravilha!
Finalmente, encontramos a porta de Lily Trimble. Batemos e esperamos uma resposta. Aparece uma criada, com as mãos cheias de trajes. Apresento meu cartão. É apenas um cartão simples, de uma loja, mas não importa: os olhos dela se arregalam quando ela lê o que a magia pôs nele.
– Com licença, Sua Alteza – diz ela, fazendo uma leve mesura. – Demorarei apenas um minuto.
– O que você pôs naquele cartão? – pergunta Felicity.
– Uma coisa que nos garantirá a entrada.
A criada volta.
– Por aqui, por favor.
Ela nos conduz para dentro do camarim de Lily Trimble, que abarcamos com uma olhada: uma poltrona de damasco; a lanterna, com uma estola de seda vermelha atirada em cima; o biombo, coberto com uma coleção de robes de seda, vestidos e meias escarrapachadas, numa exibição desavergonhada; o toucador, onde uma coleção de cremes e loções se enfileira ao lado de uma escova e um espelho de mão de prata.
– Srta. Trimble, as Srtas. Doyle, Worthington e Washbrad, que vieram conhecê-la – diz a criada.
Uma voz enfumaçada familiar vem de trás do biombo.
– Obrigada, Tillie. E, querida, por favor, você precisa fazer alguma coisa com essa peruca. Do jeito que está, é como usar um ninho de marimbondos.

– Sim, senhorita – diz Tillie, saindo.

Lily Trimble sai de trás do biombo usando um robe de veludo azul-marinho, preso em sua cintura por um laço dourado enfeitado com borlas. O cabelo comprido e ondulado era apenas uma peruca; seu verdadeiro cabelo – com um tom castanho-avermelhado discreto – ela usa numa simples trança. Ann está de queixo caído, reverente por se encontrar diante de uma estrela de tal porte. Quando a Srta. Trimble pega em sua mão, Ann faz uma mesura, como se cumprimentasse a rainha.

A risada da atriz é tão grossa quanto fumaça de charuto – e igualmente inebriante.

– Ora, é uma recepção de luxo, não? – brinca ela, com um sotaque americano. – Devo confessar que até agora não conheço um grande número de duquesas. Qual de vocês é a Duquesa de Doyle?

Felicity me dá um sorriso malicioso por minha duplicidade, mas há alguma coisa tão franca em Lily Trimble que acho impossível mentir para ela.

– Tenho uma confissão a fazer. Nenhuma de nós é duquesa, infelizmente.

Ela ergue uma sobrancelha.

– Como assim?

– Somos da Academia Spence para Moças.

Ela verifica que estamos desacompanhadas.

– Meu Deus. A educação de uma dama mudou de forma bastante radical dos meus tempos de escola para cá. E não foi há tanto tempo assim.

– Achamos que a senhora é a atriz mais maravilhosa do mundo e quisemos conhecê-la a todo custo – explode Ann.

– E quantas atrizes já viram? – pergunta a Srta. Trimble. Ela nota que Ann corou. – Humm, foi o que pensei.

Ela se senta em frente ao espelho de sua penteadeira e esfrega creme em seu rosto com movimentos experientes.

– Nossa Ann, anh, Nan, é muito talentosa – digo, apressadamente.

– É mesmo? – A Srta. Trimble não se vira.

– Ah, sim, ela canta muitíssimo bem – acrescenta Felicity.

Ann nos olha horrorizada e, por um momento, a magia perde a força. Balanço a cabeça e sorrio para ela. Eu a vejo fechar os olhos por um momento e tudo volta a ficar como antes. Lily Trimble abre um estojo de prata e tira um cigarro. O choque aparece em nosso rosto.

Nunca vimos uma mulher fumar. É um escândalo terrível. Ela põe o cigarro entre seus lábios e o acende.

– E então você gostaria que eu lhe arranjasse um lugar no grupo teatral?

– Ah... Eu n-não poderia pedir uma c-coisa dessas – gagueja Ann, rubra.

– Segundo minha experiência, querida, se você não pedir, não consegue.

Ann mal consegue forçar as palavras a saírem de seus lábios.

– E-eu g-gostaria de tentar.

A atriz avalia nossa amiga em meio a um jorro de fumaça de cigarro.

– Sem dúvida você é suficientemente bonita para o palco. Antigamente, eu também era bonita assim.

Ela puxa seu cabelo para a frente e o segura com força numa mão, escovando as pontas compridas com a outra.

– Ninguém é tão bonita quanto a senhorita, Srta. Trimble.

Outra risada enfumaçada escapa de Lily Trimble.

– Escute, a senhorita não está fazendo um teste comigo. Pode deixar os elogios de lado. E, por sinal, o que sua mãe diria de tudo isso?

Ann pigarreia de leve.

– Não tenho mãe. Não tenho ninguém.

Lily solta baforadas do seu cigarro. Ela sopra um anel de fumaça.

– A mão que a gente segura por mais tempo é a nossa própria. – Ela dá uma olhada em si mesma, no espelho, e depois olha nos olhos de Ann, de lá. – Srta. Washbrad, esta vida não é para quem tem um coração sensível demais. É uma vida de vagabundos. Não tenho marido, nem filhos. Mas minha vida me pertence. E há os aplausos e a adoração. Ajudam a manter o ânimo.

– Sim. Obrigada – consegue dizer Ann.

Lily a observa com atenção, por um momento. Solta baforadas de seu cigarro. Suas palavras saem em meio a um fluxo de fumaça nevoenta:

– Tem certeza de que é isso que deseja?

– Ah, sim, tenho! – diz alegremente Ann.

– Uma resposta rápida. – Ela tamborila seus dedos no tampo de sua penteadeira. – Respostas rápidas levam, muitas vezes, a arrependimentos rápidos. Sem dúvida, a senhorita voltará para sua escola de sedução, encontrará um homem perfeitamente respeitável num chá dançante e esquecerá tudo com relação a isto aqui.

– Não, não esquecerei – diz Ann, e há alguma coisa que não pode ser ignorada em sua resposta.

Lily faz um sinal afirmativo com a cabeça.

– Está bem. Providenciarei para você um encontro com o Sr. Katz.

– Sr. Katz? – repete Ann.

Lily Trimble põe seu cigarro num cinzeiro de latão, onde ele arde em fogo lento.

– Sim, o Sr. Katz. O dono da nossa companhia.

– Então, ele é judeu? – pergunta Ann.

No espelho, os olhos da Srta. Trimble se estreitam.

– Tem alguma coisa contra judeus, Srta. Washbrad?

– N-n-não, senhorita. Pelo menos, acho que não, porque até agora não conheço nenhum.

A risada da atriz vem rápida e dura. Seu rosto se abranda numa máscara agradável.

– Tem uma grande oportunidade de conhecer. Está falando com uma agora.

– A senhorita é judia? – pergunta Felicity, sem pensar. – Mas não parece judia, de maneira nenhuma!

Lily Trimble ergue uma sobrancelha perfeitamente arqueada e sustenta o olhar de Felicity até que minha amiga é obrigada a desviar a vista. Raramente tinha visto Fee tão acovardada. Para mim, é um momento de pura felicidade, e o aprecio imensamente.

– Lilith Trotsky, de Orchard Street, Nova York, Nova York. Foi sugerido que Trimble seria um nome mais adequado para o palco. E, é claro, para os clientes aristocráticos que vêm ver atrizes famosas – comenta ela, secamente.

– Então, está mentindo para eles – diz Felicity, desafiando-a.

Lily olha para ela com raiva.

– Todos estão tentando ser uma pessoa diferente, Srta. Worthless. Aqui, tenho a sorte de ser paga para isso.

– Meu sobrenome é Worthington – diz Felicity, trincando os dentes.

– Worthless, Worthington. Honestamente, não sei qual a diferença. Vocês todos mais ou menos se parecem. Seja boazinha, Nannie, e me dê essas meias, por gentileza.

Ann, a moça que mal pode dizer a palavra *meias*, corre para dar a Lily Trimble as dela. Coloca-as nas mãos da mulher com uma reverência reservada para a nobreza e para os deuses.

– Aqui estão, Srta. Trimble – diz.

– Obrigada, querida. Preciso ir embora agora. Um cavalheiro está esperando por mim. Eu lhe mandarei um aviso de quando será o encontro. A senhorita está na Academia Spence?

– Sim, Srta. Trimble.

– Está bem. Até lá, não se deixe enganar. – Ann franze a testa, confusa, e Lily explica. – Tome cuidado. – Ela lança um olhar terrível para Felicity e eu. – Minha impressão é de que você vai precisar.

Dois homens passam por nós movimentando um pedaço de tela pintada enquanto corremos furtivamente de volta para a mãe de Felicity. De perto, a tela não se parece nada com o Bosque Birman, são apenas manchas de cor e pinceladas. Ann não parara de falar desde que saímos do camarim de Lily Trimble.

– Ela não é inteligentíssima? Disse que todo mundo está tentando ser outra pessoa.

Repete as palavras com o sotaque americano arrastado da Srta. Trimble. Não consigo decidir se este hábito se revelará aborrecido ou interessante.

– Eu a achei vulgar. – Felicity ri, com desdém. – E dramática demais.

– Ela é uma atriz! Faz parte da natureza dela ser dramática – protesta Ann.

– Espero que não se torne sua natureza. Seria insuportável – zomba Felicity. – Ann, você não está falando sério com relação ao teatro, não é?

– Por que não? – diz Ann, com uma tristeza se insinuando em sua voz, a animação desaparecendo.

– Porque não é coisa para moças decentes. Ela é uma atriz. – Felicity pronuncia a última palavra com desdém.

– Que outra escolha eu tenho? Ser uma governanta pelo resto da minha vida?

– Claro que não – digo, olhando fixamente com raiva para Felicity.

Embora cheia de boas intenções, Felicity não entende o dilema de Ann. Ela não consegue enxergar que a vida de Ann é uma armadilha da qual ela não pode ser tirada com facilidade.

Chegamos ao saguão, que ainda tem uma pequena multidão. Lá em cima, à frente, vejo a Sra. Worthington vasculhando o recinto com o olhar, à nossa procura.

– E, de qualquer forma, você tem um problema maior, Nannie – diz Fee, usando intencionalmente o apelido que a Srta. Trimble deu a ela.

– Você foi até lá usando o rosto de outra moça, Nan Washbrad. Ela é a moça que eles esperam ver, não Ann Bradshaw. Como vencerá isso?

Os lábios de Ann tremem.

– Acho que não desejariam uma moça como eu, como sou de verdade, no palco deles.

Toda autoconfiança em que ela se apoiava desaparece, e a ilusão de Nan Washbrad vacila.

– Ann – alerto.

Não adianta. O pleno conhecimento do que ela fez, das complicações resultantes, esmagam-na. A ilusão está sumindo depressa. Ela não pode se tornar Ann – não aqui, não agora. Seria um tremendo desastre.

– Ann, você está sumindo – sussurro, com urgência, empurrando-a para trás de uma comprida cortina de veludo.

Os olhos dela se arregalam de horror.

– Ah! Ah, não!

O cabelo dela passa de um negro lustroso para um comum castanho-claro. O vestido que ela criou dá lugar a outro, feio, de lã cinzenta. Observamos horrorizadas, enquanto a mudança começa com as mangas e viaja rapidamente por seu braço acima, até o corpete.

– Se minha mãe vir você desse jeito, estamos liquidadas – diz Felicity com veemência.

– Ann, precisa voltar para como estava – digo, meu coração batendo depressa.

– Não posso! Não consigo visualizar na minha mente!

Ela está assustada demais. A magia não responderá. O vestido agora é o que ela usava antes. Seu chapéu desaparece. Devo fazer alguma coisa para impedir isso, e logo. Sem perguntar, agarro as mãos dela e forço a magia a atuar nela, imaginando Nan Washbrad em pé diante de mim outra vez.

– Está funcionando – sussurra Ann. O que comecei, ela completa, e, em segundos, Nan está conosco com seu elegante chapéu cor de caramelo bem preso em sua cabeça. – Obrigada, Gemma – diz ela, tremendo, ao sairmos de trás da cortina.

– Aí estão vocês – diz melosamente a Sra. Worthington. – Tive medo de estarem perdidas. É muito estranho, pois estava certa de ter visto Madame LaCroix, mas, quando alcancei a mulher, não se parecia de jeito nenhum com ela. Vamos embora?

Na rua, um homem com um cavalete de metal mostra anúncios de uma exposição no Salão Egípcio.

– Surpresa e espanto! Assistam ao maior espetáculo do mundo! Vindo de Paris, na França, para apresentações por apenas uma semana, no Salão Egípcio, o espantoso e renomado show com a lanterna mágica dos Irmãos Wolfson: os filmes! Preparem-se para se surpreender! Visões que superam seus sonhos mais loucos! Não deixe de ir, senhorita. Não vai querer perder isso.

Ele coloca o folheto em minha mão. *Os Irmãos Wolfson apresentam "Os rituais da primavera. Uma fantasmagoria".*

– Sim, obrigada – digo, com o folheto em minha mão.

– Ah, não.

Felicity para de repente.

– O que é? – pergunto.

– Lady Denby e Lady Markham – sussurra ela, dando uma olhada na rua.

Eu as espio em meio à aglomeração vespertina. Lady Denby, a mãe de Simon Middleton, é uma mulher imponente, tanto em termos de aparência quanto de reputação. Hoje, ela usa um de seus famosos chapéus, com uma aba tão larga que poderia apagar o sol, e caminha com as passadas largas e imperativas de um herói naval. Lady Markham é magra como um graveto e luta para acompanhar a marcha de sua amiga. Faz sinais afirmativos com a cabeça, enquanto Lady Denby discursa.

Ann dá um pequeno arquejo. Foi Lady Denby quem revelou o engodo de Ann no Natal, em grande parte apenas para humilhar a Sra. Worthington. Seguro o braço de minha amiga, para firmá-la. Não me arriscarei a outra falha com a magia.

– Lady Markham, Lady Denby – diz a Sra. Worthington, toda cheia de sorrisos. – Que ótimo vê-las. Que surpresa maravilhosa!

– Sim. Que bom. – Lady Markham não pega na mão da Sra. Worthington. Em vez disso, olha para a mãe de Simon.

– Boa-tarde, Sra. Worthington – diz Lady Denby, sem sorrir.

– Acabamos de sair do teatro e vamos tomar chá. Gostariam de ir conosco? – pergunta a Sra. Worthington, corando por causa da desfeita.

– Bem... – diz Lady Markham, sem dar sequer uma olhada em Felicity.

– Infelizmente não podemos – responde Lady Denby por ela. – Minha querida prima, Srta. Lucy Fairchild, chegou dos Estados Unidos e estou ansiosa para apresentá-la a Lady Markham.

– Sim, claro. – O sorriso da Sra. Worthington falha. O desespero se insinua em sua voz: – Lady Markham, achei que talvez Felicity e eu pudéssemos visitá-la na Páscoa, se tiver a bondade de nos receber.

Lady Markham demonstra nervosismo e torna a dar uma olhada em sua imperiosa amiga.

– Parece que estou cheia de compromissos.

Os pensamentos de Lady Denby se intrometem nos meus: *Este é o resultado de não jogar de acordo com as regras. Sua filha pagará o preço. Ninguém a apresentará e sua herança não será recebida.*

Eu gostaria de esbofetear Lady Denby. Como pude, algum dia, pensar que ela era uma boa mulher? É mesquinha e controladora, e não deixarei que arruíne a vida da minha amiga.

Convoco minha coragem e fecho os olhos, enviando meu desígnio para Lady Markham: *Felicity Worthington é a moça mais maravilhosa do mundo. A senhora deseja – não, a senhora insistirá em apresentá-la na corte. E creio que é preciso dar uma festa linda em homenagem a ela.*

– Mas eu gostaria muito de recebê-la – diz Lady Markham de repente, animando-se. – E como vai nossa querida Felicity? Ah, mas como você é linda, meu bem!

Felicity está com a expressão de alguém em cima de cuja cabeça caiu uma pilha de livros.

– Estou ótima, obrigada, Lady Markham.

– Claro que está. Esperarei você na Páscoa, e conversaremos sobre seu *début*, e uma festa!

– Lady Markham, precisamos ir – diz Lady Denby, com os maxilares cerrados.

– Um bom dia! – grita Lady Markham, alegremente.

Lady Denby se afasta, forçando sua amiga a caminhar depressa para alcançá-la.

Todas estão com o melhor ânimo possível enquanto esperamos nosso trem, a fim de voltarmos para a Spence. A Sra. Worthington, imensamente aliviada, conversa de forma simpática com Mademoiselle LeFarge, que agarra suas poucas mas preciosas compras, com as pérolas roubadas de Cecily brilhando em seu pescoço.

– Gostaria de ver aquela expressão no rosto de Lady Denby para sempre em minha mente – diz Felicity.

– Foi ótimo, não? – concordo.

– Lady Markham, precisamos ir – diz Ann, numa perfeita imitação da voz pomposa de Lady Denby.

– Gemma, ainda está segurando esse lixo? – Fee aponta para o folheto para a apresentação no Salão Egípcio.

– Ora, não é lixo de jeito nenhum – digo, com fingida sinceridade. – Temos os Irmãos Wolfson e sua fantasmagoria!

Ann ergue uma sobrancelha.

– Arrisco dizer que não é nada, em comparação com os reinos.

– Mas há mais coisas! – protesto.

Com letras menores há uma lista de outros que se apresentarão no salão, seus nomes se tornando menores à medida que diminui sua importância. Leio-os um por um, fazendo Ann e Felicity rirem.

No final, está o Dr. Theodore Van Ripple, mestre ilusionista.

## Capítulo Vinte

Felicity examina o folheto à luz da lareira.
– Precisamos chegar até o Salão Egípcio.
– Como faremos isso? – pergunta Ann. Ela não é mais Nan, mas algum resíduo de magia permanece, o suficiente para manter um brilho em seus olhos. Parece a princesa de um conto de fadas que foi amaldiçoada para dormir e, finalmente, está acordando. – Gemma, você fará todos na Spence dormirem, ou deixará uma ilusão nossa aqui, de modo que ninguém note nossa ausência. Ou então colocará o pensamento com tanta firmeza na cabeça da Nightwing que ela insistirá que devemos comparecer e nos levará até lá. O que acha?

– Pensei em convidar simplesmente Mademoiselle LeFarge para nos levar. Ela adora esse tipo de apresentação.

– Ah – diz Ann, claramente desapontada.

Felicity desembrulha um puxa-puxa e o deixa cair em cima da sua língua.

– E você acha que esse Dr. Van Ripple pode nos falar da dama que aparece em suas visões?

– Espero que sim. Eu a vejo com ele. Talvez ele saiba também alguma coisa sobre essa Árvore de Todas as Almas.

– Está ouvindo isso?

Cavalos se aproximando. São nove horas. Não consigo imaginar quem nos visitaria a esta hora.

– Sra. Nightwing, é uma carruagem! – grita uma das meninas mais novas.

Abrimos as cortinas e damos uma espiada lá fora. A carruagem aparece, a distância. As criadas saem correndo com suas lanternas e formam uma fila na porta. Nós, moças, imploramos para nos deixarem sair também, e a Sra. Nightwing cede.

O frio hálito da noite faz meu pescoço comichar e penetra em meu ouvido, sussurrando segredos que apenas o vento sabe. A poeira se levanta na trilha. A carruagem para e o cocheiro põe os degraus na porta. O passageiro sai – uma mulher esguia, com um elegante *tailleur* azul-acinzentado. Ela ergue a cabeça para abranger a escola com seu olhar e a conheço imediatamente: olhos escuros, inquiridores, sobrancelhas cheias, uma boca pequena, instalada num rosto vigilante, e a graça furtiva de uma pantera. A Srta. Claire McCleethy voltou.

Ela cumprimenta nossa diretora com um sorriso tenso:

– Boa-noite, Lillian. Desculpe a hora tardia, mas as estradas estavam lamacentas.

– Não tem importância; o que importa é que agora você está aqui – responde a Sra. Nightwing.

As criadas correm silenciosas de um lado para outro, enquanto Brigid grita ordens e convida o cocheiro para ir até a cozinha, nos fundos, a fim de fazer uma refeição. As meninas mais novas vão às pressas para perto da Srta. McCleethy, a fim de lhe dar as boas-vindas. Tento me esconder, mas sou alta, é impossível para mim não ser vista durante muito tempo. Os olhos da Srta. McCleethy encontram os meus e isto é o bastante para fazer meu coração bater mais depressa.

– Senhoras, vou dar a vocês mais uma hora, para podermos acolher adequadamente nossa Srta. McCleethy – anuncia a Sra. Nightwing, provocando vivas de satisfação por todos os lados.

Os fogos nas lareiras do grande salão são atiçados até arderem novamente. Biscoitos e chá são servidos a todos. Brindamos à volta da Srta. McCleethy e as moças a regalam com histórias sobre a Spence, a próxima temporada londrina e os trajes que usarão para o baile à fantasia. A Srta. McCleethy ouve tudo sem divulgar nada sobre si mesma ou o local onde passou esses últimos três meses.

Às nove e meia, a Sra. Nightwing anuncia que é hora de ir para a cama. Contra a vontade, as moças seguem em fila até a escada. Estou quase lá quando a Srta. McCleethy me detém:

– Srta. Doyle, poderia permanecer aqui por mais um momento?

Felicity, Ann e eu trocamos olhares furtivos.

– Sim, Srta. McCleethy.

Engulo o nó que se forma em minha garganta e observo minhas amigas subirem a escada, em busca da segurança, enquanto fico para trás, com a inimiga.

A Srta. McCleethy e eu nos instalamos no sofá de veludo da pequena sala de visitas, usada para receber convidados, ouvindo o relógio de bronze dourado no console da lareira bater em segundos o torturante silêncio. A Srta. McCleethy vira para mim seus olhos escuros e começo a suar.
— Que bom estar novamente na Spence — diz ela.
— Sim. Os jardins são lindos — respondo.
É como um jogo de tênis, no qual nenhuma de nós duas devolve a mesma bola.
*Tique-taque. Tique-taque. Tique-taque.*
— E acho que a senhorita está entusiasmada com a chegada da sua temporada social, não?
— Sim, muito.
*Tique. Taque. Tique.*
— Há aquela outra questão que precisamos discutir. A questão dos reinos.
*Taque.*
— Srta. Doyle, iniciei a tarefa de tentar encontrar os últimos membros da Ordem. Não sei quantas sobreviveram, ou que poderes restam, mas minha esperança é a de voltarmos em breve aos reinos, com nossa irmandade recuperando sua antiga glória.
*Tique-taque-tique-taque-tique-taque.*
A Srta. McCleethy força seus lábios a formarem alguma coisa parecida com um sorriso.
— Então, como vê, estive tentando ajudá-la.
— Esteve ajudando a si mesma — corrijo.
— Ah, é? — Ela vira para mim seu olhar penetrante. — Não teve nenhum problema com os Rakshana, não é?
— Não — digo, surpresa.
— E não imaginou o motivo?
— Eu...
— Foi por minha causa, Srta. Doyle. Eu os mantive acuados, com os meus próprios recursos, mas não posso impedir para sempre que cheguem até a senhorita.
— Como conseguiu deter os Rakshana?
— Acha que eu me descuidaria disso? Temos nossos espiões nas fileiras deles, exatamente como eles têm nas nossas — diz ela, incisivamente, e meu estômago se embrulha com a lembrança da última missão terrível de Kartik para os Rakshana. A irmandade lhe orde-

nou que me matasse. – Poderia lembrar-lhe que seu julgamento já foi apressado antes.
– O que quer de mim? – pergunto bruscamente.
– Srta. Doyle. Gemma. Você ainda não entende que sou sua amiga. Gostaria de ajudá-la, se me deixar fazer isso.
Ela pousa a mão gentil em meu ombro. Queria que esse pequeno gesto maternal não tivesse nenhum poder sobre mim, mas tem. É engraçado como não sentimos falta de afeto até ele ser oferecido, mas quando é, jamais pode ser suficiente; a pessoa se afogaria nele, se possível.
Pisco, para evitar a repentina surpresa das lágrimas.
– A senhorita me disse para não transformá-la numa inimiga.
– Falei precipitadamente. Estava desapontada porque a senhorita não nos procurou. – A Srta. McCleethy toma minhas mãos nas suas. As mãos dela são ossudas e excessivamente brancas, e dão a impressão de não estarem acostumadas a segurar as de outra pessoa. – A senhorita foi capaz de fazer o que ninguém antes tinha conseguido. Foi capaz de reabrir os reinos. E derrotou Circe para nós.
Ouvindo o nome de Circe, meu coração acelera. Olho fixamente para um grande lugar marrom no chão, onde a madeira está empenada.
– E minhas amigas? E Felicity e Ann?
A Srta. McCleethy tira suas mãos de cima das minhas. Caminha de um lado para outro da sala, seus dedos entrelaçados às suas costas, como um padre meditando.
– Se os reinos não as escolheram, não há nada que eu possa fazer a respeito. Elas não estão destinadas a essa vida.
– Mas são minhas amigas – digo. – Elas me ajudaram. Da mesma forma como o fizeram algumas das tribos e criaturas de dentro dos reinos.
A Srta. McCleethy limpa um invisível grão de poeira do console da lareira.
– Elas não podem ser parte de nós. Sinto muito.
– Não posso virar as costas para elas.
– Sua lealdade é louvável, Gemma. De fato é. Mas está deslocada. Acha que, se os papéis fossem invertidos e elas fossem as escolhidas para serem membros da Ordem, hesitariam em abandonar você?
– Elas são minhas amigas – repito.
– São suas amigas porque você tem poder. E vi como seu poder muda tudo.

A Srta. McCleethy se instala na poltrona com abas laterais à minha frente. O olhar dela penetra em mim.

– Sua mãe lutou bravamente pela nossa causa. A senhorita não gostaria de macular sua memória, de desapontá-la, não é?

– A senhorita não tem nenhuma licença para falar da minha mãe.

Meu cabelo cai em cima do rosto. Eu o puxo furiosamente para trás da minha orelha, mas ele não quer ficar preso.

A voz da Srta. McCleethy é lenta e segura:

– Não tenho? Mas ela era uma de nós, uma irmã da Ordem. Morreu tentando proteger você, Gemma. Eu honraria a memória dela cuidando de você.

– Ela não quis que eu fizesse parte da sua Ordem. Foi por isso que me manteve escondida na Índia.

Gentilmente, a Srta. McCleethy prende o cabelo errante atrás da minha orelha, onde ele tem o mau comportamento de ficar no lugar onde foi posto.

– E, no entanto, ela pediu ao seu pai que a mandasse para cá, se lhe acontecesse alguma coisa.

Eu estava tão segura naqueles últimos dias, mas agora meus pensamentos parecem encharcados por lama e não consigo ver com clareza o caminho. E se elas estiverem certas, e eu errada?

– O que fará a senhorita, Gemma? Como se sairá, inteiramente sozinha?

– Mas a senhorita não entra nos reinos há vinte e cinco anos – digo, recuperando-me. – É a senhorita quem não sabe como é aquilo lá agora.

Ela se enrijece. Aquele sorriso maternal desaparece de seus lábios.

– Seria sábio da sua parte me ouvir, Srta. Doyle. Talvez acredite que pode demonstrar generosidade para com aquelas criaturas, ajudá-las, unir-se a elas, mas está enganada. Não tem ideia dos atos terríveis que são capazes de cometer. Eles a trairão, no final. *Nós* somos suas amigas, sua família. Só existe um caminho, o nosso caminho, e ele deve ser escolhido, sem hesitação.

O relógio dá seu sinal a tempo. O ponto marrom na madeira parece crescer. Posso sentir os olhos da Srta. McCleethy postos em mim, desafiando-me a olhá-la. A voz dela se suaviza mais uma vez, transformando-se naquele arrulho maternal:

— Gemma, somos protetoras da magia há gerações. Entendemos como ela atua. Vamos assumir esse encargo. Traremos você para a Ordem, como uma das nossas. Você ocupará o lugar que é seu por direito.

— E se eu recusar?

A voz da Srta. McCleethy se torna afiada como uma lâmina:

— Não poderei mais protegê-la.

A intenção dela é me assustar. Mas não vou desistir com tanta facilidade.

— Srta. McCleethy, há uma coisa que preciso confessar — digo, ainda olhando fixamente para o chão. — Não posso entrar nos reinos. Não posso mais.

— O que quer dizer?

Obrigo-me a enfrentar seu olhar.

— Tentei, mas o poder me abandonou. Estava com medo de lhe contar. Não sou quem a senhorita pensava que eu era. Sinto muito.

— Mas pensei que tinha prendido a magia a si mesma.

— Também pensei que sim. Mas estava enganada. Ou então ela não quis entrar em mim, afinal.

— Entendo — diz ela.

Durante o momento mais longo de minha vida, McCleethy sustenta meu olhar, enquanto tento desesperadamente não vacilar, e o relógio vai medindo em seus tique-taques nosso ódio não expresso. Finalmente, ela volta sua atenção para uma pequena estatueta de cerâmica, um anjo, colocado perto da beirada de uma mesinha lateral.

— Srta. Doyle, se estiver mentindo, logo saberei. Esse poder não pode ser escondido com facilidade.

— Sinto muito desapontá-la tanto — digo.

— Não sente nem a metade do que sinto.

Ela tenta mover o anjo de volta para seu lugar, afastando-o da beirada da mesinha, e quase o derruba. Ele bamboleia precariamente e depois para.

— Posso ir dormir agora? — pergunto, e ela me dispensa com um aceno da sua mão.

— Gemma. Psiu! — É Felicity. Ela e Ann se esconderam na cama de Ann. Ela dá um pulo como se saísse de uma caixa de surpresas, com fitas no cabelo. — O que aconteceu? McCleethy mordeu você com as presas dela?

– Por assim dizer, mordeu – digo, puxando minhas botas. Afrouxo os minúsculos laços, tirando-os dos ganchos. – Ela queria que eu me tornasse membro da Ordem e seguisse o treinamento delas.
– Ela falou em nos levar para a Ordem? – pergunta Ann.
– Não – digo, enquanto deixo minhas meias no chão, formando um monte. – Ela só queria a mim.
Os olhos de Felicity se estreitam.
– Então você lhe disse que não? – Não é tanto uma pergunta, e mais uma exigência.
– Disse a ela que não tenho mais o poder e que não posso de jeito nenhum entrar nos reinos.
Felicity ri, encantada.
– Muito bem-feito, Gemma!
– Mas acho que ela não acreditou em mim – aviso. – Precisaremos ter muito cuidado.
– Ela não tem condições de nos enfrentar. – Felicity pula da cama de Ann. – Até amanhã de manhã, *mes amies*!
– *Mauah minon ne le plus pulalá* – digo, com uma curvatura afetada.
Felicity ri.
– Quer fazer o favor de me dizer o que significa isso?
– É o meu francês. Acho que está melhorando.

Ann adormece dentro de poucos minutos e fico olhando fixamente as fendas que se alongam para a esquerda e a direita do teto. E se a Srta. McCleethy tiver razão? E se os reinos não escolherem minhas amigas nem o povo da floresta? Quem será considerado o culpado disso? E de novo, lembro que a Srta. McCleethy, mais uma vez, tentou forçar-me a levá-la para dentro dos reinos. Ela diria ou faria qualquer coisa para devolver os reinos à Ordem.

Tantas decisões, tantas responsabilidades e nenhum caminho claro. Através da minha janela, o bosque está escuro, a não ser pela luz das fogueiras do acampamento dos ciganos. Há uma questão que posso resolver esta noite e terei respostas com relação a isso, pelo menos.

Desço furtivamente a escada, tomando cuidado para não fazer nem o mínimo ruído. As portas do grande salão estão entreabertas. Uma lâmpada ainda arde lá dentro. Ouço vozes sussurrantes e me agacho, ouvindo.
– Tem certeza?

– É a única maneira. Não podemos deixar isso ao acaso. O risco é grande demais.
– Você confiaria inteiramente nesse plano? Não temos nenhuma prova concreta...
– Não me conteste. Não posso fazer isso sem você.
– Sou leal. Você sabe que sim.
– Sei.

A porta se abre e me escondo atrás de uma alta samambaia num pote. Espio a Srta. McCleethy e a Sra. Nightwing subirem a escada, com a chama da vela lançando suas longas sombras sobre a parede e o teto, até que parecem pairar sobre tudo. Espero até muito tempo, depois de ouvir o clique da porta revestida de tecido grosso. Quando me convenço de que foram mesmo embora, corro feito louca para o acampamento cigano.

Aproximo-me sorrateiramente do acampamento, procurando a melhor maneira de entrar. Arrependo-me de não ter trazido algumas migalhas para acalmar os cães. Um galho se quebra à minha direita e, de repente, sou puxada com força para o chão e o peso pleno de outra pessoa me prende no lugar.

– Vou gritar – arquejo, mas mal tenho fôlego suficiente para falar.
– Srta. Doyle. – Kartik me levanta do chão. – O que está fazendo aqui?
– O que você está fazendo... me jogando de um lado para outro... como se eu fosse algum salteador?

Limpo as folhas de minha saia e tento forçar o ar a voltar para meus pulmões.

– Desculpe, mas não devia rastejar pelo bosque à noite. É perigoso.
– Estou vendo – respondo.
– Não respondeu à minha pergunta. Por que está aqui?
– Vim procurar você. – Minha respiração está difícil, mas agora isto tem pouco a ver com o fato de ter sido jogada no chão. – Quero respostas e não irei embora sem ouvi-las.
– Não tenho nada para lhe dizer – fala ele, afastando-se.

Coloco-me ao seu lado.

– Não vou embora. Preciso de sua ajuda. Espere... para onde você vai?
– Alimentar os cavalos – diz ele, sem parar.
– Mas a Ordem tem um plano secreto! – protesto.

– Isto não muda o fato de que os cavalos estão com fome e precisam ser alimentados. Pode contar o que aconteceu enquanto caminhamos.

Igualo o ritmo da minha marcha ao da dele.

– A Srta. McCleethy voltou esta noite – digo.

– Ela está aqui agora? – Kartik estica o pescoço na direção da Spence.

– Sim – respondo. – Mas está dormindo. Estamos seguros.

– Não, não estamos, com aquela mulher por perto – resmunga Kartik. – O que ela disse a você?

– Ela queria que eu entrasse na Ordem, mas recusei. E, há poucos instantes, eu a ouvi conversando com a Sra. Nightwing. Elas falaram de um plano de algum tipo. Ela também disse que impediu os Rakshana de virem à minha procura, mas que, se eu não entrar na Ordem, ela não me protegerá mais. – Dou uma olhada furtiva nele. – Ela tem um espião em suas fileiras. Sabe alguma coisa sobre isso?

Kartik não diminui a velocidade da sua marcha.

– Eles não são "minhas fileiras". Não sou mais dos Rakshana.

– Então, não ouviu nada a respeito?

– Os Rakshana pensam que morri, e gostaria que continuassem a pensar assim.

Paro.

– Por quê? O que quer dizer?

– É melhor não conversar sobre certos assuntos – diz ele, continuando a caminhar depressa, forçando-me a me esforçar para acompanhá-lo.

Chegamos a uma pequena clareira, onde os cavalos estão amarrados. Kartik tira uma maçã do bolso e a oferece a uma égua malhada.

– Coma, Freya. Aproveite bem. É o cavalo de Ithal. Uma ótima garota – diz ele, acariciando suavemente seu focinho. – Nunca deu problemas, nem por um só instante.

Cruzo os braços em cima do meu peito.

– É isso, então, que torna uma garota ótima? Não trazer problemas?

Ele sacode a cabeça, com um pequeno sorriso começando a aparecer.

– Não, é o que torna os cavalos ótimos.

– O que acha da história que contei?

Acaricio a crina macia de Freya e ela deixa.

– Gemma... – A voz dele se arrasta. – Você não devia contar-me mais nada sobre os reinos. Não tenho mais acesso aos segredos de lá.
– Mas eu...
– Por favor – diz ele, e algo em seus olhos me faz calar a boca.
– Está bem, se assim deseja.
– Desejo, sim – diz ele, com um tom de voz aliviado.
Um porco-espinho foge da segurança de um arbusto e me dá um susto. Salta e passa por nós com uma pressa terrível. Kartik faz um sinal com a cabeça na direção da coisinha espinhenta.
– Não ligue para ele. Saiu para encontrar a namorada.
– Como você pode ter certeza?
– Está usando seu melhor terno de porco-espinho.
– Ah, eu devia ter notado – digo, feliz por estar fazendo este jogo, aliás, qualquer jogo, com ele. Ponho a mão em cima do tronco de uma árvore e me balanço em torno dele, vagarosamente, deixando meu corpo sentir o puxão da gravidade. – E por que ele usou seu melhor terno?
– Ele estava fora, em Londres, sabe, e agora voltou para ela – continua Kartik.
– E se ela estiver zangada com ele, por ficar fora durante tanto tempo?
Kartik faz um círculo bem atrás de mim.
– Ela o perdoará.
– Será que sim? – pergunto, incisivamente.
– A esperança é essa, de que ela o perdoe, porque ele não pretendia aborrecê-la – responde Kartik, e não tenho mais certeza se falamos do porco-espinho.
– E ele está feliz por vê-la novamente?
– Sim – diz Kartik. – Ele gostaria de ficar por mais tempo, mas não pode.
A casca da árvore esfola minha mão.
– E por quê?
– Ele tem seus motivos e espera que sua dama os entenda, um dia.
Kartik mudou de direção. Ele contorna o tronco pelo outro lado. Ficamos um diante do outro. Um pouco de luar se estende através dos ramos e acaricia o rosto dele.
– Ah – digo, meu coração batendo rápido.
– E o que a namorada do porco-espinho diria, diante disso? – pergunta ele. Sua voz está suave e baixa.

– Ela diria... – Engulo em seco.

Kartik caminha para mais perto.

– Sim?

– Ela diria – sussurro – "por favor, não sou uma porco-espinho fêmea, sou uma marmota".

Um pequeno sorriso triste brinca nos lábios de Kartik.

– Ele é feliz de ter descoberto uma namorada tão espirituosa – responde. Quero que o tempo volte para jogar de uma maneira diferente.

Oferecemos mais da maçã a Freya, que a engole vorazmente. Kartik acaricia sua crina e ela amolece sob seu toque e lhe faz carinhos com o focinho. Ao nosso redor, as criaturas da noite têm sua oportunidade de se manifestar. Estamos cercados por uma sinfonia de grilos e rãs. Nenhum de nós dois sente necessidade de falar e acho que essa é uma das qualidades que considero reconfortantes em Kartik. Podemos estar sozinhos juntos.

– Bem, acabou – diz ele, limpando as mãos em suas calças. – Não há mais nada para você, Freya.

Bocejando, Kartik estica os braços por cima da cabeça. Sua camisa sai das calças. Levanta-se com seus braços e uma leve trilha de cabelo escuro fica visível sobre a planície musculosa de sua barriga.

– V-você parece cansado – gaguejo, contente por ele não poder ver, na escuridão, minhas faces ruborizadas. – Você devia ir para a cama.

– Não! – diz ele. – Pensei em caminhar pela beira do lago, se quiser ir comigo.

– Claro – digo, feliz por ser convidada.

O lago lambe preguiçosamente a margem, em um ritmo tranquilo. Uma coruja pia a distância. Uma leve brisa sopra meu cabelo para cima de minhas bochechas, fazendo cócegas nelas. Kartik se senta com as costas apoiadas numa árvore. Eu me instalo perto dele.

– O que você queria dizer quando falou que nossos destinos não estão mais interligados? – pergunto.

– Pensei que meu destino era ser um Rakshana. Mas estava errado. Agora não sei mais qual é meu destino. Não sei sequer se acredito em destino.

Por mais que eu me enfurecesse com a arrogância de Kartik, com sua segurança, descubro que agora sinto falta dela. É duro vê-lo tão perdido.

Ficamos outra vez em silêncio. Seus olhos piscam de sono, mas ele o combate.
– Há apenas uma coisa que preciso saber, e depois não tornarei a perguntar. Viu Amar?
– Não. Juro que não.
Ele parece aliviado.
– Isso é bom. Bom. – Seus olhos se fecham e, dentro de segundos, dorme.

Sento-me ao seu lado, ouvindo sua respiração, dando olhadas furtivas e secretas em sua beleza: os cílios longos e escuros repousando sobre ossos malares altos; nariz forte levando a lábios cheios, levemente separados. Dizem que uma dama não pode sentir esses desejos, mas como poderia uma dama não sentir? Eu precisaria passar minha vida como uma sonâmbula para não sentir a atração desses lábios.

Estendo uma mão vacilante para tocá-los. Kartik leva um susto e desperta violentamente, arquejando, em busca de ar e assustado. Grito e ele me agarra e não quer deixar que eu me vá.

– Kartik! – grito, mas ele está lutando contra mim. – Kartik, pare!

Ele recupera os sentidos e me solta.

– Desculpe. Eu tenho uns sonhos – diz ele, respirando com dificuldade. – Uns sonhos terríveis.

– Que tipo de sonhos? – Ainda sinto a marca de suas mãos em meus braços.

Ele passa seus dedos trêmulos em seu cabelo.

– Vejo Amar num cavalo branco, mas ele não é como me lembro dele. Parece uma criatura horrível e amaldiçoada. Tento correr atrás dele, mas Amar está sempre um pouco à frente. O nevoeiro se torna mais espesso e o perco de vista. Quando passa o nevoeiro, estou numa terra fria e sombria – um lugar terrível e lindo, ao mesmo tempo. Um exército de almas perdidas sai do nevoeiro. Procuram por mim, e sou poderoso. Mais poderoso do que jamais imaginei.

Ele esfrega um braço em sua testa.

– É só isso?

– E-eu – ele me dá uma rápida olhada – vejo seu rosto.

– Eu? Estou lá?

Ele faz um sinal afirmativo com a cabeça.

– Bem... O que acontece em seguida?

Ele não olha para mim.

– Você morre.
Tenho arrepios em meus braços.
– Como?
– Eu... – Ele para. – Eu não sei.
A brisa que vem do lago me provoca outro calafrio.
– São apenas sonhos.
– Acredito em sonhos – responde ele.
Seguro as mãos dele, sem me preocupar se o gesto é ousado demais.
– Kartik, por que não entra nos reinos comigo e procura você mesmo por Amar? Então teria certeza do que aconteceu e talvez os sonhos parassem.
– Mas e se estiverem certos? – Ele tira as mãos das minhas. – Não. Logo que tiver pago minha dívida com os ciganos, pela ajuda deles, estarei em meu caminho para Bristol e para o *HMS Orlando*.
Levanto-me.
– Então, nem tentará lutar? – digo, engolindo o nó que aparece em minha garganta.
Kartik olha fixamente para a frente.
– Faça a aliança sem mim, Gemma. Mesmo sozinha, você se sairá muito bem.
– Estou cansada de ficar sozinha.
Enxugando as lágrimas, marcho para dentro do bosque. Exatamente ao passar pelo acampamento cigano, vejo Mãe Elena carregando um balde na direção da Spence.
– O que está fazendo? – pergunto. Arranco o balde de suas mãos e o líquido escuro que está dentro dele se agita. O que é isso?
– As marcas têm de ser feitas com sangue – diz ela. – Como proteção.
– Foi você quem pintou a Ala Leste com sangue. Por quê?
– Sem proteção, eles virão – diz ela.
– Quem virá?
– Os amaldiçoados.
Ela estende a mão para agarrar o balde, mas o seguro longe do seu alcance.
– Não quero passar outra manhã limpando tudo – digo.
Mãe Elena aperta o xale em torno de seu corpo.
– O selo está rompido. Por que Eugenia permitiu isso? Ela sabe... ela sabe!

Toda a noite horrível se ergue dentro de mim como um cachorro maltratado que não suportará mais insultos.

— Eugenia Spence está morta. Está morta há vinte e cinco anos. Você não fará isso outra vez, Mãe Elena, senão contarei à Sra. Nightwing que foi você, e você será expulsa desse bosque para sempre. Quer que isso aconteça?

O rosto dela se enruga.

— Viu a minha Carolina?

— Não — respondo, em tom cansado. Ela se esconde muito bem.

— Ela não... — Minha voz vai sumindo.

Não adianta conversar nada sensato com ela. É louca e sinto que, se ficar aqui conversando por mais tempo, eu mesma enlouquecerei. Esvazio o balde na grama e o devolvo.

— Não deve fazer isso outra vez, Mãe Elena.

— Eles virão — resmunga ela, e se afasta capengando; o balde vazio, batendo contra ela, repica como um carrilhão.

Está sensivelmente mais frio nesta minha volta à Spence, e amaldiçoo a mim mesma por não ter trazido um agasalho. Apenas mais uma das muitas tolices que faço, como a de tentar mudar a cabeça de Kartik. Alguma coisa voa perto da minha cabeça e eu grito.

Ele grasna e se eleva à minha frente. Não passa de um maldito corvo. Instala-se no roseiral, bicando os botões de rosas.

— Xô, xô! — Bato nele com minhas saias e ele voa.

Depois, vejo uma coisa curiosa: uma extensão de geada matou várias das rosas em botão. Natimortas em seus talos, elas estão apenas meio formadas e azuis de frio.

O corvo torna a grasnar.

Está empoleirado na torre da Ala Leste, espiando-me. E então, diante de meus olhos pasmos, ele voa sobre o lugar que assinala a entrada secreta para os reinos e desaparece.

# CAPÍTULO
# VINTE E UM

NA NOITE SEGUINTE, NOSSA ÚLTIMA NA SPENCE ANTES DA SEMANA DA Páscoa, estamos desesperadas para entrar novamente nos reinos. Não tento mais invocar por conta própria a porta de luz; não vale a pena o esforço, sabendo de antemão que ficarei desapontada e que temos uma outra maneira de entrar que nunca falha. Quando temos certeza de que nossas professoras foram dormir, corremos diretamente para a porta secreta junto à Ala Leste e depois entramos nas Terras Limítrofes. Não ligamos mais para o jardim. De alguma maneira, ele dá a impressão de uma brincadeira de criança, um lugar onde transformamos seixos em borboletas, como fazem as meninas. Agora, queremos o crepúsculo azul das Terras Limítrofes, com suas flores almiscaradas e o puxão magnético das Terras Invernais. Cada vez que brincamos, nos descobrimos alguns centímetros mais próximas daquela muralha majestosa que nos separa de sua extensão ignorada.

Até o castelo se tornou menos assustador para nós. A riqueza das mortais sombras noturnas que florescem de suas paredes lhe dá cor – como uma sala de visitas em Mayfair revestida com um papel de parede extremamente exótico. Irrompemos pelas portas do castelo, retorcidas pelas trepadeiras, chamando Pip – e ela corre para nós, gritando de prazer.

– Vocês estão aqui, finalmente! Senhoras! Senhoras, nossa bela festa pode começar!

Depois que a magia nos uniu numa feliz comunhão, somos as donas da noite. A festa se derrama de dentro do castelo para a floresta tingida de azul. Rindo, brincamos de esconde-esconde atrás dos pinheiros e das amoreiras, correndo alegremente em meio às trepadeiras emaranhadas, que se entrecruzam no solo coberto de geada. Ann começa a cantar. Sua voz é linda, mas aqui nos reinos ela alcança uma liberdade que não tem em nosso mundo. Ela canta sem pedir desculpas e a canção parece vinho, livrando-nos de nossas preocupações.

Bessie e as outras moças da fábrica lhe dão loucos vivas – não os corteses e moderados aplausos das salas de visitas, mas a algazarra turbulenta e alegre do teatro de variedades. Bessie, Mae e Mercy cobriram-se com um glamour de trajes, joias e sapatos de luxo. Nunca haviam possuído coisas tão refinadas e não importa que tudo venha da magia; elas acreditam e a crença muda tudo. Temos o direito de sonhar e este, eu acho, é o maior poder da magia: a ideia de que podemos colher possibilidades nas árvores, como se fossem frutas maduras. Estamos cheias de esperanças. Muito vivas nessa transformação. Podemos nos tornar alguma coisa.

– Sou uma dama, então? – pergunta Mae, exibindo-se com seu novo vestido de seda azul.

Bessie a empurra, afetuosamente.

– A Rainha do Maldito Sabá!

Ela ri com força, alto.

Mae retribui o empurrão, com um pouco menos de gentileza.

– Quem você é, então? O príncipe Albert?

– Ora – repreende Mercy. – Basta! Esta é uma ocasião feliz, não é?

Felicity e Pip dançam uma valsa cômica, fingindo que são um certo Sr. Mortalmente Chato e uma certa Srta. Pateta Arquejante. Com uma voz ridiculamente formal, Felicity tagarela a respeito da caça às raposas:

– As raposas deveriam estar gratas por estarem diante das nossas armas, porque são as melhores armas de toda a sociedade que tem esse treinamento. Que sorte, de fato!

Enquanto Pippa bate os cílios e diz apenas:

– Ora, Sr. Mortalmente Chato, se o senhor diz que é assim, *deve* ser assim; estou certa de que não tenho nenhuma opinião própria a respeito do assunto!

As duas parecem encarnações de Punch e Judy, e rimos até chorar. No entanto, apesar de toda a tolice, elas se movimentam com muita beleza. Com uma graça refinada, antecipam os passos uma da outra, girando sem parar, com as joias de Pip piscando em meio à poeira.

Pippa saracoteia de um lado para outro, agarrando cada uma de nós, por sua vez, para uma dança. Ela canta trechos de alegres versos de pé quebrado:

– "Ah, tenho um amor, um verdadeiro amor, que me espera na praia..."

Isso faz Felicity rir.

– Ah, Pip!

É todo o encorajamento de que Pippa precisa. Ainda cantando, ela puxa Fee para mais uma dança:

– "E, se meu amor não quiser ser meu amor, então não viverei mais..."

Pip está mesmo encantadora, no momento; ela é irresistível. Nem sempre eu gostava de Pippa. Ela pode aborrecer e encantar em medidas iguais. Mas ela salvou essas moças de um destino terrível. Salvou-as das Terras Invernais e pretende cuidar delas. A antiga Pip jamais seria capaz de ver alguma coisa além de seus próprios problemas e pensar em ajudar outra pessoa; isto deve ser levado em conta.

Quando, finalmente, já estamos exaustas, nos espichamos no fresco chão da floresta. Os pinheiros montam guarda. Os arbustos de folhas irregulares oferecem um punhado de minúsculas amoras duras, não maiores do que ervilhas novas. Cheiram a cravos-da-índia, laranjas e almíscar. Felicity deita sua cabeça no colo de Pip, e Pip faz com seu cabelo longas e frouxas tranças. Bessie Timmons olha para as duas, com visível infelicidade. É duro ser substituída nos afetos de Pippa.

Luzes muito brilhantes aparecem nos grossos ramos de um pinheiro.

– O que é isso?

Mae corre até a árvore e as luzes se afastam, voando para outro ramo.

Nós as acompanhamos. Examinando-os com mais atenção, vejo que não são luzes, de jeito nenhum, mas pequenas criaturas, parecendo fadas. Esvoaçam de galho em galho e a árvore rodopia com o movimento delas.

– Vocês têm magia! – gritam elas. – Podemos sentir isso.

– Sim, e daí? – diz Felicity, desafiando-as.

Duas das minúsculas criaturas aterrissam na palma da minha mão. A pele delas é tão verde quanto grama nova. Brilha como se estivesse orvalhada. Têm cabelos que parecem fios de ouro; caem em ondas sobre suas costas iriadas.

– É você... é você quem tem a magia – sussurram elas, com sorrisos cheios de êxtase. – Você é linda – sussurram, docemente. – Queremos que nos dê de presente sua magia.

Ann se aproximou por trás de mim.

– Ahhh, posso dar uma olhada? – Ela se inclina para perto e uma das fadas cospe em seu rosto.

– Vá embora. Você não é a linda. E não é você quem tem a magia.

– Parem com isso imediatamente – digo.

Ann enxuga o cuspe de seu rosto. Sua pele brilha onde foi atingida pela cusparada.

– Eu também tenho magia.

– Você devia esmagá-las – diz Felicity.

As fadas gemem e se agarram em meu polegar e em meus dedos. Elas esfregam o rosto contra minha pele, como bichinhos de estimação. Estendo a mão e toco numa delas. Sua pele é como a de um peixe. Deixa em meus dedos um resíduo de escamas brilhantes.

– O que querem? – pergunta Felicity.

Dá um piparote numa das criaturinhas e ela cai de costas.

– Linda – repetem as pequenas fadas, num murmúrio contínuo.

Sei que não sou linda como Pippa, e não tenho o porte de Felicity. Mas as palavras delas me banham com uma nova esperança. Quero acreditar no que dizem e isto basta para me manter escutando. A fada maior se adianta. Ela se movimenta com uma graça sedutora, da maneira como vi cobras dançarem para seus donos; obedientes, mas capazes de atacar num instante. Eu gostaria de ouvi-las dizer novamente que sou linda. Que elas me amam tanto. É uma coisa curiosa: quanto mais elas dizem isso, mais sinto um vazio se abrir dentro de mim, e fico desesperada para preenchê-lo.

As pequenas criaturas me controlam.

– Ah, sim, linda, linda, assim é nossa maravilhosa. Nós a veneramos. Gostaríamos de ter um pouco de você para nós, porque a amamos tanto...

Ponho minha mão em suas cabeças. Seu cabelo é tão macio quanto as barbas do milho. Com os olhos fechados, o corpo agitado, posso sentir a magia começando. Mas elas estão impacientes. Suas mãos em miniatura agarram cobiçosamente meus dedos. A aspereza escamosa de sua pele é uma surpresa e, por um momento, perco minha concentração.

– Não! Tola mortal!

A voz fere meus ouvidos. Quando olho para baixo, elas me espiam fixamente, com desejo... e ódio, como se estivessem prontas para me matar e comer, se tivessem a chance. Instintivamente, retiro minha mão.

Elas pulam à procura de meus dedos, mas estão fora de seu alcance.

– Devolva! Você ia nos dar um presente!

– Mudei de ideia.

Coloco-as num galho da árvore.

Elas ganham um tom de verde ainda mais brilhante.

– Jamais esperaríamos ser tão grandiosas quanto você, linda. Queremos que nos ame como a amamos.

Sorriem e dançam para mim, mas desta vez suas palavras não são tão inebriantes. Posso ouvir o silvo áspero atrás das declarações delas.

– Vocês amam o que posso fazer em seu favor – digo, corrigindo-as.

Elas riem, mas sem nenhum calor. Seu riso me faz lembrar a tosse de um homem morrendo.

– Seu poder não é nada comparado ao da Árvore de Todas as Almas.

Viro-me depressa.

– O que você disse?

Elas suspiram, em êxtase.

– Um toque nela e você conhecerá o verdadeiro poder. Todos os seus medos desaparecem, todos os seus desejos são satisfeitos.

Prendo uma delas em minha mão fechada. O medo distorce suas feições, que se transformam numa máscara terrível.

– Solte-me, solte-me!

A outra criatura dá um pulo para baixo e morde meu polegar. Afasto-a com uma pancada, e ela dá um salto mortal no ar, agarrando um ramo para evitar sua queda.

– Vou soltar você daqui a pouco! Pare de lutar! Só quero saber sobre essa árvore.

– Não lhe direi nada.

– Aperte essa criatura até lhe tirar o suco – diz Felicity, instigando-me.

A boca da criatura forma um "O" de terror.

– Por favor... Eu lhe direi tudo.

Felicity dá um sorriso satisfeito.

– É assim que se consegue o que se precisa.

Embalo a criatura na palma de minhas mãos.

– O que é a Árvore de Todas as Almas?

A criatura relaxa.

– Um lugar de magia muito grande, bem no interior das Terras Invernais.

– Mas pensei que o Templo fosse a única fonte de magia nos reinos.

O sorriso da criatura é como uma máscara mortal. Ela pula para um galho mais alto, fora do meu alcance.

– Espere... não vá embora – chamo-a.

– Para saber mais, você terá de viajar para as Terras Invernais e ver por si mesma. Até porque, como pode governar os reinos, se nunca viu sua completa beleza? Como pode governar, quando conhece apenas metade da história?

– Sei o que preciso saber sobre as Terras Invernais – respondo, mas não estou convencida.

Há verdade nas palavras da criaturinha.

– Você sabe apenas o que lhe contaram. Será que vai aceitar isso como verdade absoluta, sem questionar nada? Sem ver por si mesma? Nunca pensou que pretendiam manter você ignorando seus encantos?

– Vá embora!

Felicity sopra forte. Com um grito, a criatura cai, batendo de um galho para outro até aterrissar numa folha gorda, soltando um audível "Uff".

– Você é uma tola, uma tola! – arqueja ela. – Nas Terras Invernais é que tudo será decidido! Você saberá o que é o verdadeiro poder e tremerá...

– Que animaizinhos horrorosos! Vou mostrar a você o que é tremer!

Felicity sai à caça das criaturinhas. Elas fogem por entre as árvores.

– Vão embora! Deixem-nos em paz, tolas mortais.

A pequena Wendy se assusta e cobre seus ouvidos.

– Aí está novamente o grito.

O Sr. Darcy pula loucamente em sua gaiola e Wendy o segura com força.

Muito longe, sobre as Terras Invernais, uma faixa de vermelho inunda o céu cinzento. Ela arde por um momento e depois desaparece.

– Viu aquilo? – pergunta Ann.

– Vamos mais para perto.

Bessie corre pelos altos caniços e tábuas estendendo-se entre a floresta e a muralha que limita as Terras Invernais. Neste lugar, o espesso nevoeiro filtra-se para dentro das Terras Limítrofes, cobrindo-nos com uma fina mortalha até parecermos meras impressões de mãos em tinta molhada. Paramos a pouca distância da enorme muralha. Do outro lado dos portões, aguçados cumes de montanhas, negros como ônix, elevam-se acima do nevoeiro. Gelo e neve prendem-se precariamente a eles. O céu se agita, cinzento, numa constante tempestade. Ele faz um formigamento se espalhar por meu corpo. É proibido; é tentação.

– Está sentindo isso? – pergunta Mae. – Desliza debaixo da pele da gente, não é?

Pippa move-se furtivamente para perto de mim e pega em minha mão. Felicity passa um braço em torno da cintura de Pip e Ann vem pegar em minha outra mão.

– Acha que existe mesmo esse local de poder dentro das Terras Invernais? – pergunta Pippa.

*A Árvore de Todas as Almas vive.* Foi o que a dama misteriosa escreveu na lousa. Mas ninguém me falara desse lugar antes. Torno a perceber que sei muito pouco sobre este estranho mundo que devo ajudar a governar.

– Está tudo tão quieto. Não vimos nenhuma criatura das Terras Invernais desde que voltamos. O que você acha que está lá agora? – pergunta Ann.

Pippa apoia sua cabeça na minha, docemente.

– Devemos descobrir por nós mesmas.

# Capítulo
## Vinte e Dois

De manhã, o saguão fica cheio de caixas e malas das moças que partem para passar a semana da Páscoa em casa. Permanecem ali, abraçando-se, como se nunca mais fossem se ver, em vez de se reencontrarem na próxima sexta-feira.

Desci com meu mais sensato traje de viagem – de *tweed* marrom, que não deixará aparecerem as manchas e a fuligem do trem. Ann vestiu o seu, inteiramente sem graça. Felicity, claro, não será sobrepujada. Usa um lindo vestido de *moiré*, do tom perfeito de azul para combinar com seus olhos. Junto dela, vou parecer um ratinho do campo.

Chegam as carruagens que nos levarão à estação ferroviária. Grupos de moças são encaminhados a suas acompanhantes. A animação é grande, mas a verdadeira excitação está acontecendo entre a Sra. Nightwing e o Sr. Miller.

– Um de nossos homens desapareceu à noite passada – diz o Sr. Miller. – O jovem Tambley.

– Sr. Miller, como é que posso vigiar dezenas de colegiais e o senhor não consegue vigiar homens adultos?

Brigid espia dos fundos de uma carruagem, onde está instruindo o lacaio, para grande aborrecimento do homem, sobre a maneira de transportar nossas caixas em segurança.

– Uísque! O uísque do demônio! – oferece ela, com um firme aceno de cabeça.

A Sra. Nightwing suspira:

– Brigid, por favor.

O Sr. Miller sacode a cabeça ardorosamente.

– Não foi uísque, madame. Tambley estava montando guarda no bosque, junto ao velho túmulo, onde ouvimos barulhos estranhos.

Agora, sumiu. – Ele silva, por entre dentes cerrados. – Garanto que foram eles, os ciganos.

– E o motivo pelo qual o senhor atrasou o trabalho na Ala Leste foi a chuva, como me lembro. Há sempre alguma coisa a culpar, alguma desculpa. – A Sra. Nightwing ri com desdém. – Tenho certeza de que seu Sr. Tambley aparecerá. Ele é jovem e, como o senhor disse, os jovens tendem a ser rebeldes.

– Talvez esteja certa, madame, mas acho que Tambley não aparecerá.

– Tenha fé, Sr. Miller. Estou certa de que ele voltará.

Felicity e eu abraçamos Ann. Ambas devemos ir para Londres, enquanto Ann passará o feriado com seus horrorosos primos no campo.

– Não deixe aqueles medonhos fedelhos levarem a melhor sobre você – digo a Ann.

– Será a semana mais longa da minha vida – responde ela, com um suspiro.

– Mamãe insistirá nas visitas, para nos tornarmos simpáticas – diz Felicity. – Estarei em exibição, como uma terrível boneca de louça.

Olho em torno, mas não vejo a Srta. McCleethy em parte alguma.

– Ouçam – digo, pegando nas mãos delas. – Um pouco de coragem, para enfrentarem tudo isso.

Logo todas estamos com a magia correndo sob nossa pele; ela traz um brilho aos nossos olhos, um rubor a nossa face. Um corvo passa voando e com um grito alto se instala na torre, de onde um dos homens de Miller o enxota. Lembro-me do pássaro que vi na outra noite, e que desapareceu. Mas será mesmo que sim? *Era tarde*, digo a mim mesma, *estava escuro e essas duas coisas às vezes criam falsas impressões*. E, de qualquer forma, com a magia correndo forte, neste momento sinto-me maravilhosa demais para me preocupar com o que quer que seja.

Nossa carruagem desce junto com outras o caminho de saída da Spence, em meio ao ruído ritmado dos cascos dos cavalos. Olho para nossa escola, atrás – para os homens em cima do andaime usando argamassa para colocar as pedras no lugar, a Sra. Nightwing em pé, como uma sentinela, na porta da frente, Brigid ajudando moças a seguirem seus caminhos, o grosso tapete de grama e o amarelo vivo dos narcisos. A única ameaça é um bando de nuvens de chuva que se aproxima. Elas inflam suas bochechas e sopram, fazendo as moças saírem correndo atrás de seus chapéus, aos gritos. Rio. A magia me prende em seu abraço cálido e sinto que nenhum perigo me atingirá. Mesmo as nuvens escuras pressionando as gárgulas silenciosas não podem nos alcançar.

Sem aviso, meu sangue galopa com força dentro de minhas veias, até que só posso ouvir *pam, pam, pam, pam*. Do lado de fora, o carrossel do mundo também ganha velocidade. Nuvens de tempestade coleiam e se esticam, dançando no céu. Pisco, o som de um canhão em meus ouvidos. O corvo voa. Pisco. Ele pousa na cabeça da gárgula. Pisco. Rápida como uma chicotada, a cabeça da gárgula se retorce e dá uma volta. Minha respiração fica presa e, nesse momento, descem os afiados dentes da gárgula. Minha cabeça está vazia. Minhas pálpebras se agitam, tão frenéticas quanto as asas do corvo.

– Gemma... – A voz de Felicity vem como se saísse de dentro d'água, e então tudo fica claro como o dia. – Gemma! Qual é o problema?

Meu sangue volta à cadência normal.

Felicity está com os olhos arregalados.

– Gemma, você desmaiou!

– A gárgula – digo, tremendo. – Ela ganhou vida.

As duas outras moças na carruagem me olham cautelosamente. Nós quatro esticamos nosso pescoço para fora das janelas e damos uma olhada no telhado da escola. Está tranquilo e imóvel, não há nada lá, a não ser pedra. Um gordo pingo de chuva me atinge bem dentro do olho.

– Ui! – digo, recostando-me outra vez no assento. Limpo a chuva do meu rosto. – Parecia tão real. Desmaiei mesmo?

Felicity faz um aceno afirmativo com a cabeça. A preocupação deixa sua testa franzida.

– Gemma – sussurra ela. – As gárgulas são feitas de pedra. O que você viu foi algum tipo de alucinação. Não há nada lá, garanto. Nada.

– Nada – repito.

Arrisco um último olhar para trás de nós e é um dia comum de primavera antes da Páscoa, com uma extensão de chuva aproximando-se, vinda do leste. Vi mesmo aquelas coisas ou apenas as imaginei? Será um novo truque da magia? Meus dedos tremem em meu colo. Sem dizer uma só palavra, Felicity põe suas mãos sobre as minhas, silenciando meu medo.

Segundo se diz, Paris na primavera é uma maravilha para se contemplar, faz a pessoa se sentir como se não fosse morrer nunca. Não sei, porque nunca estive em Paris. Mas a primavera em Londres é algo inteiramente diferente. A chuva tamborila sobre o telhado da carruagem. As ruas estão sufocadas, tanto com o trânsito quanto com o nevoeiro. Dois rapazes, varredores de ruas, mal acabaram de limpar o esterco e a sujeira das pedras do calçamento para uma dama elegante poder passar quando são quase atropelados por um transporte coletivo, cujo condutor os amaldiçoa, com veemência. Os xingamentos do condutor não são nada em comparação com o que os cavalos deixam para eles limparem e, apesar de minhas apreensões quanto ao que encontrarei em Belgravia, sinto-me eternamente grata por não ser uma varredora de rua.

Quando chegamos a casa, estou machucada por causa das pancadas incessantes da carruagem e minhas saias estão com lama de centímetros de grossura. Uma copeira tira minhas botas à porta, sem nada dizer sobre o grande buraco no dedo de minha meia direita.

Vovó sai da sala de visitas.

– Meu Deus do céu! O que aconteceu?! – exclama ela ao me olhar.

– Primavera londrina – explico, empurrando um cacho solto para trás da minha orelha.

Ela fecha a porta da sala de visitas depois que entramos, e me conduz para um lugar tranquilo, junto de uma imensa pintura. Três deusas gregas dançam num pomar, perto de uma ermida, enquanto Pã toca sua flauta nas proximidades, com seus pequenos pés de bode caminhando alegremente sobre trevos. A pintura é tão horrorosa que tira o fôlego e não consigo imaginar o que levou vovó a comprá-la e muito menos a exibi-la orgulhosamente.

– O que é isso?

– *As Três Graças* – diz ela, com impaciência. – Gosto muito deste quadro.

Talvez seja o quadro mais horroroso que já vi.

– Tem um sátiro dançando uma jiga.

Vovó o examina com orgulho.

– Ele representa a natureza.

– Usa calças.

– Ora essa, Gemma – resmunga vovó. Não trouxe você aqui para falar de arte, assunto sobre o qual, pelo que parece, você entende pouco. Queria falar do seu pai.

– Como vai ele? – pergunto, esquecendo a pintura.
– Em estado delicado. Esta deverá ser uma viagem pacífica. Não tolerarei nenhuma explosão de mau gênio, nenhum de seus hábitos peculiares, nada que o perturbe. Você entende?
Meus hábitos peculiares. Ah, se ela soubesse.
– Sim, claro.

Depois de trocar meu vestido enlameado por um limpo, junto-me aos outros, na sala de visitas.
– Ah, aqui está nossa Gemma – diz vovó.
Papai se levanta de sua cadeira junto à lareira.
– Meu Deus, como pode essa jovem linda e elegante ser minha filha?
A voz dele está mais fraca, seus olhos não brilham mais como antigamente e ele ainda está muito magro, mas seu bigode se curva com um amplo sorriso. Quando ele estende seus braços, corro em sua direção, outra vez a menininha. Lágrimas repentinas ameaçam cair e pisco para evitá-las.
– Que bom que está de volta, papai. Seja bem-vindo!
Seu abraço não é tão forte quanto antigamente, mas é cálido, e faremos com que ele engorde, logo que possível. Os olhos de papai se suavizam.
– A cada dia você se parece mais com ela.
Tom está sentado numa cadeira, amuado, tomando chá com biscoitos.
– A esta altura, provavelmente o chá já esfriou, Gemma.
– Você não devia ter esperado por mim – digo, agarrada a meu pai.
– Foi o que falei – queixa-se Tom.
Papai me oferece uma cadeira.
– Você costumava sentar-se aos meus pés quando era criança. Mas agora é uma jovem e terá de se sentar de forma adequada.
Vovó serve chá para nós todos e, apesar dos resmungos de Tom, ele ainda está quente.
– Tivemos um convite para jantar na Sociedade Hipócrates, em Chelsea, e Thomas aceitou.
Carrancudo, Tom deixa cair dois grandes torrões de açúcar em seu chá.
– Que bom – digo.

Papai permite que vovó despeje leite em sua xícara, tornando-a nevoenta.

– Os membros são um grupo de ótimos sujeitos, Thomas, ouça bem o que estou dizendo. Ora, o próprio Dr. Hamilton é membro.

Tom morde um biscoito.

– Sim, o velho Dr. Hamilton.

– É muito mais adequada à sua situação do que o Athenaeum – diz papai. – Felizmente aquela tolice terminou.

– Não era tolice – diz Tom, rabugento.

– Era sim, e você sabe disso.

Papai tosse. Seu peito faz pequenos ruídos.

– O chá está frio demais? Querem que eu vá buscar mais? Ah, para onde foi essa moça?

Vovó se levanta, depois se senta e torna a se levantar, até que papai faz um aceno para que pare e ela volta a se sentar em sua cadeira. Seus dedos nervosos dobram o guardanapo até ele formar minúsculos quadrados bem-feitos.

– Você se parece tanto com ela – torna a dizer papai. Seus olhos estão úmidos.

Como chegamos a este ponto? O que deu errado?

– John, você não está com a cabeça no lugar – diz vovó.

Seus lábios tremem.

Tom olha fixamente para o piso, com um ar infeliz.

– Eu daria minha alma para esquecer – sussurra papai, em meio às lágrimas.

Ele está arrasado e o peso da responsabilidade passa por todos nós. Sinto que meu coração está a ponto de se partir. Seria preciso apenas um pouco de magia para mudar a situação.

*Não, tire esse pensamento da sua cabeça, Gemma.*

Porém, por que não? Por que permitir que ele sofra dessa maneira, podendo evitar? Não posso passar outra semana infeliz em companhia deles. Fecho meus olhos e meu corpo treme, com seus segredos. Muito distante, ouço minha avó chamar meu nome, confusa, e depois o tempo fica mais lento, até que eles se tornam um estranho quadro congelado: papai, com a cabeça entre as mãos; vovó, agitando sua preocupação junto com o chá que mexe; Tom, com uma carranca que demonstra seu descontentamento conosco. Digo em voz alta meus desejos, tocando neles cada um por sua vez:

– Papai, você deve esquecer sua dor.

– Tom, é hora de você ser menos um menino e mais um homem.
– E, vovó, vamos nos divertir um pouco, está bem?
Mas a magia ainda não terminou comigo. Ela encontra meu feroz anseio por uma família que tive outrora, perdida em meio a tormentas que não podia controlar. Por um momento, vejo-me feliz e descuidada, correndo sob azuis céus indianos. Minha risada ecoa em minha cabeça. Ah, se eu pudesse, teria essa felicidade de volta. Gostaria de me sentir segura. Protegida. Amada. Se a magia puder conseguir isso para mim, então terei tudo.
Respiro fundo e, toda trêmula, deixo que o ar saia.
– Agora vamos começar novamente.
O tempo passa. Eles erguem a cabeça, como se acordassem de um sonho de que estão satisfeitos por se lembrar.
– Ouçam, sobre o que estávamos conversando? – pergunta papai.
Vovó pisca seus olhos grandes.
– Que coisa estranha, não consigo lembrar. Ha, ha, ha!! Sou uma velha maluca!
Tom pega outro biscoito.
– Biscoitos fantásticos!
– Thomas, como é que você acha que nosso pessoal se sairá hoje, contra a Escócia, no campeonato?
– A Inglaterra ganhará o jogo, claro! Temos o melhor críquete do mundo.
– É isso, meu garoto!
– Papai, não sou mais um garoto.
– Tem toda razão. Já está usando calças compridas faz algum tempo.
Papai ri e Tom o acompanha.
– Aquele time é mesmo sensacional – acrescenta Tom. – Gregory é ótimo.
Papai acaricia seu bigode.
– Gregory? Um bom jogador de críquete. Mas, veja só, ele não é nenhum W.G. Grace. Ver o Grace jogar era emocionante. Não surgiu nenhum outro como ele.
Papai comeu dois biscoitos, só parando para tossir uma vez. Vovó enche nossa xícaras até a borda.
– Ah, esta sala quer luz! Precisamos de luz!
Ela não chama a governanta, mas caminha até as janelas e abre as pesadas cortinas. A chuva parou. Há uma insinuação de sol espian-

do pela mortalha cinzenta de Londres, como se fosse a própria esperança.
 – Gemma? – diz vovó. – Minha querida, o que há, pelo amor de Deus? Por que você está chorando?
 – Não tenho motivo. – Sorrio em meio às lágrimas. – Não tenho motivo nenhum.

Em minha mente, é uma das noites mais felizes que passamos juntos. Papai nos desafia para um jogo de uíste e jogamos até tarde. Fazemos nossas apostas usando nozes, mas, como são tão deliciosas, nós as comemos às escondidas e logo não resta nada com que apostar e somos forçados a abandonar nosso jogo. Vovó se instala ao piano e nos convida para cantar juntos, numa rodada animada de canções humorísticas. A Sra. Jones nos traz canecas de chocolate fumegante e até ela é puxada para o piano, a fim de cantar um ou dois refrões. Quando a noitada vai se encerrando, papai acende o cachimbo que lhe dei no Natal e o cheiro invoca lembranças de infância que se enovelam a minha volta como um casulo.
 – Se sua mãe estivesse aqui para aproveitar o calor dessa lareira conosco... – diz papai, e prendo a respiração com medo de que desabe o castelo de cartas que construí.
 Não estou preparada para abrir mão desta felicidade. Dou nele apenas mais um toque.
 – Que estranho – diz ele, com seu rosto se animando. – Tive uma lembrança da sua mãe, mas agora se foi e não consigo fazê-la voltar.
 – Talvez seja melhor assim – digo.
 – Sim. Esquecido – diz ele. – Agora, quem gostaria de ouvir uma história?
 Todos queremos ouvir uma das histórias de papai, pois elas são as mais divertidas do mundo.
 – Vejamos, já contei a vocês a do tigre... – começa ele, e sorrimos.
 Ele sabe muito bem que já a contou centenas de vezes, mas isto não importa. Nós nos sentamos, ouvimos e ficamos novamente fascinados, pois as boas histórias, segundo parece, não perdem nunca sua magia.

# Capítulo
## vinte e três

A PÁSCOA NOS SURPREENDE A TODOS COM UMA LINDA MANHÃ AZUL, de tal pureza que faz os olhos doerem. Depois de uma manhã na igreja, fazemos uma agradável caminhada na direção do Ladies' Mile, no Hyde Park. As ruas se tornam um mar de babados brancos, enquanto as sombrinhas se abrem para bloquear o brando sol inglês. Porém, mesmo fraco, ele ainda pode causar sardas e nossa pele precisa ser tão isenta de máculas quanto nossa reputação. Minha pele já é coberta por pequenos pontos marrons, para a eterna consternação de minha avó.

As damas, com suas requintadas roupas de Páscoa, desfilam como pavões. Sob a cobertura das suas sombrinhas, examinam o novo casaco enfeitado de peles da Lady Gastadora, ou a tentativa de parecer mais jovem da Sra. Beleza Decadente, com seu espartilho apertado até não aguentar mais. Elas dão um veredicto apenas em um olhar ou um muxoxo. As amas e babás seguem as mães e pais, empurrando carrinhos de bebês e castigando as crianças que se afastam deles.

Mesmo apenas no início do florescimento, o parque é magnífico. Muitas damas colocaram suas cadeiras na grama, para poderem conversar e espiar os cavalos. A trilha pertence aos ansiosos para provar sua habilidade na sela. Aqui e acolá, as amazonas irrompem, mostrando um feroz espírito competitivo. Mas, depois, é como se lembrassem de si mesmas. Reduzem a marcha a um trote cortês. É uma vergonha, pois gostaria de vê-las correndo, ardorosas, pelo Hyde Park, com os olhos cheios de vontade, a boca exibindo sorrisos alegres e determinados.

Tenho a infelicidade de caminhar com a filha de um próspero comerciante, que deve ter um medo mortal do silêncio, pois nunca para de falar. Dou-lhe o nome secreto de Srta. Tagarela.

– E então ela dançou com ele quatro danças seguidas! Pode imaginar uma coisa dessas?

– Que escândalo – respondo, sem entusiasmo.

– Isso mesmo! Todos sabem que três é o limite – responde ela, deixando completamente de entender o que quero dizer.

– Firme. Aí vêm as viúvas ricas. Olhando assim, parecem soldados – aviso.

Adotamos uma pose de decorosa inocência. Passa por nós um time de velhas damas empoadas e infladas até a rigidez das tortas de merengue. Mal nos cumprimentam, limitando-se a um mero aceno de cabeça. A multidão diminui um pouco e meu coração quase para. Simon Middleton, resplandecente, com seu terno branco e chapéu de palhinha, caminha em nossa direção. Eu me esquecera de como ele é bonito – alto, bem formado, com cabelos castanhos e olhos do azul de mares claros. Mas é o malicioso brilho daqueles olhos que faz uma moça sentir-se despida e nem pensar em protestar. Caminhando ao lado de Simon está uma linda jovem de cabelos escuros. Ela é tão pequena e delicada quanto a estatueta de uma caixinha de música. Sua acompanhante caminha junto com ela, o quadro da respeitabilidade.

– Quem é aquela moça com Simon Middleton? – sussurro.

A Srta. Tagarela está satisfeitíssima por eu me unir a ela nas fofocas.

– O nome dela é Lucy Fairchild, e é uma prima distante – conta ela, sem fôlego. – Americana e muito rica. Dinheiro novo, naturalmente, mas aos montões, e o pai dela a enviou para cá com a esperança de que ela se case com algum pobre segundo filho e volte para casa com um título, a fim de acrescentar brilho à riqueza deles.

Então, essa é Lucy Fairchild. Meu irmão se atiraria sobre os trilhos de um trem para ganhar sua atenção. Qualquer homem faria isso.

– Ela é linda.

– Não é mesmo completamente perfeita? – diz a Srta. Tagarela, nostalgicamente.

Acho que eu esperava ouvir que estava enganada – *"Ora, não acho que seja tão bonita assim. Tem um pescoço engraçado e seu nariz tem uma forma estranha"*. Mas sua beleza é confirmada e lança sobre mim, por algum motivo que desconheço, uma sombra tão longa que cada pedacinho da minha luz se apaga.

A Srta. Tagarela continua:

– Há rumores de um noivado.

– Com quem?

Minha companheira ri alto.

– Ah, mas você! Com Simon Middleton, claro. Não fariam um casal lindo?

Um compromisso. No Natal, Simon fez a mesma promessa a mim. Mas o rejeitei. Agora, indago a mim mesma se fui apressada demais ao recusá-lo.

– Mas o noivado é apenas um boato – digo.

A Srta. Tagarela dá um olhar furtivo ao redor, posicionando sua sombrinha para nos esconder.

– Ora, eu não repetiria isso, mas por acaso sei que a fortuna dos Middleton sofreu um revés. Estão precisando de dinheiro. E Lucy Fairchild é muito rica. Acho que anunciarão o noivado a qualquer momento, agora. Ah, aí está a Srta. Hemphill! – exclama a Srta. Tagarela, cheia de excitação.

Tendo visto alguém muito mais importante do que eu, ela vai embora sem dar mais nenhuma palavra, pelo que, eu acho, meus ouvidos deveriam estar agradecidos.

Enquanto vovó conversa sem parar com uma velha sobre jardins, reumatismo e os tipos de assuntos que poderiam perfeitamente ser encontrados num manual com o título "Sobre o que as velhas devem conversar", fico em pé na margem da pista de corridas de cavalos do Hyde Park, a Rotten Row, observando os animais e sentindo pena de mim mesma.

– Feliz Páscoa, Srta. Doyle. Está com bom aspecto.

Simon Middleton está em pé ao meu lado. Ele é forte, belo, tem covinhas no rosto – e está sozinho.

– Obrigada. Que bom ver você – digo.

– Igualmente.

Pigarreio. *Diga alguma coisa espirituosa, Gemma. Alguma coisa além do óbvio, pelo amor de Deus!*

– O dia está lindo, não?

Simon sorri, com afetação.

– Com certeza. Vejamos... a senhorita está linda. É lindo nos vermos. E, claro, o tempo está bastante lindo. Acho que abarcamos a lindeza de todas as coisas lindas.

Ele me fez rir. É um talento seu.

— Em matéria de conversa, sou mesmo péssima.
— Não, de forma alguma. Arrisco dizer que a senhorita é linda quando conversa.

Vários cavalos passam correndo com a velocidade de raios e Simon os saúda com um viva.

— Ouvi dizer que logo serão necessárias congratulações. É atrevimento de minha parte falar isso.

Simon arqueia uma sobrancelha. Seus lábios se comprimem num sorriso maldoso, que o torna mais atraente do que nunca.

— Por qual motivo? Quer ter a gentileza de me dizer?
— Dizem que sua corte à Srta. Fairchild é muito séria — respondo, com os olhos fixos na pista suja onde Lucy Fairchild está montada em seu cavalo.

— Acho que o críquete não é o verdadeiro esporte de Londres — diz Simon. — A fofoca, sim.

— Eu não deveria ter repetido isso. Desculpe.
— Não se desculpe. Por minha causa, não é preciso. Na verdade, adoro grosserias. — O sorriso perverso está de volta. A magia dele funciona e descubro que estou mais leve. — Na verdade, meu coração está ocupado com uma nova moça.

Meu estômago se aperta.
— Ah, é?
— Sim. O nome dela é Bonnie. Ela está bem ali. — Aponta para uma reluzente égua castanha, que está sendo conduzida para a linha de partida. — Alguns dizem que seus dentes são grandes demais para sua cara, mas não concordo.

— E pense no que você economizará, dispensando um jardineiro, pois seu gramado será sempre mantido bem aparado por Bonnie — digo.

— Sim. Nossa união será feliz. Inteiramente estável — diz ele, provocando-me uma risada.

— Há uma questão que quero discutir com você, se me permite — digo hesitante. — Refere-se à sua mãe.

— É mesmo? — Ele parece desapontado. — O que ela fez agora?
— Diz respeito à Srta. Worthington.
— Ah, Felicity. O que *ela* fez, agora?
— Lady Markham deverá apresentá-la à corte — digo, ignorando sua zombaria. — Mas parece que sua mãe é contra.

— Minha mãe não é uma admiradora da Sra. Worthington e a inimizade das duas não melhorou nada com sua brincadeira com a Srta.

Bradshaw, no Natal. Minha mãe achou que sua própria reputação foi prejudicada por causa daquilo.

– Lamento. Mas Felicity precisa fazer seu *début*. Há alguma coisa que eu possa fazer para ajudá-la?

Simon volta para mim seu olhar perverso e um rubor se eleva em meu pescoço.

– Deixe isso de lado.

– Não posso – insisto.

Simon faz um sinal afirmativo com a cabeça, refletindo.

– Então, você terá de garantir os afetos de Lady Markham. Diga a Felicity para seduzir a velha e também seu filho, Horace. Isto deve garantir tanto a vitória quanto a herança dela. Sim – diz ele, vendo minha expressão –, sei que ela precisa fazer seu *début*, a fim de reivindicar sua fortuna. Todos sabem. E há muita gente em Londres que preferiria ver a atrevida Felicity Worthington sob o controle de seu pai.

Lá adiante, na extremidade mais distante da Ladies' Mile, a pista feminina de corridas, as amazonas estão na linha de partida, sentadas muito eretas em suas selas, a própria imagem do comedimento e elegância, enquanto seus cavalos antolhados resfolegam e se empinam. Elas estão prontas para mostrar o que podem fazer.

– É bom ver você, Gemma. – Simon faz uma levíssima carícia em meu braço. – Andei pensando em como estaria, se ainda tem a caixa com fundo falso que lhe dei e se ainda guarda seus segredos trancados nela.

– Ainda a tenho – digo.

– A misteriosa Gemma Doyle.

– E a Srta. Fairchild tem segredos? – pergunto.

Ele dá uma olhada na pista onde Lucy Fairchild está sentada em sua montaria.

– Ela é tranquila.

Tranquila. Livre de preocupações. Não há nenhum canto escuro em sua alma.

A mão desce. Os cavalos correm. Chutam uma tempestade de poeira ao longo da trilha, mas a poeira não pode esconder a nua ambição no rosto das cavaleiras, a ferocidade em seus olhos. Pretendem ganhar. O cavalo de Lucy Fairchild cruza a linha de chegada em primeiro lugar. Simon corre para parabenizá-la. Recém-saído da batalha, o rosto de Lucy está empoeirado. Seus olhos ardem. Isto duplica sua

beleza. Mas, ao ver Simon, ela rapidamente encobre sua ferocidade; sua expressão muda para outra, de doce timidez, enquanto acaricia suavemente o pescoço de seu cavalo. Simon se oferece para ajudá-la a descer e, embora ela pudesse facilmente desmontar sozinha, deixa-o fazer isso. É um *pas de deux* que eles parecem executar impecavelmente.
– Parabéns – digo estendendo a mão.
– Srta. Doyle, posso apresentar-lhe a Srta. Lucy Fairchild, de Chicago, Illinois?
– Muito prazer – consigo dizer.
Procuro defeitos em seu rosto, mas não encontro nenhum. Ela é uma verdadeira rosa.
– Srta. Doyle – diz ela docemente. – Que bom conhecer uma amiga de Simon.
Simon. O nome de batismo dele.
– Cavalga maravilhosamente – elogio.
Ela curva a cabeça.
– É muita gentileza. Sou apenas passável.
– Gemma!
Fico aliviada em ver Felicity vindo em nossa direção. Ela usa um pequeno gorro de veludo enfeitado com um buquê de flores de seda. Ele emoldura seu rosto de uma maneira muito agradável.
– Aí vem problema – resmunga Simon, sem perder o sorriso.
Felicity me cumprimenta calorosamente:
– Feliz Páscoa! O sermão não foi mesmo interminável? Sinceramente, não sei por que temos de dar importância à igreja, afinal. Olá, Simon – diz ela, abandonando deliberadamente a etiqueta adequada.
– Belo chapéu. Você o pegou com uma banda, em algum coreto?
– Feliz Páscoa, Srta. Worthington. Diga-me quando Lady Markham dará uma festa em sua honra, porque não creio ter ouvido minha mãe falar disso.
Os olhos de Felicity chamejam.
– Logo, tenho certeza.
– Claro – diz Simon, sorrindo triunfante.
– Simon, acho que você não me apresentou à sua querida companheira – diz melosamente Felicity, transferindo toda a glória de sua sedução para Lucy Fairchild.
– De fato, não apresentei.
– Simon – sussurra Lucy, mortificada.

Eu me aproximo.
– Felicity, esta é a Srta. Lucy Fairchild. Srta. Fairchild, permita-me apresentar-lhe a Srta. Felicity Worthington.
– Muito prazer. – Lucy estende a mão e Felicity a agarra com firmeza.
– Srta. Fairchild, que bom conhecê-la. Precisa deixar que a Srta. Doyle e eu cuidemos bem da senhorita enquanto estiver em Londres. Tenho certeza de que Simon, o Sr. Middleton, gostaria que fôssemos verdadeiras amigas da senhorita, não é mesmo, Simon?
– É muito gentil de sua parte – responde Lucy Fairchild.
Felicity exulta com sua vitória, e Simon faz um pequeno aceno com a cabeça, reconhecendo sua derrota.
– Tenha cuidado, Srta. Fairchild. Aceitar os bons cuidados da Srta. Worthington é mais ou menos como se deitar entre leões.
Felicity ri.
– Ah, nosso Simon é tão espirituoso, não, Srta. Fairchild?
– Adoraríamos ficar e conversar mais, mas infelizmente mamãe está à nossa espera. – Simon ergue uma sobrancelha. – Boa sorte em seus esforços, Srta. Doyle.

– O que ele quis dizer com isso? – pergunta Felicity, enquanto caminhamos pelo parque, a uma distância inteligente das nossas famílias, para trás. O dia está lindo. Várias crianças correm atrás de um aro de madeira que puseram para rolar. Radiantes flores de primavera agitam para nós o luxo das suas pétalas.
– Se quer saber, eu pedia a Simon que intercedesse junto à mãe e à Lady Markham. Não favorece nossa causa você ter troçado tanto dele.
Pela expressão de Felicity, parece que eu disse que ela deveria jantar larvas de insetos com chutney.
– Correr atrás dos favores dos Middleton? Não farei isso. Ela é odiosa, e ele, um devasso do qual você fez bem em se livrar.
– Você quer sua herança, não é? Sua liberdade?
– Minha mãe é quem implora favores. Não me curvarei diante de ninguém, a não ser a rainha – diz Felicity, girando sua sombrinha. Ela olha raivosamente na direção de Lady Denby. – Ora, Gemma, será que não podemos fazer um feitiço para ela acordar com um bigode grosso?
– Não, não podemos.

– Você não está mais interessada em Simon, não é? Diga-me que não.

– Não estou – digo.

– Ah, está sim! Ah, Gemma! – Felicity sacode a cabeça.

– O que foi feito está feito. Já fiz minha escolha.

– Você poderia tê-lo de volta, se quisesse.

Dou uma olhada em Simon. Ele e Lucy dão voltas, sorrindo para todos a quem cumprimentam. Parecem contentes. Tranquilos.

– Não sei o que quero – digo.

– Você sabe o que eu quero? – pergunta Felicity, parando para colher uma margarida.

– O quê?

– Queria que Pip pudesse estar aqui. – Ela arranca as pétalas da margarida, uma por uma. – Pensávamos em ir a Paris no verão. Ela gostaria tanto disso.

– Sinto muito – digo.

O rosto dela fica sombrio.

– Então, algumas coisas não podem ser mudadas com relação a nós, por maior que seja nosso desejo.

Não sei o que ela quer dizer, mas Fee não me dá tempo para refletir a respeito. Ela arranca a última pétala da margarida, com um sorriso enigmático.

– Ele me ama – diz ela.

Uma sombra cai sobre Felicity e eu. O pai dela, o almirante Worthington, está em pé no caminho, bloqueando o sol. Ele é um homem bonito, com maneiras afáveis. Se eu não soubesse mais sobre o almirante, ficaria tão seduzida por ele quanto todas as outras pessoas. Ele segura a mão de sua protegida, Polly, que tem apenas sete anos.

– Felicity, quer fazer o favor de cuidar de nossa Polly por algum tempo? A governanta dela se sente mal por causa do calor, e sua mãe está ocupada neste momento.

– Sim, claro, papai – diz Felicity.

– Ah, mas que menina prestativa. Cuidado com o sol – avisa o almirante e, zelosamente, erguemos nossas sombrinhas.

– Vamos, então – diz Felicity à criança quando seu pai vai embora.

Polly caminha dois passos atrás de nós, arrastando sua boneca pela poeira. Foi um presente de Natal, mas já está toda suja.

– Como é o nome de sua boneca? – pergunto, fingindo por um instante que não me falta jeito para lidar com crianças pequenas.

– Ela não tem nome – responde Polly, mal-humorada.
– Nenhum nome? – digo. – Por que não?
Polly puxa a boneca, com força, por cima de uma pedra.
– Porque ela é uma menina malvada.
– Ela não parece tão má. Por que é malvada?
– Ela conta mentiras sobre o tio.
Felicity empalidece. Ela se acocora, cobrindo as duas com sua sombrinha.
– Você se lembrou do que eu lhe disse, Polly? Que trancasse sua porta à noite, para impedir os monstros de entrar?
– Sim. Mas os monstros entram assim mesmo. – Polly joga a boneca no chão e lhe dá um chute. – É porque ela é muito malvada.
Felicity ergue a boneca e limpa da sujeira do seu rosto.
– Tive uma boneca como essa, uma vez. E também diziam que ela era malvada. Mas ela não era. Era uma boneca boa e dizia a verdade. E o mesmo acontece com sua boneca, Polly.
Os lábios da menina tremem.
– Mas ela mente.
– O mundo é uma mentira – sussurra Felicity. – Eu e você não somos.
Ela entrega a boneca à criança e Polly a embala em seu peito.
– Algum dia, serei uma mulher rica, Polly. Morarei em Paris, sem papai e mamãe, e você poderá ir morar comigo. Gostaria disso?
A criança faz um sinal afirmativo com a cabeça e pega a mão de Felicity, e elas seguem juntas pela pista de corridas, cumprimentando as pessoas com rostos desafiadores e feridas não cicatrizadas.

# Capítulo
## Vinte e Quatro

A Sociedade Hipócrates tem como sede um prédio encantador, embora um tanto estragado, em Chelsea. O mordomo pega nossos casacos e nos conduz ao longo de uma ampla sala de visitas, onde vários cavalheiros estão sentados, fumando charutos, jogando xadrez e discutindo política – até chegarmos à maior biblioteca que já vi. Uma variedade de cadeiras que não combinam entre si enche os cantos. Várias estão agrupadas em torno da lareira, como se tivesse acabado de acontecer ali um animado debate. Os tapetes são persas e tão velhos que, em alguns pontos deles, há buracos causados pelo desgaste. Todas as estantes estão entulhadas de livros e parece não caber mais nada nelas. Textos médicos, estudos científicos, volumes em grego, latim e de clássicos enfileiram-se nas prateleiras. Eu gostaria de me sentar ali e ler durante semanas.

O Dr. Hamilton nos cumprimenta. É um homem de setenta anos, com um cabelo branco que, no alto da cabeça, reduz-se a apenas alguns fios.

– Ah, vocês estão aqui. Ótimo, ótimo. Nosso funcionário preparou um banquete maravilhoso. Não vamos deixá-lo esperando.

Há doze pessoas à mesa, uma animada mistura de médicos, escritores, filósofos e suas esposas. A conversa é espirituosa e fascinante. Um cavalheiro de óculos, na outra extremidade, discute veementemente com o Dr. Hamilton:

– Eu lhe garanto, Alfred, o socialismo é o caminho do futuro! Imagine só! Igualdade econômica e social entre os homens. O fim das classes, talvez da pobreza. Completa harmonia social. A utopia está ao nosso alcance, cavalheiros, e seu nome é socialismo.

– Ah, Wells, é melhor continuar apenas escrevendo romances fantásticos, meu velho. Eu gostei muito daquela história da viagem pelo tempo. Mas o final é um pouquinho amalucado, com aqueles Eloi.

Um homem com faces avermelhadas e uma barriga grande ergue a voz:

– Wells, quem sabe você nos confundiu com a Sociedade Fabiana. Todos dão boas risadas com isso. Alguns levantam seus copos.

– Viva! Viva! – dizem.

O homem de óculos se desculpa:

– Sinto muito, mas preciso sair e não posso ficar para discutir a questão com vocês. Mas retomarei a causa em nosso próximo encontro.

– Quem era aquele cavalheiro? – tento perguntar discretamente.

– O Sr. Herbert George Wells – responde o homem com as faces avermelhadas. – Talvez o conheça como H.G. Wells, o romancista. Um bom homem. Uma mente sólida. Mas equivocado quanto ao socialismo. A vida sem uma rainha? Sem senhores de terras, e com "sociedades cooperativas"? Seria a anarquia, afirmo. Pura loucura. Ah, aqui está a sobremesa.

O silencioso mordomo coloca um grande *crème soufflé* diante do homem, que mergulha sua colher nele, deliciado.

Discutimos ciência e religião, livros e medicina, a temporada social e também a política. Mas é papai quem verdadeiramente comanda a mesa, com seu espírito e suas histórias sobre a Índia:

– E há também a história do tigre, mas estou com medo de já ter tomado a atenção de vocês durante um tempo longo demais – diz papai, com o brilho alegre novamente em seus olhos.

Os convidados terão sua curiosidade satisfeita.

– Um tigre! – gritam eles. – Ora, você precisa contar essa.

Encantado, papai se inclina para a frente. Sua voz se torna abafada:

– Tínhamos alugado uma casa em Lucknow por um mês, com a esperança de escapar do calor de Bombaim.

– Lucknow! – exclama um cavalheiro com o cabelo lanoso. – Espero que não tenha deparado com nenhum sipaio indiano amotinado!

O grupo irrompe em comentários sobre o famoso levante indiano, décadas antes.

– Pensar que aqueles selvagens assassinaram inocentes cidadãos britânicos, e depois de tudo o que fizemos por eles! – cacareja uma das esposas.

– A culpa foi nossa, cara senhora. Como puderam pedir a soldados indianos e muçulmanos que tolerassem cartuchos besuntados

com gordura de porco e de vaca, quando isso é contrário às crenças religiosas deles? – argumenta o Dr. Hamilton.
– Vamos lá, velho camarada, você não está justificando a chacina, não é? – protesta o homem de cabelo lanoso.
– Claro que não – diz o Dr. Hamilton. – Porém, se quisermos permanecer um grande império, precisamos compreender melhor o coração e a mente dos outros.
– Gostaria de ouvir a história do Sr. Doyle sobre o tigre – diz uma mulher com uma tiara.

Os convidados estão de acordo, e papai continua com sua história:
– Nossa Gemma não tinha mais do que seis anos. Ela adorava brincar no jardim cercado de árvores, enquanto nossa governanta, Sarita, pendurava a roupa lavada e se mantinha vigilante. Naquela primavera, uma notícia se espalhou de vila em vila: um tigre-de-bengala fora visto caminhando pelas vilas, com uma ousadia sem par. O atrevido destruíra uma feira em Déli e assustara mortalmente o regimento de lá. Havia uma recompensa de cem libras esterlinas oferecida pela captura. Nunca sonhamos que o tigre chegaria até nós.

Todas as cabeças estão viradas na direção de papai e ele se regozija com a atenção de sua plateia.
– Um dia, enquanto Sarita cuidava da roupa lavada, Gemma estava brincando no jardim. Ela era um cavaleiro, sabem, com uma espada feita de madeira. Era mesmo formidável, embora eu não soubesse até que ponto. Sentado em meu gabinete, ouvi gritos vindos de fora. Corri para ver o que causava a agitação. Sarita gritou para mim, com os olhos arregalados de medo: "Sr. Doyle, veja – ali!" O tigre tinha entrado no jardim e se dirigia para onde nossa Gemma se divertia com sua espada de madeira. Ao meu lado, nosso criado doméstico, Raj, puxou sua faca tão furtivamente que ela pareceu surgir em sua mão como num passe de mágica. Mas Sarita segurou a mão dele. "Se você correr atrás dele com sua faca, provocará o tigre", avisou ela. "Devemos esperar."

Um silêncio cai sobre a mesa. Os convidados estão eletrizados com a história de papai e ele se delicia por ter uma plateia tão atenta. Desempenhar o papel do contador sedutor é o que ele sabe fazer melhor.
– Devo dizer a vocês que foi o momento mais longo de minha vida. Ninguém ousava se mover. Ninguém ousava respirar. E esse tempo todo, Gemma continuou a brincar, sem notar nada, a não ser quan-

do o grande gato já estava junto dela. Ela ficou em pé e o encarou. Olharam fixamente um para o outro, como se cada um se indagasse o que fazer com quem estava à sua frente, como se sentissem que tinham um espírito aparentado. Finalmente, Gemma colocou sua espada no chão. "Querido tigre", disse ela, "você pode passar, se for pacífico." O tigre olhou para a espada e outra vez para Gemma e, sem som algum, seguiu adiante e desapareceu na floresta.

Os convidados riem, aliviados. Parabenizam meu pai pela história que contou. Fico tão orgulhosa dele neste momento...

– E sua esposa, Sr. Doyle? Com certeza ela ouviu os gritos, não? – pergunta uma das damas.

O rosto do meu pai se entristece um pouco.

– Felizmente, minha querida esposa estava cuidando da ala de caridade do hospital, como fazia tantas vezes.

– Ela deve ter sido uma pessoa devota e bondosa – diz a mulher, com simpatia.

– De fato. Nenhuma palavra que não fosse elogiosa poderia ser dita sobre a Sra. Doyle. Todos os corações se abrandavam com seu nome. Todos os lares a acolhiam de braços abertos. Sua reputação estava acima de qualquer repreensão.

– Que sorte a sua, por ter tido uma mãe assim – diz uma dama à minha direita.

– Sim – digo, forçando um sorriso. – Muita sorte.

– Ela estava cuidando dos doentes – conta-lhes meu pai. – Havia um surto de cólera, sabem. "Sr. Doyle", disse ela, "não posso ficar aqui sentada, ociosa, enquanto eles sofrem. Devo ir cuidar deles." Todos os dias ela ia, com seu livro de orações na mão. Lia para eles, enxugava suas testas febris, até que ela própria adoeceu.

Tinha o ar de uma das histórias bem contadas dele, mas, embora elas possam ser levemente embelezadas, neste caso a história inteira não é verdadeira. Minha mãe era muitas coisas: forte, mas fútil; amorosa, algumas vezes; outras, cruel. Mas não era a mulher que papai descreveu – uma santa que se sacrifica, cuidando de sua família e dos doentes, sem questionar nem se queixar. Olho para papai, a fim de ver se alguma coisa o trai, mas não, ele acredita em cada palavra. Fez a si mesmo acreditar nisso.

– Que pessoa boa e de sentimentos elevados – diz a mulher com a tiara, dando palmadinhas na mão da minha avó. – A perfeita imagem de uma dama.

– Nem uma só palavra de crítica podia ser dita sobre minha mãe – fala Tom, quase repetindo as palavras de papai.

*Esqueça sua dor*. Foi o que eu disse quando peguei a mão de papai na sala de visitas, ontem, e o que repeti outra vez, esta noite. Mas minha intenção não era essa. Devo ser mais cuidadosa. E o que me incomoda não é o poder da magia ou a maneira como, unanimemente, todos aceitaram como verdadeiro o que foi dito sobre minha mãe. Não, o que me perturba mais é o quanto eu também quero acreditar nisso.

As carruagens são trazidas, assinalando o fim de nossa noitada. Todos se reúnem do lado de fora do clube. Papai, Tom e o Dr. Hamilton conversam animadamente. Vovó foi dar uma volta pelo clube, com algumas das esposas, e ainda não voltou. Eu tinha ido percorrer o jardim, quando fui puxada para dentro das sombras.

– Linda noite, não?

O chapéu de bandido está puxado bem para baixo em sua testa. Conheço essa voz tão bem quanto conheço a feia cicatriz que desfigura o lado do seu rosto. O Sr. Fowlson, o leal cão de guarda dos Rakshana.

– Não grite – avisa ele, pegando em meu braço. – Só quero uma palavra em favor de meus patrões.

– O que quer?

– Anhh, melindrosa, não é? – Seu sorriso se transforma numa dura carranca. – A magia. Sabemos que a prendeu a si mesma. Nós a queremos.

– Eu a dei à Ordem. Estão de posse dela agora.

– Ora, ora, está contando lorotas, novamente? Seu hálito cheira a cerveja e bacalhau.

– Como sabe que não estou dizendo a verdade?

– Sei mais do que pensa, amor – sussurra ele.

O aço de sua faca brilha na noite fria. Olho, mais adiante, para papai, que conversa todo feliz com o Dr. Hamilton. Ele se parece muito com o pai de quem eu sentia falta. Eu não faria nada que pudesse perturbar essa paz frágil.

– O que quer de mim?

– Já lhe disse. Queremos a magia.

– E eu já lhe disse. Não a tenho.

Fowlson esfrega a parte plana da lâmina ao longo de meu braço, provocando um perigoso formigamento em minha pele.

– Faça como quiser. Você não é a única que pode fazer jogos. – Ele dá uma olhada na direção do meu pai e de Tom. – É bom ver seu pai andando por aí. E seu irmão. Ouvi dizer que ele quer fazer seu nome da pior maneira. O velho Tom. O bom e velho Tom. – Fowlson corta rapidamente um botão da minha luva, com a ponta da sua faca. – Talvez eu deva ter uma conversinha com ele sobre o que sua irmã anda fazendo quando ele não está prestando atenção. Uma palavra no ouvido de Tom e ele poderia jogar você em Bedlam.

– Ele não faria isso.

– Tem tanta certeza assim? – Fowlson corta outro botão da minha luva. Ele sai rolando de leve sobre as pedras arredondadas do pavimento.

– Você já viu moças que não ficaram boas tomando os antigos remédios para melhorar da cabeça. Gostaria de passar o resto dos seus dias num quarto lá, olhando para o mundo do lado de fora através de uma janelinha?

A magia chameja dentro de mim e uso toda a minha força para contê-la. Fowlson não deve saber a respeito dela. Não é seguro.

– Dê a magia para mim. Cuidarei para que seja bem manejada.

– Você a usaria para si mesmo, é o que quer dizer.

– Como vai nosso amigo Kartik?

– Deveria saber mais do que eu, porque não o tenho visto mesmo – minto. – Ele se mostrou tão reles quanto o resto de vocês.

– O bom e velho Kartik. Da próxima vez em que o encontrar, se o encontrar, diga-lhe que o velho Fowlson andou perguntando por ele.

Kartik disse que os Rakshana acreditavam que ele estava morto, mas se Fowlson acredita que ele está vivo, então Kartik está em perigo.

De repente, Fowlson embainha sua faca.

– Parece que sua carruagem chegou, senhorita. Eu a verei por aí. Pode ter certeza.

Ele me dá um pequeno empurrão para fora das sombras. Ignorando o que acabou de acontecer, Tom se movimenta em minha direção.

– Vamos, Gemma.

– Sim, já vou – respondo.

Quando me viro para trás, Fowlson foi embora, desaparecendo dentro da noite como se nunca tivesse estado ao meu lado.

# Capítulo
## Vinte e Cinco

Acordo e vejo vovó em pé junto à minha cama, sorrindo.
– Acorde, Gemma! Hoje nós vamos às lojas!

Esfrego os olhos, devo estar sonhando. Mas não, ela ainda está em pé ali. *Sorrindo.*

– Vamos ao Castle and Sons encomendar um vestido. E depois seguiremos para a Mrs. Dolling's Sweet Shoppe.

Minha avó quer me levar para um passeio. É fantástico! Agora a ameaça do Sr. Fowlson não parece ser mais concreta, para mim, do que o nevoeiro. Ele tentou mesmo me assustar? Tenho toda a magia dos reinos e nem a Ordem nem os Rakshana saberão disso até eu fazer o que preciso. Afinal, já realizei um milagre com minha própria família, não foi?

– Ah, faz séculos que não vou na Mrs. Dolling. Tantos bolos! – Vovó pisca. – Por que não fui? Mas não importa. Iremos hoje, pegaremos o que quisermos e... Gemma! Por que não se vestiu ainda? Temos tanta coisa para fazer!

Ela não precisa pedir novamente. Voo para pegar minhas coisas e agarro meu vestido tão depressa que desarrumo todo o meu armário, por causa de minha falta de cuidado.

Vovó e eu passamos um dia maravilhoso juntas. Em vez de severa e assustadora, ela está alegre. Cumprimenta a todos – desde o rapaz que embrulha nosso bolo até estranhos na rua – com um sorriso e um aceno de cabeça. Ela dá uma palmada na cabeça de um menino engraxate, que não sabe de jeito nenhum como receber esse carinho de avó, pois já passou há muito dos oito anos.

– Ah, olhe para aqueles chapéus ali, Gemma! Que penas lindas! Será que devemos procurar o chapeleiro e comprar alguma coisa para nós?

Ela se vira na direção da porta. Seguro seu braço com força.
– Talvez outro dia, vovó.
A carruagem já estava tão carregada com as compras que mal havia lugar para nos sentarmos. Vovó mandou nosso cocheiro de volta com alguns poucos xelins extras, insistindo que tomaríamos um cabriolé para Belgravia.
– Ah, é maravilhoso, não? Não consigo imaginar por que não fizemos isso antes! – Ela dá palmadinhas em meu braço. – Bom-dia! – grita alegremente para um leiteiro, que a olha com desconfiança, como se ela fosse a tia excêntrica de alguém, fugida do sótão. – Meu Deus, ele não gosta muito de falar, não é? Eu disse bom-dia, senhor!
– Bom-dia, senhora.
O leiteiro dá um sorriso cuidadoso e toca no chapéu, mas seus olhos não perdem por um só instante a expressão suspeitosa.
– Ah, assim é muito melhor. – Vovó sorri. – Está vendo? Eles só precisam de um pouco de encorajamento para saírem de suas conchas.
Castle and Sons, costureiras, fica na Regent Street e é para onde viemos, a fim de encomendar um vestido para o meu *début*. Uma auxiliar aflita, cujo cabelo ameaça escapar a qualquer momento dos seus grampos, traz peças de seda branca para vovó examinar. Minhas medidas são tomadas. Quando a fita é passada em torno de meu busto, a costureira sacode a cabeça e me dá um sorriso simpático. Minha boa vontade desaparece rapidamente. Não podemos todas ser perfeitas. Quando cada pedacinho do meu corpo foi medido e registrado, vou me sentar ao lado de vovó num divã. Caixas com botões, rendas, fitas e penas são apressadamente exibidas para ela e, com a mesma rapidez, vovó rejeita tudo. Sinto medo de ter o vestido mais sem graça de Londres.
A balconista mostra a vovó o vestido mais lindo que já vi. Um pequeno suspiro me escapa. Tem um corpete com rosas de seda num ombro, e mangas curtas e altas, enfeitadas com laços. A saia é bordada com delicadas contas cor-de-rosa e a cauda – que parece ter quilômetros de comprimento – é enfeitada com um bonito babado preguedo. É o vestido de uma princesa e anseio ter um como aquele.
Vovó corre uma mão sobre a seda enfeitada com contas.
– Que acha, Gemma?
Vovó nunca pediu minha opinião a respeito de qualquer assunto.
– Acho que é o vestido mais lindo que já vi – respondo.
– É mesmo, não? Sim, mandaremos fazer este.

Sinto vontade de beijá-la.
- Obrigada, vovó.
- Bem, tenho certeza de que será caro demais - resmunga ela. - Mas somos moças apenas uma vez.
Quando caminhamos para a penumbra de Londres, lá fora, são cinco horas e o céu já está escurecendo; as ruas estão cheias de um nevoeiro de gás que me faz tossir. Não me importa. Sou uma nova moça, que usará rosas de seda e segurará um leque de plumas de avestruz. E compraremos bolos na confeitaria. Não me importo com as sufocantes lâmpadas de gás!
Na esquina, vovó e eu atravessamos a rua, seguindo na direção da Mrs. Dolling's Sweet Shoppe, e é quando o mundo vira de pernas para o ar. Minha pele fica quente. Minha testa se cobre de suor. E a magia flui por minhas veias como um rio muito cheio. Sou inundada por pensamentos, mágoas, desejos, segredos. Todos os anseios particulares das pessoas ao redor invadem minha alma.
... o longo dia sem fim. Ele me amava, antigamente...
... faremos uma linda casa com um belo jardim na frente...
Não consigo pensar. Nem respirar. Faça com que pare. Eu...
... imagine uma farra com gente como você...
Minha cabeça gira, mas não consigo dizer de onde vem a ofensa - há um excesso delas, não dá para lutar contra.
... farei minha proposta esta noite e serei o mais feliz dos homens...
... meu pobre bebezinho posto em repouso, e eles sabem que eu também estou morrendo por dentro...
... um vestido novo com um gorro combinando...
Por favor, parem! Eu não consigo. Não consigo respirar. Eu...
Tudo em torno de mim se torna mais lento, tudo rasteja. À minha frente, o pé de vovó paira acima da rua no meio de um passo. No meio-fio, um músico, com seu realejo, movimenta os foles de seu instrumento com torturante lentidão. Uma nota demora uma eternidade e, combinada ao lento dobre dos sinos do Big Ben, a melodia parece uma marcha fúnebre. As rodas das carroças e carruagens, as damas e cavalheiros, o vendedor de unguento, que apregoa curas milagrosas - todos parecem figuras de sonho numa pantomima.
- Vovó - digo, mas ela não pode me ouvir.
Pelo canto de meus olhos, vejo um movimento rápido. A dama com o vestido cor de alfazema marcha em minha direção; seus olhos

relampejam de raiva. Ela agarra meu pulso com força, e minha pele arde sob seu aperto rude.

– Q-que quer? – pergunto.

Ela estica o braço e puxa a manga para cima, a fim de expor sua carne. Palavras se esboçam em sua mente: *Por que você me ignora?* O medo deixa um gosto frio de metal em minha língua.

– Não a estou ignorando, mas não entendo o quê...

Ela me puxa com força para a rua.

– Espere – digo, lutando. – Para onde está me levando?

Ela coloca suas mãos em cima de meus olhos e tenho a mesma visão que ela. É rápida, rápida demais. Os holofotes do palco de um teatro de variedades. O ilusionista. A dama escrevendo na lousa: *A Árvore de Todas as Almas vive. A chave guarda a verdade.* Uma mulher num salão de chá. Ela vira a cabeça e sorri. Srta. McCleethy.

Ouço o rápido galope de cavalos sobre as pedras do calçamento. A cabeça da dama na visão é cortada e ela olha ao redor loucamente. Uma carruagem negra puxada por quatro cavalos lustrosos surge de dentro das sombras de Londres e vem rapidamente pela rua. Cortinas negras vedam as janelas.

– Pare! – grito, mas os cavalos ganham velocidade.

A carruagem está quase em cima de nós. Seremos pisoteadas.

– Solte-me! – grito, e a dama se dissolve em folhas sopradas pelo vento, que se vão. A carruagem me atravessa como se eu fosse feita de ar e desaparece dentro do nevoeiro. O mundo volta para seu lugar, com um estalido, e estou bem no meio da rua, entre carroças e fiacres, que tentam seguir em torno de mim. Um lacaio grita para que eu saia do meio da rua.

Vovó me olha, horrorizada.

– Gemma Doyle! O que você está fazendo?

Vou até ela, cambaleando.

– Não a viu? – arquejo. – Uma carruagem saiu do nada e desapareceu com a mesma velocidade.

O espanto de vovó luta com a magia que está dentro dela.

– Agora não teremos nossos doces. – Ela faz um muxoxo.

– Garanto que vi a carruagem – resmungo.

Ainda estou procurando pelas ruas sinais da carruagem e da dama. Não os vejo em parte alguma e não posso ter certeza se vi mesmo alguma coisa. Mas uma certeza eu tenho: a mulher da visão era a Srta. McCleethy. E quem quer que fosse essa dama, ela conhecia minha professora.

Papai me resgata do exílio em meu quarto, convidando-me para me unir a ele no pequeno gabinete do segundo andar. Está cheio com seus livros e papéis, seus mapas de lugares distantes para onde ele viajou em várias aventuras. Só três fotografias estão em cima de sua escrivaninha – um pequeno daguerreótipo de mamãe, no dia do casamento deles, outro de Thomas e eu, quando crianças, e uma granulosa foto de papai e um indiano, fazendo um acampamento numa expedição de caça, com seus rostos soturnos e determinados.

Papai ergue os olhos de seu diário de observação de pássaros, no qual fez uma nova anotação. Seus dedos estão manchados de tinta.

– O que foi isso que eu soube, sobre cocheiros de carruagens enlouquecidos nas ruas de Londres?

– Vejo que vovó veio logo contar a novidade – digo taciturnamente.

– Ela estava muito preocupada com você.

Devo contar a ele? O que ele diria se eu contasse?

– Eu me enganei. No nevoeiro, era difícil ver.

– Nos Himalaias, sabe-se que os homens se perdem quando as nuvens vêm em grande quantidade. Um homem pode ficar desorientado e ver coisas que não estão ali.

Sento-me aos pés de papai. Não faço isso desde que era menina, mas tenho necessidade de conforto neste momento. Ele dá palmadinhas em meu ombro, gentilmente, enquanto trata de seu diário.

– Aquela foto que está em cima da sua escrivaninha foi tirada nos Himalaias?

– Não. É de uma expedição de caça perto de Lucknow – diz ele, sem maiores explicações.

Olho para a foto de minha mãe, procurando em seu rosto alguma semelhança com o meu.

– O que o senhor sabia sobre mamãe, antes de se casar com ela?

Papai pisca.

– Eu sabia que ela era suficientemente tola para aceitar meu pedido de casamento.

– Conhecia a família dela? Sabia onde ela morava antes? – insisto.

– A família dela morreu num incêndio. Foi o que ela disse. Ela não queria conversar sobre uma lembrança tão dolorosa e nunca insisti.

Essa é a maneira de ser da minha família. Não falamos sobre as coisas desagradáveis. É como se não existissem. E, se puserem suas feias cabeças para fora de seu buraco, nós as cobrimos rapidamente e nos afastamos.

– Então ela podia ter segredos.
– Humm?
– Ela podia ter segredos.

Papai põe fumo no fornilho de seu cachimbo.

– Todas as mulheres têm seus segredos.

Mantenho minha face apoiada em sua perna, o que me reconforta.

– Então é possível que ela pudesse ter levado uma vida secreta.

Talvez fosse uma palhaça de circo. Ou uma pirata. – Engulo em seco. – Ou uma feiticeira.

– Ah, sabe, até gosto dessa última possibilidade.

Papai solta baforadas do seu cachimbo. A fumaça confere ao cômodo uma doçura nevoenta.

– Sim – continuo, sentindo-me mais ousada. – Uma feiticeira capaz de entrar num mundo secreto. Ela tinha muito poder, talvez tão grande que o passou para mim, sua única filha.

Papai põe a mão em concha em minha face.

– Ela fez isso, de fato.

Meu coração bate mais depressa. Eu podia contar a ele. Podia contar tudo a ele.

– Papai...

Papai tosse sem parar.

– Maldito fumo – diz ele, procurando seu lenço.

Nossa governanta entra, trazendo para papai um conhaque que não precisou ser pedido.

– Ah, Sra. Jones – diz papai, tomando um gole calmante. – A senhora parece um anjo de misericórdia.

– Gostaria que sua ceia fosse servida agora, senhor? – pergunta ela.

Papai não jantou conosco esta noite. Alegou não estar com fome. Mas está tão magro. Espero que coma alguma coisa.

– Um prato de sopa será o bastante, eu acho.

– Está bem, senhor. Srta. Doyle, sua avó lhe pede que vá fazer companhia a ela na sala de estar.

– Obrigada – digo, com um aperto no coração.

Não queria encará-la ainda.

A Sra. Jones sai do gabinete sem ruído, como os criados fazem, como se nem mesmo as saias dela ousassem provocar algum som, a fim de não chamar a atenção para quem as usa.

Papai ergue os olhos de seu diário, com o rosto avermelhado por causa do acesso de tosse.

– Gemma, havia alguma outra coisa que queria me contar, queridinha?

*Tenho um poder, papai – um enorme poder que nem comecei a entender ainda. É uma bênção e uma maldição. E tenho medo de que, se o senhor souber da existência dele, nunca mais me chame de queridinha.*

– Não, nada – digo.

– Ah. Bem. Então vá. Não gostaria de manter sua avó esperando esta noite.

Ele inclina a cabeça, concentrado, sobre seus pássaros, seus mapas, suas anotações sobre as constelações – coisas que podem ser observadas, registradas e entendidas.

E ele mal nota quando saio do gabinete.

Vovó está sentada em sua cadeira, seus dedos ocupados com seu bordado, enquanto tento fazer um castelo de cartas.

– Fiquei muito preocupada com seu comportamento esta tarde, Gemma. E se você fosse vista por algum conhecido nosso? É preciso pensar em sua reputação. E na nossa, é claro.

Deixo cair uma carta dentro do quadrado que construí.

– Não há coisa mais importante com que se preocupar, além do que os outros pensam de nós?

– A reputação de uma mulher é sua riqueza – explica vovó.

– É uma maneira mesquinha de viver.

Deixo cair uma rainha de copas no topo. As paredes de cartas tremem e desabam debaixo do novo peso.

– Não sei por que me incomodo. – Ela funga.

Seus pontos ganham uma nova e furiosa velocidade. Quando não consegue dobrar-me com suas repreensões, ela me manipula usando a culpa.

Tento arrumar as cartas novamente, aperfeiçoando o ato de equilibrar.

– Fique – sussurro.

Ponho a última carta no topo e espero.

– É só com isso que você ocupa seu tempo? Castelos de cartas? – Vovó sorri, com uma expressão de zombaria.

Suspiro, e as minúsculas rajadas da respiração derrubam meu trabalho. As cartas esvoaçam e formam uma pilha desarrumada. Não estou com disposição para aguentar isso. Os acontecimentos da tarde já foram bastante perturbadores e, se não posso ter conforto, gostaria, pelo menos, de ter alguma paz. Um pouco de magia pode eliminar o desapontamento dela e o meu próprio.

– Você se esquecerá de tudo o que aconteceu hoje, depois que saímos da loja da modista, vovó. Sou sua amada neta e somos felizes, todos nós... – digo.

Vovó olha com uma expressão de desamparo para a costura em seu colo.

– Eu... eu esqueci meu ponto.

– Vou ajudá-la – digo, guiando suas mãos até que ela retome o bordado.

– Ah, meu Deus. Obrigada, Gemma. Você me ajuda tanto. O que eu faria sem você?

Vovó sorri, e faço o melhor que posso para retribuir seu sorriso, embora em alguma parte, nas profundezas de meu ser, eu me indague se troquei uma vida de mentiras por outra.

Uma pancada terrível me acordou, nada satisfeita. Esfregando os olhos a fim de afastar o sono, rastejo para o andar de baixo. É Tom quem está fazendo esse barulho. Ele voltou animado; na verdade, entra na sala de visitas cantando. É um acontecimento nada natural, como observar um cachorro andando de bicicleta.

– Gemma! – diz ele, todo feliz. – Você está acordada!

– Ora, seria difícil continuar dormindo com toda essa barulheira.

– Desculpe.

Ele faz uma curvatura, se ergue depressa demais, e tropeça numa mesinha, derrubando um jarro de flores. A água se derrama sobre o precioso tapete persa de vovó. Tom tenta salvar o jarro, mas ele rodopia para longe do meu irmão.

– Tom, o que você está fazendo?

– Esse pobre vaso não está bem. Precisa dos meus cuidados.

– Ele não é um paciente – digo, tomando o jarro das mãos dele. Tom encolhe os ombros.

– Mesmo assim, ele não está bem.

Tom se deixa cair numa cadeira e tenta invocar o que lhe resta de dignidade, ajeitando repetidas vezes sua gravata fora do lugar. O cheiro de álcool é muito forte em sua respiração.

– Você está bêbado – sussurro.

Tom levanta o dedo, como um advogado dirigindo-se a uma testemunha.

– Isto é uma coisa muito obs... obsce... terrível para se dizer.

– Você quer dizer obscena – declaro, corrigindo-o.

Fui acordada por um idiota. Voltarei para a cama e o deixarei atormentando os criados, e depois se encolhendo de vergonha, sob os olhares severos deles, de manhã. Obviamente, toda a magia que dei a Tom se foi e ele está de volta ao seu eu impossível.

– Vamos, pergunte sobre minha noitada – diz ele, em voz altíssima.

– Tom, fale mais baixo – sussurro.

Tom balança a cabeça.

– Isso mesmo. Isso mesmo. Quieto como um rato de igreja, é assim que sou. Agora, pergunte.

Ele cruza os braços, quase batendo em seu próprio rosto.

– Está bem – digo. – Como foi sua noitada?

– Consegui, Gem. Provei que tenho valor. Fui convidado para entrar num clube muito exclusivo.

*Exclusivo* sai da boca de Tom com um som esquisito, arrastado. Vendo meu rosto perplexo, ele franze a testa.

– Você poderia dizer parabéns, não é mesmo?

– Foi o Athenaeum, então? Mas pensei...

O rosto dele se torna sombrio.

– Ah. Aquele clube. – Ele faz um aceno negativo com a mão, como quem afasta alguma coisa. – Eles não aceitam sujeitos como eu. Não ouviu dizer? Não sou suficientemente bom. – O álcool só fez acentuar sua amargura. – Não. Isto é diferente. É como os Templários. Homens de cruzadas! Homens de ação!

Ele faz gestos largos e quase torna a derrubar o jarro. Eu o resgato, rapidamente.

– Homens desastrados descreveria melhor a situação – resmungo.

– Muito bem, você me deixou intrigada. Qual é esse santo clube?

– Não, não posso dizer. Ainda não. Por enquanto, deve permanecer um assunto particular – diz Tom, colocando o dedo sobre seus lábios e coçando o nariz. – Um segredo.

– E é por isso, sem dúvida, que você está conversando abertamente comigo a respeito.

– Você zomba de mim!

– Sim, e não deveria fazer isso, porque é fácil demais.

– Não acredita que um clube me escolheria? – Suas pálpebras tremem e sua cabeça cai um pouco para a frente. Ele dormirá dentro de um instante. – Ora, exatamente esta noite...

– Exatamente esta noite – insisto.

– ... recebi uma indicação. Um sinal de dis... *distinção*. Eles disseram que me protegeriam de... influências... indesejáveis...

– Do quê? – digo, mas não adianta.

Tom já está roncando na cadeira. Suspirando, tiro o cobertor do divã e o coloco sobre suas pernas. Puxo-o até o queixo dele e meu sangue esfria. Em sua lapela há um alfinete conhecido – a insígnia do crânio e da espada que usam os membros do Rakshana.

– Tom – digo, sacudindo-o. – Tom, onde você conseguiu isso?

Ele se vira de leve na cadeira, com os olhos ainda fechados.

– Eu já lhe disse, fui chamado para ser membro de um clube para cavalheiros. Finalmente, deixarei papai orgulhoso e provarei... que sou um homem...

– Tom, você não deve confiar neles – sussurro, segurando com força sua mão.

Tento unir nossos pensamentos com meu poder, mas o álcool que ele bebeu começa a fazer efeito em mim. Afasto-me, meio tonta e cambaleando.

Fowlson cumpriu sua promessa. A bile sobe até minha garganta e sinto um medo desconhecido se apoderar de mim. Fui apanhada no xeque-mate dele: se contar a Tom meu segredo, ele pensará que estou louca. Se empregar a magia, os Rakshana saberão que ainda a tenho e virão à minha procura, antes que eu tenha uma chance de fazer o que devo.

Por enquanto, não posso confiar em meu irmão. Ele é um dos membros.

Na manhã seguinte, Tom me leva até a estação ferroviária, onde devo encontrar uma certa Sra. Chaunce, uma conhecida idosa de vovó que viajará para tão longe quanto a Spence em troca de uma pequena remuneração. Tom está em um estado deplorável esta manhã. Ele não é um bebedor e a palidez do seu rosto mostra isso. Está de péssimo humor e é bem merecido.

Tom continua a examinar seu relógio de bolso, queixando-se amargamente:

— Onde está ela? As mulheres. Sempre atrasadas.

— Tom, esse clube para o qual você entrou... — começo a dizer, mas logo então chega a Sra. Chaunce e Tom não pode me passar nenhuma informação a tempo.

— Olá, Gemma. Uma viagem agradável.

Depois de uma rápida rodada de frases corteses, a Sra. Chaunce, que, graças a Deus, tem tão pouco interesse em mim quanto eu por ela, vai cuidar da bagagem. Ela oferece ao carregador um centavo por seu trabalho. O homem a olha com desdém e remexo em minha bolsa para encontrar mais dois. A Sra. Chaunce não é uma acompanhante muito boa, porque já a perdi de vista, mas a vejo quando embarca no trem e vou correndo atrás dela.

— Deixou cair isto, senhorita?

Viro-me e vejo o Sr. Fowlson atrás de mim, segurando um lenço de senhora. Não é meu, mas não importa, é apenas um pretexto para falar comigo.

— Deixe meu irmão em paz, ou então...

— Ou então o quê, amor?

— Procurarei as autoridades.

Ele ri.

— E dirá o quê? Que seu irmão entrou num clube para cavalheiros e a senhorita não aprova? Ora, estarei na prisão de Newgate antes do amanhecer!

Baixo minha voz até que ela se transforma num silvo:

— Deixe meu irmão em paz ou eu...

Seu sorriso é substituído por um olhar raivoso e pétreo.

— A senhorita o quê? Usará seu poder sobre mim? Mas não o tem mais, não é, amor?

A magia se empina dentro de mim, como cavalos prontos para partir, e preciso de cada pedacinho da minha força para prendê-la. Não devo liberá-la. Agora não.

A Sra. Chaunce me chama através de uma janela aberta, tossindo em meio ao vapor.

— Srta. Doyle! Srta. Doyle! Vamos, apresse-se!

— Um bom sujeito, seu irmão. Quer ser respeitado da pior maneira. É um bom material para se trabalhar. Ambição é uma boa adversária para a magia. Boa viagem, Srta. Doyle. Tenho certeza de que logo a verei.

Eu me instalo em meu compartimento com a Srta. Chaunce e o trem parte. A ameaça de Fowlson está bem fresca em minha cabeça e gostaria de ter alguém com quem falar a respeito. O trem está cheio de pessoas ansiosas para chegar aos seus destinos, ou felizes por deixarem outras pessoas. Conversam entre si; mães oferecem às crianças pedacinhos de comida para mantê-las satisfeitas; pais olham admirativamente; damas viajando juntas observam, com sorrisos excitados, o cenário rolando. Não consigo mais conter a magia e sinto a constante pressão dos seus pensamentos, até ter medo de enlouquecer. Tento parar com isso, mas é difícil demais com tudo o que acontece em torno de mim, então faço a única coisa que sei fazer: concebo um desejo de não poder ouvir nada. Logo, embora a vida continue a pulsar ao meu redor, fico sozinha num casulo de tranquilidade.

E me indago: para que serve este poder, se só faz com que eu me sinta mais sozinha?

# Ato III

*Amanhecer*

O poder absoluto corrompe
de forma absoluta.

– Lorde Action

# Capítulo
## Vinte e Seis

*Dois dias depois*
ACADEMIA SPENCE

A CHUVA VEM CONTRA NÓS OUTRA VEZ. DURANTE DOIS DIAS, ELA NOS mantém prisioneiras, encharcando o bosque e transformando o gramado numa extensão lamacenta. Chicoteia a janela de meu quarto, enquanto finalmente tiro o lenço vermelho ensopado que coloquei ali quando voltei de Londres, e o escondo outra vez debaixo do meu travesseiro, onde ninguém o verá. Kartik sempre veio, antes, mas não desta vez. Primeiro, temi que ele tivesse ido para Bristol e embarcado no *HMS Orlando* sem se preocupar em se despedir. Mas, justamente ontem, eu o vi da minha janela. Ele notou o pano vermelho e o ignorou sem um segundo olhar.

Desde então, comecei três cartas diferentes para ele.

*Meu caro Kartik,*
*Temo que deva terminar nossa relação. Incluo o lenço. Por favor, use-o para enxugar suas lágrimas... isso é, se derramar alguma, pois começo a duvidar disso.*

*Com afeto,*
*Gemma*

*Caro Kartik,*
*Estou terrivelmente perturbada por saber que ficou cego. Deve ter ficado porque, com certeza, se tivesse visão, veria o lenço vermelho que preguei na janela do meu quarto e entenderia que era uma correspondência urgente. Desejo que saiba*

que, embora esteja cego, como o Sr. Rochester, continuo sua amiga e farei o que puder para visitá-lo em seu eremitério.

> Com a maior das simpatias,
> Gemma Doyle

Sr. Kartik,
Que tipo de amigo horroroso é o senhor? Quando me tornar uma grande dama, passarei pelo senhor na rua sem lhe fazer sequer um cumprimento com a cabeça. Se cuidar do HMS Orlando com a metade dessa gentileza, com certeza ele afundará.

> Pesarosamente,
> Srta. Doyle

Minha mão paira novamente por cima da folha, procurando palavras que combinem com meus sentimentos, mas só encontro essas: *Caro Kartik... Por quê?* Rasgo a carta em pedacinhos e alimento com ela a chama de minha vela, observando o negror que se espalha e encurva as beiradas de minha mágoa, transformando tudo em algo escuro e fumacento, que cai em cinzas.

Tanto Ann quanto Felicity voltaram, afinal, e estamos novamente juntas no grande salão. Felicity nos fala de visitas a Lady Markham, enquanto Ann conta os horrores de Lottie e Carrie. Mas meus pensamentos estão em outra parte; meus problemas com Kartik, Fowlson e Tom me deixaram num estado de espírito sombrio.

– E então Lady Markham me apresentou ao seu filho, Horace, que é tão sem graça quanto uma jarra de água. Na verdade, tenho certeza de que seria possível ter uma conversa mais interessante com uma jarra de água.

Ann ri.

– Foi tão ruim assim?

– De fato, foi. Mas sorri docemente e tentei não olhar de esguelha, e o dia foi ganho. Creio que garanti o afeto de Lady Markham e seu patrocínio.

– Sabem o que Charlotte me disse? – conta Ann. – "Quando você for minha governanta, farei o que quiser. E, se você não fizer como eu digo, direi à mamãe que vi você mexendo nas joias dela. E então ela jogará você na rua, sem nenhuma reputação."

Até Felicity fica horrorizada.

– Ela é uma delinquente juvenil! Deveríamos dependurá-la pelos dedos dos pés. Não está satisfeita porque não será governanta, afinal?

– Só se eu garantir aquele encontro com o Sr. Katz – diz Ann, roendo uma unha. – Tomara que a tão esperada carta chegue logo.

– Tenho certeza de que chegará – diz Felicity, bocejando.

– Gemma, como foi *seu* feriado? – pergunta Ann.

– Recebi uma visita de Fowlson – digo. – Ele está tentando me chantagear, para que eu dê a magia aos Rakshana. Recrutou meu irmão, Tom, para a irmandade. Tenho medo do que poderão fazer com ele, a fim de me atingir.

– Os Rakshana! – exclama Ann.

– Por que não transforma Fowlson num sapo gigante ou o faz mergulhar nas florestas de Calcutá? – Felicity finge pigarrear.

– Não entendem? Quando revelar que tenho a magia dos reinos, eles a tirarão de mim. Não posso deixar que saibam.

– O que você fará? – pergunta Ann.

– Há outra coisa. Quando estava em Londres, tive outra visão. E nesta vi a Srta. McCleethy.

Conto a elas sobre a dama e a carruagem fantasmagórica. Sombras da luz do fogo se contorcem nas cortinas da tenda de Felicity, como demônios.

– McCleethy – diz Ann, estremecendo. – Mas o que isto quer dizer?

– Sim, de que adiantam mensagens que você não pode entender? – queixa-se Felicity. – Ora, pelo menos uma vez, será que um desses fantasmas não pode simplesmente dizer: "Olá, Gemma, lamento profundamente incomodar você, mas achei que talvez gostasse de saber que é com a Sra. X que precisa tomar cuidado, ela quer acabar com você. Tchau, tchau!"

Giro os olhos.

– Ajuda muito o que você disse. Obrigada. Infelizmente, minhas visões não funcionam exatamente assim. Eu é que preciso interpretar seu significado. E não tenho nenhuma pista. Mas há alguém que talvez tenha. Precisamos assistir à apresentação no Salão Egípcio e encontrar esse Dr. Van Ripple. Precisarei convencer LeFarge o mais rápido possível.

– Certo – dizem ao mesmo tempo Ann e Felicity.

– Quero mostrar uma coisa a vocês.

Felicity abre uma caixa e tira camadas de papel de seda. Dentro, está uma pelerine verdadeiramente linda, de veludo azul-marinho com um enfeite de pele branca em torno da gola e presa por fitas de seda.

– Ah – diz Ann, boquiaberta. – Como você tem sorte.

Felicity segura a capa curta a uma certa distância.

– Papai quer levar a pequena Polly numa viagem. Protestei e ele comprou isto para mim.

– Por que você protestou? – pergunta Ann, ainda olhando para a pelerine.

Felicity e eu trocamos um olhar que nenhuma das duas quer prolongar. Ambas sabemos o que significa para o almirante levar sua jovem tutelada numa viagem. O horror disto me deixa muda.

– Vou dá-la a Pip – diz Fee, dobrando-a cuidadosamente dentro da sua caixa.

A boca de Ann torna a se abrir, com o choque.

– Sua mãe não ficará aborrecida?

– Que fique – diz Felicity, com os lábios pressionados, formando uma linha dura. – Direi que a lavadeira a estragou. Ela ficará zangada e dirá que não tenho cuidado com minhas coisas. Eu lhe direi que ela também não tem cuidado com as suas.

A caixa é guardada embaixo da cadeira de Felicity.

– Mas e esta noite? Gemma, os reinos?

Elas me olham, esperançosamente.

– Sim. Os reinos. – Abro uma parte da tenda e espiamos a Srta. McCleethy. Ela está sentada com Nightwing e LeFarge, todas tomando chá e dizendo coisas alegres. Nightwing dá olhadas furtivas no relógio e sei que está louca por seu xerez do anoitecer. Pelo menos, podemos ter certeza de que ela dormirá durante nossas aventuras. Mas a Srta. McCleethy é diferente. Ela espera que eu cometa um erro para provar que tenho a magia, e agora estou duplamente suspeitosa com relação a ela, depois da minha visão.

– Maldita McCleethy – rosna Felicity. – Ela vai estragar tudo.

Ann morde seu lábio inferior, pensando.

– E se usássemos um feitiço nela? Podíamos deixá-la com tanto sono que passaria dias na cama.

Felicity ri, incrédula.

– Está maluca? Ela provavelmente viria atrás de nós, para acabar conosco!

— Não — digo. — A menor insinuação de magia usada contra ela e ela saberá. É justamente agora que não podemos nos arriscar. Ela não deve suspeitar de nada. Infelizmente, acho que teremos de esperar até que durma profundamente, antes de irmos para os reinos.

— Ela não parece estar com nenhum sono — lamenta Ann.

Espio Mademoiselle LeFarge levantando-se da sua cadeira.

— Continuem vigiando aquelas duas — digo, levantando-me também.

Alcanço nossa professora na biblioteca, onde ela procura um livro entre os muitos que estão nas prateleiras.

— *Bonsoir, Mademoiselle LeFarge* — consigo dizer. — *Ahn, comment allez-vous?*

Ela corrige minha pronúncia, sem erguer os olhos:

— *Comã talê vu.*

— Sim, farei um esforço maior.

— Ficarei feliz, Srta. Doyle, se fizer um pequeno esforço mesmo.

Sorrio, como uma palhaça.

— Sim, tem toda razão.

Nossa conversa não começou bem. Talvez eu possa estropiar outra língua, ou falar mal do vestido dela, ou, que Deus não permita, cantar.

— Está uma noite linda, não é?

— Está chovendo — comenta ela.

— Sim, é verdade. Mas precisamos de chuva. Faz as flores crescerem rapidamente e...

O olhar perceptivo de Mademoiselle LeFarge me detém.

— Vamos parar com isso. O que realmente deseja, Srta. Doyle?

Vejo que seu noivado com o inspetor Kent aguçou as habilidades de detecção da própria LeFarge.

— Pensei que talvez pudesse levar a gente a essa apresentação.

Desdobro o folheto do espetáculo no Salão Egípcio e o entrego a ela. Mademoiselle LeFarge leva-o até a lâmpada.

— Um show com lanterna mágica! Amanhã à tarde!

— Parece que será extraordinário! E sei quanto a senhorita gosta desse tipo de espetáculo!

— É verdade... — Com um suspiro, ela dobra o folheto. — Mas não é lá muito edificante.

— Ah, mas...

— Lamento, mas a resposta é não, Srta. Doyle. Dentro de um mês, a senhorita estará em Londres, para sua temporada social, e poderá ver o que quiser. E acho que seu tempo será melhor empregado se praticar suas mesuras. Afinal, estará diante da sua soberana. É o momento mais importante da sua vida.

– Espero que não – resmungo.

Ela me dá um sorriso gentil, juntamente com a advertência, e maldigo minha sorte. Como chegaremos ao Salão Egípcio e ao Dr. Van Ripple agora?

Eu poderia *obrigá-la* a fazer o que quero. Não, isso é horrível. Mas de que outra maneira encontraremos o Dr. Van Ripple? Muito bem, apenas essa vez e nunca mais.

– Querida Mademoiselle LeFarge – digo, pegando suas mãos.

– Srta. Doyle? O quê...

Ela é silenciada pela magia.

– A senhorita quer levar Felicity, Ann e eu ao Salão Egípcio, amanhã à tarde. Está desesperada para nos levar. Será... edificante, garanto – digo.

Há uma batida na porta e interrompo o contato com LeFarge exatamente no momento em que vejo a Srta. McCleethy à porta.

– Gemma, você deveria estar na cama – diz a Srta. McCleethy.

– S-sim... eu já ia mesmo – gaguejo.

Minhas mãos tremem. A magia foi agitada dentro de mim agora e quer sair. Tento desesperadamente mantê-la sob controle.

Mademoiselle LeFarge sacode o folheto acima de sua cabeça, como se fosse a carta de um amado pretendente.

– Não é maravilhoso? Um espetáculo com lanterna mágica no Salão Egípcio amanhã. Vou pedir a permissão da Sra. Nightwing para levar as meninas. Promete ser altamente edificante.

– Um espetáculo com lanterna mágica? – A Srta. McCleethy ri. – Não posso acreditar que...

– Veja aqui: os Irmãos Wolfson! – Ela empurra o anúncio para cima da Srta. McCleethy. – A Srta. Doyle chamou minha atenção para ele e estou muito satisfeita que tenha feito isso. Vou falar imediatamente com a Sra. Nightwing. Dê licença.

A Srta. McCleethy e eu ficamos sozinhas.

– Vou para a cama.

– Espere um momento – diz ela, e tento abrir caminho e passar por ela. – Está doente, Srta. Doyle?

– N-não – digo, com a voz rouca.

Não ouso olhar para ela. Será que ela pode perceber? Que pode ler em meu rosto? Sentir o cheiro em mim, como se fosse um perfume?

– Isso é meio repentino. Fico imaginando como foi que ela ficou tão entusiasmada com esse espetáculo.
– Mademoiselle LeFarge ado... adora esse tipo de coisa. – Mal consigo dizer. Minha testa está coberta de suor. A magia quer sair. Enlouquecerei tentando prendê-la.
Durante o momento mais longo de minha vida, nenhuma de nós duas diz uma só palavra. Afinal, a Srta. McCleethy rompe o silêncio:
– Está bem. Se é tão edificante, talvez eu deva ir também.
Mas que inferno!
Finalmente livre do olhar fixo da McCleethy, cambaleio até meu quarto, quase vomitando, por causa do poder que contive. Abro a janela com um empurrão e me encolho em cima do peitoril, deixando a chuva leve bater em meu rosto virado para cima, mas não adianta. A magia me chama.
*Voe*, ordena ela.
Fico em pé em cima do estreito peitoril, segurando com força a moldura da janela, com meu corpo curvando-se para fora. E então, solto. Meus braços se transformam nas asas brilhantes de um corvo, de um azul quase negro, e me elevo bem alto por cima da Spence. É maravilhoso. Eu poderia viver dentro deste poder para sempre.
Dou uma volta por cima do acampamento dos trabalhadores; os homens jogam cartas e boxeiam. Bem adiante, na estrada, vagueia um grupo de atores, bêbados, passando de um para o outro uma garrafa de uísque. Arremesso-me para cima do acampamento dos ciganos, onde Ithal está de guarda e Mãe Elena dorme agitadamente em sua tenda, murmurando um nome que se perdeu nos sonhos.
Há uma luz acesa na casa dos barcos e sei quem está lá. Pouso tão suavemente quanto a neve cai e me livro de minha forma de corvo. Através da janela encardida, vejo-o com sua lanterna e seu livro. Terei o que quero?
Empurro a porta e Kartik me vê, o rosto corado, os cabelos desgrenhados.
– Gemma? O que aconteceu?
– Você está sonhando – digo, e suas pálpebras se agitam sob minha persuasão.
Quando ele torna a abrir os olhos, está numa condição intermediária entre dormir e acordar.
– Por que não foi à minha procura? – pergunto.

A voz dele está distante:
— Sou um perigo para você.
— Ora, estou cansada de segurança. Beije-me — digo. Dou um passo para a frente. — Por favor.

Ele atravessa o piso com dois passos e a força do seu beijo me tira o fôlego. As mãos dele estão em meu cabelo, com minha cabeça curvada para trás, seus lábios em meu pescoço, em toda parte de uma só vez.

— É apenas magia, não é real. *Não, não pense nisso. Pense apenas no beijo.* Há apenas isso. Apenas isso. Beije.

Sua língua desliza para dentro da minha boca — uma surpresa — e eu me afasto, assustada. Mas ele me puxa para si, num outro beijo, mais faminto desta vez. Ele faz pequenas explorações com a ponta de sua língua. Sua mão desce pela extensão do meu torso e torna a subir; ele a coloca em concha em cima do meu seio e geme. Mal posso respirar. Não me sinto mais no controle da situação nem de minhas emoções.

— P-pare! — digo. Ele me solta e o máximo que consigo é não tornar a puxá-lo para mim. — Durma, agora.

Ele se acomoda no chão e fecha os olhos.

— Tenha apenas sonhos agradáveis — digo.

Saio silenciosamente da casa dos barcos, meus dedos tocando meus lábios inchados pelo beijo. E, apesar de todo o poder que tenho, não consigo impedir que um sorriso satisfeito floresça neles.

Quando chegamos às Terras Limítrofes, as moças da fábrica gritam seu familiar *"Uuuu...!"*. Respondemos da mesma forma e elas aparecem, como num passe de mágica, do meio das árvores e dos arbustos. As saias de Mae e Bessie estão manchadas com listras escuras e vermelhas.

— Pegamos um faisão para nós — diz Bessie, quando me surpreende olhando. — Já pensou? — Ela sorri e seus dentes são aguçados.

— Vocês voltaram! — exclama Pippa. Ela prendeu suas saias na cintura, formando uma bolsa que está caída com amoras colhidas. Abraça cada uma de nós e, quando me alcança, sussurra docemente:
— Venha comigo até a capela.

— Pip, tenho um presente para você — diz Felicity, erguendo a caixa.

— Estou louca para ver. Voltarei num instante!

O rosto de Felicity se entristece enquanto Pip me rapta para a abadia em ruínas, cantarolando uma musiquinha alegre. Quando estamos seguras, por trás da tapeçaria puída, ela despeja suas amoras numa grande tigela e agarra minhas mãos.
– Tudo bem, estou pronta para a magia.
Eu me afasto.
– E oi para você também, Pip.
– Gemma – diz ela, pondo os braços ao redor da minha cintura. – Você sabe o quanto gosto de você, não é?
– É de mim ou da magia que você gosta?
Magoada, Pippa se refugia no altar, arrancando cravos-de-defunto do chão, pelos talos, e jogando-os de lado.
– Você não me negaria uma certa parcela de felicidade, não é, Gemma? Ficarei presa aqui por uma eternidade, sem ninguém, a não ser essas moças rudes e vulgares como minhas companheiras.
– Pippa – digo gentilmente. – Quero sua felicidade, quero verdadeiramente. Mas algum dia, muito em breve, terei de devolver a magia ao Templo e formar uma aliança para supervisionar sua segurança. Não a terei sempre nas pontas de meus dedos, como agora. Já pensou em como passará o resto de seus dias?
Lágrimas enchem seus olhos.
– Será que posso entrar em sua aliança?
– Não sei – digo. – Você não é... – Elimino a palavra antes que ela saia da minha boca.
– Uma pessoa viva? Membro de uma tribo? – Uma gorda lágrima rola por sua face. – Não pertenço ao seu mundo e não pertenço ao deles. Também não faço parte das Terras Invernais. Não pertenço a parte alguma, não é?
É como se ela me perfurasse o coração. Quantas vezes eu também já me senti assim?
Pippa enterra a cabeça em suas mãos.
– Você não sabe como são as coisas para mim, Gemma. Como conto as horas até vocês três voltarem.
– A mesma coisa acontece conosco – garanto-lhe.
Porque, quando estamos juntas, tudo parece possível e não há nenhum fim à vista. Simplesmente, continuaremos assim para sempre, dançando, cantando e correndo pela floresta, sem parar de rir nem um só instante. Apenas isso basta para me fazer pegar em suas mãos e partilhar meu poder com ela.

– Venha – digo.

Abro meus braços e ela vem correndo.

– Pip, tenho um presente para você – diz novamente Felicity, quando voltamos.

Ela desdobra a pelerine com peles na gola.

– Ah! – suspira Pip, abraçando a capa. – É extraordinária, minha querida Fee! – Dá um beijo doce na face de Felicity, e esta sorri como se fosse a moça mais feliz do mundo.

Bessie Timmons abre caminho à força entre elas. Ergue a pelerine e a examina.

– Não parece tão especial.

– Ora, Bessie – repreende Pippa, arrancando-a de suas mãos. – Assim não pode ser. Uma dama deve sempre dizer alguma coisa gentil ou então não falar nada.

Bessie se apoia numa coluna de mármore cujas inúmeras fendas estão cheias de ervas daninhas.

– Acho que vou ficar calada, então.

Pippa levanta seu cabelo e deixa que Felicity prenda as fitas da pelerine em torno do seu pescoço esguio, e depois desfila cheia de pose, vestida com ela.

Ann e as moças da fábrica ocupam o altar. Ela lhes conta *Macbeth*. Faz com que a peça pareça uma história de fantasmas, como acho que é mesmo.

– Nunca estive em um teatro de verdade – diz Mae Sutter, quando Ann termina.

– Teremos nosso próprio aqui – promete Pippa.

Ela se instala no trono como se tivesse nascido para isso.

Felicity encontra uma velha cortina. Sob seu toque, ela se transforma numa pelerine exatamente igual à que deu a Pip. É linda, mas, quando ela se senta junto de Pip, a ilusão aparece. Não pode comparar-se com a verdadeira.

– Nossa Ann terá uma audição com Lily Trimble.

– Conte mais! – Mae ri.

– É verdade – diz Ann. – No West End.

– Ah, naquele lugar – diz Mercy, com uma mistura de admiração e inveja. – Lembra-se das batatas fritas que conseguíamos nas quartas-feiras, Wendy?

– Sim. Bem gordurosas.

– Pingando gordura e bem quentinhas! – O sorriso de Mercy desaparece. – Sinto falta disso.

– Pois eu não. – Bessie Timmons pula de seu lugar junto do fogo e vai para a frente. – Era pura infelicidade. Trabalhar o tempo inteiro. E ninguém nos esperando, quando a gente chegava em casa, a não ser nossas mães, com bocas demais para alimentar e sem dinheiro que desse.

Mercy mantém os olhos fixos em suas botas.

– Não era tão ruim assim. Minha irmã Gracie era muito meiga. E eu tinha grandes sonhos.

Vêm lágrimas e ela funga e assoa o nariz.

Bessie se agacha e fala com veemência bem perto do rosto da amiga:

– Dor de barriga e dedos duros de frio, era o que você tinha, Mercy Paxton. Não vá chorar agora por causa disso.

Mae intervém:

– Temos tudo aqui, Mercy. Não vê?

– Mercy, venha cá – ordena Pippa. A menina levanta-se com esforço do chão e caminha timidamente até ela. Pippa põe as mãos em concha em seu rosto, sorrindo-lhe. – Mercy, já passou, então vamos enxugar nossas lágrimas. Estamos aqui e este lugar será tudo o que sonhamos possuir algum dia. Você verá.

A menina esfrega seu nariz na manga de Pip e, com esse movimento, sua juventude aparece. Ela não tem mais do que treze anos. É terrível pensar nela trabalhando naquela fábrica do amanhecer até a noite.

– Então, quem quer partir para uma aventura alegre? – pergunta Pippa.

As moças irrompem em gritos entusiásticos. Até Mercy consegue dar um sorriso.

– Que tipo de aventura? – pergunta Ann.

Pippa ri.

– Você precisa confiar em mim. Agora, feche os olhos e me siga. Não vale nem espiar!

Com Pippa na liderança, somos puxadas para a frente, segurando as mãos umas das outras, uma corrente de moças. Saímos do castelo. Sinto o frio das Terras Limítrofes em minha pele.

– Abram! – ordena Pippa.

Diante de nós está uma imensa sebe, com uns dez metros de altura. Numa das extremidades, vejo uma entrada.

Ann dá um sorriso.
– É um labirinto!
– Sim – diz Pippa, batendo palmas. – Não é maravilhoso? Quem é a caça?
– Eu – diz Bessie Timmons.
Ela dobra uma esquina e desaparece no bojo do labirinto.
– E eu. – Mae corre atrás dela.
– Adoro um bom jogo de esconde-esconde. Me encontre, Fee!
Depois de dizer isso, Pippa puxa suas saias para cima, e Felicity, rindo, sai à sua caça. Sou a última a entrar. Não sei como as outras puderam afastar-se tão depressa de mim. Dobro uma esquina após outra, mas vejo apenas uma enlouquecedora agitação de cores e depois nada. As paredes do labirinto são as mais estranhas que já vi, feitas com trevos-azedos muito entrançados e pequenas flores pretas, e juro que tudo troca de lugar porque, quando olho para trás, o corredor mudou. A solidão torna meus pensamentos sombrios e apresso os passos.
– Ann! – grito.
– Estou aqui – responde ela, com outro grito. O som vem de todas as partes ao mesmo tempo, de modo que não posso ter certeza do local para onde devo ir em seguida.
Ouço sussurros. Será que vêm de um pouco mais adiante?
Quando contorno a sebe, vejo Felicity e Pippa de pé, próximas uma da outra, as testas se tocando, de mãos dadas. Elas murmuram, numa conferência particular, e só consigo ouvir uma palavra aqui, uma frase acolá.
... há uma maneira...
... mas como...
... podíamos... juntas... entende?
... Pip...
... prometa-me...
... prometo...
Piso num galho caído. Ele se parte com um ruído alto. Imediatamente, elas deixam as mãos caírem e procuram seduzir-me com sorrisos demasiado rápidos.
– Você não devia aparecer assim, sem ninguém ver, Gemma – repreende Fee, mas sua mão está em cima de seu coração, seu rosto corado.
Pippa intervém, sorrindo muito:

– Fee me ensinava a fazer uma mesura para a rainha. É terrivelmente difícil, mas ela sabe fazer isso de maneira brilhante, não é, Fee?

Diante disso, Felicity se curva até o chão, com os braços segurando sua saia, a cabeça bem baixa. Seus olhos frios lançam um olhar para cima, em minha direção.

– Vocês estavam falando sobre a mesura – repito, como uma pateta.

– Sim. – O sorriso de Pippa é uma mentira.

– Não tem importância. Vocês não precisam contar nada – digo, virando-me.

– Gemma, você é uma tola! – grita Felicity, atrás de mim. – Era da mesura que estávamos falando.

Ouço as duas cochichando a minhas costas, enquanto me afasto. Ótimo. Podem ter seus segredos. Viro-me de um lado para outro pelo labirinto. A magia gira dentro de mim, em redemoinhos. Eu poderia comer o mundo, devorá-lo inteiro. Preciso correr. Bater. Ferir e curar na mesma proporção.

*Preciso*, e não suporto isso.

A passos ágeis, corro para dentro da floresta. Onde minhas mãos tocam, algo novo vai nascendo. Flores estranhas, da altura de um homem. Um bando de borboletas com reluzentes asas amarelas contornadas de preto. Frutas de um roxo escuro, gordas e pesadas nos galhos. Aperto uma delas com força, em minha mão, e o suco se transforma em larvas. Atiro-as rapidamente para longe de mim; as repulsivas criaturas se enfiam na terra, e esta responde com uma porção de flores silvestres.

Luzes piscam nas árvores e aparece uma criatura com um aspecto de fada.

– Tanto poder – diz ela, maravilhada.

Estou tonta; sinto-me inchada com tanta magia. De repente, tudo o que quero é me livrar dela.

– Veja – digo, colocando minha mão em cima da sua cabeça.

Onde nos tocamos está frio como a neve e dou uma olhada numa imensa escuridão, antes de me afastar.

A criatura dá voltas pelo ar, com uma cauda de centelhas atrás dela.

– Ahhh, agora eu a conheço – diz ela, satisfeita, e passa um dedo de um lado para o outro sobre meu coração.

Balanço a cabeça.

– Ninguém me conhece.
A criatura gira ao meu redor, vagarosamente, até que me sinto tonta.
– Há um lugar onde você *será* conhecida. Amada. – Seu hálito frio sussurra em meu ouvido. – Querida. Você precisa apenas me seguir.
Ela voa profundamente para dentro das massas de nevoeiro que escurecem as Terras Invernais e vou atrás dela, caçando-a, deixando que o nevoeiro me engula até que a risada de minhas amigas se torna apenas uma fraca lembrança de som. Entro mais profundamente do que jamais entrara até então. Trepadeiras escorregadias coleiam junto a meus pés descalços, como serpentes que cobrissem a terra; fico quieta, acalmando minha respiração.
A criatura que parece uma fada paira perto do meu ombro. Seus olhos são joias negras.
– Ouça – sussurra ela.
Perto do meu ouvido, ouço uma voz das Terras Invernais, tão suave como o beijo de boa noite de uma mãe:
– Conte-nos seus medos e seus desejos...
Algo profundamente enraizado em mim quer responder. É um anseio imenso, como se eu tivesse descoberto um pedaço de mim mesma que, até este momento, eu nunca soube que faltava.
A voz retorna:
– É a este lugar que você pertence, aqui está seu destino. Não há nada a temer.
Os lábios da fada viram-se para cima, num sorriso.
– Está ouvindo?
Faço um sinal afirmativo com a cabeça, mas não consigo falar. O puxão é muito forte. Quero apenas seguir adiante, unir-me ao que me espera do outro lado, seja lá o que for.
– Eu poderia mostrar-lhe o caminho para a Árvore de Todas as Almas – diz a coisinha de asas douradas e brilhantes. – E então você conheceria o verdadeiro poder. Nunca mais estaria sozinha.
As trepadeiras acariciam meus tornozelos; uma delas coleia pela minha perna acima. O nevoeiro se abre; o portão para as Terras Invernais acena, chamando. Dou um passo na direção dele.
A criaturinha me conduz para a frente, com seus dedos finos e compridos.
– É ali. Continue a caminhar.

– Gemma! – Meu nome vagueia em meio ao nevoeiro e dou um passo para trás.
– Não escute! Vá adiante! – silva a fada, mas minhas amigas tornam a me chamar e, desta vez, ouço outra coisa: cavalos num galope forte e rápido.

Afasto-me das Terras Invernais e da fada e corro até o nevoeiro se desfazer e eu me encontrar novamente perto do castelo. As moças saem de repente do labirinto.

– O que é? O que está acontecendo? – grita Ann.

Ela segura Wendy pelo braço.

– Ali! – grita Felicity, e corremos para a muralha de amoreiras silvestres.

Vindo rapidamente pela trilha, vemos um bando de centauros, com Creostus à frente. Eles diminuem a velocidade quando nos veem. Creostus aponta para mim.

– Sacerdotisa! Você vem comigo.

– Ela não vai a parte alguma com seu pessoal – diz Felicity, em pé ao meu lado direito como um soldado.

O centauro caminha com suas pernas fortes.

– Ela está sendo chamada por Philon. Deve responder pelos seus atos.

– A gente vai com você, Gemma – promete Ann.

– Mas nós estamos nos divertindo tanto. – Pippa faz um muxoxo.

– Vamos? – pergunta Felicity, mas não solta a mão de Pip.

Penso nas duas sussurrando pelas minhas costas, partilhando segredos, deixando-me de fora. Ora, talvez eu goste de ter um segredo meu.

– Não. Irei sozinha – digo, e mergulho pelas amoreiras silvestres, passando para o outro lado.

– Sim, Gemma resolverá tudo, não é? – diz Pippa, arrastando novamente Felicity para o labirinto.

Creostus lança um olhar faminto para Wendy.

– Gostaria de levar *você* comigo e torná-la minha rainha. Já cavalgou nas costas de um centauro?

Mae afasta Wendy para longe.

– Cuidado, senhor. Somos damas.

– Sim. Eu sei. Damas. É o tipo que prefiro.

– Creostus, se já acabou de cortejar a Srta. Wendy, eu o acompanharei até onde está Philon – interrompo, imaginando o que há de tão urgente para que Philon mande me buscar.

A risada estrondeante de Creostus faz meus braços se arrepiarem. Ele caminha até perto de mim.

– Com ciúme, sacerdotisa? Quer competir pelo meu afeto? Gostaria de ver isso.

– Tenho certeza de que sim. Mas morrerá antes disso, e então vamos viajar até onde está Philon, por favor.

– Ela me adora – diz ele, com uma piscadela, e sinto uma vontade imensa de colocar um gorro em sua cabeça e pintá-lo dançando ao som de flauta, para pendurar o quadro na parede de uma dama elegante.

– Creostus, vamos ou não?

Ele roça seu corpo no meu.

– Louca para ficar sozinha comigo, não é?

– Vou transformar você numa joaninha. Acha que não posso?

Sem nenhum esforço aparente, Creostus me atira para cima de seu dorso. Enquanto cavalgamos na direção da floresta, agarro sua cintura com toda a força que tenho. Seja qual for o motivo para essa visita, não pode ser bom. Lá embaixo, no rio, vejo que a Górgona segue em frente, acompanhando nossa marcha.

Não, isso não é bom de jeito nenhum.

# Capítulo
## Vinte e Sete

Hoje, há uma atmosfera diferente na floresta. As criaturas não estão espalhadas por toda parte. Os filhotes não estão brincando. Em vez disso, todos trabalham duramente. Alguns desbastam madeira, criando pontas afiadas. Outros testam toscas balistas. Uma saraivada de flechas silva sobre minha cabeça, fazendo com que eu me abaixe repentinamente. Elas encontram seus alvos na casca macia de árvores distantes. A Górgona desliza para a margem e corro até ela.

– Górgona, o que está acontecendo?
– Não sei dizer, Altíssima. Mas há problemas.

Philon caminha em nossa direção, usando um casaco magnífico de raminhos e folhas, com uma gola alta e mangas que terminam pontudas, perto das pontas de seus longos dedos. Seus olhos de gato se estreitam quando ele me vê.

– Você nos traiu, sacerdotisa.
– O que quer dizer? Traí você? Como?

O povo da floresta se reúne em torno de Philon. Alguns carregam espadas. Neela pula para cima do dorso de Creostus, com seus lábios retorcidos de desgosto.

– Você foi vista no Templo, em conversas secretas com os Hajin – acusa-me Philon.
– Não fiz isso! – protesto.

Philon e Creostus trocam um olhar. Será que Philon me engana? Isto é um ardil, ou um teste de algum tipo?

– Nega que fez visitas ao Templo?

Fui lá para ver Circe, mas não posso dizer isso a eles.

– Estive no Templo – digo, cuidadosamente. – É onde todos juntaremos as mãos em aliança, não é?

Neela sobe em um toco de árvore e se agacha. Enquanto ela fala, seu cabelo brilha, indo do azul ao negro e voltando ao que estava antes:

– Ela se unirá a eles e nos trairá em favor da Ordem! Elas tornarão a construir as runas! – grita. – Enquanto nos esforçamos, aqui, os sujos Hajin reinam sobre os campos de papoulas e somos forçados a barganhar pela colheita deles.

A insatisfação toma conta do pessoal ali reunido.

Neela sorri raivosamente.

– Enquanto Philon nos faz esperar, os Hajin entrarão em aliança secreta com a Ordem. Isto dará a eles todo o poder. As coisas serão como sempre foram e novamente será o povo da floresta quem sofrerá.

– *Nyim syatt!* – brada Philon, mas a voz do líder do povo da floresta não é ouvida em meio à discussão aos gritos da tribo. Eles berram:

– E a nossa parcela?

E:

– Não seremos novamente enganados!

– Quanto tempo demorará antes de eles virem para nossa terra? Antes de tomarem o pequeno poder que temos? – pergunta um centauro, zangado.

Neela se volta para as costas de Creostus.

– Vamos lutar! Vamos obrigar essa sacerdotisa a juntar as mãos conosco agora.

Philon prepara o cachimbo de folhas. Aqueles dedos longos e escuros empurram as pétalas vermelhas amassadas para dentro de seu orifício.

– O que diz dessas acusações, sacerdotisa?

– Dou-lhe minha palavra que respeitarei sua tribo e cumprirei minha promessa.

Neela faz um apelo à multidão:

– Estão vendo com quanta tranquilidade ela mente?

– Não estou mentindo! – grito.

Creostus se posiciona atrás de mim, bloqueando o caminho de fuga.

– Eu disse a você que não se podia confiar nela, Philon. Ela faz parte da Ordem e nunca se separará da magia com boa vontade. A Ordem. – Creostus sorri, com desdém. Caminha a passos lagos, enquanto fala, como se dirigisse suas palavras a seus soldados. – Lembro-me de quando a Ordem puniu minha família. Ela nos despojou de tudo. Nossos pais foram banidos para as Terras Invernais. O frio era demasiado para nossa espécie. Os que não morreram com a força dos elementos foram dominados pelas criaturas de lá. Foram torturados e coisas ainda piores. Uma geração de centauros se perdeu. Não permitiremos que isso torne a acontecer. Nunca mais.

Os centauros batem seus cascos no chão e gritam:

– Tiraram meu pai de mim. Tirarei duas pessoas de sua gente, por uma questão de honra.

– Honra – silva a Górgona, da laguna. – O que entende disso?

Creostus caminha ao lado do animal gigantesco que está na proa da embarcação.

– Mais do que alguém que concordou em ser lacaio deles. Você contou a ela como traiu seu próprio povo?

– Chega de conversa – resmunga a Górgona.

– Philon, se os Hajin conspiram contra nós com a Ordem, precisamos atacar enquanto podemos, antes que tomem tudo de nós – argumenta Neela.

– Os Hajin são pacíficos – protesto.

– Eles são traidores e covardes. – Neela se aninha perto de Philon. Dá uma baforada no cachimbo e sopra a fumaça na boca da criatura.

– Por que aqueles sujos doentes têm todas as papoulas, Philon? Por que precisamos trocar coisas por elas?

– É direito deles desde a rebelião – responde Philon.

– Porque ficaram do lado da Ordem. E agora tramam contra nós! A Ordem tomará o que é nosso e dará aos Intocáveis! Ficaremos sem nada!

– Tem tão pouca fé em mim assim, Neela? – Os olhos de Philon se estreitam.

– Você não vê claramente. Tem fé demais na moça. Está iniciada uma guerra pelos reinos. Eles pretendem nos destruir. Devemos atacar para nos defender.

– Eles não nos atacaram primeiro.

Creostus brada:

– Esqueceu-se do que fizeram conosco?

Outros gritos zangados irrompem da multidão, cada um mais terrível que o anterior, até que eles entram num frenesi:

– Eles tomarão nossa terra! Eles matarão nossos filhos! Precisamos atacar!

Uma flecha corta o ar acima de minha cabeça e cai roçando o chão atrás de mim.

– *Nyim!* – troveja Philon. – Não estamos em guerra com os Hajin nem com a Ordem. Pelo menos, ainda não. Quanto a você, sacerdotisa, eu lhe darei o benefício da dúvida. Por enquanto. Mas tem que me provar sua boa-fé.

– Como?

O olhar de Philon é inescrutável.

– Exijo um ato de boa-fé. Você disse que pode presentear outras pessoas com a magia. Muito bem. Eu aceito. Dê-me esse presente, para que eu possa ter minha própria magia.

Eu disse isso, mas agora não tenho tanta certeza de que deveria ter dito.

– O que fará com ela? – pergunto.

Philon me olha friamente.

– Não lhe pergunto o que faz com a sua.

Vendo que não faço nenhum movimento, Creostus cruza os braços e sorri, com raiva. Diz:

– Ela hesita. De que outra prova você precisa?

– A magia não dura por muito tempo – digo, com uma atitude evasiva. – Que utilidade terá para você?

– É porque você coloca nela algum feitiço – diz Creostus, com veemência.

– Não! Não tenho nenhum controle sobre ela.

– Veremos. – Os olhos de Philon estão vítreos. – Você nos presenteará com a magia? Ou prefere a guerra?

O povo da floresta espera minha resposta. Não tenho a menor certeza de que este é o melhor caminho, mas não existe outra escolha. Se não lhes der nenhuma magia, virá a guerra. Se der, não há como saber como eles poderão usar o poder.

Mas ninguém diz que tenho de lhes dar muita magia.

Uno minhas mãos rapidamente com Philon e, quando me afasto, a criatura me olha com aqueles olhos frios.

– É só isso, sacerdotisa?

– Já lhe disse que não tenho nenhum controle sobre a magia – digo.

Philon aperta minha mão, mas sussurra em meu ouvido:

– Esta é sua primeira mentira. Não deixe que haja uma segunda.

Quando saio, Neela grita, atrás de mim:

– Não se pode confiar nas feiticeiras! Logo não viveremos mais à sua sombra!

A Górgona toma seu rumo de volta para o jardim. Empoleiro-me ao lado de seu pescoço, ouvindo o ritmo suave da água batendo nos imensos costados do barco. A Górgona não disse nada desde que saímos da floresta.

– Górgona, a que se referia Creostus, quando falou com você?

– Não foi nada importante. Creostus me conheceu quando eu era uma guerreira.

– Mas por que você prefere ficar aqui, nesta prisão?

A voz da Górgona se torna mais solene:

– Tenho meus motivos.

Conheço esse tom. Significa que a conversa dará em nada. Mas não estou disposta a parar. Quero saber mais.

– Mas você poderia ser livre...

– Não – diz ela, amargamente. – Jamais serei verdadeiramente livre. Não mereço.

– Claro que sim!

As serpentes se aninham em volta de seu rosto, tornando difícil ver seus olhos.

– Sou muitas coisas, Altíssima, nem todas nobres.

Uma das serpentes coleia até perto de mim. Sua fina língua cor-de-rosa dá uma leve pancada em minha pele. Instintivamente, retiro minha mão, mas a sensação de seu beijo perigoso permanece.

– Não devemos ficar falando do passado, mas do futuro dos reinos.

Suspiro:

– As tribos não conseguem nem entrar em acordo entre si. Como formarão uma aliança, quando estão constantemente guerreando?

– É verdade que sempre guerrearam. Mas ainda podem se unir em prol de uma causa comum. A discórdia não é necessariamente um impedimento. As diferenças podem resultar em força.

– Não vejo como. Fico com dor de cabeça quando ouço que o dizem. – Estendo os braços e sinto o rio borrifar meu rosto, fresco e doce. – Ah, por que não pode haver sempre paz, como a deste momento?

A Górgona me olha de esguelha. A linha da sua boca se comprime.

– Paz não é uma coisa que se consegue por acaso. É um fogo vivo que precisa ser constantemente alimentado. Deve ser cuidado com vigilância, do contrário ele se apaga.

– Por que esse poder veio para mim, Górgona? Mal consigo governar a mim mesma. Às vezes, tenho a sensação de que posso atravessar dançando todas as paredes, e então, de forma igualmente inesperada, meus pensamentos se tornam sombrios, perdidos, assustadores.

– A questão não é o porquê, Altíssima. A questão é o quê. O que fará com esse poder?

Chegamos a um canal estreito, margeado por pedras cobertas de limo. A água brilha com escamas iriadas. Um cardume de ninfas da água emerge da correnteza. São criaturas exóticas, meio sereias, com a cabeça careca, dedos ligados por membranas e olhos que mostram as profundezas dos oceanos. A canção delas é tão linda que pode enfeitiçar qualquer mortal e, uma vez que a pessoa está sob seu encantamento, elas tiram sua pele.

Tivemos um encontro com essas damas e mal sobrevivemos para contar a história; não me arriscarei a outro.

– Górgona – digo, movimentando-me na direção das redes penduradas no costado do navio.

– Sim, eu as vejo – diz a Górgona.

Mas as ninfas não fazem nenhum movimento de aproximação. Em vez disso, tornam a mergulhar, e vejo a curvatura de suas costas prateadas, quando se afastam nadando.

– Que estranho – digo, observando-as irem embora.

– Tudo está estranho atualmente, Altíssima – responde a Górgona, enigmática como sempre.

Torno a me instalar junto ao pescoço da Górgona. Nos aproximamos das Terras Limítrofes. Aqui há mais nevoeiro e, a distância, o céu está cor de chumbo.

– Górgona, o que você sabe sobre as Terras Invernais?

– Muito pouco e, no entanto, já é demais.

– Tem conhecimento de uma coisa chamada Árvore de Todas as Almas?

A Górgona leva um susto; as cobras silvam, por causa de seu movimento súbito.

– Onde ouviu esse nome? – pergunta a Górgona.

– Você a conhece! Quero saber. Conte-me! – ordeno, mas a Górgona está imóvel como uma pedra. – Górgona, uma vez você foi destinada a dizer apenas a verdade aos membros da Ordem!

Os lábios dela se repuxam para trás, como num rosnado.

– Apenas momentos atrás, você me lembrou que sou livre.

– Ah, por favor!

Ela respira fundo, depois solta vagarosamente o ar.

– É apenas um mito, transmitido de uma geração a outra.
– E ele diz que...? – insisto.
– Conta-se que, escondido dentro das Terras Invernais, há um lugar de imenso poder, uma árvore que guarda uma grande magia, muito parecida com a do Templo.
– Mas se é assim, por que as criaturas das Terras Invernais não a usam para assumir o controle dos reinos?
– Talvez elas não possam encontrar seu poder. Talvez fossem detidas pelo selo das runas ou do Templo. – A Górgona desliza seus olhos amarelos em minha direção. – Ou talvez esse poder não exista, absolutamente. Porque ninguém que eu conheça o viu.
– Mas e se existir *mesmo*? Não deveríamos penetrar nas Terras Invernais e descobrir por nós mesmas?
– Não – silva a Górgona. – É proibido.
– *Era* proibido! Mas agora estou com toda a magia.
– É isso que me preocupa.
Chegamos às Terras Limítrofes. Uma neve leve começou a cair. Tochas foram acesas. Elas lançam um brilho fantasmagórico sobre a cena.
– Deve esquecer as Terras Invernais. Nada de bom pode vir de lá.
– Como é que você sabe? Nunca viu o lugar – digo, amargamente. – Ninguém viu.
– Ninguém em quem se possa confiar – responde a Górgona, e, imediatamente, penso em Circe.
– Gemma! – grita Felicity da margem.
Ela está com sua cota de malha, Pippa usa sua linda pelerine e ambas brilham como joias usurpadas.
A Górgona baixa a prancha para que eu desembarque.
– Altíssima, quanto mais depressa fizer a aliança e partilhar a magia, melhor.
Ela olha atentamente para o céu na direção das Terras Invernais.
– Para o quê está olhando? – pergunto.
As serpentes se movimentam incessantemente. A cara plácida da Górgona se torna sombria.
– Problemas.


– Viva! Nossa Gemma voltou – diz Pippa, quase me arrastando para dentro da floresta, onde as moças instalaram um jogo de croqué. Elas se revezam com seus malhos. Ann repousa sobre um cobertor feito de fios prateados. Ela os dedilha como se fossem de uma harpa e uma música linda chega até nós. Wendy está sentada acariciando a cabeça encrespada de Sr. Darcy.

– Como estava aquele horroroso povo da floresta? – pergunta Felicity, preparando-se para dar sua tacada.

– Zangados. Impacientes. Acham que eu trairei – digo, instalando-me junto a Wendy e Ann.

– Ora, eles só precisam esperar até estarmos prontas, não é? – Felicity bate em sua bola, que passa certinha pelo aro.

– Bessie, quando você esteve com as três moças de branco, a caminho das Terras Invernais, elas falaram da Árvore de Todas as Almas? – pergunto.

Bessie sacode a cabeça, negando.

– Elas não são de falar muito.

– E vocês ainda não viram nenhuma das criaturas das Terras Invernais? – pergunto a todas.

– Nem uma só – diz Pippa.

Desejo sentir-me reconfortada com isso, mas uma vozinha bem dentro de mim me lembra que Pippa e as moças ainda estão aqui e, por trás de todo o encanto que usam, suas faces são pálidas, seus dentes, afiados.

Mas elas não são como aqueles horríveis rastreadores, aqueles pavorosos espectros que roubam almas. Então, o que são elas? *Ela não precisa cair.* Foi o que a Górgona disse. Existe uma saída para isso? Desejo que haja? Se desse o poder a McCleethy e à Ordem esta noite, não precisaria me preocupar com isso; quem teria de tomar a decisão seriam elas e não eu. E, sem dúvida, baniriam Pip para as Terras Invernais. Não, quem tem de fazer a escolha sou eu. Preciso compreender tudo isso.

– Sobre o que está refletindo agora, Gemma? – pergunta Felicity.

Balanço a cabeça, para livrá-la do peso da noite.

– Sobre nada. Deixe-me tentar jogar também.

Pego o malho e bato-o contra a bola, e esta rola para bem longe, para dentro do nevoeiro das Terras Invernais.

Terminada nossa visita, percorremos o caminho de volta, agora familiar, até a porta secreta, e caminhamos pelo comprido e mal iluminado corredor. Mas o acho estranho, como se houvesse outra pessoa ali dentro conosco.

– Estão ouvindo alguma coisa? – sussurro.
– Não – diz Felicity.
É um fraco farfalhar, como o de folhas. Ou de asas. Damos apenas mais alguns passos quando torno a ouvi-lo. Viro-me depressa e capto um leve brilho, como o de um vaga-lume. Permanece ali apenas o tempo suficiente para eu distinguir asas, um dente. E, no mesmo instante, some.
– Sei que você está aí – digo. – Vi você.
Fee e Ann espiam para dentro da escuridão.
– Não vejo nada – diz Felicity, encolhendo os ombros.
– Vi alguma coisa – digo, dando uma volta. – Juro que vi.
– Muito bem! Mostre-se! – pede Felicity. Só a escuridão responde.
– Gemma, não há nada aí, eu lhe garanto. Vamos seguir adiante.
– Sim. Está bem – concordo.
Felicity canta alguns versinhos de pé quebrado que aprendeu com Pippa e Ann a acompanha:
– Ah, tenho um amor, um amor bem verdadeiro...
Arrisco uma última olhada atrás de mim. Enfiada debaixo de um caibro está a criatura das Terras Limítrofes que parece uma fada, com os dentes à mostra num feio sorriso de troça. A criatura brilha tão forte quanto um carvão em brasa e depois some rapidamente, transformando-se em escuridão.

# Capítulo
## Vinte e oito

O Salão Egípcio, em Piccadilly, é um prédio majestoso. Olhando de frente, parece que estamos prestes a entrar num túmulo antigo, retirado das areias do próprio Nilo. A entrada é enfeitada com estátuas gigantescas de Ísis e Osíris. Um grande letreiro, no alto, anuncia as apresentações dos Irmãos Wolfson, às três e às oito horas. Há outro letreiro da Galeria Dudley, onde muitos artistas já expuseram seus trabalhos.

Dentro, o lugar é uma réplica perfeita daqueles templos distantes. Há um grande salão sustentado por fileiras de colunas ao estilo egípcio, inclusive com hieróglifos. Eu não me surpreenderia se visse Cleópatra caminhando entre nós.

Recebemos nosso programa-suvenir para o espetáculo desta noite. Os Irmãos Wolfson aparecem de cada lado da capa, e no centro há desenhos de uma estranha caixa de metal apoiada em três pernas, uma mesa levitando, um espectro assustador e um esqueleto sacudindo de um lado para outro sua cabeça ossuda. A primeira página promete uma noite que não esqueceremos:

Os Irmãos Wolfson apresentam<br>
OS RITOS DA PRIMAVERA<br>
Um Espetáculo Fantasmagórico que Faz Todos Verem Espíritos

– Mas que interessante! – exclama Mademoiselle LeFarge. – Estou tão agradecida à Sra. Nightwing por nos permitir vir. Ouvi dizer que não é, de forma alguma, como olhar fotografias. As imagens se movimentam, como se fossem de verdade!

– Gostarei de ver isso – diz Ann.

– Logo veremos – resmunga a Srta. McCleethy, sacudindo seu programa com pouco interesse.

Felicity segura meu braço com força.
– Como encontraremos o Dr. Van Ripple com ela aqui? – pergunta, cheia de irritação.
– Não sei... ainda – respondo.
Vários expositores aproveitaram a oportunidade para se promover dentro do saguão. Instalaram mesas – algumas sofisticadas, outras pequenas – para mostrar seus produtos. Chamam-nos como se fossem feirantes e ficamos em dúvida quanto ao que ver primeiro.
– Eu colocaria todos eles diante do juiz, em Bow Street – resmunga o inspetor Kent, referindo-se ao famoso tribunal londrino.
– Ah, Sr. Kent – repreende Mademoiselle LeFarge.
– Sr. Kent, como vai? Ouvi dizer que o momento é de congratulações.
Um policial estende a mão para o inspetor, que apresenta sua futura esposa.
Este é o instante perfeito para escapulir – se eu conseguir distrair a Srta. McCleethy. Se eu usar a magia, ela saberá, de fato? Se criar uma ilusão, ela perceberá? Ousarei arriscar?
– Gemma, o que faremos? – sussurra Felicity.
– Estou pensando – sussurro, em resposta.
A Srta. McCleethy nos olha, desconfiada.
– Sobre o que vocês, moças, estão sussurrando aí atrás?
– Gostaríamos de ver as exposições – digo. – Será que podemos?
– Sem dúvida. Eu também gostaria de vê-las.
– Ora essa – resmunga Felicity. – Ela não sairá do nosso lado.
– Eu disse que estava pensando, não foi?
– Já vi muitas exposições aqui – diz uma mulher mais velha à companheira. – Quando eu era menina, meu pai me trouxe para ver o famoso Pequeno Polegar. Sua altura não passava da minha cintura e eu ainda era uma criança.
– O Pequeno Polegar! – exclama Ann. – Que maravilha!
– Este salão já abrigou muitas apresentações extraordinárias – disse a Srta. McCleethy. – Em 1816, foi exposta a carruagem de Napoleão, e, mais tarde, as maravilhas do túmulo de Seth I foram apresentadas.
– Ah, e o que mais? – Ann, menina inteligente, puxa a Srta. McCleethy para uma conversa e tenho um momento para pensar.
O que tiraria a Srta. McCleethy do nosso lado? Um leão furioso, com os caninos à mostra? Não, eles provavelmente se cumprimen-

tariam, como companheiros predadores. Droga! O que ameaçaria a inexpugnável McCleethy? Meus lábios se retorcem num sorriso malvado. Um velho amigo, é disso que precisamos. Começo a convocar meu poder, mas paro. E se ficar dominada em excesso pela magia? É tão imprevisível. E ela disse que saberia se eu a empregasse. Acho que só há uma maneira de descobrir. Respiro fundo e tento me acalmar. As vozes de McCleethy e das minhas amigas, os chamados dos expositores e o barulho da multidão se reduzem agora a simples murmúrios. O formigamento em meus dedos percorre meus braços, na direção do meu coração. *Firme, Gemma. Concentre sua mente em seu objetivo.* Em poucos segundos, Fowlson aparece na multidão, pois o chamei – ou a ilusão dele, pelo menos.

– Srta. McCleethy, parece que a procuram – digo, rapidamente, fazendo um aceno com a cabeça na direção do imaginário Fowlson.

O choque aparece no rosto de McCleethy, quando o homem horrível entorta um dedo, chamando-a. Faço o melhor que posso para permanecer impassível. *Inspire, expire, vá respirando.* A coisa mais simples do mundo, realmente.

– Como ele ousa... – A Srta. McCleethy está furiosa. – Senhoras, lamento, mas terei de levá-las de volta para Mademoiselle LeFarge por um instante.

– Srta. McCleethy, não poderemos esperar aqui? Por favor. Não iremos a lugar nenhum – implora Felicity.

"Fowlson" abre caminho na direção da parte de trás do salão.

– Sim, sim, está bem, mas se comportem – diz a Srta. McCleethy bruscamente. – Demorarei apenas um instante.

– O que acabou de acontecer? – pergunta Felicity, enquanto nossa professora se afasta às pressas.

Meu sorriso é imenso, enquanto conto a elas o que fiz.

– Agora sabemos que a Srta. McCleethy é uma mentirosa. Ela não sabe quando utilizo a magia, porque acabei de fazer isso e ela não suspeitou de nada.

– Eu sabia! – exulta Felicity.

– Muito bem, olhem em volta, com olhos bem atentos – ordeno. – O Dr. Van Ripple é um homem alto, magro, com cabelos escuros e um cavanhaque bem aparado.

Observadas pelos olhos de deuses indiferentes, vagueamos pelo salão em busca do homem de minhas visões, o único que, segundo espero, poderá esclarecer as curiosas mensagens recebidas por mim.

– Gostariam de ver o *Livro dos Mortos?* – pergunta um cavalheiro com o nariz vermelho.

Sua mulher está sentada ao lado dele, arrumando livros numa mesa. O livro que está nas mãos do homem tem uma gravura de um deus com cabeça de chacal.

– *Livro dos Mortos?* – pergunta Ann.

Seu rosto se ilumina só de falar disso.

Percebendo que causou a impressão desejada, o homem abre o livro, folheando tão rapidamente suas páginas que ficamos hipnotizadas.

– O *Livro dos Mortos*. Com este volume sagrado, os antigos egípcios mumificavam seus mortos e os preparavam para a outra vida. Alguns dizem que eles podiam até chamar os mortos de seus túmulos.

A testa de Felicity se franze.

– O livro fala de górgonas ou de ninfas da água? Diz como derrotar as criaturas das Terras Invernais?

O homem ri, constrangido.

– Claro que não, senhorita.

– Bem, então que utilidade ele tem?

Um homem com um turbante se oferece para prever nosso futuro, por dois xelins.

– Você não gostaria de saber seu futuro, Gemma? – pergunta Ann, e sei que ela gostaria que eu lhe emprestasse o dinheiro para isso. – E se ele lhe disser que você se casará com um estrangeiro bonito?

– E se ele me disser que morrerei sozinha, cercada por muitos gatos e por uma coleção de bonecas de louça? Este não é nosso objetivo aqui – lembro-lhe, enquanto ela faz um muxoxo.

Felicity corre até nós.

– Precisam ver aquilo ali!

Seguimos furtivamente para um canto onde um homem troncudo com um bigode de pontas caídas tem uma pequena cabine. Algumas senhoras estão reunidas ali.

– Venham, não sejam tímidas – chama o homem, alegremente. – Sr. Brimley Smith, fotógrafo, a seu serviço.

Fotografias. Não consigo entender, de jeito nenhum, por que Felicity achou isso interessante ou por que ela desperdiça nisso um tempo precioso.

– O que tenho aqui vai pasmá-las. Porque nesta caixa está a prova de que a vida continua depois da morte.

Arrisco dizer que sabemos bem mais sobre o assunto do que o caro Sr. Smith. Ele abre uma caixa de fotografias e oferece uma à dama que está na frente, para que ela a examine. Espiamos por cima de seu ombro, da melhor maneira possível. Não é grande coisa, apenas uma foto de um homem à sua escrivaninha, escrevendo uma carta. Mas quando torno a olhar, vejo algo mais. Ao lado do homem está uma presença fantasmagórica vestida de branco, uma mulher transparente como renda.

– São fotos verdadeiras de espíritos, senhoras. Vejam o mundo dos espíritos ganhar vida diante de seus olhos. Isto é a prova irrefutável de que há fantasmas entre nós, vida depois da morte!

– Ah, posso ver? – pergunta uma dama à nossa direita.

– Ver? Ora, madame, por apenas dez centavos a senhora pode ficar com ela. Espantem seus amigos e sua família! Tirei essa fotografia durante uma sessão espírita, em Bristol. – Ele baixa a voz, passando a sussurrar, num tom de comando. – O que vi lá mudou minha vida. Há espíritos entre nós!

As senhoras arquejam e sussurram. Uma delas tira sua bolsa de moedas.

– Gostaria de ter a prova, por favor.

– Qualquer uma que a senhora quiser, madame, há muitas, o bastante para todas.

Cutuco minhas amigas.

– Não temos tempo para isso. Temos de...

Uma voz dominadora vem com força de trás de nós:

– Não acreditem no que ele diz, caras senhoras. Isso não passa de um truque ótico.

Um elegante cavalheiro, com um cabelo negro muito cheio, entremeado de fios de prata, e um cavanhaque bem aparado, adianta-se. Há rugas profundas em torno de seus olhos e sua boca e ele se apoia numa bengala para caminhar; mas, embora seja um homem mais velho do que aparentava em minhas visões, não há dúvida, é quem procuramos: Dr. Theodore Van Ripple.

– É ele – sussurro para Ann e Fee.

O doutor se aproxima, coxeando.

– Essa imagem fantasmagórica não é mais um espírito do que as senhoras, ou do que eu. Trata-se, simplesmente, de uma fotografia co-

mum, encharcada durante tempo demais no líquido para a revelação. Um truque, entendem?
— Está me chamando de mentiroso, senhor? — O Sr. Smith torce o nariz.

O homem faz uma mesura.

— Perdoe-me, senhor, mas não posso permitir que damas tão gentis e de bom coração sejam envolvidas por falsidades.

O Sr. Smith fareja a dúvida que o priva de uma venda.

— Senhoras, eu lhes garanto, vi esses espíritos com meus próprios olhos! Aqui está a prova, asseguro-lhes!

Mas é tarde demais. A dama que estava na frente se afasta, sacudindo a cabeça. Outras vêm tomar seu lugar. Elas ainda querem acreditar.

Felicity abre caminho na direção do Dr. Van Ripple.

— O que o senhor disse é mesmo verdade?

— Ah, sim. Inteiramente. Estou familiarizado com muitíssimas ilusões. Eu mesmo lido com o mundo da fumaça e dos espelhos. Sou um mágico profissional. De fato, apresentei-me esta noite. Por alguns poucos instantes — acrescenta, amargamente. — Mas farei um espetáculo especial para as senhoritas.

Remexe em seu bolso e tira um baralho.

— Vejam. Mostrarei à senhorita. Tire uma carta. Qualquer carta que desejar. Pode revelar qual é a suas queridas amigas, mas não mostre a carta a mim.

Estico o pescoço, mas ainda não vejo McCleethy, então escolho uma carta — o ás de espadas — e a exibo para Ann e Felicity, antes de enfiá-la na palma de minha mão, evitando que seja vista. O Dr. Van Ripple passa o baralho para o Sr. Smith.

— Pode me fazer o favor de embaralhar essas cartas, prezado senhor?

Com grande irritação, o Sr. Smith muda o lugar das cartas do baralho. Ele o entrega de volta ao Dr. Van Ripple, que embaralha as cartas repetidas vezes, conversando cortesmente o tempo inteiro, como um autêntico homem dos espetáculos. Finalmente, ele coloca sua mão enluvada de branco sobre o baralho e declara:

— Está segurando o ás de espadas, querida senhora. Não é mesmo?

Espantada, mostro-lhe o ás.

— Como conseguiu fazer isso?

Seus olhos brilham.

— É melhor não conversar sobre as regras da magia, minha querida. Porque, uma vez que entendemos a ilusão, não acreditamos mais nelas.

— Ele marcou as cartas – diz raivosamente o indignado Sr. Smith. – Pura falsificação.

O Dr. Van Ripple tira seu chapéu e faz surgir um sapo de dentro dele. O sapo pula para cima do ombro do Sr. Smith, agora muito espantado.

— Ahh, animal viscoso! – O fotógrafo quase derruba sua mesa, tentando escapar.

As pessoas ali aglomeradas riem.

— Meu Deus – diz o Dr. Van Ripple. – Talvez seja melhor ir para outro lugar.

O doutor segue coxeando, conduzindo-nos ao longo de outras apresentações. A cabeça pintada de um turco expele previsões de sua boca mecânica; uma dançarina balança uma cobra gigantesca em seus ombros, fazendo lentas ondulações, enquanto o animal se enrosca e coleia; um homem segurando um pássaro empalhado apregoa as maravilhas de um museu itinerante de história natural. Vejo até Madame Romanoff, também conhecida como Sally Carny, de Bow's Bells, liderando uma sessão espírita. Uma vez, levei por acidente aos reinos essa falsa espiritualista. Nossos olhos se encontram e Sally encerra bruscamente sua leitura.

O Dr. Van Ripple faz uma pausa diante de uma estátua de Osíris, para enxugar sua testa com um lenço.

— O Dr. Smith não passa de um falso fotógrafo, segundo parece.

— Seu truque com as cartas foi muito impressionante! – diz Ann.

— A senhorita é muito generosa. Permitam que me apresente adequadamente. Sou o Dr. Theodore Van Ripple, mestre ilusionista, erudito e cavalheiro, a seu serviço.

— Muito prazer. Sou Gemma Dowd – digo, dando o nome de solteira da minha mãe. Ann se prende a "Nan Washbrad", enquanto Felicity se torna "Senhorita Anthrope."

— Dr. Van Ripple, de fato eu me lembro de ter ouvido falar do senhor – começo. – Creio que minha mãe assistiu a um de seus espetáculos.

Os olhos dele brilham, com interesse.

— Ah! Aqui, em Londres? Ou foi, talvez, em Viena, ou Paris? Já me apresentei tanto para príncipes quanto para o povo.

– Foi aqui em Londres, tenho certeza – digo. – Sim, ela disse que foi um espetáculo realmente maravilhoso. Ficou pasma com seus talentos.

O doutor está inchado de orgulho com os elogios.

– Esplêndido! Diga-me, qual foi a ilusão que ela preferiu: a boneca que desaparece ou a taça de fumaça cor de rubi?

– Ah... hummm... Acho que ela mais ou menos adorou as duas.

– São minhas especialidades. Que maravilha! – Ele estica o pescoço, procurando em meio à multidão. – E sua querida mãe está aqui com a senhorita, esta noite?

– Infelizmente não – digo. – Lembro-me de ela ter dito que uma ilusão a emocionou mais do que todas as outras. Foi aquela em que uma linda senhora foi posta em transe e escreveu numa lousa.

O Dr. Van Ripple me olha com desconfiança. Sua voz vem fria:

– A ilusão da qual a senhorita fala era de minha assistente. Ela era uma espécie de médium. Não faço mais esse truque desde o trágico desaparecimento dela, há três anos.

– Ela desapareceu durante a apresentação? – arqueja Ann.

– Santo Deus, não – responde o Dr. Van Ripple.

Ele ajeita seu colarinho e imagino que, em sua juventude, era um completo dândi.

– O que aconteceu com ela? – insisto.

– Meus auxiliares acharam que ela fugiu com um marinheiro, ou talvez tenha entrado num circo. – Ele sacode a cabeça. – Mas penso de outra forma, porque ela dizia que era perseguida por forças do mal. Tenho absoluta certeza de que foi assassinada.

– Assassinada! – dizemos, a uma só voz.

O Dr. Van Ripple não é do tipo que perde uma plateia, seja lá qual for, mesmo para uma história tão improvável quanto esta promete ser.

– Pois é. Era uma mulher com muitos segredos e, lamento dizer, mostrou-se muito pouco confiável. Procurou-me quando ainda era uma moça de vinte anos e eu conhecia muito pouco de sua vida, fora o fato de ser uma órfã, que vivera longe, na escola, durante algum tempo.

– Ela não falou de seu passado? – pergunto.

– Ela não podia, querida dama, porque era muda. Tinha um notável talento para desenhar e para a escrita transcendental.

O doutor tira um pouco de rapé de uma caixa esmaltada e espirra para dentro de um lenço.

– O que é escrita transcendental? – pergunta Ann.

– A médium entra em transe e, ao travar contato com os espíritos, recebe mensagens do além, que são comunicadas por meio da escrita. Tivemos um bom lucro... – Ele tosse. – Ou seja, ajudamos essas pobres almas sofredoras, desesperadas para falar com seus seres amados, depois de já terem passado para o reino dos espíritos.

– Depois, um dia, ela chegou ao teatro muito alegre. Quando lhe perguntei por que estava tão feliz, ela escreveu na lousa – pois era assim que falávamos um com o outro – que sua querida irmã a visitara e elas tinham um plano para recuperar o que estava perdido há muito tempo. Eu não sabia o que ela queria dizer, e ela não explicou. Fiquei bastante espantado com a menção a uma irmã, porque não conhecia nenhum parente seu. Parece que a dama em questão era uma amiga querida de seus tempos de escola. Quando lhe perguntei se poderia encontrar sua irmã, ela se mostrou evasiva, insensível.

– "Isso não seria possível", escreveu, sorrindo. Era dada a pequenas crueldades e tive absoluta certeza de que ela achava que sua querida amiga estava muito acima de minha posição.

– Logo depois, ela mudou. Um dia, eu a encontrei na loja, entre nossos muitos objetos e bens, segurando com força sua lousa. "Minha irmã nos enganou", ela escreveu. "Ela é um monstro. Que plano perverso, tão perverso." Quando lhe perguntei o que poderia ter-lhe causado tamanha infelicidade, ela escreveu que tivera uma visão – "uma visão imensamente terrível do que aconteceria, pois o que achei belo é horrível e tudo se perderá".

– Ela lhe disse o que viu, nessa visão? – insisto.

– Infelizmente não. – A testa do doutor se franze. – Devo dizer que ela tinha o hábito infeliz de gostar de cocaína. Não passava sem ela. Acredito que a droga começou a destruí-la, corpo e alma.

Pensei em meu pai e meu estômago se revirou com a lembrança do dia em que o encontrei no antro de ópio.

– Mas a cocaína é perfeitamente inofensiva – diz Ann. – Está em muitos tônicos e pastilhas.

O sorriso do Dr. Van Ripple é tenso.

– Dizem isso, mas penso de outra forma, minha querida. Porque vi como destruiu a moça, de tal maneira que ela já não distinguia a verdade da ilusão. Suspeitava ao extremo, vendo assombrações nas sombras. Insistia que era a única que podia deter esse plano terrível e escrevia longamente, noite adentro, num volume secreto que ela dizia ser da máxima importância. Certa vez, eu a surpreendi trabalhando depois da meia-noite

no estúdio, a vela queimada até o fim de seu pavio. Ela levou um susto e cobriu depressa as páginas. Não quis mostrar-me o que havia escrito. Suspeitei que ela divulgava os segredos da minha magia. Eu a dispensei e não a vi mais durante muitos meses, até um dia de primavera, três anos atrás. Pouco depois que acabei de jantar, ela bateu à minha porta.
– Mal a reconheci, de tal forma era chocante sua aparência. Seus olhos eram os de uma pessoa condenada. Há algum tempo ela não dormia nem se alimentava. E seu comportamento estava esquisito. Pediu papel e pena e atendi. "Sou má", ela escreveu. Naturalmente, achei que estava com a mente perturbada e implorei-lhe que ficasse. Mas ela insistiu que forças do mal estavam em ação. "Elas me impedirão de revelar a verdade", escreveu. "Preciso agir rapidamente, antes de ser descoberta."
– De que forças ela falava? – insiste Ann.
O doutor estende seus dedos compridos em cima do alto da sua bengala, exibindo-se orgulhosamente.
– Acho que nunca saberemos. A dama foi embora da minha casa e desapareceu.
– E o que aconteceu com as páginas que ela escreveu? – pergunto.
Ele respira fundo.
– Não sei dizer. Talvez aquele terrível segredo que temia tenha morrido com ela. Ou talvez, agora mesmo, algum plano diabólico esteja em execução, e nós nos encontremos à sua mercê. – O doutor sorri, como um tio bondoso. Ele oferece seu cartão. – Para sua mãe. Ela pode precisar, uma noite dessas, de um mágico para divertir seus convidados. – Pego o cartão; ele fecha suas mãos sobre as minhas. – Abra suas mãos.
Quando faço isso, minhas mãos estão vazias. O cartão sumiu.
– Como o senhor...?
Ele puxa o cartão de trás da minha orelha e o coloca, triunfalmente, na palma de minha mão.
– Ah, ele estava aí! Esses meus cartões de visita fazem travessuras, lamentavelmente. – O Dr. Van Ripple dá palmadinhas em seus bolsos e franze a testa. – Ah, meu Deus. Que coisa.
– Qual é o problema? – pergunta Felicity.
– Parece que deixei minha carteira de dinheiro em algum lugar. Detesto importunar, mas poderiam emprestar alguns xelins a um velho? Dou minha palavra de cavalheiro que pagarei tudo amanhã...
– Aí estão vocês! Realmente, meninas, vocês me deixaram muito preocupada – anuncia Mademoiselle LeFarge, vindo diretamente em nossa direção, às pressas, com uma furiosa Srta. McCleethy atrás dela. Espe-

ro mesmo que o espetáculo da lanterna mágica seja uma maravilha, pois esta talvez seja minha última noite na Terra.

O sorriso do Dr. Van Ripple é bondoso.

– Não tema, querida senhora. Suas filhas estão bem próximas e a salvo da aglomeração, garanto-lhe.

– Essas jovens não são minhas filhas, senhor. São minhas tuteladas – explode Mademoiselle LeFarge. – Vocês me deixaram de fato muito preocupada, meninas.

– Problemas, querida? – O inspetor Kent se posiciona ao lado de Mademoiselle LeFarge.

Ele lança ao doutor um olhar penetrante, que aperfeiçoou como policial, e o mágico empalidece.

– Ora, então irei embora – diz depressa o Dr. Van Ripple.

– Espere um momento. Conheço esse rosto. Bob Sharpe. Já se passou algum tempo, mas vejo que os anos não mudaram *tudo* no senhor. – O inspetor Kent olha atentamente para o Dr. Van Ripple. – Não estava tentando extorquir dinheiro dessas senhoritas, não é?

– Inspetor, o senhor me magoa – diz o Dr. Van Ripple. – Eu simplesmente tomava conta delas, como uma galinha aos seus pintinhos.

O inspetor cruza os braços e se agiganta sobre o Dr. Van Ripple.

– Como uma raposa tomando conta das galinhas, é o que quer dizer. Sr. Sharpe, creio que não tem nenhuma vontade de voltar para a prisão e que, portanto, não o verei novamente esta noite.

– Na verdade, eu já tinha mesmo um compromisso.

O olhar da Srta. McCleethy quase gela meu sangue.

– Desculpe, Mademoiselle LeFarge. Eu me afastei, mas apenas por um momento – diz ela.

– Senhoritas – repreende Mademoiselle LeFarge –, se alguma vez desejarem novamente sair dos limites da Spence...

– Spence, diz a senhora? A Academia Spence para Moças? – pergunta o Dr. Van Ripple.

Mademoiselle LeFarge faz um sinal afirmativo com a cabeça.

– Essa mesma, senhor.

O Dr. Van Ripple nos dá um pequeno empurrão.

– Sim, bem, as senhoritas não desejariam perder o espetáculo, não é? É melhor ocuparem agora seus assentos. Uma boa noite para todos vocês, inspetor.

E, depois de dizer isso, o velho se afasta coxeando o mais depressa que pode.

LeFarge sacode a cabeça
– Que sujeito estranho.
– Dr. Theodore Van Ripple, nascido Bob Sharpe. Mágico, ladrão, impostor. Ele contou às senhoritas uma história fantástica e depois alegou que não conseguia encontrar sua carteira de dinheiro? – pergunta o inspetor.
Fazemos um sinal afirmativo com a cabeça, envergonhadas.
– Ele nos falou de uma senhora que desapareceu. Sua assistente – diz Ann. – Acha que ela foi assassinada.
A Srta. McCleethy franze a testa.
– Acho que já basta.
– Sim, garanto-lhes que o Dr. Van Ripple costuma inventar histórias e que não se pode acreditar nele – diz o inspetor Kent. – Agora, vamos ver o milagre das fotos que se movimentam?
Parece que o Dr. Van Ripple não passa de um trapaceiro. Não consigo entender por que minhas visões me conduziram a esse mágico idoso, com uma vívida imaginação e um casaco tão esfarrapado quanto sua reputação. E pensar que arrisquei a magia nisso.
– Encontrou seu conhecido, Srta. McCleethy? – pergunta Felicity, e sinto vontade de chutá-la, por causa disso.
– Sim, encontrei – diz ela. – Primeiro, pensei que meus olhos me haviam enganado, porque ele desapareceu na aglomeração, mas felizmente tornei a encontrá-lo.
Fico confusa. Como poderia ela ter encontrado Fowlson, quando ele não era mais substancial do que éter? Será que ela está mentindo? Ou Fowlson realmente se encontra aqui, entre nós?

Somos conduzidas para nossos assentos, dispostos de tal modo que estamos diante da parede. Um estranho instrumento entra sobre rodas e é colocado no corredor central – uma caixa empoleirada em pernas de metal, parecendo muito uma câmera fotográfica, mas maior. Um dos Irmãos Wolfson, inteiramente a rigor, de casaca e cartola, fica em pé diante de nós, esfregando suas mãos enluvadas de branco, em prazerosa expectativa.
– Senhoras e senhores, sejam bem-vindos ao Salão Egípcio, onde agora testemunharão um surpreendente espetáculo de espíritos, fantasmas e aparições, chamados para diante de seus próprios olhos! Nós, os Irmãos Wolfson, mestres da lanterna mágica, vamos deixá-los pasmos com nossas proezas de ilusão. Mas serão mesmo

ilusões, afinal? Porque alguns jurariam que esses espíritos caminham entre nós e que esta máquina, alimentada por gás e luz, não passa de um instrumento para que sejam soltos em nosso mundo. Mas deixarei isto ao seu arbítrio. É meu dever adverti-los de que apenas em Paris nada menos do que catorze senhoras desmaiaram, nos primeiros minutos, e o cabelo de um cavalheiro ficou branco como a neve de puro terror!

Arquejos e sussurros excitados passam pela plateia, para delícia do gerente.

– Ora, até os grandes Maskelyne e Cooke, esses famosos ilusionistas, nossos corteses anfitriões, aqui nesta famosa casa de mistérios, acharam que a emoção do espetáculo vai além de tudo o que se possa imaginar. Portanto, é meu dever solene pedir a todos os presentes que, por acaso, tenham o coração fraco ou quaisquer outras doenças da mente ou do corpo, que façam o favor de sair agora, porque a administração não se responsabiliza pelo que possa acontecer.

Três senhoras e um cavalheiro são conduzidos para fora do salão. Isto faz a excitação aumentar.

– Muito bem. Não posso dizer o que acontecerá esta tarde, se os espíritos se mostrarão gentis ou zangados. Dou a todos as minhas boas-vindas... e lhes desejo boa sorte.

As luzes são reduzidas até que o salão fica quase às escuras. No corredor central, a máquina de ferro ganha vida, zumbindo e silvando. Ela lança uma imagem sobre a parede mais distante – uma moça de rosto doce, num prado. Enquanto espiamos, ela se curva para pegar uma flor e a leva até seu nariz. A moça se movimenta! Ah, mas que maravilha. Encantada, a plateia irrompe em aplausos.

Ann aperta minha mão.

– Ela parece tão real como se estivesse aqui, agora.

Aparece outra imagem, a de um regimento a cavalo. Os cavalos saltitam, suas pernas se movem para cima e para baixo. Vemos um anjo pairando sobre a cama de uma criança, que dorme tranquilamente. Cada imagem é mais espetacular do que a anterior e, sob a obscura iluminação a gás, todos os olhos estão dirigidos diretamente para a frente, com reverência.

A parede bruxuleia com uma nova luz. Uma mulher, branca como giz, surge com sua camisola de dormir, dando passos de sonâmbula. Vagarosamente, ela se transforma – seus braços perdem a carne, seu rosto se torna uma máscara mortuária – até que, diante de nós, está uma criatura que é um esqueleto. Agora há arquejos de um tipo diferente. E então o esqueleto parece movimentar-se para mais perto de nós.

Pequenos gritos de medo perfuram a escuridão. Alguém brada:
– Minha irmã! Ela desmaiou! Ah, parem o espetáculo!
O inspetor Kent se inclina em nossa direção.
– Não se preocupem, senhoras. Tudo faz parte do show. E confesso que fico agradecida por sua intervenção.
– Espíritos! – chama o Sr. Wolfson. – Deixem-nos, agora!

Os fantasmagóricos espectros se espicham pela parede, com suas faces mudando, de benevolentes para medonhas.
– Por favor, não saiam dos seus assentos! Infelizmente preciso informar-lhes que os espíritos não atenderão mais aos Irmãos Wolfson! Eles não obedecem às nossas ordens! Protejam-se, porque não posso dizer o que vem em seguida!

A atmosfera está tensa com a excitação e o medo. E então, rapidamente, a aparição muda. Torna-se cada vez menor, até que não passa de uma criança de rosto doce, oferecendo uma flor. Risadas aliviadas enchem o salão.
– Meu Deus. – Mademoiselle LeFarge ri.

E é quando noto que a cadeira da Srta. McCleethy está vazia. Sem dúvida, McCleethy não está assustada por um espetáculo com a lanterna mágica; ela não tem medo de nada.

Vejo-a sair correndo da galeria.
– Gemma – sussurra Felicity. – Para onde vai?
– Para o toalete de senhoras, se alguém perguntar.

McCleethy enfia-se num aposento comprido e passa para trás de uma cortina que esconde uma escada em espiral. Respiro fundo e vou atrás dela, a uma distância segura. Quando chego ao pé da escada, temo tê-la perdido. Mas logo ouço seus passos. Esforçando-me ao máximo para ser o mais silenciosa possível, eu a sigo. Parecemos estar num túnel sob o salão, porque ainda ouço o grande movimento acima de nós.

A Srta. McCleethy entra numa grande sala pouco iluminada, que abriga todo tipo de exposições – estátuas, trajes exóticos, dispositivos para a magia, um letreiro dos Irmãos Wolfson com a palavra *patifes* pintada nele. Escondo-me atrás do busto de alguma deusa egípcia, com uma cabeça de leão.

McCleethy está discutindo com alguém, nas sombras:

– Você mentiu para mim e não sou benevolente com mentirosos. Isto não é um jogo! Salvei sua vida. Você está em débito comigo. Ou será que já se esqueceu?

Não consigo ouvir a resposta nem posso ver mais sem me revelar.

– Preciso saber de tudo, de agora em diante – ordena McCleethy. – Não preciso lembrar que eles lhe matariam se soubessem que você esteve aqui, comigo. Se pretende salvá-los, deve acompanhar-me. É a única maneira.

Ela empurra seu cabelo para o lugar e remexe o broche que está em sua gola até ele ficar direito.

– Por vinte e cinco anos me devotei à causa. Não pretendo perder para os Rakshana ou para uma menina de dezesseis anos. Vá embora, então, antes que vejam você.

A figura na escuridão recua. Encolho-me atrás da gigantesca estátua e a Srta. McCleethy volta às pressas para o lugar de onde veio. Espero até não ouvir mais o eco de seus passos, e então volto para o salão, onde a plateia se delicia com a imagem alegre de um cachorro que pula e com a de um palhaço fazendo um malabarismo com bolas.

Lanço um olhar furtivo e rápido em McCleethy. O triunfo que senti antes, quando a enganei, foi substituído por cautela. Com quem ela poderia estar falando? Era com Fowlson? Será que ele é seu espião dentro dos Rakshana? *Você mentiu para mim*, disse ela. Mentiu sobre o quê? E quem eles pretendiam salvar?

Finalmente, o Sr. Wolfson apaga a lâmpada que alimenta a lanterna mágica. A sala fica novamente cheia de luz e as fantasmagóricas aparições desaparecem das paredes. Mas as assombrações dentro de mim não querem partir tão facilmente.

– Obrigada por sua gentil atenção, senhoras e cavalheiros! – troveja a voz do Sr. Wolfson. – Essas imagens são uma espécie de feitiço, mas se trata de ilusões, sonhos nascidos do gás e da luz. Nossos bons anfitriões, Maskelyne e Cooke, assumiram a tarefa de expor os impostores que há entre nós. Eu os aconselharia a se protegerem contra todas as formas de truques e engodos disfarçados de verdades. Tornaremos a nos apresentar às oito horas, esta noite, e outra vez amanhã, às três e às oito. Desejo a todos uma boa noite!

Somos conduzidos para fora do salão, em meio a um mar de pessoas excitadas, que nos imprensam, fazendo suas compras de última

hora. Tento manter uma distância segura de McCleethy, segurando com força os braços de minhas amigas.
— Para onde você foi, Gemma? — pergunta Felicity.
— Segui McCleethy. Ela teve um encontro secreto com alguém.
— Quem? — pergunta Ann.

Olho para trás de mim, mas McCleethy está absorta numa conversa com LeFarge e o inspetor Kent.

— Não pude ver quem era. Talvez alguém dos Rakshana ou da Ordem — digo, e conto a elas tudo que sei.

As ruas estão uma loucura de gente e carruagens, escuridão e agitação. O programa prometera carruagens às cinco horas, mas há pessoas em excesso para tão poucas carruagens, e seremos obrigadas a esperar uma eternidade.

— Muito bem — diz o inspetor Kent. — Vamos ver o que a lei pode fazer.

Ele marcha determinadamente na direção do homem que encurrala os transportes.

— Desculpe abandoná-la dessa maneira, Mademoiselle LeFarge — diz a Srta. McCleethy. — Tem certeza de que estará bem, sozinha com as meninas?

— Claro — diz Mademoiselle LeFarge, dando palmadinhas nas mãos da Srta. McCleethy.

— Srta. McCleethy, vai nos deixar? — investiga Felicity.

— Sim. Tenho um compromisso para jantar com uma amiga esta noite — responde nossa professora.

— Que amiga é essa? — pergunta Fee, deixando de lado toda a boa educação.

— Ora essa, Srta. Worthington, não é da sua conta — repreende Mademoiselle LeFarge, e Fee fica quieta.

A Srta. McCleethy não nos concede uma resposta à pergunta impertinente.

— Confio que não causarão nenhum problema a Mademoiselle LeFarge, senhoritas — diz ela. — Eu as verei amanhã.

— Não sabia que a Srta. McCleethy tinha qualquer amiga — resmunga Ann, quando McCleethy se afasta de nós.

— Nem eu, mas a Srta. McCleethy está cheia de surpresas esta noite.

O nevoeiro londrino nos envolve com sua obscuridade. Figuras aparecem, primeiro como fantasmas, como algo que pertence à neblina, antes de tomarem forma — cartolas, casacos, gorros. É um efeito tão emocionante quanto qualquer das exibições da lanterna mágica dos Irmãos Wolfson.

Ann, Felicity e LeFarge ficam distraídas com a visão de um tal Sr. Pinkney – o Calíope Humano – enquanto ele imita o som do instrumento com sua boca, ao mesmo tempo batendo num tambor.

O Sr. Van Ripple sai do nevoeiro, coxeando rapidamente, apoiado em sua bengala. Esbarra num cavalheiro.

– Perdoe-me, senhor. São esta perna e o nevoeiro.

– Não houve problema – diz o cavalheiro.

Enquanto ele ajuda o Dr. Van Ripple a se endireitar, vejo o mágico estender a mão para dentro do bolso do homem e roubar seu relógio de ouro.

Mestre ilusionista, ora essa. Seria mais apropriado chamá-lo de mestre punguista.

– Desculpem-me, com licença – diz ele, afastando de seu caminho as damas e cavalheiros bem-vestidos. Mas o bloqueio. Ele me olha bem dentro dos olhos, espantado.

– Gostou do espetáculo, querida?

– A que espetáculo se refere, senhor? – digo, docemente. – O dos irmãos Wolfson? Ou o que acabei de testemunhar, no qual o senhor roubou de um homem seu relógio de bolso?

– Um erro honesto – diz o Dr. Van Ripple, com os olhos arregalados de medo.

– Não vou contar – tranquilizo-o. – Mas espero alguma coisa em troca. Quando a Srta. LeFarge mencionou a Spence, o senhor empalideceu com o nome. Por quê?

– De fato, preciso ir embora...

– Devo chamar o guarda?

O Dr. Van Ripple me olha com raiva.

– Minha assistente foi aluna da Academia Spence.

– Ela era uma das moças da Spence?

– Foi o que eu disse.

Procuro seu rosto.

– Como vou saber se me diz a verdade?

Ele põe a mão sobre seu coração.

– Com base em minha reputação como cavalheiro...

Eu o detenho:

– Creio que sua reputação como cavalheiro é bastante questionável, senhor.

Ele sustenta meu olhar.
– Com base em minha reputação como mágico, então. Garanto-lhe que é verdade.
Nossas carruagens chegaram.
– Vamos, meninas! – chama Mademoiselle LeFarge.
– É melhor não deixá-las esperando – diz ele, colocando no bolso o relógio roubado.
Posso confiar na palavra de um ladrão?
– Dr. Van Ripple – começo a falar, mas ele me faz sinal para que me afaste, com sua bengala. – Só quero saber o nome dela, nada mais, e o deixarei em paz, prometo.
Vendo que não desistirei, ele suspira:
– Muito bem. Era Mina. Srta. Wilhelmina Wyatt.

Mina, Srta. Wilhelmina Wyatt, autora de *Uma história das sociedades secretas*, a dama que aparece em minhas visões, era uma aluna da Spence, e uma de suas irmãs a traiu.

No momento em que Mademoiselle LeFarge adormece na carruagem, começamos a tagarelar em voz baixa:
– Wilhelmina Wyatt! E pensar que temos o livro dela, e seus perigosos segredos, em nosso poder! – explode Ann.
– Mas já lemos o livro – digo. – O que será que perdemos? Não há nada de perigoso nele.
– A não ser que seja o perigo de fazer a pessoa dormir. – Felicity boceja.
– Descobrimos, de fato, algumas verdades sobre a Ordem – diz Ann, defendendo-se. – Sem o livro, Gemma, você jamais teria descoberto a verdadeira identidade de Circe – lembra-nos ela, e tem razão.

Pois foi assim que descobrimos que os membros da Ordem muitas vezes escondiam sua identidade usando anagramas, e que Hester Asa Moore, o nome da nossa professora, em quem tanto confiávamos, era um anagrama de Sarah Rees-Toome.

Felicity tamborila os dedos na cadeira.
– Há uma coisa que sempre me perturbou naquele livro. Que objetivo poderia ter a Srta. McCleethy ao comprá-lo? Se é membro da Ordem, por que precisaria de um livro sobre ela?

No período do Natal, seguimos a Srta. McCleethy até a Livraria Golden Dawn, no Strand. Ela comprou o livro, de modo que fizemos a mesma coisa, mas até agora eu pensava nisso como uma de suas peculiaridades. Não havia pensado que poderia haver um motivo mais profundo e, talvez, mais perverso, para ela desejá-lo.

— Vi rapidamente o rosto de McCleethy em uma de minhas visões — lembro-lhes. — Ela poderia ser a irmã que o Dr. Van Ripple mencionou.

— Sim, embora você tivesse dito que apenas viu o rosto dela — acrescenta Felicity. — Você não as viu juntas.

Do lado de fora das janelas, os ramos ainda nus arranham nossa carruagem. A noite tem garras, mas escapamos, seguindo aos trancos, até que a Spence torna a surgir à nossa vista. Com suas lâmpadas ainda acesas, a vasta propriedade brilha intensamente na noite fuliginosa. Apenas a Ala Leste está escura. As nuvens mudam de lugar; a lua mostra seu rosto. Acima do telhado estão empoleiradas as gárgulas, com seus olhares de esguelha, os altos arcos de suas asas formando sombras imensas contra o luar. Os animais de pedra parecem tensos e preparados. E, por um instante, lembro aquela arrepiante alucinação na carruagem, aquele dia, com Felicity — a boca aberta da criatura, o brilho de dentes afiados descendo, o fino fio de sangue —, e preciso desviar a vista.

— Ora, ainda acho que, se houvesse algum grande segredo no livro, já o teríamos descoberto a esta altura — insisto.

Ann espia a vasta extensão de estrelas lá fora.

— Talvez não soubéssemos onde procurar.

Uma hora mais tarde, estamos no quarto de Felicity, reunidas em torno de nosso exemplar de *Uma história das sociedades secretas*, tentando lê-lo à fraca luz de velas.

— Procurem tudo o que mencionar essa Árvore de Todas as Almas — instruo. — Talvez não reparássemos nisso da primeira vez porque não tinha nenhum significado para nós.

Lemos uma página atrás da outra, todas muito evasivas, até as palavras começarem a nos cegar. Nos revezamos, lendo em voz alta. Há anotações sobre os druidas, os gnósticos, feitiçaria e paganismo, umas poucas ilustrações que não acrescentam nada. Lemos novamente o que há sobre a Ordem e os Rakshana e não encontramos nenhum fato novo que interesse. Não há uma única palavra sobre uma Árvore de Todas as Almas.

Viramos a página e vemos uma ilustração com uma torre. Continuo a ler:

"Glastonbury Tor. Stonehenge. Iona, nas Hébridas. As Grandes Pirâmides e a Grande Esfinge de Gisé. Pensa-se que tudo isso está imbuído de magia derivada do alinhamento da Terra com as estrelas", leio, com um bocejo. "Pontos sagrados dentro da Terra são indicados por vários marcadores, entre os quais igrejas, cemitérios, círculos de pedras, bosques e castelos, para citar apenas alguns. Para as grandes sacerdotisas, as veneráveis druidas, as nobres pagãs acreditavam que ali os espíritos caminhavam..."

– Gemma, não há nada mais aí – reclama Felicity. Ela pendura sua cabeça e os braços por cima da extremidade de sua cama, como uma criança entediada. – Será que podemos ir para os reinos? Pip está esperando.

– O livro tem quinhentas páginas – concorda Ann. – Ficaremos aqui a noite inteira e quero brincar com a magia.

– Vocês têm razão – digo, fechando o livro. – Para os reinos.

# CAPÍTULO
## VINTE E NOVE

AGORA QUE A SRTA. MCCLEETHY VOLTOU PARA NÓS, NÃO PERDE TEMPO: faz sempre com que sua presença seja sentida. Estala seu chicote em todas as oportunidades possíveis. Há uma maneira certa e uma errada de fazer as coisas, e, segundo parece, a maneira certa é sempre a da Srta. McCleethy. A despeito de sua vontade de ferro, ela é ótima para dar caminhadas, e, à medida que os dias se tornam mais verdes, ficamos agradecidas por essas estadas temporárias fora das sufocantes paredes da Spence.

– Acho que desenharemos do lado de fora hoje – anuncia ela.

Como o dia está bastante lindo, esta notícia é recebida com entusiasmo. Colocamos bonés para proteger nossa pele clara da ameaça de sardas, embora isto seja, claro, uma questão discutível, em meu caso. Lembro-me dos dias lindos e quentes na Índia, quando corria descalça sobre o solo fendido, o sol tatuando um lembrete daqueles dias em pequenas extensões marrons, como se os deuses atirassem um punhado de areia em minhas bochechas e nariz, enquanto minha pele estava molhada.

– O sol a abençoou – costumava dizer Sarita. – Veja como deixou seus beijos em seu rosto, para todos verem e sentirem ciúme.

– O sol ama mais você – respondia eu, esfregando minhas mãos sobre seus braços secos, da cor de uma envelhecida cabaça para guardar vinho, e ela ria.

Mas isto aqui não é a Índia e não somos valorizadas por nossas sardas. O sol não tem permissão para mostrar seu amor.

A Srta. McCleethy nos faz marchar pela grama enlameada, o que arruína nossas botas.

– Para onde vamos? – resmunga Elizabeth, atrás de nós.

– Srta. McCleethy, está ainda muito longe? – pergunta Cecily.

– A caminhada lhe fará bem, Srta. Temple. E não quero ouvir mais queixas – responde a Srta. McCleethy.

– Não era uma queixa – diz Cecily, com veemência, mas nenhuma de nós a apoia.

Se houvesse um campeonato de queixosos, ela ganharia facilmente o troféu.

A Srta. McCleethy nos conduz ao longo do bosque, passando pelo lago, com sua imagem espelhada do céu cinzento, e depois por uma estrada estreita e retorcida, que nunca vimos. A estrada serpenteia por algum tempo, até chegar a um monte. No topo da colina, vemos um pequeno cemitério, e é para onde a Srta. McCleethy nos leva. Ela estende uma toalha entre as lápides das sepulturas e instala em cima nossa cesta de piquenique.

Elizabeth aperta com força o casaco que envolve seu corpo.

– Por que viemos para um lugar tão medonho, Srta. McCleethy?

– Para lembrarmos que a vida é breve, Srta. Poole – diz a Srta. McCleethy, cruzando rapidamente seu olhar com o meu. – É também um ótimo lugar para um piquenique. Quem gostaria de um pedaço de bolo com uma limonada?

Com um floreio, ela abre a cesta e o cheiro dos divinos bolos de maçã de Brigid sai de suas profundezas. Grossas fatias de bolo são oferecidas a todas. A limonada é servida. Desenhamos e comemos, preguiçosamente. A Srta. McCleethy beberica sua limonada. Ela olha para longe, para a extensão de onduladas colinas verdes, os aglomerados de árvores parecendo tufos de cabelos rebeldes na cabeça careca de um homem.

– Há algo muito especial nesta terra.

– É linda – concorda Ann.

– Um pouco lamacenta – resmunga Cecily, com a boca cheia de bolo. – Aqui não é tão bonito quanto em Brighton.

Imagino-a polindo seu troféu das queixas.

Ann fala, com uma voz esganiçada:

– Brigid disse que o próprio Jesus talvez tenha caminhado por esses morros, com seu primo, José de Arimateia, e que os gnósticos também foram atraídos para este lugar.

– O que são gnósticos? – pergunta Elizabeth, em meio a um riso sufocado.

– Uma seita mística dos cristãos primitivos, mais pagãos do que cristãos, na verdade – responde a Srta. McCleethy. – Também ouvi essa história, Srta. Bradshaw. Muitos ingleses acreditam que o próprio Camelot pode ter sido construído nesta região, e que Merlin escolheu este lugar porque a terra guarda muita magia dentro dela.

— Como uma terra poderia ser mágica? — pergunta Felicity.

Sua boca está cheia demais e McCleethy lança-lhe um olhar severo.

— Srta. Worthington, não somos selvagens, por favor — repreende ela, entregando a Felicity um guardanapo. — Muitos dos antigos acreditavam que havia lugares com um poder extraordinário. Por isso realizavam neles seus cultos.

— Isso significa que, se eu ficar em pé no centro de Stonehenge, poderei tornar-me tão poderosa quanto o rei Arthur? — pergunta Cecily, com uma risada.

— Não, acho que esse poder não era para ser dado a todos, indiscriminadamente, mas administrado com cuidado por aqueles que sabiam fazer isso melhor — diz ela, incisivamente. — Porque, quando lemos sobre magia em contos de fadas, ou mitológicos, encontramos muitas menções ao fato de que ela está sujeita a leis estritas, do contrário viria o caos. Olhem para lá. O que veem? — A Srta. McCleethy acena com a mão na direção do horizonte verde.

— Montes — diz Ann. — Estradas.

— Flores e arbustos — acrescenta Cecily.

Ela olha para a Sra. McCleethy como se pudesse haver um prêmio para a resposta certa.

— O que vemos é a prova. A prova de que o homem pode conquistar a natureza, de que o caos pode ser impedido. Vocês veem a importância da ordem, da lei. Pois devemos vencer o caos. E, se o virmos em nós mesmas, devemos arrancá-lo e substituí-lo por uma firme disciplina.

Poderemos realmente vencer o caos com tanta facilidade? Se assim fosse, eu seria capaz de suprimir o pandemônio em minha própria alma e transformá-lo em algo arrumado e limpo, em vez deste labirinto de desejos, necessidades e apreensões que me faz sentir sempre como se não pudesse encaixar-me no panorama das coisas.

— Mas muitos jardins não são bonitos por serem imperfeitos? — digo, olhando para McCleethy. — Não são as flores novas e estranhas, que surgem por engano ou acidente, tão agradáveis quanto as bem cuidadas e planejadas?

Elizabeth faz um muxoxo.

— Estamos falando de arte?

A Srta. McCleethy sorri largamente.

– Ah, uma sequência perfeita para o assunto em pauta. Olhem para a arte dos grandes mestres e verão que o trabalho deles foi criado segundo regras estritas: temos linha, luz e um esquema de cores. – Ela sustenta meu olhar como se me colocasse num xeque-mate. – A arte não pode ser criada sem ordem.

– E os impressionistas, em Paris? O trabalho deles não é tão ordenado, e sim mais sentido com o pincel, parece – diz Felicity, comendo o bolo que segura com os dedos.

– Há sempre rebeldes e radicais, acho – concede McCleethy. – Os que vivem à margem da sociedade. Mas com o que contribuem eles para a sociedade em si? Colhem suas recompensas sem experimentar seus custos. Não. Digo que os cidadãos leais e trabalhadores, que afastam seus próprios desejos egoístas pelo bem do todo, são o suporte principal do mundo. E se todos decidíssemos abandonar tudo e viver livremente, sem pensar nas regras da sociedade nem obedecer a elas? Nossa civilização desabaria. Há alegria no dever e segurança em conhecer o próprio lugar. Esta é a maneira inglesa de viver. É a única admissível.

– Tem toda razão, Srta. McCleethy – diz Cecily.

Mas, de fato, o que poderíamos esperar dela?

Sei que isto deve ser o fim da discussão, mas não consigo parar aqui.

– Mas sem os rebeldes e radicais não haveria nenhuma mudança, ninguém para protestar. Não haveria nenhum progresso.

A Srta. McCleethy sacode a cabeça, pensativamente.

– O verdadeiro progresso só pode acontecer quando primeiro há segurança.

– O que é segurança... não será apenas uma ilusão? – digo, pensando em voz alta. – E se isso não existir?

– Então, cairemos. – A Srta. McCleethy aperta o que restou de seu bolo e ele cai em pedacinhos. – O caos.

Dou uma pequena mordida em meu bolo.

– E se isso for apenas o início de algo novo? E se, quando cairmos, nos libertarmos?

– Assumiria esse risco, Srta. Doyle? – A Srta. McCleethy sustenta meu olhar até eu ser obrigada a desviar a vista.

– Do que estamos falando? – cacareja Elizabeth.

– Srta. McCleethy, o chão é tão duro. Não poderíamos voltar para a Spence, agora? – queixa-se Martha.

– Sim, está bem. Srta. Worthington, deixo-a encarregada de tudo. Meninas, sigam a liderança dela. – A Srta. McCleethy coloca as migalhas de bolo num guardanapo e o amarra bem firme. – Ordem. Esta é a chave. Srta. Doyle, preciso da sua ajuda para recolher nossas coisas.

Felicity e eu trocamos olhares. Ela passa o dedo pela garganta, como se fosse uma faca, e tomo nota mentalmente que devo dizer-lhe, mais tarde, como a acho espirituosa. A Srta. McCleethy colhe um buquê de flores silvestres e me faz um gesto para que eu a siga até mais longe, no cemitério. É uma subida íngreme até o topo do morro. O vento sopra forte aqui. Desprende mechas de seu cabelo, de modo que chicoteiam loucamente seu rosto, diminuindo sua severidade. Daqui, posso ver as moças saltitando por entre as árvores, numa fila alegre, Ann no final. A distância, a Spence se eleva da terra como se fosse parte dela, como se sempre tivesse existido, como as árvores, as sebes ou o distante Tâmisa.

A Srta. McCleethy coloca as flores na base da lápide simples de sepultura. Eugenia Spence, Amada Irmã. 6 de maio de 1812 – 21 de junho de 1871.

– Não sabia que havia uma pedra tumular para a Sra. Spence.

– É como ela gostaria de ser lembrada, de uma maneira simples, sem cerimônias.

– Como era ela? – pergunto.

– Eugenia? Tinha uma mente ágil e uma experiente compreensão da magia. Em seu tempo, era a mais poderosa da Ordem. Bondosa, mas firme. Acreditava que as regras deviam ser seguidas sem exceção, porque um desvio de qualquer tipo significaria atrair o desastre. Esta escola foi o trabalho da vida dela. Aprendi muito com ela. Foi minha mentora. Eu a amava muito.

Ela limpa a sujeira de suas mãos e calça suas luvas.

– Lamento sua perda – digo. – Lamento que minha mãe...

A Srta. McCleethy abotoa sua pelerine com dedos rápidos.

– O caos a matou, Srta. Doyle. Duas moças que abandonaram as regras levaram desta vida nossa amada professora. Não se esqueça disso.

Engulo minha vergonha, mas minhas bochechas ruborizadas não passam despercebidas.

– Desculpe – diz ela. – Foi duro demais da minha parte. Confesso que, quando descobri que a filha de Mary era a chave para os reinos, fiquei desapontada. O fato de aquela cujo revés levou à morte de Eugenia ter dado à luz nossa salvação... – Ela sacode a cabeça. – Parecia que o destino fizera uma piada cruel.

– Não sou tão ruim assim – protesto.

– Uma coisa é preparar-se para a grandeza. Outra inteiramente diferente é vê-la atirada em cima da pessoa. Temi que o sangue de sua mãe a levasse a fazer escolhas perigosas... – Ela olha na direção da Spence, onde os homens martelam incessantemente, descarnando a arruinada Ala Leste. – E você ainda não foi capaz de entrar nos reinos nem de recuperar a magia do Templo.

– Infelizmente não. – Examino a lápide de Eugenia Spence, com a esperança de que a Srta. McCleethy não note que a mentira traz um rubor a meu rosto.

– Eu me pergunto por que tenho tanta dificuldade em acreditar nisso – diz ela.

– E não há nenhuma outra maneira de entrar nos reinos? – pergunto, mudando de assunto.

– Nenhuma que eu saiba – diz a Srta. McCleethy. Ela passa uma das mãos sobre meu cabelo, prendendo um de meus cachos rebeldes atrás da orelha. – Teremos de ser pacientes. Tenho certeza de que seus poderes voltarão.

– A não ser que os reinos não me escolhessem para continuar – lembro-lhe.

Ela sorri, afetadamente.

– Duvido, Srta. Doyle. Vamos, temos de juntar nossas coisas.

Ela segue na frente, na volta ao local de nosso piquenique, e a acompanho.

Solto o cacho que ela enfiou atrás da minha orelha; ele se solta, selvagem.

– Srta. McCleethy, *se* a magia se acendesse dentro de mim... e *se* eu fosse capaz de entrar nos reinos outra vez... a Ordem se uniria às tribos dos reinos, numa aliança?

Os olhos dela lampejam.

– Você quer dizer nos unirmos com aqueles que estiveram durante séculos empenhados em nos destruir?

– Mas se as coisas mudaram...

– Não, Srta. Doyle. Algumas coisas jamais mudarão. Somos perseguidas por nossas crenças e nosso poder, tanto nos reinos como fora deles. Não cederemos tão facilmente nosso poder. Nossa missão é ligar a magia ao Templo, reconstruir as runas e fazer os reinos vol-

tarem à maneira como eram, antes de essa terrível tragédia destruir nossa segurança.
– Algum dia os reinos foram realmente seguros? Não creio.
– Claro que foram. E podem ser novamente, se voltarem à forma como eram.
– Mas não podemos voltar. Só podemos seguir adiante – digo, surpresa de ouvir as palavras da Srta. Moore saindo da minha boca.
A Srta. McCleethy solta uma risada pesarosa.
– Como eles podem ter chegado a esta situação? Sua mãe quase nos destruiu e agora você apareceu para bater os pregos e fechar o caixão. Ajude-me com esta cesta, por favor.
Quando lhe entrego o copo de limonada, esbarramos uma na outra e o copo se quebra em pedaços tão pequenos que é impossível juntar tudo.
– Desculpe – digo, reunindo tudo numa pilha.
– Você torna confusas até as coisas mais simples, Srta. Doyle. Deixe-me sozinha, eu mesma cuidarei disso.
Afasto-me pisando com força e dando voltas por entre as velhas pedras tumulares com inscrições de pessoas amadas apenas após sua partida.

Quando volto, um motim está em marcha na Ala Leste. Felicity corre para mim e me inclui no aglomerado de meninas que observam seu desdobramento, na segurança das árvores. Os homens abandonaram o prédio. Estão em pé juntos, com o chapéu na cabeça, os braços cruzados sobre o peito, enquanto o Sr. Miller grita ordens, com o rosto vermelho:
– Sou o capataz aqui e estou dizendo que temos um trabalho para terminar, do contrário não haverá pagamento para nenhum de vocês! Agora, voltem ao trabalho!
Os homens arrastam os pés. Mexem com seus chapéus. Um deles cospe na grama. Um homem alto, com a compleição de um boxeador, adianta-se. Ele dá uma ansiosa olhada em seus companheiros.
– Não acho certo, senhor.
O Sr. Miller coloca a mão em concha sobre seu ouvido e franze a testa.
– O que está dizendo?
– Eu e os homens estivemos conversando. Há algo de errado com esse lugar.

– O que não está certo é deixar de ter o dinheiro de vocês em seus bolsos! – berra o Sr. Miller.

– Para onde foi Tambley, então? E Johnny, que saiu à noite passada e não voltou esta manhã? – grita outro homem. Ele parece mais assustado do que zangado. – Eles sumiram sem uma palavra e o senhor não acha que há nada estranho nisso?

– Foram conversas desse tipo que provavelmente os assustaram. E estou satisfeito de tê-los pelas costas. Covardes. Se me perguntarem o que é preciso fazer, digo que precisamos limpar o bosque daqueles ciganos sujos. Não ficaria surpreso se soubesse que eles têm um dedo em tudo isso. Virem para nosso país e tomarem o emprego de um inglês de verdade? Vão deixar que lancem suas maldições sobre nós sem sequer uma briga?

– Seus homens bebem. A maldição deles é essa.

Ithal desce o morro com uma postura arrogante, tendo atrás de si uma dúzia de ciganos e também Kartik. Meu coração bate um pouco mais depressa. O número dos homens do Sr. Miller é bem maior do que o de ciganos.

Miller sobe o morro correndo em zigue-zague. Ele dá uma sacudidela em Ithal, que se esquiva e volteia como um boxeador experiente. Os dois homens começam a lutar, com ambos os lados os incitando. Ithal acerta o Sr. Miller com força no maxilar. O capataz cambaleia. Kartik mantém a mão próxima da faca que está em sua bota.

– Ora essa! Parem com essa confusão! – grita Brigid.

Toda a escola se esvazia para ver os homens brigando. São desferidos novos socos. Todos estão metidos com isso agora.

– Como é que ninguém do seu bando sumiu? – grita um dos homens do Sr. Miller.

– Isso não prova nada – diz Ithal, fazendo um gesto defensivo com o punho.

– Para mim é prova suficiente! – resmunga outro homem. Ele pula em cima das costas de Ithal, rasgando sua camisa como se fosse um animal.

Kartik o puxa e afasta. O homem estende a mão para agarrá-lo e, rápida como um relâmpago, a perna de Kartik gira embaixo do homem, tirando-lhe o equilíbrio. Caos irrompe no gramado.

– Não é excitante? – pergunta Felicity, com os olhos relampejando.

A Sra. Nightwing vem. Ela caminha pelo gramado como a rainha Vitória repreendendo sua guarda.

— Assim não funcionará, Sr. Miller! Não funcionará de forma alguma!

Mãe Elena entra tropeçando na clareira. Ela grita aos homens que parem. Está fraca e se apoia numa árvore, para se manter em pé.

— É este lugar! Ele levou minha Carolina! Chamem Eugenia, peçam a ela que acabe com isso.

— Louca de pedra — resmunga alguém.

Há uma pausa na confusão. Kartik se adianta. Ele está com um corte recém-sofrido em seu lábio inferior.

— Se unirmos nossas forças, teremos uma chance maior de pegar quem quer que esteja causando problemas. Poderíamos manter a guarda enquanto estiverem dormindo...

— Deixar gente como vocês manterem a guarda? Quando acordássemos, estaríamos com nossos bolsos vazios e nossas gargantas cortadas! — grita um trabalhador.

Há outros gritos; são feitas acusações e outra briga ameaça estourar.

A Srta. Nightwing marcha para o meio da desordem.

— Cavalheiros! Esta proposta é boa. Os ciganos ficarão de guarda durante a noite, para seus homens poderem descansar tranquilamente.

— Não vou deixar que eles nos vigiem — diz o Sr. Miller.

— Mas vigiaremos — diz Ithal. — Para nossa própria proteção.

— Que confusão — diz a Srta. Nightwing, com uma expressão de lástima. — Meninas! Por que estão em pé aí, com a boca aberta como se fossem gansos? Vão imediatamente para a escola.

Passo por Kartik, mantendo meus olhos fixos nas outras moças. *Não olhe para ele, Gemma. Ele não respondeu a seu chamado. Continue caminhando.*

Consigo chegar às portas da Spence e lá me permito uma rápida olhada para trás; e lá está Kartik observando-me, enquanto vou embora.

— Cartas! Cartas! — Brigid chega com a correspondência da semana, que ela trouxe da aldeia. Nosso estudo esquecido, nós, meninas, fazemos uma barulheira em torno dela, com as mãos se estendendo em busca de alguma notícia de casa. As mais novas choram e fungam enquanto leem as cartas de suas mães, de tanta saudade que sentem. Mas nós, as mais velhas, estamos ansiosas por fofocas.

– Arrá! – Felicity estende um convite, com ar triunfante. – Regalem seus olhos.
– Estão cordialmente convidadas para um baile turco em homenagem à Srta. Felicity Worthington, na casa de Lorde e Lady Markham, às oito da noite – leio, em voz alta. – Ah, Felicity, que maravilha!
Ela aperta o convite contra seu peito.
– Quase já posso sentir o gosto da minha liberdade. O que chegou para você, Gemma?
Espio o endereço do remetente.
– Uma carta da minha avó – digo, enfiando-a dentro de meu livro.
Felicity ergue uma sobrancelha.
– Por que você não a abre?
– Vou abrir. Mais tarde – digo, olhando para Ann.
Todas temos uma carta, menos ela. Todas as vezes em que a correspondência é entregue, é uma infelicidade para ela ficar sem nada, sem ninguém que se preocupe em escrever para dizer que sente sua falta.
Brigid ergue uma carta para a luz, franzindo as sobrancelhas.
– Ah, esse homem enlouqueceu. Esta não é nossa. Srta. Nan Washbrad. Não há nenhuma Nan Washbrad aqui.
Ann quase dá um pulo para pegar o envelope.
– Posso ver?
Brigid afasta dela o envelope.
– Ora, ora. Quem vai decidir o que fazer com isso é a Sra. Nightwing.
Sem poder fazer nada, espiamos Brigid enfiar a carta longamente esperada da Srta. Trimble em meio à correspondência da Nightwing e colocá-la bem arrumada dentro do bolso de seu avental.
– Deve ser do Sr. Katz. Temos de pegar aquele envelope – diz Ann, desesperada.
– Ann, onde é que Brigid põe as cartas da Nightwing? – pergunto.
– Em cima da escrivaninha dela – diz Ann, engolindo em seco. – No andar de cima.

Somos forçadas pelas circunstâncias a esperar até as orações da noite antes de tentarmos recuperar a carta de Ann. Enquanto as outras moças pegam seus xales e livros de orações, nos afastamos furtivamente e entramos no escritório de Nightwing. É velho e com um aspecto

formal, e, como acontece com a anquinha na parte de trás do vestido da Nightwing, terrivelmente fora de moda.
– Vamos agir depressa – digo.
Abrimos gavetas, remexendo em tudo em busca de algum sinal da carta de Ann. Abro um pequeno guarda-roupa e dou uma olhada dentro. As prateleiras estão cheias de livros: *Quando o amor é verdadeiro*, da Srta. Mabel Collins; *Vivi e amei*, de uma tal Sra. Forrester; *A paixão mais forte*; *A honra de Trixie*; *O crime da cega Elsie*; *Um galope glorioso*; *Venceu pela espera*.
– Vocês não vão acreditar no que acabei de encontrar – digo, rindo. – Romances! Imaginem só!
– Gemma, por favor – repreende Felicity, de seu posto de vigia, à porta. – Temos coisas mais importantes para tratar.
Envergonhada, vou fechar o guarda-roupa e então noto uma carta, mas tem o carimbo de 1893. É velha demais para ser a carta de Ann. Mesmo assim, o manuscrito é estranhamente familiar. Viro e há um lacre rompido com a impressão do olho sobre o crescente, de modo que tiro a carta do envelope. Não há cumprimento de nenhum tipo.

*Você ignorou minhas advertências. Se persistir em seu plano, eu exporei você...*

– Encontrei o envelope! – Ann está eufórica.
A voz de Felicity vem cheia de pânico.
– Alguém está subindo a escada! – avisa ela.
Às pressas, ponho tudo de volta onde estava e fecho as portas do armário. Ann agarra sua carta e seguimos rápido pelo corredor.
Na porta divisória, Brigid nos recebe com uma carranca.
– Vocês sabem que não têm permissão para vir até aqui.
– Tivemos a impressão de ouvir um barulho – mente Felicity, docemente.
– Sim, ficamos terrivelmente assustadas – acrescenta Ann.
Brigid dá uma olhada pelo corredor, com suspeita e apreensão.
– Então vou chamar a Srta. Nightwing e...
– Não é preciso – digo. – Era apenas um ouriço-cacheiro que entrou.
Brigid empalidece.
– Ouriço-cacheiro! Vou pegar minha vassoura. Não vou deixar que ele saia correndo pela minha casa!

– Foi só o fantasma, Brigid! – digo, depois que ela já foi embora.
– Acho que era um ouriço-cacheiro francês!
– Um ouriço-cacheiro francês? – repete Felicity, com uma expressão divertida.
– *Oui* – digo.
Ann pressiona a carta contra o peito.
– Já temos o que viemos buscar. Vamos. Quero saber qual é o meu destino.
Um resto de dia permanece enquanto seguimos às pressas para a capela, mas o sol está caindo rapidamente atrás do horizonte.
– O que diz a carta? – Felicity tenta dar uma olhada nela, mas Ann não quer soltá-la ainda.
– Ann! – protestamos Fee e eu.
– Está bem, está bem. – Ann passa a carta para nós e a tiramos avidamente das mãos dela. – Leiam tudo em voz alta. Só assim terei certeza de que não estou sonhando!
– "Minha querida Srta. Washbrad" – começamos Fee e eu a ler em uníssono. Com os olhos fechados, os lábios num sorriso, Ann declama cada palavra. – "Espero que esta carta a encontre bem. Falei com o Sr. Katz e ele está disposto a encontrá-la na próxima segunda-feira, às duas horas da tarde. Aconselho-a a não chegar atrasada, querida, porque nada deixa o Sr. Katz num humor pior do que falta de pontualidade. Recomendei-lhe seu talento. Sua beleza fala por si mesma.
Afetuosamente, Lily Trimble."
– Ah, Ann, que maravilha! – digo, devolvendo-lhe a carta, que ela enfia em seu vestido, perto de seu coração.
– Sim, sim, não é mesmo?
A alegria de Ann a transforma. Ela caminha mais ereta, por causa deste sinal de esperança.
Dando as mãos, corremos para a capela enquanto o dia se liberta de suas amarras e afunda sob a terra, deixando para trás um flamejante rastro cor-de-rosa.

No púlpito, uma das meninas mais novas lê um trecho da grande Bíblia. Ela é muito pequena, não tem mais de dez anos, e sua pronúncia engraçada das palavras ameaça transformar nossas orações, a qualquer momento, em risadas abafadas.
– "E a *terpente tisse* à mulher: Com *terteza* você não morrerá..."

– Gemma – sussurra Ann –, não conseguirei comparecer a meu encontro com o Sr. Katz.

– O que você quer dizer? – murmuro, por trás da minha Bíblia.

Uma nuvem repentina passa pelo rosto dela, extinguindo sua alegria anterior.

– Ele acha que sou Nan Washbrad.

– É apenas um nome. Lily Trimble mudou o dela.

– Mas veja o que ela disse: "Sua beleza fala por si mesma." Entende? Não sou essa moça. Uma coisa é criar uma ilusão, mas outra é mantê-la para sempre.

– "Pois Deus *tabi qui* no dia em *qui* você comer isto, então *teus* olhos *terão* abertos e você ficará *cunhecendo* o bem e o mal."

– Nós estaremos *cunhecendo* o bem e o mal – repete Felicity e há uma repentina série de tosses em nosso banco de igreja, para disfarçar nossos risos abafados.

A Srta. McCleethy estica o pescoço, ergue a cabeça e estreita os olhos para nós. Erguemos nossas Bíblias como se fôssemos um grupo de missionários. Meu olhar viaja até a Srta. Nightwing. Ela está sentada ereta, com os olhos voltados para a frente e uma expressão tão inescrutável quanto a da Esfinge.

Meus pensamentos se voltam para a carta escondida em seu armário. Que advertências poderia a Sra. Nightwing ter ignorado? Que plano?

De repente, as palavras em minha Bíblia ficam borradas, e o mundo novamente reduz seu movimento até a imobilidade. No atril, a torturada recitação da menina parou. A sala está sufocante, o suor escorre em minha pele.

– Ann? Felicity? – chamo, mas elas pertencem àquele outro tempo. Um silvo adocicado ecoa na capela.

– F-Fee – sussurro, mas ela não pode me ouvir.

O silvo vem novamente, mais forte. À direita. Viro-me vagarosamente, com as batidas do meu coração se acelerando. Meus olhos viajam pela impossível distância do chão para o vitral, onde fica o anjo com a cabeça da Górgona.

– Ah, meu Deus...

O pânico me faz recuar, mas as moças imóveis bloqueiam meu caminho, de modo que só posso olhar, horrorizada, enquanto o vitral se torna vivo. Como num momento do espetáculo da lanterna mágica dos irmãos Wolfson, o anjo caminha em minha direção, segurando com o braço erguido a cabeça cortada da Górgona. E então a coisa abre os olhos e fala.

— Cuidado com o nascimento de maio — silva ela.

Com um grito alto, caio de costas e o mundo torna a caminhar em sua plena velocidade. Bati em Ann, que esbarrou em Felicity e assim por diante, como numa fileira de pedras de dominó.

— Gemma! — diz Ann, e percebo que me agarro a ela.

— D-desculpe — digo, enxugando o suor em minha testa.

— Pegue isto. — Felicity me entrega um lenço.

A explosão de notas retidas do harmônio nos convida a cantar e espero que seus tons berrantes possam mascarar as batidas frenéticas do meu coração. Hinários são erguidos e vozes juvenis se elevam. Meus lábios se movimentam, mas não consigo cantar. Estou tremendo e encharcada de suor frio.

*Não olhe.* Mas preciso, preciso...

Envesgo meus olhos da maneira mais cuidadosa possível para a esquerda, onde há instantes o troféu sangrento de um anjo silvou uma advertência que não entendi. Mas agora o rosto do anjo está tranquilo. A cabeça da górgona dorme. É apenas um quadro num vitral, nada mais do que vidro colorido.

Minha agitação não cessa, então me sento, sozinha, para ler a carta de vovó, que tinha guardado. É a habitual tagarelice dela, com menções a festas, encontros sociais, os últimos boatos, mas não tenho cabeça para isso, no momento. Fico surpresa ao ler que Simon Middleton perguntou por mim e, por um momento, minha depressão acaba; depois, detesto-me por permitir que meus pensamentos sejam desviados tão facilmente por um homem; e, com a mesma rapidez, esqueço de me odiar e leio a frase três vezes seguidas.

Logo atrás da carta de vovó há um bilhete de Tom.

*Querida Gemma, a Dama da Língua Afiada, escreve ele. Estou escrevendo sob coação, pois vovó não me deixará em paz até que eu faça isso. Está bem, cumprirei minhas obrigações de irmão. Espero que você esteja bem. Quanto a mim, estou simplesmente ótimo, nunca estive melhor. Meu clube para cavalheiros manifestou forte interesse em mim e me disseram que deverei enfrentar uma rigorosa iniciação em seus ritos sagrados, antes do início da temporada. Foram gentis a ponto de perguntar por você, fazendo todo tipo de indagações, embora eu não consiga imaginar o motivo. Contei-lhes exata-*

mente o quanto você pode ser desagradável. Então, está vendo que você e papai se enganaram a meu respeito, afinal? Tentarei ser gentil, e cumprimentá-los na rua com um aceno de cabeça e um sorriso, quando for um lorde. E agora, com meu dever cumprido, despeço-me da maneira mais afetuosa possível, considerando seu temperamento impossível.
Thomas.
Amasso o bilhete e o atiro dentro do fogo. Preciso desesperadamente de conselhos – sobre meu irmão, sobre a Ordem, Wilhelmina Wyatt, os reinos e essa magia dentro de mim que ao mesmo tempo espanta e assusta. Há apenas uma pessoa a quem posso recorrer e talvez tenha as respostas para todas as minhas perguntas. E eu a procurarei.

# Capítulo Trinta

Na muralha de amoreiras silvestres, deixo minhas amigas. Ann coloca seu rosto próximo aos espinhos que nos separam.

– Você não vem?

– Sim, mais tarde. Há uma questão de que devo tratar.

Felicity fica cheia de suspeitas.

– O que é?

Suspiro, dramaticamente.

– Preciso falar com Asha sobre uma questão entre os Intocáveis e o pessoal da floresta. Uma disputa.

– Parece terrivelmente chato – diz Felicity. – Boa sorte para você.

De braços dados, elas correm na direção do castelo, que se projeta acima de seu ninho de trepadeiras como uma miragem ossuda.

Os potes com fumaça que margeiam a estrada poeirenta para o Templo arrotam seus vapores coloridos. Em geral, o cheiro é do mais doce incenso, mas hoje há um cheiro diferente, de alguma coisa forte e desagradável. Os Hajin parecem agitados. É como se esperassem uma tempestade prevista.

– Senhora Esperança – diz Asha, com uma curvatura.

– Preciso aproximar-me do Poço da Eternidade – digo, dirigindo-me para ele sem parar.

Asha acompanha minha marcha pelo labirinto de corredores.

– Senhora Esperança, meu povo está com medo. A gente da floresta nos acusa de colaborar secretamente com a Ordem...

– E colaboraram? – indago.

– Ah, com certeza não acredita nisso, não é?

Não sei mais no que acreditar. A Ordem tem algum plano e pretendo saber do que se trata, antes de partir. Chegamos às Cavernas dos Suspiros.

– Asha, preciso ficar sozinha.
Ela faz outra curvatura, cobrindo os olhos.
– Como desejar, Senhora Esperança.
O corpo de Circe flutua embaixo da superfície do poço, que parece de vidro. Ela parece não ter peso, mas sinto sua presença tão pesadamente que mal posso respirar.
– Então você voltou, afinal.
*Preciso de sua ajuda.* Por mais que eu tente, não posso sufocar estas palavras.
– Alguma coisa está prestes a acontecer e quero saber o que é!
A voz dela parece a de uma mulher agonizante:
– Você sabe... o preço... de meu conselho?
Engulo em seco. Já que isto começou, não há como voltar atrás. E se eu lhe der a magia que quer, quem poderá saber se ela não me causará algum mal?
– Sim, sei.
– E você me daria... por sua livre e espontânea vontade?
– Que alternativa tenho? – replico e, depois, rio amargamente, sabendo muito bem qual seria a reação dela. – Sim, eu sei, há sempre uma escolha. Muito bem. Escolho dar a você o que deseja, em troca do que preciso.
– Por sua livre e espontânea vontade...
– Sim. Dou-lhe por minha livre e espontânea vontade – respondo, bruscamente.
– Então, venha até aqui onde estou – sussurra ela bem baixinho, com uma voz que parece seda farfalhando.
Aproximo-me do poço, onde seu corpo se pressiona contra o selo da água, como um fantasma. É preciso toda a força que tenho para olhar diretamente aqueles olhos que me fitam com raiva.
– Ouça com atenção, Gemma – diz ela, com seu lento e rouco sussurro. – Faça exatamente o que digo, senão você me mata e fica sem saber o que deseja.
– Estou ouvindo – digo.
– Ponha sua mão na superfície do poço e conceda-lhe vida...
– Mas achei que isto a mataria...
– Só até o selo se quebrar e a água clarear.
Meus dedos se demoram na beira do poço. *Vá em frente então, Gemma. Acabe com isso.* Devagar, baixo minhas mãos trêmulas até a superfície e deixo que repousem sobre ela. É como um lençol de gelo,

que se dissolve ao meu toque. A água clareia e Circe se ergue, até que seu rosto quase quebra a superfície.

– Muito bem, muito bem – sussurra ela.

– Agora, ponha a palma de sua mão em cima do meu coração e me dê um pouquinho de magia, mas apenas um pouquinho mesmo. Estou fraca e não posso receber mais.

Minha mão mergulha nessa água até chegar diretamente em cima do tecido encharcado do corpete de Circe, e sufoco um grito.

– Pronto – suspira ela.

Logo a magia viaja entre nós, como um fio invisível. Não sinto nada dos pensamentos dela, apenas os meus próprios refletidos em mim.

– É isso – digo, afastando-me depressa.

A Srta. Moore emerge até flutuar tranquilamente na superfície. Suas bochechas e seus lábios apresentam uma levíssima sugestão de rosado. Aqueles olhos que não veem piscam pela primeira vez. A voz dela ganha força.

– Obrigada, Gemma – murmura ela.

– Fiz o que você pediu. Agora, quero minhas respostas.

– Claro.

Caminho em torno do poço, enquanto falo, sem querer olhar para ela.

– O que você quis dizer quando afirmou que a Ordem está conspirando contra mim? Como posso deter os Rakshana? O que deveria eu saber sobre os reinos, sobre as criaturas das Terras Invernais e sobre a magia que tenho? E Pippa? O que você sabe sobre...

– Tantas perguntas – murmura ela. – E, no entanto, a resposta é muito direta. Se quer defender-se contra a Ordem e os Rakshana, o melhor é, primeiro, olhar para dentro de si mesma, Gemma.

– O que quer dizer? – Aproximo-me do poço, cautelosamente.

– Aprenda a dominar a si mesma, a entender tanto seus medos quanto seus desejos. Esta é a chave para a magia. Então, ninguém terá controle algum sobre você. Lembre-se – ela respira fundo, com um chiado –, a magia é uma coisa viva, unida a quem quer que ela toque e modificada por cada um, também.

Caminho de um lado para outro, evitando cuidadosamente olhá-la.

– Estou com quase dezessete anos. Acho que já me conheço.

– Precisa chegar a conhecer tudo, até mesmo seus cantos mais obscuros. Especialmente eles.

– Talvez eu não tenha nenhum canto obscuro.

Uma risada que é um fino som de raspagem vem do poço.

– Se isso fosse verdadeiro, eu estaria fora, aí, e você estaria aqui dentro.

Começo a responder, mas as palavras não saem.

– Precisa saber quanto a magia custará a você.

– Custará para mim? – repito.

– Tudo tem seu preço. – Ela torna a respirar, tremendo. – Há séculos... eu não falava tanto. Preciso descansar, agora.

Corro para o poço, onde ela flutua, com seus olhos se fechando.

– Espere! Mas e Tom, os Rakshana, Pippa, as Terras Invernais? Tenho mais perguntas a fazer! Você disse que me ajudaria!

– E ajudei – responde ela, flutuando para dentro das profundezas do poço. – Procure nesses cantos obscuros, Gemma, antes que acabe presa aqui.

Não consigo acreditar que dei tanto e consegui tão pouco em troca. Eu jamais deveria ter pensado em confiar em Circe, antes de mais nada.

– Só voltarei no dia em que devolver a magia ao Templo e você morrer – digo enquanto saio, enraivecida.

Quando afasto a cortina, Asha está ali. Está sentada em cima de um pequeno tapete, com as pernas cruzadas, colocando ervilhas de um tom de laranja vivo dentro de uma tigela. Atrás dela, vários Hajin escolhem papoulas, em meio a uma grande quantidade das flores, selecionando apenas as que estão em plena florescência e descartando o resto. Asha gesticula para mim. Diz:

– Posso ter uma palavrinha com você, Senhora Esperança?

Sento-me ao lado dela, no tapete, mas mal consigo ficar quieta. Estou agitada demais, por causa de minha conversa com Circe, e zangada comigo mesma por ter confiado nela.

– Pensei em sua oferta – diz Asha. – Acredito que é melhor para os Hajin não se unirem à sua aliança.

– Não se unirem? Mas por quê?

Os dedos de Asha trabalham diligentemente, tirando a casca inútil das ervilhas.

– Não queremos envolvimento numa luta dessas. Não é nossa maneira de ser.

– Mas, Asha, com uma parcela da magia seu povo poderia se tornar um poder nos reinos. Você poderia mudar seu destino. Você poderia curar...

Fecho a boca, silenciando minhas palavras, com medo de ofendê-la. Os Hajin me lançam um olhar curioso. Asha lhes faz um sinal com a cabeça e, com uma reverência, eles saem.

– Nas antigas eras de escuridão, fomos perseguidos. Tratados como escravos. Assassinados por esporte – explica Asha. – E então a Ordem veio e nos deu segurança. Desde que se fala numa aliança, essa segurança tem sido questionada. Nosso povo foi insultado nos campos e para além deles. Um Hajin foi chicoteado no rio, por centauros. E ainda na noite passada, uma quantidade de papoulas colhidas foi roubada, apenas uma cestinha, mas é o bastante.

Fecho minhas mãos, que se tornam punhos.

– Não tolerarei isso! Vou falar imediatamente com Philon!

Asha sacode a cabeça.

– Não. Nós nos retiraremos. Aqui, distantes de tudo, estamos seguros.

Olho as cavernas precárias onde vivem há séculos.

– Mas são obrigados a viver nessas cavernas. Que segurança é essa?

Asha alisa o sári sobre suas pernas empoladas.

– É melhor não questionar.

– Tomaria essa decisão em nome de todo o seu povo?

Com um barulho forte, ela deixa cair as ervilhas numa tigela.

– Eles não devem saber de tudo. Isto só causaria insatisfação.

– Por parte de quem? – pergunto.

– Assim será melhor – diz ela, como se a frase fosse um mantra.

Uma das Hajin se aproxima. Seu rosto demonstra preocupação.

– A colheita não está boa, Asha – diz ela, como quem se desculpa.

– Perdemos muitas flores, por causa da geada e de pragas.

Asha franze a testa.

– Geada?

A intocável abre sua mão empolada e revela uma papoula murcha e azul por causa do frio.

– Elas não sobrevivem.

– Vejam – digo. Ponho minha mão sobre a flor e novas papoulas nascem, gordas e vermelhas. – É o que vocês poderiam fazer, se quisessem.

A moça olha esperançosamente para Asha, que sacode a cabeça.

– Dessa maneira as flores não duram – responde Asha.

Ela arranca a primeira papoula das mãos da moça Hajin e a atira na pilha de lixo.

Sigo novamente pelo caminho entre os salgueiros. Os ramos majestosos balançam-se sobre minha cabeça e caminho em meio ao casulo que eles formam, perdida em meus pensamentos. Que plano tem a Ordem para mim? Será que assassinaram Wilhelmina Wyatt para silenciá-la? E, se fizeram isso, que segredo saberia ela, que valia a pena matá-la para preservar? Como posso governar os reinos quando as próprias pessoas que formariam minha aliança não confiam umas nas outras?

Mesmo a perspectiva de ver Pip e as outras, nas Terras Limítrofes, não me acalma neste momento. Elas não desejarão ouvir meus problemas. Desejarão dançar. Fazer jogos alegres. Com o ar leve, fazer vestidos de baile, e, com tapeçarias puídas, pelerines. E, quando Felicity e Pippa estão juntas, é como se o resto de nós não existisse. A amizade delas é exclusiva. Tenho inveja da proximidade das duas, e detesto a mim mesma por causa disso. Não consigo decidir o que é pior – a inveja em si ou a maneira como me faz sentir pequena e mesquinha.

Uma pequena tempestade de poeira se levanta ao longo da estrada, seguida por um som de galope. Meu coração se acelera. O som ganha rapidez e, desta vez, não tenho a possibilidade de correr e escapar. Tento me esconder encolhida entre os salgueiros, mas não há espaço suficiente. Magia. Mas o quê? Disfarçar-me. Do quê, do quê, do quê? Não consigo pensar em nada. Ilusão. Mas do quê? *Olhe em torno, Gemma, O que há aqui?* Estrada. Céu. Poeira. Salgueiros. Um salgueiro!

Ele se aproxima.

*Esqueça o medo. Solte-se. Solte-se.* Sinto a magia trabalhando dentro de mim e só posso esperar que tenha obedecido. Quando olho para minhas mãos, elas aparecem como galhos. Consegui. Estou disfarçada.

O cavaleiro diminui sua marcha até um trote e depois para completamente. Mal posso respirar de tanto medo. É Amar. Ele usa um manto de pele de animal – os olhos do animal ainda se movimentam – e um capacete feito de crânios humanos. Seus olhos são buracos negros e engulo um grito. *Não perca sua determinação, Gemma. Calma, calma...*

O cavalo é uma coisa sobrenatural, com olhos como os de Pip ficaram algumas vezes. Ele resfolega e descobre os dentes, enquanto Amar vasculha pelo caminho.

– Sei que você está aqui! – grita ele. – Farejo seu poder. Sua inocência.

Meu coração bate mais depressa do que me sinto capaz de suportar. Um corvo voa de uma árvore para outra e tenho medo de que ele me descubra. Em vez disso, ele voa para Amar e se instala em seu ombro.

– A hora se aproxima. Cuidado com o nascimento de maio.

Ele chuta os flancos do cavalo e se afasta cavalgando, em meio a uma nuvem de poeira.

Fico escondida, contando até cem, e depois corro com a maior rapidez que posso até as Terras Limítrofes.

Quero contar a minhas amigas a respeito de Circe, mas tenho medo. Como posso confessar que ela ainda está viva? Que fui procurá-la em busca de conselhos? Que lhe dei magia? Sinto-me mal quando penso no que fiz, no risco que corri. E para quê? Lixo. Advertências de que devo procurar meus cantos obscuros, como se ela não fosse a pior pessoa que já conheci em minha vida.

Quando chego ao castelo e vejo minhas amigas rindo e fazendo um jogo com uma bola, alegro-me bastante. Foi um erro procurar Circe, e não tornarei a cometê-lo. Não voltarei lá, até ser hora de devolver a magia e fazer a aliança, o dia em que ela partirá para sempre do nosso mundo.

# Capítulo
## trinta e um

Acordamos numa maravilhosa manhã de domingo, cheia de cor e salpicada por uma luz suave que borra a paisagem, transformando-a no tipo de paleta que agradaria ao Sr. Monet. Depois de um sermão pavorosamente monótono e dos cumprimentos do semimorto reverendo Waite, a Sra. Nightwing oferece uma recompensa por nossa santa tolerância pedindo nossa ajuda nos preparativos para o baile de máscaras da Spence. Somos levadas para o lado de fora, com nossos guarda-pós de artistas e pincéis nos bolsos. No gramado dos fundos, longas extensões de tela foram espalhadas em cima de mesas. Potes de tinta prendem os cantos. A Srta. McCleethy nos orienta para pintar cenas pastorais adequadas a um paraíso, a fim de usá-las como cenário para nosso baile de máscaras. A única cena que me vem à cabeça é o ridículo e travesso Pã com calças, que está na casa da minha avó em Londres. Recuso-me a copiar essa monstruosidade, embora a perspectiva de colocar-lhe um espartilho seja bastante tentadora.

Felicity trabalha com empenho. Seu pincel mergulha de um pote para outro e, quando vejo surgir o castelo, sorrio e acrescento, atrás dele, as escarpadas montanhas das Terras Invernais. A Srta. McCleethy caminha entre as mesas, com as mãos entrelaçadas atrás das costas. Ela faz melhorias com seu pincel, corrigindo um arbusto aqui, uma flor acolá. É muito aborrecido e tenho o pensamento de pintar um bigode na Srta. McCleethy.

– O que é isso? – Ela franze a testa diante de nosso quadro em andamento, mostrando as Terras Limítrofes.

– Um conto de fadas – responde Felicity.

Ela acrescenta toques de amoras roxas numa árvore.

– Os contos de fadas são bastante traiçoeiros. Como termina esse? O sorriso de Felicity é um desafio.

– Foram felizes para sempre.
– É um pouco sombrio.
A Srta. McCleethy agarra um pincel e dá pinceladas de um tom vivo de laranja rosado em cima do cinzento revolto do meu distante céu das Terras Invernais. Não melhora o céu; ao contrário, transforma-o numa confusão lamacenta, com um falso salpico de cor.
– Ajudou – diz ela. – Continuem.
– Monstro – resmunga Felicity, num sussurro. – Prometa que não lhe dará nem uma gota de magia, Gemma.
– Não partilharia a magia com ela nem que fosse para salvar minha própria vida – juro.

À tarde, vêm as mulheres ciganas, trazendo cestas com geleias e outros doces. Passamos uma porção de geleia no pão, sem ligar para nossos dedos lambuzados de tinta. A Srta. McCleethy pergunta se um dos ciganos poderia ser contratado para cortar madeira para a lareira; e, pouco depois, vem Kartik e o calor sobe ao meu rosto. Ele tira o casaco, enrola as mangas de sua camisa até seus cotovelos e caminha com o machado para uma árvore.

A Srta. McCleethy nos deixa para ir perguntar pelo progresso na Ala Leste e vou furtivamente até o local onde Kartik está trabalhando. Sua camisa está úmida e se agarra a seu corpo. Ofereço-lhe água. Ele dá uma olhada na direção da Srta. McCleethy, que não lhe presta a mínima atenção. Satisfeito, ele bebe a água em grandes goles e passa as costas da mão em sua testa.

– Obrigado – diz, sorrindo de uma maneira engraçada.
– O que é tão divertido? – pergunto.
– Estou lembrando o sonho mais estranho que já tive.

Esfrega o polegar em seu lábio inferior.

O rubor começa nas unhas dos dedos dos meus pés e sobe num jorro até meu rosto.

– Bem – digo, remexendo no balde de água. – Foi apenas um sonho.
– Como já lhe disse, acredito em sonhos – diz ele, olhando-me de tal maneira que sou obrigada a desviar a vista para impedir a mim mesma de tornar a beijá-lo.
– Eu... eu preciso falar com você sobre uma questão urgente – digo. – O Sr. Fowlson me fez uma visita em Londres. Fomos convidados para jantar na Sociedade Hipócrates. Ele estava esperando do lado de fora.

Kartik puxa o machado do lugar onde repousava no toco da árvore. Seu maxilar se enrijece.

– O que ele queria?

– A magia. Eu lhe disse que a dera à Ordem. Mas ele não acreditou. Ameaçou-me com problemas e, quando Thomas voltou para casa na noite seguinte, contou-me que fora convidado para entrar num clube exclusivo para cavalheiros. Na lapela de seu casaco havia um alfinete dos Rakshana.

– Isso não seria dado sem motivo. Ele está sendo cortejado – diz Kartik.

– Preciso encontrar-me com os Rakshana – digo. – Você pode combinar isso?

– Não. – Ele baixa o machado, com determinação.

– Eles podem fazer mal ao meu irmão!

– Ele é um homem e pode cuidar de si mesmo.

– Como pode ser tão duro? Você teve um irmão.

– Antigamente. – Ele torna a bater com o machado e a tora é partida em duas.

– Por favor... – digo.

Kartik torna a dar uma olhada na Ala Leste, depois faz um aceno com a cabeça na direção da lavanderia.

– Aqui, não. Lá dentro.

Espero por ele dentro da lavanderia. Não há nenhuma lavadeira trabalhando hoje; o velho cômodo de madeira e pedra está vazio. Impaciente, caminho de um lado para outro, passo pelo fogão onde os ferros de engomar são enfileirados para ser aquecidos. Caminho em torno das grandes tinas de cobre, bato as juntas de meus dedos nas tábuas de roupa que estão dentro delas e passo rapidamente pelos ganchos que seguram as varetas com pontas largas, usadas para empurrar as roupas de um lado para outro. Mexo com a roda da calandra. Sei que ela faz maravilhas com as roupas molhadas, espremendo delas cada gotinha de água, ao passarem por seus compridos rolos compressores. Como desejaria poder passar meus pensamentos encharcados pela máquina, liberando-os do peso que me derruba!

Finalmente, Kartik chega. Vem até tão perto de mim que posso sentir seu cheiro de grama e suor.

– Você não sabe o que os Rakshana são capazes de fazer – adverte ele.

– Então, tenho todos os motivos para querer que se afastem de Tom!

– Não! Você deve manter-se longe de Fowlson e dos Rakshana. Gemma, olhe para mim.

Quando não olho, Kartik pega meu rosto em sua mão e me força a olhá-lo dentro de seus olhos.

– Se seu irmão continuar nesse caminho tolo, não se aproxime mais dele. Não a levarei para os Rakshana.

Lágrimas de raiva ameaçam escorrer dos meus olhos. Pisco para contê-las.

– Vi Amar. Nos reinos.

É como se eu tivesse dado um soco nele.

– Quando? Onde?

Ele afrouxa seu aperto e me movimento até uma distância segura, na direção da tina.

– Nos reinos.

– Conte-me tudo que preciso saber!

Ele avança, mas mantenho a tina entre nós.

– Em primeiro lugar, você me ajuda. Combine um encontro para mim com os Rakshana e eu o ajudarei a encontrar Amar.

– Isso é chantagem.

– Sim. Aprendi muito com você.

Ele bate na parede com o punho fechado, sacudindo a tábua de passar que está pendurada ali e me fazendo balançar também. Seu estado de espírito é tão negro quanto o meu, às vezes, e seu temperamento, igualmente inconstante.

– Preciso de algum tempo – diz ele, com voz neutra. – Quando tiver acertado o encontro, amarrarei meu lenço na hera embaixo da sua janela.

– Entendo. Obrigada.

Ele mal chega a fazer um aceno com a cabeça.

– Quando nosso negócio estiver terminado, partirei. Não nos veremos novamente.

Ele passa pela porta da lavanderia e logo o ouço cortando a árvore, até transformá-la toda em gravetos para acender o fogo. Espero alguns minutos. É tempo suficiente para deixar que as palavras dele se instalem em minha barriga como chumbo derretido, endurecendo todas as partes do meu corpo.

– Gemma, onde você esteve? – pergunta Elizabeth, quando eu me aproximo das mesas.

– Uma dama não precisa anunciar que tem de ir à latrina, não é? – digo, chocando-a deliberadamente.

– Ah, claro que não.

E ela não me dirige mais nem uma só palavra, o que é ótimo. McCleethy tinha razão – faço mesmo uma confusão com tudo. Mergulho meu pincel no amarelo berrante e pinto um grande sol feliz no centro do seu céu rosa lamacento. Se são céus ensolarados que elas querem, então vou atendê-las.

Ann se coloca ao meu lado.

– Acabei de ouvir por alto a Srta. McCleethy e o Sr. Miller conversando – diz ela, sem fôlego. – Outro dos homens desapareceu. O inspetor foi chamado para investigar o caso. O que acha que aconteceu com eles?

– Com certeza não sei – resmungo.

Dou uma olhada furtiva em Kartik, que corta os restos da árvore, destruindo-a.

Uma rajada de vento derruba a tinta roxa. Ela respinga pela tela, desfigurando a cena do castelo das Terras Limítrofes.

– Que azar, Gemma! – diz Ann. – Agora, você terá de começar tudo de novo.

À noite, o inspetor Kent faz sua visita e, embora fale muito sobre nossas pinturas, que secam junto às lareiras, sabemos que sua visita está longe de ser social. Depois do desaparecimento de três homens, o caso precisa ser investigado. Ele limpa a lama de suas botas, já tendo falado com os homens do Sr. Miller e com os ciganos. Faz perguntas discretas às meninas mais novas, transformando tudo numa espécie de jogo, para ver se alguma delas ouviu ou viu alguma coisa que sirva de pista, e somos conduzidas para a pequena sala de visitas, com seus móveis aconchegantes e o fogo forte. Brigid trouxe para o inspetor uma xícara de chá.

Os olhos do inspetor sempre tiveram um brilho alegre, mas agora ele está em missão oficial para a Yard, e seus olhos parecem enxergar minha alma e revelar meus pecados. Engulo em seco e ocupo meu assento. O inspetor conversa alegremente conosco sobre nosso dia, as festas a que logo compareceremos, o baile de máscaras da Spence, que está prestes a se realizar. O objetivo é nos deixar mais à vontade, mas isso só aumenta minha apreensão.

Ele puxa um caderninho de notas. Molha o polegar e o usa para folhear as páginas, até chegar à que procura.

– Ah, aqui estamos. Agora, senhoras, ouviram alguma coisa incomum, sons, tarde da noite? Notaram alguma coisa fora do lugar? Alguma coisa suspeita?

– N-n-nada – gagueja Ann.

Ela morde sua cutícula até Felicity segurar sua mão, apertando-a com força suficiente para interromper o fluxo de sangue no braço de Ann.

– Estávamos dormindo, inspetor. Como poderíamos saber o que se passava com os homens do Sr. Miller? – diz Felicity.

O lápis do inspetor paira sobre a folha. Seus olhos se movimentam do rosto de Ann para as mãos dadas de repente. Sorri, calorosamente.

– O menor detalhe pode ser a maior das pistas. Não é preciso timidez.

– O senhor suspeita de alguém? – pergunto.

O inspetor Kent sustenta meu olhar por um segundo a mais do que o normal e me sinto constrangida.

– Não. Mas isso dá credibilidade à minha teoria de que aqueles homens, sob o fascínio da garrafa, vaguearam para longe do acampamento, a fim de dormir até a bebedeira passar, e depois, temendo a ira do capataz, decidiram ir embora de vez. Ou talvez seja um esforço para jogar suspeitas sobre os ciganos.

– Talvez os culpados sejam mesmo os ciganos – acrescenta rapidamente Felicity, e sinto vontade de dar um chute nela.

– Seria conveniente – diz o inspetor, mexendo o leite que pôs em seu chá. – Conveniente demais, talvez, embora eu tenha notado a ausência de um deles esta noite.

Kartik. Ele já foi embora.

– Bem, a verdade virá à luz. Sempre vem. – O inspetor Kent dá pequenos goles em seu chá. – Sim, isto é a melhor coisa do mundo. Uma boa xícara de chá.

Quando voltamos para os reinos, estou pouco à vontade. O problema com meu irmão, minha visita a Circe e a briga com Kartik, tudo isso pesa muito em cima de mim. Mas as outras estão alegres e preparadas para uma grande festa. Felicity toma as mãos de Pippa nas suas e elas rodopiam de um lado para o outro em cima do grosso tapete das trepadeiras. Riem como as velhas amigas que são. Eu as invejo. Logo as outras se unem à dança. Mae e Mercy pegam as mãos de Wendy e a conduzem. Até o Sr. Darcy dá pulinhos com uma perna só, em sua gaiola, como se quisesse um par. Só eu fico isolada. E, secretamente, temo que daqui para a frente seja sempre assim, eu sozinha, sem pertencer a ninguém, a nenhuma tribo, sempre do lado de fora da festa. Tento afastar esse pensamento, mas ele já disse a verdade à minha alma. A tristeza da minha independência mergulha fundo no meu sangue. Ela corre pelas minhas veias, com um furioso e pulsante refrão: *Você é sozinha, sozinha, sozinha.*

Felicity sussurra no ouvido de Pip. Elas fecham os olhos, e Pip chama:

– Gemma! Para você!

Há uma batida em meu ombro, por trás. Viro-me e vejo Kartik vestido com um manto negro e meu coração salta por um momento. Poderia ser Kartik, mas não é. As outras riem da pequena brincadeira de Pip. Não me divirto com ela. Ponho minha mão no ombro do falso Kartik; e, usando minha própria magia, faço com que se transforme num velho pirata cambaleante, com uma perna de pau.

– Tire aquela para dançar – digo ao pirata, indicando Pippa. – Ela está esperando um par. Vá em frente.

É uma festa muito feliz, com todos rindo, cantando e dançando, de modo que não notam quando saio sorrateiramente e caminho até o rio, onde encontro a Górgona voltando de suas viagens.

– Górgona! – chamo, porque senti mais sua falta do que imaginava.

Ela vem parar na margem e baixa a prancha para mim; embarco, feliz de ver as coleantes cobras agitarem a língua para mim.

– Altíssima. Está perdendo a festa, parece – diz a Górgona, fazendo um aceno com a cabeça na direção do castelo.

– Estou cansada dela. – Deito-me de costas, espichada, olhando para os poucos pontinhos de luz que escapam em meio às nuvens. – Você já se sentiu como se estivesse profundamente sozinha no mundo? – pergunto, baixinho.

A voz da Górgona vem impregnada de uma tranquila tristeza:

– Sou a última de minha espécie.

Risadas estridentes escapam do castelo, como se viessem de outro mundo. Para além do céu de tinta azul aguada das Terras Limítrofes, as nuvens de um cinzento escuro das Terras Invernais rugem, com trovões distantes.

– Você nunca me contou essa história – lembro-lhe.

Ela respira fundo.

– Tem certeza de que quer ouvir?

– Sim – respondo.

– Então, sente-se aqui perto que lhe contarei.

Faço como ela pede, empoleirando-me bem ao lado de sua enorme cara verde.

– Foi há muitas gerações – diz ela, fechando rapidamente os olhos. – Todos temiam as criaturas das Terras Invernais e o caos que elas provocavam, e então, quando o poder da Ordem começou a crescer, nós o recebemos bem. A Ordem uniu as tribos e, durante algum tempo, as tribos prosperaram, os jardins floresceram; no mundo de vocês, os homens foram influenciados, fez-se a História. Mas, mesmo assim, as criaturas das Terras Invernais ainda circulavam, atraindo mais pessoas para o lado delas. A Ordem procurou deter a ameaça assumindo um controle maior. Houve pequenas concessões, de início. Algumas liberdades foram negadas, para nosso próprio bem, era o que nos diziam. Nossos poderes se atrofiaram, por falta de uso. E a Ordem ficou mais forte.

Interrompo:

– Estou confusa. Pensei que a Ordem fosse boa, que a magia fosse boa.

– O poder muda tudo até que fique difícil dizer quem são os heróis e quem são os vilões – responde ela. – E a magia em si não é boa nem ruim; é a intenção que a torna uma coisa ou outra.

O castelo zumbe, com música e risadas. A luz que brilha nas janelas não nos alcança inteiramente. A Górgona e eu estamos sentadas em nosso poço de sombras.

– A insatisfação cresceu – continua a Górgona, após uma pausa. – Houve uma rebelião, com todas as tribos lutando pela própria sobrevivência, sem se importar com as outras. No fim, a Ordem alcançou a vitória, mas não sem um preço. Elas não permitiram mais às tribos tirar magia das runas. As criaturas do nosso mundo ficaram detidas nele. E meu povo... – A voz dela se arrasta, seus olhos estão bem fechados, como se sentisse dor.

Transcorrem longos minutos de silêncio. Ouve-se apenas a música que vem do castelo.

– Seu povo se perdeu na batalha – digo, porque não posso mais suportar seu silêncio.

Os olhos da Górgona estão muito tristes.
– Não – diz ela, com uma voz sombria como eu nunca a ouvira falar. – Alguns restaram.
– Mas... onde estão? Para onde foram?
A Górgona baixa sua grande cabeça e as cobras ficam penduradas como ramos de salgueiro.
– A Ordem quis fazer de mim um exemplo.
– Sim, eu sei. E então a aprisionaram no navio e a condenaram a só dizer a verdade a elas.
– É verdade. Mas isto foi mais tarde, como castigo pelo meu pecado.
Sinto um peso no estômago, puxando-o para baixo. A Górgona nunca me contara isso, e não tenho mais certeza se quero saber.
– Eu era uma grande guerreira naquele tempo. Uma líder do meu povo. E orgulhosa. – Ela cospe a palavra. – Não queria que vivêssemos como escravos. Éramos uma raça guerreira e a morte era a escolha honrosa. No entanto, meu povo concordou com os termos de rendição da sacerdotisa. Este não era nosso código de honra. Fiquei envergonhada pela escolha deles e minha raiva se tornou meu senso de justiça.
Sua cabeça pende para trás, como se sua cara procurasse um sol que não estava ali.
– O que aconteceu?
Inquietas em seu sono, as serpentes de seu cabelo coleiam uma sobre a outra.
– Enquanto o pessoal da Ordem dormia, empregando os mesmos encantamentos que usara contra tantos de meus inimigos, enfeiticei meu povo, fiz com que entrassem num transe. Transformei-os em pedra e, um por um, eles tombaram sob minha espada. Matei a todos, impiedosamente. Nem mesmo os filhotes escaparam.
"Meu crime foi descoberto. Como eu era a última das górgonas, as feiticeiras não quiseram executar-me. Em vez disso, prenderam-me a este navio. No final, perdi minha liberdade, meu povo e minha esperança."
A Górgona abre seus olhos amarelos e vira a cabeça, com medo de olhar sua cara, agora que sei a verdade.
– Mas você mudou – sussurro. – Não é verdade?
– A natureza do escorpião é picar. Só porque ele não tem nenhuma oportunidade, não quer dizer que ele não possa. – As serpentes

acordam, chorando, e ela as acalma, para que durmam, com um suave balanço da sua cabeça. – Enquanto permanecer neste navio, estarei salva. Esta é minha maldição e minha salvação.

Ela vira seus olhos amarelos em minha direção, e embora eu não tivesse a intenção, evito seu olhar.

– Vejo que minha história mudou sua opinião a meu respeito, afinal – diz ela, com um toque de tristeza.

– Não é verdade – protesto, mas minhas palavras soam falsas.

– Deve voltar para a festa. Elas são suas amigas, e há muita alegria lá.

Ela baixa a prancha e passo por ela com dificuldade, chegando à leve camada de neve na margem.

– Não a verei por algum tempo, Altíssima – diz a Górgona.

– Por quê? Para onde você vai?

Pelo canto dos olhos, vejo-a arqueando sua majestosa cabeça na direção do céu sobre as Terras Invernais.

– Para bem longe, rio abaixo, para mais longe do que jamais fui. Se houver algo em andamento, não serei apanhada de surpresa. Deve proteger-se.

– Sim, eu sei. Tenho toda a magia – respondo.

– Não – corrige ela. – Deve proteger-se porque não queremos perdê-la.

# Capítulo
## trinta e dois

Na manhã seguinte, logo depois do café da manhã, Ann e eu entramos furtivamente na lavanderia.

– Mal pude dormir, pensando em nossa aventura de hoje – diz ela.

– Esta tarde, talvez eu possa realmente mudar meu destino. Passei a maior parte dos últimos dias aperfeiçoando nosso plano para a excursão de hoje ao teatro. Fee forjou uma carta de sua "prima", Nan Washbrad, perguntando se poderíamos acompanhá-la a Londres, passando o dia lá, e a Sra. Nightwing permitiu.

– Acha que funcionará? – pergunta Ann, mordendo o lábio.

– Depende muito de você. Está preparada? – pergunto.

Ann dá um enorme sorriso.

– Completamente!

– Muito bem. Então, vamos começar.

Trabalhamos uma atrás da outra, com a magia fluindo entre nós. Posso sentir a excitação de Ann, seu nervosismo, sua alegria desenfreada. Isso me faz sentir meio bêbada, e não posso evitar rir alto. Quando abro os olhos, ela está mudando. Passa por transformações físicas como se fosse uma moça experimentando diferentes trajes. Finalmente, instala-se na aparência que buscava, e Nan Washbrad está de volta. Ela gira de um lado para o outro com seu novo vestido, de cetim azul-anil, enfeitado com renda na gola e ao longo da bainha. Tem um alfinete com pedras preciosas próximo de sua garganta. Seu cabelo escureceu até ficar da cor de ébano. Está penteado para cima, bem alto sobre sua cabeça, como o de uma dama muito majestosa.

– Ah, que bom ser Nan novamente. Que tal estou? – pergunta ela, dando palmadinhas em suas faces, examinando suas mãos, seu vestido.

– Prontinha para subir ao palco – respondo. – Agora, vamos ver se podemos fazer um teste com seus talentos teatrais.

Momentos depois, Nan Washbrad faz sua entrada e é apresentada à sala de visitas, onde a Sra. Nightwing conversa amavelmente com ela, sem saber que a elegante convidada é, na verdade, Ann Bradshaw, a pobre estudante com uma bolsa. Felicity e eu mal podemos conter nossa perversa alegria.

– Foi maravilhoso – diz Felicity, às gargalhadas, enquanto esperamos nosso trem. – Ela não suspeitou nem um pouquinho. Nem uma só vez. Você enganou a Sra. Nightwing, Ann. Se isto não lhe der confiança para enfrentar o Sr. Katz, nada mais dará.

– Que horas são? – pergunta Ann, talvez pela vigésima vez, desde que saímos da Estação Vitória e partimos para nosso encontro.

– São cinco minutos depois da última vez em que você perguntou – resmungo.

– Não posso chegar atrasada. A carta da Srta. Trimble foi bastante clara, quanto a este ponto.

– Você não chegará atrasada, pois estamos no Strand. Está vendo? Ali está o Gaiety.

Felicity aponta para a grande fachada curva do famoso teatro de variedades.

Um trio de belas jovens sai do teatro. Com seus chapéus enfeitados com plumas que chamam a atenção, com suas longas luvas negras e vestidos elegantes, cheios de pequenos buquês de flores, é impossível ignorá-las.

– Ah, são as *Gaiety Girls*! – exclama Ann. – Elas são as mais lindas coristas do mundo, não são?

De fato, os homens admiram a beleza das moças, enquanto elas caminham, mas ao contrário da Sra. Worthington, elas não parecem viver apenas para esse reconhecimento. Têm seu próprio trabalho e o dinheiro que resulta dele; quando chegam na rua, é como se o mundo fosse delas.

– Algum dia, as pessoas dirão: "Vejam, lá vai a grande Ann Bradshaw! Como ela é maravilhosa!" – digo.

Ann ajeita uma e outra vez o broche em seu pescoço.

– Ah, se pelo menos eu não chegar tarde para minha apresentação.

Com o endereço na mão, percorremos o Strand em busca do nosso destino. Finalmente, encontramos a porta bem comum e nossa batida é atendida por um rapaz magricela, com calças e suspensórios, sem colete, e um chapéu-coco. Tem um cigarro apertado entre os dentes. Ele nos olha com desconfiança.

– Em que posso ajudá-las? – pergunta, com um sotaque americano.

– T-t-tenho um compromisso com o Sr. Katz. – Ann mostra a carta. O rapaz a lê toda e escancara a porta.

– Bem na hora. Ele gostará disso. – Baixa a voz. – O Sr. Katz é capaz de cortar o salário da pessoa por chegar atrasada. Sou Charlie Smalls. Muito prazer.

Charlie Smalls tem um sorriso que exibe uma falha em seus dentes e faz seu rosto estreito ganhar vida. É o tipo de sorriso ao qual não se pode deixar de corresponder, e fico satisfeita por ele ter sido o primeiro a nos receber.

– Você é ator? – pergunta Ann.

Ele sacode a cabeça.

– Compositor. Bem, espero ser. Por enquanto, sou acompanhante.

– O sorriso está de volta, largo e caloroso. – Está nervosa?

Ann faz que sim com a cabeça.

– Não fique. Venham comigo. Vou mostrar o lugar a vocês. Bem-vindas ao Taj Mahal! – brinca ele, gesticulando na direção da sala modesta.

Em um canto está um piano. Várias cadeiras foram colocadas diante dele. Há cortinas penduradas, para sugerir um palco. Está um pouco escuro, a única fonte de luz é uma pequena janela, que nos permite ver as pernas dos cavalos e as rodas das carruagens na rua. Grãos de poeira dançam na luz fraca, fazendo-me espirrar.

– *Gesundheit!* – diz um homem magro, mas rijo, com um bigode fino, ao entrar repentinamente na sala. Usa um terno negro simples e seu relógio de bolso está em sua mão. – Charlie? Pelo amor de Deus, onde está aquele bilhete de George?

– Do Sr. Shaw, senhor? Em cima de sua escrivaninha.

– Muito bem. Ótimo.

Charlie pigarreia.

– Há uma moça aqui que veio vê-lo, senhor. Srta. Nan Washbrad.

Ouvimos baterem as duas horas e o Sr. Katz guarda seu relógio de bolso.

– Maravilhoso. Na hora certa. Muito prazer em conhecê-la, Srta. Washbrad. Lily já tinha dito que a senhorita é muito bonita. Vamos ver se ela tem razão também quanto ao seu talento. – O Sr. Katz aper-

ta minha mão até que meu braço inteiro vibra. – E quem são essas damas encantadoras?
– As irmãs dela – digo, libertando minha mão.
– Irmãs coisa nenhuma. São colegas de escola dela, Marcus. E, se fosse eu, prestaria atenção em minha carteira de dinheiro. – Lily Trimble entra rapidamente na sala, com um vestido verde-esmeralda que aperta todas as substanciais curvas de seu corpo. Uma pelerine enfeitada com peles pende sedutoramente de seus ombros. Ela se deixa cair na cadeira que parece a mais confortável da sala.
– Não fique nervosa demais, Nannie. Não se trata de Henry Irving.
– Henry Irving – resmunga o Sr. Katz à menção do maior empresário teatral do Lyceum. Pois não há nenhuma pessoa mais estimada no teatro: a rainha Vitória até o tornou cavaleiro. – Aquele velho esnobe pode ter ajudado a mudar a profissão, mas eu a trato como ela de fato é. *Vaudeville*. Moças que dançam e diversão popular, é o que as pessoas querem, e sou a pessoa indicada para lhes oferecer isso.
– Será que podemos deixar os discursos para depois, Marcus? – diz Lily, tirando um pequeno espelho da sua bolsa.
– Está bem. Charlie! – brada o Sr. Katz.
Charlie ocupa um assento ao piano.
– O que vai cantar, Srta. Washbrad?
– Ahn... ah... – Temo que os nervos de Ann acabem com a ilusão que ela criou e com seu canto.
*Vá em frente*, digo, apenas com movimentos da boca. Dou-lhe um grande sorriso e ela o retribui, de uma maneira um tanto louca.
Felicity levanta-se com um pulo.
– Ela vai cantar "Depois do baile"!
Lily Trimble olha para seu espelho, empoa o nariz.
– Está vendo o que quero dizer, Marcus? A Srta. Washbrad talvez não precise de seus serviços como empresário com essas duas em seus calcanhares.
– Senhoritas, se quiserem continuar nesta sala, precisarão calar a boca – diz o Sr. Katz.
– Mas que vulgaridade – sussurra Felicity, mas se senta.
– "Depois do baile"? – pergunta Charlie a Ann, que faz um sinal afirmativo com a cabeça. – Então, em que tom?
– Annh... eu... eu... Dó? – consegue dizer Ann.
Tenho a sensação de que vou desmaiar, por causa do nervosismo. Tenho de morder meu lenço para me impedir de emitir um som.

Charlie arranca a melodia da valsa do teclado. Toca quatro compassos e olha para Ann. Ela está aterrorizada demais para entrar, então ele lhe dá outro compasso, como uma ajuda, mas ela ainda hesita.

— O momento é agora, Srta. Washbrad — grita o Sr. Katz.

— Marcus — diz Lily Trimble, fazendo com que ele se cale.

Ann está tão rígida quanto o Big Ben. O peito dela se levanta e cai a cada respiração rasa. *Vamos, Annie. Mostre a eles o que você pode fazer.* É demais. Não consigo nem olhar. Exatamente quando penso que morrerei com essa tortura, a voz de Ann flutua sobre os teclados dissonantes e a fumaça de cigarro. Primeiro é delicada, mas depois começa a crescer. Felicity e eu nos sentamos inclinadas para a frente, observando-a. Logo sua voz enche a sala, doce, clara, encantadora. Não é nenhum truque de magia, é a magnificência de Ann, sua alma casada com o som; e ficamos presas a seu encanto.

Ela sustenta a última nota com toda a sua força e, quando termina, o Sr. Katz se levanta e põe o chapéu. Será que pretende ir embora? Será que gostou? Detestou? Suas mãos carnudas se juntam, batendo palmas altas e claras.

— Foi fantástico! Simplesmente fantástico! — grita ele.

Lily Trimble ergue uma sobrancelha.

— A garota não canta mal, não é?

— Muito bem — diz Charlie.

— Você é muito gentil — contesta Ann, corando.

Charlie põe a mão em cima de seu coração.

— Mas eu juro, você foi maravilhosa. Parecia um anjo! Quando eu compuser meu musical, não deixarei de escrever uma canção para você.

Charlie toca algumas teclas ao acaso, no piano, e uma alegre melodia começa a ganhar vida.

— Muito bem, Charlie, muito bem. Pode flertar numa hora mais apropriada. Preciso que a Srta. Washbrad leia para mim.

É entregue a Ann um trecho de *The Shop Girl*, e ela se revela tão boa quanto a Srta. Ellaline Terriss. Na verdade, melhor. É óbvio que todos na sala estão impressionados com os talentos de Ann e meus sentimentos são misturados: um feroz orgulho e, ao mesmo tempo, uma inveja de seu sucesso.

— Vou escrever esse musical — sussurra Charlie para Ann. — E você estará nele. Sua voz é o que quero.

O Sr. Katz estende a mão e ajuda Ann a sair de seu lugar ao lado do piano.

– Srta. Washbrad, que tal se tornar a mais nova estrela da Companhia Teatral Katz e Trimble?
– Eu... Nada me tornaria mais feliz, Sr. Katz! – exclama Ann. Nunca a vi tão cheia de alegria. Nem mesmo nos reinos. – Se tem certeza de que deseja contratar-me.
O Sr. Katz ri.
– Querida, eu seria um tolo se não a contratasse. A senhorita é uma moça muito bonita.
O sorriso de Ann desaparece.
– Mas isso não é tudo...
O Sr. Katz dá risadinhas.
– Bem, mas sem dúvida não faz mal nenhum ser bonita. As pessoas gostam de ouvir uma boa voz, minha querida, mas também gostam de ver de onde vem ela. E, quando vem de uma beldade, pagam mais por um ingresso. Não é mesmo, Lily?
– Não é sem motivo que passo maquiagem – diz Lily Trimble, com um suspiro.
– Mas... e meu talento? – Ann morde o lábio e isto só faz aumentar sua beleza.
– Claro, claro – diz o Sr. Katz, que não para de olhá-la. – Agora, vamos preparar seu contrato.

Quando saímos do buraco escuro que é o escritório do Sr. Katz, o mundo parece um lugar diferente, cheio de excitação e esperança. A lama e a sujeira que salpicam a bainha dos nossos vestidos é *nossa* lama e sujeira – a prova de que estivemos aqui e fizemos o que saímos para fazer.
– Devíamos brindar ao seu sucesso! Eu sabia que você conseguiria! – diz Felicity, aos gritinhos.
– Você não queria nem que ela fizesse o teste de voz – lembro-lhe.
Não devia fazer isso, mas sua presunção me compele.
– Acho que Charlie Smalls está apaixonado por você – declara Felicity.
Ann mantém seus olhos fixos no chão.
– Apaixonado por Nan Washbrad, você quer dizer.
– Você não devia dizer isso. Este é um dia maravilhoso.
Felicity vira-se para um desafortunado lojista que varre sua calçada.

– Desculpe-me, senhor, mas sabia que está na presença da nova Sra. Kendal? – diz ela, mencionando o nome da festejada atriz.

O homem olha para Felicity como se ela fosse uma louca fugida de um asilo.

– Felicity! – diz Ann, rindo.

Ela puxa Fee para longe, mas o homem faz uma pequena curvatura para Ann e isto a faz sorrir.

O Big Ben bate a hora.

– Ah – diz Ann, desanimando. – É melhor voltarmos. Mas eu não queria que este dia terminasse.

– Então não vamos encerrá-lo ainda – diz Felicity.

Partimos para uma casa de chá, a fim de comemorar. Com nossos copos de *ginger ale*, brindamos a Ann, e Fee e eu lhe dizemos, repetidas vezes, como ela foi realmente fantástica. A uma mesa próxima, quatro sufragistas conversam sobre uma manifestação em frente à *House of Commons,* a Câmara Baixa. Com suas insígnias usadas orgulhosamente e seus cartazes, onde está escrito *Direito de votar para as mulheres* a seus pés, vale a pena observá-las. Falam umas com as outras com paixão e zelo. Algumas das damas que estão na loja as olham com desaprovação. Mas outras aproximam-se timidamente, pegando folhetos ou fazendo perguntas. Uma delas puxa uma cadeira para se juntar ao grupo, que abre espaço, acolhendo-a, e vejo que, hoje, Ann não é a única mulher que pretende mudar.

Quando voltamos para a Spence, procuro o lenço de Kartik na hera debaixo da minha janela, mas não está lá e tenho a esperança de que ele volte logo com notícias.

– Você viu Ann? – pergunta Felicity, quando entro no grande salão. – Ela desapareceu depois do jantar. Pensei que fôssemos jogar baralho.

– Não a vi – respondo. – Mas vou dar uma olhada para ver se a encontro.

Felicity faz um sinal afirmativo com a cabeça.

– Vou esperar em minha tenda.

Ann não é encontrada em nenhum de seus habituais refúgios – nosso quarto, a biblioteca, a cozinha. Sei de apenas outro lugar, e é neste que a encontro – o terraço do terceiro andar, que dá para o gramado e para o bosque, mais adiante. Ela está sentada sozinha.

– Gostaria de companhia? – pergunto.

Ann faz um sinal na direção do lugar vazio no parapeito. Daqui, tenho uma vista perfeita do torreão meio construído e da esquelética Ala Leste. Indago-me se minha mãe e sua amiga Sarah algum dia sentiram o tipo de felicidade que experimentamos hoje. E me indago o que teriam mudado, se tivessem a oportunidade.

Sopra uma brisa suave. Muito longe, posso ver as luzes do acampamento cigano. Kartik. Não, não pensarei nele justo neste momento.

– Achei que você estava fazendo as malas para sua viagem aos palcos do mundo – digo.

– Só partiremos na semana que vem.

– Chegará num abrir e fechar de olhos. O que é isso? – Aponto para o envelope selado que está em seu colo.

– Ah – diz Ann, revirando-o. – Não consigo decidir-me a colocá-lo no correio. É uma carta para meus primos, informando-lhes a minha decisão. Eu me saí realmente bem, hoje?

– Você foi magnífica – digo-lhe. – Sua voz encantou todos eles.

Ann olha fixamente o gramado.

– Só quiseram ouvir-me porque gostaram do que viram primeiro. E não minta para mim, dizendo que somos julgados por nosso caráter, porque isso é tolice. – Ela ri, mas é um riso sem alegria. – Beleza é poder e minha vida seria muito mais fácil se eu fosse tão linda quanto Nan Washbrad.

Ann *é* linda, mas não da maneira que ela valoriza. Não é uma beldade. É o conhecimento cuidadoso dos detalhes a seu respeito, ao longo do tempo, que a torna bonita. Mas não é isso que Ann quer ouvir. E, mesmo que eu dissesse que ela é linda, mesmo que falasse sinceramente, será que ela acreditaria?

– Sim. É mais fácil quando se é bonita – digo. – O resto de nós tem de se esforçar mais.

Ela alisa a carta em seu colo e temo tê-la magoado com minha honestidade.

Aperto sua mão.

– Você conseguiu, Ann. Você mudou sua vida. Direi o seguinte a qualquer pessoa que queira ouvir: "Ann Bradshaw é a garota mais corajosa que conheço."

– Gemma, como explicarei a eles? Ou mantenho essa ilusão pra sempre, ou descubro uma maneira de fazê-los acreditar em Ann Bradshaw.

– Daremos um jeito. Precisamos apenas de magia suficiente para convencê-los de que contrataram Ann, em primeiro lugar. Você fará o resto, com seu talento. Essa é sua magia.

Mas sei como ela se sente. Está ficando mais difícil pensar em desistir disso. Quero segurar a magia com força e não soltá-la nunca.

– Foi um dia ótimo, não foi?

Um pequeno sorriso afasta a preocupação do rosto de Ann.

– E melhores dias virão.

Ann revira a carta em suas mãos.

– É melhor acabar com isso. Ofereço meu braço, como um galanteador.

– Não é todo dia que tenho o privilégio de acompanhar uma estrela até o palco.

– Obrigada, Lady Doyle – diz ela, como se entrasse no palco, com uma curvatura.

Caminha diretamente até Brigid e lhe oferece a carta, com algumas palavrinhas apressadas:

– Brigid, quer fazer o favor de colocar isto no correio para mim amanhã?

– Claro que sim – diz Brigid, enfiando a carta no bolso de seu avental.

– Pronto, tudo resolvido – digo.

– Sim, resolvido.

– Vamos, então. Fee quer jogar baralho e estou decidida a não deixar que ela nos vença, como sempre faz.

Animadas com o sucesso de Ann, nós três nos sentamos e jogamos uma mão atrás da outra, apostando desejos, como se fossem xelins – "Cuidarei do seu sonho de se tornar princesa do Império Otomano e providenciarei para você uma viagem a Bombaim cavalgando o dorso de um elefante!". Ann ganha a maioria das rodadas e nem Fee se importa. Ela jura que é mais uma prova de que Ann mudou sua sorte afinal, e que, agora, nada está fora de nosso alcance.

# Capítulo
## Trinta e três

Passam-se vários dias e ainda não há nenhum sinal do lenço vermelho de Kartik. Preocupo-me com a possibilidade de ele ter tido algum contratempo e com a de que, quando ele voltar, eu não possa ajudá-lo a encontrar Amar. Preocupo-me com a possibilidade de ele não voltar, de forma alguma, de viajar para Bristol e embarcar no *HMS Orlando*.

Todas essas preocupações me deixam de mau humor. Já sofremos a ignomínia de caminhar para trás, como faremos quando apresentadas a Sua Majestade, no Palácio Saint James. Tropecei duas vezes e não consigo imaginar como conseguirei fazer tudo direito, com a longa cauda do meu vestido jogada sobre meu braço esquerdo e a cabeça curvada na direção da minha soberana. Pensar nisso me dá dor de estômago.

A Sra. Nightwing nos instalou à mesa da sala de refeições. Em cada um dos nossos lugares há uma série assustadora de talheres de prata. Colheres de sopa. Garfos para ostras. Facas de peixe. Facas de manteiga. Colheres de sobremesa. Espero até ver um arpão para pescar baleias e, talvez, para o caso de acharmos tudo esmagador demais e desejarmos morrer com honra, o *seppuku*, a espada para *harakiri* da lenda japonesa.

A Sra. Nightwing continua a falar monotonamente. Acho difícil prestar atenção e só consigo captar uma frase ou outra.

– O prato de peixe... as espinhas, empurradas para o lado do prato... o leitelho, a propósito, preserva a maciez das mãos de uma dama...

A visão me vem rapidamente. Num momento, estou ouvindo a voz da Sra. Nightwing; no momento seguinte, o tempo para. A Sra. Nightwing está congelada ao lado de Elizabeth. Os olhos de Felicity estão voltados para o teto, numa expressão de profundo tédio. Cecily e Martha também estão suspensas no tempo.

Wilhelmina Wyatt está em pé no vão da porta aberta, com uma expressão sombria em seu rosto.

– Srta. Wyatt? – chamo.

Deixando minhas companheiras congeladas, corro atrás dela. Wilhelmina está agora no alto do primeiro lance da escada, mas, quando chego ao patamar, ela atravessa o retrato de Eugenia Spence e desaparece, como um fantasma.

– Srta. Wyatt? – sussurro.

De repente, estou sozinha. Os próprios ossos da escola parecem murmurar para mim. Cubro minhas orelhas, mas isto não impede que ouça os sussurros medonhos, as risadas abafadas, os silvos. O papel com pavões, que reveste as paredes, ganha vida; os olhos das aves piscam.

A caligrafia comprida e fina de Wilhelmina surge em cima do retrato de Eugenia Spence: *A Árvore de Todas as Almas. A Árvore de Todas as Almas. A Árvore de Todas as Almas.* Ela preenche toda a pintura. Os sussurros se tornam mais altos. Coloco minha mão sobre o quadro e é como se eu caísse diretamente dentro dele, passando para outro tempo e lugar.

Estou no grande salão, mas tudo está mudado. Vejo alguém que, com certeza, deve ser a Srta. Moore quando menina, a meditativa concentração em seu rosto. Uma menina com surpreendentes olhos verdes sorri para ela, e arquejo, quando reconheço minha mãe.

– Mamãe? – chamo, mas ela não me ouve.

É como se eu não estivesse realmente aqui.

Uma mulher mais velha, com cabelos brancos e olhos azuis, senta-se ao lado delas. E a reconheço também: Eugenia Spence. O rosto que parece tão intimidador em seu retrato, aqui é bondoso. Animado, corado, cheio de vida. Uma menina traz uma maçã para ela, e a Sra. Spence sorri.

– Ora, obrigada, Hazel, vou gostar muito de comer essa maçã, tenho certeza. Ou será que devo cortá-la e dar um pedaço a cada uma?

– Não, não – protestam as meninas. – É para a senhora. Por causa do seu aniversário.

– Muito bem, então. Obrigada. Gosto tanto de maçãs.

Uma menina muito pequena, nos fundos, levanta timidamente sua mão.

– Sim, Mina? O que você quer? – pergunta a Sra. Spence.

Agora vejo os traços da mulher no rosto da menina. A pequena Wilhelmina Wyatt caminha com dificuldade na direção da sua professora e lhe dá um presente seu, um desenho.

– O que é isso? – O sorriso da Sra. Spence desaparece quando ela examina o desenho. É uma perfeita representação da enorme árvore que vi em meus sonhos. – Como foi que você desenhou isso, Mina?

Wilhelmina abaixa a cabeça, cheia de vergonha e infelicidade.

– Ora, vamos. Você deve contar-me. Mentir é pecado e não é bom sinal quanto ao caráter de uma menina.

Ouço o som de giz arranhando, enquanto Wilhelmina escreve na lousa, as palavras tomando forma, vagarosamente: *A Árvore de Todas as Almas*.

Às pressas, a Srta. Spence toma o giz dos dedos da menina.

– Já é o bastante, Mina.

– O que é a Árvore de Todas as Almas? – pergunta uma menina.

– Um mito – responde Eugenia Spence, limpando a lousa com um trapo.

– Fica nas Terras Invernais, não é? – pergunta Sarah. Seus olhos brilham de malícia. – É muito poderosa? Quer fazer o favor de nos explicar?

– Tudo o que vocês precisam saber, no presente, está nas páginas do seu livro de latim, Sarah Rees-Thoome – repreende a Sra. Spence.

Ela atira o desenho no fogo e lágrimas caem dos olhos da pequena Mina. As outras meninas dão risadas abafadas por causa do choro dela. A Sra. Spence ergue o queixo da menina com o dedo.

– Você pode desenhar outra coisa para mim, está bem? Talvez um belo prado, ou a própria Spence. Agora, enxugue suas lágrimas. E deve prometer ser uma boa menina e não escutar coisas que não deve, pois qualquer pessoa pode ser corrompida, Mina.

A cena muda e vejo Wilhelmina tirando de uma gaveta um punhal enfeitado com pedras preciosas e enfiando-o em seu bolso. O corpo dela muda com os anos, até que a Wilhelmina mulher está outra vez em pé à minha frente, com o punhal na mão. Seu rosto está retorcido de fúria. Ela ergue o punhal.

– Não! – grito.

Ergo minhas mãos para impedir o golpe.

Anda estou gritando quando volto a mim mesma no refeitório. Todas me olham pasmas, horrorizadas. Dor. Em minha mão. Rios de sangue escorrem pela palma da minha mão e caem na toalha de mesa de damasco. A faca em meu prato. Eu a agarrei com tanta força que cortei minha mão.

– Srta. Doyle! – A Sra. Nightwing arqueja.

Ela me leva às pressas para a cozinha, onde Brigid guarda gaze e pomada.

– Vamos dar uma olhada – diz Brigid. Ela enxágua minha mão, e dói. – Não foi muito fundo, graças a Deus. Foi mais um arranhão e um susto do que qualquer outra coisa. Vou dar um jeito nisso agora mesmo.

– Como aconteceu isso, Srta. Doyle? – pergunta a Sra. Nightwing.

– Eu... eu não sei – digo, falando a verdade.

Ela sustenta meu olhar por bastante tempo e me deixa constrangida.

– Bem, espero que, futuramente, preste mais atenção ao que está fazendo.

Felicity e Ann esperam por mim em meu quarto. Felicity ocupou minha cama e está lendo *Orgulho e preconceito*. Quando me vê, ela joga o livro para um lado, como se fosse um de seus cortejadores.

– Tenha cuidado com isso, por favor – digo, resgatando o pobre livro.

Depois de alisar suas páginas machucadas, recoloco-o em seu lugar na prateleira.

– Que diabo aconteceu? – pergunta Felicity.

– Tive uma visão muito forte – digo. Conto a elas o que Wilhelmina Wyatt me mostrou, a cena na sala de aula. – Acredito que ela está tentando me dizer que a Árvore de Todas as Almas existe *mesmo*. Acho que ela precisa que nós a encontremos. Chegou a hora de entrar nas Terras Invernais.

Felicity se senta, inclinada para a frente. Alguma espécie de fogo se acende dentro dela.

– Quando?

– O quanto antes – respondo. – Esta noite.

A floresta é patrulhada por um dos homens do Sr. Miller. Nós o vemos com sua pistola, caminhando para a frente e para trás. Está sobressaltado como um gato.

– Como chegaremos à porta sem sermos vistas? – pergunta Ann.

Eu me concentro e, de repente, surge o fantasma de uma mulher na floresta. O homem estremece diante dessa visão espectral.

– Q-Quem está aí?

Tremendo, ele aponta a pistola para ela. Ela se esconde atrás de uma árvore e se afasta para mais adiante.

– V-V-Você responderá ao m-meu capataz – diz o homem.

Ele a segue a uma distância cuidadosa, enquanto ela o conduz na direção do cemitério, onde desaparecerá, deixando-o a coçar a cabeça, diante do mistério de tudo aquilo. Mas, a essa altura, nós já estaremos dentro dos reinos.

– Vamos – digo, arremessando-me na direção da porta secreta.

Felicity levanta suas saias, sorrindo.

– Ah, gosto muito disso.

As altas lâminas de pedra, com suas mulheres vigilantes, recebem-nos do outro lado. Mas elas não podem me dar as respostas que procuro. Apenas uma pessoa pode, por mais que eu deteste admitir isso.

– Vão para o castelo. Encontrarei vocês lá, daqui a pouco – digo.

– O que quer dizer? Para onde você vai? – pergunta Ann.

– Vou perguntar a Asha se ela tem proteções para nos oferecer – explico, sentindo-me horrorosa por causa da mentira.

– Nós vamos com você – diz Felicity.

– Não! Quero dizer, vocês devem preparar Pippa e as outras moças. Reúnam todas.

Felicity faz um sinal afirmativo com a cabeça.

– Está bem. Volte depressa.

– Voltarei – digo, e isto, pelo menos, é verdade.

Corro pelos corredores poeirentos do Templo e me encaminho diretamente para o Poço da Eternidade. Circe está à espera, flutuando abaixo da superfície, uma coisa pálida erguida das profundezas e forçada a chegar até a luz.

– O tempo de minha extinção chegou tão cedo? – pergunta ela, com uma voz mais forte do que antes.

Mal posso controlar minha raiva.

– Por que você não me disse que conhecia Wilhelmina Wyatt?

– Você não perguntou.

– Você poderia ter contado!

– Como eu disse, tudo tem seu preço.

Ela solta a respiração, com um suspiro.

– Por tudo o que sei, foi você quem a matou – digo, aproximando-me alguns centímetros do poço.

– Por isso voltou? Para me interrogar sobre uma antiga colega de escola?

– Não – digo. – Detesto a mim mesma por vir, mas ela já esteve nas Terras Invernais. O diário de minha mãe relata isso. Ela é a única pessoa a quem posso perguntar alguma coisa. – Preciso que me fale das Terras Invernais.

Uma nota de cautela se insinua na voz dela:

– Por quê?

– Vamos entrar lá – digo. – Quero ver aquelas terras por mim mesma.

Ela fica calada por um longo tempo.

– Você não está preparada para as Terras Invernais.

– Estou – declaro.

– Já procurou seus cantos escuros?

Corro os dedos pelas pedras polidas do poço.

– Não sei o que quer dizer.

– É assim que você pode cair numa armadilha.

– Estou cansada de suas charadas – digo, bruscamente. – Ou você me fala das Terras Invernais ou não fala.

– Está bem – diz ela, depois de um momento. – Aproxime-se.

Ponho outra vez a mão no poço, onde posso sentir o poder ainda perdurando nas pedras, e depois a coloco em cima do coração dela. De alguma forma, desta vez é mais fácil de fazer; minha necessidade de saber sobre as Terras Invernais e meu desejo de descobrir tudo a respeito da Árvore de Todas as Almas são mais fortes do que minha apreensão. Durante alguns segundos, ela brilha com o poder. Uma insinuação de sorriso toca seus lábios, que se tornam mais rosados. Com este segundo presente, ela se tornou ainda mais linda e mais vibrante – mais parecida com a professora que eu amava, a Srta. Moore. Ver esse rosto me espanta. Enxugo a mão molhada em minha camisola, como se pudesse limpá-la de todos os vestígios dela.

– Agora, já lhe dei a magia que você pediu. Quero saber sobre as Terras Invernais, por favor.

A voz de Circe sussurra na caverna:

– No portão, serão feitas perguntas a você. Deve responder sinceramente, do contrário não entrará.

– Que tipo de perguntas? São difíceis?

– Para algumas pessoas, sim – responde ela. – Uma vez lá dentro, siga o rio. Não faça nenhuma barganha, nenhuma promessa. Nem sempre você poderá confiar no que vir e ouvir, pois é uma terra tanto de encantamento quanto de engodo, e você precisará distinguir uma coisa da outra.
– Há mais alguma coisa? – pergunto, porque não sei como continuar.
– Sim – diz ela. – Não vá. Você não está preparada para isso.
– Não cometerei os mesmos erros que você: isto é certo – respondo, bruscamente. – Diga-me algo mais: existe mesmo a Árvore de Todas as Almas?
– Espero que você volte e me diga – responde ela, afinal.
Um som de água encrespada vem do poço, como o menor dos movimentos mínimo. É impossível – ela continua presa. Olho para trás e Circe está imóvel, como se estivesse morta.
– Gemma – chama ela.
– Sim?
– Por que Wilhelmina quer que você entre nas Terras Invernais?
– Porque – digo, e paro, por até agora não ter feito a mim mesma essa pergunta, e ela me enche de dúvidas.
Aí está, novamente – um leve sussurro na água. As paredes da caverna gotejam com a umidade e acho que esse deve ser o som que ouço.
– Tenha cuidado, Gemma.
Pippa e as outras esperam por mim na floresta azul. As amoras amadureceram nas árvores. Cestas cheias delas pela metade estão por toda parte. A frente do vestido de Pippa, manchada com o suco, parece o avental de um açougueiro.
– Ela nos ofereceu alguma proteção? – pergunta Ann, quando chego aonde elas estão.
– O quê? – pergunto, confusa.
– Asha – explica ela.
Vejo em minha mente o rosto pálido de Circe.
– Não. Nenhuma proteção. Faremos o melhor que pudermos por nossa própria conta.
Pippa bate palmas, encantada.
– Maravilhoso! Uma verdadeira aventura, afinal. As Terras Limítrofes se tornaram monótonas. São as terras do tédio!
Olho na direção do céu revolto das Terras Invernais e do portão que nos separa de lá.

– E aquelas terríveis criaturas, senhorita?
Quem pergunta é Wendy. Ela segura com força na saia de Mercy.
Pippa dá o braço a Felicity.
– Formaremos um grupo unido. Somos garotas inteligentes, afinal.
– Ir até lá é a única maneira de testar isso – diz Ann.
– Não vou partir até saber se a Árvore de Todas as Almas existe mesmo – digo.
Uma luzinha pisca nas árvores, crescendo ao descer. É a criatura que parece uma fada, com as asas douradas.
– Vocês querem ver as Terras Invernais? – pergunta ela, num sussurro rouco.
– Em que isso te interessa? – pergunta Felicity.
– Eu poderia iluminar o caminho – diz ela, meigamente.
Mae Sutter enxota a criatura:
– Vá embora! Deixe a gente em paz.
Destemida, a criatura agita-se de um galho para outro e aterrissa em meu ombro.
– Não é fácil viajar pelas Terras Invernais. Alguém que conheça o caminho pode ser útil.
Lembro as palavras de Circe: *não faça barganhas.*
– Não lhe darei nada por isso – digo.
Os lábios da criatura se encurvam com um sorriso de desdém.
– Nem mesmo uma gota de magia, quando tem tanta?
– Nem uma só gota – respondo.
A fada rilha os dentes.
– Vou levar vocês, de qualquer jeito. Talvez algum dia recompensem meu serviço. Deixem esta aqui. Ela será um problema – diz, agitando uma asa perto do rosto de Wendy, que arqueja e põe a mão na boca. A fada ri alto, num cacarejo.
– Pare com isso! – digo, bruscamente, e ela recua.
– Não quero causar nenhum problema – murmura Wendy, baixando a cabeça.
Pego a mão de Wendy.
– Ela fará o que fizermos.
A fada repreende:
– É perigoso demais.
– Wendy, você fica aqui – ordena Bessie.
– Quero ir – diz ela. – Quero saber de onde vêm aqueles gritos.

– Ela só fará nos retardar – argumenta Pippa, como se a menina não estivesse bem ali.

– Ou vamos todas ou ninguém vai – digo, com firmeza. – Agora, preciso conferenciar com minhas companheiras. – Xô! Vá embora daqui!

A criatura bate suas asas brilhantes, pairando acima de nossas cabeças. Há ódio em seus olhos, enquanto se movimenta rapidamente até alguns metros de distância, e lá para, vigilante.

Olho para todo o nosso grupo. Somos um bando variado – as garotas da fábrica com seus novos trajes de luxo, Bessie segurando com força uma longa vara. Pippa com sua pelerine de rainha, Ann e eu de camisola e Fee com uma camada de cota de malha em cima de seu corpo, a espada de prontidão.

– Não sabemos se podemos confiar naquele vaga-lume que cresceu demais, então vamos ficar em guarda – digo. – Memorizem o caminho, porque podemos ter de sair novamente por conta própria. Estamos prontas?

Felicity dá batidinhas em sua espada.

– Inteiramente.

– Estou cansada, garota mortal – queixa-se a Asas Douradas. – Por aqui!

Saímos da segurança da floresta azul e atravessamos a planície coberta de trepadeiras das Terras Limítrofes. A distância, o alto e dentado portão das Terras Invernais ergue-se como uma advertência em meio ao nevoeiro. Não podemos ver o que há por trás dele, a não ser as nuvens, que são como cordas retorcidas de um tom cinza-aço. Carrego uma tocha que improvisei com varetas e magia. Ela lança um largo círculo de luz. A fada está sentada em meu ombro. As minúsculas garras de seus pés e mãos se encravam em minha camisola e espero que o tecido fino as impeça de arranhar e cortar em tiras minha carne.

A muralha que separa as Terras Limítrofes das Terras Invernais é uma construção assustadora. É tão alta quanto a cúpula da Catedral de Saint Paul e se estende nas duas direções até perder de vista. Na semiescuridão, ela parece brilhar.

Ponho minha mão na parede alta. É macia.

– É feita de ossos – sussurra a fada.

Ergo a tocha. A luz clareia o esboço de um grande osso, de uma perna, talvez. Recuo. Os ossos foram amarrados com cordas feitas de cabelos. Trepadeiras com flores vermelhas abriram seu caminho entre os ossos e parecem espantosas feridas. É uma visão macabra. A fada dá um risinho abafado diante de meu desânimo.

– Para uma pessoa tão poderosa, você se assusta facilmente.
– Como é que entramos? – pergunta Mercy.

Seu rosto está envolto por profundas sombras azuis. A criatura alada se arremessa para minha frente.

– O portão está próximo. Você precisa tatear à procura dele.

Colocamos nossas mãos contra os ossos e os cabelos entrançados, apalpando em busca de um caminho para entrar. Isso faz meu estômago revirar-se, e tenho vontade de dar meia-volta e ir embora imediatamente.

– Encontrei o portão! – grita Pippa.

Nos juntamos em torno dela. O portão tem um trinco feito com os ossos de uma caixa torácica. As pontas afiadas das costelas são unidas, de modo que é impossível dizer onde um lado acaba e o outro começa. O mais perturbador é que há um coração batendo debaixo das costelas. Suas leves pancadas ecoam em meu estômago.

– O que é isso? – arqueja Ann.

– É a entrada – responde a criatura. Ela se agita perto do coração que bate e depois volta. – Respondam a verdade – adverte. – Senão, ele não deixará que entrem.

– Querem entrar nas Terras Invernais?

A voz é macia como seda e não posso ter certeza se de fato a ouvi.

– Ouviram isso? – pergunto.

As meninas fazem um aceno afirmativo com a cabeça. O coração brilha num tom de vermelho arroxeado escuro, como uma ferida inflamada. A voz torna a perguntar:

– Querem entrar nas Terras Invernais?

O coração fala conosco.

– Sim – responde Pippa. – Como podemos entrar?

– Contem-nos seus segredos – sussurra ele. – Contem-nos o maior desejo do coração de vocês e seu maior medo.

– Só isso? – zomba Bessie Timmons.

– É apenas isso – diz a criatura que parece uma fada.

Bessie se aproxima.

– Meu maior desejo é ser uma dama. E tenho medo do fogo.

Das Terras Invernais, um ar gélido é sentido. Estalos ressoam do vento. O coração chega em passos rápidos, e clareia aquele ambiente de pouca luz. As costelas se partem em uma enorme porta aberta e convidativa.

– Você pode passar – diz o coração à Bessie. Bessie caminha em sua direção, e o portão se fecha atrás dela.

– Não foi tão difícil – diz Felicity. Ela se prepara para a sua vez de responder:

– Meu desejo é ser poderosa e livre.

– E seu medo? – insiste o coração.

Felicity faz uma pausa.

– É o de ficar presa numa armadilha.

– Não é inteiramente verdadeiro – responde o coração. – Você tem outro medo, maior do que o resto. Um medo envolto em desejo, um desejo envolto em medo. Vai dizer qual é?

Felicity empalidece visivelmente.

– Tenho certeza de que não sei o que quer dizer – responde ela.

– Deve responder dizendo a verdade! – silva a fada.

O coração volta a falar:

– Devo dizer o nome de seu medo?

Felicity vacila um pouco e não sei o que pode assustá-la tanto.

– Você tem medo da verdade de quem você é. Você tem medo de que descubram.

– Muito bem. Você disse qual é; agora, deixe-me passar – ordena Felicity.

A porta torna a se abrir, rapidamente.

As outras vão, cada uma por sua vez. Elas confessam seus anseios e seus medos, uma por uma; casar-se com um príncipe, ficar sozinha; um lar amoroso, com flores no jardim da frente, a escuridão, um banquete que nunca termine, a fome. Pippa admite que teme perder sua beleza. Quando declara seu desejo, olha diretamente para mim.

– Gostaria de voltar.

E a porta se abre, amplamente.

Ann fica tão envergonhada que sussurra, até que o portão lhe pede para falar mais alto.

– De tudo. Tenho medo de tudo – diz ela, e o coração suspira.

– Pode passar – diz ele.

Afinal, chega a minha vez. O coração bate forte, com a expectativa. O meu próprio bate com força igual.

– E você? Qual seu maior medo?

Circe advertiu que devo responder honestamente, mas não sei o que dizer. Temo que meu pai não fique bom. Temo que Kartik não se importe comigo e temo, igualmente, que se importe. De não ser bonita, de não ser querida, de não ser digna de amor. Temo que, se perder essa magia, da qual acabei gostando, eu me torne uma pessoa inteiramente comum. Tenho medo de tanta coisa que não sei escolher.

– Vá em frente! Bote isso para fora!

A agitada criatura põe as mãos na cintura, impaciente, e me mostra os dentes.

Felicity coloca seu rosto pálido perto dos ossos, do outro lado.

– Gemma, vamos. Diga alguma coisa!

– Qual é seu medo? – pergunta novamente o portão.

Um vento frio sopra, vindo do outro lado, e me enregela. As nuvens se revolvem e fervem, cinzentas e negras.

– Tenho medo das Terras Invernais – digo, cuidadosamente. – Tenho medo do que vou encontrar aí.

A fria respiração do portão sai, num longo e satisfeito suspiro, como se farejasse meu medo e o amasse.

– E seu desejo?

Não sei responder diretamente. O vento cortante dá tapas em minhas faces, faz meu nariz escorrer. O coração das Terras Invernais está impaciente.

– Seu desejo – silva ele.

– Eu... não sei.

– Gemma! – implora Felicity, do outro lado.

A fada voa em círculos rápidos em volta da minha cabeça, até eu ficar tonta. Ela enfia suas garras em meu ombro.

– Diga! Diga!

Dou uma pancada nela, afastando-a, e a criatura rosna para mim.

– Não sei! Não sei o que quero, mas gostaria de saber. E essa é a resposta mais verdadeira que posso dar.

O coração bate mais rapidamente. O portão chacoalha e geme. Tenho medo de tê-lo irritado. Encolho-me para trás, mas o portão range e se abre, com os ossos batendo uns nos outros sob o vento forte.

Felicity sorri para mim e estende sua mão.

– Vamos, antes que ele mude de ideia.

Meu pé paira por cima da entrada e depois desce no solo pedregoso do outro lado. Estou dentro das Terras Invernais. Não há flores aqui. Nenhum verde, nem árvores. Há areia negra e pedras duras, tudo em boa parte coberto por neve e gelo. O vento grita e uiva pelos cumes dos rochedos e cresta minhas bochechas. Nuvens escuras, parecendo grandes contornos de mãos, movimentam-se no horizonte. Pequenas baforadas de vapor elevam-se e vão encontrar-se com elas, criando um nevoeiro encapelado, que lança em cima de todas as coisas uma leve camada de cinza. Há uma sensação que este lugar dá, a de uma profunda solidão, que reconheço em mim mesma.

– Por aqui!

A fada nos chama para que a acompanhemos na direção das denteadas montanhas, marcadas profundamente pelo gelo. Elas são as sentinelas do horizonte.

Nossos pés deixam leves marcas na areia negra enquanto caminhamos.

– Que terra melancólica – diz Ann.

É árida e lúgubre, mas tem de fato uma estranha beleza hipnótica.

Não há nenhuma outra pessoa na extensão de quilômetros que descortinamos. É um panorama sobrenatural, como o de uma cidade esvaziada. Por um momento, penso ver criaturas pálidas que nos observam a uma certa distância. Mas quando lanço em sua direção a luz das tochas, elas somem, não passavam de uma miragem da neblina e do frio.

Posso ouvir sons de água. Um estreito desfiladeiro corta os rochedos e um rio corre por ele. Acompanhe o rio, disse Circe, mas isto parece levar à morte certa. A correnteza é furiosa e o caminho, dos dois lados, parece ter apenas a largura de nossos pés.

– Há outro caminho? – pergunto à fada.

– Que eu saiba, nenhum outro – responde ela.

– Mas você não disse que serviria de guia? – resmunga Felicity.

– Não sei de tudo, moças mortais – responde bruscamente Asas Douradas.

Caminhamos com passos leves pelos rochedos, com cuidado para não escorregar nas extensões de gelo vidrado que mostram, como fantasmagóricos espelhos, nossos rostos pálidos. Pego na mão de Wendy e a ajudo a atravessar.

– Vejam! – grita Ann. – Por aqui.

Uma embarcação magnífica flutua em meio ao nevoeiro e vem deslizando até a areia da margem. O barco é longo e estreito, com remos projetando-se dos buracos que há nos lados. Faz-me lembrar um navio viking.

– Estamos salvas! – grita Pippa.

Ela levanta a saia e corre para a embarcação. As moças da fábrica a seguem. Agarro Felicity pelo braço.

– Espere um instante. De onde veio esse barco? Para onde vai? – pergunto à fada.

– Se quer saber, terá de correr o risco – responde ela, mostrando seus dentes afiados.

– Vamos, Gemma – implora Felicity, observando Pippa e as outras seguirem em frente.

– Dará tudo certo – concorda Ann, tomando a tocha da minha mão, pronta para correr.

– Talvez seja perigoso para a menina que não enxerga. – A fada ergue um cacho do cabelo de Wendy e coloca-o em seu nariz, cheirando, depois dá-lhe uma lambida. – Deixe-a aqui. Cuidarei dela.

Wendy agarra meu braço com força.

– Claro que não – digo.

A fada se agita perto da minha boca.

– Ela só atrasará sua passagem.

– Já me cansei de você, sabe? – Dou uma pancada forte nela e o animalzinho verde e brilhante despenca pelo ar.

Ela me amaldiçoa, enquanto levanto o vestido e corro para o barco, puxando Wendy rapidamente atrás de mim.

– Muito bem – digo, entrando na embarcação oscilante. – Estamos sozinhas agora. Vamos manter a cabeça fria. Pode haver armadilhas. Pode haver rastreadores, ou coisa pior.

Felicity ocupa um assento e enfia sua espada entre os pés.

– Exatamente. Mostraremos quem somos, se eles forem tolos o bastante para nos perturbarem.

– Não sei se sou uma adversária capaz de enfrentá-los – aviso. – Na verdade, não sabemos nada sobre as Terras Invernais. A magia nem sempre está sob meu controle e não quero ter de usá-la, a não ser que não haja outra alternativa.

Olho para os rostos solenes de minhas amigas e de repente me sinto pequena. Gostaria que houvesse mais alguém para levar essa carga. É impossível ver com clareza a passagem adiante; o nevoeiro está pesadamente instalado em cima da água e espero que não estejamos navegando na direção de um erro terrível.

– Prontas, então? – grita Bessie.

Ela está com um pé no barco e outro na estreita beirada.

Ann me entrega novamente a tocha. Seguro-a na frente do barco, para iluminar nosso caminho.

– Empurre o barco para o meio da água, por favor, Bessie – respondo.

Ela nos dá um forte empurrão e a embarcação se afasta pelo rio, para longe de qualquer porto seguro. Seguimos tropeçando para os lugares junto aos remos. Pippa fica em pé na proa e espia em meio à neblina. Felicity, Wendy e eu trabalhamos com o mesmo remo, resmungando por causa do esforço. O peso da água torna o movimento difícil, mas logo navegamos pelo rio. O nevoeiro se torna menos denso e nos maravilhamos com as grandes massas de rochedos reluzentes que se elevam de cada lado nosso, como as mãos enormes e castigadas pelo tempo de um deus esquecido.

A única cor, nessa paisagem sombria, vem das pinturas primitivas que se estendem ao longo da parte de baixo dos penhascos. O barco passa por imagens de espectros aterrorizantes, com seus mantos abertos para mostrar as almas que devoraram. Ninfas da água, rasgando a pele de uma vítima acorrentada a uma pedra. Os Guerreiros das Papoulas, com as túnicas esfarrapadas de seus cavaleiros e suas enferrujadas cotas de malha. Pássaros negros girando por cima de campos de batalha. Alguém semelhante a Amar olha da pedra – o cavalo branco e o capacete horrendo – e eu gostaria de não ter visto. Há tanta coisa desenhada aqui, uma história inteira, que não tenho a possibilidade de absorver tudo. Mas uma imagem prende meu olhar: é a de uma mulher em pé diante de uma árvore poderosa, com os braços estendidos, como se desse as boas-vindas. O nevoeiro se adensa novamente e não posso ver mais.

– Há alguma coisa aí na frente! – grita Pippa. – Diminuam a velocidade!

– Não sou... marinheiro... nem... pirata – diz Ann, arfando, entre as remadas.

Viramos por sobre os remos para ver o que pode ser. Uma grande formação de pedras está bem à nossa frente, no desfiladeiro. Tem dois buracos no alto e um outro amplo no lugar da boca, parecendo um rosto que grita.

– Vão para a boca! – grita Pip, no meio do barulho da água jorrando.

Com um ruído, o barco tem uma repentina queda e somos empurradas por uma correnteza mais rápida. Mercy grita quando uma onda bate no costado. Há pouca coisa que possamos fazer contra a feroz correnteza. A embarcação se sacode e gira até ficarmos tontas.
– O barco vai se espatifar! – grita Pippa. – Firmes!
– Temos de remar para dentro daquele buraco! – grita Felicity.
– Você está louca! Temos de parar... – digo.
Água respinga para cima de mim. Tem cheiro de enxofre.
– Sou filha de almirante e digo que precisamos remar para dentro daquele buraco! – ordena Felicity, como se fosse um comandante.
– Estamos chegando mais perto! – grita Pippa. – Façam alguma coisa!
– Vocês ouviram o que Felicity disse: remem para dentro do buraco! – grito. – Com toda a força que puderem, agora! Não tentem recuar!

Remamos com toda a nossa energia e fico surpresa com a força que há em nossos braços e corações. As remadas são coordenadas e logo conseguimos nos endireitar e nos dirigir para a alta e estreita boca do desfiladeiro. Quatro remadas fortes e atravessamos. O rio se acalma e nos carrega profundamente para dentro das Terras Invernais.

Gritamos de euforia com nossa vitória sobre o rio, e, como não há ninguém para nos dizer que contenhamos nossa explosão, nosso viva ecoa por um momento inteiro.

– Ah, vejam! – grita Pippa.

Luz colorida jorra pelo céu sofrido. As nuvens sombrias deram lugar a redemoinhos roxos e azul-anil, rosados e dourados. E há estrelas! Várias brotam pelo céu afora e desaparecem. É tudo muito vasto. Sinto-me pequena e insignificante, e, no entanto, maior do que jamais me senti.

– É lindo – digo.

Pippa abre os braços.

– E pensar que poderíamos ter perdido isso.

– Ainda não estamos de volta – advirto.

Ninfas da água ondulam embaixo da superfície do rio, com os arcos macios e arredondados de suas costas prateadas projetando-se para fora da água, como um reflexo do céu estrelado, acima.

– Ah, que é isso, são sereias? – pergunta Mae, espiando para dentro das profundezas da água, para ver melhor.

Ann a puxa para longe da beira do barco.

– Não queira saber quem elas são.
– Mas são tão lindas!
Mae estende uma mão na direção da água.
– Sabe por que permanecem tão lindas? Tiram a pele da pessoa e tomam um banho vestindo-a – anuncia Ann.
– Puxa! – Com uma expressão horrorizada, Mae recolhe depressa sua mão e vai para seu remo.
O rio dá uma volta. O nevoeiro torna a chegar, denso e branco, parecendo nuvens. O barco vai repousar ao lado de uma extensão de margem congelada.
– Pode ver alguma coisa? – pergunta Pippa, colocando uma mão em concha em cima de seus olhos e espiando em meio à bruma.
– Nada – responde Bessie.
Ela segura com força sua vara.
O barco não quer prosseguir. Parece ter decidido o destino para nós. Uma prancha é baixada e desembarcamos, nos movimentando com dificuldade. O navio desliza outra vez para dentro do corredor de nevoeiro e desaparece.
– O que vamos fazer agora? – pergunta Mae. – Como vamos voltar?
Bessie lhe dá uma rápida palmada no braço.
– Cale a boca! Nós vamos em frente!
O nevoeiro é mais denso aqui; a paisagem se intromete nele como um fantasma. Caminhamos por uma floresta seca, com árvores que parecem mirrados espectros. Ramos retorcidos perfuram o nevoeiro aqui e acolá. Tudo está em silêncio. Nem um som sequer penetra neste lugar, a não ser a cadência interrompida de nossa respiração.
Alguma coisa roça em meu ombro, fazendo-me arquejar. Viro-me, mas não vejo nada. Torna a acontecer. Acima de mim. Olho e vejo um pé descalço oscilando.
– Ah, meu Deus! – digo.
O corpo de uma mulher está pendurado num galho. Ramos pontiagudos se enrolam em torno de seu pescoço, segurando-a na árvore. Sua pele ficou com o tom marrom-acinzentado da casca da árvore e suas unhas estão curvas e amareladas. Seus olhos estão fechados e fico satisfeita com isso.
Mas ela não é a única. Agora eu os vejo, em meio ao nevoeiro, por toda parte ao nosso redor. Corpos estão pendurados nas árvores, como frutas medonhas. Uma safra profana.

— G-Gemma — sussurra Ann.
Seus olhos estão arregalados e sinto o grito que ela está contendo, o que todas contemos.
Pippa olha para os corpos com uma mistura de repulsa e pena.
— Não sou assim. Não sou — diz ela, começando a chorar.
Felicity arrasta Pip dali.
— Claro que não.
— Quero voltar. Voltar para a Spence. Para a vida. Não posso ficar mais aqui. Não posso! — Pippa está à beira da histeria. Fee acaricia seu cabelo, tenta consolá-la com murmúrios particulares.
— Este é o lugar para onde os espíritos do mal trariam a gente, se não fosse a Srta. Pippa — diz Bessie.
Com um forte puxão, ela rasga um pedaço de tecido sujo da bainha da roupa de um cadáver, enrola-o em torno de sua vara e entrega a vara a Ann.
— Acenda isso você, para a gente poder enxergar. Não gosto de fogo.
Ann puxa fósforos de dentro de seu vestido. Risca quatro, mas não adianta.
— Com certeza se molharam no barco.
Bessie se mostra inflexível:
— Não vou atravessar isso sem uma tocha.
Ponho a mão na vara e faço com que a magia funcione. A tocha se inflama.
Estou repugnada, mas preciso saber, então estendo a mão na direção dos braços oscilantes de um dos corpos. Toco na mão fria e dura e, em meu susto, um pouco da magia escapa. O corpo tem um movimento brusco e dou um pulo para trás.
— Gemma... — arqueja Ann.
Um vento furioso sacode os corpos nas árvores, fazendo-os chacoalhar como se fossem folhas. Os olhos deles se abrem bruscamente, negros como piche e com anéis de sangue em torno. Um horrendo coro de gritos estridentes e gemidos, além de baixos e irados grunhidos, como se fossem de feras acordadas de repente, eleva-se da floresta, clama em nossos ouvidos. Sob tudo isso, ouço um refrão terrível, que arranha minha alma: "Sacrifício, sacrifício, sacrifício..."
— Gemma, o que você fez? — geme Ann.
— Voltem! — grito.
Não damos mais do que uns poucos passos quando o caminho desaparece sob nossos pés.

– Por onde seguimos? – grita Mercy, correndo em círculos.

Wendy tropeça, sondando o espaço vazio com seus braços frenéticos.

– Não me abandone, Mercy!

– Eu não sei! – grito.

Circe disse para ficar no rio, mas nada falou sobre o que enfrentamos agora. Ou mentiu, ou não sabe. Seja como for, estamos sozinhas, sem ajuda.

De repente, uma voz chega em meio à algazarra, calma e clara:

– Por aqui. Depressa...

Um caminho de luz aparece no gramado congelado e no próprio gelo.

– Vamos! Por aqui! – grito.

Brandindo a tocha, sigo às pressas por entre as árvores, acompanhando a fina fita de luz. Corpos chutam e nos agarram, e tudo o que consigo fazer é evitar gritar. Um homem estende o braço para Pippa e a espada de Felicity é rápida. A mão cortada voa e o homem uiva, ultrajado.

Eu mesma uivaria também, mas é como se o medo me deixasse entorpecida e muda.

– Vão! – berro, encontrando, afinal, um fio de voz.

Empurro minhas amigas para a frente e corro atrás delas, olhando apenas para suas costas, sem ousar olhar para a esquerda, nem para a direita, onde as coisas horrendas estão penduradas nas árvores.

Finalmente, chegamos à beira do pavoroso bosque. A barulheira se reduz a um arquejo e depois a nada, como se eles tivessem caído todos no mesmo sono.

Descansamos por um momento, apoiando-nos umas nas outras, sugando o ar frio para dentro de nossos pulmões.

– O que eram aquelas coisas? – consegue dizer Pippa, entre uma respiração e outra.

– Não sei – respondo com uma voz sibilante. – Talvez fossem os mortos. Almas atraídas para cá, antes.

Mercy sacode a cabeça.

– Não eram como nós. Não tinham mais alma. Pelo menos, espero que não.

Bessie aponta para a frente.

– Como vamos ultrapassar isso?

Bloqueando o caminho, há uma muralha de pedras negras e de gelo, muito alta e larga. Não há meio de contorná-la, pelo menos não que eu veja.

O vento torna a sussurrar:
– Olhe mais de perto...
Na base do enorme penhasco há um túnel cheio de farrapos manchados de sangue.
– Sigam por aí – diz o vento.
– Ouviram isso? – pergunto, para ter certeza.
Felicity faz um aceno afirmativo com a cabeça.
– Ele disse para seguirmos por aí.
– Seguir por onde? – Ann espia, cheia de dúvida, para dentro do túnel escuro.
Ninguém se adianta. Ninguém quer ser a primeira a empurrar para o lado os trapos imundos e entrar naquela estreita fenda.
– Se chegamos até aqui, vamos em frente – diz Pippa. – Ou vocês preferem parar aqui? Mae? Bessie?
– Acho que devemos voltar – sussurra Wendy. – O Sr. Darcy deve estar com fome.
– Quer parar de falar naquele coelhinho? – grita Bessie. Ela faz um sinal com a cabeça em minha direção. – Foi ideia sua, não? Encontrar aquela árvore? É você quem deve ir na frente do grupo.

O vento fétido sopra os farrapos em nossa direção. O túnel parece uma noite sem estrelas. Não há como saber o que nos espera aí dentro e já experimentamos uma surpresa horrenda. Mas Bessie tem razão. Devo entrar primeiro.
– Está bem – digo. – Fiquem bem perto, atrás de mim. Se eu disser alguma coisa, voltem correndo o mais depressa que puderem.

Wendy volta para perto de mim e continua agarrando minha manga.
– Está escuro demais, senhorita?
É engraçado que ela tenha medo da escuridão, mesmo sem poder vê-la, mas acho que é o tipo de medo que a pessoa sente no fundo da sua alma.
– Não se preocupe, Wendy. Irei na frente. Mercy levará você para dentro, não é?

Mercy concorda, fazendo um sinal com a cabeça, e pega a mão de Wendy.
– Sim. Agarre-se em mim com força, amor.

Meu coração martela em meu peito. Dou um passo para dentro. O túnel é estreito, não posso ficar em pé com toda a minha altura, preciso caminhar encurvada.

– Cuidado com a cabeça! – grito para trás.

Minhas mãos vão apalpando o caminho. As paredes são frias e molhadas, e, por um momento, tenho medo de estar na boca de algum animal gigantesco, e então meu corpo inteiro treme e quase solto um grito.

– Gemma? – É a voz de Fee.

Na escuridão de breu, não posso dizer onde ela está. Sua voz soa a quilômetros de distância, mas sei que ela não pode estar tão longe.

– S-Sim – consigo dizer. – Continue caminhando.

Rezo para atravessarmos rapidamente o túnel, mas ele parece estender-se infinitamente. Ouço um fraco murmúrio debaixo da pedra. Soa como uma serpente silvando, mas juro que ouço *sacrifício* e, uma vez, *salve-nos*. Não consigo mais ouvir as pisadas de minhas amigas e estou em pânico quando, finalmente, vejo um fraco raio de luz. Há uma abertura à vista. O alívio me domina, enquanto passo tropeçando pela abertura pouco espaçosa, acompanhada por minhas amigas.

Pip limpa a sujeira de suas mangas.

– Que túnel horroroso! Sinto a respiração quente de alguma coisa imunda em meu pescoço.

– Era eu – confessa Ann.

– Onde estamos? – pergunta Felicity.

Saímos numa charneca varrida pelo vento e cercada por um círculo de cumes pedregosos. Cai neve lentamente. Os flocos prendem-se a nossos cílios e cabelos. Wendy vira o rosto para cima, como se a neve fosse uma bênção.

– Ah, que bom – murmura ela.

Nuvens escuras e pesadas estão instaladas em cima dos penhascos. Fortes veios de luz pulsam contra elas e soa o trovão. Em meio ao fino véu de neve vejo a árvore: um antigo freixo, marcado pelo tempo, com a grossura de dez homens e a altura de uma casa, ergue-se majestosamente numa pequena extensão de gramado verde. Seus inúmeros galhos se estendem cada um para um lado. É imponente; não consigo desviar a vista. E descubro que essa é a árvore de meus sonhos. Era o que Wilhelmina Wyatt queria que eu encontrasse.

– A Árvore de Todas as Almas – digo, com reverência. – Nós a encontramos.

A neve açoita meu rosto, mas não me importo. A magia cantarola docemente dentro de mim, como se eu a chamasse. O som envolve todos os meus tendões; pulsa em meu sangue com um novo refrão, que ainda não posso cantar, mas anseio por isso.

– Você chegou, afinal – murmura ela, com tanta suavidade quanto uma canção de ninar materna. – Venha cá. Você precisa apenas me tocar e verá...

Fragmentos de relâmpagos cortam o céu. O poder deste lugar é forte e quero fazer parte dele. Minhas amigas também o sentem. Posso ver isso em seus rostos. Colocamos nossas mãos na casca antiga da árvore. É áspera contra as palmas das minhas mãos. As batidas do meu coração se aceleram. Tremo com este novo poder. Dominada por ele, caio.

Ela está diante de mim, banhada por uma luz suave, e a conheço com um rápido olhar apenas. O cabelo branco. Os olhos azuis. O vestido colorido. O mundo desaparece até não haver nada além de nós duas, ardendo luminosamente no ermo.

Apenas Eugenia Spence e eu.

# Capítulo
## Trinta e quatro

– Esperei tanto tempo por você – diz ela. – Quase perdi a esperança.
– Sra. Spence? – digo quando finalmente recupero a voz.
– Sim. E você é Gemma, a filha de Mary. – Ela sorri. – Você é quem eu esperava, a única pessoa que pode nos salvar e salvar os reinos.
– Eu? Como...
– Eu lhe direi tudo, mas nosso tempo juntas é breve. Dura apenas o tempo em que posso aparecer para você sob esta forma. Pode caminhar comigo?

Quando, pela expressão de meu rosto, demonstro que estou confusa, ela estende uma mão pálida.

– Pegue em minha mão. Caminhe comigo. Eu lhe mostrarei.

Minha mão avança alguns centímetros na direção da sua e roça nas frias pontas dos dedos dela. Eugenia segura minha mão e a aperta com força. Somos banhadas por uma luz brilhante. Ela arde e se extingue, e nós duas ficamos juntas, na planície varrida pelo vento. A neve, os relâmpagos, minhas amigas – tudo isso existe fora de onde estou agora. Eugenia é mais sólida aqui. Suas bochechas estão coradas; a cor aquece o azul de seus olhos.

– Pensei que a senhora estivesse – engulo em seco – morta.
– Não inteiramente – diz ela com tristeza.
– Na noite do incêndio – falo –, o que aconteceu, depois que a senhora selou a porta?

Ela ergue as mãos unidas, como se rezasse.

– Fui trazida para cá, para as Terras Invernais, por aquela fera horrorosa. Todas as criaturas tinham de vir para ver a exaltada Eugenia Spence, Alta Sacerdotisa da Ordem, agora uma prisioneira inferior das Terras Invernais. Eles pretendiam me destruir para sempre, me corromper e me usar para seus objetivos perversos – diz ela, com os olhos relampejando. – Mas meu poder era maior do que eles imaginavam. Resisti e, como castigo, eles me aprisionaram dentro da Árvore de Todas as Almas.

– O que é a árvore? – pergunto.

Ela sorri.

– O único lugar dentro desta terra abandonada que também pertence aos reinos, à Ordem.

– Mas como?

– Para entender o presente, você precisa chegar a conhecer o passado.

Com a mão, ela forma um amplo arco e o cenário muda. Diante de nós, como uma imagem de pantomima, está uma terra recém-nascida.

– Muito antes de entrarmos engatinhando neste mundo, rosados e choramingando, os reinos já existiam. Havia a magia; ela vinha da própria terra e voltava para a terra, num ciclo interminável. Tudo estava em equilíbrio. Havia apenas uma regra inviolável: os mortos que passavam por este mundo não podiam permanecer aqui. Tinham de atravessar; do contrário, eles se tornariam corruptos.

– Mas alguns dos mortos não conseguiam libertar-se de seu apego ao passado. Com medo, zangados, eles corriam e se refugiavam na parte mais erma dos reinos, as Terras Invernais. Mas essas terras não eliminavam o anseio deles pelo que não podiam ter. Queriam voltar e, para isso, precisavam da magia dos reinos. Logo o desejo se transformava em cobiça. Queriam ter a magia, a qualquer custo. Acho que você sabe da rebelião e do que aconteceu aqui nas Terras Invernais, não?

– As criaturas das Terras Invernais capturaram várias iniciadas da Ordem e as sacrificaram aqui. O primeiro sacrifício com sangue – respondo.

– Sim, mas essa não é a história completa. Você precisa ver.

Eugenia movimenta suas mãos por cima de meus olhos. Quando os abro, vejo as jovens sacerdotisas, não mais velhas do que eu, amedrontadas diante de um bando de criaturas horripilantes. Uma das sacerdotisas escapou; ela está escondida atrás de um rochedo, espiando.

– Esta adaga é rica em magia – diz uma das assustadas sacerdotisas, oferecendo a peça, enfeitada com pedras preciosas. – Pode ser modelada para qualquer finalidade que desejarem. Fiquem com ela, em troca da nossa liberdade.

O fantasma das Terras Invernais rosna para ela.

– Pensa em nos satisfazer com isso? – Agarra a adaga e a arranca das mãos dela. – Se é poderosa, então vamos pôr suas habilidades em funcionamento para nós agora!

As criaturas cercam as assustadas sacerdotisas. O horrendo fantasma ergue a adaga e ela desce repetidas vezes, até que tudo o que pode ser visto das moças é uma mão lambuzada de sangue estendendo-se na direção do céu e, depois, até esta cai.

Onde o sangue delas se derrama, a terra racha e se abre. Ergue-se uma árvore poderosa, tão estéril e retorcida quanto o coração das criaturas – e cheia de magia. As criaturas se curvam diante dela.

– Finalmente, temos poder próprio – diz o fantasma.

– Foi o sacrifício que proporcionou isso – silva outro.

– O que foi forjado com sangue pede sangue. Nós lhe ofereceremos almas em pagamento e usaremos seu poder segundo nossas necessidades – anuncia o fantasma.

– Mas havia uma graça salvadora – sussurra Eugenia, acenando novamente sua mão, e agora vejo a jovem sacerdotisa ainda atrás da pedra. Enquanto as criaturas se deliciam com seu novo poder, ela rouba a adaga e corre rapidamente para a Ordem. Conta a história e as altas sacerdotisas escutam, com rostos sombrios. São construídas as runas, o véu entre os mundos é fechado e a adaga passa de uma sacerdotisa a outra, de geração em geração.

– A Ordem protegeu a adaga de todos os perigos. E não ousávamos falar da árvore, com medo de que alguém pudesse ser tentado. Logo sua existência se tornou um mito. – Eugenia apaga a imagem com um movimento de sua mão. – Fui a última guardiã da adaga, mas não sei o que aconteceu com ela.

– Eu a vi, em minhas visões, com uma de suas antigas alunas, a Srta. Wilhelmina Wyatt! – explodo.

– Mina aparece em suas visões? – pergunta Eugenia.

A preocupação enruga seu rosto.

– O que ela lhe mostra?

Balanço a cabeça.

– Não consigo entender a maior parte. Mas vi a adaga com ela.

Eugenia faz um sinal afirmativo com a cabeça, pensando.

– Ela foi sempre atraída para a escuridão. Espero que se possa confiar nela... – Seu olhar é de aço. – Você precisa encontrar a adaga. É imperativo.

– Por quê?

Agora estamos no topo de uma montanha. O vento nos lambe. Ele ameaça transformar meu cabelo na juba de um leão. Muito abaixo, no vale, vejo minhas amigas, pequenas como pássaros.

– Suspeito que, novamente, uma rebelião se prepara. As antigas alianças estão sendo forjadas entre as tribos dos reinos e as criaturas das Terras Invernais – diz Eugenia. – E uma de nossas integrantes fez um pacto perverso em troca de poder. Antes, eu não acreditava que isso fosse possível, e essa ingenuidade me custou muito caro – diz ela. E sinto vergonha pelo que minha mãe e Circe fizeram.

Sinto vontade de contar a ela sobre Circe, mas não consigo forçar-me a falar.

– Mas pensei que as criaturas das Terras Invernais tivessem ido embora – digo.

– Estão aqui, em alguma parte, não se engane. Têm um temível cavaleiro para conduzi-los, um antigo irmão dos Rakshana.

– Amar – arquejo.

– O poder dele é grande. Mas o seu também. – Ela põe sua mão fria em concha sobre meu queixo. – No horizonte, o céu negro torna a pulsar, com estranhas e belas luzes. – Você precisa ter cuidado, Gemma. Se a Ordem foi de alguma forma corrompida, elas poderão usar seu poder contra você.

Eletricidade fere o céu e deixa, segundos depois, momentâneas cicatrizes de luz em meus olhos.

– Como assim?

– Elas poderiam fazer você ver o que quiserem que veja. Será como se você fosse louca. Deve permanecer vigilante o tempo inteiro. Não confie em ninguém. Esteja em guarda. Se você cair, estaremos perdidas para sempre.

As batidas de meu coração começaram a combinar com o frenesi da tempestade.

– O que devo fazer?

A luz torna a pulsar e vejo uma dura determinação nos olhos de Eugenia.

– Sem a adaga, elas não podem prender meu poder à árvore. Você deve encontrá-la e trazê-la para mim, aqui nas Terras Invernais.

– O que a senhora fará com ela?

– Farei o que é preciso para endireitar as coisas e restabelecer a paz – diz ela, pegando minha mão.

De repente, estamos na beira de um lago, onde o nevoeiro clareia. Surge uma embarcação, transportando três mulheres. Uma velha, com o rosto gasto pelo tempo, empurra a barca pela água plácida com uma longa vara. Outra mulher, jovem e bela, ergue uma lâmpada para guiar a passagem delas. Uma terceira mulher, em pé, segura uma cornucópia. Elas seguem adiante, sem prestar nenhuma atenção em nós.

– Aquelas mulheres... Vi outras parecidas com elas nas pedras que guardam a porta secreta. Quem são?

– Já foram chamadas por muitos nomes: Moiras, Parcas, as Wyrd, Senhoras do Destino, as Nornas, as Badb. Nós sempre as conhecemos como "As Três". Quando a morte de uma sacerdotisa está iminente, ela atravessa o nevoeiro do tempo e é recebida numa encruzilhada pelas Três, que lhe concedem um pedido atendido e uma escolha final.

– Uma escolha – repito, sem entender nada.

– A sacerdotisa pode escolher viajar na barca das Três para um mundo de beleza e honra. Quando acaba de atravessar em segurança, sua imagem surge nas pedras imortais, como um testamento.

– Então, todas aquelas mulheres retratadas nas pedras...

Ela sorri e é como se o sol brilhasse apenas sobre mim.

– Antigamente foram sacerdotisas, como você e eu.

– Você disse que a sacerdotisa tem uma escolha. Mas por que ela não escolheria continuar num lugar como este?

– Ela pode sentir que algum dever importante seu não foi inteiramente cumprido. E então volta para completar a tarefa, mas abre mão da glória.

A velha guia a barca para mais longe pelo lago. O nevoeiro as esconde depressa.

Eugenia as observa até desaparecerem.

– Eu gostaria de ser libertada, de ocupar, finalmente, meu lugar nesta terra do além e nas pedras que cantam nossa história. – Acaricia meu rosto tão amorosamente quanto uma mãe. – Você me trará a adaga?

O nevoeiro nos envolve.

– Sim – respondo, e novamente estamos diante da Árvore de Todas as Almas.

Olho para cima, a fim de contemplá-la em toda a sua majestade – os três galhos fortes, os milhares de pequenos ramos que se retorcem para fora, por toda parte, as fracas veias sob a pele da árvore. Minhas amigas ainda estão com as mãos sobre ela, com expressões de reverência em seus rostos. É como se ouvissem vozes que não posso ouvir, e me sinto separada delas e sozinha.

— O que está acontecendo com minhas amigas? – pergunto.

— É a magia da árvore. Mostra a elas os segredos que estão dentro de seus corações – responde Eugenia. – Preciso ir embora agora, Gemma.

— Não, por favor. Preciso saber...

— Você só deve voltar quando tiver a adaga. Só então estaremos a salvo.

— Não vá embora! – grito.

Tento agarrá-la, mas ela não tem substância, é como o ar. Desaparece dentro da árvore. Esta a absorve. A árvore pulsa; as veias bombeiam seu sangue mais rapidamente.

— Quer ver? – chama a árvore, num sussurro estrangulado.

Ao meu redor, minhas amigas já deram uma olhada em todas as maravilhas que estão lá dentro e estou cansada de permanecer isolada.

— Sim – respondo, desafiadora. – Quero.

— Então, olhe para dentro – murmura ela.

Pressiono as palmas das mãos contra a áspera casca e me perco.

Imagens dançam em torno de mim como as peças fragmentadas de um caleidoscópio. Num fragmento do prisma, Mae está sentada a uma mesa, onde está sendo servido um opulento banquete. Quando ela termina cada prato, chega outro para tomar o lugar do anterior. Embaixo da mesa estão sentados esguios cães, ofegantes e esperançosos. Brigam entre si por migalhas, rasgando a carne um do outro, até ficarem cobertos de sangue, mas Mae nem nota. Ela jamais terá fome novamente.

Vejo Bessie com um belo vestido, inteiramente feito de ouro e pedras preciosas, com uma pelerine de arminho em seus ombros. Ela passa por fileiras de mulheres enlameadas, sujas, que estão costurando na fábrica onde perdeu sua vida. Bessie chega, afinal, onde está o proprietário, um homem gordo com um charuto na boca. Ela o esbofeteia com força, repetidas vezes, até ele cair a seus pés, assustado, parecendo mesmo um animal. Ann está banhada no brilho dos holofotes de cena. Ela se curva para sua plateia, deliciando-se com seus aplausos trovejantes. Wendy tem um pequeno chalé, com um roseiral no jardim. Ela molha os brotos e eles florescem e se transformam em magníficas flores vermelhas e cor-de-rosa. Mercy anda na carruagem de um nobre. Vejo Felicity dançando com Pippa no castelo, as duas rindo como se tivessem ouvido uma piada, só que particular, e depois vejo Pippa sentando-se no trono, com os olhos fulgurando.

Ao meu lado, Pippa está com um sorriso extasiado.

– Sim – diz ela para alguém invisível. – Escolhida, escolhida...

– Olhe com mais atenção – sussurra a árvore, e minhas pálpebras e agitam.

Tudo o que tento manter preso a mim mesma está solto.

Abro uma porta e estou de volta à Índia. Não deve ser verão ainda, porque papai e mamãe estão sentados dentro de casa, bebendo seu chá. Papai lê em voz alta alguma coisa do *Punch*, e mamãe ri com o que ouve. Tom é um vago esboço de menino, que passa às carreiras, tendo em suas mãos dois pequenos cavaleiros de madeira presos um ao outro, em feroz combate. Aquele impossível cacho de cabelo já cai em cima de seus olhos. Sarita o repreende por quase virar de cabeça para baixo a antiga urna de papai. E eu estou ali. Estou ali, debaixo de uma longa fita de céu azul brilhante, sem uma só nuvem à vista. Papai e mamãe sorriem ao me ver, e me sinto uma parte daquilo tudo; não estou separada nem sozinha. Sou amada.

– Venha cá, Gemma – chama mamãe.

Seus braços se abrem largamente para me receber, e começo a correr, porque sinto que, se puder alcançá-la, tudo estará bem; preciso aproveitar o momento e segurá-lo com força. Mas quanto mais corro, mais longe ela fica. E então estou na fria e escura sala de visitas da casa da minha avó. Papai está em seu gabinete, Tom, de saída, vovó, com suas visitas a fazer; nenhum deles enxerga os outros. Todos nós sozinhos, como contas díspares colocadas no mesmo fio pela tristeza, pelo hábito, pelo dever. Uma lágrima escorre lentamente pela minha face. O poder desta verdade é como um veneno que não posso cuspir.

Pequenas criaturas pálidas saem rastejando de debaixo dos rochedos e pedras. Elas tocam a bainha de meu vestido e acariciam meus braços.

– Aqui é o seu lugar, você aqui é necessária, especial – dizem. – Ame-nos, como nós a amamos.

Viro a cabeça e lá está Kartik, com o peito nu, caminhando em minha direção. Tomo seu rosto entre minhas mãos, beijando-o com força e imprudentemente. Sinto vontade de rastejar para dentro da pele dele. Esta magia não se parece nada com a magia com que brincamos antes. É crua e urgente, sem nenhuma fachada para nos escondermos atrás dela. É isto que não querem que a gente sinta, que conheçamos.

– Beije-me – sussurro.

Ele me pressiona contra a árvore; seus lábios estão em cima dos meus. Nossas mãos estão por toda parte. Quero perder-me nesta magia. Nenhum corpo. Nenhum eu. Nenhuma preocupação. Jamais ser magoada novamente.
A Árvore de Todas as Almas fala dentro de mim:
– E você quer ter mais?
Por um momento, a magia do Templo luta dentro de mim. Vejo a mim mesma em pé diante da árvore, enquanto Kartik grita meu nome, e a sensação é de estar lutando para despertar de um sonho provocado pelo láudano.
– Sim – responde alguém, e não sou eu.
Luto para ver quem respondeu assim, mas os galhos da árvore me seguram com força. Ela me segura como uma mãe e fala baixinho, com igual suavidade:
*Durma, durma, durma...*
Caio pelos chãos de mim mesma, esperando que alguém me pegue, mas ninguém me segura e então não paro de cair dentro de uma escuridão que jamais termina.
Mais tarde – não sei dizer quando, pois o tempo perdeu todo o significado – ouço uma voz dizendo-me que é hora de ir embora. Tenho uma repentina consciência do frio. Meus dentes chacoalham. Há geada nos cílios de minhas amigas. Sem uma palavra, viramos de costas para a árvore e saímos tropeçando na direção de onde viemos. Passamos pelos corpos pendurados nas árvores, como horripilantes sinos, com suas súplicas sussurradas ao vento: *"Ajudem-nos..."*

O resto da viagem para fora das Terras Invernais é um sonho do qual me recordo pouco. Meus braços estão arranhados e não consigo lembrar como ficaram assim. Meus lábios estão machucados e os molho com a língua, sentindo pequenas rachaduras na pele. Quando cruzamos o umbral das Terras Limítrofes, envolto em neblina, sinto um intenso desejo de voltar. A estranha beleza crepuscular das Terras Limítrofes não me interessa mais. Posso sentir a mesma também em minhas amigas, percebo isso em seus olhares para trás. Caminhamos sobre as trepadeiras que saem coleando das Terras Invernais. Elas esticam seus braços, chegando cada vez mais perto do castelo.
Bessie fala, como se estivesse num deslumbramento:
– É como se aquilo me conhecesse. Me conhecesse *mesmo*. Eu me vi e era uma dama de verdade, não de fingimento, mas respeitada.

– Nenhum medo – murmura Felicity, estendendo seus braços por cima da sua cabeça. – Nenhuma mentira.

Pippa gira cada vez mais depressa, até cair, rindo.

– Tudo faz sentido, agora. Entendo tudo.

A Górgona está à nossa espera, no rio. Tento evitá-la, mas ela me vê escapulindo atrás de uma alta muralha de flores.

– Altíssima, estive procurando por você.

– Bem, parece que me achou.

Os olhos dela se estreitam e pergunto a mim mesma se pode farejar o proibido em minha pele, como se fosse outro suor. Minhas amigas correm selvagemente. Têm uma nova ferocidade, que leva um brilho aos seus olhos e um rosado às suas faces. Felicity ri, e seu riso soa como um chamado às armas. Quero ir até onde estão, para reviver nossa experiência nas Terras Invernais, e não sofrer sob os olhos vigilantes da Górgona.

– O que é? – grito.

– Chegue mais perto – exige a voz adocicada.

Fico em pé no gramado, a uns bons três metros de distância de onde está a Górgona no rio. Ela vira a cabeça e me olha toda – o cabelo, uma ruína, os braços arranhados, a saia rasgada. As cobras dançam hipnoticamente.

– Você esteve lá, pelo que vejo – diz a Górgona.

– E se estive mesmo? – respondo, desafiadora. – Tinha de ver por mim mesma, Górgona. Como poderia governar sem saber? A Árvore de Todas as Almas existe e seu poder é imenso!

As serpentes em torno de sua cabeça se contorcem e silvam.

– Prometa-me que não voltará para aquele lugar até ter feito a aliança. Altíssima, seu poder...

– Sou apenas isso, a magia? Ninguém vê quem eu sou. Veem o que querem ver, o que posso fazer por eles. Quem eu sou, como me sinto não tem a mínima importância! – Começo a chorar, o que detesto.

Viro a cabeça para o outro lado, até as lágrimas pararem, e, quando torno a encarar a Górgona, sou uma moça diferente, a quem ninguém poderá dizer o que fazer ou para onde ir.

– Pode ir embora agora, Górgona. Nossa conversa terminou.

Desta vez, a orgulhosa guerreira parece insegura e fico satisfeita com isso.

– Altíssima...

– Nossa conversa terminou – repito. – Se quiser falar com você, eu a encontrarei.

Sobre o gramado, um alegre jogo surgiu. Felicity empurra Bessie, que a empurra em resposta, com mais força ainda.

– Você não ganha de mim – arrelia Bessie.

Seus olhos brilham.

A risada de Felicity é áspera.

– Já ganhei, ou será que você não notou?

Uivando como demônios e rindo, elas prendem os braços e lutam para ver quem continuará em pé, enquanto Pippa dá vivas para incentivá-las. Corro com velocidade e força, derrubando-as facilmente e fazendo meu lábio sangrar. E ninguém ri mais do que eu, quando o gosto forte e metálico enche minha boca e o sangue se derrama em meu vestido como uma chuva impiedosa.

# Capítulo
## Trinta e Cinco

EMBORA AINDA FALTEM SEMANAS PARA NOSSO BAILE DE MÁSCARAS, a Sra. Nightwing mostra-se inflexível na exigência de que as meninas preparem algum tipo de diversão para os convidados.

– Seria um excelente tributo a eles mostrar que refinadas... e talentosas... senhoritas vocês se tornaram – diz, embora eu desconfie que nosso número de macaquinhas bem amestradas tenha muito mais a ver com a prova dos talentos de nossa diretora.

Deram-nos vários papéis: Cecily, Martha e Elizabeth devem dançar um balé. Felicity tocará um minueto. Como não tenho talento para canto, dança, francês ou qualquer tipo de instrumento, pergunto à Sra. Nightwing se posso recitar um poema, e ela concorda, ao que parece aliviada por eu poder fazer alguma coisa que não envolva o trato de animais ou címbalos tocados entre os joelhos. O único problema é a escolha do poema e não tropeçar nas palavras. É triste, mas não permitem a Ann cantar para os convidados. Nosso plano no Natal custou-lhe isso, pois a Sra. Nightwing não pode dar-se ao luxo de irritar os convidados, e a essa altura todos eles sabem do escândalo.

Ann suporta estoicamente a injustiça, e antegozo o dia em que ela lhes dirá que vai embora para pisar nas tábuas do palco como membro da companhia do Sr. Katz e sob a tutela da própria Srta. Lily Trimble.

Felicity senta-se ao piano e toca um minueto.

– É só uma festinha, sem maior porte do que um *garden party*. O único toque interessante são as fantasias – queixa-se ela. – Nada que se compare com o baile que Lady Markham me oferecerá, daqui a duas semanas. Já lhe contei que ela vai contratar engolidores de fogo?

– Acho que talvez sim, uma ou duas vezes.

*Ou doze.* Vasculho um livro de poemas que me foi dado pela Sra. Nightwing. São tão melosos que fazem meus dentes doerem. Eu jamais conseguiria acabar de ler um deles com a cara séria.

– Esse sobre Lúcifer não é demasiado terrível – sugere Ann.

Faço uma careta.

– É aquele em que Florence Nightingale aparece como um anjo no campo de batalha, ou o que compara o almirante Nelson com um deus grego?

Felicity deixa o piano e se junta a nós no chão.

– Não consigo deixar de pensar em ontem à noite. Foi o período mais emocionante nos reinos.

– Por causa das Terras Invernais – sussurra Ann. – Viu mesmo Eugenia Spence lá, Gemma?

– Ela não nos apareceu – responde Ann, fungando, e temo que isso se transforme numa competição.

– Contei tudo a vocês – digo, defendendo-me. – Acha mesmo que podemos salvá-la, e aos reinos?

Felicity franze os lábios.

– Quer saber se *você* pode, não é isso?

– Se *nós* podemos – corrijo-a. – Mas primeiro precisamos encontrar a adaga que Wilhelmina pegou, e não tenho ideia de onde procurar.

– Talvez aqui na Spence – sugere Ann.

– Não sabemos nem se podemos confiar em Wilhelmina. Afinal, ela a roubou, não foi? – observa Felicity.

– Acho que ela cometeu um engano e agora pretende redimir-se fazendo com que eu encontre a adaga – digo.

– Mas, antes de mais nada, por que ela pegou a adaga? – insiste Felicity.

– Vocês deveriam estar praticando seus desempenhos – censura Cecily, com as mãos nos quadris.

– Elas estão me ajudando a escolher um poema – respondo, com tanto desdém quanto possível.

As portas se abrem e receio que a Sra. Nightwing tenha vindo para nos repreender por não trabalharmos mais. Em vez disso, ela chama Ann:

– Srta. Bradshaw, pode acompanhar-me, por favor?

Cabisbaixa, Ann a segue, e não consigo imaginar em que tipo de encrenca pode estar metida.

– Até que enfim – diz Cecily, exultante.

– Cecily, o que você sabe? – pergunta Felicity.

Ela gira, numa pirueta.

– Os primos de Ann vieram do campo buscá-la. Brigid está lá em cima agora arrumando a mala dela.

– Mas não podem! – grito, trocando com Felicity olhares horrorizados.

– Decidiram que estava na hora. *Mais* do que na hora, se quer saber.

– Mas nós não decidimos isso! – corto.

Cecily abre a boca num ofendido "O", no exato momento em que aparece a Srta. McCleethy, e maldigo meu senso de tempo.

– Srta. McCleethy, vai deixar a Srta. Doyle falar comigo dessa forma tão horrível?

A Srta. McCleethy me olha de frente.

– Srta. Doyle? Não acha necessário um pedido de desculpas?

– Perdão, querida Cecily.

Dou um sorriso tão falso quanto os remédios de um vendedor de rua.

Cecily torna a levar, depressa, suas mãos aos quadris.

– Srta. McCleethy!

Corro para o lado da Srta. McCleethy.

– É verdade? Os primos de Ann vieram buscá-la?

– É – responde ela.

– Mas não podem fazer isso! – protesto. – Ela não quer ir com eles! Seu destino não é ser governanta. Ela...

Alguma coisa semelhante a uma verdadeira preocupação aparece no rosto duro da Srta. McCleethy.

– Foi a própria Srta. Bradshaw quem combinou isso.

As palavras dela soam como se fossem ditas dentro d'água. Mal as compreendo, e sinto um frio medo apertar-me o estômago.

Corro à escada e desço os degraus dois a dois, com Felicity a chamar meu nome e a Srta. McCleethy exigir ordem. Quando chego ao nosso quarto, inteiramente sem fôlego, encontro Ann sentada na cama usando o gasto vestido marrom de viagem e o modesto chapéu de lã. Ela faz uma pilha arrumada com os jornais baratos e a revista de moda dada por Felicity, com o programa de *Macbeth* em cima. Brigid enfia o resto das roupas dela na mala.

– Brigid! – digo ofegante. – Posso ficar um momento sozinha com Ann?

– Tudo bem – responde ela, fungando. – Feche a mala direito. E não esqueça as luvas, querida.

A governanta passa apressada por mim, enxugando os olhos molhados com um lenço. Ficamos apenas nós duas.

– Diga que é mentira! – peço.

Ela fecha a mala e deposita-a no chão, aos seus pés.

– Deixei os jornais. É para você se lembrar de mim.

– Você não pode ir com eles. Tem um emprego na companhia teatral do Sr. Katz à sua espera. Os palcos do mundo!

O rosto de Ann demonstra angústia.

– Não! Isso era para Nan Washbrad, cuja beleza fala por si mesma, não para Ann Bradshaw. A moça que eles querem não existe. Na verdade, não.

Jogo a mala dela na cama, abro-a e começo a desfazê-la.

– Então a gente encontra um jeito. Fazemos dar certo com magia.

Ann põe sua mão na minha, para me deter.

– Você não vê, Gemma? Jamais daria certo. Pelo menos, não permanentemente. Não posso ser quem querem que eu seja.

– Então seja outra. Seja você mesma!

– Não sou boa o bastante. – Ela arranca as luvas das mãos, embola-as e torna a esticá-las. – Por isso mandei a carta pedindo que viessem me buscar.

Lembro a noite da apresentação dela e a carta que trazia nas mãos, a que tivera tanta dificuldade para mandar pôr no correio. Ann jamais pretendera ir com Lily Trimble e o Sr. Katz. Afundo na cama, a mala entre nós. Minha amiga repõe suas coisas outra vez dentro dela e tranca-a.

– Então me diga, para que aquele trabalho todo? – pergunto, truncando as palavras.

– Desculpe, Gemma. – Ela se levanta para tocar em mim, mas me encolho. – Se eu for embora agora, posso lembrar aquele dia como foi. Sempre posso lembrar que podia ter conseguido. Mas se correr esse risco... se procurá-los, sob minha forma verdadeira, e fracassar... eu não aguentaria isso.

Felicity irrompe pela porta e a bloqueia.

– Não se preocupe, Ann. Não vou deixar que levem você.

Ann põe as luvas e agarra a alça de sua mala.

– Saia da frente, por favor.

Fee abre a boca para protestar.

– Mas...
– Deixe-a ir, Fee.
Sinto vontade de dar um chute em Ann. Por abrir mão de si mesma e de nós.
O rosto de Ann se transforma numa máscara bem treinada, que não trai emoção alguma. Podia usar esse talento para eletrizar plateias nos palcos do mundo. Em vez disso, vai usá-la para se meter na vida dos primos de uma forma tão vazia que será como se não existisse. E vejo agora que ela poderia ser uma boa mágica, além de atriz, pois sabe como desaparecer.
De mala na mão, Ann desce a escada pela última vez. Está com os ombros retos e as costas rígidas, mas seus olhos não têm nenhuma expressão. Já começou até a andar como uma governanta. Pelo corredor, ouço o fonógrafo tocando, a Srta. McCleethy ensinando as meninas a caminhar com passos cuidadosos.
A Sra. Wharton espera ao pé da escada com a Sra. Nightwing e Brigid. Usa um vestido comprado pronto cheio de contas e penas, rebuscado demais.
– Ah, aqui está nossa Annie. Eu acabava de dizer à Sra. Nightwing como me agrada saber que ficará morando em nossa casa no campo. O Sr. Wharton e eu batizamos a propriedade como Balmoral Spring, pois Balmoral é tão cara a Sua Majestade.
– Que nome ridículo para uma casa de campo – murmura Felicity.
– Será que eles nunca passaram uma primavera em Balmoral? A gente chega a sentir saudade dos invernos ingleses.
A Sra. Wharton tagarela sobre o aborrecimento que é manter uma propriedade no campo da maneira adequada e como seus dias são arruinados por ser obrigada a vigiar constantemente os criados. Brigid dá a Ann um lenço, embora seja ela quem mais precise.
– Não há vergonha em trabalhar – diz, colocando carinhosamente a mão em concha sobre o queixo de Ann. – Não se esqueça da velha Brigid.
– Adeus, Ann – diz Felicity. – Não vai ser a mesma coisa sem você.
Ann volta-se para mim. Sei que espera algum sinal de bondade... um beijo, um abraço, até mesmo um sorriso. Mas não consigo.
– Você será uma boa governanta.
Minhas palavras parecem uma bofetada.
– Eu sei – responde ela, retribuindo o tapa à sua maneira.

As meninas se amontoam no saguão. Fungam e fazem uma confusão como nunca fizeram enquanto Ann estava aqui, e isto podia ter alguma importância. Eu não aguento tudo isso e então escapulo para o grande salão, de onde espio por entre as cortinas a saída de Ann, cercada por suas inesperadas admiradoras. Um criado leva a mala e, após cuidar da Sra. Wharton, ajuda Ann a entrar na carruagem. Ela põe a cabeça para fora da janela, segurando com força seu único chapéu bom. Eu podia correr atrás dela, dar-lhe um beijo na face, despedir-me com um adeus carinhoso. Podia. Isto significaria muitíssimo para ela. Mas não consigo mexer os pés. *Diga apenas um adeus direito, Gemma. Só isso.* Estalam as rédeas. Os cavalos levantam poeira. A carruagem sacoleja ao dar a volta na curva da entrada e rumar para a estrada. Vai ficando cada vez menor, até não passar de um cisco negro que se afasta.

— Adeus — murmuro finalmente, quando já não tem importância e não há ninguém para ouvir, além da janela.

# Capítulo
## trinta e seis

A AUSÊNCIA É UMA COISA CURIOSA. QUANDO OS AMIGOS SE AUSENtam, parecem tornar-se ainda mais importantes, até a falta que fazem tornar-se tudo que podemos sentir. Agora que Ann se foi, o quarto parece grande demais. Por mais que tente, não consigo preencher o espaço restante. Sinto que me faz falta o ronco que tanto me incomodava; sinto falta do seu caráter sombrio, de suas ideias tolas e românticas e macabras fascinações. Várias vezes, durante o dia, lembro de alguma pequena observação que gostaria de fazer a ela... alguma coisa particular sobre Cecily ou uma queixa do mingau, que podia tornar tudo mais suportável... mas logo entendo que ela não mais está aqui para apreciar os comentários. São momentos de profunda tristeza, que só consigo afastar invocando minha raiva.

*Ela preferiu ir embora*, lembro a mim mesma ao pôr a agulha no bordado, cantar hinos e treinar minha mesura diante da rainha. Mas se a culpa é dela, por que me aborreço tanto? Por que o fracasso dela parece também ser meu?

Fico contente quando a Srta. McCleethy, sendo professora de jogos, chama-nos para o ar livre, a fim de praticarmos esportes. Várias meninas divertem-se com o tênis que jogam no gramado. Algumas figuras intrépidas partem para a esgrima, com Felicity no comando do ataque, tendo nos olhos um brilho feroz. Um pequeno grupo faz campanha a favor do críquete, "como nas escolas para rapazes", mas, como não temos bastões nem bolas, não adianta. E, resmungando, elas se veem obrigadas a ficar com o croqué.

Eu prefiro o hóquei. Correr pelo gramado, bastão em posição, embalar a bola campo abaixo, passá-la com êxito a uma companheira de equipe, gritar livremente, o tempo todo com o vento no rosto e o sol nas costas, tudo isso é muito revigorante. Gostaria de jogar um pouco de hóquei para clarear minha mente e aguçar meus sentidos, para me fazer esquecer a perda. Descubro que gostaria de bater em alguma coisa com um bastão.

Sem se conter, a Srta. McCleethy grita para nós do gramado:
– Assim não dá certo! Sua companheira precisa de ajuda, Srta. Temple... fique alerta! Devem trabalhar juntas, senhoritas, para uma finalidade em comum! Lembrem: graça, força, beleza!

Com as outras ela pode falar, mas deixei de dar assistência. Tentei ajudar Ann e não adiantou. Quando a bola volta ao jogo, Cecily e eu corremos para ela ao mesmo tempo. Enredo um pouco as malditas saias nas pernas – ah, o que não faria pela liberdade das calças neste momento... – e ela ganha a vantagem. Cecily pode estar mais perto, mas não cedo. Quero a bola. Mais importante, não quero que ela a pegue, pois se pegar ficará cheia de presunção durante uma semana.

– É para mim! – grito.
– Não, não... para mim!

Travamos os bastões, e ela bate no meu com o dela. Uma de nossas adversárias, uma menina gorda de cabelos ruivos, aproveita o momento. Estende a mão entre nós e pega a bola, numa jogada brilhantíssima.

– Eu lhe disse que era minha, Srta. Doyle! – diz Cecily, com um sorriso preso.
– Claro que não era – respondo, também com um sorriso falso.
– Era minha!
– Não era! – insisto.

A Srta. McCleethy entra em campo e nos separa:
– Senhoritas! Isso não é uma demonstração de espírito esportivo. Chega, senão darei às duas más notas por comportamento.

Furiosa, volto à posição. Gostaria de mostrar a Cecily... a todas elas... o que posso fazer. Tão logo penso isso, a magia ressurge dentro de mim com nova força, e vejo apenas a bola. Sou ousada como Ricardo Coração de Leão ao correr pelo campo, mais esperta que as adversárias. Desta vez, o jogo será meu.

Mas Cecily é rápida. Quase chegou à bola.
– É min...

Corro muito e a derrubo. Ela se esparrama na grama e se põe a choramingar. A Srta. McCleethy vem acelerada.
– S-Srta. M-McCleethy. S-Srta. McCleethy – balbucia Cecily. – Ela me atacou, foi de propósito.

– Eu não! – protesto, mas demonstro, pelo rubor de minhas bochechas, que estou mentindo.

– Atacou sim – chora Cecily.

– Está agindo como um bebê – digo, tornando a jogar a culpa em cima dela.

– Muito bem, já chega. Srta. Temple, faz parte do espírito esportivo não perder a coragem. – Cecily fica boquiaberta, e eu me regozijo. – E você, Srta. Doyle, parece demasiado acalorada. Esfrie a raiva fora do campo, por favor.

– Mas eu...

– Sua irresponsabilidade pode causar um mal ainda mais grave, Srta. Doyle – diz a Srta. McCleethy, e sei que não se refere apenas ao jogo.

Minhas bochechas ardem. As outras meninas dão risadinhas abafadas.

– Não sou irresponsável.

– Não vou discutir mais. Fora do campo, até que possa se controlar novamente.

Mortificada e furiosa, passo pelas colegiais que dão risadas abafadas e pelos operários dando risinhos de satisfação e vou direto para a escola, sem me importar com minha demonstração de horrível falta de espírito esportivo.

Maldita McCleethy. Se ela soubesse o que sei... que Eugenia Spence está viva nas Terras Invernais e confia em mim, não nela... talvez não voltasse a falar comigo. Certo, tenho coisas mais importantes a fazer. Rastejo para dentro da tenda de Felicity, onde deixei nosso exemplar de *Uma história das sociedades secretas*, e, deitada no divã, no grande aposento, começo a ler novamente o livro, em busca de alguma pista do esconderijo da adaga. Com um suspiro, resigno-me a ir procurando por uma a uma das quinhentas e duas páginas, embora sejam demais para esse esforço, e amaldiçoo os autores que escrevem livros tão extensos, quando algumas páginas de prosa bem-ordenada dariam conta.

Primeiro, vem a página do título. Depois, um poema. "A Rosa da Batalha", de William Butler Yeats.

"Rosa de todas as Rosas, Rosa de todo o Mundo!", leio em voz alta. "Também tu vieste para onde se lançam as turvas marés/ Sobre os cais da dor, e ouviste o toque/ Do sino que nos chama à frente; doce e distante."

Parece um ótimo poema, pelo que vejo, pois não me causa dor de dentes, e decido que o recitarei em nosso baile de máscaras.

Na página ao lado, há uma das ilustrações que dão graça ao livro. Devo tê-la olhado meia dúzia de vezes sem na verdade vê-la... o simples desenho feito a tinta de uma sala com uma mesa e uma única lanterna, um quadro de barcos pendurado na parede. Com crescente excitação, percebo que é mais ou menos a sala que encontrei em minhas visões. Será que é a mesma? Se for, onde fica? Aqui na Spence? E será que foi nela que Wilhelmina Wyatt pegou a adaga? Corro os dedos pela inscrição abaixo: *A Chave Guarda a Verdade*.

Passo rápido as páginas, em busca de outras ilustrações. Localizo a torre novamente, e me pergunto: será a Ala Leste, tal como era antigamente? Torno a passar as páginas e eis o desenho de uma gárgula zombeteira, tendo abaixo a legenda *Guardiões da Noite*. Outro desenho mostra um mágico alegre, muito parecido com o Dr. Van Ripple, pondo um ovo dentro de uma caixa, e no painel seguinte o ovo desapareceu. Tem como título *O Objeto Oculto*.

Os desenhos não correspondem ao texto, pelo que vejo. Parecem existir como entidades próprias, uma espécie de código. Mas de quê? De quem?

A Srta. McCleethy entra furiosa.

– Srta. Doyle, não vou tolerar falta de disciplina e de espírito esportivo tão terrível. Se você não liga para o jogo, pode sentar-se no campo e torcer pelas colegas.

– Não são minhas colegas – respondo, e viro uma página.

– Podiam ser, se você não tivesse uma paixão tão desesperada por ficar sozinha no mundo.

É uma vergonha a Srta. McCleethy não praticar tiro ao alvo, pois tem uma pontaria excelente.

– Eu me cansei do jogo – minto.

– Não, cansou-se das regras. Parece até um hábito seu.

Viro outra página.

Ela dá um passo à frente.

– O que está lendo de tão cativante, a ponto de achar necessário me ignorar?

– *Uma história das sociedades secretas*, da Srta. Wilhelmina Wyatt.

– Fuzilo-a com o olhar. – Conhece?

O rosto dela perde toda a cor.

– Não, não posso dizer que sim.

– Mas comprou um exemplar na Livraria Golden Dawn, no Natal.
– Tem andado a me espionar, Srta. Doyle?
– Por que não? A senhorita me espiona.
– Eu cuido de você, Srta. Doyle – corrige-me ela, e a odeio acima de tudo por essa mentira.
– Sei que a senhorita conheceu Wilhelmina Wyatt – digo.

A Srta. McCleethy arranca as luvas e joga-as na mesa.
– Devo contar-lhe o que sei de Wilhelmina Wyatt? Ela foi uma vergonha para a Ordem e para a memória de Eugenia Spence. Era uma mentirosa. Uma ladra. Uma viciada imunda. Tentei ajudá-la, e aí... – bate com o dedo no livro – ela escreveu essas mentiras para denunciar todas nós... só por dinheiro. Qualquer coisa por dinheiro. Você sabia que ela tentou nos chantagear com o livro, de modo a abandonarmos o plano de levantar fundos para a restauração da Ala Leste?
– Por que ela faria isso?
– Porque era despeitada e não tinha um fio de honra. E o livro, Srta. Doyle, não passa de conversa fiada. Não, é mais perigoso do que isso, pois contém perfídias e distorções da verdade, escritas por uma traidora e mascateadas pelo maior lance.

Fecha o volume com um forte estalo e, arrancando-o de minhas mãos, marcha direto para a cozinha. Corro atrás e alcanço-a no momento em que ela abre a porta do forno.
– O que vai fazer? – pergunto, agastada.
– Dar-lhe um sepultamento adequado.
– Espere...

Antes que eu consiga detê-la, ela joga *Uma história das sociedades secretas* no fogo e fecha a porta. Por um segundo, sinto-me tentada a contar-lhe o que sei – que vi Eugenia Spence, e aquele livro podia salvá-la... mas Eugenia me mandara ter cuidado, e, pelo que sei, é na Srta. McCleethy que não se pode confiar. Resta-me apenas ficar parada, enquanto ardem nossas maiores esperanças.
– Isso nos custou quatro xelins – digo, com voz rouca.
– Que lhe sirva de lição para que, no futuro, gaste seu dinheiro de forma mais sensata. – Ela dá um suspiro. – Realmente, Srta. Doyle, a senhorita abusa de minha paciência.

Eu podia responder que é um sentimento comum, no que me diz respeito, mas não parece de bom alvitre. Alguma coisa nova me desperta a atenção.
– A senhora disse "era"? – pergunto, pensativa.

– Como?
– Disse que Wilhelmina *era* viciada e mentirosa, uma traidora? Acha mesmo que ela pode ter morrido? – pergunto, como teste.
A Srta. McCleethy empalidece.
– Não sei se continua viva ou não, mas não consigo imaginar, em vista do estado dela, que continue. Uma vida dessas tem um preço – diz ela, e parece ruborizar-se. – De agora em diante, se quiser saber alguma coisa sobre a Ordem, só precisa me perguntar.
– Para a senhorita me contar o que quer que eu ouça? – pergunto, num desafio.
– Srta. Doyle, a senhorita só ouve aquilo em que quer acreditar, seja verdade ou não. Isto nada tem a ver comigo. – Ela esfrega os lados da cabeça. – Agora, vá juntar-se às outras. Está dispensada.
Saio da cozinha pisando forte e amaldiçoando-a em voz baixa. As meninas chegam num jorro do gramado, coradas e com um cheiro meio maduro, mas tontas com a excitação trazida pela corrida de um lado para outro, disputando jogos de competição extrema. Raras vezes nos permitem dar rédea solta à nossa natureza competitiva, embora a tenhamos tão forte quanto os homens. Cecily empina o queixo ao me ver. Ela e seu clã lançam-me olhares ferozes que, suponho, julgam o máximo do insulto. Levo a mão ao coração, por zombaria, e, novamente ofendidas, elas se afastam, murmurando outra vez coisas a meu respeito.
Ao me ver, Felicity agacha-se como uma exímia espadachim e corta o ar com a espada de papel laminado.
– Vilã! Responderás ao rei por tua traição!
Com delicadeza, empurro para o lado a lâmina longa e fina.
– Posso ter uma palavrinha com você, D'Artagnan?
Ela faz uma grande mesura.
– O senhor primeiro, cardeal Richelieu.
Escapulimos para a pequena sala de visitas do térreo. Foi ali que Pippa, dizem, desprezou seu pretendente, Sr. Bumble, antes de ser reivindicada pelos reinos para sempre. Essa é mais uma ausência que sinto agudamente, hoje.
– Que diabos você fez com Cecily? – Felicity senta-se e passa a perna pelo braço da poltrona, de uma forma nada semelhante a uma dama. – Ela diz a quem quiser ouvir que você devia ser enforcada ao amanhecer.

– Se isso me impedisse de ouvir a voz dela de novo, eu me submeteria feliz ao laço. Mas não é o que preciso lhe contar. Dei outra olhada no livro de Wilhelmina Wyatt. Perdemos alguma coisa na primeira vez. Os desenhos. Acho que são pistas.

Ela faz uma careta.

– De quê?

Dou um suspiro:

– Não sei. Mas um deles parece ser a torre da Ala Oeste. E na própria capa do livro há um quarto que está sempre presente em minhas visões.

– Acha então que esse quarto, um dia, fez parte da Ala Leste?

– Ah – respondo, desanimando. – Não pensei nisso. Se fez, há muito desapareceu.

– Bem, vamos dar uma olhada.

– Não podemos. A Srta. McCleethy jogou o livro no fogão – explico.

Felicity abre a boca, indignada.

– Ele nos custou quatro xelins.

– É, eu sei.

– E a refeição de hoje à noite vai ter um estranho gosto de livro.

Ela enfia a ponta da espada no chão e traça um pequeno F.

– Há alguma coisa estranha nisso – digo, andando de um lado para o outro da sala e roendo as unhas, um hábito que devia deixar, e deixarei. – Não confio na Srta. McCleethy. Com certeza está escondendo alguma coisa. Sabe o que me disse? Referiu-se a Wilhelmina Wyatt usando o verbo no passado. E se ela sabe que Wilhelmina morreu? Se sabe, *como* soube?

– O Dr. Van Ripple disse que Wilhelmina foi traída por uma amiga – conta Felicity, e acrescenta: – Será que foi a Srta. McCleethy?

Fico roendo a unha até o fim. Dói e, na mesma hora, lamento ter feito isso.

– Precisamos falar novamente com o Dr. Van Ripple. Talvez ele saiba de mais alguma coisa. Talvez saiba onde a adaga está escondida. Você topa?

Um sorriso perverso espalha-se pela boca de Felicity. Ela toca meu ombro com a ponta da espada, como se me ordenasse cavaleiro.

– Um por todos e todos por um. – Muda de expressão, de repente. – Por que acha que ela fez isso?

– A Srta. McCleethy ou a Srta. Wyatt? – pergunto.

– Ann. – Minha amiga se apoia no cabo da espada. – Ela tinha a felicidade ao alcance. Por que rejeitá-la?

– Talvez uma coisa fosse ansiar por ela, e outra segurá-la.

– Que coisa ridícula!

Com um gesto de desdém, Felicity torna a espalhar-se na poltrona, um pé no chão, o outro pendurado no braço do móvel.

– Então, não sei – respondo, irritada.

– Não darei as costas à felicidade. Prometo. – Espeta o ar com a espada. – Gemma?

– Sim? – respondo, com um forte suspiro.

– O que acontecerá com Pip? Quando, na árvore, vi...

– Viu o quê?

– Eu a vi viva e feliz. Vi nós duas em Paris, o Sena brilhava como um sonho. E ela ria, como antes. Como pude ver isso, se... Acha que pode ser verdade? Que ela pode voltar?

Felicity vira a cabeça para mim e vejo a esperança em seus olhos. Quero responder que sim, mas alguma coisa bem no fundo do meu coração me diz que não. Não creio que algum dia possa ser assim.

– Acho que algumas leis não podem ser desrespeitadas – explico, com toda delicadeza possível, por mais que a gente deseje.

Minha amiga desenha no ar com a espada.

– Acha ou sabe?

– Sei que, se fosse possível, eu traria minha mãe de volta amanhã.

– Por que não traz, então?

– Porque... – respondo, em busca das palavras certas. – Sei que ela se foi. Como também sei que passou aquele tempo em que minha família estava toda junta na Índia, e que não posso trazê-lo de volta.

– Mas se a magia está mudando... se tudo está mudando, então, talvez...

A frase fica inacabada e não tento corrigir o que ela estava dizendo. Às vezes, o poder de um *talvez* basta para nos sustentar, e não serei eu quem lhe negará esse talvez.

Ouço o canto desafinado de Brigid no saguão, e isso me dá uma ideia.

– Fee, se alguém quisesse saber a respeito de um certo morador de uma casa, uma antiga colegial talvez, a quem procuraria, em busca da história mais confiável?

Com um sorriso, Felicity curva a lâmina nas mãos.

– Ora, eu diria que os criados é que sabem dessas coisas.

Escancaro a porta e ponho a cabeça para fora.
– Brigid, pode me dar uma palavrinha?
Ela franze a testa.
– O que estão fazendo aí dentro? Emily limpou essa sala ontem mesmo. Não quero que arruínem tudo.
– Claro que não – respondo, e mordo o lábio de um modo que espero passar por melancólico. – É que Felicity e eu ficamos de coração partido com a partida de Ann. E sabemos que você também gostava muito dela. Quer sentar-se aqui conosco um instante?
Sinto-me um pouco envergonhada por me utilizar desse jeito das simpatias dela; ainda mais quando funciona.
– Ah, querida, também sinto falta dela. Mas ela estará bem. Exatamente como acontece à velha Brigid.
Ela passa por mim e me dá um tapinha no ombro. Sinto-me péssima.
– Aqui estou. Sente-se direito, senhorita – censura Brigid, ao ver Felicity.
Felicity desliza os pés para o chão, onde eles batem com uma pancada, e lhe imploro com um olhar que se comporte.
Brigid corre um dedo no consolo da lareira e faz uma carranca.
– Assim não dá.
– Brigid – começo –, lembra-se de uma menina que frequentava a Spence...
– Muitas meninas frequentaram a Spence – interrompe ela. – Não posso lembrar de todas.
– Bem, essa foi no tempo em que a Sra. Spence ainda vivia, antes do incêndio.
– Ah, muito tempo atrás.
Ela se volta e limpa o consolo com a ponta do avental.
Felicity pigarreia e fuzila-me com os olhos. Acho que acredita que assim ajuda em alguma coisa.
– Essa menina era muda. Wilhelmina Wyatt.
Brigid vira-se rápido, uma expressão esquisita no rosto.
– Diabo, para que quer saber sobre essa menina agora?
– Foi Ann quem soube dela. Tinha um livro escrito por essa pessoa. E eu... nós... só ficamos imaginando que tipo de pessoa ela era.
Concluo com um sorriso que só se pode descrever como fraco.
– Bem, isso faz muito tempo – repete Brigid. Tira com seu avental a poeira de um pequeno vaso oriental. – Mas me lembro. Srta. Wilhel-

mina Wyatt. A Sra. Spence dizia que era especial ao jeito dela, que via o que a maioria de nós não vê. "Consegue ver no escuro", dizia. Bem, eu não fingia saber o que isso queria dizer. A menina não podia nem falar, valha-me Deus. Mas vivia com um livrinho, escrevendo e desenhando. Era assim que falava. Exatamente como nos contara o Dr. Van Ripple.
– Como ela veio parar aqui? Não tinha família, eu sei – digo.
Brigid franze a testa.
– Que Deus me abençoe, tinha, sim.
– Eu pensei...
– Wilhelmina Wyatt era do sangue da própria Sra. Spence. Sobrinha.
– Sobrinha? – repito, pois me pergunto por que Eugenia não me contou isso.
– Veio para cá depois que a mãe morreu, que sua alma descanse em paz. Lembro o dia que a Sra. Spence foi à cidade buscar a menina. Tinham posto a pequena Mina sozinha num navio e ela foi encontrada perto da Casa da Alfândega. Coitadinha. Deve ter sido aterrorizante. E aqui também as coisas não correram nada bem.
Brigid repõe o vaso e passa a trabalhar no primeiro de um par de castiçais.
– O que quer dizer? – pergunta Felicity.
– Algumas meninas caíram em cima dela. Puxavam as tranças pra ver se ela falava.
– Não tinha nenhuma amiga?
Ela franze a testa.
– A horrível Sarah Rees-Toome às vezes se sentava com ela. Eu a ouvia perguntar a Mina se podia mesmo ver no escuro, e como era aquele lugar, e a Sra. Spence repreendeu Sarah por causa disso e proibiu as duas de brincarem juntas.
– A Srta. Wyatt tinha lugares especiais onde ela gostava de ficar... como esconderijos? – insiste Felicity.
Brigid pensa um instante.
– Ela gostava de se sentar no gramado e desenhar as gárgulas. Eu a via com o caderno, olhando para elas lá em cima e sorrindo, como se fizessem uma festa juntas no jardim.
Lembro a estranha alucinação que tive ao partir para Londres na Páscoa. A gárgula com o corvo na boca. Causa-me um arrepio pen-

sar em Wilhelmina sorrindo para aquelas horrendas observadoras de pedra. Guardiãs da Noite, de fato.
Brigid torna sua limpeza mais vagarosa.
– Eu me lembro da Sra. Spence preocupada com Mina, mais tarde. A menina pegou o hábito de desenhar coisas horrendas, e a Sra. Spence disse que tinha medo de que a menina estivesse sob uma influência ruim. Foi o que ela disse. E então o incêndio aconteceu pouco depois, e aquelas duas meninas e a Sra. Spence se foram com ele, que Deus as tenha.
Com um suspiro, ela volta para o outro castiçal do par.
– Mas o que aconteceu a Wilhelmina? Por que foi embora?
Brigid lambe seu polegar e esfrega uma mancha na prata.
– Depois do incêndio, ela começou a agir de forma estranha... por causa da dor, é o que eu responderia, se me perguntassem, mas ninguém perguntou.
Felicity apressa-se a intervir.
– É, sei que tem razão, Brigid – diz, revirando os olhos para mim.
– Mas o que aconteceu depois?
– Bem, Mina começou a assustar as outras moças com um comportamento estranho. Escrevia e desenhava aquelas coisas más no caderno. A Sra. Nightwing disse a ela que, parente ou não da Sra. Spence, se não parasse, seria expulsa. Antes disso, Mina foi embora no meio da noite e levou uma coisa valiosa.
– O que era? – pergunta Felicity.
– Eu nunca descobri, Srta. Abusada – repreende Brigid.
Formo com a boca *Srta. Abusada* para Felicity, que faz uma cara de quem está louca para me estrangular.
– Fosse o que fosse – continua Brigid –, a Sra. Nightwing ficou muito aborrecida. Nunca a vi tão furiosa. – Põe o castiçal de volta no lugar. – Aí. Está melhor. Vou precisar ter uma conversinha com aquela Emily. E é melhor vocês irem para as orações, antes que a Sra. Nightwing expulse *vocês* e a mim logo depois.

– Que acha que significa tudo isso? – pergunta Felicity quando entramos em forma com as outras moças. Elas pegam seus livros de orações e ajeitam as saias.
Amontoam-se em torno de dois espelhos pequenos demais e fingem arrumar os cabelos, quando na verdade apenas se olham, em busca de esperançosos sinais de uma beleza em botão.

— Não sei — respondo, com um suspiro. — Wilhelmina é digna de confiança ou não?
— Ela aparece em suas visões; logo, isso quer dizer alguma coisa — fala Felicity.
— É, mas o mesmo aconteceu com as moças de branco, e eram demônios que me desencaminhariam — lembro-lhe. As mesmas moças que pretendiam atrair Bessie e suas amigas para as Terras Invernais, sabe Deus com que objetivo, também apareceram em minhas visões, oferecendo-me verdades e mentiras, ao mesmo tempo. No fim, levaram-nos diretamente para as garras dos pavorosos Guerreiros das Papoulas.
— Então, quem é a Srta. Wyatt? — pergunta Felicity. — Heroína ou vilã?
Balanço a cabeça.
— Honestamente, não sei dizer. Mas ela levou a adaga... isso é certo... e é o que precisamos descobrir.

# Capítulo
## Trinta e sete

Nossa viagem aos reinos não é tão alegre sem Ann. Nem a magia melhora nosso estado de espírito. As meninas da fábrica encaram a partida dela de forma particularmente dura.

— Nossa sina não apresentou nenhuma oportunidade — resmunga Mae para Bessie.

— Vocês devem criar suas próprias oportunidades — diz Felicity.

Bessie lança-lhe um olhar duro.

— Você entende alguma coisa disso?

— Não vamos brigar. Quero dançar e brincar com magia. Gemma?

— Pippa me lança um olhar cúmplice.

Com um suspiro, percorro a conhecida trilha até a capela, seguida por Pip. Desta vez, quando nos reunimos na magia, o abalo é grande para mim. É como se eu mergulhasse profundamente nela. Faço parte de sua tristeza, inveja, de seu ressentimento... coisas que eu preferiria não ver. Quando me afasto, estou cansada. A magia causa uma comichão debaixo de minha pele, como se insetos rastejassem ali.

Mas Pip está novamente cintilante. Aninha-se ao meu lado e passa os braços pela minha cintura, como se fosse uma menininha.

— É maravilhoso a gente se sentir especial, mesmo que apenas por umas poucas horas, não é?

— Sim, é — respondo.

— Se eu fosse você, jamais abriria mão desse poder, eu o manteria para sempre.

— Algumas vezes, desejo poder fazer isso.

Pippa morde o lábio e sei que está preocupada.

— O que é? — pergunto.

Ela pega amoras numa tigela e as movimenta entre os dedos.

– Gemma, acho que você, desta vez, não deve proporcionar tanta magia a Bessie e às outras.
– Por que não?
– Trabalhavam numa fábrica – responde ela, com um suspiro. – Não estão acostumadas a ter tanto poder. Bessie ficou muito cheia de si.
– Não consigo acreditar que...
– Ela queria entrar de novo nas Terras Invernais. Sem você – admite Pip.
– É mesmo?
Pip me dá o braço. Pisamos com cuidado em cima das trepadeiras que coleiam pelo chão.
– É melhor eu receber mais, não acha? Assim elas terão alguém a quem respeitar, alguém para orientá-las. São tão crianças, na verdade. E posso mantê-las em segurança para você.
Pip ri, mas a notícia sobre Bessie é um sinal de alarme dentro de mim.
– É, tudo bem. Vou dar menos – concordo.
Pip beija minha testa. Joga na boca as amoras com que estava brincando, uma, duas, três.
– Será que deve comer isso? – pergunto.
Os olhos de minha amiga faíscam.
– Agora, o que importa? O dano já foi feito.
Joga a quarta na boca e enxuga o sumo dos lábios com as costas da mão. Depois, empurra para o lado a tapeçaria e diz: "Saudações, minhas queridas", como uma rainha cumprimentando suas súditas.

Como prometi, proporciono às moças da fábrica magia suficiente para permitir-lhes uma aparência de pele limpa e bonitos vestidos, mas não o suficiente para criar uma verdadeira mudança. Desta vez, elas não dispõem de verdadeiro real, têm apenas uma ilusão emprestada.
– Não parece funcionar tão bem, esta noite – resmunga Bessie. – Por quê?
Engulo o nó na garganta, mas Pippa mantém toda a sua calma.
– É assim nos reinos, Bessie. Só funciona em algumas pessoas. Não é, Gemma?
– Foi o que me disseram – respondo, avaliando Bessie, para ver se ela revelará mais alguma coisa, mas vejo apenas seu desapontamento.

– Talvez seja porque não temos uma posição social – diz Mercy.

– Não existe isso de posição social aqui. Por isso gosto deste lugar. Além do mais, a Srta. Ann sempre recebeu, e ela não é melhor do que nós – diz Bessie.

– Bessie, já chega – diz Pippa, e Bessie sai cabisbaixa e vai sentar-se perto da lareira. Joga pequenas flores no fogo e as observa faiscarem e arderem. – Agora, vamos, nada de biquinho. Quero dançar!

Não me sinto disposta a dançar neste momento, e não encontro, dentro de mim, meios para fingir. Saio para uma caminhada. O ar frio reanima; o céu escuro parece um abrigo. Avanço em meio ao encapelado nevoeiro, deixando que minha ânsia me impulsione. Quero, mais uma vez, colocar minhas mãos na Árvore de Todas as Almas, unir-me a ela como se fôssemos um único ser.

Desta vez o portão se abre sem uma palavra. Já tem de mim o que quer. Meus pés afundam na areia preta. O ar, frio e arenoso, pressiona-se contra mim; estico a língua para sentir seu gosto. Sigo o rugido do rio. Um pequeno bote a remo, de um tipo que existe na Índia, está à espera; entro nele e me dirijo ao coração das Terras Invernais. Não sei lutar contra a correnteza, desta vez, então o barquinho navega tranquilo nas corredeiras, mas por um caminho desconhecido. Não é o mesmo que percorremos da última vez, e começo a entrar em pânico. Onde estou? Como me perdi tanto?

Ouço um respingo ao lado do barco, e uma ninfa aquática acaricia o costado. Ela indica com a cabeça uma gruta à direita; depois, nada para lá, saindo e entrando no rio como uma serpente.

Muito bem. Não vou deixá-la levar o melhor. Se necessário, empregarei a magia. Confortada por esse pensamento, viro o barco, remo atrás dela e entro na rocha esburacada. Estalactites pendem acima de minha cabeça, grandes adagas de gelo. A gruta é margeada por duas faixas de terra rochosa, que devem desaparecer quando a maré sobe, pois noto as marcas deixadas pela água alta nas paredes da caverna. Muito acima, de cada lado, há uma saliência na pedra.

A mão da ninfa, com os dedos ligados por membranas, acaricia meu tornozelo. Com um arquejo, eu o desprendo. Suas escamas coloridas ficam em minha pele, numa impressão de mão com o brilho de joias.

– Você não vai tirar minha pele sem uma luta – advirto, e minhas palavras ecoam no vazio da gruta.

A ninfa se esquiva e mergulha sob a superfície da água, até se verem apenas seus reluzentes olhos negros e a cabeça careca alisada pela água, e um novo senso de alerta se introduz furtivamente em mim. Na saliência, há movimento. As caras de criaturas horrendas e pálidas espremem-se para fora das fendas na rocha, como cabeças de mariposas. Não têm olhos, mas farejam e rastejam para mais perto da borda.

Meu coração se contrai. Em silêncio, dou a volta no barco e remo de volta à boca da gruta, mas a abertura desaparece. Não pode ser. Ouço um bufo e o bater de cascos, e Amar aparece, em seu magnífico garanhão branco. Segue pela terra estreita do lado da gruta até se emparelhar com o barco onde estou. Prendo a respiração. De perto, ele tem os mesmos lábios cheios e o porte altivo de Kartik. Mas os olhos são redemoinhos negros cercados de vermelho. Eles me prendem com força, e não consigo desviar a vista, gritar, correr.

*Use a magia, a magia*, suplica meu coração. Mas não consigo deflagrá-la. Tenho medo demais.

– Sei que você viu a sacerdotisa. O que ela disse a você? – pergunta Amar. Seus dentes são pontiagudos.

– Você jamais saberá – consigo responder.

Os olhos dele vacilam e, apenas por um instante, ficam tão castanhos quanto os de Kartik.

– Diga ao meu irmão que se lembre do coração em tudo. Aí é que encontrará sua honra e seu destino. Diga a ele.

E então, de repente, seus olhos voltam a ser aterrorizantes abismos negros cercados de vermelho.

– Ainda pegaremos você. Cuidado com o nascimento de maio.

Minha respiração sai em rápidas baforadas brancas, meu medo junta-se ao frio.

– Deixe-me sair! – grito.

De repente, a abertura da gruta se torna novamente visível e remo para lá com toda força, deixando bem para trás Amar e aquelas criaturas pálidas e cegas. Esqueço a árvore. Quero apenas voltar a salvo para as Terras Limítrofes.

Entro cambaleante na floresta azul, respirando forte, e sinto alívio ao ver as luzes do castelo, que sangram por suas janelas e desfazem a escuridão. Também me alivia escutar o riso de minhas amigas, pois gostaria, agora, de rir junto com elas.

Ouço o pequeno estrondo de um trovão, e quando olho para o céu das Terras Invernais, atrás de mim, ele está ensopado de vermelho.

# Capítulo
# Trinta e Oito

É UM DIA TEDIOSO NA SPENCE. PASSAMOS TODA NOSSA AULA DE FRANCÊS conjugando verbos. Francamente, não ligo se se trata de *jantei caracóis* ou *jantarei caracóis*, pois não pretendo jamais deixar um caracol me passar pelos lábios, e assim toda a lição resulta irrelevante. Repetimos os passos da quadrilha até eu me tornar capaz de executá-los mesmo dormindo; praticamos soma, para um dia podermos fazer a contabilidade doméstica e sermos valiosas auxiliares de nossos maridos. Sob a orientação da Srta. McCleethy, desenhamos o perfil umas das outras; Elizabeth protesta que lhe dei um nariz do tamanho de uma casa, quando na verdade fui até bondosa demais. Tratando-se de arte, porém, todo mundo é crítico, e não adianta tentar mudar a situação.

Quando não há professoras por perto, as meninas caem numa excitada tagarelice sobre o *début* delas, que se aproxima. Têm convites aos montões... essas promessas tentadoras de namoro, sofisticados banquetes e vestidos novos, tudo sugerido pelas letras caprichadas sobre belos cartões bege. Eu devia pensar em meu próprio *début*. Mas estou por demais perturbada. Esse período parece transcorrer em outro mundo, e no momento não consigo ver com clareza meu caminho.

Em vez de tomar chá com as outras e ouvir as conversas sobre festas e bailes, desculpo-me com o pretexto de treinar minha mesura, e vasculho todos os cantos da escola, na esperança de encontrar a adaga que Wilhelmina Wyatt roubou ou outras pistas de seu paradeiro. Por infelicidade, nada encontro além de poeira, gavetas vazias e cômodas entupidas, e a surpresa muito infeliz de um puxa-puxa desembrulhado, que virou grude e, mesmo após três lavadas, ainda deixa meus dedos com uma desagradável viscosidade. Não sei o que fazer, sobretudo agora que a Srta. Wyatt não me aparece mais em visões nem sonhos. É como se brincasse comigo, e lembro o comentário do Dr. Van Ripple de que ela gostava de pequenas crueldades. Isso lança dúvidas sobre sua confiabilidade.

Estou prestes a desistir e me juntar às outras quando vejo o lenço de Kartik na hera. Estendo a mão e desprendo-o. Um bilhete nele pregado diz: *Já acertei tudo. Encontre-me na lavanderia. Meia-noite. Traga cinco libras. Vista-se com simplicidade.*

Hoje à noite. Vou ter de lhe agradecer por me avisar tão em cima da hora. Mas foi combinado e, se puder falar com um representante dos Rakshana sobre a salvação do meu irmão, eu vou, seja lá quando for.

Felicity não fica satisfeita com meus planos. Espera outra visita aos reinos, e tem certeza de que Pip não perdoará sua ausência – mas entende que devo ajudar Tom. Até me oferece o uso da sua espada de estanho, para o caso de eu precisar espetar alguém. Garanto-lhe que não será necessário, e espero estar certa nessa suposição.

Pouco antes da meia-noite, preparo-me para o encontro com Kartik na lavanderia. Ele mandou eu me vestir com simplicidade, e como atravessaremos as ruas de Londres à noite, decido que só há uma solução possível.

Com a magia disponível, visto calça, uma camisa, um colete e um paletó. Encurto os cabelos e fico pasma ao me ver assim... só olhos e sardas. Pareço um bom rapaz, talvez mais bonito do que eu como moça. Um boné de pano completa a ilusão.

Encontro a lavanderia às escuras ao entrar. Nada vejo nem ouço, e me indago se Kartik veio, afinal.

– Atrasou-se – diz ele, saindo de trás de uma viga.

– Também é um prazer ver você – digo bruscamente.

– O bilhete dizia claramente meia-noite. Se quisermos alcançar Londres a tempo, devemos partir agora. Trouxe o dinheiro?

Ergo minha bolsa de moedas e a faço tilintar.

– Cinco libras, como você pediu. Para quê preciso delas?

– Informação custa caro – responde ele. Vê minha calça. – Muito sensato. – Olha mais acima. Vira-se para o outro lado – Abotoe o casaco.

Meu busto se eleva ligeiramente embaixo da camisa. Não consegui disfarçar essa parte. Constrangida, obedeço.

– Tome – diz Kartik, envolvendo meu pescoço com seu cachecol.

As pontas ficam penduradas e disfarçam a frente do meu corpo. Ele me leva até o poste onde se amarram os animais. Freya está à espera e Kartik lhe dá tapinhas no focinho, para acalmá-la. Sobe rapidamente na sela e me oferece a mão, depois me puxa para a garupa. Partimos com um impulso. Envolvo com meus braços sua cintura e ele não protesta. Cavalgamos durante o que parece uma eternidade – minhas costas doem – e afinal as luzes de Londres brilham ao longe. Pouco antes de entrar na cidade desmontamos, e Kartik deixa Freya amarrada a uma árvore, garantindo ao animal que voltaremos. Dá-lhe uma cenoura e partimos para a pulsação da vida noturna londrina. As ruas não estão tão tranquilas quanto eu imaginava que estariam. É como se a cidade em si tivesse escapulido para fora de casa, enquanto sua outra parte, a cidade do cotidiano, dorme. Uma Londres diferente, mais ousada e desconhecida.

Kartik se aproxima de um cabriolé e bate no teto para avisar o cocheiro. Com Kartik sentado a meu lado, o cabriolé dá a sensação de ser muito apertado. As mãos dele repousam rigidamente em suas coxas e eu me enfio no canto.

– Onde será o encontro?
– Perto da Tower Bridge.

Uma luz nevoenta mancha a noite. Kartik está sentado suficientemente perto para eu tocá-lo. Sua camisa está aberta no pescoço, expondo a curva de sua garganta e a delicada concavidade que há ali. O coche parece quente. Sinto a cabeça meio tonta. Preciso de alguma distração para não enlouquecer.

– Como combinou o encontro?
– Existem canais.

Kartik não faz mais nenhum comentário, nem eu faço mais perguntas. O cabriolé torna a ficar silencioso, a não ser pelo rápido bater dos cascos dos cavalos, que me causam estremecimentos. O joelho de Kartik cai em cima do meu. Espero que ele o retire, mas ele não se mexe. Minhas mãos estão trêmulas, em meu colo. Pelo canto dos olhos, vejo-o olhando para as ruas, lá fora. Faço o mesmo, mas não posso dizer que estou enxergando o cenário. Só tenho consciência do calor de seu joelho. Parece impossível que uma coleção tão pequena de ossos e tendões possa produzir um efeito tão emocionante.

O cocheiro para bruscamente e descemos nas ruas bem abaixo da Tower Bridge. A ponte está funcionando há apenas dois anos e é um panorama que vale a pena contemplar. Duas torres grandes se erguem como fortalezas medievais. Um passadiço está suspenso entre elas, bem alto sobre o Tâmisa. A ponte se levanta para permitir a passagem dos navios que chegam ao porto – e são muitos. Enchem os remansos do rio.

Uma velha mendiga está sentada na lama úmida da calçada. Sacode uma lata amassada com uma moeda de um centavo dentro.

– Por favor, senhor, me dê um cobre.

Kartik põe um soberano na caneca da senhora, e sei que, provavelmente, é tudo o que ele tem.

– Por que fez isso? – pergunto.

Ele chuta uma pedra no chão e a equilibra com habilidade entre seus pés, como se fosse uma bola.

– Ela precisava.

Meu pai diz que não é bom dar dinheiro a mendigos. Eles só o gastam de forma pouco sensata, com bebidas e outros prazeres.

– Ela vai comprar cerveja com esse dinheiro – digo.

Ele dá de ombros.

– Então que tome sua cerveja. O que importa não é a libra, mas a esperança. – Chuta a pedra num alto arco. Ela desce roçando em alguns degraus junto à calçada. – Sei o que é lutar por coisas que outros têm sem fazer nenhum esforço.

Chegamos aos remansos, apinhados de embarcações de todos os tipos, desde pequenos botes a navios grandes. Não sei como conseguem entrar e sair, pois ficam tão juntos que seria fácil passar da proa de um para a de outro sem se molhar nem um pouco. Enfileiram-se nos ancoradouros e docas esperando descarregar e receber as cargas.

Pequenos degraus levam à margem. Espero que Kartik me ofereça a ajuda do seu braço. Em vez disso, ele começa a descer sem mim, com as mãos enfiadas nos bolsos.

– Por que não desce? – pergunta.

– Já vou – respondo, e desço depressa a escada.

Kartik vira o rosto para o céu.

– Por que as damas se recusam a dizer que estão zangadas? É uma habilidade que ensinam a vocês? Causa uma terrível confusão!

Paro e encaro-o na fraca luz azul.

– Se quer saber, podia ter me oferecido o braço, lá em cima.

Ele dá de ombros.

– Por quê? Você tem dois.

Esforço-me para manter a calma.
– É costume o cavalheiro ajudar uma dama a descer uma escada.
Ele dá um sorrisinho.
– Não sou um cavalheiro. Nem você uma dama, esta noite.

Tento protestar, mas descubro que não consigo, e seguimos pela beira do Tâmisa sem dizer mais nada. O grande rio lambe suas margens com um ruído ritmado. Sobe, desce, torna a subir, como se também gostasse de ter liberdade por uma noite. Ouço vozes que vêm de baixo.

– Por aqui – diz Kartik, e corre na direção delas.

As vozes tornam-se mais altas. Os sotaques são acentuados e grosseiros. A lama engrossa à medida que o nevoeiro se levanta. Há na água mais ou menos uma dúzia de pessoas de todos os tipos – de velhas a crianças de cara suja.

Uma das velhas canta uma música de marinheiro, e só para por causa de violentos ataques de tosse que sacodem seu corpo. Sua roupa está quase inteiramente esfarrapada. De tão coberta de lama, funde-se à escuridão, como se fosse uma sombra. Enquanto canta, mergulha uma panela rasa no Tâmisa e a levanta. Com dedos ágeis, remexe dentro da caçarola, sacudindo-a, em busca do quê, não sei.

– Catadores da lama – explica Kartik. – Peneiram o Tâmisa em busca do que puderem encontrar de valor para vender ou guardar... trapos, ossos, um pouco de estanho ou carvão de um navio que passa. Se tiverem sorte, poderão encontrar a bolsa de um marinheiro que teve um mau fim... quer dizer, se o gancho do barqueiro não o encontrar primeiro.

Faço uma careta.

– Mas chapinhar dentro do Tâmisa...

Ele encolhe os ombros.

– Muito melhor do que ser catador de esgotos, eu lhe garanto.

– O que eles fazem?

– É uma atividade parecida com a dos catadores de lama, só que eles agem nos esgotos, esquadrinhando tudo para ver se acham alguma coisa.

– Que existência desgraçada.

Kartik assume um tom duro:

– É um meio de vida. A vida nem sempre é justa.

O comentário destina-se a ferir e fere. Ficamos calados.

– Você vive falando em destino. Como explica a sorte deles, então? Estão destinados a sofrer tanto?

Kartik enfia as mãos nos bolsos.
– O sofrimento não é destino. Nem a ignorância.
Uma voz de uma mulher atravessa o nevoeiro:
– O que lhe deu o rio, esta noite?
– Amor, encontrei maçãs e recheio! – grita outra em resposta.
E caem na gargalhada.
– Encontraram maçãs e recheio aqui? – pergunto.
Kartik sorri.
– É uma rima em dialeto londrino. A última palavra rima com o que eles querem dizer. Recheio, *stuffing*, rima com *nuffin*, nada. "Encontrei maçãs e recheio" significa que não encontrou nada.
– Oi, Kartik. – Um dos garotos sai tropeçando da sujeira e lama do rio. – Estava esperando por você, companheiro.
– Nós nos atrasamos, Toby.
Ele se desculpa com o garoto coberto de lama fazendo uma mesura.
Toby se aproxima, e também seu cheiro. É uma horrível mistura de água de rio estagnada, lixo e coisa pior. Nem ouso pensar no que vive naquelas roupas esfarrapadas. Sinto o estômago revirar e tenho de respirar pela boca para não desmaiar.
– Como vai a caça ao tesouro? – pergunta Kartik.
Ele se acha esperto, mas está com a mão no queixo. Seus dedos cobrem seu nariz.
– Não está ótima, mas também não vai mal. – Toby estende a palma de sua mão. Há nela uma estranha coleção, um pequeno pedaço de carvão, dois grampos de cabelo, um dente, um xelim. Todos inteiramente cobertos de sujeira. Ele dá um largo sorriso, revelando uma falta de dentes. – Isto dá pra comprar um quartilho de cerveja. – Olha para mim, desconfiado. – É uma dama com calça de cavalheiro?
Tenho certeza de que demonstro o horror no rosto.
Kartik ergue uma sobrancelha.
– Não se pode enganar a todos.
Toby faz seu saque tinir em sua mão.
– Ela não é nenhuma beleza, companheiro, mas parece limpa. Quanto?
Não entendo logo, mas, quando entendo, sou tomada por uma raiva feroz:
– Ora, eu...
Kartik envolve meu pulso com a mão e o detém.

– Desculpe, companheiro. Ela está comigo – diz.
Toby dá de ombros e ajeita seu imundo boné.
– Não tive má intenção.
O Big Ben anuncia a hora. A grande badalada atravessa o nevoeiro e a sinto na barriga.
– Vamos dar um passeio? – propõe Toby.
– Que atrevimento – resmungo.
*Ela não é nenhuma beleza, companheiro.* Pensou que eu fosse uma prostituta; e, no entanto, por que essa declaração é a que mais me fere?
Um menino sai das sombras. Tem feridas nos lábios e grandes olheiras. Ainda não mudou de voz – não pode ter mais de dez anos –, mas já fala com um som vazio, como se não restasse ninguém por trás.
– Quer companhia, chefe? Dois centavos.
Kartik sacode a cabeça e o menino desaparece, para esperar ansioso outro passante.
– Outros aqui aceitarão o que ele oferece – diz Kartik.
Toby nos leva para um cais cheio de engradados empilhados à gordurosa luz de uma única lâmpada.
– Aqui é um bom lugar – diz.
Kartik olha em volta.
– Não há caminho de fuga. Aqui se pode facilmente ser acuado.
– Por quem? Há navios por todos os lados.
– E os homens dentro deles estão bêbados ou dormindo. Ou são mesmo do tipo com que precisamos ter cuidado.
– Acha que sou idiota? – pergunta Toby, num tom de desafio.
– Kartik – advirto.
– Ótimo. – Ele se acalma. – Gemma, o dinheiro.
Dou-lhe a bolsinha com cinco libras. É todo o dinheiro que tenho e não me agrada perdê-lo. Ele a entrega a Toby, que a abre, conta as moedas e as enfia no bolso.
– Agora – diz Kartik –, o que descobriu sobre o Sr. Doyle?
Olho de um para o outro e volto ao primeiro.
– Foi ele que viemos encontrar? – pergunto.
– Toby às vezes é útil como mensageiro. Sabe trocar informação por dinheiro.
Toby dá um sorriso enorme.
– Encontro qualquer coisa. Juro.

– Mas este encontro devia ser com os Rakshana – protesto. Quero meu dinheiro de volta.

– Primeiro recolhemos a informação, para saber onde atacar – explica Kartik. – Se convocássemos uma reunião, na certa nos pegariam. Fui um deles. Eu sei.

– Está bem – resmungo.

No Tâmisa, os barcos balançam com a correnteza. Há algo de familiar e tranquilizador nisso.

– Estão vindo, com certeza. Planejei uma iniciação para ele – diz Toby. – Mas não sei quanta coisa contaram a ele.

– E Fowlson foi quem o trouxe? – pergunta Kartik.

Toby balança a cabeça, negando.

– Fowlson é supervisor. Alguém de cima pediu isso. Um cavalheiro. – Aponta para o céu. – Bem de cima.

– Sabe quem?

– Não. Só sei isso.

– Quero conhecer esse cavalheiro – insisto.

– Fowlson presta contas a ele. Só ele sabe quem é.

Pisadas ecoam no nevoeiro, atrás de nós. A elas se junta um assobio malandro que me gela o sangue. Kartik estreita os olhos.

– Toby.

O menino imundo encolhe os ombros e dá um sorriso triste, enquanto recua e se afasta.

– Desculpe, companheiro. Ele me deu *seis* libras, e minha mãe está muito doente.

– Ora, ora, ora, que temos aqui? Voltou dos mortos, irmão?

Um par de botas pretas brilha à luz da lâmpada. O Sr. Fowlson surge das sombras, ao lado de um homenzarrão. Pelo outro lado vêm dois de seus capangas. Atrás de nós, está o Tâmisa. Encurralaram-nos.

Kartik põe-se à minha frente.

Fowlson dá uma risadinha.

– Protegendo a dama amada?

– Que dama? – pergunta Kartik.

O outro ri.

– Ela pode vestir calça e paletó, mas está nos olhos. Eles não mentem.

– Dê-me a palavra de irmão que a deixará em paz – diz Kartik, mas vejo o medo pulsando em sua garganta.

Os lábios de Fowlson se encurvam de ódio.

– Você deixou o rebanho, irmão. Não há mais honra entre nós. Não tenho de lhe prometer nada.

Saca uma faca do bolso. Abre-a, com um movimento rápido, e a lâmina brilha à fraca luz de gás.

Examino as margens do Tâmisa, em busca de alguém que possa ouvir meus gritos e oferecer ajuda. Mas o nevoeiro avança mais denso. E quem viria, em vez de correr, diante de tal encrenca? A magia. Posso invocá-la, se necessário, mas então ele terá certeza de que menti, ao dizer que não a tenho mais.

Um dos malfeitores joga para Fowlson uma maçã, que ele pega com habilidade numa das mãos. Enterra a faca na fruta e separa a casca da polpa em longas tiras que lhe caem aos pés.

Engolindo em seco, eu me adianto.

– Gostaria que deixasse meu irmão em paz.

Fowlson me dá um sorriso perverso.

– Gostaria, é?

– É – respondo, desejando que minha voz tivesse soado mais firme. – Por favor.

– Ora, isso depende da senhorita. Está com uma coisa que nos pertence.

– O quê?

Encontro a voz, apesar do medo.

– Ah, espertinha, não é? – Ele aperta o sorriso numa careta. – A magia.

Adianta-se, e nós recuamos. Chegamos perto do rio.

– Já lhe disse... não a tenho mais.

Kartik corre os olhos para um lado e outro, e espero que encontre uma rota de fuga.

– Está mentindo – rosna Fowlson.

– Como sabe que ela está mentindo? – pergunta Kartik.

O sorriso do homem é sombrio.

– Pela conversa dela.

– Os Rakshana deveriam proteger os reinos e a magia, não roubá-la – digo, para ganhar tempo.

– Assim é que era, companheira. Tudo muda. As bruxas já pertencem ao passado.

Ele leva a faca à boca e pega com os dentes uma fatia de maçã. Fomos acuados. Não há para onde ir além de entrar no Tâmisa.

– Da maneira como vejo, se pego vocês dois sou um herói. – Fowlson aponta a faca para Kartik. – Você é um traidor da irmandade, e você... – muda a faca para mim – tem a solução para todos os nossos problemas.

– Pode saltar? – sussurra-me Kartik.

Lança um olhar ao navio atrás de nós. Faço que sim com a cabeça.

– O que é que os dois pombinhos tanto sussurram? – pergunta Fowlson.

– No três – sussurra meu companheiro. – Um, dois...

Tenho medo demais para esperar. Salto no dois, arrastando-o comigo, e caímos na proa do navio abaixo com um baque que sacode meu corpo inteiro.

– Eu disse três – arqueja Kartik, como se tivesse os pulmões rompidos.

– De-desculpe – digo, num chiado.

Fowlson grita para nós do cais, e vejo que se prepara para pular.

– Vamos. – Meu amigo me puxa e saímos capengando rumo à popa, onde a embarcação está encostada em outra embarcação menor, atrás. Há um pequeno espaço entre as duas, mas no escuro, com o Tâmisa lambendo embaixo, parece de um quilômetro. O barco balança, o que torna tudo ainda mais precário.

– Pule! – berra Kartik.

Ele salta o espaço entre os barcos e me arrasta junto.

– Que diabo! – grita um surpreso marinheiro, quando caímos em seu barco.

– Inspeção de surpresa! – grita Kartik, e tornamos a sair correndo.

Mais um salto e estamos na margem do rio. Corremos pelo terreno escorregadio a uma velocidade de quebrar o pescoço, tentando não tropeçar. Fowlson e seus capangas vêm perto, atrás. Há uma abertura embaixo da rua. Um bueiro.

– Por aqui! – grita Kartik, e suas palavras ecoam.

O esgoto é tão fedorento que me dá vontade de vomitar. Aperto as costas da mão contra o nariz.

– Acho que não aguento! – digo, aos engulhos.

– É uma saída!

Rastejamos para dentro do sujo e fedorento buraco. As paredes pingam umidade. Uma onda de imundície inunda o fundo do túnel. Ela se infiltra em minhas botas, cobre as meias e tenho de combater a bile que sobe em minha garganta. O túnel está cheio de movimento. Gordos ratos negros correm de um lado para o outro sobre suas minúsculas patas, espremendo-se de repente para fora de buracos nas paredes. Seus guinchos causam arrepios em meus braços. Minha própria pele tem comichão. Um rato ousado projeta o focinho até perto de mim e grito. Kartik tapa-me a boca com a mão.

– Shh! – sussurra, e mesmo isso ecoa no fétido esgoto.

Ficamos em pé, um contra o outro, no túnel úmido e imundo, à escuta. Ouvimos um constante pinga-pinga e as horrendas corridas dos ratos. E mais alguma coisa.

– Olá, companheiros! Sabemos que estão aí.

Kartik continua a andar, mas à frente o esgoto escurece, o que me enche de medo. Não posso continuar.

– Basta fechar os olhos. Eu a conduzo – sussurra ele.

Põe-se a meu lado e passa o braço pela minha cintura. Não cedo.

– Não. Não posso. Eu vou...

– Peguei vocês!

Rápido como um piscar de olhos, os homens de Fowlson caem em cima de nós. Agarram Kartik e torcem-lhe o braço para trás, até ele fazer caretas de dor.

– Agora estou mesmo furioso – diz Fowlson, caminhando vagarosamente em nossa direção.

– Dei a magia à Ordem – explodo. – Tem razão... menti, antes. Mas ainda hoje de manhã me encontrei com a Srta. McCleethy. Ela me convenceu da sua sabedoria. Uni minhas mãos com as dela nos reinos. A Ordem tem de fato o poder agora. Juro!

Fowlson suaviza a expressão. Parece preocupado, confuso.

– Hoje de manhã?

– Foi – minto.

Fowlson está tão perto que sinto o cheiro de maçã nele, e vejo seu maxilar se enrijecer, com uma raiva renovada.

– Se é verdade, nada me impede de retalhar Kartik agora mesmo.

– Aperta a faca na garganta de meu amigo. – Coitado do irmão Kartik. Devo contar-lhe o que aconteceu com ele, senhorita?

Meu amigo luta contra a faca.

– Nós o atraímos. Sabe quanto tempo alguém resiste sob nosso interrogatório? – Fowlson põe a boca tão perto de meu ouvido que sinto o calor do seu hálito. – Já quebrei almas em menos de um dia. Mas nosso Kartik não queria se dobrar. Não queria dizer-me o que sabe so-

bre você e os reinos. Quanto tempo foi, Kartik? Cinco dias? Seis? Perdi a conta. Mas, no fim, ele se dobrou, como eu sabia que se dobraria.
– Vou matar você – arqueja Kartik, a faca na garganta.
O bandido ri.
– É isso que está incomodando você, camarada? Não quer que ela saiba. – Fowlson fareja o medo de Kartik e quer sangue. Aperta a faca com força em sua garganta, mas as palavras que dirige a mim são mais duras. – No fim, ele ficou doidinho. Começou a ver Amar dentro da cabeça. O velho Amar tinha uma mensagem para ele: "Você será a morte dela, irmão." E o que quer que tenha visto depois deve ter sido de fato terrível, pois gritou e gritou até não ter mais voz para gritar e só sair ar. E foi quando percebi que o dobrara, afinal. – O sorriso zangado de Fowlson se alarga. – Mas entendo por que não quis lhe contar essa história.

Kartik está com os olhos úmidos. Parece dobrado de novo, e sinto vontade de matar Fowlson, pelo que ele fez. Não vou deixar que fira Kartik mais uma vez. Pelo menos, enquanto puder impedir.

– Seu maldito estúpido, seu idiota – digo.

– Ah, tem uma boquinha suja, querida. Quando eu acabar com ele, vou cortar sua boca até que fique bem aberta.

– Acho que não vai, não.

Rápida como um raio, ponho minha mão no braço dele. O poder jorra por mim, como se fosse o próprio Tâmisa. Uma luz feroz enche o túnel, clareando a cara dele, com sua expressão de surpresa, enquanto estamos unidos, com seus pensamentos pulsando pelos meus.

Sua raiva e crueldade de assassino correm em minhas veias apenas um segundo, mas são logo substituídas por uma rápida lembrança – um garotinho, uma cozinha escura, uma panela d'água e uma grande mulher carrancuda de lábios contraídos num sorriso de escárnio. Não sei o que significa isso, mas sinto o pavor da criança. Na verdade, meu estômago se aperta de medo. Num instante, tudo passa. Agora, a magia está plenamente viva dentro de mim.

– É – digo. – Menti. E agora tenho de lhe pedir que fique aqui, Sr. Fowlson.

Utilizo a magia para dar forma ao que está na mente dele e também na dos capangas. *Vocês não podem continuar.* Não falo, mas o efeito é o mesmo. O Sr. Fowlson se surpreende ao descobrir que não tem o comando das pernas. Elas ficaram congeladas onde estavam. A faca cai de seus dedos, suas mãos pendem bambas dos lados do seu corpo e Kartik se solta. Os asseclas de Fowlson só conseguem entreolhar-se, como se pudessem descobrir uma explicação. Por mais que tentem, não podem mover-se.

– O que está fazendo comigo, sua bruxa? – guincha Fowlson.

– Você causou isso a si próprio, Sr. Fowlson – respondo. – Deve deixar meu irmão em paz.

Fowlson faz força para se libertar.

– Solte-me, senão acabo com você!

– Já chega. Prometa.

Ele sorri, e seu desafio me enfurece:

– A única coisa que lhe prometo é o seguinte: pouco me importa tudo o que está acontecendo neste momento. Agora a questão é entre você e eu. E vou atrás de você, sua bruxinha. Vai implorar misericórdia.

A magia azeda dentro de mim. Não consigo mais me sentir inteiramente eu. Sinto apenas uma raiva tão feroz que me cega. Quero feri-lo, dobrá-lo à minha vontade. Quero que saiba quem tem o poder aqui. *Vai se arrepender...*

Fowlson arregala os olhos com um novo medo. Vagarosamente cai, seu rosto se aproxima cada vez mais da lama aquosa no chão do esgoto. Minhas pálpebras se agitam. Kartik tenta chamar-me de volta à razão, mas não quero ouvir o que ele diz; só quero me banhar no castigo, retribuindo o que foi feito.

Alguma coisa passa rapidamente pelo meu espírito. O menino na cozinha. A mulher furiosa arregaça as mangas. O garotinho se encolhe diante dessa fúria terrível. *Seu patife miserável*, ela xinga. *Vou lhe ensinar a ter respeito. Vou acabar com você.* Mergulha a cabeça da criança numa panela d'água e a segura, enquanto ele se debate. *Vai implorar misericórdia.* O menino emerge arquejante e ela o faz mergulhar mais uma vez. Sinto o medo dele, ao emergir repetidas vezes. Já beira o colapso, e por um instante ele pensa, pensa em inundar seus pulmões com aquela água para torná-la feliz, satisfazê-la. Ele não consegue. A mulher suspende sua cabeça alguns centímetros e ele gagueja uma palavra: *Misericórdia.* Ela bate nele com força e seu anel corta a face do menino. Ele se enrosca num canto, pressionando a mão em cima do corte profundo, mas não ousa gritar. Amanhã ele tentará com mais força. Amanhã ela o amará. Amanhã ele não a odiará tanto.

É como se eu tivesse levado uma surra. A magia oscila; tropeço, bato com as palmas das minhas mãos na parede molhada, para impedir a queda. O rosto de Fowlson está a poucos centímetros da água imunda. *Pare*, digo a mim mesma. *Pare*. A magia aquieta-se dentro de mim, cães descem em círculos para dormir. Minha cabeça dói, minhas mãos tremem.

O bandido fica em pé com um pulo, arquejante e trêmulo.
– Sinto muito – digo, com a voz rouca. – Sua mãe... Ela o feriu. Deixou-lhe essa cicatriz.

Ele se esforça para falar:
– Feche a matraca sobre minha mãe. Ela era uma santa.
– Não – sussurro. – Ela era um monstro. Odiava você.
– Feche a matraca! – grita ele, com saliva espumando nos cantos da sua boca.
– Eu não pretendia fazer isso – protesto. – Acredite.
– Vai se arrepender, querida. – Ele vira-se para Kartik. – Espero que tenha aprendido muitas coisas nos dias que passou com a gente, irmão. Vai precisar disso.

Faz um movimento em minha direção, embora eu esteja fora do seu alcance. Precisa fazer isso; é só o que lhe resta.
– Vou esmagar você, sua cadela!

Eu devia esbofeteá-lo por isso, mas não o farei. Vejo apenas o menininho no canto da cozinha.
– A magia não vai durar muito. Uma hora, talvez duas no máximo. E uma vez livre, Sr. Fowlson, não venha atrás de nós, senão usarei novamente meus poderes.

Kartik pega minha mão e me leva para fora do esgoto. Deixamos Fowlson a se balançar e xingar no escuro, atrás de nós.

Caminhar ao longo do sujo Tâmisa é um alívio. O ar fluvial que parecia tão fétido, uma hora atrás, é gostoso agora em comparação com o sufocante odor do esgoto. A tosse dilacerante e os cantos desafinados dos catadores da lama flutuam em meio ao nevoeiro como fantasmas. Um súbito grito vara a neblina. Alguém encontrou um pedaço de carvão, e a notícia é recebida com excitação, um grande espadanar de água, enquanto os catadores, um a um, precipitam-se para o local atraente. Mas se verifica que era apenas uma pedra. Ouço o ruído abafado quando a jogam outra vez no leito do rio, esse cemitério da esperança.
– Preciso sentar em algum lugar – digo.

Descemos até a beira do cais e descansamos um instante, olhando os barcos que ondulam na água.
– Você está bem? – pergunto, após um longo silêncio.

Kartik encolhe os ombros.
– Você ouviu o que ele disse. E tem sobre mim uma opinião pior por causa daquilo.
– Não é verdade – contesto. – Amar disse... – Paro, pensando no recente encontro com o irmão dele, nas Terras Invernais. Mas não me disponho a revelar isso ainda. – Ele lhe disse, em sonhos, que você causaria minha morte. Foi por isso que você manteve distância?
Ele não responde diretamente.
– É, uma parte foi por isso.
– E qual a outra parte?
O rosto de Kartik fica sombrio.
– Eu... não é nada.
– Foi por isso que você não quis fazer parte da aliança? – pergunto.
Ele faz que sim com a cabeça.
– Se eu não entrar nos reinos, o sonho não se realizará. Não poderei fazer mal a você.
– Você disse que ignorância não é destino – lembro-lhe. – Se não entrar nos reinos, apenas não terá ido lá. Além do mais, há centenas de outras formas de acabar comigo aqui, se quiser. Pode atirar-me no Tâmisa. Atirar em mim, num duelo.
– Enforcá-la com as tripas de algum animal grande – diz ele, entrando na brincadeira e esboçando um sorriso.
– Abandonar-me para sempre nas mãos da Sra. Nightwing, para eu ser repreendida até a morte.
– Ah, isso é cruel demais, até para mim – responde Kartik, e balança a cabeça, rindo.
– Acha tão divertida assim minha morte iminente? – provoco.
– Não, não é isso. Você venceu Fowlson – diz ele, agora rindo feito um louco. – Foi... foi extraordinário.
– Pensei que você tivesse achado meu poder assustador.
– Achei. E acho. Gemma, você poderia mudar o mundo.
– Para isso, seria preciso muito mais do que meu poder.
– Verdade. Mas a mudança não precisa ser toda de uma vez. Pode ser a partir de pequenos gestos. Em certos momentos. Entende?
Agora ele me olha de modo diferente, embora eu não possa dizer como. Só sei que sinto necessidade de desviar a vista.
Os mastros dos navios pressionam-se contra o nevoeiro, para nos informar que estão ali. Ao longe, ouve-se um apito. Alguma embarcação desliza para mais longe, na direção do mar.

– Que som mais triste. Tão solitário – digo, e abraço meus joelhos contra o peito. – Você se sente assim, alguma vez?
– Solitário?
Procuro as palavras certas:
– Inquieto. Como se, na verdade, ainda não tivesse encontrado a si mesmo. Como se tivesse passado uma vez pelo nevoeiro e o coração desse um pulo... "Ah. Lá estou eu! Sentia falta daquela parte!" Mas acontece depressa demais, e então aquela sua parte torna a desaparecer no nevoeiro. E você passa o resto da sua vida procurando por ela.
Ele assente com a cabeça, e acho que tenta acalmar-me. Sinto-me idiota por ter dito isso. É sentimental e verdadeiro, e revela uma parte de mim mesma que eu não deveria ter revelado.
– Sabe o que acho? – diz finalmente Kartik.
– Sim?
– Às vezes, acho que se pode avistar isso em outra pessoa.
E, depois de dizer isso, ele se inclina para a frente, como eu. Nos encontramos num beijo que não é usurpado, mas partilhado. Ele põe a mão em concha em minha nuca. Minhas mãos vão até seu rosto. Puxo-o para mais perto. O beijo se aprofunda. A mão em minha nuca desce pelas minhas costas e me traz para seu peito.
Vêm ruídos do cais. Nós nos separamos depressa, mas quero mais. Kartik sorri. Tem os lábios ligeiramente inchados por causa do nosso beijo, e me pergunto se os meus também estão.
– Vou ser preso – diz ele, indicando com a cabeça minha calça e observando minha aparência de rapaz.
O autoritário dobre do Big Ben nos lembra que já é tarde.
– É melhor irmos – diz Kartik. – Aquele feitiço não vai durar para sempre e eu não gostaria de estar parado aqui quando Fowlson e seus capangas se libertarem.
– É mesmo.
Passamos pelos remansos, onde os catadores da lama peneiram. E por apenas alguns segundos solto mais uma vez a magia.
– Nossa! Valha-me Deus! – berra um garoto do rio.
– Caiu do cais! – grita uma velha, e os catadores irrompem em risadas altas.
– Não é uma pedra! – grita o menino. – Ele sai correndo do nevoeiro com alguma coisa em suas mãos em concha. Os outros são dominados pela curiosidade. Eles se aglomeram em torno, tentando

ver o que é. O rapaz mostra na palma de sua mão uma variedade de rubis. – Estamos ricos, companheiros. É banho quente e barriga cheia para todos nós!

Kartik me olha desconfiado.

– Foi um estranho golpe de sorte.

– É, foi mesmo.

– Não acredito que tenha sido você quem fez aquilo.

– Não tenho a menor ideia do que você quer dizer – respondo.

E é assim que a mudança acontece. Um gesto. Uma pessoa. Um momento de cada vez.

Freya nos conduz na direção da Spence. A lua nova não ilumina quase nada, mas a égua conhece o caminho e não temos muito a fazer a não ser cavalgar e descansar, após a aventura da noite.

– Gemma – diz Kartik, depois de um longo momento, cumpri minha parte do trato. Agora você tem de me dizer o que sabe de Amar.

– Ele falou comigo. Disse que eu devia dar um recado a você.

– Qual?

– Mandou-me dizer a você que se lembre de seu coração em tudo, pois é aí que estão sua honra e seu destino. Isto significa alguma coisa pra você?

– É uma coisa que ele dizia, de vez em quando... que o olho pode enganar-se, mas o coração diz a verdade.

– Alguma parte de seu irmão permanece, então.

– Seria melhor que não.

Ficamos outra vez em silêncio. A estrada se torna mais plana. Estou tão cansada que minha cabeça bate no ombro de Kartik.

– Desculpe – digo com um bocejo.

– Tudo bem – responde ele, baixinho, e torno a encostar a cabeça em suas costas.

Tenho os olhos pesados. Poderia dormir durante dias. Passamos pelo cemitério, à esquerda. Corvos empoleiram-se nas lápides e, pouco antes de fechar os olhos, julgo ver um brilho. Os corvos desaparecem dentro dele e tudo na colina fica escuro e silencioso como a morte.

# Capítulo
## Trinta e Nove

O AMANHECER TRAZ UMA AGITAÇÃO. ALTOS GRITOS VÊM DO GRAMA-
do. Há encrenca, e a encrenca nos atrai como o faria o pregoeiro
de um parque de diversões. Quando abro minha janela e ponho a
cabeça para fora conto pelo menos uma dúzia de outras que se projetam de outras janelas, incluindo a de Felicity. É tão cedo que a Srta.
McCleethy ainda veste a camisola de dormir, com a touca na cabeça. A Sra. Nightwing usa o costumeiro vestido negro com a ridícula
anquinha atrás. Não tenho dúvida de que ela dorme assim. Minha
impressão é de que nasceu já com um espartilho.

    O Sr. Miller segura o braço de Mãe Elena com uma das mãos, com
a outra, o balde cheio de sangue.

    – Encontramos a culpada e, exatamente como eu disse, é do ban-
do dos ciganos! – grita ele.

    – Ora, vamos, Sr. Miller, solte o braço dela agora mesmo – ordena
a Sra. Nightwing.

    – A senhora não diria isso com tanto ímpeto, madame, se sou-
besse o que ela fez. Foi ela quem pintou aqueles signos de bruxaria. E
quem sabe o que mais?

    Mãe Elena tem o rosto escaveirado, o vestido ficou grande demais
para ela.

    – Tento proteger a todos nós!

    Os ciganos correm para o gramado, atraídos do acampamento
pela gritaria. Kartik corre atrás, puxando os suspensórios para cima,
com a camisa meio aberta; sinto um calor no estômago.

    Uma das ciganas se adianta.

    – Ela não está bem.

    O Sr. Miller não solta o braço de Mãe Elena.

– Ninguém vai a lugar nenhum até esses ciganos me dizerem onde encontrar Tambley e Johnny.
– Nós não os pegamos.
Ithal marcha pelo gramado arregaçando as mangas, como quem quer briga. Pega o outro braço de Mãe Elena. O Sr. Miller puxa com força a velha, fazendo-a tropeçar.
– Que tipo de gente vive viajando o tempo todo? – grita. – Pessoas em quem não se pode confiar! Não são melhores que os selvagens da floresta! Vou perguntar a vocês outra vez: onde estão meus homens?
– Já chega! – berra a Sra. Nightwing em todo volume de diretora de escola, e o campo silencia. – Sr. Miller, Mãe Elena não está bem e seria bom deixar a gente dela cuidar disso. Quando ela ficar boa o suficiente para viajar, espero não vê-la mais. – Encara Ithal. – Os ciganos não serão mais bem-vindos em nossa terra. Quanto ao senhor, Sr. Miller, tem trabalho a fazer, não?
– Terei meus homens de volta antes de vocês irem embora – rosna ele para o cigano. – Senão, pego um de vocês.
Mais tarde, a Sra. Nightwing se acalma e nos manda ajudar Brigid a preparar uma cesta de comida e remédios para Mãe Elena, como um ato de caridade.
– Ela está aqui há tanto tempo quanto eu – diz a diretora, colocando um pote de ameixas em conserva na cesta. – Lembro-me de quando Ithal era menino. Detesto pensar que vão embora. – A criada bate no ombro dela, que se enrijece com a solidariedade. – Mesmo assim, seria errado perdoar o vandalismo.
– Pobre louca – diz Brigid. – Está muito abatida.
Por um breve instante, o rosto da diretora demonstra arrependimento. Ela enfia na cesta uma lata extra de balas.
– Pronto. Alguém se apresenta como voluntária para levar isto a...?
– Eu! – grito, e passo o braço pela alça da cesta antes que outra possa pegá-la.
O céu ameaça chuva. Nuvens juntam-se em raivosos aglomerados, prontas para desencadear sua fúria. Corro pelo bosque até o acampamento cigano, agarrando a cesta com força. As ciganas não ficam contentes ao me ver. Cruzam os braços e me olham desconfiadas.
– Trago comida e remédio para Mãe Elena – explico.
– Não queremos sua comida – diz uma velha com moedas de ouro entremeadas na longa trança. – É *marime*, impura.

– Só quero ajudar – digo.

Kartik fala com as mulheres em romani. A conversa acalora-se – ouço a palavra *gadje* usada com raiva e, de vez em quando, elas me olham carrancudas. Mas por fim a mulher da longa trança concorda em me deixar ver Mãe Elena. Corro à carroça dela e puxo o sino amarrado a um prego.

– Entre – diz a velha, com uma voz fraca.

A carroça cheira a alho. Vejo várias cabeças do tempero numa mesa, ao lado de um almofariz. Prateleiras com várias tinturas e ervas em potes de vidro cobrem os lados do carroção. Há também pequenos patuás e fico surpresa ao ver uma pequena estátua da deusa Kali enfiada entre duas garrafas, embora tenha ouvido dizer que os ciganos vieram da Índia há muito, muito tempo.

– O que está olhando? – grita Mãe Elena.

Vejo o rosto dela através de uma grande garrafa, as feições distorcidas pelo vidro.

– A senhora tem um talismã de Kali – respondo.

– A Mãe Terrível.

– A deusa da destruição.

– Destruição da ignorância – diz Mãe Elena, corrigindo-me. – É ela quem nos ajuda a atravessar o fogo do conhecimento, para saber que não devemos temer nossa escuridão, mas nos livrar dela, pois temos tanto o caos quanto a ordem dentro de nós. Venha para onde eu possa ver você.

Está sentada na cama, embaralhando distraidamente um gasto baralho de Tarô.

– Eu trouxe comida e remédios que a Sra. Nightwing mandou. Mas dizem que a senhora não comerá.

– Sou uma velha. Faço o que quero.

Faz um sinal com a cabeça para que eu abra a cesta. Mostro o queijo. Ela o cheira e faz uma terrível careta. Guardo-o imediatamente e tiro o pão, que ela aprova com um aceno de cabeça. Ela parte pequenos pedaços com suas mãos ásperas.

– Tento avisar a eles – diz mal-humorada.

– Avisar sobre o quê?

Ela leva a mão aos cabelos, que precisam de uma boa escovada.

– Carolina morreu no incêndio.

– Eu sei – respondo, e engulo para eliminar o aperto na garganta.

– Foi há muito tempo.

– Não. O que passa nunca é passado. Não acabou – resmunga. Sufoca com o pão, sirvo-lhe um copo d'água e ajudo-a a tomar pequenos goles até diminuir o engasgo. – O que abre para um caminho pode ser aberto para o outro – sussurra ela, enquanto esfrega o talismã pendurado em seu pescoço.

– O que quer dizer?

Os cachorros latem. Ouço Kartik acalmá-los, e uma das ciganas o censura por mimar os animais.

– Um deles nos traz os mortos.

Um arrepio me sobe pela espinha.

– Um deles nos traz os mortos? – repito. – Quem?

Mãe Elena não responde. Vira uma carta do Tarô. Tem a figura de uma alta torre atingida por um raio. As chamas saltam das janelas e dois infelizes caem rumo às rochas embaixo.

Ponho os dedos na carta terrível, como se pudesse detê-la.

– Destruição e morte – explica a velha. – Transformação e verdade.

A tenda se abre de repente, com um estalo da lona, e isso me faz dar um pulo. A cigana da trança comprida me olha com desconfiança. Faz asperamente à Mãe Elena uma pergunta em sua língua nativa. Mãe Elena responde. A mulher mantém aberta a cortina de entrada da tenda.

– Chega. Ela não se sente bem. Você deve ir embora agora. Leve a cesta.

Envergonhada, estendo a mão para a cesta e Mãe Elena agarra meu braço.

– A porta deve permanecer fechada. Diga a eles.

– Sim, vou dizer – respondo e saio depressa do carroção.

Aceno com a cabeça para Kartik ao passar por ele. Ele me segue com os cães até estarmos suficientemente longe do acampamento e da Spence, para não sermos vistos por ninguém.

– O que Mãe Elena tinha para dizer? – pergunta ele.

Os cães farejam o chão. Estão inquietos. Uma trovoada baixa ronca ao longe. O ar traz ao cheiro da chuva um cheiro que parece de cobre, e o vento ficou mais forte. Sopra meus cabelos, despenteando-os.

– Ela acha que a Ala Leste é amaldiçoada, que trará os mortos. Que alguém quer que eles venham.

– Quem?

– Não sei. Não entendo o que ela diz.

– Ela está muito doente – explica Kartik. – Ouviu uma coruja piando, à noite; é um arauto da morte. Talvez ela não viva até o verão.
– Sinto muito – digo.
Um dos cães põe as patas em minha saia e se estica para receber uma festinha. Eu o coço delicadamente atrás das orelhas e ele lambe minha mão. Kartik acaricia o pelo do cão e nossos dedos se tocam por um momento. Uma corrente elétrica percorre meu corpo.
– Tive outro sonho à noite passada – diz ele, olhando em volta, para ver se há alguém por perto. Quando tem certeza de que não podemos ser vistos, ele se aproxima e beija minha testa, minhas pálpebras e, por fim, a boca. – Eu estava num jardim. Flores brancas caíam das árvores. Foi o lugar mais lindo que já vi.
– Você descreveu os reinos – digo, tentando falar mesmo com os lábios dele em cima dos meus. – E eu apareci, nesse sonho?
– Sim – diz ele, sem dar nenhuma outra explicação além de uma trilha de beijos pelo meu pescoço abaixo, o que me deixa meio tonta.
– Havia alguma coisa terrível? – consigo perguntar, porque sinto medo, de repente, do que pode ter sido o sonho.
Ele sacode vagarosamente a cabeça e um sorriso perverso aparece em seu rosto.
– Talvez eu precise ver esses reinos por mim mesmo.
A trovoada se aproxima; pequenas raias de luz estalam no céu. Gordas gotas de chuva respingam entre as árvores e caem em meu rosto. Kartik ri e enxuga a água de minhas bochechas com as costas da mão.
– Melhor você entrar.
Quando chego ao alto da clareira a chuva está caindo com fúria, mas não ligo. Sorrio feito uma idiota. Abro os braços e ergo o rosto para receber seus beijos molhados. *Oi, chuva! Feliz primavera para você!* Piso com força numa nova poça e rio quando a lama me borrifa a frente do meu vestido.
Os homens do Sr. Miller não estão muito satisfeitos. Correm com seus casacos e chapéus, os ombros erguidos até as orelhas para evitar o vento contundente em suas nucas úmidas por causa do trabalho. Juntam as ferramentas e gritam uns para os outros, na maior algazarra.
– Não é tão ruim assim, na verdade – digo, como se me ouvissem. – Vocês deviam vir aqui chafurdar um pouquinho. Faria bem a vocês e...

Acontece comigo tão de repente que mal consigo respirar. Num momento vejo o torreão e os homens, no momento seguinte ele desliza para um lado. Estou num túnel, sou puxada depressa. E então entro na visão.

Estou num quartinho. Cheiro forte. Causa-me náuseas. Pássaros dão gritos agudos. Wilhelmina Wyatt escreve nas paredes, uma mulher possessa. Luz muito fraca. E o que vejo sacoleja de um lado para o outro como um brinquedo de dar corda. Palavras: *Sacrifício. Mentiras. Monstro. O nascimento de maio.*

A cena muda e vejo a pequena Mina com Sarah Rees-Toome.

– O que está vendo no escuro, Mina? Mostre.

Vejo Mina no gramado dos fundos da Spence sorrindo para as gárgulas. E depois desenhando uma imagem perfeita da Ala Leste, com as linhas que vi se estenderem pela terra. A cena desaparece e agora Wilhelmina escreve uma carta, as palavras traçadas com fúria. *Você ignorou meus avisos... Vou denunciá-la...*

– Senhorita? Senhorita?

Minhas pálpebras se movimentam, meus olhos se abrem por um rapidíssimo instante e vejo homens do Sr. Miller aglomerados à minha volta, no gramado, mas logo estou novamente no quarto escuro. Sentada no chão, Wilhelmina está com a adaga nas mãos. A adaga! Ela pega um pequeno cilindro de couro, desamarra-o e revela uma seringa e frasquinhos. Com todo cuidado, envolve a adaga na bolsa de couro. Então é ali que está. Eu só preciso...

Ela enrola sua manga e expõe o braço. Bate com os dedos na veia na curva do cotovelo. Enterra a seringa e aperta, e sinto dentro de mim um esguicho.

– Senhorita! – chama alguém.

Recupero os sentidos no gramado dos fundos, sob a chuva que a tudo encharca. Meu coração bate loucamente, descompassado. Ranjo os dentes. Sou dominada por uma estranha exultação.

– Ela está sorrindo, então deve estar bem – diz um dos homens.

Sinto-me muito esquisita. A cocaína. Fui unida a Wilhelmina Wyatt. Estou sentindo o que ela sente. Mas como? A magia. Está mudando. Mudando o que vejo e sinto.

Os homens passam meus braços em seus ombros e meio me arrastam, meio me carregam até a cozinha de Brigid.

– Virgem Maria, Mãe de Deus, que aconteceu? – pergunta Brigid.

Senta-me numa cadeira junto ao fogo e enxota os homens.

– Nós a encontramos na mata, parece que teve um ataque – explica um dos homens.
Um ataque. Como Pippa. É, é isso. Tive um ataque. Rio, embora sinta que não é certo rir.
– Ela está bem? – pergunta outro homem, recuando.
– Vão embora. Voltem para seus trabalhos de homem. Quem trata disto aqui somos nós, mulheres – cacareja Brigid.
Vejo no rosto dos homens que estão aliviados por serem liberados. A cozinha. Os risos. O ataque. Mistérios que só as mulheres desvendam.
Meus ombros são envoltos numa colcha de retalhos. Entra em cena a chaleira. Ouço o fósforo sendo riscado, o fogão aceso.
– Você está nervosa feito um gato – repreende Brigid.
A Sra. Nightwing foi chamada. Ela se aproxima e eu, instintivamente, recuo. A carta da visão: *Eu a vi no guarda-roupa dela*. Será que Wilhelmina queria advertir-me contra a Nightwing?
– E agora, que confusão é essa? – pergunta ela.
– Nada – rosno.
Ela tenta pôr a mão em minha testa. Saio de seu alcance.
– Fique quieta, Srta. Doyle, por favor – ordena ela, num tom agressivo.
– Só quero a ajuda de Brigid – digo.
– É mesmo? – A Sra. Nightwing estreita os olhos. – Brigid não é diretora da Academia Spence. Eu sou.
Despeja um líquido malcheiroso numa colher.
– Abra a boca, por favor.
Como me recuso a abrir, Brigid separa meus lábios à força e o grosso óleo escorre por minha garganta abaixo, até eu quase vomitar.
– Vocês me envenenaram – digo, e corro a mão pela boca.
– É só óleo de fígado de bacalhau – arrulha Brigid, mas não tiro os olhos de cima da diretora.
– Vou denunciar a senhora – digo em voz alta.
A Sra. Nightwing vira-se.
– O que foi que você disse?
– Vou denunciar a senhora – repito.
A momentânea surpresa na expressão da mulher desaparece e seu rosto passa a demonstrar calma.
– Acho que a Srta. Doyle deve passar o dia na cama, até voltar a si, Brigid.

Embora seja obrigada a me deitar, não consigo dormir. É como se alguém tivesse soltado formigas em minha pele. À tarde, meus músculos doem e a cabeça lateja, mas não me sinto mais dominada pelo vício de Wilhelmina. Não gostei dessa visão, e sinto medo de ter outra. A própria Sra. Nightwing me traz o chá numa bandeja.

– Como se sente?

– Melhor.

Meu nariz sente o cheiro de torrada amanteigada e percebo como estou faminta.

– Açúcar? – pergunta ela, com a colher no ar, perto da tigela.

– Por favor. Três... duas colheres cheias, por favor.

– Pode tomar as três, se quiser.

– Sim. Três, então. Obrigada – digo, engolindo depressa pedaços de torrada, sem ligar para a boa educação.

A Sra. Nightwing dá uma olhada em meu quarto e finalmente se senta, empoleirada, à beira da cadeira, como se temesse algum prego.

– O que quis dizer com aquele seu comentário? – pergunta.

Seu olhar é penetrante. De repente a torrada começa a descer com dificuldade por minha garganta.

– Que comentário?

– Não se lembra do que disse?

– Infelizmente, não me lembro de nada – minto.

Ela sustenta meu olhar por mais um instante e depois oferece leite para o chá, o que aceito.

– Mãe Elena disse por que pintou os sinais de bruxaria? – pergunta ela, mudando de assunto.

– Acredita que nos protegerão – digo, com cuidado. – Acha que alguém está tentando trazer de volta os mortos.

O rosto da diretora não revela nenhuma emoção.

– Mãe Elena não está bem – observa, descartando o tema.

Passo geleia com a colher na torrada.

– Sra. Nightwing, por que está reconstruindo a Ala Leste?

Ela se serve de uma xícara de chá, sem leite nem açúcar.

– Não entendo o que você quer dizer.

– O incêndio foi há vinte e cinco anos. Por que agora?

A Sra. Nightwing tira um fiapo de algodão de sua saia e alisa bem o tecido.

– Levamos anos para conseguir os fundos; se não fosse assim, já teríamos feito isso antes. Minha esperança é de que a restauração da

Ala Leste tire as teias de aranha de nossa reputação e melhore nosso conceito. – Toma o chá e faz uma careta, mas, embora fique claro que o achou amargo demais, não estende a mão para o açucareiro. – Todo ano perco meninas para outras escolas, como a da Sra. Pennington. Veem a Spence como uma debutante que passou da idade e a sorte dela declina. Esta escola foi a obra de minha vida. Devo fazer tudo que estiver ao meu alcance para garantir sua continuação.

A Sra. Nightwing torna a me lançar um olhar penetrante.

– Srta. Doyle? – Forço uma expressão agradável. – Eu não pretendia falar com tanta liberdade, mas sinto que posso confiar na senhorita. Já suportou seu quinhão de dificuldades. Isso amadurece a pessoa, constrói o caráter.

Dá-me um sorriso avaro.

– E a senhora também confia na Srta. McCleethy?

Seguro com força minha xícara de chá e evito os olhos dela.

– Que pergunta. Claro que confio – responde ela.

– Como irmã, a senhora diria? – insisto.

– Como amiga e colega – responde novamente a Sra. Nightwing.

Apesar do chá, estou com a garganta seca.

– E Wilhelmina Wyatt? Confiava nela?

Desta vez, arrisco um olhar à diretora. Ela comprime os lábios, que se transformam numa linha.

– Onde ouviu esse nome?

– Ela era uma aluna da Spence, não? Sobrinha da Sra. Spence?

– Era – diz a Sra. Nightwing, ainda com os lábios apertados.

Não vai ser tão fácil arrancar-lhe alguma informação.

– Por que ela não aparece? – pergunto, com fingida inocência. – Como um dos orgulhos da Spence.

– Ela não foi um dos orgulhos, mas uma das decepções, infelizmente. – Minha diretora funga. – Tentou impedir que reconstruíssemos a Ala Leste.

– Mas por que faria isso?

A Sra. Nightwing dobra bem o guardanapo e o põe na bandeja.

– Não sei. Afinal, foi por sugestão dela que empreendemos a restauração.

– Sugestão da Srta. Wyatt? – pergunto, confusa.

– É. – Ela bebe seu chá em pequenos goles. – E levou uma coisa que me pertencia.

– Algo seu? O que foi?

– Uma relíquia confiada aos meus cuidados. Uma peça valiosa. Mais chá?
A Sra. Nightwing ergue a chaleira.
– Era uma adaga? – insisto.
A diretora empalidece.
– Srta. Doyle, vim aqui para oferecer chá, não para ser interrogada. Quer mais chá ou não?
– Não, obrigada – respondo, colocando minha xícara na bandeja.
– Muito bem, então – diz ela, recolhendo tudo. – Descanse. Tenho certeza de que estará completamente boa amanhã, Srta. Doyle.
E, com isso, a Sra. Nightwing leva a bandeja e deixa-me com mais perguntas que respostas, como sempre.

Estou nervosa demais para poder dormir. Receio os sonhos e sinto um medo mortal de ter outra visão. E, como não comi nada além de torrada, estou faminta. Vou comer a roupa de cama.

Com a mão em concha em cima da chama da vela, atravesso nas pontas dos pés os corredores escuros e silenciosos da Spence e desço até a cozinha. A estranha coleção dos talismãs de Brigid continua lá. As folhas de sorveira nas janelas, o crucifixo na parede. Espero que ela não tenha deixado a comida toda para os duendes. Vasculho a despensa e encontro uma maçã apenas ligeiramente amassada. Devoro-a com mordidas gigantescas. Mal comecei a trabalhar numa fatia de queijo quando ouço vozes. Sopro a vela e me esgueiro pelo corredor. Uma luz fraca vaza de uma pequena fenda nas grandes portas do aposento.

Alguém desce a escada. Mergulho nas sombras, embaixo dela, e tremo na escuridão, imaginando quem pode ser, numa hora dessas. É a Srta. McCleethy em camisola de dormir, segurando uma vela. Tem os cabelos soltos, caídos nos ombros. Colo-me tanto à parede que tenho medo de quebrar a espinha.

Ela se esgueira para dentro do aposento e deixa a porta entreaberta.

– Eu entrei – diz a voz de um homem.
– Estou vendo – responde a moça.
– Ela está na cama, sonhando com bombons?
– Está.
– Tem certeza? – zomba o sujeito. – Ela me fez uma visitinha na beira do Tâmisa, uma noite dessas. Ela e o irmão Kartik. Fowlson!

– Ela tem mentido para você, Sahirah. Sem dúvida, tem a magia. Fui dominado por sua habilidade mágica.

Fowlson está de pé, posso ver sua sombra na parede.

– Acha que não sei que ela está com a magia? – pergunta a Srta. McCleethy com uma voz de aço. – Vamos tomá-la dela. Paciência.

– Ela é perigosa, Sahirah. Imprudente. Ela nos trará a ruína – insiste Fowlson.

A sombra da Srta. McCleethy chega perto da sua.

– É apenas uma menina.

– Você a subestima – responde ele, mas suavizou a voz.

As sombras dos dois se aproximam mais uma da outra.

– Assim que terminarmos de reconstruir a torre da Ala Leste, a porta secreta se iluminará para nós. E então teremos mais uma vez o poder dos reinos e a magia.

– E aí? – pergunta Fowlson.

– Aí...

A sombra da cabeça de Fowlson mergulha na direção da Srta. McCleethy. Seus rostos se encontram e se fundem numa única sombra na parede. Sinto o estômago se apertar de raiva pelos dois.

– Você é meio louca, Sahirah – diz Fowlson.

– Antes, você gostava disso em mim – diz a Srta. McCleethy, num ronronado.

– Eu não disse que não me agrada mais.

Suas vozes se transformam em suspiros e murmúrios que sinto no ventre, e coro.

– Preciso disso, Sahirah – diz Fowlson baixinho. – Se eu for o único com permissão para entrar com você e com a Ordem, poderei dar meu preço. Todos eles me chamarão de grande homem por causa disso. Não quero ser o braço forte deles para sempre. Quero me sentar à mesa num bom lugar, tendo poder próprio.

– E vai sentar-se. Prometo. Deixe comigo.

– O irmão Kartik é um problema. Tentou convocar uma reunião. E se meu senhor souber que o soltei, em vez de matá-lo, como me pediram para fazer?

– Seu patrão jamais saberá. Mas preciso de Kartik agora mesmo.

Prendo a respiração. E se quiseram fazer mal a ele? Tenho de procurá-lo, para avisar...

– Ele e eu temos um acordo – continua a Srta. McCleethy. – Ele não pode esquecer-se de que fui eu quem negociou a vida dele com você e quem o protegeu em Londres, durante aqueles meses, até ficar bom. Agora é meu devedor e responderá a mim.

– Ele devia espionar a menina, nos contar tudo que ouviu e viu, e não escapulir por trás de nossas costas.

– Eu falo com ele – promete a Srta. McCleethy.

O peso dessas palavras faz-me afundar devagar, parede abaixo. A Srta. McCleethy no Salão Egípcio. O vulto nas sombras. Era Kartik. Ela o mandou para espionar – a mim. Bílis quente e ácida sobe pela minha garganta.

– É preciso mais que palavras. Deixe-me pegá-lo de novo. É assim que se consegue as coisas, Sahirah.

– É assim que *você* consegue – diz ela. – Usarei meus próprios métodos.

– Tem certeza de que ela não desconfia de nada?

A voz da Srta. McCleethy é tão segura quanto sempre:

– De nada mesmo.

Botas raspam o chão. Fico sentada no escuro, entorpecida, enquanto a Srta. McCleethy acompanha Fowlson até a porta e sobe a escada, voltando para seu quarto. Fico mais um pouco sentada, incapaz de me mexer. E, quando volto a sentir as pernas, marcho diretamente para a casa dos barcos, onde sei que o encontrarei.

Não me decepciono: ele está lá, lendo Homero à luz de uma lanterna.

– Gemma! – exclama, mas seu sorriso desaparece, quando ele vê a expressão em meu rosto. – Algum problema?

– Você mentiu para mim... e não tente negar! Eu *sei*! – digo. – Está trabalhando para *eles*!

Ele não tenta fingir inocência nem apresentar uma desculpa para se salvar, como eu sabia que não faria.

– Como você descobriu?

– Não vem ao caso, não é? – rosno. – Essa é a outra parte, a que você não quis me contar, quando estávamos sentados no cais, não é? Pouco antes de você...

Beijar-me.

– Sim – diz ele.

– E então, você me espionava para eles e me beijava.

– Eu não queria trabalhar para eles – argumenta Kartik. – Queria beijar você.

– Devo desmaiar agora?

– Não contei nada à Srta. McCleethy. Por isso me afastava sempre de você, para não ter nada para confessar. Sei que está zangada comigo, Gemma. Eu entendo, mas...
– Entende? – A magia faísca em minha barriga. Eu podia fazer tudo isso desaparecer, mas não desapareceria. Não de verdade. Pelo menos, não para sempre. Eu continuaria sabendo. Uso toda a minha concentração para conter a magia e ela se enrosca dentro de mim, como uma serpente adormecida. – Só me diga o motivo.

Ele está sentado no chão, apoiando os braços nos joelhos dobrados.

– Amar era tudo o que eu tinha neste mundo. Era um bom homem, Gemma. Um bom irmão. Pensar nele encurralado nas Terras Invernais, amaldiçoado por toda a eternidade... – Sua voz vai sumindo. – E depois tive aquela terrível visão, quando Fowlson... – engole em seco – me torturava. Ele teria me matado e, naquele momento, eu não me importaria. Foi a Srta. McCleethy quem impediu isso. Ela me disse que, com a ajuda dela, eu poderia salvar Amar. Poderia salvar você. Mas ela precisava saber o que você estava fazendo. Sabia que você não lhe contaria.

– Por um bom motivo – digo, com veemência.

– Achei que podia salvar os dois.

– Não preciso ser salva! Precisava confiar em você!

– Desculpe – diz ele apenas. – As pessoas cometem erros, Gemma. Agimos de forma errada levados pelo motivo certo, e agimos de forma certa pelos motivos errados. Vou procurar a Srta. McCleethy amanhã e dizer a ela que não tem mais nenhum poder sobre mim.

– Ela mandará Fowlson – digo.

Ele encolhe os ombros.

– Que venha.

– Não há necessidade de procurar a Srta. McCleethy – digo, puxando um fio solto até a bainha de minha saia se soltar um pouco mais. – Assim, ela saberá que eu sei. De qualquer modo, não vou contar meus segredos a você outra vez. E você está enganado. Amar não era tudo o que lhe restava no mundo – acrescento, e pisco os olhos voltados para os caibros do teto da casa dos barcos. – Você não teve nenhuma fé em mim.

Ele faz que sim com a cabeça, aceitando o golpe, e depois desfere o seu.

– Eu me pergunto se você se permite ter fé em alguém.

Torno a lembrar as palavras de Circe: *Você voltará a mim quando não houver mais ninguém em quem confiar.*
– Vou embora. Não voltarei.
Salto até a porta e a empurro com toda força, deixando-a bater contra o lado da casa.
Kartik vem atrás de mim e segura minha mão.
– Gemma, você não é a única alma perdida neste mundo. É tentador ficar com a mão na dele, mas não posso.
– Está enganado quanto a isso.
Solto meus dedos, fecho-os num punho, contra meu estômago, e corro para a porta secreta.
Passo por Neela, Creostus e dois outros centauros no campo das papoulas, em meu caminho para o Templo. Eles têm uma grande quantidade de papoulas e discutem o preço com os Hajin.
– Veio fazer barganhas com os Hajin? – zomba Neela.
– O que faço não é da sua conta – respondo rispidamente.
– Você nos prometeu uma parte – diz ela, transformando-se numa perfeita réplica de mim e depois voltando à forma original.
– Darei quando quiser – digo. – E *se* quiser. Pois como vou saber se você não está aliada com as criaturas das Terras Invernais?
Os lábios de Neela se esticam para trás, num rosnado.
– Está nos acusando?
Como não respondo, Creostus se adianta.
– É igual aos outros – diz.
– Vão embora – digo, mas sou eu quem vai, subindo a montanha na direção do poço da eternidade.
Ponho as mãos no poço e olho diretamente para o rosto plácido de Circe.
– Quero saber tudo que você possa me contar sobre a Ordem e os Rakshana. Não omita nada – digo. – Depois quero que me diga como dominar essa magia.
– O que aconteceu? – pergunta ela.
– Você tinha razão. Conspiram contra mim. Todos eles. Não vou deixar que me retirem o poder.
– Estou satisfeita por ouvir isso.
Empoleiro-me na borda do poço e puxo os joelhos para meu peito. A bainha da minha saia flutua na água, lembrando-me das flores fúnebres colocadas sobre o Ganges.
– Estou pronta – digo, mais a mim mesma que a ela.

– Primeiro, preciso saber uma coisa. A última vez que a vi, você se dirigia às Terras Invernais. Diga-me: encontrou a Árvore de Todas as Almas?
– Sim.
– E tinha tanto poder quanto o Templo?
– Sim – respondo. – Sua magia é diferente. Mas é extraordinária.
– O que ela lhe mostrou? – pergunta-me Circe, e um pequeno suspiro ecoa na gruta.
– Eugenia Spence. Ela está viva – respondo.
Circe fica tão imóvel que penso que *ela* morreu.
– O que ela queria? – pergunta, finalmente.
– Quer que eu encontre uma coisa para ela. Uma adaga.
Segue-se uma pausa momentânea.
– E você a encontrou?
– Já respondi a muitas perguntas suas. Agora você responderá às minhas – interrompo. – Ensine-me.
– Vai custar-lhe mais magia – murmura ela.
– Sim, pagarei. Para que a quer? – acrescento. – O que você tem a possibilidade de fazer com ela, se não pode deixar o poço?
Sua voz sobe flutuando das profundezas:
– O que lhe importa? Isso é uma partida de xadrez, Gemma. Quer ganhar ou não?
– Quero.
– Então ouça com atenção...
Passo horas sentada ao lado de Circe, ouvindo até entender, até deixar de temer minha força, até alguma coisa profunda, dentro de mim, desencadear-se. E quando deixo o Templo não temo mais o poder que vive em meu íntimo. Adoro-o. Fecharei minhas próprias fronteiras e as defenderei sem piedade.
Caminho pelos salgueiros e escuto o galope rápido do cavalo de Amar atrás de mim. Não corro. Fico firme e o encaro. Ele se aproxima; a gélida respiração do animal esfria meu rosto.
– Você não me assustará nem me fará correr – digo.
– O nascimento de maio, moça mortal. É isso que deve temer – responde ele e se afasta cavalgando, em meio a uma nuvem de poeira.
Corvos pousam nos salgueiros. Passo por eles como uma rainha passa por seus súditos, as aves batem as asas negras e grasnam para mim. Os gritos se avolumam, sacodem as árvores como os gritos dos condenados.

# ATO IV

*Meia-noite*

*Pelas alfinetadas em meus polegares,
Vejo que uma coisa ruim vem chegando.*

– M*acbeth*

# CAPÍTULO QUARENTA

Em maio, a exposição anual na Real Academia de Artes marcará o tradicional início da temporada social londrina. O Parlamento iniciará suas atividades e hordas de famílias tomarão de assalto nossa bela cidade para festas e chás, concertos, corridas de cavalos e todo tipo de divertimentos. Mas o início não oficial dessas festividades é o baile de Lady Markham em homenagem ao *début* de Felicity. Para a ocasião, Lady Markham alugou um magnífico salão no West End, que foi preparado com toda prodigalidade, num estilo que faria justiça a um sultão. Essas festas são uma espécie de esporte não declarado, e cada anfitriã entra em feroz competição com as outras para ver quem patrocina o evento mais enfeitado e pródigo de todos. Lady Markham pretende elevar bastante o nível das realizações.

Enormes palmeiras alinham-se nos lados do salão de baile. As mesas foram postas com toalhas de linho branco e talheres de prata que brilham como um tesouro de pirata. Uma orquestra toca discretamente atrás de um alto biombo vermelho com dragões chineses pintados. E se providenciou todo tipo de entretenimentos. Um engolidor de fogo com um turbante e o rosto pintado de um azul tão intenso quanto o de Krishna sopra uma gorda chama laranja por entre os lábios franzidos, e os convidados arquejam de prazer. Três moças do Sião, entrelaçadas, usando roupas bordadas com contas e pés calçados com sandálias, realizam uma dança lenta e elaborada. Parecem apenas um corpo, com muitos braços coleantes. Os cavalheiros reúnem-se em torno das dançarinas, hipnotizados por seus rijos encantos.

– Que coisa mais vulgar – diz a Sra. Tuttle, minha acompanhante.

Vovó pagou um alto preço pelos serviços dela esta noite, e a considero o pior tipo de dama de companhia que se poderia esperar – pontual, perspicaz e demasiado atenta.

– Eu até que gosto delas – comento. – Na verdade, acho que vou aprender a dançar assim. Talvez esta noite.
– Não vai fazer nada disso, Srta. Doyle – diz ela, como se isso decidisse a questão, quando não decide nada.
– Farei o que eu quiser, Sra. Tuttle – respondo com doçura.
Discretamente, passo minha mão pela saia dela, que se levanta e revela suas anáguas e as calças que usa embaixo das saias.
Com um arquejo, ela puxa para baixo a frente de seu vestido e a parte de trás se levanta.
– Ah, meu Deus – diz. Estende a mão para trás e a frente torna a se encapelar. – Valha-me Deus! É... Eu... Quer me dar licença, por favor?
A Sra. Tuttle corre para o toucador, segurando com força suas saias travessas.
– Espero ansiosa sua volta – murmuro, depois que ela se afasta.
– Gemma! – Felicity chega com uma acompanhante, uma dama alta como um caniço e com um bico em vez de nariz. – Não é maravilhoso? Já viu o engolidor de fogo? Estou tão contente porque minha festa será a mais comentada da temporada. Não vejo como alguém poderia competir com isto!
– É maravilhoso, Fee. Realmente é.
– Pelo menos agora tenho garantida minha herança – sussurra ela. – Papai e Lady Markham se tornaram amigos íntimos esta noite. Ela foi até cortês com minha mãe.
Pega-me pelo braço e passeamos, com sua dama de companhia – uma francesa chamada Madame Lumière – três passos atrás de nós.
– Mamãe insistiu em pagar uma acompanhante esta noite – sussurra ela. – Acha que isso nos fará parecer mais importantes.
Enquanto caminhamos, os homens nos examinam como se fôssemos terras que poderiam ser conquistadas, por acordo ou em combate. O salão zumbe com conversas sobre caçadas, o Parlamento, cavalos e propriedades, mas os olhos deles jamais se desviam muito de nós. Há barganhas a fazer, sementes a plantar. E me pergunto: se as mulheres não fossem filhas e esposas, mães e senhoritas, candidatas a esposas ou solteironas, se não fôssemos vistas pelos olhos dos outros, será que chegaríamos a existir?
– Podemos passar o tempo com um bolo – sugere Madame Lumière.
Não quero *passar* o tempo. Quero agarrá-lo e deixar minha marca no mundo.

– Ah, pobre Madame Lumière. Vá comer um pouco. A Srta. Doyle e eu esperaremos aqui por sua volta – diz Felicity, e dá um de seus mais brilhantes sorrisos.

Madame Lumière promete voltar *tout de suite*. Tão logo ela desaparece, nos afastamos depressa, para podermos explorar desimpedidas as maravilhas do baile.

– Você já tem alguém encantador com quem dançar? – pergunto, vendo o carnê de baile de minha amiga.

– São todos horrorosos! O velho Sr. Carrington, que cheira a uísque. Um americano que chegou a perguntar se minha família tem terras. E vários outros pretendentes, nenhum dos quais eu salvaria de um afogamento, e muito menos consentiria em me casar. E há Horace, claro – rosna Felicity, baixinho. – Ele me acompanha de um lado para outro, como um cachorrinho melancólico.

– Você está inteiramente enfeitiçada por ele – digo, rindo.

– Simon me disse para que eu fosse encantadora, por isso abri caminho usando a sedução em todos os compromissos com Lady Markham e o filho dela, mas acho que não suportarei muito mais as atenções dele.

– É melhor você se preparar, pois aí vem ele.

Faço um sinal com a cabeça na direção da multidão de trezentas pessoas, em meio à qual Horace Markham abre caminho em nossa direção, levantando a mão como um homem que tenta garantir um resgate. É alto e esguio, com vinte e três anos, segundo Felicity. Seu rosto é infantil e dado a corar com frequência. Percebo, numa simples olhada, pelo jeito como conduz seu corpo – meio curvado para a frente, um pouco constrangido – que ele não tem a coragem nem, para ser franca, a audácia que seriam necessárias para acompanhar o ritmo de Felicity.

– Ah, meu Deus – digo baixinho.

– Pois é – dispara ela, em resposta.

– Srta. Worthington – diz Horace, sem fôlego. Uma mecha cacheada do seu cabelo se solta e se cola no brilho da testa alta. – Pois é, aqui estamos novamente.

– Pois é.

Fee dá uma espiada em Horace, embora mantendo os olhos baixados. Um sorriso tímido brinca em seus lábios. Não admira que o pobre rapaz fique estupidificado.

– Acho que em seguida vem a polca. Gostaria de dançá-la comigo? – pergunta ele, e sua voz soa como uma súplica.

– Sr. Markham, é muita gentileza sua, mas já dançamos tantas vezes que tenho medo do que as pessoas dirão – diz Fee, fingindo bom comportamento, e faço força para não rir.
– Deixe que falem.
Horace endireita seu colete, parecendo preparar-se para um duelo em defesa da honra da sua família.
– Santo Deus – murmuro.
O olhar de esguelha de Felicity diz: *Você não faz ideia.* Lady Denby está sentada a uma mesa, comendo bolo. Ela olha a cena com desaprovação e Felicity, atenta, nota isso.
– Como é corajoso, Sr. Markham – diz Fee, permitindo que Horace a escolte, passando por Lady Denby, até a pista de dança.
– Não creio que haja espaço em seu carnê de baile para mais uma dança, ou estarei enganado?
Viro-me e vejo Simon Middleton sorrindo para mim. Com sua gravata branca, de casaca e aquele brilho perverso em seus olhos, ele é sempre tão bonito.
– Eu deveria dançar com um tal Sr. Whitford – digo, fazendo-me de difícil.
Ele faz um aceno com a cabeça.
– Ah, o velho Whitford. Não apenas caminha com a ajuda de uma bengala, mas tem a memória meio falha. É provável que a tenha esquecido, sinto dizer; e, se não esqueceu, poderíamos dançar e estar de volta antes que ele chegue mancando até aqui.
Rio, satisfeita com sua deliciosa presença de espírito.
– Neste caso, aceito.
Deslizamos para o meio da onda de dançarinos, passando por Tom, que se dedica a seduzir seu par:
– O Dr. Smith e eu curamos o pobre homem de seus delírios, embora eu ouse dizer que minha visão do caso tenha iniciado tudo...
– Foi mesmo? – pergunta ela, bebendo a história, e tenho de me esforçar para não pôr duas orelhas de coelho em Tom.
A Sra. Tuttle voltou do toucador. Segura dois copos de limonada. Ela me vê dançando com Simon e seu rosto assume uma expressão de puro horror, pois é seu dever aprovar ou não cada cavalheiro que porventura me cortejе. As chaves do portão ficam com ela. Mas, saiba ou não, já foi liberada da obrigação. *Não, Sra. Tuttle. A senhora quer ficar aí mesmo. Estou ótima nos braços de Simon. Não preciso de cuidados. Por favor, aproveite sua limonada.* Com

um piscar de olhos e confusa, a Sra. Tuttle dá a volta e bebe dos dois copos.
— Ora, sua acompanhante está meio trôpega. Será que ela é uma mulher dada a beber? — pergunta Simon.
— Só refresco — respondo.
Ele me dá um sorriso de flerte.
— Arrisco dizer que alguma coisa mudou na senhorita.
— E o quê?
— Humm. Não sei o que é. A Srta. Doyle e seus segredos. — Ele avalia minha forma com um olhar abrangente, que é demasiado ousado e, devo confessar, muito emocionante. — Mas está muito bonita esta noite.
— A sua Srta. Fairchild está aqui, esta noite?
— Está, sim — responde ele, e não preciso do poder dos reinos para perceber o calor da sua resposta.
Estou cheia de um repentino arrependimento por ter recusado Simon. Ele é bonito e alegre. Considerou-me linda. E se eu nunca mais encontrar alguém como ele?
E se puder tê-lo de novo?
— A Srta. Fairchild é americana. Suponho que desejará voltar para casa logo que a temporada social terminar — digo, e me inclino um pouco mais para perto de Simon.
— Talvez, embora ela diga que acha a Inglaterra agradável. — A mão de Simon aperta com mais firmeza a base da minha espinha dorsal. — E quais são seus planos, Srta. Doyle? Já tem em vista alguém especial?
Penso em Kartik, mas logo o afasto da minha cabeça, antes que prejudique meu estado de espírito.
— Em ninguém.
Ele movimenta os polegares muito de leve contra meu vestido. Sinto as costas vibrarem onde ele toca.
— É uma boa notícia — diz ele, em tom satisfeito.
A dança termina e peço licença para ir ao toucador, a fim de deixar que esfrie o calor das minhas faces. Há criadas à disposição, mas não preciso delas. Nos lugares em que meu cabelo se despenteou, eu o endireito com um movimento da minha mão. Decido que não gosto das luvas que calcei, e então, longe de olhos curiosos, dou a mim mesma um par diferente. Sorrio com a minha habilidade.
— Boa-noite, Srta. Doyle.
Viro-me e vejo Lucy Fairchild ao meu lado.

– Srta. Fairchild – digo.
Ela me sorri com grande simpatia.
– Baile esplêndido, não é? Como deve estar feliz por sua amiga, a Srta. Worthington.
– É – respondo, retribuindo o sorriso –, estou, sim.
– Observei-a dançar. É muito graciosa – diz ela, e fico envergonhada ao me lembrar da mão de Simon em minhas costas, da maneira como me encostei nele.
– Obrigada – digo. – Embora minha graça seja muito discutida, tenho certeza de que Sim... o Sr. Middleton prefere muito mais dançar com a senhorita.
Sorrimos pouco à vontade uma para a outra, através do espelho. Ela belisca as maçãs do rosto, para dar-lhes cor, embora não precise. É linda.
– Bem... – digo, levantando-me para sair.
– Sim. Aproveite o baile – diz Lucy Fairchild, com sinceridade.
– E a senhorita também.
Soa um gongo e os convidados são chamados ao salão de baile. Lorde Markham cambaleia até o centro da pista. Bebeu um pouco demais e seu nariz vermelho mostra isso.
– Senhoras e senhores, nossos estimados convidados – diz Lorde Markham, pronunciando as palavras indistintamente. – Minha querida esposa arranjou para esta noite uma apresentação emocionante. Os Dervixes Rodopiantes de Konya nos procuraram como refugiados do Império Otomano que, nos últimos tempos, foi local de um inqualificável massacre do povo armênio pelo exército do sultão. Não se podem tolerar tais atrocidades! Nós devemos...
Pigarros. As mulheres se abanam. Lady Markham olha seu marido com um ar de súplica, para que não fale mais em política, e ele faz que sim com a cabeça, intimidado.
– Apresento-lhes os dervixes de Konya.
Oito homens com chapéus muito compridos ocupam a pista. A cintilação dos candelabros de cristal faz brilhar o branco das suas longas túnicas sacerdotais. A música é hipnótica. Os dançarinos se curvam uns para os outros e começam devagar suas rotações. A música cresce, o ritmo acelera, as longas saias dos dançarinos flutuam abertas, como campânulas.
A música ganha mais velocidade, com uma paixão que agita meu sangue. Os dervixes giram em êxtase, as palmas das suas mãos ergui-

das para o céu, como se pudessem segurar brevemente Deus em seus dedos, mas só se não pararem de girar.

Os convidados observam cheios de reverência, capturados pelo frenesi do giro dos dervixes. À minha direita, vejo o Sr. Fowlson em trajes de criado, com uma bandeja na mão. Não observa os dançarinos, e sim meu irmão. Segundos depois, sai do salão. Não vou permitir que aja livremente esta noite. Pretendo acompanhar cada movimento seu. Deixará meu irmão em paz ou sentirá as consequências da minha ira.

Ele sobe ao primeiro piso e bate na porta da sala dos cavalheiros. Corro para trás de uma enorme samambaia, num pote, para espionar. Um momento depois, aparece Lorde Denby.

– Sim, Fowlson.

– Ele está olhando a dança, senhor – comunica o criado. – Estou de olho nele, como o senhor pediu.

Lorde Denby dá palmadinhas no ombro de Fowlson.

– Muito bem.

– Perguntava a mim mesmo, senhor, se posso dar-lhe uma palavra.

Lorde Denby perde o sorriso.

– Na verdade, não é a hora nem o lugar para isso, meu velho.

– Sim, senhor, perdoe-me, mas parece que nunca é, e eu estava imaginando quando receberei um maior reconhecimento nos Rakshana, como já conversamos a respeito. Tenho algumas ideias...

Lorde Denby enfia o charuto na boca.

– Tudo no devido tempo.

– Como quiser, senhor – responde Fowlson, cabisbaixo.

– Precisamos de um número maior de bons soldados como o senhor, Sr. Fowlson – declara Lorde Denby. – Agora, mantenha-se em seus deveres, está bem?

– Sim, senhor – diz Fowlson.

Fowlson dá meia-volta e retorna ao salão, onde poderá vigiar meu irmão.

Lorde Denby pertence aos Rakshana. Todo o peso disso atinge meu estômago como um soco. Esse tempo todo. Estive na casa dele. Beijei seu filho, Simon. Raiva, intensa e implacável, cresce dentro de mim. Ele responderá por isso, por meu irmão.

Não me dou o trabalho de bater. Abro a porta e entro no salão, onde estão sentados apenas os homens, fumando seus cachimbos e charutos. O duro brilho de seus olhos deixa claro que sou uma invasora aqui. Engulo em seco e atravesso os aglomerados de homens silenciosamente ultrajados e vou direto a Lorde Denby. Ele dá um sorriso artificial.

– Ora, Srta. Doyle! Infelizmente, esta é uma sala apenas para cavalheiros. Se a senhorita se perdeu, talvez eu possa acompanhá-la...

– Lorde Denby, preciso falar com o senhor – sussurro.

– Acho que precisam de mim nas mesas, minha cara – responde ele.

*Precisam de você uma ova, seu patife miserável.* Forço um sorriso que é puro açúcar e baixo a voz:

– É um tanto urgente. Sei que esses gentis cavalheiros esperarão. Ou devo ver se o Sr. Fowlson é mais receptivo ao meu pedido?

– Senhores – diz ele, virando-se para os homens do seu círculo – deem-me um instante. Sabem como se comportam as damas, quando são insistentes.

Os homens dão risadinhas à minha custa, e tenho de infligir a cada um deles uma dolorosa erupção.

Lorde Denby me faz entrar por uma porta que dá numa biblioteca particular. Habitualmente, eu seria confortada pela visão de tantos livros lindos, mas estou zangada demais para encontrar qualquer conforto esta noite, e desconfio que os livros sejam mais ou menos como as pessoas daqui – não lidos e puramente decorativos.

Lorde Denby senta-se numa poltrona de couro muito estofada, ao lado de uma mesa de xadrez, e sopra uma torrente de fumaça forte, que me faz tossir.

– Desejava falar comigo, Srta. Doyle?

– Sei quem é o senhor, Lorde Denby. Sei que faz parte dos Rakshana e que está cortejando meu irmão.

Ele volta a atenção para o tabuleiro de xadrez e move peças por si mesmo e por um adversário imaginário.

– E daí?

– Quero que deixe meu irmão em paz, por favor.

– Minha cara, receio que isso esteja inteiramente fora do meu controle.

– Quem é seu superior? Diga-me e irei...

– As fileiras dos Rakshana são preenchidas por alguns dos homens mais importantes e influentes do mundo, chefes de Estado e capitães da indústria. Mas não é o que quero dizer. O que quero dizer é que a decisão está nas *suas* mãos, minha cara dama – declara ele em meio a

uma nuvem de fumaça. Sua mão paira sobre uma peça por um átimo de segundo, antes de atacar e capturar um peão que está no caminho dela e se movimentar velozmente pelo tabuleiro.
– Só precisa nos dar a magia e o controle dos reinos e seu irmão estará em perfeita segurança. Eu lhe garanto. Na verdade, ele será um grande homem, até mesmo um par do reino. Ele será bem cuidado. *Todos* vocês serão. Ora, tenho certeza de que Lady Denby daria um baile para seu *début* que derrotaria todos os outros. A rainha em pessoa compareceria.
– Acha que vim para discutir festas? Que sou uma criança que pode ser conquistada com um pônei? Não tem nenhuma honra, senhor? – Respiro fundo. – O dever dos Rakshana era proteger os reinos e a Ordem. Era uma profissão venerável. Agora, estão lutando contra nós. Quer me intimidar e tenta corromper meu irmão. Quem o senhor se tornou?
Ele derruba a torre de seu adversário imaginário e põe seu bispo em posição.
– Os tempos mudaram, Srta. Doyle. Já se foi o tempo em que um nobre servia de patrono a todos que trabalhavam em sua terra. Os Rakshana também têm de mudar... sermos menos o aperto de mãos de irmandade cavalheiresca e mais o punho lucrativo da indústria. Já imaginou como seria grande nosso alcance se controlássemos um poder como o seu? Pense como inglesa, Srta. Doyle! O que esse poder poderia fazer pelo império, pelos futuros filhos da Inglaterra?
– O senhor se esquece de que não somos todos ingleses, de que não somos todos homens – digo, insinuando-me no jogo de xadrez. Avanço um peão e pego o bispo dele descuidado. – E Amar, Kartik e outros como eles? E meu sexo, e os homens da posição do Sr. Fowlson? Algum de nós se sentará à sua mesa?
– Alguns governam, outros estão destinados a servir. – O cavalo dele toma minha rainha e põe meu rei em perigo. – O que diz, Srta. Doyle? Todo o seu futuro poderia ser acertado a seu gosto. Terá tudo que poderia desejar. Pode escolher qualquer namorado. Meu filho, talvez.
Um frio gélido comprime minhas costelas.
– O senhor arranjou este meu encontro com Simon? Tudo isso fazia parte de seu plano?
– Digamos que foi uma feliz coincidência. – Lorde Denby ataca meu rei. – Xeque-mate, minha querida. É hora de eu voltar às mesas, e a senhorita às danças. – Pisa no charuto, esmagando-o. A fumaça

425

enjoativa persiste, enquanto Lorde Denby se encaminha para a porta.
– Pense em nossa oferta. É a última vez em que será feita. Sei que fará o melhor para nossos interesses... e para os seus.

Sinto vontade de jogar em cima dele o charuto meio apagado. Sinto vontade de gritar. Aperto os dedos sobre meus olhos, para impedir que as lágrimas caiam. Fui terrivelmente estúpida ao subestimar o alcance dos Rakshana – e ao confiar em Simon Middleton. Ele nunca ligou para mim. Jogou comigo como se eu fosse um peão, e caí porque quis.

Ora, não baixarei mais a guarda.

– Srta. Doyle! – A Srta. Tuttle corre ao meu encontro com uma carranca, quando chego ao salão de baile. – Srta. Doyle, não deve fugir desse jeito novamente. Não é correto. É meu dever garantir que se comporte bem o tempo todo...

– Ah, cale a boca – rosno. Antes que ela possa protestar, faço meu feitiço. – Está com sede, Sra. Tuttle. Nunca sentiu tanta sede em sua vida. Vá beber uma limonada e me deixe em paz.

– Eu gostaria de tomar um pouco de limonada agora – diz ela, levando à garganta uma mão que se agita. – Valha-me Deus, estou morta de sede. Preciso beber alguma coisa.

Afasto-me dela e observo o baile por detrás de uma coluna. Sozinha, cheia de magia e raiva, as duas coisas se unindo para criar uma nova força. Nas proximidades, Lady Denby fofoca com Lady Markham e várias outras mulheres importantes.

– Passei a gostar muito dela, nas últimas semanas, como se fosse minha própria filha – crocita Lady Denby.

– Será um casamento muito adequado para ele – concorda outra dama.

Lady Denby faz um sinal afirmativo com a cabeça.

– Simon nem sempre mostrou bom julgamento nessas questões. E já nos equivocamos antes. Mas a Srta. Fairchild é o melhor tipo de moça: bem-educada, simpática, sem defeitos e de boa posição.

Uma grande matrona, coberta de contas e joias até o último milímetro de seu corpo, esconde-se atrás de seu leque.

– Lady Markham, já se decidiu sobre a outra questão, a da jovem Srta. Worthington?

– Já. – Ela funga. – Falei com o almirante esta noite e ele concordou: a Srta. Worthington ficará comigo, para eu poder acompanhar a temporada social dela; sua mãe não terá nenhuma voz quanto a isso.

Lady Denby dá palmadinhas na mão de Lady Markham.
— Assim é que deve ser. A Sra. Worthington deve pagar por sua desonra, e sua filha, que é uma criatura ousada demais e tempestuosa. Você tomará a moça sob sua proteção e a moldará num tipo de dama aceitável para todos.
— De fato — diz Lady Markham. — Sinto que é meu dever, uma vez que sua mãe falhou quanto a isso. — As mulheres lançam olhares para a Sra. Worthington, que dança com um homem com a metade da sua idade. — E não vamos esquecer da substancial herança da Srta. Worthington. Se for dominada, dará uma esposa valiosa para qualquer homem.
— Talvez seu Horace — arrulha Lady Denby.
— Talvez — concorda Lady Markham.
Imagino Felicity como uma debutante mimada no salão de Lady Markham, em vez de ser um espírito livre, numa água-furtada de Paris, como deseja. Será alvo de pena, ficará impotente, as coisas que ela mais detesta. Isso jamais acontecerá; darei um jeito, se for preciso.
— Ah, eis nossa Srta. Fairchild — anuncia Lady Denby.
Simon entrega a Srta. Fairchild à mãe dele, e ela bajula a moça, enquanto ele a trata de maneira obsequiosa. Ardo com um anseio terrível. Por mais que diga detestá-los, invejo o modo como todos parecem ajustar-se tão perfeitamente uns aos outros, a descontração de suas cuidadosas vidinhas. Cecily tinha razão: algumas pessoas não se encaixam em nada. E sou uma dessas pessoas.
Feras do demônio é o que são. Torno a lembrar as palavras de Ann: *Mas são eles que mandam*. Esta noite não, não mandarão, pois os poderes dos reinos flamejam dentro de mim, e não vou moderá-los. *Não venham contra mim, companheiros. Eu vencerei*. E quero vencer. Quero vencer em alguma coisa.
Fecho os olhos e, quando os abro, Simon se separou da mãe, da Srta. Fairchild e de todos os acólitos. Dirige-se para mim, com um olhar faminto, e estende sua mão enluvada com a palma para cima, embora seu toque seja tenso como o de um punho. Tem o queixo determinado e a voz rude, ao dizer, simplesmente:
— Dance comigo, Gemma.
Chamou-me pelo primeiro nome, e isso causa um choque em todos os que estão suficientemente próximos para ouvir. A Sra. Tuttle parece prestes a deixar cair sua limonada. Por um instante, não sei o que dizer. Devia sentir remorso. Em vez disso, percorre-me uma ter-

rível satisfação, que me excita. Venci. E a vitória, por mais fácil que tenha sido, é emocionante.

– Dance comigo, Gemma – diz ele outra vez, com voz mais alta e insistente.

Isso chama a atenção dos outros convidados. Muitos dos dançarinos reduzem o passo, observando a cena. Há sussurros. Lady Denby está de queixo caído, sem conseguir acreditar. Lorde Denby notou agora. Seus olhos se encontram com os meus e não há como não entender minha intenção. *Quer corromper meu irmão? Primeiro, eu o mandarei para o inferno, senhor.*

O sorriso que dou a Simon parece o de um anjo caído do céu. Ele agarra meu pulso com força e quase me arrasta para a pista de dança. Está dando um verdadeiro espetáculo. Com rudeza, puxa-me para a posição da valsa. A música recomeça, e Simon e eu giramos pela pista. Há um calor entre nós que não passa despercebido pelos demais. A cada aperto da sua mão contra a parte de baixo das minhas costas, a sensação é de que Simon quer me comer viva. Provoquei nele essa afeição. Que todos vejam como sou poderosa. Que pensem em mim como uma beldade, abertamente desejada por um cavalheiro importante. E que Lorde e Lady Denby saiam perdendo em seu bom negócio. Não posso evitar o sorriso de satisfação em meus lábios. Estou no comando e isto é inebriante. Na beira da pista de dança, Lorde Denby observa, furioso. Errou ao duvidar de mim.

Um cavalheiro mais velho bate no ombro de Simon para assinalar que quer dançar comigo, mas meu par me puxa para mais perto. Seguimos dançando, chamando cada vez mais atenção; e, quando acho que basta – quando decido que chega e o recado já foi dado –, ponho um fim na situação. *Hora de parar, Simon. Diga boa-noite, doce príncipe.*

Piscando os olhos, Simon volta a si, profundamente perplexo ao me descobrir em seus braços.

– Obrigada pela dança, Sr. Middleton – digo, e afasto-me.

Um leve e confuso sorriso aparece em seus lábios.

– O prazer foi todo meu.

Imediatamente, procura Lucy na multidão.

Os boatos se espalham como uma doença contagiosa. Sou alvo de sussurros e olhares raivosos por trás de leques quando saio da pista de dança.

A magia cai sobre mim como onda. Sufoca-me. Sai de mim como uma doença, infectando a todos que entram em contato comigo, liberando seus desejos escondidos. Um cavalheiro oferece-me gentilmente seu braço e, com este gesto, é capturado. Vira-se para o cavalheiro mais velho sentado próximo.

— O que foi que você me disse mais cedo, Thompson? Você me paga por isso.

A boca do homem mais velho se estreita.

— Fenton, você enlouqueceu?

— É loucura dizer que não me deixarei mais chantagear por causa de minhas dúvidas com você? Você não é meu dono.

Põe uma das mãos no velho Thompson e, imediatamente, a magia se espalha.

O velho se levanta.

— Escute aqui, camarada. Se não fosse minha caridade, sua posição estaria em pedaços, e sua família, num asilo para pobres.

*Silêncio, silêncio*, penso. *Esqueçam. Voltem ao conhaque e ao charuto.* Eles tornam a pegar suas taças. O que foi dito é esquecido, mas o amargo rancor permanece e eles se entreolham com desconfiança.

Esbarro com uma acompanhante solteirona e a menina sob sua guarda, e sinto a dor no coração da primeira. O doloroso desejo que ela sente por seu patrão casado, um certo Sr. Beadle.

— Ele não sabe — diz ela, uma súbita precipitação. — Preciso contar a ele. Tenho de confessar imediatamente o afeto imensamente terno que sinto por ele.

E então faço um esforço, agarro suas mãos até que o sentimento é substituído pelo que coloco em seu lugar.

— Vamos comer bolo? — Ela convida sua confusa tutelada. — Estou com uma repentina necessidade de comer bolo.

Um suor formigante brota-me da testa. A magia arde em minhas veias.

Lorde Denby coloca-se ao meu lado. Tem o rosto rubro, seus olhos queimam.

— Está fazendo um jogo muito perigoso, Srta. Doyle.

— Ainda não sabe, senhor? Sou uma moça muito perigosa.

— Não tem ideia do que posso fazer com a senhorita — diz ele, sem alterar a voz, mas seus olhos relampejam.

Sussurro bem baixinho, em seu ouvido:

— Não. É o senhor quem não tem ideia do que *eu* posso fazer com o *senhor*.

Por um rápido instante, o medo aparece em seus olhos e percebo que venci essa rodada.

– Deixe meu irmão em paz, senão terá de enfrentar as consequências – advirto.

– Graças a Deus eu a encontrei – gorjeia Felicity. – Boa-noite, Lorde Denby. Será que se aborrecerá terrivelmente se eu lhe tomar emprestada a Srta. Doyle? Ele é todo sorrisos.

– Nem um pouco, minha querida.

– Por onde você andou? Precisa salvar-me – insiste ela, e passa o braço com força pelo meu.

– Do quê?

– De Horace Markham – diz minha amiga, com um sorriso. Olho por cima do ombro dela e vejo que ele a procura. Ele segura com força o leque de Fee como se fosse ela própria. – A maneira como ele dá em cima de mim, o tempo inteiro – acrescentou ela, fazendo uma careta. – É pavoroso.

Rio, feliz por estar no mundo de Felicity, onde tudo, desde um pretendente apaixonado até a escolha de um chapéu, pode virar um drama.

– Você não devia ser tão encantadora – provoco.

– Ora – diz ela, jogando a cabeça para trás. – Não posso evitar, não é?

Felicity e eu nos refugiamos numa sacada que dá para a rua. Os cocheiros se reuniram num grupo, fazem companhia uns aos outros. Um deles está contando uma anedota e vejo, pela maneira como os demais se inclinam em sua direção, que é pesada. Caem na risada, mas se dispersam rapidamente quando veem alguns convidados. Chapéus são colocados na cabeça, costas se endireitam quando Lucy Fairchild segue para seu coche. O cocheiro ajuda as mulheres a entrarem no coche e este se afasta do meio-fio, deixando Simon para trás.

– Que coisa deliciosa! – exclama Felicity. – Escândalo! Em meu baile... e não envolvendo *moi*. Espantoso!

– Sim, é mesmo espantoso haver acontecimentos que nada têm a ver com você, não é? – brinco.

Ela põe as mãos nas cadeiras, um sorriso perverso nos lábios.

– Eu ia oferecer limonada a você, mas agora só satisfarei a mim mesma. Pode sofrer aí, enquanto me observa desfrutando o refresco.

Afasta-se saltitante e deixo o ar frio da noite me envolver. Lá embaixo, Lorde Denby consola o filho. Trocam palavras que não posso ouvir. O pai prevalece, e Simon retorna ao baile.

Quando passam, Lorde Denby me vê na sacada. Lança-me punhais com os olhos. Levo os dedos aos lábios e sopro-lhe um beijo.

Passo o dia após o baile, domingo, com minha família, antes de voltar à Spence. A costureira vem verificar as medidas de meu vestido e fazer pequenos ajustes. Fico parada diante do espelho com meu vestido meio acabado, enquanto ela estreita um pouquinho aqui, acrescenta um franzido acolá. Vovó fica rondando, inquieta com cada mínimo detalhe. Não lhe dou atenção, pois a moça que me olha do espelho começa a se tornar dona de si mesma. Não sei exatamente o que é; não se trata de algo que se possa designar. Só sei que ela está ali, surgindo de mim como uma escultura de mármore, e estou muito ansiosa para conhecê-la.

– Você se parece com sua mãe. Sei que ela gostaria de estar aqui para ver tudo isso – diz minha avó, e estraga profundamente o momento.

O que quer que lutava para sair do meu mármore foi embora. *Você não vai falar da minha mãe outra vez*, penso, fechando os olhos. *Diga que estou bonita. Diga que somos felizes. Diga que serei alguém e que só me esperam, à frente, dias maravilhosos.*

Quando torno a abrir os olhos, vovó sorri para meu reflexo no espelho.

– Meu Deus, você não está mesmo uma visão linda, com esse vestido?

– A imagem da beleza – concorda a costureira.

É isso. Muito melhor.

– Sua avó me disse que você será a mais bela moça de Londres em seu *début* – informa papai quando me junto a ele, em seu escritório.

Ele está vasculhando as gavetas, como se procurasse alguma coisa.

– Posso ajudar? – pergunto.

– Humm. Não, querida – responde ele, distraído. – Só estou limpando algumas coisas. Mas preciso perguntar-lhe uma coisa desagradável.

– O que é?

Sento-me, e meu pai faz o mesmo.

— Soube que Simon Middleton se mostrou íntimo demais com você, ontem à noite, no baile.

Os olhos de papai faíscam.

— Não é verdade — respondo, e tento dar uma risada.

— Ouvi dizer que a Srta. Fairchild se recusa a recebê-lo — acrescenta ele, e sinto uma pontada de remorso, que suprimo.

— Talvez a Srta. Fairchild não fosse um par adequado.

— Ainda assim... — Papai não conclui, pois sofre um ataque de tosse. Seu rosto está vermelho e ele chia um minuto inteiro antes de tornar a respirar com facilidade. — O ar de Londres. Fuligem demais.

— É — digo, constrangida.

Ele parece cansado. Indisposto. E, de repente, tenho um impulso de me juntar a ele, sentar-me ao seu lado como uma criança e deixar que me dê tapinhas na cabeça.

— Você diz que Simon Middleton não tem culpa de nada? — insiste papai.

— Não, de nada — digo, e falo sério.

— Bem, então...

Papai faz um sinal afirmativo com a cabeça. Volta à sua busca e sei que fui dispensada.

— Papai, vamos jogar uma partida de xadrez?

Ele folheia papéis e olha atrás de livros.

— Não tenho cabeça para xadrez, neste momento. Por que não vai ver se sua avó quer sair para uma caminhada?

— Posso ajudá-lo a procurar o que perdeu. Posso...

Ele me faz um aceno para que eu vá embora.

— Não, querida. Preciso ficar sozinho.

— Mas vou embora amanhã — queixo-me. — E depois virá a minha temporada social. E então...

— Vamos, nada de lágrimas, está bem? — repreende papai.

Ele abre uma gaveta, e vejo a garrafa marrom lá dentro. Sei imediatamente que é de láudano. Sinto um baque no coração.

Pego a mão dele, e sinto sua tristeza intrometendo-se.

— Vamos nos livrar disso, não vamos? — digo, em voz alta.

Antes de papai poder responder, encho-o de felicidade, como se fosse um narcótico, até que os sulcos de sua testa se suavizam e ele começa a sorrir.

— Ah, eis aqui o que eu buscava. Gemma, querida, quer jogar isso no lixo? — pergunta ele.

As lágrimas me vêm aos olhos.
– Sim, papai. Claro. Imediatamente.
Beijo-o na face e ele me envolve em seus braços. Pela primeira vez na vida, sou eu quem se solta primeiro.

No jantar, Tom parece um homem com a mulher em trabalho de parto e dominado pelo nervosismo. Balança tanto as pernas, durante toda a refeição, que meus dentes chacoalham; uma vez, dá-me um chute, acidentalmente.

– Quer ficar quieto, por favor? – peço, esfregando minha canela.

Papai ergue o olhar da sopa.
– Thomas, qual é o problema?

Meu irmão revira a comida no prato, sem nada comer.
– Eu deveria ter ido ao meu clube de cavalheiros esta noite, mas não recebi nem uma só palavra deles.

– Nenhuma, mesmo? – pergunto, e saboreio a vitória junto com as batatas.

– É como se eu não existisse mais – resmunga ele.

– Não é muito cortês – diz papai, entre mordidas de sua codorna, e me alegro vendo-o comer.

– É, muito má educação – diz vovó com um muxoxo.

– Talvez você deva ir à Hipócrates esta noite – sugiro. – Sabe que ainda tem um convite para juntar-se a eles.

– Excelente ideia – concorda meu pai.

Tom empurra as ervilhas para o lado do prato.
– Talvez eu vá. Pelo menos, para sair um pouco.

Fico tão animada com essa notícia que como, na sobremesa, dois pedaços de bolo. Quando minha avó se preocupa com a possibilidade de que tanto apetite signifique uma volta necessária da costureira, eu rio; e, depois que tiro a ideia de sua cabeça, ela também ri, e logo rimos todos, enquanto os criados nos olham como se estivéssemos inteiramente loucos. Mas não me importo. Tenho o que quero. Tenho, e não me será tirado. Nem por Lorde Denby nem por ninguém.

# Capítulo
## Quarenta e um

O CARTÃO DE VISITA DO DR. VAN RIPPLE MOSTRA UM ENDEREÇO NUM pequeno distrito miserável, que me lembra uma confortável poltrona precisando de um estofador. As fileiras de casas não são especialmente bem cuidadas. A nada aspiram além de proporcionar abrigo a seus moradores.

– Encantador – diz Felicity, enquanto seguimos por uma rua estreita e mal iluminada.

– Fez você sair de casa, não foi? – digo.

Crianças passam por nós, correndo. Brincam no escuro, as mães estão cansadas demais para se importar com isso.

– Bem, minha mãe ainda acredita que continuo lá, sentada ao piano. Foi um truque impressionante, Gemma. Diga, seus poderes já detectam a pensão do Dr. Van Ripple?

– Para isso, só precisamos de nossos olhos e senso de orientação.

Passamos por um pub que cospe trabalhadores pela porta afora. Alguns são curvados pela idade, outros não podem ter mais do que onze ou doze anos. As mães embalam bebês ao seio. Um homem está em pé em cima de um engradado, bem na frente do pub. Fala com vigor e convicção, mantendo a plateia presa às suas palavras:

– Será que devemos trabalhar para um patrão explorador catorze horas por dia, por uma ninharia? Não, devemos fazer é o que fizeram as moças da fábrica de fósforos Bryant and May, e nossos irmãos das docas!

Ouvem-se sussurros de encorajamento e de discordância.

– Eles vão matar a gente de fome – grita um homem de bochechas magras. – Não teremos nada.

– Já não temos nada, e essa é a única coisa que não quero mais! – grita uma mulher e todos riem.

– Greve! Apoiem nossas irmãs da Fábrica Beardon. Tomem coragem diante da posição delas, irmãos e irmãs. – Pagamento justo, horas de trabalho justas, uma Londres justa.

Ouvem-se vivas. A multidão aplaude e isto chama a atenção de um policial.

– Ora, vamos – diz ele. – O que é isso?

O homem desce do caixote, com o chapéu na mão.

– Boa-noite, chefe. Estamos fazendo coleta para os pobres. Pode dar uma moeda?

– Posso dar a você um quarto para passar a noite... na prisão de Newgate.

– Não pode jogar a gente na cadeia só por causa de uma reunião – diz o homem.

– A lei pode fazer o que bem quiser – diz o guarda, brandindo seu cassetete.

Ele dispersa a multidão, mas não pode fazer o mesmo com suas convicções; as pessoas continuam falando, em excitados sussurros.

– Mas que coisa – repreende uma mulher que carrega um bebê. – Será que agora moças elegantes vêm visitar os cortiços, só para espiar o que fazemos?

– Claro que não – responde Felicity, e parece o tipo exato que alugaria um coche, junto com amigos, para espiar os pobres e troçar deles.

– Bem, podem dar o fora. Não vamos ser sua diversão esta noite. Não vamos divertir gente como vocês.

– Tenha cuidado...

Pego o braço de minha amiga.

– Nem uma palavra.

Dobramos a esquina e lá está. Inventamos uma história para entrar, mas a cansada senhoria sabe não fazer perguntas às visitantes dos seus inquilinos, para não descobrir que suas desconfianças são feias verdades. Bate duas vezes na porta do mágico e, sempre cansada, nos anuncia.

O Dr. Van Ripple arregala os olhos de surpresa. Usa um gasto roupão sobre a calça.

– Entrem, entrem. Deus do céu, não esperava visitas esta noite.

Fecha a porta e nos convida para sentarmos. Um enorme quadro com uma moldura dourada aparece no canto. É um retrato do Dr. Van Ripple muito mais jovem, de turbante. Seus dedos apontam para uma mulher estonteada, que parece sob seu feitiço. Está escrito no quadro: *Theodore Van Ripple, Mestre do Ilusionismo! Feitos de magia que só vendo para acreditar!*

Numa das paredes está pendurado o retrato de uma mulher mais velha com cabelos negros e olhos que se parecem com os do Dr. Van Ripple. Ao lado desse quadro há uma coroa de cabelos, do tipo feito em homenagem aos mortos, o cabelo cortado e emoldurado, como uma lembrança do ser amado. Trata-se de uma trança enroscada, de cabelos castanhos e grisalhos.

– Minha mãe – explica ele, ao surpreender-me olhando. – Nem o melhor ilusionista pode enganar a morte.

O assento que o Dr. Van Ripple nos oferece é num sofá escangalhado, coberto com um velho xale de lã escocesa. Sento-me em cima de uma coisa dura – um livro. *O retrato de Dorian Gray*, de Oscar Wilde.

– Ah, então é aí que foi parar! Eu estava imaginando onde! – exclama o Dr. Van Ripple, pegando o livro.

Felicity faz uma careta.

– O Sr. Wilde foi julgado por indecência. Papai diz que é um homem completamente imoral.

– Queensberry e os homens como ele é que são "indecentes" – protesta o mágico, referindo-se ao homem que deu queixa contra o Sr. Wilde.

– Por que diz isso, senhor? – insiste Felicity.

O Dr. Van Ripple curva a flor que tem na botoeira em direção ao seu nariz e respira fundo.

– O verdadeiro afeto e o amor têm uma pureza que sempre prevalecerá contra a intolerância.

– Não viemos aqui falar dos infortúnios do Sr. Wilde – apressa-se a dizer Felicity, com grande rudeza, mas o Dr. Van Ripple não dá nenhum sinal de estar ofendido com seu atrevimento.

– De fato. A que devo essa inesperada visita?

– Precisamos dos seus serviços – digo.

– Ah, sinto muito decepcioná-las. Mas me aposentei recentemente como ilusionista. Nada tenho a oferecer além dos velhos truques de um velho. Não é o que as pessoas querem, atualmente. O que querem são emoções vulgares – queixa-se ele. – Como esse tal Houdini, que escapa de correntes e caixas. Divertimento barato, de teatro de variedades. Em minha época, atuei nos melhores teatros, de Viena a

São Petersburgo, de Paris a Nova York. Mas os dias da magia estão terminando, eu receio. O novo poder no mundo é a indústria. – Torna a respirar fundo e solta o ar num suspiro.

– Mas as senhoritas não vieram ouvir histórias dos dias de glória de um velho mágico, minhas queridas. Assim, desejo que tenham uma boa noite.

– Nós pagaríamos, claro – digo.

Os olhos do Dr. Van Ripple brilham de interesse.

– Ah. Sim. Talvez possam convencer-me a ajudar senhoras que precisam de mim, por uma soma modesta.

– Modesta até que ponto? – pergunta Felicity.

– Srta. Worthington – digo, com um sorriso forçado. – Tenho plena certeza de que o Dr. Van Ripple nos tratará de maneira justa. Detestaríamos ofender.

– Não fiquei ofendido – diz o velho. – Agora, como pode um velho mágico ser útil a duas senhoritas tão lindas? – pergunta ele, todo sorrisos.

– Ficamos pensando se o senhor poderia contar mais sobre Wilhelmina Wyatt – digo.

Dr. Van Ripple franze a testa.

– Não vejo como ajudar, em relação a isso.

– Tenho certeza de que o senhor pode ser de grande ajuda – digo, docemente.

Levanto minha bolsa de moedas, e os lábios do Dr. Van Ripple mais uma vez se encurvam num sorriso.

Concordamos num preço, e embora seja mais do que eu desejaria pagar, é também a única maneira de fechar o negócio. O mágico põe as moedas no bolso imediatamente. Quase espero que ele teste com os dentes se são legítimas.

– A Srta. Wyatt estava de posse de uma adaga? – explode Felicity, para meu grande pesar.

– Não que eu lembre. E sem dúvida a pessoa se lembraria de uma arma dessas.

O Dr. Van Ripple acaricia sua barba, pensativo.

– A frase "A chave guarda a verdade" significa alguma coisa para o senhor? – pergunto.

Ele franze os lábios, pensa mais um pouco.

– Infelizmente não.

– Ela algum dia falou numa chave, qualquer chave que fosse especial para ela? – insiste Fee.

– Não, não – responde o doutor.
– Ela deixou alguma coisa, quando foi embora? – pergunto, mas minhas esperanças estão desfazendo-se rapidamente.
– Alguns de seus vestidos ficaram no salão, e os vendi. Mantive apenas uma das posses dela, a lousa.
– Podemos vê-la? – suplico.
O Dr. Van Ripple vasculha um armário e volta com a lousa que já vi em sonhos e visões, e aumenta minha excitação. A lousa tem bom tamanho, talvez pouco mais de trinta centímetros de altura por outros trinta de largura, tendo uma base de madeira. Meus dedos passam sobre a madeira, sentindo as marcas que o uso fez nela.
– Será que nos venderia isso? – pergunto, tomando coragem.
Ele sacode a cabeça, negando:
– Meu Deus. Tem tanto valor sentimental que eu não poderia...
– Quanto? – interrompe Felicity.
– Talvez cinco libras? – sugere ele.
– Cinco libras? – arqueja Felicity.
– Quatro? – contrapõe ele.
Não importa se são quatro ou cinco; não temos o dinheiro. Ou será que temos? Aceno com a mão em cima da bolsa de moedas. Sei que, depois, vou detestar a mim mesma por causa disso, mas já é tarde.
– Aqui estão, senhor – digo, abrindo a bolsa e contando nossas quatro libras, para pasmo de Fee.
Ela toma a lousa das mãos do mágico.
– Dr. Van Ripple – falo –, o senhor disse que Wilhelmina estivera em contato com uma irmã, uma amiga, em quem ela não mais confiava. Tem certeza de que não consegue lembrar seu nome?
Ele sacode a cabeça, negativamente.
– Como eu disse, jamais fui apresentado. Essa senhora nunca apareceu e, pelo que sei, não assistia aos nossos espetáculos. Sei apenas que Wilhelmina tinha medo dela, e Mina não era de ter medo de nada.
Um frio arrepio corre pela minha espinha dorsal acima.
– Obrigada pela atenção, Dr. Van Ripple – digo, e ele nos conduz para fora.
Na porta, enfia a mão atrás da orelha de Felicity e tira uma perfeita rosa vermelha, que entrega a ela.
– Sei que são as favoritas do Sr. Wilde.

– Então, não vou aceitá-la – responde minha amiga, grosseiramente.

– Não julgueis, para não serdes julgada, minha querida – diz o mágico, com um sorriso triste, e as faces de Fee se ruborizam.

– Mas como fez isso? – pergunto a ele, porque acho o truque engraçado, mesmo que Felicity não ache.

– Na verdade, é o número mais fácil do mundo. O truque funciona porque a gente quer. Deve lembrar, minha querida dama, a mais importante regra de qualquer ilusão bem-sucedida: antes de mais nada, as pessoas devem querer acreditar.

– Nem posso acreditar que ele tenha pedido cinco libras por isto.

Felicity protesta, enquanto somos envolvidas mais uma vez pela escuridão das ruas de Londres.

– Bem, vamos esperar que ele as gaste depressa, antes que desapareçam – respondo.

Sob o estreito brilho da lâmpada de um poste, examinamos a lousa, virando-a de um lado para o outro, mas não conseguimos ver nada de fora do comum nela.

– Talvez as palavras se esbocem por si mesmas, enquanto olhamos – diz Felicity.

É ridículo, mas observamos, mesmo assim. Absolutamente nada acontece.

Suspiro.

– Compramos uma lousa inútil.

– Mas é uma lousa limpa – brinca minha amiga, e não me preocupo em dar nenhuma resposta.

A caminho do metrô de Londres, passamos pelas mulheres em greve da Fábrica Beardon Bonnets. Seus rostos estão tristes; apoiam-se umas nas outras, descansando em cima de suas saias os cartazes de protesto, enquanto os passantes não prestam a menor atenção à situação delas, ou, na pior das hipóteses, as agridem, chamando-as dos nomes mais horrorosos.

– Deem uma moeda para nossa causa – pede a moça com a lata, com uma voz cansada.

– Não posso dar mais que isto – digo. Enfio a mão na bolsa e dou-lhe todas as moedas que tenho, depois aperto a mão dela e sussurro: – Não desista – observando a magia faiscar em seus olhos.

– A tragédia da Fábrica Beardon Bonnets! – grita ela, cheia de energia. – Seis pessoas assassinadas em busca do lucro! Vai deixar isso ficar assim, senhor? Vai olhar para o outro lado, madame?
Suas companheiras de luta tornam a erguer seus cartazes.
– Salários justos, tratamento justo! – gritam. – Justiça!
Suas vozes crescem, num coro que troveja pelas escuras ruas de Londres, até não se poder mais ignorá-las.

# Capítulo
## Quarenta e Dois

Mal acabamos de voltar à Spence e pôr as malas em nossos quartos quando a Sra. Nightwing chega, brandindo um convite.

– Haverá uma festa em homenagem ao primo da Srta. Bradshaw, Sr. Wharton, em Balmoral Spring – diz a Sra. Nightwing, fazendo o nome da propriedade rolar em sua língua como se fosse vinho transformado em vinagre.

– Sem dúvida, acham que podemos fazer algum favor a eles, em sociedade – murmura Felicity apenas para meus ouvidos.

– A festa é amanhã ao meio-dia, embora o convite só tenha chegado dois dias atrás – diz a Sra. Nightwing, e ouço-a acrescentar baixinho: – Que maneiras horríveis! Sei que sentiram falta da companhia da Srta. Bradshaw – continua. – Gostariam de comparecer?

– Ah, sim, por favor! – exclama Felicity.

– Muito bem. Precisam estar vestidas e prontas para partir de manhã bem cedo – avisa ela, e prometemos fazer isso.

À noite, Felicity reúne-se com as outras meninas, deleitando-se com os muitos elogios que elas fazem ao seu baile.

– E vocês adoraram os dervixes? – pergunta ela, com os olhos brilhantes.

– Foi ótimo. E, mesmo com um programa tão longo, não foi cansativo – responde Cecily, conseguindo colocar uma crítica em seu elogio, um talento seu.

– Mamãe só me permitirá um chá – queixa-se Elizabeth, e faz biquinho. – Não serei lembrada de jeito nenhum.

Deixo-as e me isolo em meu quarto para examinar a lousa de Wilhelmina Wyatt. Viro-a nas mãos, inspeciono os minúsculos entalhes, como se pudesse ler sua história nas palavras que ali foram escritas um dia. Encosto a orelha nela, com a esperança de ouvir segredos sussurrados. Chego a invocar um pouco de magia, instruindo-a a revelar tudo, como se eu mesma fosse o Dr. Van Ripple. Mas quaisquer segredos que a lousa da Srta. Wyatt talvez contenha permanecem bem trancados dentro dela.

– A chave guarda a verdade – digo a mim mesma. – A chave de quê? De nada, pelo que vejo. Abandono a lousa ao lado da cama e vou até a janela, de onde olho a floresta além, na direção do acampamento dos ciganos. Pergunto-me o que faz Kartik agora, se continua torturado pelos sonhos com Amar e comigo.

Vejo uma luz embaixo. E observo Kartik, que, com uma lanterna, ergue os olhos para minha janela. Sinto o coração dar um pequeno salto, e tenho de lembrar-lhe de que não deve bater mais rápido por um homem em quem não se pode confiar. Fecho as cortinas, apago a lâmpada e me enfio na cama. Então fecho bem os olhos e digo a mim mesma que não tornarei a me levantar e ir até a janela, por mais que gostasse de fazê-lo.

Não sei o que me desperta. Um ruído? Um pesadelo? Só sei que me vejo acordada com o coração batendo um pouco mais rápido. Pisco os olhos, ajustando-os à escuridão. Ouço um barulho. Não é dentro do quarto, é acima de mim. O telhado geme sobre minha cabeça, como se alguma coisa muito pesada se movesse por ele. Uma longa sombra atravessa a parede, e me levanto.

Agora ouço outra coisa no corredor: como pés que se arrastam, levemente, um farfalhar de folhas mortas. Abro uma fresta da porta, mas nada. Escuto outra vez; vem de baixo. Sigo pelo corredor na ponta dos pés e contorno a escada, seguindo o som. Quando chego ao grande salão, paro. Das profundezas do imenso aposento, o barulho vem mais forte. Raspadas. Sussurros. Gemidos.

*Não olhe, Gemma. Siga em frente.*

Espio pelo buraco da fechadura. O luar cai no salão com a forma dos quadrados das vidraças. Examino cada pequena caixa de luz, em busca de movimento. Um leve deslocamento atrai meu olhar. Alguma coisa se movimenta no escuro. Apago a vela e espero, com os joelhos fracos de medo. Conto em silêncio... *um, dois, três...* marcando os segundos. Mas nada. *Trinta, trinta e um, trinta e dois...*

Os sussurros retornam. Baixos e arrepiantes como garras de ratos em pedra. Encosto de novo o olho no buraco da fechadura e o coração bate forte contra minhas costelas.

A coluna. Ela se mexe. As criaturas moldadas nela revelam-se aos poucos, os punhos erguidos e o leve adejo de asas reavivadas. Arquejando e gorgolejando, contorcem-se e se empurram contra a membrana de pedra que se afina, como coisas prontas para nascer. Não posso gritar, embora queira. Uma ninfa se liberta do limo com um estalo. Sacode do corpo os vestígios da coluna e desliza pelo ar. Ofego. Ela inclina a cabeça, à escuta. Rápida como o vento, chega ao buraco da fechadura. A ninfa tem olhos grandes como uma corça.

– Não pode nos deter – sussurra. – A terra acordou, e nós com ela. Logo chegará o dia em que derramaremos o sangue de vocês e governaremos para sempre. O sacrifício!

– Vejam só, o que está fazendo, senhorita? – Recuo e bato em alguma coisa, com um grito, viro-me e vejo que Brigid me olha fixamente, com as mãos nos quadris, a touca de dormir na cabeça. – Devia estar na cama! – diz.

– Eu ou-ouvi um ba-barulho – gaguejo, engolindo meu medo.

Brigid me olha de cara feia e abre as portas. Acende a lâmpada mais próxima de nós. Silêncio no salão. Nada fora do lugar. Mas ouço aqueles brutais arranhões. Sinto-os sob a pele.

– Não está ouvindo isso? – pergunto, com a voz desesperada. Brigid franze a testa.

– Ouvindo o quê?

– A coluna. Estava viva. Eu vi.

O rosto de Brigid mostra preocupação.

– Ora, ora. Não vai tentar assustar a velha Brigid, vai?

– Eu vi – repito.

– Vou acender todas as luzes, então.

Brigid corre em busca dos fósforos.

Raspagens. Acima de minha cabeça. Como mensageiros do inferno. Deslizo os olhos para o alto, e lá a vejo... a ninfa, achatada contra o teto, um sorriso malvado.

– Lá em cima! – grito.

Brigid acende a lâmpada e a ninfa desaparece. Ela leva a mão ao peito.

– Maria, Mãe de Deus. Você me matou de susto! Vamos dar uma olhada naquela coluna.

Nos aproximamos devagar. Quero sair correndo. Brigid a examina, e fico na expectativa de que alguma coisa a puxe para dentro.

– Bem, é bem esquisita, como tudo nesta casa, mas não viva. Só é feia.

Ela dá palmadinhas na coluna, está sólida. Estará mesmo? Pois julgo ver um espaço vazio no mármore, que não se encontrava ali, antes.

– Você comeu o repolho? – pergunta Brigid, apagando as lâmpadas.

– O quê? – pergunto.

– Repolho no jantar. Provoca gases horríveis e a pessoa também pode ter pesadelos medonhos. Se quer meu conselho, não coma mais repolho.

Ela apaga a última lâmpada e lança o aposento mais uma vez na sombra. Brigid fecha e tranca a porta. Enquanto subimos a escada, ela me fala sobre a contribuição das comidas e bebidas para um sono bom; mas na verdade não a escuto. Tenho os ouvidos sintonizados na escuridão embaixo, onde ouço, muito baixinho, sons de raspagem e risadas.

# Capítulo
## Quarenta e Três

FIEL À SUA PALAVRA, NA MANHÃ SEGUINTE A SRA. NIGHTWING NOS FAZ viajar cerca de dez quilômetros até Balmoral Spring. Enquanto a carruagem sacoleja por estradas lamacentas, descubro que estou ansiosa para ver Ann outra vez, e com a esperança de que me perdoe por meu comportamento grosseiro quando ela partiu.

Afinal, chegamos. Balmoral Spring é uma propriedade rural de pesadelo, comprada pelo tipo de gente que tem novas fortunas, velhas ambições e uma pavorosa falta de gosto em relação a tudo. Pergunto-me se restou algum criado em toda a Inglaterra, pois há lacaios de prontidão para nossas carruagens, mordomos e criadas de toda espécie enfileiram-se na calçada e circulam afobados pelos terrenos, atendendo a todas as necessidades.

Sussurro a Fee:

– Você vê Ann?

– Ainda não – responde ela, procurando nas multidões. – Que diabo é *aquilo*?

Indica com a cabeça uma enorme fonte de mármore que apresenta o Sr. Wharton como Zeus e a Sra. Wharton como Hera. Os raios de um sol de bronze brilham atrás dos dois. A água goteja da boca do Sr. Wharton num fluxo bastante deplorável, como se ele estivesse cuspindo.

– Que coisa mais pavorosa! – diz Felicity, batendo palmas de deleite. – Que outras maravilhas nos aguardam?

A Sra. Nightwing observa, com um olhar abrangente, o espetáculo da fonte, os gramados, o querubim de cerâmica equilibrado próximo a arbustos enfeitados, o palanque recém-construído.

– Valha-me Deus – murmura ela.

A risada da Sra. Wharton pode ser ouvida acima da algazarra. Viemos com vestidos simples e leves de verão, chapéus de palha encarapitados na cabeça, mas a anfitriã usa um vestido azul com elaborado bordado de contas, mais apropriado a um baile. Diamantes pingam por seu pescoço, embora ainda seja de tarde. E seu chapéu, de tão grande, é um verdadeiro continente. Uma rápida virada da cabeça e ela quase derruba todo um contingente de empregados.

– Que maravilha terem vindo – diz, dando-nos boas-vindas. – Experimentem o caviar... veio diretamente da França!

De início, não reconheço Ann. Com seu vestido engomado, cabelos puxados severamente para trás, não parece a moça que nos deixou há várias semanas. É um daqueles fantasmas cinzentos que assombram as margens em toda festa, não bem família, não bem empregada, não bem convidada... algo intermediário e não reconhecido por ninguém. E, quando nossos olhos se encontram, ela não sustenta o olhar. A pequena Charlotte puxa-lhe o vestido com força.

– Annie, quero brincar no jardim das rosas – lamuria-se.

– Você partiu as rosas da última vez, Lottie, e fui chamada e responsabilizada.

– Ah, Srta. Bradshaw – chama-a a prima de Ann –, deixe que ela brinque com as rosas. Ela as adora tanto.

– Não mexe nelas com delicadeza – responde Ann.

– É seu dever cuidar para que mexa – diz-lhe a Sra. Wharton.

– Sim, Sra. Wharton – responde Ann, desanimadamente, e Charlotte dá um sorriso de triunfo.

Posso muito bem imaginar que outros horrores Ann suporta.

Felicity e eu as seguimos a uma distância segura. Ann tenta desesperadamente cuidar das abomináveis crianças. Carrie, que já tem quatro anos, enfia os dedos no nariz a quase todo momento, e só os tira para examinar seus repugnantes achados. Mas Charlotte é muito pior. Quando ninguém está olhando, arranca as rosas dos caules de modo que as flores em pleno desabrochar pendem tristes, de pescoço partido. As repreensões de Ann não são ouvidas. Tão logo esta dá as costas, Charlotte continua com sua carnificina.

– Ann! – chamamos.

Embora nos veja, ela finge que não.

– Ann, por favor, não nos ignore – suplico.

– Esperava que você não viesse – responde ela.

– Ann... – começo a dizer.

– Estraguei tudo, não foi? – sussurra ela. – Carrie! – chama. – Não deve comer o que tem no nariz. Isso não se faz.

Felicity faz uma carranca.
— Meu Deus. Nunca terei filhos. — Carrie oferece-lhe a horrenda pérola em seu dedo. — Não, obrigada. Que animalzinho repugnante. Como você aguenta isso?
Ann enxuga uma lágrima furtiva.
— Fiz minha cama... — começa, mas não termina.
— Desfaça-a — diz Felicity.
— Como? — Ann enxuga o outro olho.
— Você pode fugir — sugere Felicity. — Ou fingir que tem alguma doença terrível... ou se tornar tão odiosa que nem as mais terríveis crianças a desejariam como governanta.
— Gemma? — Ann me olha, suplicante.
Não abandonei minhas mágoas com tanta facilidade.
— Eu lhe ofereci ajuda, antes — lembro-lhe. — Será que a quer mesmo, desta vez?
— Quero — responde ela, e vejo, pela posição do queixo, que fala sério.
— De que estão falando? — pergunta Charlotte, imperiosamente, tentando invadir nosso grupo fechado.
— De um grande monstro que devora criancinhas curiosas demais e engole seus ossos inteiros — sibila Felicity, em resposta.
Ann solta uma risada estrangulada.
— Vou contar à mamãe o que você me disse.
Felicity curva-se até se nivelar com o rosto da criança.
— Conte tudo e o que mais de pior puder inventar.
De início, Charlotte se encolhe. Depois, com uma olhada em Ann, corre para sua mãe, chorando.
— Mamãe, a amiga de Ann me disse que um monstro vai me comer!
— Estou liquidada — suspira Ann.
— Ainda mais um motivo para pôr nosso plano em prática.

Após a Sra. Wharton passar uma descompostura completa em Ann pelo acesso de mau gênio da filha — em plena vista dos desconcertados convidados —, ordena a ela que volte aos seus deveres. Seguimos logo atrás, enquanto Charlotte assassina as rosas. Abaixo-me e digo, docemente:
— Não deve partir as rosas, Lottie.
Ela me lança um olhar cheio de ódio.

– Você não é minha mãe.
– Verdade – continuo. – Mas se não parar, serei obrigada a *contar* a ela.
– Aí digo que foi Annie quem quebrou a rosa.
Para demonstrar poder, atira a rosa a meus pés. Que gracinha. Que criança simpática.
– Aqui vamos nós – sussurro no ouvido de Annie.
– Lottie, não pode amassar as rosas – diz Ann com a maior doçura possível. – Senão elas podem ferir você.
– Que bobagem! – Ela parte outra.
Já passara a uma terceira quando Ann fala, com muita firmeza:
– Não diga que não lhe avisei.
Ela acena sua mão sobre as rosas, invocando a magia que lhe transmiti. Charlotte arregala os olhos, quando as flores decapitadas alçam voo, livres dos caules quebrados. Elas se elevam numa cintilante espiral vermelha. Embora seja um efeito lindo e, com toda probabilidade, alcance o efeito desejado, é importante impressionar a ferinha por completo. As rosas voam rápido em direção a ela e pairam por apenas um segundo acima de seu rosto pasmo, antes de descerem num ataque pleno, com os espinhos picando várias vezes seus braços, mãos, pernas e costas. Charlotte grita e corre para a mãe. As rosas tornam a cair. Vejo a menina puxar o braço da mãe, enquanto esfrega seu traseiro dolorido. Em segundos, a chorosa Charlotte arrasta sua mãe em nossa direção. Vários convidados as seguem, para ver o que causou a agitação.
– Digam a ela! – chora Charlotte. – Digam o que as rosas fizeram! O que vocês as mandaram fazer!
Damos à Sra. Wharton nossos mais inocentes sorrisos, mas o de Ann é o maior.
– Ora, Lottie, o que quer dizer, querida? – pergunta Ann, demonstrando a maior preocupação e aflição.
Charlotte não tolerará isso.
– Ela fez as rosas voarem! Mandou que me machucassem! Fez as rosas voarem! Fez, sim!
– Meu Deus, como foi que fiz isso? – repreende Ann, gentilmente.
– Você é uma feiticeira! E você também. E você!
Os convidados riem disso, mas a Sra. Wharton está aborrecida:
– Charlotte! Quanta imaginação! Você sabe o que o papai acha de mentiras.

– Não é mentira, mamãe! Elas fizeram isso! Fizeram!
Ann fecha os olhos e lança um último feitiço.
– Oh, querida – diz, examinando o rosto da criança. – Que manchas são essas?
Na verdade, aparecem pequenos inchaços vermelhos no rosto da criança, embora sejam apenas ilusão.
– Ora, é catapora – diz um senhor.
– Ah. Ah, meu Deus – diz a Sra. Wharton.
Uma onda de receio passa pelos convidados. Ninguém quer ficar perto e, embora a anfitriã lute para manter o controle da festa perfeita, está perdendo o poder. Logo, esposas puxam as mangas dos maridos e inventam pretextos para ir embora.
E então começa a chover, embora o crédito desse acontecimento não possa ser atribuído a Ann, Felicity ou a mim. A banda de metais para de tocar. Trazem as carruagens. Os convidados se dispersam e o Sr. Wharton conduz as crianças a seu quarto. Deixam-nos em abençoada solidão.
– Ah, eu gostaria de reviver aquele momento repetidas vezes – diz Ann, quando nos refugiamos sob uma pérgula revestida de videiras.
– Feiticeiras! – diz Felicity, imitando Charlotte, e escondemos o riso por trás das mãos.
– Ainda assim – comenta Ann, com um tom de preocupação infiltrado na voz –, ela é apenas uma criança.
– Não – oponho-me. – É um demônio astutamente disfarçado com um babador. E a mãe a merece por completo.
Ann pensa um pouco.
– Verdade. Mas e se a mãe acreditar nela?
Felicity corta uma lâmina de grama em duas.
– Ninguém presta atenção a crianças, nem quando falam a verdade – diz, ressentida.

O médico chega e faz o diagnóstico: catapora. Como Ann nunca teve a doença, ele ordena que ela se afaste das crianças e da casa por três semanas. A Sra. Nightwing concorda em hospedar Ann até ela poder voltar em segurança, e dentro de alguns minutos vemos nossa amiga com sua mala feita e dentro da nossa carruagem.
A Sra. Wharton opõe-se tenazmente à partida de Ann.
– Ela não poderia ficar? – pede, quando a mala é guardada em nossa carruagem.

– Na verdade, ela não pode – insiste o médico. – Seria muito sério se ela pegasse catapora.

– Mas como me arranjarei? – suplica a Sra. Wharton.

– Ora, vamos, Sra. Wharton – diz o Sr. Wharton. – Temos uma babá, e nossa Annie voltará de novo ao nosso convívio daqui a três semanas. Não é, Srta. Bradshaw?

– Mal notarão que fui embora – responde Ann, e de fato acredito que ela se alegra muito ao dizer isso.

# Capítulo
## Quarenta e Quatro

O retorno de Ann à Spence é saudado com vivas pelas meninas mais jovens, que reclamam sua atenção. Agora que "esteve afastada", acham-na excitante e exótica. Por mais que só se ausentasse por algumas semanas e fosse apenas a uma casa de campo, para elas tem um ar de dama. Brigid promete a todas um pudim de caramelo, em comemoração; e, quando nos instalamos na tenda, à noite, junto ao fogo, é como se nunca nos houvéssemos separado, e a viagem de Ann não passasse de um sonho ruim.

Apenas Cecily, Elizabeth e Martha mantêm distância, mas Ann não parece importar-se. Contamos tudo a Ann – a visita ao Dr. Van Ripple, a lousa, minha descoberta do plano da Srta. McCleethy e Fowlson para recuperar o poder. Kartik. Esta parte me deixa melancólica. A única coisa que não confesso é minha associação com Circe, pois sei que elas não entenderiam. Eu mesma não entendo bem.

– Então – diz Ann, recapitulando –, sabemos que Wilhelmina foi traída por alguém em quem confiava, alguém que ela conheceu em seus tempos na Spence.

Felicity morde um chocolate.

– Correto.

– Tanto Eugenia Spence quanto Mãe Elena sentem que alguém está associado às criaturas das Terras Invernais, e Mãe Elena teme que essa união nos traga a morte.

– Está se saindo muito bem, continue – digo, roubando um chocolate.

– As tribos dos reinos, em rebelião, talvez também estejam se unindo às criaturas das Terras Invernais.

Assentimos com a cabeça.

– Para libertar Eugenia e trazer a paz às Terras Invernais, precisamos encontrar a adaga que Wilhelmina roubou da Spence. E Wilhelmina, que era viciada em drogas, ladra e pessoa de má reputação, de forma geral, talvez esteja tentando nos guiar à localização da adaga, usando as visões de Gemma. Ou é bem possível que ela possa estar nos conduzindo para um fim muito ruim.
– De fato. – Felicity lambe os dedos.
– A Srta. McCleethy e, é lógico, a Sra. Nightwing, sabem da porta secreta para os reinos, mas acreditam que só podem abri-la reconstruindo a torre. Eugenia confirma que é isso mesmo. Wilhelmina, porém, não quer que elas reconstruam a Ala Leste. – Ann se interrompe.
– Por quê?
Felicity e eu encolhemos os ombros.
– Será que ela está do lado de Gemma? – sugere Felicity, como se isso fizesse perfeito sentido.
– E há também a questão da frase "A chave guarda a verdade" – continua Ann. – A chave de quê? Que verdade?
– O Dr. Van Ripple disse que não é de seu conhecimento a existência de nenhuma chave... nem adaga – repito. – E a lousa não conta histórias, é apenas uma lousa comum.
Ann pega um bombom de chocolate. Gira-o na boca, pensando.
– Antes de mais nada, por que Wilhelmina pegou a adaga?
Por um momento, há na tenda apenas o ruído de nossos dedos, que tamborilamos em ritmos separados.
– Ela sabia que, se fosse parar em mãos erradas, a adaga traria o caos – sugiro. – Não confiava na Srta. McCleethy nem na Nightwing, se a arma caísse em poder delas.
– Mas elas veneram a memória da Sra. Spence. Consideram-na uma santa – argumenta Ann. – Que motivo teriam para lhe fazer mal?
– A não ser que, na verdade, jamais tivessem gostado dela. Às vezes as pessoas fingem sentir afeição por alguém, quando não sentem – acrescento, amargamente, pensando em Kartik.
Espreitamos pela fresta da tenda as duas mulheres numa conversa absorvente. Brigid leva à Sra. Nightwing seu xerez numa bandeja de prata.
– Não vejo como poderemos resolver o mistério esta noite – queixa-se Felicity.
Uma forte batida na porta nos perturba. Brigid dirige-se à Sra. Nightwing:

– Perdão, senhora, mas há uma trupe de mímicos lá fora. Dizem que querem apresentar um alegre número teatral, se a senhora tiver a bondade de recebê-los.

A Sra. Nightwing tira bruscamente os óculos.

– Atores? Claro que não. Pode mandá-los embora, Brigid.

– Sim, senhora.

A Sra. Nightwing mal pôs os óculos de volta quando as meninas a assediam, pedindo que reconsidere.

– Ah, por favor! – gritam. – Por favor!

Nossa diretora é decidida.

– Não são dignos de confiança. Quando eu era menina, provavelmente seriam expulsos da cidade. Na melhor das hipóteses, são mendigos, na pior, ladrões e mais do que isso.

– O que pode ser pior do que mendigos e ladrões? – pergunta Elizabeth.

Os lábios da Sra. Nightwing se comprimem.

– Nem queiram saber.

Isso leva todas as meninas às janelas, para espreitar a escuridão, com a esperança de dar uma olhada nesses homens proibidos. O perigo chama e respondemos com um excesso de avidez, colando nosso nariz nas vidraças. Os mímicos não são afastados com tanta facilidade, segundo parece. Puseram suas lanternas em cima do gramado e começaram sua apresentação. Abrimos as janelas e espichamos nossa cabeça para fora.

– Boa-noite, gentis senhoras! – grita um dos atores.

Ele faz malabarismo com várias maçãs, que joga ao mesmo tempo para o alto, dando uma mordida em cada uma delas, toda vez que se aproxima, até sua boca ficar cheia. Rimos com esse esporte.

– Por favor, Sra. Nightwing – imploramos.

Finalmente, ela cede:

– Muito bem – diz com um profundo suspiro. – Brigid! Preste bem atenção à prataria e não deixe ninguém entrar!

Saímos para o gramado. Pirilampos piscam para nós com suas caudas brilhantes. A atmosfera está tranquila e agradável, e estamos emocionadas por termos um espetáculo. Apesar de toda a apreensão da Sra. Nightwing, os mímicos são mais palhaços do que criminosos. Seus rostos foram enegrecidos com cortiça queimada e suas fantasias estão bem surradas, como se eles estivessem percorrendo há semanas as estradas da Inglaterra. O homem alto no meio usa uma túnica com o emblema de São Jorge. Outro enverga um traje oriental, como se fosse um turco. Ainda outro parece uma espécie de médico. Vejo os pés de dois outros por debaixo de uma fantasia de dragão.

O líder da trupe adianta-se. É um sujeito alto, desengonçado, com cabelos que precisam de um corte. Seu rosto tem os planos acentuados dos magros e famintos. Usa uma cartola que já viu dias melhores, e a túnica está ficando acinzentada. Na mão, tem uma espada de madeira. Fala com os erres enrolados e o ar de um ator do teatro de variedades.

– Que história lhes contaremos para encantá-las, minhas lindas donzelas? Desejam um conto de amor apaixonado? Ou de aventura e possível morte?

Arquejos excitados ecoam por nosso diversificado grupo de moças. Alguém pede amor, mas é silenciada a gritos.

– Aventura e morte! – berramos.

A romântica faz beicinho, mas será isso mesmo. A morte é infinitamente mais emocionante.

– Talvez a história da vitória de São Jorge sobre o dragão, então? Uma princesa encantada à beira do sacrifício? Viverá? Morrerá? Esta noite, vamos apresentar-lhes um herói, um doutor, Dúvida, o cavaleiro turco, e, é claro, um dragão. Mas primeiro solicitamos uma princesa. Alguma de vocês gostaria de ser nossa condenada donzela encantada?

Imediatamente, as moças imploram para serem escolhidas. Acenam com as mãos e clamam por atenção, enquanto o ator nos avalia devagar, enquanto caminha de um lado para o outro, com passadas largas.

– Você aí, minha dama de cabelos avermelhados. – Demoro um momento para perceber que o ator aponta para mim. Como sou a mais alta e tenho os cabelos mais avermelhados, destaquei-me. – Será que nos daria a honra de ser nossa donzela encantada?

– Eu...

– Ah, vá em frente – diz Felicity, empurrando-me para a frente.

– Ah, obrigado, bela donzela. – Ele põe uma coroa em minha cabeça. – Nossa princesa!

As moças ficam decepcionadas. Batem palmas sem entusiasmo.

– Comecemos nossa história numa cidade-Estado muito bucólica, onde corre um rio dourado. Mas o que é isso? Ai! Um dragão construiu seu ninho ali!

Os homens fantasiados de dragão avançam, grunhem e rosnam. Seguram uma bandeirola sugerindo fogo.

– Os cidadãos, que vivem em terror mortal, não podem mais tirar água do rio, tão assustados que estão com a fera hedionda. E, assim, concebem um plano desesperado... sacrificam uma princesa ao dragão, para que satisfaça sua fome... um sacrifício diário!
As meninas mais moças arquejam. Ouvem-se alguns estridentes gritos infantis. Felicity grita:
– Que azar, Gemma! – E as moças mais velhas caem na gargalhada.
Até a Srta. McCleethy e Mademoiselle LeFarge riem. Sou bem amada. Que afortunada. O bafo incinerador do dragão torna-se mais inapelável a cada segundo.
O ator não se importa de ver seu espetáculo distorcido dessa maneira. Usa sua voz mais autoritária. Ela troveja no ar sombrio de uma maneira que me provoca arrepios nos braços.
– A bela princesa grita por salvação! – Aponta para mim, à espera. Respondo à sua paciência com uma expressão perplexa. – Grite – sussurra ele.
– Aaaai.
É o grito mais fraco da história da gritaria.
A irritação do ator aparece sob seu sorriso barbado.
– Você é uma donzela encantada no precipício da morte! Com o temível hálito flamejante do dragão a apenas centímetros de seus cachos dourado-avermelhados! Queimará como um pavio! Grite! Grite para salvar a vida!
Parece um pedido simples, mas estou tão mortificada por tudo isso que não consigo emitir um só som. A plateia aguarda inquieta. Eu poderia lembrar a elas que não me ofereci como voluntária para este papel. Soa um grito estridente de partir o coração, alto e sincero. Faz calafrios correrem por todo o meu corpo. É Ann. Mão na testa, ela grita, desempenhando o papel como se fosse a própria Lily Trimble.
Os atores dão vivas.
– Ah, eis aí nossa princesa!
Levam Ann para a frente e põem a coroa em sua cabeça. Sou conduzida de volta para onde estão as outras moças sem sequer um agradecimento por meus esforços.
– Não fui tão ruim assim – resmungo, quando estou ao lado de Felicity.
Fee dá palmadinhas em meu braço. O gesto diz: *Na verdade, foi.*

Não consigo continuar intratável por muito tempo, pois Ann está magnífica. Observando-a, esqueço-me de que ela é Ann. É uma verdadeira princesa em perigo de ser devorada. Com os pulsos seguros pelos atores mambembes, debate-se e implora clemência. Grita, enquanto o dragão de papel se aproxima.

– Ninguém salvará esta dama? Ela enfrentará a morte? – apela o ator, satisfeito.

Eles tocam uma corneta danificada, que não soa como uma convocação às armas, mas como o mugido de alguma vaca agonizante. Chega São Jorge, com seu capacete cheio de plumas.

– Ah! Mas quem é esse? Amigo ou inimigo? Será que alguém pode dizer-me a verdade?

– Esse é São Jorge! – grita uma menina.

O ator finge não ouvir.

– Rogo a todas, digam quem é.

– São Jorge! – gritamos, alegremente.

– E ele é herói... ou vilão?

– Herói!

Pois quem ousaria chamar o santo padroeiro da Inglaterra de outra coisa que não herói?

– Oh, quem me salvará? – grita Ann, chorosa.

Ela é realmente muito boa, mas o ator não gosta de ser superado no palco. Põe uma mão firme em torno do braço de Ann.

– A princesa, de tão dominada pelo terror, desmaia completamente – anuncia ele, incisivamente.

O olhar de esguelha de Ann revela aborrecimento; mas, como lhe foi solicitado, e com um dramático suspiro, ela fecha os olhos e deixa o corpo cair, fazendo-se de morta nas correntes de papel. São Jorge enfrenta o dragão.

– Mas o que é isso? Nosso herói hesita. Dúvida encontrou um caminho para seu coração.

Um ator com o rosto pintado com duas expressões diferentes – um sorriso e uma carranca – coloca-se ao lado do ator que interpreta São Jorge.

– A donzela não pode ser salva. Por que se sacrificar por ela?

Recebemos isso com um coro de vaias.

O ator de rosto pintado vira para nós seu lado sorridente.

– Sempre foi assim, uma donzela é sacrificada para acalmar a fera. Quem ousa desafiar o dragão?

– Dúvida aflige nosso leal herói – troveja o ator alto. – Ele precisará da ajuda de damas tão formosas e boas como as aqui reunidas, para encontrar sua coragem e alcançar a vitória. Vão encorajá-lo?
– Sim! – gritamos.
São Jorge finge estar decidindo, enquanto o dragão de papel avança dando voltas mais para perto de Ann, com um leve grunhido. Damos outro "viva" bem alto e ele desembainha a espada com determinação. Segue-se uma feroz batalha. O dragão é derrotado, mas São Jorge está ferido. Agarrando o lado de seu corpo, ele cai por terra, e silenciamos.
– O que é isso?! – exclama o ator, de olhos arregalados. – Nosso herói recebeu um golpe! Há algum médico aí? – Nada acontece, e o ator, com visível irritação, repete: – Há algum médico aí?
– Eu. – O ator de três dentes ao nosso lado se lembra de seu papel. Adianta-se às pressas, segurando seu chapéu na cabeça e erguendo bem alto um frasquinho na outra mão. – Sou o bom médico. E tenho uma poção mágica que lhe devolverá sua saúde. Mas para ativar essa magia, cada um de nós precisa acreditar... acreditar e ter força.
Com grande solenidade, o bom médico passa o frasco de uma moça para outra e pede que lhe acrescente seu desejo. O frasco é levado às carreiras ao caído São Jorge e colocado em seus lábios. Ele se levanta com um pulo, sob nossa retumbante aprovação:
– Nosso herói se recuperou! A magia de vocês restaurou-lhe o antigo vigor! E agora, à princesa encantada.
São Jorge corre para o lado de Ann. Parece pronto a beijar sua face, mas um alto pigarro da Sra. Nightwing o faz mudar de ideia. Em vez disso, ele lhe dá uma beijoca na mão.
– A princesa está salva!
Ann ressuscita com um sorriso. Mais uma vez, damos vivas. Os atores encarregados do dragão de papel movem-se de repente e se juntam a Ann e São Jorge, movimentando-se de modo a parecer que o bravo cavaleiro e a formosa donzela cavalgam a fera. Eles acenam, satisfeitos. O dragão mia, fazendo-nos rir. É um final muito feliz que, eu acho, esperávamos. Os atores se curvam e nós os aplaudimos. O ator principal coloca seu chapéu no chão, convidando-nos a fazer um donativo, "por menor que seja". Atiramos nossas moedas, para grande desalento da Sra. Nightwing.
– Sim, sim – diz ela, arrebanhando-nos na direção da Spence. – Cuidado para não pegarmos um resfriado.

– Ann, você foi maravilhosa – digo quando ela se junta a nós. Suas faces estão rosadas, os olhos claros. O momento de glória lhe cai bem.

– Quando o dragão ficou ao meu lado, senti medo mesmo! Foi emocionante. Eu poderia representar todas as noites de minha vida e jamais me cansaria disso. – Balança a cabeça. – Se pudesse cantar para o Sr. Katz agora, cantaria, e não desperdiçaria a chance. Mas é tarde demais. Eles se foram.

Algumas das meninas mais novas passam correndo para parabenizar Ann e lhe dizer que fez uma princesa perfeita. Ann exulta com os elogios, sorrindo timidamente a cada cumprimento.

De repente, meus ouvidos ficam cheios de um silvo crescente, que soa como uma lâmpada a gás sendo colocada no máximo da sua chama. Fico sem ar. Parece que alguém puxa cada parte de meu corpo. Tudo vira de pernas para o ar. O tempo se torna mais lento. Vejo as moças se movimentarem muito vagarosamente, as fitas de seus cabelos desafiando a gravidade, enquanto elas viram a cabeça em graus infinitesimais. Os sons de suas risadas soam baixos e ocos. Ann torce a boca, dizendo palavras tão lentas que não consigo decifrá-las. Apenas eu pareço movimentar-me numa velocidade normal. É como se eu fosse a única verdadeiramente viva.

Volto-me em direção às árvores e sinto um frio na alma. Os atores não diminuíram absolutamente seu ritmo. Ao entrarem na floresta suas figuras parecem ficar mais indistintas, até não passarem de contornos. Diante de meus olhos atônitos, eles se transformam em corvos e se afastam voando, as asas escuras criando uma perturbação no ar calmo. O tremendo puxão desaparece, mas me sinto esgotada, como se tivesse corrido quilômetros.

A boca de Ann agora emite suas palavras:

– ... Eu me atrevo a dizer: não concorda? Gemma? Que expressão estranha a sua!

– Você viu aquilo? – ofego.

– Vi o quê?

– Os atores... eles... eles estavam ali e depois... transformaram-se em pássaros e foram embora voando.

A mágoa arde nos olhos de Ann.

– Não pedi que me preferissem a você.

– O quê? Não, não é isso, de jeito nenhum! – digo, mais suavemente. – Quero dizer que num momento os atores estavam ali, e no seguinte viraram pássaros... assim, sem mais... – Fico toda gelada. – Exatamente como os Guerreiros das Papoulas.

Ann espreita a escuridão. A lâmpada dos atores oscila entre as árvores, tornando-se cada vez menor com a distância.

– Pássaros carregam lanternas?
– Mas eu... – Não consigo terminar a frase. Não tenho mais certeza do que vi.
– Ann Bradshaw! Como não nos contou que é tão brilhante? – exclama Elizabeth.

Ela e Martha arrastam Ann para um redemoinho de adulação infantil, e Ann, toda feliz, segue com a correnteza.

Fico sozinha no gramado, à procura de algum sinal de que não imaginei o que vi. Mas a floresta permanece silenciosa. A voz de Eugenia ecoa em minha cabeça: *Eles podem fazer você ver o que desejam que veja. Será como se você fosse louca.* Viro-me e vejo a Sra. Nightwing e a Srta. McCleethy conversando. Espinhos de suor frio brotam de minha testa e os enxugo.

Não, não ouvirei o que dizem. Não sou um fantoche delas e tampouco louca.

– A escuridão prega truques, Gemma – digo para me confortar. – Não foi nada. Nada, nada, nada.

Repito a palavra a cada passo, até me convencer de que é verdade.

– Não é maravilhoso? Exatamente como nos velhos tempos – diz Ann, quando estamos prontas para nos deitar.

– É – concordo, passando uma escova em meus cabelos.

Minhas mãos ainda estão trêmulas, e estou satisfeita por ter Ann de volta em sua cama esta noite.

– Gemma – diz ela, notando meu tremor –, não sei o que você julgou ver na floresta, mas não havia nada lá. Deve ter sido imaginação sua.

– Sim, você tem razão – respondo.

E isso é o que mais me assusta.

# Capítulo
## Quarenta e Cinco

Quando chega a hora de acordar, não me sinto disposta. Algo mais do que falta de sono me causa mal-estar. Não me sinto bem. O corpo dói e meus pensamentos estão lentos. É como se eu tivesse corrido com força, rapidamente, durante tanto tempo que cada passo meu agora é um esforço. As beiradas de minha pessoa estão borradas e se confundem com todo o resto em volta – com os humores e emoções das outras pessoas, com a dolorosa luz do sol, as inúmeras sensações – até eu não poder mais dizer onde o mundo começa e eu paro.

Mas as outras moças da Spence estão cheias de vida com a excitação causada pelo baile de máscaras em perspectiva. Elas não resistem a se movimentar rapidamente de um lado para outro fantasiadas, testando suas roupas. Saracoteiam diante dos espelhos já apinhados em excesso, ensaiando para o momento em que se verão como princesas e fadas, com máscaras enfeitadas com plumas e contas. Tudo o que se pode ver delas são os olhos e a boca. Algumas das mais jovens resmungam umas para as outras, as mãos curvadas em garras. Batem umas nas outras e se empurram, como tigres selvagens.

A Sra. Nightwing entra e bate palmas.

– Senhoritas, vamos começar com o ensaio.

As outras professoras cercam as moças, separando os tigres das fadas. Fazem com que nos sentemos no chão, enquanto a Sra. Nightwing supervisiona nosso desempenho com o encanto e generosidade de um guarda de prisão:

– Srta. Eaton, está tocando o piano ou assassinando-o? Senhoritas, as reverências femininas devem ser como flocos de neve caindo na terra. Suavidade, suavidade! Srta. Fensmore, isso não é um floco de neve, mas uma avalanche. Srta. Whitford, solte a voz, por favor. Talvez o piso ouça muito bem sua canção, mas é apenas o piso e não pode aplaudi-la.

Quando a Sra. Nightwing me chama para recitar o poema, sinto meu estômago se revirar. Não gosto de ficar diante de todas, ser o centro das atenções. Jamais me lembrarei das palavras. As moças me olham com expectativa, tédio e pena. A Sra. Nightwing pigarreia, e é como uma arma a disparar para o início de uma corrida. E disparo a correr.
– "Rosa de todas as Rosas, Rosa de todo o Mundo..."
A Sra. Nightwing me interrompe:
– Valha-me Deus, Srta. Doyle. Trata-se de uma corrida de cavalos ou da recitação de um poema?
As meninas dão risinhos abafados. Alguns dos pequenos tigres riem à solta por trás das mãos.
Recomeço e tento dar o melhor de mim para moderar a voz e o ritmo, embora o coração martele com tanta força que mal consigo respirar.
– "Dê as costas se puderes às batalhas nunca travadas, /*Apelo, quando por mim passam, um a um*./ O perigo não oferece refúgio, nem a guerra paz,/ Para quem ouve cantar incessantemente o amor."
A palavra *amor* faz a meninas mais novas voltarem a rir, e tenho de esperar, enquanto a Srta. McCleethy as repreende por sua grosseria e ameaça não lhes dar bolo, caso não se comportem bem. A Sra. Nightwing me faz um aceno com a cabeça, para que eu continue.
– "Rosa de todas as Rosas, Rosa de todo o Mundo!/ Também tu vieste para onde são lançadas as turvas marés/ para cima dos cais do sofrimento e ouviste tocar/ o sino que nos chama à frente; doce e distante..." – Engulo em seco uma, duas vezes. Elas me olham em grande expectativa, e sinto que, faça o que fizer, vou decepcionar. – Ah... "Beleza que se tornou, beleza que se tornou triste..."
Meus olhos coçam por causa das lágrimas que sinto vontade de derramar, sem motivo que eu possa identificar.
– Srta. Doyle? – chama a Sra. Nightwing. – Pretende acrescentar uma pausa dramática? Ou entrou em estado catatônico?
– Nã-não. Apenas esqueci onde estava – murmuro.
*Não chore, Gemma. Pelo amor de Deus, aqui não.* – "Beleza que se entristeceu com sua eternidade/ Tornou-te nossa, e do mar cinzento e sombrio./ Nossos compridos navios arriam velas tecidas com pensamentos e esperam,/ Pois Deus os destinou a partilharem a mesma sina;/e quando, finalmente, derrotados em Suas guerras,/ Afundarem sob as mesmas brancas estrelas,/ Não ouviremos mais o pequeno grito/ De nossos corações tristes, que talvez não vivam nem morram."

Ouvem-se mornos aplausos, quando saio de meu lugar. Cabeça erguida, a Sra. Nightwing olha-me furiosa pela parte de baixo de seus óculos.
– Isso exige trabalho, Srta. Doyle. Eu esperava muito mais. Todo mundo parece esperar mais de mim. Sou uma moça inteiramente decepcionante, em toda parte. Usarei um *D* escarlate no peito, para todas verem e saberem que não devem ter grandes expectativas.
– Sim, Sra. Nightwing – concordo, com uma nova ameaça de lágrimas, porque, por baixo de tudo isso, eu gostaria de satisfazê-la, se possível.
– Ora, está bem – diz ela, abrandando-se. – Ensaie mesmo, sim? Srta. Temple, Srta. Hawthorne e Srta. Poole, creio que estamos prontas para seu balé.
– Vai orgulhar-se de nós, Sra. Nightwing – gorjeia Cecily. – Pois ensaiamos como nunca.
– Fico aliviada por ouvir isso – responde nossa diretora.
Maldita Cecily. Sempre tão superior. Será que, algum dia, já teve sonhos manchados de sangue? Será que alguém de seu tipo chega, algum dia, a se preocupar com qualquer coisa que seja? Já que vive num precioso casulo, onde nenhum problema pode intrometer-se.

Cecily flutua pelo piso com absoluta graça. Seus braços se arqueiam sobre sua cabeça, como se fossem protegê-la de todos os males. Não consigo evitar: odeio sua presunção e segurança. Gostaria de ter o mesmo que ela, e agora me detesto por isso.

Antes que eu possa contê-la, a magia ruge em mim. E, antes que possa chamá-la de volta, Cecily escorrega em meio à sua graciosa pirueta. Cai com todo o peso e torce dolorosamente o tornozelo embaixo de seu corpo, quando bate no chão com uma alta pancada.

Todo mundo arqueja. As mãos da dançarina voam para sua boca que sangra, e seu dolorido tornozelo, como se ela não conseguisse decidir o que dói mais. Cecily explode em prantos.
– Santo Deus! – exclama a Sra. Nightwing.
Todas as meninas correm para o lado dela, menos eu. Fico olhando, com meus membros ainda pesando com a magia. Oferecem-lhe um guardanapo para limpar o lábio do chá. Cecily soluça, enquanto a Sra. Nightwing conforta-a friamente, dizendo que não deve fazer tanto estardalhaço.

Minha pele ainda coça com a magia. Esfrego os braços como se pudesse mandá-la embora. Estou oprimida com os gritos, os arquejos, a confusão, e abaixo disso... muito abaixo... ouço o áspero raspar de asas. Uma coisa brilha no canto, perto das cortinas. Eu me aproximo. É a ninfa que vi na outra noite, a que se libertou da coluna, escondida numa dobra do veludo.

– Como... como chegou aqui? – pergunto.
– Estou aqui? Você me vê? Ou apenas sua mente é que diz isso? Ela se movimenta por cima de minha cabeça. Tento agarrá-la, mas minha mão volta apenas com ar.
– Engraçado o que você fez com aquela mortal. – Ela ri. – Gosto disso.
– Não foi engraçado – digo. – Foi terrível.
– Você a fez cair com sua magia. Você é muito poderosa.
– Não tive a intenção de fazer com que ela caísse.
– Srta. Doyle? Com quem está falando? – pergunta Mademoiselle LeFarge.

Todas param de prestar atenção em Cecily. Agora, olham para mim. Torno a olhar para onde estava a ninfa, mas não vejo nada. Apenas uma cortina.

– Eu... eu...

Do outro lado da sala, a Srta. McCleethy olha de mim para Cecily e de novo para mim, com uma expressão de alarme aparecendo vagarosamente em seu rosto.

– Foi você quem fez isso, não foi? – soluça Cecily. Há um verdadeiro medo em seus olhos. – Não sei como ela fez isso, Sra. Nightwing, mas fez! É uma moça malvada!

– Malvada – cacareja a ninfa em meu ouvido.
– Cale a boca! – grito.
– Srta. Doyle? – diz Mademoiselle LeFarge. – Quem...

Não respondo, nem espero permissão. Saio correndo da sala, desço a escada e passo pela porta, sem me importar com o fato de que vou ganhar cem pontos por má conduta por causa disso, e me mandarão esfregar os pisos para sempre. Passo correndo pelos trabalhadores assustados, que tentam apagar o passado da Ala Leste com nova cal branca. Corro até chegar ao lago, onde caio na grama. Deito-me enroscada de lado, ofegante, e espio o lago pelas longas folhas de grama que acolhem minhas lágrimas.

Uma tímida égua castanha sai perambulando da proteção das árvores. Encosta o focinho na água, mas não bebe. Vagueia mais para perto de mim e nos entreolhamos cautelosas, duas coisas perdidas.

Quando ela chega bem próxima, vejo que é Freya. Traz uma sela em seu forte dorso, e me pergunto, se era para ser cavalgada, quem seria o cavaleiro?
– Olá, você! – chamo. – A égua resfolega e baixa a cabeça, inquieta. Acaricio seu focinho e ela deixa. – Vamos – digo, tomando-lhe as rédeas. – Vou levá-la de volta para casa.
Os ciganos, habitualmente, não ficam satisfeitos ao me ver, mas nesse dia empalidecem à minha aproximação. As mulheres levam as mãos à boca, como se quisessem deter quaisquer palavras que pudessem escapar. Uma delas chama Kartik.
– Freya, sua menina desobediente! Ficamos preocupados com você – diz ele, pondo a cabeça no focinho do animal.
– Eu a encontrei perto do lago – comunico, em tom frio.
Kartik acaricia o focinho de Freya.
– Por onde andou, Freya? Onde está Ithal? Por acaso o viu, Srta. Doyle?
– Não. Ela estava sozinha. Perdida.
Um espírito gêmeo.
Ele balança a cabeça, sério. Leva a égua para seu poste e lhe leva aveia, que ela devora.
– Ithal saiu montado ontem à noite e não voltou.
Mãe Elena fala com os outros na língua deles. Os homens movimentam-se pouco à vontade. Um pequeno grito se eleva entre as mulheres.
– O que é que estão dizendo? – sussurro a Kartik.
– Que talvez Ithal seja um espírito agora. Mãe Elena insiste em que devem queimar tudo dele, a fim de que não retorne para assombrá-los.
– E você acha que ele morreu? – pergunto.
Kartik dá de ombros.
– Os homens de Miller disseram que iam fazer justiça. Vamos procurá-lo. Mas se ele não voltar, os ciganos queimarão todos os vestígios dele.
– Tenho certeza de que aparecerá – digo, e torno a me encaminhar para o lago.
Kartik me segue.
– Amarrei o lenço na hora três dias atrás. Esperei você.
– Não virei – respondo.
– Vai castigar-me para sempre? – Eu paro, encaro-o. – Preciso falar com você – continua ele, e noto as olheiras. – Voltei a ter sonhos. En-

contro-me num lugar ermo. Há uma árvore da altura de dez homens, assustadora e majestosa. Vejo Amar e um grande exército dos mortos. Combato-os como se minha própria alma dependesse disso.
– Pare. Não quero ouvir mais – digo, pois já estou cansada. *Estou meio enjoada de sombras*, penso, lembrando o poema que a Srta. Moore nos ensinou, há tantos meses, "A Dama de Shalott".
– Você aparece – diz Kartik baixinho.
– É?
Ele faz um sinal afirmativo com a cabeça.
– Bem ao meu lado. Lutamos juntos.
– Eu, ao seu lado? – repito.
– Sim – diz ele.
O sol bate em seu rosto de tal forma que vejo as minúsculas pintas douradas em seus olhos. Ele está tão sério que, por um segundo, tenho vontade de estender os braços e beijá-lo.
– Então, você não tem nada a temer – digo, afastando-me dele. – Pois é um sonho, com toda certeza.

Dizer que a Sra. Nightwing está descontente comigo é dizer que Maria Antonieta sofreu um pequeno arranhão no pescoço. Nossa diretora me atribui trinta pontos por má conduta e, como castigo, devo cumprir suas ordens por uma semana. Começa por me mandar arrumar a biblioteca, o que não é a tortura que ela imagina, pois qualquer tempo passado em companhia dos livros me alegra a alma. Isto é, quando minha alma pode alegrar-se.
A Srta. McCleethy entra em meu quarto sem bater e se instala na única cadeira.
– Você não apareceu para jantar – diz.
– Não me sinto bem.
Puxo o cobertor até o queixo, como se isso pudesse proteger-me da bisbilhotice dela.
– Com quem falava no salão de baile?
– Com ninguém – respondo, sem olhá-la nos olhos. – Apenas ensaiava.
– A senhorita disse que não teve intenção de fazê-la cair.
Ela espera a resposta. Deito-me de costas e fito um ponto no teto onde a tinta está descascando.
– O tornozelo da Srta. Temple está ferido. Ela não poderá dançar seu balé. É uma pena. Sua apresentação era muito boa. Srta. Doyle, faça a cortesia de me olhar quando lhe falo.

Deito-me de lado e a atravesso com o olhar, como se fosse feita de vidro.

– Pode parar de fingir, Gemma. Sei que ainda tem a magia. Provocou a queda dela? Não vim puni-la. Mas preciso saber a verdade.

Mais uma vez, sinto a urgente tentação de lhe contar tudo. Talvez fosse um alívio. Mas eu a conheço. Ela seduz. Engoda. Diz que quer a verdade, quando o que quer mesmo é provar que tem razão, dizer-me onde estou errada. E não posso confiar nela. Não posso confiar em ninguém. Não trairei Eugenia.

Retorno à fascinação pelo rasgão no teto. Quero tocar a ferida no reboco. Arrancá-la toda até as tábuas e depois refazer os danos. Pintar o teto de outra cor. Torná-lo inteiramente diferente.

– Ela caiu – digo, com uma voz vazia.

O olhar escuro da Srta. McCleethy está pregado em mim, avaliando, julgando.

– Foi um acidente, então?

Engulo em seco, com força.

– Um acidente.

Fecho os olhos e finjo dormir. E, após o que parece um tempo absurdamente longo, ouço a cadeira raspar o chão, assinalando a partida da Srta. McCleethy, que sai com passos pesados de decepção.

De fato, durmo. Um sono nervoso, com sonhos de corrida em areia preta e grama molhada. Não importa para onde corra, o que quero está simplesmente fora de alcance. Acordo e vejo os rostos de Felicity e Ann pairando apenas a centímetros do meu. Levo um susto.

– É hora de ir para os reinos – diz Felicity. – A expectativa arde em seus olhos. – Faz séculos, não, Ann?

– Parece que sim – concorda a outra.

– Muito bem. Deem-me um momento.

– Com o que você sonhava? – pergunta Ann.

– Não lembro. Por quê?

– Você chorava – responde ela.

Coloco os dedos em minhas bochechas molhadas.

Felicity joga-me minha capa.

– Se não sairmos logo, perderei a cabeça.

Seguro a capa, ponho o dedo e as lágrimas lá no fundo de meu bolso, e é como se não existissem, de modo algum.

## CAPÍTULO QUARENTA E SEIS

Logo que pisamos nas Terras Limítrofes, sentimos que algo mudou. Tudo parece em desordem. As trepadeiras batem na altura do tornozelo. Corvos instalaram-se nas partes mais altas dos abetos, como manchas de nanquim. Enquanto nos dirigimos para o castelo, eles nos seguem, saltando de galho em galho.

– É como se nos vigiassem – sussurra Ann.

As moças da fábrica não nos cumprimentam com seu grito familiar.

– Onde estão? Onde está Pip? – pergunta Felicity, apressando o passo.

O castelo está deserto. E, como os terrenos no lado de fora, está coberto de vegetação e malcuidado. As flores tornaram-se quebradiças, e vermes coleiam por suas pétalas secas. Piso numa extensão de terra farinhenta e levanto minha bota, enojada.

Vagamos pelos aposentos cobertos por trepadeiras, gritando os nomes das moças, mas ninguém responde. Ouço um fraco ruído atrás de uma tapeçaria. Afasto-a para o lado, e ali descubro Wendy, com o rosto sujo e raiado de lágrimas, os dedos azuis.

– Wendy? O que aconteceu? Por que se escondeu?

– É a gritaria, senhorita. – Ela funga. – Antes, era um pouco. Nos últimos dias, ouço o tempo inteiro.

Felicity inspeciona atrás das outras tapeçarias na sala, verificando se tudo não passa de um jogo de esconde-esconde.

– Apareçam! A brincadeira acabou! Pip? Pippa! – grita ela, e desaba no trono, fazendo um beicinho. – Para onde foi todo mundo?

– É como se tivessem desaparecido.

Ann abre uma porta, mas nada há além de trepadeiras lá dentro. Wendy estremece.

– Às vezes, acordo e sinto que sou a única pessoa aqui. Movimenta os dedos manchados de azul até uma cesta das amoras que Pip colheu, as mesmas que condenaram nossa amiga a ficar aqui. Noto que também tem manchas azuis na boca.
– Wendy, você andou comendo as amoras? – pergunto.
Seu rosto revela medo.
– Era só o que tinha, senhorita, e eu estava com tanta fome...
– Não se aflija – digo, pois nada mais se pode fazer.
– Vou até a torre para uma observação – diz Fee, e ouço os pés dela subirem rápido os degraus que caem aos pedaços.
– Sinto medo, senhorita – diz Wendy, com novas lágrimas escorrendo em seu rosto.
– Ora, ora. – Dou palmadinhas em seu ombro. – Estamos aqui. Vai dar tudo certo. E o que aconteceu com o Sr. Darcy? Seu amigo nervoso?
Os lábios de Wendy tremem.
– Bessie disse que ele roeu a gaiola e saiu. Andei chamando por ele, mas não quer vir.
– Não chore. Vamos ver se conseguimos fazê-lo aparecer no susto. Sr. Darcy! – chamo. – Você tem sido um coelhinho muito malcomportado.
Procuro qualquer lugar onde poderia esconder-se um coelho travesso – nas cestas de amoras, sob os tapetes bolorentos, atrás das portas. Examino a gaiola, que está em cima do altar, na capela. Não há sinal de que as varetas tenham sido roídas; continuam inteiramente retas. Mas a porta da gaiola está aberta.
– Procurando suas amigas? – A fada brilha intensamente na penumbra de um canto. – Talvez tenham voltado para as Terras Invernais.
Felicity irrompe na sala nesse exato momento.
– Pippa não iria sem mim.
– Tem certeza? – pergunta a coisa alada.
– Tenho, sim – responde Fee, mas seu rosto se entristece e ela dá uma rápida olhada na direção das Terras Invernais.
– Vem alguém aí – avisa a fada.
Rápida como um estalo, sai esvoaçando do castelo. Felicity, Ann e eu a perseguimos dentro da floresta. No outro lado da muralha de amoreiras silvestres, uma nuvem de pó move-se em nossa direção. São os centauros que cavalgam velozes. Param de chofre, sem ousar atravessar para as Terras Limítrofes.
Um dos centauros grita para mim, por entre os espinhos:

– Philon mandou chamá-la, sacerdotisa.
– Por quê? O que aconteceu?
– Creostus. Ele foi assassinado.

Debaixo das oliveiras, na gruta onde outrora se erguiam as Runas da Ordem, o corpo de Creostus jaz estatelado, os braços estendidos de cada lado do corpo. Tem os olhos abertos, mas não vê. Numa mão, segura uma papoula perfeita. Ela espelha a ferida ensanguentada em seu peito. Creostus e eu não éramos amigos – seu mau gênio era excessivo –, mas tinha tanta vida... É duro vê-lo morto.

– O que sabe a respeito disso, sacerdotisa? – pergunta Philon.

Mal consigo desviar o olhar dos olhos vazios de Creostus.

– Eu nada sabia há até alguns momentos.
– Mentirosa. – Neela pula para uma pedra. – Você sabe quem é responsável.

Transforma-se em Asha, o sári laranja, as pernas empoladas, os olhos escuros.

– Você acha que são os Hajin – digo.
– Você sabe que são! Creostus cavalgou até lá para comerciar as papoulas. A tribo vil o enganou em quase meio alqueire. Agora o encontramos aqui, com uma papoula na mão. Quem mais pode ser responsável? Os asquerosos Hajin, ajudados pela Ordem!

A voz de Neela sufoca de emoção. Ela acaricia amorosamente o rosto de Creostus. Chorando, abaixa-se até o peito dele e se estende sobre a forma sem vida.

A Górgona fala do rio:

– A Ordem pode ser dura, mas nunca matou. E você esquece que seus membros, atualmente, não têm acesso aos reinos. Nem poder algum aqui.

Neela me olha furiosa.

– No entanto, vi a sacerdotisa a caminho do Templo, sozinha.
– Neela diz a verdade, pois estávamos com ela. Também vimos a sacerdotisa – acrescenta um centauro.
– Vocês estão mentindo! – grita Felicity em minha defesa, mas fico com as faces enrubescidas, e isso não passa despercebido a Philon.
– É verdade, sacerdotisa?

Estou liquidada. Se lhes disser o que sei, eles me acusarão de deslealdade. Se mentir e eles mais tarde descobrirem sozinhos a verdade, será muito pior.

– Fui de fato ao Templo sozinha – respondo. – Mas não para ver os Hajin. Vi outra pessoa. Circe.
– Gemma... – sussurra Ann.
Philon arregala os olhos.
– A enganadora? Está morta. Morreu por sua mão.
– Não – digo. – Ela ainda está viva. Aprisionada no Poço da Eternidade. Precisei vê-la, para perguntar sobre as Terras Invernais e...
A multidão se agita. Aproximam-se mais uns dos outros. Felicity me encara com horror.
Neela levanta-se, a voz untuosa de fúria, a boca torcida num sorriso transtornado.
– Eu lhe disse, Philon! Disse que não se podia confiar nela! Que ela nos trairia, como fizeram as outras. Mas você não me ouviu. E agora, agora Creostus está morto. Ele está morto...
Enterra o rosto nas mãos.
– Então essa integrante da Ordem está abrigada no Templo. Com os Hajin – diz Philon.
– Não. Não é bem assim. E ela não é da Ordem. Elas nada querem com Circe...
– Mas você sim? – grunhe um centauro.
Neela dirige-se ao grupo. Não tem lágrimas nos olhos.
– Vai aceitar a palavra de alguém que mentiu? Está vendo que nem suas próprias amigas sabiam de seu logro. A sacerdotisa da Ordem e a impostora conspiraram com os Hajin para tomar o poder! Talvez Creostus soubesse demais, e por isso foi assassinado! Philon! Não vai exigir justiça?
Os centauros, o povo da floresta, a Górgona... todos se viram para Philon, que fecha seus olhos de gato e respira fundo. Quando os olhos tornam a se abrir, há neles algo duro e determinado, e sinto medo.
– Eu lhe dei o benefício da dúvida, sacerdotisa. Eu a defendi diante de meu povo. E, em troca, nada nos deu. Agora ficarei do lado de meu povo, e faremos o que for necessário para nos proteger. *Nyim nyatt e volaret.*
Os centauros erguem o irmão tombado acima das cabeças, depois carregam o cadáver nos ombros.
– Philon, por favor... – começo.
A criatura me dá as costas. Um por um, como portas batendo, o povo da floresta também se vira e me ignora. Apenas Neela reconhece

minha presença. Enquanto segue seu povo, saindo da gruta, vira-se e cospe em meu rosto.

Felicity me puxa para um lado, com brutalidade.

– Andou falando com Circe?

– Precisava de respostas. Precisava saber sobre as Terras Invernais – explico. – Ela era a única que podia me dizer o que eu... o que nós... precisávamos saber.

– Nós? – Felicity fuzila-me com os olhos. Ann toma a mão dela.

– Circe não oferece nada sem um preço. O que deu a ela? – pergunta Felicity.

Como não respondo, Ann o faz:

– Magia.

A risada de Felicity é brutal.

– Você não fez isso. Diga que não fez, Gemma.

– Eu precisava de respostas! Ela nos conduziu em segurança pelas Terras Invernais, não foi? – digo, e só então percebo como é fraca a defesa.

– É provável que ela própria tenha matado Wilhelmina Wyatt! Já pensou nisso? – grita Felicity, e um frio terrível passa pelo meu corpo.

– Não foi assim – alego, menos segura.

– Você é uma idiota – escarnece Felicity.

Dou-lhe um empurrão.

– Você sabe tão bem administrar as coisas; talvez deva ser a única a possuir toda a magia!

– Gostaria de ser a única – grunhe ela por entre dentes cerrados. – Faria uma aliança com Pip e minhas amigas, não me associaria com o inimigo.

– Tem certeza sobre Pip, é? Por onde anda ela, então?

O tapa de Felicity é forte e repentino. Sinto a dor aguda até os dedos dos pés. Ela cortou meu lábio. Provo o sangue com a língua, e sou inundada pela magia. Imediatamente, a mão de Felicity vai para cima da sua espada e eu a atiro para longe, como se fosse um brinquedo.

– Eu não sou o inimigo – diz ela, baixinho.

Meu corpo treme. Necessito de cada partícula de força que tenho para conter a magia. Isto me deixa com uma sensação doentia, toda trêmula, como se não tivesse dormido durante dias. Fee e eu ficamos uma diante da outra, nenhuma das duas disposta a se desculpar. Meu estômago revira. Viro-me e vomito num arbusto. Felicity segue adiante, na trilha para as Terras Limítrofes.

— Você não devia ter dito aquilo sobre Pip — ralha Ann, oferecendo-me um lenço.

Afasto-o com um empurrão.

— Você não devia dizer-me o que fazer.

A expressão magoada dela é apenas momentânea. A máscara bem treinada instala-se sobre seus verdadeiros sentimentos. Ganhei a rodada, mas me detesto por isso.

— Acho que vou caminhar com Fee — diz ela.

Cabisbaixa, corre para Felicity, deixando-me atrás.

# Capítulo
# Quarenta e Sete

Quando voltamos, Pippa e as moças estão na antiga capela do castelo. Têm uma cesta de amoras gordas, que Pippa cata e põe num cálice que encontrou. As moças parecem mais abatidas do que de costume. Têm os cabelos num terrível emaranhado e, quando as vejo sob uma certa inclinação da luz, a pele delas é de um amarelo matizado, como frutas deterioradas.

Pippa cantarola uma melodia alegre. Ao ver nossa expressão infeliz, para.

– Qual é o problema? O que aconteceu?

Felicity lança-me um olhar duro, mas nem ela nem Ann confessam o que fiz. Minha cabeça dói agora e preciso manter as mãos enfiadas debaixo de minhas axilas, para acalmar o tremor.

– Assassinaram Creostus – respondo, laconicamente.

– Ah, só isso?! – exclama ela.

Volta à seleção de amoras. Mae e Bessie nem sequer erguem os olhos. A indiferença delas é irritante.

– O povo da floresta fugiu de mim.

Pippa dá de ombros.

– Eles não têm importância. Na verdade, não.

– Posso até ter pensado assim, algum dia, mas me enganei. Preciso deles, de fato.

– Daquelas criaturas horrendas? Você disse que eles costumavam entrar em nosso mundo e roubar pessoas para se divertir cruelmente com elas. Horripilantes!

Pippa retira com as pontas dos dedos uma amora farinhenta e a joga em cima de um pano, junto com outras frutas descartadas.

– É, é errado. Posso não gostar. E poderia dizer a eles que não gosto. Mas Philon nunca me enganou. Quando precisei de ajuda, a criatura foi um aliado. E tudo o que pediam era ter uma voz, participarem de seu próprio governo, e os decepcionei.

Respiro fundo, para me acalmar, e a magia se estabiliza um pouco.

— Ora — diz Pippa, sacudindo as saias para tirar a poeira —, ainda não entendo por que você precisa deles, quando tem a gente. Bessie, querida, poderia separar estas?

A outra pega a cesta. Olha-a, desejosa.

— Por que esse povo virou as costas para a senhorita, hein?

O aposento parece apertado. Felicity e Ann evitam meus olhos.

— Acreditam que os Intocáveis e eu tivemos alguma coisa a ver com o assassinato de Creostus.

— Que esquisito, não é? — Bessie me olha. — Por que acham isso?

— Gemma vem tendo conversas secretas com Circe — anuncia Felicity.

— Oh, Gemma — repreende Pippa.

Seus olhos cor de violeta relampejam e, neste momento, perdem sua cor e se tornam do leitoso azul-esbranquiçado das Terras Invernais. O olhar faz um arrepio descer por minha espinha dorsal.

— Quem é Circe? — pergunta Mae.

— O pior tipo de vilã! — exclama Pippa. — Tentou matar Gemma. Faria qualquer coisa para possuir a magia do Templo e governar os reinos. Não se pode confiar nela. — Olha para mim, furiosa. — E aqueles que se associam com ela também não merecem confiança. Nada é pior do que uma impostora capaz de trair as amigas.

— Não traí ninguém! — grito, e o poder que silenciei estrondeia mais uma vez em mim, até eu ser obrigada a me sentar.

Felicity move-se para o lado de Pippa, com os braços cruzados.

— Por onde andou mais cedo? — pergunta em voz baixa.

Pippa encolhe os ombros, afastando-a.

— Colhendo amoras.

— Procuramos você na floresta — insiste Felicity.

— Não em todo lugar, parece.

Bessie vai para o lado de Pippa. Ela é bem mais alta do que Felicity. Tem uma cabeça a mais, no mínimo.

— Algum problema, Srta. Pippa?

Pippa não se apressa a dizer: *Ora, ora, Bessie, não seja tola, está tudo bem.* Deixa a ameaça pendente por um momento, saboreando o poder que ela contém.

– Não, nenhum problema, obrigada, Bessie. – Com as mãos nos quadris, vira-se para Fee. – Eu poderia perguntar por onde andava você, mas acho que estava cuidando da sua vida. Lá fora.
– Pip... – Felicity tenta enlaçar os dedos nos dela, mas ela não aceita. Afasta-se. – Trouxe um presente para você – diz Fee, esperançosa. Oferece-lhe um pacote estreito, embrulhado em papel pardo. Os olhos de Pippa se iluminam quando ela o abre. São três plumas de avestruz.
– Para você fazer seu *début* – diz Felicity baixinho.
– Ah. Ah, são tão requintadas!
Pippa lança os braços em volta de Felicity, que sorri, afinal. Bessie arrasta-se pela sala com a cesta de amoras, quase derrubando a pobre Mercy.
– Ah, ajude-me a prender as plumas – pede Pip.
Com o talo de uma erva daninha tirada do altar, Felicity as amarra ao cabelo de Pip, atrás.
– Que tal? – pergunta Pippa.
– Você está linda – responde Felicity, com a voz rouca.
– Ah, mas que coisa encantadora! É o que precisamos para elevar nosso ânimo... uma festa alegre. E todas as moças aqui vão fazer seu *début*. Será um baile esplêndido... o mais magnífico já realizado! Mae? Mercy? Quem me acompanha? Bessie, vai brincar, não vai?
As moças pulam de entusiasmo. Mae arranca erva-moura da parede e enfia atrás da orelha. Um verme cai no chão com um ruído, e não sei se foi da flor ou do ouvido dela.
– Gemma? – Pip estende a mão. – Vai participar de nosso baile de debutantes?
A morte de Creostus lançou uma longa sombra em minha alma. Pela primeira vez em muito tempo, não me interesso por uma festa. Não quero esquecer os problemas nem tentar tapar com ilusões passageiras os buracos que há no fundo de nós.
– Infelizmente, meu estado de espírito não tem nada de festivo. Terá de fazer sua festa sem mim.
Espero uma discussão. Biquinhos de amuo, lágrimas e súplicas para que eu transforme o castelo no Taj Mahal e nossas saias em trajes parisienses. Em vez disso, Pippa sorri, radiosa.
– Ah, Gemma querida, descanse. Farei tudo.
Fecha os olhos e estende vigorosamente os braços para as antigas vigas do castelo. Um sorriso extático se espalha em seus lábios. Seu

corpo treme e o castelo começa a se transformar. A sujeira desaparece das janelas até ficarem brilhando. As trepadeiras recuam, abrindo espaço suficiente para dançar. O bolor some das paredes e do teto, e em seu lugar surge um tapete roxo-escuro de amoras e beladona.

Pasma, Ann dá meia-volta, olhando para todo o conjunto da capela.

– Como fez isso?

– Parece que a magia está mudando. Gemma não é a única com poder – responde Pippa.

– Que coisa extraordinária – diz Felicity, e há em sua voz um toque de tristeza. – Você pode doá-la a outros, como Gemma faz?

Pippa estende a mão para um emaranhado de amoras e escolhe a maior, que come.

– Não. Pelo menos, ainda não. Mas, quando puder, tenha certeza de que a partilharei sem demora. Agora, precisamos nos preparar para nossos *débuts*!

– Pippa – chamo, com mais aspereza do que pretendo –, posso falar com você?

Ela faz um biquinho brincalhão, revira os olhos e elas riem à minha custa.

– Só me afastarei por um instante – diz. – Enquanto isso, vão treinando as mesuras.

Subimos pela escada espiralada. Um camundongo foi colhido pela teia da aranha. Está preso num brilhante casulo de seda e mal se mexe, pois sabe o destino que o espera. Chegamos ao topo da escada e sinto o frio no ar. Ao longe, as sombras das Terras Invernais acenam. Mas não sinto com tanta força seu canto de sereia esta noite. A visão de Creostus jazendo no chão ainda está bem viva em minha cabeça.

Pippa coloca-se junto à janela. Recortada contra os escuros redemoinhos das Terras Invernais, com um enigmático meio sorriso nos lábios, está ainda mais linda do que de costume.

– Preciso dizer, Gemma, que não parece muito feliz por mim.

– Estou apenas confusa. Como conseguiu esse poder? Faz dias desde que eu...

– Isto nada tem a ver com você – diz ela, e percebo que há ódio em sua voz. – A magia se enraizou em mim. Não sei explicar por quê. Mas você podia ficar feliz. Devia ficar. Agora não está tão sozinha.

*Devia.* Esta palavra, tão parecida com um espartilho, tem a intenção de moldar à forma certa. Pippa inclina-se para fora do arco da

janela e abre bem os braços, deixando o vento que vem uivando das montanhas das Terras Invernais sustentá-la.
– Ah, isto é ótimo!
Dá risadinhas.
– Pip, entre – digo, preocupada.
Os olhos dela se tornam branco-leitosos.
– Por quê? Nada me acontecerá. Sou imortal. – Afasta-se da janela. Seu cabelo é um emaranhado de cachos. – Gemma, quero que saiba que, embora não aprove sua associação com Circe, estou disposta a perdoá-la.
– Você... me perdoar? – digo, devagar.
– É. Pois renasci e vejo tudo com muita clareza. Haverá mudanças por aqui.
Sorri, beija-me a face, e isto faz minha pele formigar.
– Pip, o que está dizendo?
Esses seus olhos brilham como uma miragem – violeta, azul esbranquiçado, violeta, azul esbranquiçado – até eu não poder ter certeza do que é verdade ou apenas uma falsa esperança no deserto.
– Tive minha própria visão. Haverá um novo tempo de império dentro dos reinos. Os que não estão conosco estão contra nós. E depois há a questão daqueles que, na verdade, não são aptos para nosso novo tempo: os doentes e os pobres. Os que jamais ascenderão realmente a alguma coisa. – Ela endurece o rosto. – Degenerados.
Enlaça o braço no meu, e sinto a compulsão de empurrá-lo e correr.
– Confesso que não sei o que fazer em relação à pobre Wendy – diz, com um suspiro. – Ela se tornou um grande fardo.
Minha voz é um sussurro:
– O que quer dizer?
Pip franze os lábios manchados de amoras.
– Ouve gritos quando não há nada para ouvir. Nenhuma de nós ouve coisa alguma. Disse a ela que pare. Até lhe dei um tapa por causa disso.
– Você bateu em Wendy?
Há uma dura determinação na voz de Pippa:
– Ela assusta as outras moças, e depois ninguém quer brincar. Não há nenhum grito; Wendy quer apenas chamar atenção.
– Só porque você não ouve, não significa que não há nada.
O rosto de Pip relaxa num de seus sorrisos infantis.

– Ah, Gemma. Quando irá novamente comigo para as Terras Invernais? Não é tão divertido? Viajar num barco pelo desfiladeiro. Correr pela charneca acima e deixar a Árvore de Todas as Almas nos sussurrar quem de fato somos, o que poderíamos de fato nos tornar.
– Você fala como se tivesse ido sem nós.
Retorna o estranho sorriso.
– Claro que não. Eu não iria sem vocês.
Uma gelada rajada de vento uiva pelas janelas da torre. Uma ideia terrível insinua-se em minha mente.
– O que aconteceu com o Sr. Darcy? – pergunto, num sussurro, e fico surpresa com a rapidez e a palpitação das batidas do meu coração.
Pip sustenta meu olhar por um longo momento.
– Era apenas um coelho. Não dá para sentir falta dele.
Risadas alegres flutuam escada acima, vindas do andar de baixo. Alguém grita:
– Venha, Pip!
E ela ri.
– Minhas súditas esperam. – Começa a descer a escada, e só se vira quando não me ouve logo atrás dela. – Não vem?
– Não – respondo. – Não estou muito a fim de dançar.
Os olhos de Pip ficam da cor das Terras Invernais.
– Que pena.
Quando saio da torre, encontro-as na capela. Felicity e Pip sentadas nos tronos, como a realeza. Pippa segura numa mão uma vareta, como se fosse um cetro, e usa a pelerine que Felicity lhe deu, poucas semanas antes. Parece que se passaram anos, desde aquele tempo feliz. Ann segura a cauda do vestido de Mercy. Mae calça suas luvas compridas; Bessie fecha com um estalo seu leque de marfim. Apenas Wendy está sozinha, agarrada à gaiola vazia do Sr. Darcy.
– Agora vocês têm finalmente sua chance de se tornar verdadeiras damas, e ninguém lhes dirá que não são iguais às mais refinadas entre elas – proclama Pippa.
Os olhos das moças brilham. Pip veste orgulhosamente suas plumas de avestruz, como se fosse a debutante que não conseguirá ser em nosso mundo.
– Srta. Bessie Timmons! – chama Fee, e as paredes gemem.
Sob a ilusão, as trepadeiras continuam com sua investida rastejante.

Uma por uma, as moças desfilam solenemente em direção a Pip. Curvam-se em profundas mesuras diante dela, que faz severos acenos com a cabeça e manda que se levantem. Quando elas recuam, seus rostos estão animados, exultantes. Acreditam, de todo coração, que se tornaram damas.

E, nos perturbadores olhos de Pip, vejo que ela acredita sem reservas ser a rainha.

Corro pelos empoeirados corredores do Templo, roçando de passagem na espantada Asha, e me dirijo diretamente para o Poço da Eternidade. Circe flutua ali como em todas as vezes que venho. *Todas as vezes*. Não tenho consciência de quantas foram.

– O centauro Creostus foi assassinado – informo. – Você tem alguma coisa a ver com isso?

– Como conseguiria fazer isso daqui? – responde ela, e suas palavras não me acalmam.

– Preciso saber o que está acontecendo – digo, meio sem fôlego. O ar está úmido e quente. Faz meus pulmões doerem. – Você me prometeu respostas.

– Não. Prometi ajudá-la a entender seu poder, em troca de magia.

– Sim, a magia! Por que a quer? Como sei se não a tem usado para armar confusão? Você poderia ter saído do poço, pelo que sei. Poderia ter assassinado Creostus. Poderia estar em conluio com as criaturas das Terras Invernais.

A força plena do que fiz avoluma-se dentro de mim. Com um grunhido, chuto o lado do poço e um pequeno pedaço de pedra desmorona sob minha bota.

A voz de Circe soa dura como aço:

– Não precisa torturar o poço. Ele nada lhe fez. Qual é o problema? É Eugenia?

– Nã-não – gaguejo. Não lhe direi mais nada sobre a Sra. Spence. Foi um erro. Pego o pedaço de pedra e giro-o entre meus dedos. – É Pip. Ela está com magia própria. Há dias que não lhe dava nenhuma, mas talvez haja restos dela...

– Pare de mentir a si mesma. Sabe como ela conseguiu magia. Fez um pacto nas Terras Invernais.

A verdade me chega aos poucos.

– Havia um coelho de estimação de uma das meninas – digo, baixinho. – Pip disse que ele desapareceu.

– Da próxima vez, não será um coelhinho – adverte Circe. – Mas e nossa ilustre Eugenia? A Árvore de Todas as Almas? Você não achou a adaga ainda?
– Ainda não, mas acharei – digo. – Por que a odeia tanto?
– Porque – diz ela com dificuldade – ela não examina sua própria escuridão; então, como poderá entender o coração dos outros? Acho que a morte do centauro significa que não haverá aliança.
– Acho que não – concordo, só agora percebendo o problema que tenho pela frente. Fiz uma promessa e não a cumpri. Agora tenho inimigos. – E jura que nada teve a ver com o assassinato de Creostus? – pergunto novamente, passando o seixo por entre meus dedos.
– Como poderia? – responde ela.
Quando saio de trás da água, encontro Asha à minha espera. Ela faz uma rápida reverência.
– Lady Esperança, gostaria de lhe falar – diz ela, com urgência em sua voz.
– Do que se trata?
Asha me conduz a uma sala onde os Hajin estão sentados em catres e enfiando contas em fios. Fumaça vermelha se eleva de muitas panelas de cobre.
– É verdade que um dos centauros foi assassinado e eles culpam os Hajin?
– É. Ele foi encontrado com uma papoula em sua mão.
– Mas não tivemos nada a ver com esse assassinato. – Ela esfrega o polegar na palma da mão, como se assim quisesse aliviar sua ansiedade. – Não queríamos participação alguma nessa política. Só queríamos ser deixados em paz, para viver em segurança...
– Não existe nenhuma maldita segurança! – grito. – Quando vai compreender isso? Seu povo ao menos sabe que lhes ofereci uma parcela da magia e você a recusou em nome deles?
Os Hajin erguem os olhos das papoulas.
– Asha, é verdade? – pergunta uma moça.
– Esse não é nosso caminho, nosso destino. Não nos estendemos além de nossa tribo – responde ela com toda a calma.
– Mas poderíamos ter uma voz, afinal – diz um Hajin, peremptoriamente.
A fumaça se torna menos densa. Asha fica em pé junto à panela e todos a veem.

– E usariam essa parcela de magia para mudar quem somos? Aqui, aceitamos nossas aflições. Temos encontrado conforto uns nos outros. E se, de repente, tivéssemos o poder para eliminar todos os defeitos? Continuariam a ver beleza uns nos outros? Pelo menos, agora somos uma casta.

Os Hajin refletem sobre as palavras dela. Alguns retomam o trabalho, puxando suas roupas sobre suas pernas deformadas, para escondê-las.

– Foi sempre assim. Aceitaremos o legado de nossos ancestrais – continua Asha, sorrindo, mas em seu sorriso não vejo calor nem sabedoria; vejo medo.

– Está com medo de perder seu domínio sobre eles – digo, friamente.

– Eu? Não tenho poder algum.

– Não? Se os impede de ter a magia, eles nunca saberão o que suas vidas poderiam ser.

– Permanecerão protegidos – insiste Asha.

– Não – discordo. – Apenas não testados.

Uma das Hajin levanta-se insegura, agarrando com força suas saias.

– Deveríamos ter uma voz, Asha. Já é tempo.

Uma centelha de raiva lampeja nos olhos de Asha.

– Sempre vivemos dessa maneira. Continuaremos a viver dessa maneira.

A moça se senta, mas não faz a reverência costumeira. Nos olhos dela veem-se os deuses gêmeos da dúvida e do desejo. Quando sua saia se abre e mostra as pernas cheias de cicatrizes, empoladas, ela não se apressa a cobri-las.

Balanço a cabeça.

– A mudança está chegando, Asha. Esteja você preparada ou não para ela.

Minha cabeça está inteiramente confusa, enquanto marcho na direção das Terras Limítrofes. Quem poderia ter assassinado Creostus e por quê? Será que Circe está me dizendo a verdade? Será que Pippa fez um pacto com as criaturas das Terras Invernais, em troca da magia? E, se fez, até onde tem poder? Como vou conseguir que Fee veja isso? Ela perguntará, com razão, quem sou eu para falar, pois venho tendo encontros com uma assassina. E ainda não decifrei as enigmáticas mensagens da Srta. Wyatt. Ah, sou uma tola maldita.

Não. Ainda há uma chance de endireitar tudo. Eugenia. Encontrarei a adaga e a salvarei. Porei os reinos e as Terras Invernais em ordem, e então... e então? Pensarei nisso outra hora.

Na virada na direção da muralha de amoreiras silvestres, noto algo estranho. As frutas das árvores, que restauramos em nosso primeiro dia de volta aos reinos, secaram e se reduziram a uma palha farinhenta. E todas as flores ficaram de um frágil azul, como se tivessem sido estranguladas nos talos. Morreram até a última.

Corro para a muralha de amoreiras silvestres e sigo a trilha que vai dar no castelo, atravessando a floresta azul.

*Uuuuuuh*. O som é perto. Bessie aparece, de bastão em punho.

– Saia do caminho, por favor, Bessie. Não quero lhe fazer nenhum mal. Sabe disso.

– Não poderia fazer nenhum mal a mim, mesmo se quisesse – diz ela, agigantando-se acima de mim.

Grito o nome de Pippa, e de Felicity e de Ann também.

– Vê? Elas não querem mais você – rosna Bessie.

A porta do castelo se abre e Felicity avança apressada, seguida por Ann, Pip e as outras.

– Gemma! O que é isso? – grita Felicity.

– Bessie não quer me deixar passar – explico.

Pippa faz um beicinho brincalhão para Bessie.

– É verdade, Bessie?

– Não sei onde ela esteve. – É a explicação de Bessie.

Pippa gira nos dedos um cravo-de-defunto.

– É verdade, Gemma. Se não quer ser questionada, não devia fugir sozinha.

– Sim – digo, com crescente apreensão. Agora tenho medo dela e me indago se Pippa pode sentir isso em mim. – É hora de voltar à Spence.

– Mas não estou pronta para voltar – queixa-se Felicity.

– Então não vá. Fique aqui comigo – diz Pippa, como se propusesse umas férias, e o rosto de Felicity se enche de felicidade.

– Não podemos voltar sem Gemma – diz Ann, amargamente.

– Amanhã – diz Felicity, baixinho.

– Amanhã.

Pip dá um beijo gentil na face de Fee e caminha a passos largos de volta para o castelo, com as moças da fábrica atrás dela, como damas

de companhia. Ninguém oferece ajuda a Wendy. Esta vai tateando até encontrar um ponto de apoio em minha manga.
– Senhorita? Pode me levar com você?
– Lamento, Wendy. Não posso levar você de volta ao meu mundo – digo, e ajudo-a a seguir na direção do castelo.
– Tenho medo, senhorita. Não gosto daqui. O castelo fica tão silencioso à noite sem o Sr. Darcy por perto. Quando chamo, ninguém responde...
– Wendy! – É Bessie, que volta para buscá-la. Posiciona-se como uma guerreira, a vara alta ao seu lado. – Venha, então. A Srta. Pippa está esperando. – Deixa a menina seguir tropeçando em sua direção e se afasta do caminho no momento em que ela chega. – Sentiu minha falta!
Ri, e depois a puxa com grosseria na direção do castelo.

– Para onde você foi quando desapareceu, Gemma? Saiu para ver Circe? – provoca Felicity.
Arrasta os dedos ao longo do corredor que leva à nossa porta secreta.
– Sim – respondo, pois me cansei de mentir.
– Você é ótima, não? Não confia em Pip, mas confia naquela... naquela coisa que assassinou sua mãe!
– Você não entenderia – digo, atravessando a luz bruxuleante da porta secreta para a Ala Leste.
Felicity me vira de frente para encará-la.
– Claro que não entenderia. Sou a única amiga que se preocupa com você.
– Será que se preocuparia, se eu não tivesse a magia? – pergunto.
– É o mesmo que perguntar: "Gostaria de mim, se eu não fosse eu mesma?" A magia faz parte de você, e você é minha amiga.
Sua resposta faz meus olhos se encherem de lágrimas, e me sinto péssima pela forma como a tratei antes, por não confiar nela, pelo que terei de lhe contar sobre Pip.
– Ah, não! – exclama de repente Ann. Bate de leve em seus ombros. – Meu xale! Deve ter caído.
Sem pensar, estende a mão, e o mundo se inunda de luz, quando a porta se abre para ela.
– Ann, como fez isso? – pergunta Felicity, os olhos arregalados.
– Não sei. Eu só queria entrar e... lá estava ela.

– Afaste-se – ordena Felicity. Desta vez, é ela quem põe a mão na porta, com uma expressão de feroz concentração no rosto. Mais uma vez, o portal para os reinos se escancara. Ela sorri como se fosse manhã de Natal. – Percebem o que significa isso? Gemma não é o único acesso aos reinos! Qualquer uma pode abrir a porta, entrar e sair quando quiser!

Pulam sem parar, em seu entusiasmo.

– Vou apenas pegar o xale para você, sim? – digo.

Ann ri.

– Eu mesma posso pegá-lo. – Abre a porta e sai com o xale, mais feliz impossível. – Não é maravilhoso?

Continue, Gemma. Diga: "Sim, é maravilhoso você não precisar tanto de mim."

– É tarde – digo. – Devíamos estar lá dentro.

Ouço-as atrás, rindo, tontas. Continuo a caminhar na direção da Spence, com a esperança de que me sigam, sabendo que talvez não.

# Capítulo
## Quarenta e oito

O dia inteiro permaneço inquieta. Assassinaram Creostus. O povo da floresta já não confia mais em mim, e não posso culpá-los por essa suspeita, pois o que fiz para merecer a confiança deles? Vejo espectros e sombras que não existem. Wilhelmina desapareceu, como num de seus truques mágicos. A magia e os reinos estão mudando. A porta se abrirá sem minha ajuda agora, e Pippa...

Pip. A magia se enraizou nela. Desenvolve-se. E, toda vez que tento convencer-me a me livrar do medo crescente dela, lembro-me do Sr. Darcy.

*A chave guarda a verdade.* Quisera eu possuir a chave, pois minha cabeça está confusa e preciso desesperadamente da verdade.

Há um erro que posso corrigir. Quando nossas tarefas terminam, no fim do dia, saio à procura de Cecily. Encontro-a na biblioteca. Brigid acomodou-a numa poltrona, o tornozelo em cima de uma almofada. Ela se encontra num estado de espírito inteiramente desagradável, agora que não pode participar do baile de máscaras – e não posso culpá-la. Claro que não fica satisfeita em me ver. Quando me aproximo, ergue *La Mode Illustrée* e assim me vejo diante da ilustração de uma elegante mulher, posando com o mais moderno vestido.

– Trouxe *Orgulho e preconceito*. Quem sabe posso ler o livro para você? – proponho.

Cecily folheia as páginas com os belos trajes.

– Já faz muitos anos que sei ler.

– Como vai seu tornozelo? – pergunto, e ocupo a cadeira ao lado da poltrona.

– Dói. Não vou apresentar o balé. Nem sequer terei condições de dançar. Minha noite está arruinada – responde ela, choramingando.

— Achei que talvez você possa recitar o poema do Sr. Yeats em meu lugar.

Cecily estreita os olhos.

— Por quê?

— Bem, você é uma excelente leitora, muito melhor que eu, e...

— Por que me oferece isso? Está com a consciência pesada, Srta. Doyle?

Seu olhar furioso é muito penetrante, e percebo que não reconheci à altura seus poderes de observação.

— É uma oferta justa — insisto.

— Deixe-me ver — diz ela, após um momento, e entrego o poema.

Ela começa logo a récita e, quando a deixo, ensaia com tanta ferocidade, sussurrando em seu leito de enferma, que sei que ela será a estrela do baile.

Que Deus nos ajude.

Ann me detém no corredor. Traz nas mãos um exemplar de *The Era Almanack*, que relaciona anúncios para atores de todo tipo, além de empresários e teatros.

— Gemma, veja.

Mostra-me um anúncio do Teatro Gaiety.

### AS ALEGRES DONZELAS
*Um novo e original espetáculo musical a ser apresentado em julho.*
Composto pelo Sr. Charles Smalls.
*Jovens senhoritas de aparência saudável e boa voz devem marcar entrevista com o Sr. Smalls quarta-feira, 29 de abril, entre meio-dia e três horas.*
Necessário saber dançar um pouco.

— Lembra de Charlie Smalls, o acompanhante? Ele gostava de minha voz — diz ela, e morde o lábio. — Se eu conseguisse entrar para vê-lo...

— Dia 29. É amanhã — digo.

— Sei que não devia pedir. Mas prometo que, desta vez, não vou desistir.

Faço um sinal afirmativo com a cabeça.

— Está bem. Daremos um jeito. Não sei como, mas daremos.

Logo após o jantar, o inspetor Kent vem visitar Mademoiselle LeFarge. Faltam apenas poucas semanas para o casamento dos dois. No grande salão, o inspetor nos regala com histórias de feitos heroicos e ousados da Scotland Yard. Queremos saber sobre Jack, o Estripador, mas ele, cortesmente, recusa-se a conversar sobre isso. Ao mesmo tempo, Mademoiselle LeFarge fica sentada por perto, orgulhosa porque ele será seu.

– Conte outra! – imploramos.

– Ora, tenho medo de lhes causar pesadelos esta noite, se contar esta – diz ele, com um sorriso maroto.

É o que basta para mergulharmos em desesperados apelos por mais histórias e ardorosas promessas de que não acordaremos à noite chorando e pedindo socorro.

O inspetor Kent toma um gole do chá.

– Este caso é sobre uma trupe de atores que parece ter desaparecido não muito longe destas bandas.

– Santo Deus! – exclama Mademoiselle LeFarge. – Recebemos, recentemente, a visita de alguns atores.

– Contra minha vontade – resmunga a Sra. Nightwing.

– É uma estranha historinha. Parece que esses camaradas tinham um encontro marcado com outros da mesma profissão em Dorset, mas nunca apareceram. Enquanto isso, recebemos relatórios de que foram vistos em várias aldeias, como fantasmas. E, depois disso, circularam rumores sobre pessoas desaparecidas.

As moças se maravilham com a história, sobretudo quando o inspetor mexe as sobrancelhas para elas.

Mas fico com todos os pelos da minha nuca arrepiados.

– Eram fantasmas?

Ressoa a estrondosa risada do policial. As outras moças também riem, achando-me uma tola.

– Em meus vinte anos na Scotland Yard, tenho visto todos os tipos de velhacarias, mas nunca vi um fantasma. Direi o que penso. Creio que esses atores mambembes, tendo uma posição social duvidosa, deviam dinheiro aos camaradas de Dorset. Foi por isso que nunca apareceram. E, quanto aos relatos de pessoas desaparecidas, bem, em toda aldeia há alguém que precisa de um meio de escapar de suas presentes circunstâncias.

– Que tipo de circunstâncias? – insiste Cecily.

– Deixem isso para lá – diz impaciente Mademoiselle LeFarge, deixando-nos ainda mais cheias de perguntas.
O inspetor ri.
– Com a curiosidade de vocês, todas deviam trabalhar para mim.
– As senhoras não podem se tornar detetives – diz Martha. – Não têm físico para isso.
– Mas que grande tolice! – responde o policial, dando um tapa em sua coxa. – Minha querida mãe criou quatro meninos, e ai daquele que tentasse enganá-la. Ela poderia ter sido uma inspetora-chefe, com tanto talento que tinha. Um dia haverá mulheres na Scotland Yard. Gravem minhas palavras.
– Ah, Sr. Kent! – Mademoiselle LeFarge ri. – Pare com isso, senão essas meninas não dormirão à noite. Vamos falar de nosso casamento, sim?
– Como quiser, Mademoiselle LeFarge, como quiser – diz ele.
– Achei que talvez vocês, moças, pudessem ajudar-nos a decidir que hinos poderíamos cantar. – Franze a testa. – Ah, meu Deus. Esqueci de trazer um hinário da capela. E passei o dia todo lembrando a mim mesma disso.
– Vou pegá-lo – diz o inspetor, largando a xícara de chá.
A Sra. Nightwing o detém:
– Não. Mandarei a Srta. Doyle buscá-lo. Ainda lhe faltam alguns dias de penitência, segundo meus cálculos. Fará bem a ela. Srta. Poole, queira acompanhá-la.
Maldita Sra. Nightwing.
Elizabeth me acompanha até o gramado. Dá um pulo a cada ruído.
– O que foi isso? – arqueja.
Um sapo salta em cima de seus pés, fazendo-a gritar e agarrar meu braço.
– É só um sapo, Elizabeth. Pelo jeito como você se comporta, até parece que é um dragão – resmungo.
Não damos mais que alguns passos quando ela arqueja e quase sobe em cima de mim.
– O que foi, agora? – digo, empurrando-a.
– Não sei – diz ela, os olhos lacrimejantes. – Está tão escuro! Detesto a escuridão! Sempre detestei. Ela me assusta.
– Ora, não posso ajudar você nisso – resmungo, e ela começa a chorar. – Muito bem – digo com um fundo suspiro. – Vá se esconder na cozinha. Pego o hinário e volto para buscar você.

Ela faz que sim com a cabeça e corre para a segurança da cozinha, sem sequer um agradecimento. Vou às pressas para a capela, a lanterna mostrando o caminho. Animais noturnos estão afinando sua orquestra de chilreios e coaxos. Esta noite não é confortante, lembra que muitas coisas vivem nas trevas. Os cães do acampamento dos ciganos iniciam um coro de latidos que se extinguem em inquietos ganidos. Isto ataca meus nervos.

Está bem. Não me demorarei. Vim buscar o hinário e pretendo ser rápida na tarefa. É pesada a porta antiga da capela, de carvalho. Empurro-a com força e ela range e abre uma fresta para me permitir a passagem. Dentro, tudo está sombrio e silencioso. Qualquer coisa pode estar à espera. As batidas do meu coração se aceleram. Mantenho a porta aberta com uma pedra e avanço.

O azul-escuro do final do crepúsculo ergue-se contra os vitrais, projeta desenhos no chão. Não encontro hinários na parte de trás, assim sou obrigada a seguir pela nave central, afastando-me das portas e perdendo a chance de uma rápida escapada. Balanço minha lanterna acima dos bancos de um lado a outro até afinal localizar o que procuro no meio de um deles. Uma repentina rajada de vento fecha a porta com um estrondo e deixo cair o hinário. Ouço-o escorregar para baixo do banco.

Diabos.

Com o coração agora batendo ainda mais rápido, agacho-me no chão, tateando à procura do livro até encontrá-lo. Uma voz, dura como unhas tamborilando em metal, ressoa na escuridão.

– Fique...

Dou uma virada tão rápida que a chama oscila na lanterna.

– Quem está aí?

A capela continua silenciosa, a não ser pelo vento que sopra forte contra a porta agora fechada. Às pressas, agarro o hinário e atravesso disparada a nave, ofegante.

– Você não deve ir...

Viro-me num louco rodopio. A lanterna projeta sombras furiosas nas paredes.

– Sei que está aí. Apareça!

– A floresta não está segura agora.

Os vitrais se vergam e deslocam. As imagens se movimentam. Estão vivas.

– Nós a manteríamos segura, Escolhida...

A voz vem do estranho painel do vitral, o do anjo de armadura que brande uma espada numa das mãos e na outra segura a cabeça decepada de uma górgona. Pelo menos, sempre interpretei o ícone como um anjo; agora, com a escuridão crescente, não tenho mais certeza de nada. O anjo se torna mais alto dentro de sua prisão de vidro. Seu corpo curva a frente do vitral, o rosto assoma como uma lua.

– Eles estão na floresta...

– Você não é real – digo, em voz alta.

Da cabeça da górgona pinga sangue no piso da capela. Ouço-o bater em gotas nauseantes, tão constantes quanto a chuva. Bile sobe em minha garganta. Respiro pelo nariz, engolindo-a em goles que queimam.

– Se você for sacrificada nas Terras Invernais, a magia passa para eles e tudo se perde. Não saia da capela!

Tarde demais. Abandono a lanterna e o hinário, e corro desabalada para a porta. Atiro o corpo contra ela, que se abre. O exército da noite chegou precipitadamente. Mal consigo ver o caminho, e xingo a mim mesma por ter abandonado a lanterna. Os cães não pararam de latir.

Disparo pelo caminho, com muito pouco cuidado. Uma árvore me bate na cara e olho em volta. Respiro com dificuldade. Algo se move entre as árvores. Dois homens saem de trás de um grande abeto, e grito. Levo um momento para reconhecê-los – Tambley e Johnny, os trabalhadores desaparecidos do Sr. Miller.

– Vocês me mataram de susto – digo, com veemência.

Meu coração bate tão depressa quanto o de um coelho.

– Desculpe, senhorita – diz Johnny, com voz calma.

– Não pretendíamos causar nenhum mal – acrescenta o jovem Tambley.

Há algo estranho neles. Parecem irrelevantes como a poeira, dois homens bruxuleantes, e quando se adiantam e ficam sob os raios da lua eu poderia jurar que vejo seus ossos brilhando sob a pele deles.

– Vocês nos deram um susto e tanto – digo, recuando. – Disseram que vocês sumiram.

– Sumimos? – repete Johnny, sem parecer entender.

As árvores se agitam com o adejo de asas de pássaros. Vários corvos empoleiram-se nos galhos, observando silenciosamente. Uma soturna voz interior me diz seu medo: *Esconda-se, Gemma.*

– Deviam apresentar-se agora mesmo ao Sr. Miller. Ele está preocupado com vocês.

Minha mão estende-se à procura do tronco de uma árvore. Chega um ruído da direita. Deslizo os olhos em direção ao som e vejo Johnny. Estava diante de mim um segundo atrás. Como conseguiu...? Tambley me aponta um dedo. Os ossos parecem brilhar sob a superfície da sua pele, que é pálida como um peixe no fundo de um lago.

– Voltamos agora – diz. – Para buscar você.

Os pássaros provocam uma barulheira, com seus arrepiantes grasnidos. A mão de Johnny agarra minha pelerine. Abro o fecho e deixo a pelerine cair em seus dedos. Não perco tempo. Viro-me e luto em busca da trilha. Corro com força e rapidez pelo caminho por onde acabei de vir, pois eles bloqueiam a estrada para a Spence. O vento sopra atrás de mim, trazendo os sons de cacarejos e sussurros, ratos que arranham e o bater de asas. Os guinchos dos corvos parecem vir do inferno. Sem sentir, grito com eles.

A capela oscila diante de mim, tremendo junto com minha respiração irregular. O que quer que venha atrás de mim aproxima-se rápido, e agora ouço também cavalos, que parecem ter saído de repente do ar rarefeito. Bato ruidosamente na porta da capela. Empurro-a, mas não se abre. A poeira da trilha gira e redemoinha a minha volta. Cães. Ouço cães latirem, perto. E, sem mais nem menos, a poeira da trilha se acomoda. O ruído de cavalos e pássaros reduz-se a uma vibração e depois a nada. Tochas tremeluzem e soltam fumaça na floresta. Os ciganos vieram – alguns a cavalo, outros a pé.

– Gemma! – A voz de Kartik.

– Eu vi... eu vi... – Levo a mão ao estômago.

Não consigo falar. Nem respirar.

– Venha – diz ele, oferecendo-me seu braço, para me firmar. – O que você viu?

Depois de engolir em seco várias vezes, minha voz retorna:

– Homens... na floresta. Os homens de Miller... os que desapareceram.

– Tem certeza? – pergunta Kartik.

– Tenho. – Logo os ciganos se espalham. Os cães farejam o chão, confusos. – A Sra. Nightwing mandou que eu viesse até a capela, pegar um hinário – explico.

– Sozinha? – Kartik arqueia as sobrancelhas.

Faço que sim com a cabeça.

– Na capela... os vitrais ganharam vida – sussurro. – Avisaram-me para não entrar no bosque!

– Os vitrais avisaram você – repete Kartik devagar, e tomo consciência de que pareço louca.

E acho que estou mesmo.

– O anjo, o da cabeça de górgona... ganhou vida, me avisou. "O bosque está perigoso." E não foi só isso. Ele disse alguma coisa sobre um sacrifício... "Se você for sacrificada nas Terras Invernais, a magia fica para eles e tudo se perde."

Kartik morde os lábios, refletindo.

– Tem certeza de que não foi uma visão?

– Não acho que tenha sido. E depois, na trilha, vi aqueles homens, e pareciam espectros. Disseram que tinham vindo me buscar.

Um súbito e assustado grito vem do acampamento dos ciganos. Seguem-se mais gritos.

– Fique aqui – instrui Kartik.

Não existe a mínima chance de eu ficar sozinha. Mantenho-me bem nos calcanhares dele. A cada passo, a voz do anjo troveja dentro de mim: *O bosque não é seguro*. O acampamento está um caos... gritos, xingamentos, berros masculinos. Não há espíritos. São o Sr. Miller e seus homens. Puxam as mulheres para fora das tendas e saqueiam as carroças, enchendo os bolsos com tudo o que encontram. Quando as mulheres tentam proteger o que é delas, os homens do Sr. Miller as ameaçam com tochas. Uma mulher investe contra um dos bandidos, de constituição física frágil, e bate nele com seu punho fechado até ser atingida no rosto por outro bandido.

Os cães são soltos. Eles atacam um dos homens e o derrubam no chão, onde ele grita e se acovarda. Punhais são sacados.

– O inspetor Kent veio visitar a Spence. Vou correndo buscá-lo – digo.

Mas quando penso no bosque perturbado, onde figuras fantasmagóricas parecem à espera, sinto meus pés pesados como chumbo. Hesito, e, nesse momento, o Sr. Miller ergue sua pistola e dispara duas vezes para o alto.

– Muito bem. Quem quer chumbo na barriga? Quero saber onde estão meus homens desaparecidos.

Aponta a arma para um dos ciganos. Não há tempo para ir buscar o inspetor. Alguma coisa precisa ser feita já.

– Pare! – grito.

O Sr. Miller leva a mão à testa, espiando a escuridão.

– Quem disse isso?

– Eu – digo, adiantando-me.

O Sr. Miller rompe num largo sorriso e, em seguida, numa grande risada.

– A senhorita? Não é uma das moças da Spence? O que vai fazer, então? Servir-me chá?

– O inspetor Kent da Scotland Yard veio nos visitar esta noite – digo, esperando parecer muito mais segura do que me sinto. Minhas entranhas se transformaram numa geleia. – Se não for logo embora, vou buscá-lo. Na verdade, talvez ele já esteja a caminho daqui, agora.

– Não vai a lugar nenhum.

Miller acena com a cabeça e dois dos homens vêm me pegar. Kartik se mete entre nós. Acerta um forte soco em cada um deles, mas outro se junta à briga. Ele fica em inferioridade numérica. É atingido direto na boca, seu lábio se enche de sangue.

– Pare! – rosno.

O sorriso cruel do Sr. Miller retorna.

– Eu disse à Sra. Nightwing que esses ciganos imundos manchariam suas moças. Acho que eu tinha razão.

Odeio-o por isso. Desejo poder mostrar-lhe o quanto e imediatamente a magia me atravessa a uma velocidade terrível. Entro na cabeça do Sr. Miller, uma convidada indesejável:

*Sei o que teme, Sr. Miller, o que deseja.*

O sujeito dá uma volta brusca.

– Quem disse isso? Qual de vocês?

*Este bosque conhece seus segredos, Sr. Miller. Eu também. Você gosta de machucar coisas. Gosta muito.*

– Apareça! – A voz do Sr. Miller está trêmula de medo.

*O senhor afogou um gatinho, uma vez. Ele lutou e arranhou para salvar sua minúscula vida, e o senhor o apertou com mais força. Apertou o bichinho até ele ficar pendurado e mole em suas mãos.*

– Não estão ouvindo isso? – grita o Sr. Miller para seus capangas, que o olham como se olharia um louco, pois nada ouvem.

A retaliação ruge em minha alma. Faço o vento soprar mais forte. Ele faz as folhas chacoalharem e o Sr. Miller sai correndo, com seus homens atrás, com todas as suas ideias de vingança momentaneamente abandonadas. A magia se acalma e caio de joelhos, ofegante. Os ciganos me olham cautelosos, como se eu devesse ser temida.

– É você quem traz a maldição – afirma Mãe Elena.

– Não – digo, mas não sei se acredito.

Logo as mulheres começam a limpar o acampamento das perversidades que nós, estrangeiros, trouxemos. Despejam a água de todos os jarros. Vejo algumas porem pedacinhos de pão nos bolsos, o que, contou-nos Brigid, afasta a má sorte.

Kartik oferece-me a mão, e a aceito.

– Os homens que você viu na floresta... agora percebe que não eram espectros, mas de carne e osso. Vieram vingar-se dos ciganos.

Quero acreditar nele. Faria qualquer coisa para que tudo fosse explicado com garantias fáceis, como faz uma governanta que afaga a cabeça de uma criança agitada.

– E os vitrais?

– Uma visão. Muitíssimo incomum. Você mesmo disse que as coisas estão mudando.

Ele passa os dedos por seus espessos cachos, o que sei que ele faz quando está refletindo. Descubro que senti falta disso. Senti falta dele.

– Kartik... – começo.

Lanternas aparecem em meio às árvores. O inspetor Kent veio com Nightwing, McCleethy e dois cavalariços. Elizabeth vem atrás. Eles chamam meu nome e ele soa estranho, o nome de uma moça que brincava com suas amigas dentro dos reinos semanas atrás. Não me lembro mais daquela moça. Tornei-me outra pessoa, e não tenho certeza de que ela é mentalmente sã.

– Aqui! – grito, pois quero ser encontrada.

O rosto da Nightwing exibe uma mistura de alívio e fúria. Agora que me encontrou ilesa, dá a impressão de que quer me matar, pelo transtorno que causei.

– Srta. Doyle, foi muito indelicado de sua parte fugir e abandonar a Srta. Poole – repreende a diretora.

Elizabeth esgueira-se para trás dela.

Abro a boca para protestar, mas não vale a pena.

– Ouvimos disparos! – diz o inspetor, assumindo o controle.

Neste momento, ele não é o homem de olhos brilhantes que toma chá junto da nossa lareira. É um calejado agente da lei. Espantoso como os homens podem habitar seus dois eus com tanta facilidade.

– Os homens de Miller vieram atacar os ciganos – digo, e Kartik explica o que aconteceu.

– Vou ter uma palavra com o Sr. Miller – diz o inspetor, com o ar grave. – Responderá por isso. E a senhorita disse que viu os trabalhadores desaparecidos no bosque?

– Vi – sussurro.

– O senhor pode fazer o favor de verificar se estão com Ithal no acampamento deles? – pede Kartik. – Ithal continua desaparecido.

– Desaparecido? Desde quando? Por que não fui informado? – pergunta o inspetor.

O maxilar de Kartik se enrijece.

– Ninguém se importa com um cigano desaparecido.

– Tolice! – resmunga o inspetor. – Tratarei disso imediatamente. Vasculharei o acampamento de cima a baixo, se necessário. O Sr. Miller tem muita coisa pesando contra ele, de fato.

A Sra. Nightwing e o inspetor Kent nos conduzem pelo bosque. Este lugar não dá mais a sensação de pertencer a nós, moças, para nossas brincadeiras e perambulações. Parece que está sendo reivindicado por outras pessoas.

– A Sra. Nightwing ficou doente de preocupação. Jamais a teria deixado ir à capela, se achasse que havia o mínimo perigo – diz-me a Srta. McCleethy, mas não a escuto.

Não confio em nenhuma das duas.

Uma fatia de lua espreita, por um instante, por trás das nuvens, iluminando o telhado da Spence. Meus passos se tornam mais lentos. Sinto alguma coisa estranha nisso, embora não saiba exatamente o quê. Vejo as agulhas das torres, os tijolos, a confusão de ângulos, as gárgulas. Um enorme contorno de asas estende-se contra a breve luz da lua. O monstro de pedra está em pé, bem alto.

*Movimenta-se.*

– Srta. Doyle? – A McCleethy olha de mim para o telhado e de volta. – Nota algum problema?

*Eles poderão fazer com que veja o que quiserem. Será como se estivesse louca.* Eugenia me avisou, não foi?

– Não, problema nenhum – respondo, mas com as mãos trêmulas, e agora ouço na cabeça as palavras de Neela: *Como vai lutar, quando sequer consegue ver?*

## CAPÍTULO QUARENTA E NOVE

– Como se sente hoje, Gemma? – pergunta Ann.
Ela está sentada na beira da sua cama, com um excitado sorriso em seus lábios. Usa luvas e está com seu melhor vestido, um dos rejeitados por Felicity, que Brigid separou.

– Cansada – respondo, esfregando minha cabeça dolorida. – Por que está vestida assim?

– Hoje é o dia – diz ela. – Não se lembra? Charlie Smalls? O Gaiety? Entre meio-dia e três horas?

– Ah, não! – digo, porque com tudo o que aconteceu, eu me esquecera.

– Ainda vamos, não é? – pergunta ela.

Na verdade, eu preferiria não utilizar a magia hoje, depois de ontem à noite. Nem com minha cabeça tão frágil. Mas aí está Ann, é minha amiga. Pretende assumir o comando de sua vida, e eu gostaria de acreditar que o fará, desta vez. Mas para isso precisará de minha ajuda... e eu da dela.

Empurro as cobertas.

– Vá buscar Felicity. Isso exigirá todas nós.

Elaboramos nosso plano juntas. Concentramos nossos esforços em Brigid. Faço-a acreditar que Ann e eu adoecemos por causa da menstruação e não devemos ser incomodadas. Ela repetirá a história a tarde inteira, pois lhe incuti isso inteiramente na cabeça. E, claro, Felicity floreia o relato, como costuma fazer, até todo mundo na Spence temer aventurar-se até perto de nossa porta. Mas demora para fazer isso e, quando pegamos o trem para Londres e conseguimos um cabriolé para Piccadilly, estamos com uma hora inteira de atraso. Abrimos caminho soprando e bufando até o teatro, mas, quando chegamos,

vemos que Charlie Smalls está saindo. Em sua companhia há outro homem.
– Ah, não – ofega Ann. – O que faremos?
Por um segundo, sinto-me tentada a influenciar o relógio, armar tudo e fazer com que dê certo, mas reflito melhor e desisto disso. O espetáculo é de Ann. Que ela o dirija.
– Faça o que deve – digo.
– Sr. Smalls! – chama Ann.
Charlie Smalls nos espia de viés. Olha de Ann para mim e, finalmente, há um lampejo de reconhecimento.
– É a camarada da Srta. Washbrad, não?
– Sim, isso mesmo – respondo. – E esta é minha amiga, Srta. Bradshaw.
Eles levam a mão à aba do chapéu.
– O que aconteceu com a Srta. Washbrad? O Sr. Katz e a Srta. Trimble esperaram, mas ela não apareceu.
As faces de Ann enrubescem.
– Ela fugiu.
Ele assente com a cabeça, rindo.
– Casou-se, então? A Srta. Trimble disse que foi o que aconteceu. Acho que tinha razão.
– Li sobre sua composição no *Era* – diz Ann. – A Srta. Doyle diz que o senhor é muito talentoso.
O rosto dele se ilumina mais.
– Emocionante, não? Meu primeiro musical estreando no Gaiety em julho. *As Alegres Donzelas*.
– Sou intérprete – diz Ann, tão baixinho que é difícil ouvi-la em meio ao ruído das carroças e cavalos na rua. – Gostaria de cantar para o senhor.
O parceiro de Charlie examina-a de cima a baixo. Cutuca-o.
– Não há muito para olhar.
– É *As Alegres Donzelas*, Tony, não *Garotas formosas* – sussurra Charlie em resposta, e receio que Ann se ofenda e cancele tudo.
– É verdade, não sou uma *Garota Gaiety* – diz ela. – Mas posso cantar o que quiser. E ler também!
– Não ligue para ele. Não quis ofendê-la, senhorita – desculpa-se Charlie. – Olhe para mim, com estas grandes orelhas e focinho comprido.
Puxa o nariz.

– O convite era para entre meio-dia e três horas – diz Tony, dando uma olhada em seu relógio. – Já passa quase meia hora das quatro.
– Lamento – diz Ann. – Não conseguimos um cabriolé e...
– As outras moças chegaram na hora – diz Tony. – Vamos para o pub. Bom dia para vocês.
– Sinto muito, senhorita – diz Charlie, tocando a aba do seu chapéu, em despedida. – Espero que venham ver o espetáculo.
– Sim, obrigada – responde minha amiga, cabisbaixa. Quando eles passam, roçando-a, as feições dela adquirem aquela máscara insensível, e sei o que é isso. Ela está liquidada. Balmoral Spring, os acessos de mau gênio da pequena Charlotte, Carrie com o dedo no nariz. E não posso ajudar: estou com raiva.
– Sr. Smalls! – grita Ann, surpreendendo-me. Vira-se e corre atrás dele. – Cantarei para o senhor aqui! Agora mesmo!
Charlie arregala os olhos. Irrompe num sorriso.
– Na rua?
– A hora é agora, Sr. Smalls.
Ele ri.
– Agora a senhorita fala como o Sr. Katz.
– Ela é maluca. O pub, amigo – diz Tony, puxando-o pela manga. Mas ele cruza os braços.
– Tudo bem então, senhorita... desculpe, esqueci seu nome!
– Bradshaw – responde Ann, energicamente.
– Tudo bem, Srta. Bradshaw. – Indica com um gesto os curiosos transeuntes. – Seu público espera. Vamos ouvi-la.

Um pequeno grupo reúne-se para ver o espetáculo da moça que canta por uns trocados para os dois empresários, numa rua do West End. Sinto minha face ruborizar-se, e não sei como Ann conseguirá proferir uma única nota. Mas ela canta, e como nunca a ouvi cantar antes.

O som que jorra dela é mais puro que qualquer coisa que já ouvi, mas tem uma força nova. Há um toque de coragem sob as notas, que vem do seu íntimo. Agora a música conta uma história. É uma nova Ann Bradshaw que canta; e, quando ela termina, o público reage com vivas e aplausos... mel para qualquer empresário incipiente.

Charlie Smalls dá um imenso sorriso.

– Engraçado, pois você canta de maneira muito parecida com a da Srta. Washbrad... só que melhor! Tony, acho que encontramos uma de nossas alegres donzelas.

Até o mal-humorado Tony assente com a cabeça, aprovando.

– Os ensaios começam em fins de maio, dia 25, no Gaiety, às duas da tarde... e é às duas em ponto!

– Não me atrasarei – promete Ann.

– Não vai fugir e se casar, dando-me o fora, como a Srta. Washbrad, não é? – brinca Charlie.

– De forma alguma – diz Ann, sorrindo, e ela está mais bonita do que dez Nan Washbrad.

# Capítulo Cinquenta

Toda a Spence está envolvida nos preparativos para o baile de máscaras de amanhã à noite. Uma frota de criados se empenha no polimento da nossa velha escola, como se ela própria se preparasse para o mercado de casamento. Arrastam tapetes até o gramado dos fundos, onde tiram a pancadas cada mancha de sujeira. Os pisos são esfregados e encerados até brilharem luminosamente. Limpam as grelhas. A poeira é tirada de todos os cantos e frestas. A Sra. Nightwing movimenta-se de um lado para o outro como se esperássemos a chegada de Sua Majestade e não a de um pequeno grupo de pais e benfeitores.

Ela nos manda sair – com medo de que nossa respiração suje, de alguma forma, os imaculados aposentos da escola –, o que nos convém perfeitamente, porque o dia está especialmente lindo. Acampamos ao longo da margem do rio, coberta de musgo. Dão-nos permissão para tirar as botas e meias, e correr descalças pelo gramado frio, e só isso já é um paraíso.

Num suave declive, mais afastado, colocaram um mastro de madeira enfeitado de flores e fitas, um mastro comemorativo do Primeiro de Maio. As meninas mais novas correm rindo em torno dele, passam por ele de um lado para outro, com suas coroas de flores precariamente empoleiradas em suas cabeças brilhantes. São repreendidas pelas moças mais velhas e sérias, que estão entusiasmadas com a criação de tranças perfeitas. Vão entrelaçando para dentro e para fora, acima e abaixo uma da outra, até o mastro estar revestido de um colorido traje feito de fitas.

Felicity, Ann e eu atravessamos o gramado até um penhasco com vista para o rio, que é um primo menor do poderoso Tâmisa. A Sra. Nightwing faria bem se soltasse as moças aqui, porque o rio está com

uma camada de musgo e novas folhas. Ann e eu mergulhamos os pés na água fria, enquanto Felicity faz ramalhetes de flores. Seu vestido está manchado de pólen.
– Estou com medo de ter ficado marcada. – Afunda junto de nós.
– Violeta? – pergunta, oferecendo uma flor.
Ann rejeita a delicada flor com um aceno da mão.
– Se usar isso, pensarão que não quero casar. É o que significa usar violetas.
Ereta, Felicity coloca a violeta em seu cabelo louro-platinado, onde ela brilha como uma boia luminosa.
– Agora que a Sra. Nightwing me deixará ir ao baile, preciso ter uma fantasia – diz Ann. – Gostaria de ir vestida como Lady Macbeth.
– Humm – murmuro, lançando olhadas às meninas que brincam em torno do mastro, e depois para além, na direção do acampamento.
Mas não vejo Kartik desde a noite da confusão dos homens no bosque.
Felicity balança uma violeta acima de minha testa, como se fosse uma aranha, e grito, o que a deixa satisfeitíssima.
– Não faça isso – advirto.
– Muito bem, Lady Meditativa – diz ela. – Em que pensa com tanta intensidade?
– Eu me perguntava por que Wilhelmina não me mostrou onde encontrar a adaga nem a chave que guarda a verdade. Pergunto a mim mesma qual era o aviso que ela pretendia dar.
– *Se* é que pretendia avisar – argumenta Fee. – Talvez fosse um truque e você teve juízo o bastante para evitá-lo.
– Talvez – digo. – Mas e Eugenia?
– Tem certeza de que a viu mesmo? – pergunta Ann. – Pois nenhuma de nós duas a viu, e estávamos lá com você.
E eu me pergunto se também imaginei isso. Se ainda consigo discernir verdade de ilusão. Mas não, eu a vi – eu a *senti*. Ela era real, e também o perigo que pressentiu; mas é impossível para mim unir as peças do quebra-cabeça.
– E McCleethy? E Nightwing? – pergunto.
Felicity dá chutes, causando pequenos respingos. Diz:
– Vocês sabem que elas estão reconstruindo a Ala Leste para se aproveitarem da porta secreta. Mas é só o que sabem com certeza. A

restauração demorará séculos e elas não têm a mínima ideia de que já estamos usando a porta. Quando souberem, já teremos feito a aliança e será tarde demais.

– Você se esquece de que os Hajin não se unirão a nós e o pessoal da floresta me odeia – digo.

Os olhos de Fee relampejam.

– Já tiveram a chance. Por que não fazemos a aliança só nós quatro... você, eu, Ann e Pippa?

– Quanto a Pip... – respondo, cautelosamente.

O rosto de Felicity escurece.

– Qual é o problema?

– Não está alarmada com as mudanças nela?

– Você quer dizer com o poder dela – diz Fee, corrigindo-me.

– Acho que tem ido às Terras Invernais – continuo. – Acho que sacrificou o coelho de Wendy. Talvez tenha feito outros sacrifícios também.

Felicity esmaga a violeta entre seus dedos.

– Quer saber o que penso? Acho que não lhe agrada o fato de ela ter poder agora. Nem Ann e eu podemos entrar nos reinos sem você. Vi sua cara quando a porta se abriu!

– Fiquei apenas surpresa... – começo a dizer, mas a mentira morre em minha boca.

– De qualquer modo, Gemma, é você quem tem agido de forma estranha. Mancomunada com Circe. Tem visto coisas que não existem. Quem está errada é você!

Dá um chute final na água e as gotinhas erguem-se do rio num arco perfeito e vêm aterrissar em cima de mim.

– Eu... eu só acho melhor entrarmos nos reinos juntas – alego. – Pelo menos, por enquanto.

Felicity me olha bem dentro dos olhos.

– Você não está mais no comando.

– Vamos, Gemma – pede Ann. – Vamos rodar em torno do mastro. Esqueça isso, agora.

Pega a mão de Felicity e as duas correm para o mastro. Passam de um lado para o outro dele, às risadas. Quisera eu poder esquecer tudo e me juntar a elas. Mas não consigo. Resta-me apenas esperar resolver tudo isso a tempo. Caminho para além do lago e subo a colina até o antigo cemitério. As lápides que se projetam do chão me acolhem bem, pois estou adequadamente séria.

Ponho uma das violetas de Felicity na pedra de Eugenia Spence.
*Amada irmã.*
– Não creio que saiba onde encontrar a adaga – digo à pedra. O vento responde soprando para longe o ramalhete. – É, eu sabia que não.
– Conversando com as lápides? – É Kartik. Traz um pequeno lanche num balde. Um feixe de luz solar forma uma auréola em volta do seu rosto e, por um instante, fico emocionada ao ver como ele é lindo – com a verdadeira felicidade que sinto ao vê-lo. – Só precisa preocupar-se se elas responderem – diz. – Vou embora se...
– Não, fique – digo. Eu gostaria que sim.
Ele se senta numa sepultura cujas inscrições o tempo já quase apagou e aponta com a cabeça as criadas que batem os tapetes com fúria.
– Ouvi dizer que há um baile de máscaras.
– Sim, amanhã. Vou de Joana D'Arc.
– Combina. – Kartik examina uma maçã, empurrando uma machucadura com seu polegar. – Suponho que haverá muitos cavalheiros, cavalheiros ingleses.
– Tenho certeza de que irão muitas pessoas – respondo, cuidadosamente.
Ele morde a fruta. Arranco uma folha de uma árvore e rasgo-a em pequenas tiras. O embaraçoso silêncio se prolonga.
– Desculpe – digo, finalmente.
– Não precisa desculpar-se. Menti para você.
Instalo-me perto dele. A distância entre nós não é grande, mas parece imensa.
– Venha ao baile – digo, baixinho.
Kartik ri.
– Está brincando.
– Não, de jeito nenhum. É um baile de máscaras. Quem saberá?
Ele arregaça as mangas, revelando o cálido tom moreno de sua pele.
– E será que ninguém vai notar isso? Um indiano entre os ingleses?
Dá uma dentada na maçã com um ruído de esmigalhamento.
– Um príncipe indiano – digo. – E você terá um convite, que lhe darei.
– Se não posso ir como eu mesmo, não irei – diz ele.
– Pense a respeito. Se mudar de ideia, ponha o lenço no lugar e o encontrarei amanhã, na lavanderia, às seis e meia.

Kartik olha de viés para o sol. Abana a cabeça.
– Esse é o seu mundo, não o meu.
– E se... – Engulo em seco, com força. – E se eu gostasse de você em meu mundo?

Ele torna a morder a maçã, desvia o olhar para as colinas ondulantes, no campo pacífico.

– Não creio que faça parte dele.

– Nem eu – digo, rindo, mas duas lágrimas escapam, e tenho de agarrá-las depressa, com meus dedos.

A magia arde nelas, como uma tentação: Você poderia fazê-lo ficar. Com um esforço de vontade, eu a domino.

– Então venha para os reinos comigo – digo, como alternativa. – Procuraríamos Amar juntos. Nós...

– Não. Não quero saber o que se tornou Amar. Quero lembrar-me dele como era antes. – Torna a guardar a maçã no balde com o lanche.

– Pensei muito a respeito de tudo isso, nos últimos dias, e acho melhor seguir viagem para o *HMS Orlando*. Não há nada para mim aqui.

– Kartik... – começo, mas o que posso dizer, afinal? – Deve fazer o que achar melhor.

– Eu me lembrarei da senhorita na Índia. Oferecerei uma oração à sua família no Ganges.

– Obrigada.

Tenho um bolo na garganta, que se recusa a descer.

Ele pega seu balde.

– Bom-dia, Srta. Doyle.

– Bom-dia, Kartik.

Aperta minha mão e desce a colina. Fico sozinha no cemitério.

– Foi ao que cheguei – digo, apertando as costas das mãos contra meus olhos. – Só os mortos querem minha companhia.

Meus joelhos são os primeiros a ceder. A força da minha visão é tão violenta que caio no chão apertando meu estômago. Meus músculos estão retesados. O céu parece rasgar-se em dois; as nuvens estão delineadas em vermelho.

*Meu Deus. Não posso respirar. Não posso...*

Wilhelmina Wyatt está em pé entre as lápides, com seu rosto contorcido de fúria. Agarra meu cabelo e me arrasta na direção das sepulturas. Chuto e luto, mas ela é mais forte. Quando chegamos ao túmulo de Eugenia Spence, ela me empurra com força e caio, vendo, horrorizada, o chão fechar-se sobre mim.

– Não, não, não! – Raspo com as unhas as laterais da cova, em prantos, desesperada. – Deixe-me sair! A terra se dissolve e me vejo em pé na charneca das Terras Invernais, diante da Árvore de Todas as Almas. Vejo os olhos assustados de Eugenia.
– Salve-nos... – suplica ela.
Chuto com toda a força que tenho. A sepultura desaba e tapo os olhos, enquanto a terra chove em cima de mim.
Tudo está silencioso. Mas ouço... meninas brincando. Risadas. Baixo as mãos e abro um olho. Estou deitada de costas no cemitério. A brisa traz os ruídos de um jogo de croqué no gramado dos fundos. Há sujeira em minhas botas e saias, onde me contorci. Wilhelmina se foi. Estou sozinha. A sepultura de Eugenia Spence está inteira. A violeta que deixei cair está ali, e tudo o que consigo fazer é soluçar... de medo e frustração.
Com pernas elásticas, vou passando entre as lápides. Os corvos descem como gotas de chuva negras. Pousam nas lápides. Tapo os ouvidos para silenciar seus medonhos grasnidos, mas eles rastejam debaixo da minha pele como um veneno.
Desço cambaleando a colina, sento-me e choro baixinho, abraçando os joelhos contra meu peito. Se não tivesse saído a chutes daquela sepultura...
Mas será que estive mesmo nela?
O fato é que a senti puxar meu cabelo, senti que caía, que a terra se fechava sobre mim. E depois, foi como se nada tivesse acontecido. Wilhelmina Wyatt me assusta.
*Ela podia enxergar na escuridão.* Foi o que Eugenia me disse sobre ela, uma vez. Mas, e se ela faz parte da escuridão? E se está trabalhando com as criaturas?
Não sei mais se ela pretende ajudar-me ou me matar.
Espio as meninas correndo em torno do mastro. Amanhã, vestirão suas fantasias e esvoaçarão como fadas, sem uma única preocupação no mundo, no baile de máscaras de Primeiro de Maio. Um gelo começa em meu estômago e se espalha pelo resto do meu corpo.
Amanhã. Primeiro de Maio. O "nascimento" de maio.
*Cuidado com o nascimento de maio.*

Não consigo aquecer-me. O que temia Eugenia, aquilo sobre o que pretendia advertir-me a Srta. Wyatt, acontecerá amanhã, e não tenho a menor ideia do que se trata nem de como evitar. Quando vejo a Srta. McCleethy e a Sra. Nightwing curvadas uma para a outra, em confabulação, eu tremo. Em cada olhar, risada ou toque delas, sinto perigo.

Por toda parte, em torno, as meninas saracoteiam, inebriadas de entusiasmo, alheias ao meu medo. As pequenas brincam fantasiadas, e Brigid as repreende, insistindo que sujarão seus bonitos vestidos, e aí, como ficarão? Elas fazem solenes sinais afirmativos com a cabeça, e logo a ignoram.

– Por que não se junta a nós, querida? – grita Brigid, vendo meu rosto triste.

Balanço a cabeça.

– Não, obrigada. Neste momento, não sou uma boa companhia.

A Sra. Nightwing me olha, com a testa ligeiramente franzida, e sinto comichão na pele. Não posso ficar aqui. Decido refugiar-me na tenda de Fee. Surpreendo-me ao encontrá-la ali sentada, sozinha, os lábios trêmulos.

– Fee? – digo.

Ela enxuga as lágrimas com mãos implacáveis.

– Bem, agora já fiz – diz ela, com uma risada áspera. – Seduzi de fato aquela gente.

– Que quer dizer?

Felicity ergue uma carta.

– É de mamãe. Lady Markham concordou em me patrocinar... se eu me casar com o filho dela, Horace.

– Ela não pode fazer isso.

– Pode – diz Felicity, enxugando mais lágrimas. – Pretende transformar-me numa esposa correta; será motivo de orgulho para ela fazer isso. Disse a papai que esta talvez seja uma forma de tornarem a cair nas graças da sociedade. E, claro, há o dinheiro.

– Mas é *sua* herança... – Não concluo a frase.

– Não entende? Uma vez casada, minha herança pertence ao meu marido! Não haverá mais água-furtada em Paris. Decidiram meu futuro por mim.

Parece tão pequena e sem vida quanto uma boneca de porcelana.

– Sinto muito – digo, embora seja pouco demais.

Felicity toma minhas duas mãos nas suas. Sinto os ossos doerem com seu aperto.

– Gemma, está vendo como são as coisas. Planejaram nossas vidas inteiras, o que vestiremos, com quem nos casaremos e onde moraremos. É um só torrão de açúcar em nosso chá, gostemos ou não, e é melhor sorrir, mesmo quando estamos morrendo por dentro. Somos como cavalos bonitos, e, exatamente como nos cavalos, querem colocar antolhos em nós, para não podermos olhar nem à esquerda nem à direita, só bem em frente, para onde nos conduzem. – Encosta a testa na minha, segura minhas mãos entre as suas, numa prece. – Por favor, por favor, por favor, Gemma, não vamos morrer por dentro antes que seja necessário.
– Que posso fazer?
– Prometa-me que poderemos manter essa magia um pouco mais, até eu garantir meu futuro... só até nosso *début* – suplica ela.
– Ainda faltam semanas – respondo. – E preciso dar satisfações ao povo da floresta. Devemos fazer a aliança.
– Gemma, trata-se do resto da minha vida – implora ela, agora com lágrimas de raiva.
Duas meninas às gargalhadas passam correndo pela tenda, num borrão de fitas e rendas. Giram furiosamente com seus vestidos de princesa, ganhando velocidade e rindo loucamente. Não importa que os vestidos sejam apenas roupa fina tomada de empréstimo por uma noite. Elas acreditam, e a crença muda tudo.
Ponho as palmas das mãos nas de Felicity, numa promessa.
– Tentarei.

Sento-me na cama e tento decifrar tudo, mas não consigo, e logo chegará o Primeiro de Maio. Como distração, arrumo meus poucos pertences, dispondo-os bem organizados no armário: o elefante de marfim que veio direto da Índia, o diário de minha mãe, o lenço vermelho de Kartik, a caixa com fundo falso de Simon. Devia jogá-la fora. Abro a câmara secreta, e encontro-a vazia como me sinto por dentro. *Um lugar para guardar todos os segredos*, ele me disse. Deixo-a na cama de Ann como presente e recomeço a arrumação. Empilho meus livros num canto. Luvas e lenços. A lousa de Wilhelmina Wyatt, muda como sua dona. Que fazer com isso? Inútil. E pesada. Essa grossa base de madeira tornando-a pesada... De repente, percebo como fui idiota.
A ilustração do livro... dizia-me o tempo todo onde procurar. O Objeto Oculto. Wilhelmina Wyatt era assistente de um mágico, conhecia prestidigitação. Se quisesse esconder alguma coisa...

Apalpo as bordas da lousa até minha unha encontrar um pequeno trinco na madeira. Aperto-o, e a moldura se solta. Quando a faço deslizar, afastando-a, encontro o rolo de couro que apareceu em minhas visões. Com os dedos trêmulos, desamarro os laços e desenrolo as pontas.

E dentro está uma fina adaga com punho incrustado de pedras preciosas.

# Capítulo
## Cinquenta e um

*1º de maio*

O SOL DESCREVEU SEU ARCO E BAIXA A ESCURIDÃO. O AR ESTÁ CÁLIDO; os pássaros dão um último concerto antes do sono. No conjunto, uma noite perfeita para o baile de máscaras da Spence, mas não descansarei até a noite passar. Puseram lanternas no gramado e até bem adiante, na estrada, para iluminar o caminho. Uma longa fila de carruagens serpeia em nossa direção e contorna o acesso dos veículos. Nossas famílias chegam. Criados ajudam Maria Antonieta e Sir Walter Raleigh, Napoleão e a rainha Elizabeth a descerem dos coches. Personagens pitorescos de todos os tipos vagueiam pelo gramado. Com seus rostos mascarados, dão à festa uma atmosfera fantástica. A música enche o salão de baile. Sai flutuando pelas janelas abertas e vai até o bosque. Moças passam como raios, em camadas de renda e tule. Nada disso me agrada.

Tinha a esperança de que Kartik me fizesse uma surpresa esta noite. Mas não houve nenhum sinal dele e então levo minha lanterna até o gramado da frente para esperar a chegada de minha família. Vejo papai primeiro. É um rajá com um turbante bordado com pedrarias. Vovó, que vive com um terror de se divertir, está usando um dos seus próprios vestidos, mas acrescentou uma máscara de arlequim, numa vareta. Tom usa um chapéu de bobo da corte e nem imagina o quanto combina com ele.

– Ah, eis nossa Gemma agora – diz papai, olhando tudo em mim, a túnica, as botas... e a adaga incrustada de pedras na cintura. – Mas vejam, ela não é nossa Gemma, de jeito nenhum, e sim uma líder de homens! Uma santa para a época!

– É Gemma D'Arc – escarnece Tom.

– E o bobo da corte – rebato.

– Sou um bufão. Não é a mesma coisa, absolutamente. – Ele torce o nariz. – Espero que sirvam um jantar.

Papai tem um dos seus ataques de tosse.

– Você está bem, papai?

– Sim, estou bem-disposto. – Ele respira com um chiado. Seu rosto está vermelho e suado. – Só ainda não me acostumei inteiramente com esse ar do campo.

– O Dr. Hamilton disse que lhe faria bem – diz vovó, com impaciência.

– Chamaram o médico?

Papai dá palmadinhas em minha mão.

– Ora, ora, querida. Não há nada com que se preocupar. Vai tudo muito bem. Veremos que ótimo divertimento nos espera esta noite.

Uma copeira segura uma bandeja côncava onde são oferecidas máscaras enfeitadas, representando pássaros, outros animais, diabretes e arlequins. Elas transformam os sorrisos que ficam por baixo em ameaçadores olhares de esguelha.

Felicity é uma Valquíria, com seu brilhante cabelo louro derramando-se sobre um vestido prateado, com asas. Sua mãe veio como a pequena Bo Peep, a pastorinha de um poema para crianças; seu pai usa o uniforme naval e uma máscara de raposa. Os Markham também vieram, para grande satisfação da Sra. Nightwing e infelicidade de Felicity. Toda vez que Horace, com seu traje azul de Pequeno Lorde Fauntleroy, aproxima-se dela, Felicity fica com um ar de quem está com vontade de estrangulá-lo, o que só o faz querê-la ainda mais.

Eu gostaria de ir para perto dela, dançar e liberar a magia, como fizemos antes. Mas ouço dentro de mim, repetidas vezes, como um estribilho, a frase: *Cuidado com o nascimento de maio*. Não sei o que esta noite trará.

A Sra. Nightwing está ansiosa para mostrar aos convidados os motivos para a Spence ter sua reputação de graça, força e beleza, como promete nosso lema. Ela veio vestida de Florence Nightingale, sua heroína favorita. Seria até divertido, se eu não desconfiasse tanto dela.

– Senhoras e senhores, agradeço-lhes profundamente terem vindo aqui esta noite. Desde o seu início, a Spence goza da reputação de ser uma instituição onde as meninas se transformam nas mais refinadas jovens. Mas, durante muitos anos, nossa magnífica escola suportou o doloroso lembrete de uma terrível tragédia. Refiro-me à Ala Leste e ao incêndio que a levou, junto com a vida de duas de nossas meninas e da nossa amada fundadora, Eugenia Spence. Mas, em homenagem a ela, decidimos trazer de volta à vida a Ala Leste, e suas generosas doações possibilitarão que se realize sua restauração. Agradeço-lhes humildemente.

"E agora, sem mais formalidades, quero que assistam a uma apresentação das nossas joias cintilantes. As joias de que falo não são diamantes nem rubis, mas as gentis e nobres meninas da Spence."

A Sra. Nightwing dá palmadinhas em seus olhos, para enxugar as lágrimas, e se senta. Várias das garotas mais jovens – todas fantasiadas de princesas e fadas – realizam uma dança, encantando os convidados com sua descontraída inocência.

Um homem coloca-se ao meu lado. A máscara esconde seu rosto, mas eu conheceria essa voz em qualquer lugar.

– Bela noite para uma festa, não é?
– Que faz aqui? – pergunto, com as batidas do meu coração se acelerando.
– Fui convidado, querida.

Sorri como um demônio.

Digo junto ao seu ouvido, em voz baixa e furiosa:
– Se fizer alguma coisa comigo, com minha família ou minhas amigas, se fizer qualquer coisa que seja, empregarei a magia contra você de tal forma que nunca mais tornará a ameaçar alguém.

O sorriso de Fowlson é rápido e largo.
– Gosto da sua energia, querida. – Põe a boca perigosamente perto do meu pescoço. – Mas não se aflija, Srta. Doyle. Não estou aqui esta noite atrás da senhorita. Seu amigo Kartik está aqui? Se não, não há problema... de qualquer forma, eu o encontrarei, com certeza.

Kartik.

Viro-me e saio correndo da sala, enquanto as meninas fazem as mesuras, cortesmente, adoráveis bonecas que são, e os convidados as aplaudem. Estou sem fôlego quando alcanço Kartik na casa dos barcos.

– Fowlson está aqui. Acho que veio atrás de você – arquejo. – Para lhe fazer mal.

Ele não parece assustado, não faz um movimento.
– Ouviu o que eu disse?
– Sim – diz ele, fechando seu livro. – A *Odisseia*. Terminei. Se quiser, agora pode lê-lo.

Agarro seu braço.
— Temos de esconder você. Posso transformá-lo em outra pessoa, ou...
— Não me esconderei de novo. E não tenho medo do Sr. Fowlson.
— Não?
Ele põe o livro numa prateleira alta, perto da janela.
— Mudei de ideia. Preciso saber se Amar... Preciso saber. Entende?
— Você está pronto para ver os reinos – pergunto.
— Não sei se estou pronto – diz ele, com uma risadinha zombeteira. – Mas quero ir. Quero ver os reinos.
Ofereço-lhe minha mão.
— Confie em mim.
Kartik entrelaça seus dedos com os meus.
— Mostre-me.
— Precisamos ter cuidado – digo.
Com todos assistindo à apresentação, o gramado está vazio e silencioso. Mas não quero chamar a atenção, de forma alguma. Nos agachamos e corremos abaixados pela grama até chegarmos à torre da Ala Leste. Estendo a mão. O ar estala. A porta aparece tremeluzindo. O rosto de Kartik demonstra uma verdadeira reverência.
— É extraordinário – sussurra ele.
— Isso não é nada. – Agarro sua mão e o conduzo pelo corredor. Quando atravessamos a porta, ele é um homem transformado.
— Bem-vindo aos reinos – digo.

# Capítulo
## Cinquenta e Dois

Mostro-lhe primeiro o jardim, onde cheguei na primeira vez em que vim conhecer este mundo, e porque é tão lindo que quero estar aqui junto com ele. Kartik dá uma volta, com a cabeça inclinada para trás. Chovem flores brancas, cobrindo sua cabeça e seus cílios como se fosse uma camada de neve. Ele abre as palmas das suas mãos para recebê-las.

– Este é o jardim – digo, quase com orgulho. – Ali fica o rio. Mais adiante, a gruta onde antigamente se erguia o Oráculo das Runas. Aqui é onde governava a Ordem, e o Rakshana antigamente governava com ela.

– Parece que estou sonhando.

Kartik caminha a passos largos até o rio e movimenta a mão sobre as águas cantantes. Redemoinhos prateados, dourados e cor-de-rosa saltam para a superfície onde ele tocou.

– Veja isso – digo.

Sopro folhas de relva e elas se tornam uma revoada de asas de borboletas. Uma pousa na mão estendida de Kartik antes de sair voando. Nunca vi Kartik tão feliz, tão solto. Ele encontra a rede que teci semanas atrás e desaba nela, escutando o doce murmúrio dos fios. Enrola as mangas da camisa até um ponto acima dos cotovelos e, embora seja falta de recato, não consigo impedir-me de dar rápidas olhadas furtivas em seus braços expostos.

– Não quer sentar-se?

Kartik oferece a estreita faixa de rede ao seu lado.

– Não, obrigada – consigo dizer. – Há tantas outras coisas para ver.

Conduzo Kartik pelo campo de papoulas abaixo do Templo, apontando para os altos penhascos que se elevam acima de nós. Esboçadas

dos lados estão os sensuais entalhes de mulheres seminuas, que fizeram minhas faces se ruborizarem da primeira vez em que as vi. Pelo canto dos olhos, observo Kartik, imaginando se ele as achará escandalosas.
– Fazem com que eu me lembre da Índia – diz ele.
– Sim, exatamente – concordo, esperando que minha voz não me traia.
O olhar de Kartik mergulha em meu pescoço e desce timidamente.
– Devo mostrar a você as Grutas dos Suspiros – digo, com minha voz ligeiramente rouca.
Conduzo-o pela estreita passagem na terra, depois pelo desfiladeiro na montanha, por entre os potes que expelem sua fumaça colorida e até o topo. Os Hajin curvam-se diante de nós e Kartik retribui o gesto, com respeito.
– Estas são as Grutas dos Suspiros – digo.
Passamos pela gravura com duas mãos apertadas, dentro de um círculo. Kartik para diante dela.
– Conheço isso. É Rakshana.
– Pertence também à Ordem – digo.
– Sabe o que significa? – pergunta ele, movendo-se para mais perto da gravura. Faço um sinal afirmativo com a cabeça, corando. – É o símbolo do amor.
Kartik sorri.
– Sim, agora eu me lembro. As mãos dentro de um círculo. Vê? As mãos são protegidas pelo círculo, o símbolo da eternidade.
– Eternidade?
– Porque não se pode dizer onde começa nem onde termina, e isto não tem importância.
Ele acompanha o desenho com os dedos.
Pigarreio baixinho.
– Dizem que vemos os sonhos um do outro, se pusermos as mãos dentro do círculo.
– É mesmo?
Kartik deixa a palma da sua mão apoiada bem perto do círculo, do lado de fora.
– Sim – digo.
O vento sopra pelas grutas e elas suspiram. As pedras falam. *Este é um lugar de sonhos, para os que desejam ver. Ponha suas mãos dentro do círculo e sonhe.*

Ponho as minhas e espero. Ele não me olha nem se mexe. Não vai fazer isso. Eu o conheço. Saber disso deixa meu coração pesado. Kartik desloca suas mãos para dentro do círculo, perto das minhas. Nossos dedos e polegares se estendem uns para os outros, mas não chegam a se tocar, nossas mãos parecem dois países separados pelo mais estreito oceano. E então os dedos dele cutucam os meus. As pedras desaparecem. Uma forte luz branca me obriga a fechar os olhos. Meu corpo se dissolve e entro num sonho.

Meus braços brilham, com braceletes dourados que captam a luz. Minhas mãos e pés estão pintados com desenhos floreados, como os de uma noiva. Uso um sári com o tom roxo escuro de uma orquídea. Quando me movimento, as dobras do tecido mudam de cor, cintilando do laranja ao vermelho, do azul-anil ao prateado.

Está ocorrendo uma comemoração. Moças com sáris amarelo-vivo dançam descalças sobre uma manta de flores de lótus. Sorrindo calorosamente, mergulham as mãos em grandes tigelas de barro e tiram delas pétalas de rosas, que atiram para o alto. A colorida chuva cai lentamente, as pétalas se assentando em meus cabelos e braços nus. O perfume lembra minha mãe, mas não sinto tristeza. É um dia feliz demais.

As meninas abrem uma trilha para mim. Correm, atirando flores, até tornar o caminho à frente um espetáculo mutável em vermelho e branco. Sigo-as na direção do céu azul. Estou na entrada de um imponente templo de pedra, antigo de séculos. Acima de mim, Shiva, o deus da destruição e do renascimento, está sentado meditando, com seu terceiro olho que tudo vê. Abaixo de mim, há talvez uma centena de degraus. Desço o primeiro e tudo desaparece – o templo, as moças, as flores. Fico sozinha na areia do deserto, a única mancha de cor em quilômetros. Não há nada em nenhuma direção, apenas céu. As horas parecem segundos; os segundos são horas, pois o tempo é um sonho.

Um vento quente sopra rápido, os delicados grãos de areia roçando suavemente em minhas faces. E então eu o vejo. É apenas um pontinho vindo de longe em minha direção, mas sei que é ele; e, de repente, está diante de mim. Monta um cavalo pintalgado e suas roupas são negras e requintadas. Tem no pescoço uma grinalda. No centro da sua testa está uma marca vermelha, feita com açafrão, como a de um noivo indiano.

– Olá – diz ele.

Sorri, e seu sorriso brilha mais do que o sol. Estende o braço para baixo; pego sua mão, e o mundo mais uma vez se dissolve. Estamos num jardim perfumado por flores de lótus grandes como camas.
– Que lugar é este? – pergunto.
Minha voz soa estranha em meus ouvidos.
– Estamos aqui – diz ele, como se isso respondesse tudo, e, num certo sentido, responde mesmo.
Ele pega sua faca e desenha um círculo em torno de mim, na terra.
– Que está fazendo? – pergunto.
– Este círculo simboliza a união das nossas almas – responde ele.
Caminha em torno de mim sete vezes, e depois da sétima entra no círculo. Ficamos de frente um para o outro. Ele pressiona as palmas das mãos contra as minhas.
Não sei se estou sonhando.
Ele põe a mão atrás do meu pescoço e me puxa suavemente para si. Suas mãos se enroscam em meus cabelos e ele esfrega os fios entre seus dedos como uma bela seda que deseja comprar. E então sua boca está sobre a minha, faminta, buscando, dominando.
É um novo mundo, e vou percorrê-lo.
Não sei o que gostaria que ele dissesse: *Te amo. Você é linda. Não me deixe nunca..* Parece que ouço tudo isso, mas Kartik diz uma única palavra, meu nome, e percebo que nunca o ouvi dizê-lo desta maneira: como se eu fosse conhecida. A pele do seu peito é suave sob o peso dos meus dedos. Quando meus lábios roçam o aprofundamento entre suas clavículas, ele faz um som que é um pouco como um suspiro, ou um resmungo.
– Gemma...
Seus lábios estão em cima de mim, numa febre de beijos. A boca. O queixo. O pescoço. A parte de dentro dos braços. Coloca as mãos na parte de baixo das minhas costas e beija minha barriga por cima do tecido grosso de meu vestido, fazendo faíscas dispararem pelas minhas veias. Levanta meu cabelo e aquece minha nuca com sua boca, depois arrasta os beijos por minha espinha dorsal abaixo, enquanto suas mãos estão em concha sobre meus seios, delicadamente. Os laços do meu espartilho se desatam. Agora posso respirar fundo o seu cheiro. Kartik tirou a camisa. Não me lembro de quando isso aconteceu e, por algum motivo, esqueço-me de ficar envergonhada. Noto apenas sua beleza: a morena maciez da sua pele, a largura dos ombros, os músculos dos seus braços, tão diferentes dos meus. O chão coberto de

rosas é macio e cede sob meu corpo. Kartik aperta seu corpo no meu, e tenho a sensação de que poderia afundar na terra fofa. Em vez disso, eu me comprimo ainda mais contra ele, sentindo calor, até achar que posso morrer.
 — Tem certeza...?
 Desta vez, não me sinto separada. Beijo-o novamente, deixando que minha língua explore o calor dentro dos seus lábios. Os olhos de Kartik se agitam e depois se arregalam, com um olhar que não sei descrever, como se ele tivesse acabado de vislumbrar algo precioso que julgava perdido. Ele me puxa, num aperto mais forte. Minhas mãos agarram seus ombros. Nossa boca e os corpos falam por nós numa nova língua, enquanto as árvores se sacodem e soltam uma chuva de pétalas que se colam em nossa macieza, como peles que usaremos para sempre. E, de repente, estou mudada.

Quando abro os olhos, estou de volta às Grutas dos Suspiros. Meus dedos apenas roçam os de Kartik, sobre a pedra. Minha respiração está acelerada. Será que ele viu o que vi? Tivemos o mesmo sonho? Não ouso olhá-lo. Sinto seu dedo, leve como a chuva, embaixo do meu queixo. Ele vira meu rosto na direção do seu.
 — Você sonhou? — sussurro.
 — Sim — responde ele, e me beija.
 Por um longuíssimo tempo, ficamos sentados nas Grutas dos Suspiros, falando de coisas sem importância e, no entanto, dizendo tudo.
 — Entendo por que meus irmãos do Rakshana queriam manter a todo custo o controle de um lugar como este — diz ele. Acaricia a parte de baixo do meu braço com seus dedos. — Acho que seria difícil abandonar isto aqui.
 Minha garganta está apertada. Será que poderíamos ficar aqui? Ele ficaria se eu lhe pedisse?
 — Obrigado por me trazer — diz ele.
 — Não há de quê. Há outra coisa que quero partilhar com você.
 Pressiono as palmas das nossas mãos umas contra as outras. Nossos dedos formigam quando se tocam. As pálpebras dele palpitam e depois se escancaram, com a compreensão do presente de magia que lhe dei.
 Relutante, afasto minha mão.
 — Você pode fazer qualquer coisa.

– Qualquer coisa – repete ele.
Faço um sinal afirmativo com a cabeça.
– Bem, então...
Ele transpõe a pequena distância entre nós e põe os lábios sobre os meus. São suaves, mas o beijo é firme. Ele põe a mão docemente em minha nuca e puxa meu rosto para ele com a outra mão. Beija-me de novo, com mais força desta vez, mas é tão maravilhoso quanto antes. Seus lábios são tão necessários que não consigo imaginar como poderia viver sem sentir sempre o seu gosto. Talvez seja assim que as moças caem – não em algum crime de sedução, nas mãos de um perverso malfeitor, num grande antes e depois no qual se são vítimas inocentes, sem nenhum poder de decisão. Talvez simplesmente sejam beijadas e queiram retribuir. Talvez até beijem primeiro. E por que não?
Conto os beijos – *um, dois, três, oito*. Rapidamente, afasto-me para recuperar o fôlego e o comportamento.
– Mas... você poderia ter o que quer que desejasse.
– Exatamente – diz ele, aninhando-se em meu pescoço.
– Podia transformar pedras em rubis ou andar numa carruagem de grande cavalheiro.
Kartik põe as mãos dos lados do meu rosto.
– A cada um sua própria magia – diz, e torna a me beijar.

# Capítulo
## Cinquenta e três

Quando saímos das grutas, encontro Asha.
– Senhora Esperança, a Górgona está aí embaixo. – Quer falar com você. Diz que é urgente.
– Górgona? – diz Kartik, com os olhos arregalados. Leva instintivamente a mão à sua faca.
– Não vai precisar disso – digo. – O pior que ela pode fazer é irritar mortalmente a pessoa. Então talvez deseje isso, para acabar com seu aborrecimento.
A Górgona aguarda no rio. Kartik arqueja à visão da sua apavorante cara verde e olhos amarelos, das muitas serpentes coleando em torno da sua cabeça, como raios de algum deus do sol esquecido.
– Górgona! Você voltou! – exclamo, exultante.
Senti falta dela, descubro.
– Lamento, Altíssima. Pediu-me para não procurá-la, mas o caso é da mais extrema importância.
Ruborizo.
– Errei. Falei com dureza demais. Permita-me apresentar-lhe Kartik, que pertenceu ao Rakshana.
– Saudações – diz a Górgona.
– Saudações – responde Kartik, com os olhos ainda arregalados, sua mão ainda em cima da faca.
A voz ondulante da Górgona sai tingida de apreensão:
– Fui às Terras Invernais por uma rota que meu povo antigamente conhecia, séculos atrás. Quero mostrar-lhe o que vi.
– Leve-nos – digo, e embarcamos.
Sento-me na base do grosso pescoço da Górgona, evitando as serpentes que silvam e coleiam em torno da sua cabeça. Às vezes, elas se aventuram até perto demais, e me fazem lembrar que mesmo os mais

confiáveis aliados têm o poder de mutilar. Kartik fica bem afastado delas. Olha fixamente para o mundo estranho e ameaçador à frente, pois estamos entrando nas Terras Invernais. Chega um nevoeiro verde e maciço. A embarcação desliza silenciosamente por um estreito canal e entra numa caverna. Passamos debaixo de estalactites geladas, compridas como os dentes de uma serpente marinha, e reconheço o lugar.

– Eu vi Amar aqui – digo a Kartik, e o rosto dele se torna soturno.

– Aqui – diz a Górgona, reduzindo a velocidade até parar. – Bem aqui.

Baixa a prancha, e vou patinando pelos poucos centímetros de água estagnada até o lado da caverna, onde alguma coisa ficou grudada. É a ninfa aquática que me conduziu a Amar. Seus olhos sem vida olham fixamente para o nada.

– Que aconteceu com ela? – pergunto. – É uma doença?

– Olhe mais de perto – diz a Górgona.

Não queria tocá-la, mas acabo tocando. Sua pele está fria. Escamas se desprendem em minhas mãos. Estão sujas de sangue seco. Ela tem um ferimento – uma profunda linha vermelha em seu pescoço.

– E você suspeita das criaturas das Terras Invernais? – pergunto.

A voz da Górgona pulsa na caverna:

– Isso é maior que as criaturas das Terras Invernais. Está além de meu conhecimento.

Fecho os olhos opacos da ninfa, para que ela pareça apenas dormir.

– O que deseja que eu faça, Altíssima? – diz a Górgona.

– Pede uma ordem minha?

– Se quiser dá-la, sim.

Se eu quiser dar uma ordem. Em pé na caverna abandonada, com o frio corpo da ninfa aquática tão perto e minhas amigas tão longe, preciso tomar uma decisão.

– Quero ver mais. Quero saber. Será que podemos viajar até mais adiante?

– Como desejar.

– Não precisa acompanhar-me – digo a Kartik. – Posso fazer com que volte ao acampamento primeiro.

– Irei – diz ele.

Dá uma olhada no punhal em sua bota.

– Altíssima – diz a Górgona. Há preocupação em sua voz: – Chegamos até aqui sem sermos descobertos. Mas não iria mais longe sem sua proteção. Talvez seja aconselhável que invoque os seus poderes para nos ajudar.

– Está bem – digo. – Mas precisarei presenteá-la com a magia, para podermos tratar do nosso objetivo juntas...

– Não – interrompe a Górgona. – Não quero ficar com a magia nem por um instante.

– Preciso de você, Górgona – digo. – A situação exige que todos trabalhemos juntos.

– Não devo ser libertada – responde ela. – Desde que você entenda isso, tudo bem.

– Entendo – digo. – Decidiremos qual será a ilusão e nos concentraremos apenas nesse único objetivo. Combinado?

Kartik assente com a cabeça.

– Combinado – sibila a Górgona.

Embarco. Ponho uma das mãos no grosso e escamoso pescoço dela e a outra no braço de Kartik. A magia se estende entre nós três. Sinto-me como se estivesse sentada em cima de uma onda e sem ser sugada para baixo por ela. Estamos unidos por nosso objetivo e partilhamos a carga por igual. Imagino a nau viking em que navegamos nas Terras Invernais – as velas altas, os remos. Imagino Kartik e eu como fantasmas, usando mantos esfarrapados. Nossos corações batem no mesmo ritmo. Quando abro os olhos, realizamos nossa tarefa. Kartik e eu aparecemos como espectros. A Górgona parece uma estátua, com suas serpentes tão imóveis quanto se fossem mesmo de mármore.

– Górgona – chamo com cautela.

– Estou bem, Altíssima. Saiu-se bem.

– *Nós* nos saímos bem – corrijo-a, e minha satisfação não é menor por ser partilhada. – Vamos ver o que as Terras Invernais podem estar escondendo.

A Górgona nos guia ao longo do rio, que agora muda de rumo e corre por um desfiladeiro de rochas negras. Uma bruma cinza-esverdeada eleva-se da água. Ela se torna menos espessa à medida que nos movemos e, com isso, vejo um pouco mais dessa estranha terra do que vira antes. Bandeiras rasgadas, com marcas vermelhas, projetam-se do alto das montanhas escarpadas. Estalam no vento forte, com um som semelhante a disparos de fuzis. Cavidades foram entalhadas na pedra preta. A Górgona desliza para perto de uma. Há caveiras empilhadas,

a uma altura de umas dez. Meu coração galopa cada vez mais depressa. Quero voltar, mas preciso saber o que está acontecendo. Um cardume de peixes prateados flutua na água, todos mortos.
– Talvez não seja nada – digo, incerta.
– Talvez – sibila ela. – Ou talvez seja alguma coisa muito errada, de fato. Temo que uma magia terrível esteja em ação.
Um corvo descreve círculos no ar acima das nossas cabeças, como uma grossa impressão digital de um polegar no céu.
– Siga-o – digo à Górgona.
Um rugido enche meus ouvidos. Chegamos a um desfiladeiro onde majestosas cachoeiras nos margeiam nos dois lados. A água se revolve e nos faz subir e descer, violentamente. Kartik e eu nos seguramos com força um no outro e na Górgona. Pedras pontiagudas aparecem acima da água e tenho medo de sermos arremessados contra elas, mas a Górgona nos desvia, com segurança, e assim conseguimos sair do desfiladeiro e passar para uma rasa laguna de maré, que o gelo vitrifica. Ela está entulhada com ossos e carcaças de pequenos animais mortos. O vento frio não pode soprar para longe o cheiro de morte e decomposição. Pequenas fogueiras ardem em torno do seu contorno externo. Fumaça eleva-se delas, espessa e áspera, e sinto o fundo da minha garganta arder. Uma mistura de cinzas e neve vem escorrendo, gruda-se em minha pele. Ao longe, um arco nos penhascos abre-se para as areias escuras das planícies.

A Górgona chega mais perto e tenho a impressão de que vou sufocar de tanto medo. Pois ali, atrás das fogueiras, está um exército de criaturas das Terras Invernais – rastreadores esqueléticos, com mantos negros esfrangalhados, os Guerreiros das Papoulas, criaturas lívidas, com a pele parecendo giz e olhos com círculos negros em torno. Tantas criaturas. Eu não havia percebido. Este parece ser seu acampamento, protegido pelos penhascos. Estão sentadas com os mortos, que parecem atordoados e cegos.

– Parem! – diz uma criatura à minha esquerda, e sinto a mão de Kartik pairar em cima do seu punhal. A criatura é cinzenta como a morte. Arreganha lábios putrefatos e revela pedaços de dentes amarelos. Suas pálpebras são debruadas de vermelho, mas seus olhos são do mesmo azul leitoso dos olhos de Pippa. – Vieram para o ritual?

Kartik assente com a cabeça. Rezo para nossa ilusão se sustentar. Seis rastreadores surgem no arco.

– Sigam-nos! – chamam os hediondos monstros.

As criaturas se levantam e os mortos arrastam os pés atrás delas, como sonâmbulos. Com um último olhar para a cara pétrea da Górgona, Kartik e eu nos juntamos aos outros.

Os rastreadores estrondeiam sobre as planícies e nós os acompanhamos. O solo se esmigalha sob meus pés como se eu pisasse em conchas. Julgo ver um osso de perna aparecendo em meio à areia e rapidamente desvio a vista. *Calma, Gemma. Calma. Mantenha a ilusão.*

Chegamos a uma passagem estreita. Criaturas pálidas, sem pele, surgem por trás das rochas e por entre fendas, piscando os olhos para se proteger da luz obscura do encrespado céu cinzento. A criatura ao nosso lado rosna e rilha os dentes para uma das coisas pálidas, que desliza de volta para trás da rocha, até eu só poder ver seus olhos piscando.

Os corvos sobrevoam em círculos, gritando. Conduzem-nos para fora do abismo, e sinto meu pulso acelerar-se, pois chegamos à charneca. E ali, diante de nós, está a Árvore de Todas as Almas.

As criaturas das Terras Invernais reúnem-se nas planícies. Kartik aperta minha mão e posso sentir seu terror juntando-se ao meu. Três dos mortos são trazidos para a frente – uma mulher e dois homens. Ao meu lado, Kartik prende a respiração. Logo atrás das criaturas, num magnífico garanhão, está Amar.

– Quanto mais sacrificamos, mais cresce o nosso poder – troveja ele, enquanto os mortos são obrigados a se ajoelhar diante da Árvore de Todas as Almas.

– Vocês se dão de boa vontade à glória maior? Desejam ser sacrificados pela nossa causa? – pergunta-lhes Amar.

– Sim – respondem eles, entorpecidos.

– Essas almas estão prontas – diz o irmão de Kartik.

As trepadeiras movem-se como chibatas, enrolando-se em torno do pescoço das vítimas, e depois erguendo-as pela vastidão da árvore, como se fossem marionetes. Amar puxa uma espada de uma bainha ao lado do seu corpo. Afasta-se cavalgando e depois se volta e corre velozmente na direção dos mortos, como um cavaleiro num torneio.

Na charneca, as criaturas das Terras Invernais observam algumas se encolherem de medo, enquanto outras entoam sua aprovação:

– *Sacrifício, sacrifício, sacrifício...*

Sob nossos olhares horrorizados, a espada de Amar baixa sobre os mortos. Kartik adianta-se e eu lhe seguro o braço com força. O sangue deles cai, e as raízes aceitam-no com voracidade. Soltando um terrível grito, as almas das vítimas são arrastadas para o enorme freixo. Diante dos nossos olhos, ele se torna ainda maior. Seus poderosos galhos se estendem em todas as direções, como garras gigantescas. O céu sangra vermelho.

Amar e os rastreadores põem as mãos no tronco retorcido da árvore, absorvendo todo o poder que podem, enquanto o exército de criaturas observa.

– Um dia, também vocês se alimentarão – grita um rastreador. – Depois do sacrifício.

As criaturas fazem que sim com a cabeça.

– Sim, um dia – respondem, acreditando sem questionar.

– Nossa causa é justa! – grita outro rastreador.

Seus mantos se abrem e revelam os espíritos uivantes que estão lá dentro.

– A liberdade está ao nosso alcance, afinal – troveja Amar. – Ela pôs o plano em ação. Todas as peças se encaixam. Quando ela der a palavra de ordem, sacrificaremos suas grandes sacerdotisas e ambos os mundos... os reinos e o dos mortais... cairão em nosso poder.

As criaturas gritam e erguem os punhos numa imaginada vitória.

Um dos rastreadores fareja o ar.

– Alguma coisa está errada – uiva ele. – Sinto os vivos entre nós!

Aos rosnados e gritos estridentes, as criaturas viram-se umas para as outras, apontando dedos acusadores. Uma das feras salta no lombo de outra, com um berro de "Traido!", antes de afundar seus dentes no pescoço da outra. Os rastreadores tentam assumir o controle, mas é difícil serem ouvidos, em meio à barulheira.

– Kartik – sussurro –, precisamos partir.

Ele ainda olha fixamente para seu irmão amaldiçoado, com os olhos úmidos. Não espero sua resposta. Rapidamente, afasto-o da multidão e da terrível visão do que se tornou Amar. Nos esgueiramos com cuidado pela turba, evitando por pouco os socos. Quando chegamos à fenda profunda pela rocha, ouço Amar gritando por ordem em meio ao caos. O céu berra. Outra alma foi sacrificada e as criaturas se unem, dando vivas.

Mais criaturas sem pele saem coleando das rochas. Agarram nossos tornozelos com mãos tão escorregadias e rápidas como peixes, fazendo-me soltar um grito. Ele ecoa por um momento e sinto medo de que seja ouvido pelos outros. Chuto a mão da coisa. Ela se retira furtivamente para seu esconderijo e eu puxo Kartik tão depressa quanto posso na direção do barco.

– Górgona, precisamos sair daqui com a maior pressa possível – digo.

– Como quiser, Altíssima.

Ela toma um rumo para fora das Terras Invernais. Digo-lhe o que vi, embora, por bondade, não conte a participação de Amar. O céu agitado se acalma na indiferente escuridão das Terras Limítrofes, e depois no luminoso azul perto das Grutas dos Suspiros e no crepúsculo alaranjado do jardim.

Kartik não disse uma só palavra a viagem inteira. Sentou-se no convés, com os joelhos puxados para seu peito, a cabeça enterrada nas mãos. Não sei o que dizer. Gostaria de tê-lo poupado daquilo.

– Ela – digo, sacudindo a cabeça. – Ela colocou o plano em ação.

– Quem? – pergunta a Górgona.

Uma raiva tão intensa como nunca senti sobe dentro de mim.

– Circe. Ela fez um pacto com as criaturas há muito tempo, e queria que eu acreditasse que era coisa do passado. Nunca parou de tentar recuperar o poder. Não serei mais seu joguete.

– Que me ordena fazer, Altíssima?

– Siga até onde estão Philon e o povo da floresta. Conte o que aconteceu e diga que unirei minhas mãos com eles esta noite. Voltarei com minhas amigas, e nos encontraremos no Templo. Ofereça a magia novamente também aos Intocáveis. Talvez ainda se possa influenciá-los.

– Como quiser.

– Górgona...? – chamo.

– Sim, Altíssima?

Não sei como perguntar o que desejo saber.

– Se eu partilhar a magia, se nos dermos as mãos, será que isso encerrará a situação?

Ela balança a cabeça devagar.

– Não sei. São tempos estranhos. Nada é como antes. Todas as regras foram violadas, e ninguém sabe o que acontecerá.

Conduzo Kartik pela trilha próxima das Terras Limítrofes e passamos pelo corredor. Atravessamos a porta secreta e chegamos ao gramado da Spence. Das janelas abertas acima, ouço aplausos e murmúrios. A Sra. Nightwing anuncia a recitação de "A Rosa da Batalha", pela Srta. Cecily Temple.

Tudo é familiar e nada, porém, parece como era. Kartik não quer me olhar, e eu gostaria que pudéssemos voltar àquele momento nas Cavernas dos Suspiros, quando pusemos nossas mãos em cima das pedras.

– Aquela criatura que alimentava a árvore com almas. Era meu irmão.

– Sinto muitíssimo. – Estendo os dedos, mas ele não quer ser tocado. – Kartik.

– Fracassei com ele. Fracassei...

Kartik passa a toda por mim e dispara a correr.

# Capítulo
# Cinquenta e Quatro

Estou tremendo quando volto ao baile de máscaras. Um homem com máscara de arlequim roça em mim, de passagem, e me assusta.

– Lamento profundamente – diz ele, e me dá um sorriso que parece demoníaco, embaixo daquela máscara horrorosa.

Entro furtivamente no salão, onde as moças fazem seu recital. Vejo Felicity, sentada junto de Ann, com sua fantasia de Lady Macbeth.

– Preciso falar com vocês duas imediatamente – sussurro, e elas correm atrás de mim até a biblioteca.

Ann folheia ao acaso um folhetim barato: *Mabel: A moça da escola de Newbury*. Não tenho a menor dúvida de que a história é a mesma de todos os outros: uma moça pobre, mas decente, é submetida às cruéis zombarias de suas colegas de escola, mas é salva por um parente rico. E então todas as mesquinhas colegiais lamentam tê-la arreliado tanto. Mas Mabel (ou Annabelle, ou Dorothy – são todas iguais) as perdoa com toda a doçura, sem ter nunca um pensamento ruim sobre qualquer uma delas, e no final todas já aprenderam uma valiosa lição.

Gostaria de jogar esse lixo no fogo.

– Vamos, Gemma. Desembuche – ordena Felicity. – Estamos perdendo a festa.

– As criaturas das Terras Invernais não estão em extinção. Têm um exército, com milhares de membros – digo, com as palavras saindo desordenadamente da minha boca, com se eu fosse uma paciente do hospício. – Estão sacrificando almas à árvore para aumentar seu poder, mas esperam alguma coisa. Alguém. – Respiro fundo. – Acho que esperam Circe.

– Agora você acredita – diz Felicity.

Ignoro a crítica.

– Precisamos ir aos reinos, devolver a adaga a Eugenia e fazer a aliança...
– Quer dizer, devolver a magia? – pergunta Ann.
– Não é nossa. É apenas emprestada...
Felicity interrompe:
– Mas e Pip? Precisamos contar a ela!
– Fee – começo –, não podemos. Se ela for um deles...
– Não é! Você acabou de dizer que foi Circe. – Felicity estreita os olhos. – Como soube disso, Gemma?
Tarde demais, percebo minha tolice.
– Fui até lá. Para ver.
– Sozinha? – pressiona Fee.
– Não. Com Kartik.
Ann olha furiosa para mim.
– Você o levou sem nos dizer?
– Precisava mostrar a ele...
– Os reinos pertencem a nós, não a ele! – insiste Felicity. – Ainda ontem você disse que não devíamos entrar lá uma sem as outras. Agora, fez isso!
– Sim, e lamento, mas outra questão está em jogo – argumento, embora até eu perceba que não convence.
– Você mentiu! – grita Felicity.
– Ouçam o que digo, por favor! Querem ouvir por um instante o que tenho a dizer? Pedi à Górgona que reúna os Hajin e o povo da floresta no Templo, para partilharmos a magia com eles. Precisamos ir hoje à noite. Não entendem?
– Entendo é que você não liga para o que suas amigas pensam. Para o que elas querem. – Com sua fantasia, Felicity está uma perfeita donzela guerreira. Seus olhos lampejam de mágoa. – Pip me avisou que isso poderia acontecer.
– O que quer dizer? O que ela disse? – pergunto.
– Por que devo contar a você? Talvez possa perguntar a Kartik. Troca mais confidências com ele do que com suas amigas.
– Estou aqui agora, não estou? – digo, com minha raiva faiscando.
– Ela disse que você não gostaria de partilhar a magia. Que nunca pretendeu partilhar, não do jeito que ela faria – responde Felicity.
– Não é verdade.

Mas não posso negar o quanto me deleitei tendo alguma coisa que os outros não tinham.

Felicity pega a mão de Ann.

– Não tem importância – diz, puxando Ann para a porta. – Você se esquece de que podemos fazer como quisermos. De que podemos entrar nos reinos quando tivermos vontade. Com ou sem você.

Passo pelas salas como se estivesse com uma febre. O salão de baile está cheio de alegres dançarinos. Mas não me sinto disposta a dançar. Em minha cabeça, vejo aquelas horrendas criaturas, Amar conduzindo os mortos para o sacrifício. Vejo a dor nos olhos de Kartik. Pergunto-me para onde ele foi e quando voltará. Se voltará.

As pessoas enchem a pista para uma dança de passos intrincados, que acompanham sem errar, e sinto inveja. Pois não há passos para eu acompanhar nesta jornada; preciso encontrar meu próprio caminho. Não posso fazer parte desta vistosa convocação de princesas, fadas, bufões, demônios, espectros e ilusões. Estou tão cansada das ilusões. Preciso de alguém que me escute, que me ajude.

Papai. Eu poderia contar-lhe tudo. Chegou a hora da verdade. Corro de uma sala a outra, à sua procura. Fowlson está emboscado num canto. Zomba de mim.

– Joana D'Arc. Ela acabou mal, não?

– Você poderia acabar mal agora – sussurro, ferozmente, e sigo em frente.

Afinal, vejo meu pai conversando com a Sra. Nightwing, Tom... e Lorde Denby. Marcho direto até aquele homem perverso.

– Que faz aqui? – pergunto.

– Gemma Doyle! – grita papai. – Peça desculpas.

– Não pedirei. Ele é um monstro, papai!

O rosto de Tom ruboriza. Parece ter vontade de me matar. Mas Lorde Denby apenas ri.

– É nisso que resulta dar poder às mulheres, meu caro amigo. Elas se tornam perigosas.

Arrasto meu pai para a sala de visitas e fecho a porta. Ele se instala numa poltrona. Tira do bolso o cachimbo que lhe dei de presente de Natal e uma pequena bolsa de fumo.

– Estou muito decepcionado com você, Gemma.

*Decepcionado*. A palavra, como uma faca no coração.

– Sim, papai. Desculpe, mas o assunto é de grande urgência. É uma coisa que precisa saber sobre mim. Sobre mamãe.

Meu pulso se acelera. Sinto as palavras ficarem presas em minha garganta, ardendo ali. Eu poderia engoli-las, como uma pílula amarga, da mesma forma que já fiz tantas vezes. Seria mais fácil. Mas não consigo. Elas tornam a subir e sufoco por causa delas, quando isso acontece.

– E se eu lhe dissesse que mamãe não era quem parecia ser? E se lhe dissesse que o verdadeiro nome dela era Mary Dowd, e ela era membro de uma sociedade secreta de feitiçaria?

– Eu diria que não era uma piada muito boa – diz ele, sombriamente, colocando fumo no fornilho de seu cachimbo.

Balanço a cabeça.

– Não é piada. É verdade. Mamãe foi aluna da Spence anos antes de mim. Foi ela quem provocou o incêndio que destruiu a Ala Leste. Fazia parte de uma sociedade de feiticeiras chamada a Ordem. Eram alunas da Spence. Ela sabia entrar num mundo além deste, chamado de reinos. É um lugar lindo, papai. Mas, às vezes, também assustador. Ela fazia parte da magia de lá. E tenho a mesma magia correndo em minhas veias. Por isso querem me matar, para roubar minha magia.

O sorriso de papai se desfaz.

– Gemma, essa história não tem graça.

Não posso parar. É como se todas as verdades que sempre mantive secretas dentro de mim precisassem sair.

– Ela não morreu por acidente. Ela conheceu aquele homem na Índia, Amar. Ele era seu protetor. Eles morreram tentando proteger-me de uma feiticeira assassina chamada Circe.

O olhar de papai é duro e me assusta, mas não paro. Não posso. Agora não.

– Eu a vi lá, nos reinos, depois que ela morreu. Falei com ela! Estava preocupada com você. Disse...

– Já basta!

As palavras de papai são tranquilas, mas de alguma forma enroscadas, como um chicote pronto para o ataque.

– Mas é verdade – insisto, reprimindo as lágrimas. – Ela não visitava enfermarias de caridade em hospitais nem cuidava dos doentes! Nunca fez isso, papai, e você sabe.

– É assim que desejo me lembrar dela.

— Mas não importa que ela não fosse realmente assim? Você nunca se perguntou por que nada sabia do passado dela? Por que ela era tão misteriosa? Você não lhe perguntou?

Ele se levanta e caminha na direção da porta.

— Esta conversa terminou. Você vai pedir desculpas a Lorde Denby por sua grosseria, Gemma.

Como uma criança, corro para alcançá-lo.

— Lorde Denby faz parte disso. Ele é do Rakshana e pretende recrutar Tom, a fim de tomar de mim a magia. Ele...

— Gemma – adverte ele.

— Mas, papai – insisto, a voz estrangulada pelo soluço que não ouso deixar escapar. — Não é melhor falar a verdade, saber...

— Não quero saber! – berra meu pai, e me calo.

Ele não quer saber. De mamãe, de Tom, de mim. Nem de si mesmo.

— Gemma, querida, vamos esquecer esse absurdo e voltar para a festa, está bem?

Ele tosse forte em seu lenço. Parece não conseguir respirar direito. Todo mundo acha meu pai um homem tão encantador. Se eu quisesse apenas encanto e nada mais profundo, seria uma garota feliz. Desejo detestá-lo por esse charme superficial. Desejo, mas não consigo, pois ele é tudo que tenho. E se for preciso, eu o *obrigarei* a ver.

— Papai.

Antes que ele possa protestar, seguro seu braço e ficamos unidos. Os olhos dele se arregalam. Tenta soltar-se de meu aperto. Não pode ficar comigo — nem sequer por este único momento. E este pequeno conhecimento atinge com força a ferida mais profunda dentro de mim.

— Você verá, papai. Saberá a verdade mesmo que eu precise obrigar você a vê-la.

Quanto mais ele luta, mais magia preciso empregar. Mostro-lhe tudo, sentindo-o tremer sob o aperto de minhas mãos, ouço seus pequenos gritos de negação. Logo também tenho consciência dele. Seus segredos. Suas vaidades. Seus medos. A vida dele passa voando pela minha mente, como uma grossa fita a desenrolar-se. E aí sou eu quem gostaria de desviar o olhar. Mas não posso. Há magia demais em ação. Não tenho mais o controle. Ficamos implacavelmente unidos. Tomo consciência do pequeno pedaço de papel no bolso dele, um endereço na zona leste de Londres onde ele encontrará o ópio pelo qual anseia. Ele recomeçou com o vício. Sinto sua luta transformar-se em determinação. Fará isso, e o ciclo recomeçará.

Sou dominada por um intenso desespero. Engulo em seco com força e tento me obrigar a não senti-lo. A não ligar para ele. Mas não posso. Sei que a magia não pode curar, mas isso não me impede de tentar. Tirarei dele esse desejo, depois curarei Tom de sua atração pelos Rakshana, e seremos felizes como antes.

Papai dá outro pequeno grito e de repente não sinto nada vindo dele. Minha mão está fria, no lugar onde toca a sua. Desfaço o contato, e papai cai no chão, imóvel. Seus olhos estão abertos; a boca, retorcida. Sua respiração está estrangulada.

– Pai! – grito, mas ele está além de mim.

O que foi que eu fiz? Corro em busca da Sra. Nightwing e de Tom.

– É papai – digo, numa explosão. – Ele está na sala de visitas.

Vou na frente e voltamos correndo para lá. Tom e minha diretora levam papai para uma cadeira. Sua respiração continua difícil e há saliva ensanguentada em seu lábio inferior. Seus olhos me fitam diretamente, com raiva, acusadores.

– O que diabo aconteceu? – pergunta Tom.

Não posso responder. Sinto vontade de chorar, mas estou horrorizada demais. Aparece Lorde Denby.

– Será que posso ser útil?

– Fique longe de meu pai! – grito.

A magia torna a ganhar vida, rugindo em mim, e preciso de toda a minha força para silenciá-la.

– Gemma – repreende-me Tom.

– Ela está sofrendo muito. Talvez devêssemos ajudar a senhorita a ir para seu quarto – sugere Lorde Denby, estendendo a mão para pegar meu braço.

– Não! Não me toque!

– Srta. Doyle... – começa a dizer a Sra. Nightwing, mas não fico para ouvir o final.

Saio correndo para a porta secreta, e enquanto passo cambaleando pelo túnel, poderia jurar que vejo a fada das Terras Limítrofes ali, mas não posso parar. A magia vaza pelos meus poros. Minhas pernas tremem, mas consigo subir pelo caminho inteiro na montanha e chegar ao Poço da Eternidade e a Circe.

– Asha, o povo da floresta veio?

– Não os vi – responde ela. – Sente-se bem, Senhora Esperança?

Não. Não estou bem. Estou doente de ódio.

– Fique por perto. Talvez eu precise de você.
– Como quiser, Senhora Esperança.
*Enfrente seus medos. Para isso serve o poço.* Estou pronta. E depois desta noite, nada mais terei a temer.
O espaço está quente. Fechado. E o piso, molhado. Água goteja das minúsculas rachaduras no poço.
– Circe – chamo.
– Olá, Gemma – responde ela, e meu nome ecoa na caverna.
– Sei que fez um pacto com as criaturas das Terras Invernais. Estava associada com elas o tempo inteiro. Mas agora tenho a adaga, e vou endireitar tudo.
Tudo está silencioso, a não ser pela água gotejando.
– Nega que queria meu poder?
– Nunca neguei – responde ela, e não há mais nada, agora, além do cuidadoso sussurro em sua voz. – Disse que tem a adaga?
– Tenho e a devolverei a Eugenia, e todo seu complô terá sido em vão – digo. – Wilhelmina Wyatt tentou me advertir. Vocês duas eram íntimas... Brigid me contou. E Wilhelmina disse ao Dr. Van Ripple que a própria irmã a traiu... "Um monstro." Não há ninguém em quem essa descrição se encaixe melhor. Ela confiava em você – digo, lutando contra a magia dentro de mim. – Como minha mãe confiou. Como também confiei, durante algum tempo. Mas agora já não confio.
– E o que vai fazer agora?
– O que já devia ter feito. O povo da floresta virá para fazer a aliança com os Hajin. Daremos as mãos no poço. Devolverei a magia e a prenderei. E você morrerá.
Um som ondulante, claro e forte, vem do poço. Movimento. Uma das pedras sai do poço e a água jorra para fora, numa torrente. À primeira, segue-se outra e mais outra, e então, como um leviatã das profundezas, Circe emerge do poço, rosada e viva.
– Como...?
– Faço parte deste mundo agora, Gemma. Como sua amiga Pippa.
– Mas você estava presa... – Minha voz vai sumindo.
– Fiz você dar a magia ao poço primeiro, para eu poder sugá-la dele. Usei-a para soltar as pedras. Mas, na verdade, a sorte foi lançada da primeira vez em que você me presenteou... quando me deu a magia por sua livre e espontânea vontade. Eu só precisava disso para me libertar.

Enfio a adaga na bainha que está em minha cintura, sem que ela possa ver.

– Então por que não fez isso antes?

– Eu precisava de mais magia – responde ela, passando por cima do muro quebrado. – Também sou paciente. É uma recompensa por ter passado, em minha vida, por muitas decepções, e superado tudo.

– Recuo um passo. – Eu tinha esperanças maiores para você, Gemma. Você não está à altura do seu papel. Vou ver essa Árvore de Todas as Almas por mim mesma.

– Não vou deixar – declaro, com a magia crescendo dentro de mim. – Já perdi o bastante esta noite.

Com toda a força que tenho, invoco a magia, e então Circe voa para trás e cai no chão, esparramada. Ela rasteja e se levanta, arquejando.

– Foi muito bem-feito, parabéns.

Aceno com o braço sobre as pedras do poço e faço com que disparem na direção dela. Mas Circe faz com que parem a alguns centímetros de seu rosto e elas caem no chão transformadas em lascas.

– Seu poder é impressionante, Gemma. Como gostaria de ser uma verdadeira amiga sua – diz ela, enquanto circulamos uma em torno da outra.

– Você não é capaz de verdadeira amizade – digo, bruscamente.

Pego uma lasca e ela se torna uma serpente, sob o toque de Circe. Deixo-a cair, depressa.

– Não reaja apenas, Gemma. Pense. A Ordem tinha razão a respeito disso, pelo menos.

– Não me diga o que fazer!

Transformo a serpente de Circe numa chibata, que lhe dá um corte profundo nas costas.

Isto a faz gritar de dor, e seus olhos se tornam metálicos.

– Vejo que procurou aqueles cantos escuros, afinal.

– Você devia saber, foi quem os pôs lá.

– Não, apenas ajudei você a vê-los – diz ela, mas então eu a obrigo a se ajoelhar, sob a força da magia.

– Gemma.

Ouço a voz de Kartik e, quando me viro, vejo-o no chão. Tem o rosto ensanguentado.

Ele começa a rir.

– Cuidado.

Diante de meus olhos, ele desaparece, era uma ilusão. Viro-me e, com seu poder, Circe me prende à parede.

– Também procurei seus cantos escuros, Gemma.

Tento reagir, mas, quando a magia chega, está fora de meu controle. Ela vem de volta para mim e não posso mais enxergar com clareza. Meu pai está ao lado de Circe, olhando diretamente para a frente, com o frasco de láudano na mão. Vejo Felicity, Pippa e Ann, que dançam em círculo, sem mim. Tom sob o domínio de Lorde Denby. Fecho os olhos para afastar as visões, mas esta noite foi demais para mim. Meu corpo treme. Não consigo nem gritar chamando Asha. Nada posso fazer além de continuar sob o aperto de Circe.

– Esta não é uma batalha que você possa vencer, Gemma. A vitória é minha. Vou às Terras Invernais concluir o que comecei. Mas direi a Eugenia Spence que você lhe mandou lembranças.

– Vou matar você – sussurro.

Mais uma vez, tento invocar a magia, e, mais uma vez, não consigo. Minha cabeça gira com as visões. Circe puxa a adaga da bainha e, por um momento, sinto que ela me matará com a arma.

– Obrigada por isto – sussurra ela.

Circe me solta e caio no chão, trêmula. Ela se agacha a meu lado e seus olhos estão calorosos, o sorriso, triste. – Em alguns momentos, eu desejaria poder voltar e mudar o curso da minha vida. Fazer outras escolhas. Se tivesse feito, talvez você e eu nos conhecêssemos como pessoas inteiramente diferentes em outra vida. – Acaricia de leve meu cabelo e não consigo esquivar-me do seu toque. Não sei dizer se é a magia ou minha carência em ação. – Mas não se pode mudar o passado, e levamos nossas escolhas conosco, para a frente, para o desconhecido. É só o que podemos, seguir adiante. Lembra que eu lhe disse isso na Spence? Parece que foi há séculos, não é?

Nos cantos da caverna, ainda vejo meu pai e os outros. Olham com desaprovação. Fragmentam-se em pedacinhos que se tornam um ninho de serpentes.

– Se eu fosse você, tomaria cuidado com a magia, Gemma. Pois eu e você a partilhamos. Ela mudou... os reinos mudaram... e não se sabe o que você pode fazer aparecer, agora. – Circe beija docemente minha face. – Adeus, querida Gemma. Não cometa a tolice de me seguir. Não acabará bem.

Acena a mão por cima de mim, e sou mergulhada numa fria escuridão. Sinto vagamente que passo cambaleando por Asha e vou até o campo de papoulas, com meu corpo em chamas e uma mente que não é a minha. Tudo o que vejo parece uma sombra de pantomima projetada na parede. Amar em seu cavalo branco, uma fileira de fantasmas atrás dele, com seus mantos com almas gritando. Dou uma guinada para fugir dessa imagem e caio nos braços de Simon.

– Dance comigo, Gemma – insiste, e me faz rodopiar até ficar tonta e desesperada para me soltar.

Liberto-me, e ali está Pippa com o coelho morto nas mãos e a boca manchada de sangue.

Nas pedras perto da porta secreta, observo horrorizada enquanto cada uma daquelas respeitáveis mulheres, até a última, vai desaparecendo, e as ervas daninhas cobrem os monumentos vazios. Volto à festa e caio no meio dos festeiros mascarados. Não me sinto bem. Há um excesso de magia em mim.

– Ouço os pensamentos de vocês – sussurro para os convidados, e suas máscaras não conseguem esconder sua perturbação, seu desdém.

Um corvo entra voando pela janela aberta e, rápido como uma piscadela, transforma-se no alto saltimbanco que nos entreteve no gramado. Pisco e vejo os olhos sombreados com pó escuro e a pele com flores pintadas de um Guerreiro das Papoulas. Ele sorri para mim e desaparece na multidão.

Corro desesperadamente atrás dele e derramo o ponche de uma mulher em cima do seu vestido.

– Desculpe – murmuro.

Eu o vejo. Cota de malha. Túnica. Uma máscara de penas pretas. Pega o braço de uma dama, retira-a do salão de baile e entra na grande sala de estar, onde perco os dois de vista. Não estão entre as fadas, demônios e aves de rapina reunidos ali.

A coluna pulsa, cheia de vida. Uma das criaturas aprisionada nela se liberta e pousa no ombro de Cecily. Vejo os olhos dela se agitarem, enquanto a coisa lhe lambe o pescoço.

– Saia! – grito, atacando-a.

– Você é a moça mais mal educada que conheço! – diz Cecily, louca de raiva.

Lá em cima, no teto, a cintilante criatura alada põe um dedo sobre os lábios. Pisco meus olhos duas vezes, mas ela continua ali.

– Não é real! Nada disso é real! Ela fez isso comigo!

Ouço minha risada – uma imensa gargalhada de bruxa – e ela me aterroriza. Estendo a mão para pegar a adaga e lembro que ela se foi.

– Ela a levou – digo.

– Psiu! – diz a fada, e um calor inunda meu corpo. Sinto-me como se tivesse bebido vinho adoçado com mel. Tenho a cabeça pesada. As palavras dos convidados são longas cordas de som aveludado, parecendo pelúcia, não consigo ouvi-las. Só estou sintonizada com os ásperos sussurros das minúsculas criaturas. Suas vozes são tão afiadas quanto sílex contra pedra, cada palavra uma faísca.

– *Sacrifício, sacrifício, sacrifício...*

– Deixem-me em paz! – grito, e os festeiros olham atentamente para a garota que perdeu a cabeça.

– Soube que está com alguns problemas esta noite, senhorita – diz Fowlson.

Meu irmão, Lorde Denby, vovó, a Srta. McCleethy e a Sra. Nightwing, Brigid – todos estão com ele, demonstrando preocupação em seus rostos. Ou talvez seja ódio. É tão difícil saber neste momento.

– Estou bem – protesto.

Não fui avisada? *Ela é uma enganadora. Wilhelmina tinha medo dela... e não tinha medo de muita coisa. Cuidado com o nascimento de maio.*

Brigid põe a mão em minha testa.

– Pobre querida, está ardendo de febre.

– Onde está papai? – pergunto, enlouquecida.

– Não se preocupe, querida. – A boca de Lorde Denby movimenta-se sob a máscara. – Trouxeram minha carruagem. Seu irmão e eu o levaremos em segurança para Londres, onde o Dr. Hamilton o verá logo.

– Direto para a cama – diz a Sra. Nightwing, com impaciência.

Há uma verdadeira preocupação em seus olhos e eu desejaria poder contar-lhe tudo.

Fowlson me segura de um lado, Brigid do outro, e eles me levam até a escada. Lorde Denby põe o braço em volta de meu irmão como o pai que Tom sempre quis.

*Corra, Tom,* penso, mas as palavras se extinguem dentro da minha cabeça.

Arrasto os pés, e então Fowlson me carrega. Lá embaixo, vejo o Guerreiro das Papoulas levar sua dama loura para fora; seguem na direção da floresta. Brigid me despe, enfia-me sob as cobertas como uma criança. Dão-me um copo com alguma coisa que aquece minhas entranhas e me deixa sonolenta. Não consigo formar palavras.

Cambaleio até a janela aberta. O ar está quente e cheiroso, com a primavera, e inspiro-o profundamente, como se apenas ele tivesse o poder de me ajudar. Vejo mais daqueles pássaros escuros.

Uma coisa branca lampeja nas árvores, e penso ver Pippa no gramado, movimentando-se na direção da Spence, como fazia em vida. Branca como uma fatia de lua, fugidia como a verdade. Não, ela não está ali. *Por favor, me ajude*, rezo, embora não acredite em Deus de barba branca que aplica justiça aos pecaminosos e misericórdia aos merecedores. Tenho visto os maus seguirem sem punição, os sofredores receberem mais sofrimentos para suportar. E se Deus de fato existir, assim, não creio que eu mereça Sua atenção. Mas apenas neste único momento, vendo minha amiga morta flutuar pelo gramado da Spence como uma estrela cadente, desejaria poder acreditar em tais consolos, pois estou assustada.

Minha cabeça arde. Enterro-me nas cobertas, fecho os olhos bem apertados e escuto meu coração batendo uma advertência em meu sangue. Defendo-me da única forma que posso. Digo a mim mesma que não é real.

*Você não é real, Pippa Cross. Não a vejo; portanto, não está aqui.* Sim. Bom. Muito bom. Se isso é ilusão, servirá para esta noite.

De olhos ainda fechados, cantarolo: "Não vejo você..." Isto me faz rir, e o riso torna a me aterrorizar. *Pare, Gemma, antes que enloqueça.*

Ou já enlouqueci?

Ergue-se a cortina do sono e um cortejo de sonhos desfila pelo palco. Wilhelmina Wyatt correndo suas mãos pela lousa. Meu pai rindo, feliz, e depois caído no chão, seus olhos me acusando. O povo de Philon preparando suas armas. O Templo em chamas. O beijo de Kartik. Os olhos azul-esbranquiçados de Pippa. Um exército estrondeia na areia negra e coberta de ossos das Terras Invernais. Subo a escada e paro diante do retrato de Eugenia Spence. As trepadeiras das Terras Invernais aumentam seu aperto em torno das gargantas e corpos daquelas almas perdidas preparadas para o sacrifício. Seus rostos são cinzentos. E vejo Circe marchando entre eles, na direção da Árvore de Todas as Almas.

Acordo com um som. Alguma coisa está no quarto comigo. A ninfa brilha no canto. Capturou um camundongo, que ela muda de uma mão para outra, cuidadosamente, agarrando-o de cada vez.

– Perturbada? – Sua risada tem um som de ossos que se partem.

– Tudo está acionado. Você não pode impedir nada. Chegou o dia do sacrifício.

– Psiu!

Seu sussurro se enrola em torno de mim como uma espiral. Ela balança o camundongo por sua cauda. Suas minúsculas garras se estendem de medo. Ele tenta subir. – Tanto tempo, esperamos tanto tempo, tanto tempo. Agora ela será livre, e nós todos também. Pois esse foi o trato feito há muito tempo. Uma alma em troca da outra.

Tapo os ouvidos.

– Pare!

– Como quiser – diz ela.

Abre a boca e morde com força o pescoço do camundongo.

Acordo com um sobressalto, a testa úmida. Minha camisola está grudada em mim como se eu saísse de uma febre. Deixo que meus olhos se acomodem à profunda escuridão, e, quando meu quarto adquire uma forma, sei que, desta vez, estou realmente acordada. A chuva tamborila na janela e meu corpo dói. Sinto-me fraca como um gatinho recém-nascido. Não escuto o ronco de Ann.

– Ann? – chamo.

Ela sumiu da cama e, no fundo do meu coração, sei que foi para os reinos com Felicity.

Tenho de ir atrás delas. Cambaleio escada abaixo e entro na cozinha, rumo ao gramado e à porta. Uma forte batida na janela me faz dar um pulo. Está escuro demais para eu ver quem é, e, na verdade tenho medo de olhar. A batida volta. A janela se embaçou. Ponho as mãos na vidraça e espio a noite. Ithal põe seu rosto na vidraça e me assusta. Ithal! Corro para abrir a porta da cozinha. Ele está em pé no umbral, em meio ao aguaceiro.

– Ithal! Por onde andou? – Ele está com uma expressão sombria.

– O que houve?

– É Kartik. Levaram-no. Precisa salvá-lo.

– Quem o levou?

– Não há tempo. Precisamos ir agora.

Penso em Ann e Felicity nos reinos.

– Tenho de...

Ele me entrega uma tira de tecido encharcado da capa de Kartik. A insígnia dos Rakshana está marcada nele com ferro em brasa. Fowlson.

– Leve-me – digo, pois se eu conseguir chegar a Kartik, ele pode ajudar-me com minhas amigas.

Sigo Ithal em meio à chuva até onde Freya espera. Minhas pernas estão fracas e tropeço uma ou duas vezes. Os olhos de Ithal estão tão cercados de sombra que parecem vazios.

– Por onde andou? – torno a perguntar. – Mãe Elena ficou terrivelmente preocupada.

– Os homens vieram atrás de mim.

– Os homens de Miller? Precisa contar tudo ao inspetor Kent! Ele não deixará que isso fique assim – digo, montando em Freya.

– Depois. Precisamos ir até ele, agora.

Ele pula para cima do cavalo, atrás de mim, e sinto a frieza do seu corpo em minhas costas. Com um pequeno chute nos flancos de Freya, partimos. A chuva açoita meu rosto e ensopa meus cabelos, enquanto galopamos para dentro do bosque e viramos à esquerda para chegar ao lago. O cavalo para de repente, assustado. Relincha alto e anda de um lado para o outro da margem do lago, pressentindo alguma coisa.

– Freya!, *kele*! – ordena Ithal.

O cavalo não quer seguir adiante. Em vez disso, bate o casco direito no chão e fareja a beira da água, como se procurasse algo que perdeu.

O cigano dá um forte puxão nas rédeas, e Freya vira-se e se afasta, ganhando velocidade, até alcançar um pleno galope que faz meu coração martelar ao ritmo das pancadas dos seus cascos na estrada. Sinto o hálito da noite em meu pescoço. Apenas pequenos lampejos de relâmpagos iluminam o caminho à frente.

Viramos e entramos no cemitério. O céu é uma furiosa pulsação de luz e som. Freya vai passando entre as lápides. Seus cascos ficam presos na lama e ela me atira perigosamente para perto da beirada pontiaguda de uma delas. Grito e me agarro à camisa de Ithal, enquanto ele a endireita e guia para uma trilha gramada, onde Freya adota um passo mais cauteloso.

– Para onde vamos? – grito.

A tempestade desaba mais forte do que antes. Ela me cega e preciso baixar a cabeça para evitar que a água entre em meus olhos. Ithal responde, mas não consigo ouvir o que ele diz, em meio ao martelar da chuva.

– O que disse? – pergunto.

Parece um cantarolar de lábios fechados ou uma oração. Não, ele entoa uma cantilena. As palavras passam voando, tão rápidas quanto a chuva ao vento, e me enchem de um gélido pavor.

– Um sacrifício, um sacrifício, um sacrifício...

A tira de pano se transforma em várias serpentes, na minha mão. Grito e elas viram cinzas. Logo adiante, montes de terra erguem-se em cada lado de uma sepultura aberta. Ithal guia Freya direto para lá, com mais velocidade. Dou golpes nele, com meus cotovelos, mas o cigano não para. Com toda a minha força, arremesso a mim mesma para fora das costas do cavalo. Caio pesadamente na terra molhada, exatamente no momento em que Freya relincha e tomba na cova aberta. Não a ouço bater no fundo.

Luto para me levantar, sentindo meus músculos se contraírem enquanto faço isso. As pernas aguentam meu peso, mas doem, e em meu ombro e no braço esquerdo a dor é lancinante. Tremendo, espio em torno da lápide, o terreno está inteiramente sólido.

Sufoco uma risada soluçante e formulo o desejo de acordar de novo em minha cama, mas não acordo.

– Vai acordar logo, Gemma – digo a mim mesma, coxeando pelo cemitério escuro. – Cante alguma coisa que a ajude a suportar até o fim. "Eu tinha uma ga-garota em Lincoln-shi-shi-re, vendia mexilhões num balde..."

Passo por uma lápide. Adorada Esposa.

– "Ven-vendia me-mexilhões de-de..."

Ronca a trovoada. Faz meus dentes chacoalharem.

– De um bal-bal-balde...

Alguma coisa bloqueia meu caminho. Um clarão de relâmpago parte o céu e ilumina Ithal. Onde deveriam estar seus olhos, vejo dois profundos buracos negros.

– Sacrifício... – diz ele.

Não consigo mover-me, não consigo pensar. Minhas pernas estão imobilizadas pelo medo. Tento invocar a magia, mas estou exausta e com medo, e ela não quer vir. Uma voz estrondeia dentro da minha cabeça: *Corra. Corra, Gemma.*

O mais rápido que posso, fujo para longe dele, disparando por um labirinto de lápides, enquanto o céu explode em trovões. Pelo canto dos olhos, vejo Ithal desaparecer atrás de um anjo de mármore e reaparecer do outro lado. Está ganhando terreno. Minha camisola está encharcada. Ela bate contra minhas pernas já fracas e torna minha marcha mais lenta com seu peso. Puxo-a freneticamente, erguendo-a até meus joelhos, para correr mais depressa. Ithal se movimenta firmemente atrás de mim. Quando chego ao lago, a cada respiração minha parece que uma lâmina de navalha corta meus pulmões.

Afinal, eu a vejo: erguendo-se acima das árvores está a silhueta da Spence, com suas agulhas retorcidas e enfeitadas. Há algo estranho nela. Não sei dizer o quê. Tudo o que posso fazer é correr. Um forte luar separa as nuvens umas das outras. O telhado está vazio. As gárgulas se foram. Foram-se, e sinto a terra deslizar atrás de mim. Ithal aproxima-se mais depressa, preenche a lacuna entre nós, e continuo a avançar, aos tropeços. Meus pulmões parecem prestes a explodir.

Alguma coisa aterrissa atrás de mim, pesada como uma pedra batendo na terra. Todo o meu corpo fica frio de medo. Deveria virar-me para olhar, mas não consigo. Não consigo respirar. Sons de raspagem. Como garras em pedra. Um grunhido baixo chega de algum lugar lá atrás de mim. *Não se vire, Gemma. Se não se virar, não será real. Feche os olhos. Conte até dez. Um. Dois. Três.* A lua está cheia. Uma sombra se eleva bem alta, muito mais alta que a minha na trilha. E então as imensas asas se abrem.

Minha cabeça está leve como um balão. Ameaça de desmaio.

– "Garota... em, em... Lin-Lincolnshishire... mexilhões... num bal-balde..."

Um guincho ensurdecedor vara a noite. A gárgula alça voo e pousa à minha frente, na trilha, com uma tremenda pancada, eliminando qualquer esperança de fuga. Caio de joelhos diante da visão do enorme pássaro-monstro de pedra agigantando-se acima de mim. Sua cara é uma medonha máscara viva, a boca arreganhada num medonho sorriso, os caninos do comprimento da minha perna. Suas garras são assustadoramente afiadas. Um grito extingue-se em minha garganta. O monstro guincha enquanto suas garras me envolvem, fechando-se firmemente em torno da minha cintura. A escuridão baixa em cima de mim.

– Segure-se com força – ordena a gárgula, com uma voz com um som de cascalho, fazendo-me despertar outra vez para o medo.

Ela me enfia perto do seu corpo e começamos a voar. Agarro-me com força àquelas garras assustadoras. Levo um momento para perceber inteiramente o que está acontecendo. A gárgula não quer fazer-me mal. Pretende proteger-me. O céu está cheio de monstros alados. Guincham alto e grunhem. Os sons retumbam em meus ouvidos, mas não ouso soltar as mãos para tapá-los. A corrente de ar é fria contra minha encharcada camisola e a pele molhada. Estou tremendo, quando passamos por cima das copas das árvores e aterrissamos suavemente no telhado da Spence.

– Não olhe – aconselha a gárgula.

Mas não consigo desviar o olhar. Abaixo, as outras gárgulas encurralaram Ithal. Estendem as garras, arrancam-no do chão e voam para o lago.

– O que elas vão fazer? – pergunto.

– O que precisam.

Ela não explica mais nada e não ouso fazer mais perguntas.

– Que-quem é você?

– Uma das guardiãs da noite – responde ela, e me lembro do desenho de Wilhelmina. – Protegemos sua espécie durante séculos, quando o véu entre os mundos não tinha selo. Agora o selo se partiu. A terra está novamente enfeitiçada. Mas tenho medo de não podermos mantê-la em segurança diante do que começou a acontecer.

O céu está escuro com tantas asas. Acima, as gárgulas circulam, lançando sombras em cima de mim. Precipitam-se até bem baixo e pousam com a leveza de anjos no telhado. Aproxima-se uma gárgula com um focinho de dragão.

– Está feito – grunhe. – Ele foi devolvido aos mortos.

A gárgula que me salvou assente com a cabeça.

– Não é o último que veremos. Voltarão novamente e mais fortes.

Uma fita cor-de-rosa surge a leste no céu. As outras gárgulas ocupam seus poleiros habituais na borda do telhado. Enquanto observo, voltam a ser de pedra.

– Estou sonhando – sussurro. – Tudo isso é um sonho.

A gárgula-chefe abre as asas até toda a sua escuridão me envolver. Sua voz é profunda como o tempo:

– Sim, você esteve dormindo. Mas chegou a hora de acordar.

Abro os olhos. Meu teto toma forma. Ouço o ronco baixinho de Ann. Estou em meu quarto, como devia. Amanheceu, mas por pouco. Sento-me e meu corpo dói com o esforço. Um grande clamor se eleva no bosque. Ainda sem se vestir inteiramente, as moças se lançam porta afora, para ver o que aconteceu. Na névoa do início da manhã, os ciganos estão reunidos no lago, com suas lanternas. Soltam gritos de dor.

Agora vejo. Ithal está deitado na água, com o rosto para baixo, afogado. Foi por isso que Freya empacou junto do lago, porque parecia tão perturbada. Sabia que seu dono tinha morrido e que a coisa que a montava era um morto-vivo, um mensageiro infernal das Terras Invernais, enviado para me levar até eles.

Não. Não, aquilo não aconteceu. Imaginei tudo. Ou sonhei. Um morto não veio para me levar. Não voei segura por uma gárgula. Ergo os olhos em busca de confirmação. As gárgulas estão sentadas na beira do telhado, caladas e cegas. Viro a cabeça de um lado para o outro, mas elas não mudam. *Claro que não. São de pedra, garota tola.* Rio. Isto chama a atenção da aglomeração, pois estou rindo enquanto eles tiram um morto do lago.

Kartik está lá, inteiramente bem, sem nenhum machucado. Ele me olha preocupado.

Os homens cobrem Ithal com um casaco.

– Vocês precisam fazer uma fogueira – diz Mãe Elena. – Queimem Ithal. Queimem tudo.

# Capítulo
## Cinquenta e Cinco

É ESPANTOSO QUE, COM UM HOMEM AFOGADO NA FLORESTA, MEU comportamento no baile se torne o tema de todas as conversas na Spence, mas é o que está acontecendo. No desjejum, as meninas se calam quando passo; seguem-me com os olhos, como abutres à espera de carniça. Sento-me com as mais velhas, que também se calam. É como se eu fosse a própria Morte, com a foice pronta para atacar.

Ouço-as sussurrarem umas com as outras:
— Pergunte a ela.
— Não, você!

Cecily pigarreia.
— Como se sente, Gemma? — pergunta, com falsa compaixão. — Soube que teve uma febre terrível.

Ponho uma colherada de mingau na boca.
— É verdade? — insiste Martha.
— Não — respondo. — Fui dominada por um excesso de magia. E pelas mentiras e segredos que compõem este lugar, com a mesma firmeza que as pedras e o cimento.

Elas abrem a boca, chocadas, e seguem-se risadinhas constrangidas. Fee e Ann olham alarmadas. Perco a fome. Afasto-me da mesa e saio da sala de jantar. A Sra. Nightwing ergue o olhar, mas não tenta deter-me. É como se soubesse que eu sou uma causa perdida.

Felicity e Ann vêm visitar-me à tarde. A curiosidade sobre minha loucura sobrepujou a raiva. Fee tira um saco de balas de caramelo do bolso.
— Tome. Achei que poderia precisar disso.

Deixo que se sentem na cama, impassível.
— Vocês foram para os reinos ontem à noite, não foram?

Ann arregala os olhos. É um espanto que seja tão boa atriz e, no entanto, uma mentirosa tão terrível.

– Fomos – responde Felicity, e sou grata por sua honestidade. – Dançamos, Ann cantou e nos divertimos tanto que não me importaria se nunca mais voltássemos. Parece o paraíso lá.

– Não pode viver no paraíso o tempo todo – digo.

Ela põe os caramelos no bolso.

– Você não pode nos barrar dos reinos – diz e se levanta.

– As coisas mudaram. Circe tem a adaga – informo, e conto a elas tudo que lembro da noite anterior. – Não posso mais guardar a magia sozinha. Precisamos fazer uma aliança e ir atrás de Circe.

O rosto de Felicity se entristece.

– Você prometeu que devolveríamos a magia depois dos nossos *débuts*. Prometeu me ajudar.

– Você pode acabar com magia própria suficiente.

– E talvez não! Ficarei presa numa armadilha! Por favor, Gemma – implora Felicity.

– Sinto muito – digo, e engolindo em seco com força. – Não pode deixar de ser assim.

A paixão de Felicity esfria, e acho sua calma muito mais assustadora do que sua raiva.

– Você não guarda mais toda a magia, Gemma – lembra-me ela. – Pip também tem poder, e este poder vem ficando cada vez mais forte. E se *você* não me ajudar, sei que *ela* ajudará.

– Fee... – digo, com voz rouca, mas ela não quer ouvir.

Já atravessou a porta, com Ann nos calcanhares.

A tarde esfria de repente, como se o inverno desse um último suspiro antes de o verão se instalar. O inspetor Kent veio investigar a morte de Ithal. Seus homens esquadrinham o bosque, à procura de provas de crime, mas não encontram nada. Fantasmas não deixam rastros. O Sr. Miller é tirado de um pub e levado para um interrogatório, embora ele afirme sua inocência, insistindo que há fantasmas no bosque da Spence.

Kartik deixou seu cartão de visita – o pano vermelho – aninhado na hera do lado de fora da minha janela, junto com um bilhete: *Encontre comigo na capela*.

Deslizo para o interior da capela vazia e olho fixamente para o anjo com a cabeça de uma górgona.

– Não tenho mais medo de você. Entendo que queria proteger-me.

Uma voz grave responde:

– Vá em frente e conquiste.

Dou um salto. Kartik surge de trás do púlpito.

– Desculpe – diz, com um sorriso encabulado. – Não pretendia assustar você.

Está com o aspecto de quem não dorme há dias. Formamos um par e tanto, com os rostos entristecidos e os olhos sombreados. Ele corre um dedo pela parte de trás de um banco.

– Lembra a primeira vez que a surpreendi aqui?

– Sem dúvida. Você me assustou, mandando que eu fechasse minha mente para as visões. Eu devia ter ouvido. Eu era a moça errada para tudo isso.

Kartik apoia-se na ponta do banco, os braços cruzados no peito.

– Não, não é.

– Você não sabe o que fiz; se soubesse, não diria isso.

– Por que não me conta?

Parece levar uma eternidade para as palavras atravessarem os destroços dentro de mim. Mas de fato elas chegam, e não me poupo. Conto-lhe tudo, e ele escuta. Receio que me deteste por causa disso, mas, quando termino, ele faz apenas um sinal afirmativo com a cabeça.

– Diga alguma coisa – sussurro. – Por favor.

– A advertência foi sobre o nascimento de maio. Agora já sabemos o que isso queria dizer – diz ele, já pensativo, e sorrio um pouco, pois sei que isso significa que ele me ouviu, e avançamos. – Iremos atrás dela.

– Sim, mas se eu chegar a mergulhar apenas um dedo do pé na magia, temo unir-me a Circe nas Terras Invernais. Temo enlouquecer, como aconteceu ontem à noite.

– Motivo ainda maior para detê-la. Talvez ela ainda não tenha prendido o poder de Eugenia à árvore. Talvez ainda possamos salvar os reinos – diz ele.

– Nós?

– Não vou fugir de novo. Este não é meu destino.

Kartik desliza a mão sob meu queixo e o levanta, e eu o beijo primeiro.

– Achei que você tinha deixado de acreditar em destino – lembro-lhe.

– Não deixei de acreditar em você.

Sorrio, apesar de tudo. Preciso da crença dele neste momento.
– Você acha... – Paro de falar.
– O quê? – murmura ele, o rosto afundado em meu cabelo. Seus lábios estão quentes.
– Acha que, se tivéssemos de ficar nos reinos, poderíamos ficar juntos?
– Bem ou mal, Gemma, este é o mundo onde vivemos. Faça dele o que puder – diz ele, e eu o puxo para mim.

Depois das semanas de excitados preparativos para o baile de máscaras, a Spence parece mais um balão esvaziado de todo o ar. Os enfeites são retirados. As fantasias, guardadas em papel de seda e cânfora, embora algumas das meninas menores se recusem ainda a abandonar as suas. Querem continuar princesas e fadas pelo maior tempo possível.

Outras, já prontas para a próxima festa, atormentam Mademoiselle LeFarge, querendo saber dos detalhes do seu casamento iminente.

– Vai usar diamantes? – pergunta Elizabeth.

Mademoiselle LeFarge enrubesce.

– Oh, Deus, não. Preciosos demais. Embora eu tenha ganho um lindíssimo colar de pérolas para usar.

– Passará a lua de mel na Itália? Ou na Espanha? – quer saber Martha.

– Faremos uma modesta viagem a Brighton – diz Mademoiselle LeFarge, e as meninas ficam profundamente decepcionadas.

Brigid dá palmadinhas em meu ombro.

– A Sra. Nightwing está chamando a senhorita – diz ela, com simpatia, e tenho medo de perguntar o que provocou essa gentileza.

– Sim, obrigada – digo, seguindo-a para além da porta revestida de feltro que dá no santuário sólido e sério da nossa diretora.

O único toque de cor está numa mesa de canto, onde flores silvestres se derramam pelas bordas de um vaso, deixando cair pétalas descuidadamente.

A Sra. Nightwing aponta uma cadeira.

– Como se sente hoje, Srta. Doyle?

– Mais eu mesma – digo.

Ela arruma o abridor de cartas e o tinteiro, e as batidas do meu coração se aceleram.

– Que é isso? Que aconteceu?

– Você recebeu um telegrama de seu irmão – diz ela, entregando-o a mim.

PAPAI MUITO DOENTE PONTO RECEBEREI SEU TREM EM VITÓRIA PONTO TOM

Pisco para reprimir as lágrimas. Não deveria ter insistido tanto, como fiz no baile de máscaras. Ele não estava preparado para a verdade e eu o obriguei a vê-la. Agora, temo ter lhe causado um mal do qual não poderá recuperar-se inteiramente.

– É culpa minha – digo, deixando o telegrama cair em cima da escrivaninha.

– Bobagem! – grita a Sra. Nightwing, e era disso que eu precisava, uma boa sacudida. – Mandarei Brigid ajudá-la com suas coisas. O Sr. Gus a levará de coche até a estação ferroviária, de manhã bem cedo.

– Obrigada – murmuro.

– Desejo que tudo corra bem, Srta. Doyle.

E acho que é sincera.

Na longa caminhada até meu quarto, Ann se aproxima de mim às carreiras, sem fôlego.

– O que há?

Vejo o alarme em seu rosto.

– É Felicity – arqueja ela. – Tentei chamá-la à razão. Ela não me ouviu.

– Que quer dizer?

– Foi para os reinos. Foi ficar com Pip – diz ela, de olhos arregalados. – Para sempre.

# Capítulo
## cinquenta e seis

Paramos ao lado da apenas meio construída Ala Leste. Vaga-lumes piscam nas árvores, e preciso olhar duas vezes para ter certeza de que se trata apenas desses insetos inofensivos. O túnel para os reinos me parece mais frio e apresso o passo. Logo que passamos pela porta na colina, sinto alguma coisa errada. Tudo está meio cinzento, como se o nevoeiro de Londres tivesse chegado maciçamente.
– Que cheiro é esse? – pergunta Ann.
– Fumaça – respondo.
Ao longe, uma grande pluma preta deixa uma cicatriz no céu. Está subindo da montanha que abriga o Templo e as Grutas dos Suspiros, onde vivem os Hajin.
– Gemma – diz Ann, de olhos arregalados.
– Vamos! – grito.
Corremos para os campos de papoulas. Chove cinzas, revestindo nossa pele de uma fina cama de fuligem cinza-prateada. Tossindo, abrimos caminho com dificuldade pela montanha acima. A trilha sangra, com papoulas esmagadas. Ann quase tropeça no cadáver de um Intocável. Há mais. Seus corpos carbonizados margeiam a trilha até o Templo em chamas. Asha surge trôpega dos destroços enfumaçados.
– Senhora Esperança...
Cai em cima de mim, e levo-a às pressas para uma pedra onde o ar não está tão cheio de cinzas.
– Asha! Asha, quem fez isso? – digo, atabalhoadamente.
Ela cai, tossindo. Seu sári laranja chamuscado cobre seu corpo como a plumagem crestada de um pássaro magnífico.
– Asha! – grito. – Diga quem foi!
Ela me olha dentro dos olhos. Tem o rosto raiado de preto.
– Foi... foi o povo da floresta.

A Górgona chama do rio, abaixo. Ann e eu levamos Asha para o navio e lhe trazemos água, que ela bebe como uma mulher cuja sede jamais será saciada. Tremo de raiva. Não consigo acreditar que Philon e o povo da floresta tenham feito uma coisa dessas. Achava que fossem pacíficos. Talvez a Ordem tivesse razão, afinal; talvez a magia não possa ser partilhada.

– Conte o que aconteceu – digo.

– Vieram enquanto dormíamos. Encheram de gente a montanha. Não havia saída. Um deles encostou uma tocha no Templo. "Esta é por Creostus", disse. E o Templo se incendiou.

– Foi retaliação?

Ela faz que sim com a cabeça, e enxugando o rosto na ponta úmida do seu sári.

– Disse a eles que não participamos de forma alguma no assassinato do centauro. Mas não acreditaram em mim. A decisão já estava nos olhos deles. Vieram para guerra, e nada os deteria.

Asha leva os dedos trêmulos aos lábios, enquanto o Templo arde. Onde as chamas caem no campo de papoulas, elevam-se belos caracóis de fumaça vermelha.

– Nunca questionamos. Este não é nosso feitio.

Passo o braço por seus ombros.

– O feitio de vocês precisa mudar, Asha. É hora de questionar tudo.

Formamos várias filas com os Hajin, passando baldes de água, até apagar as chamas até onde podemos.

– Por que não cura esse mal com a magia? – pergunta um rapaz Hajin.

– Temo que não seja uma boa maneira de agir no momento – respondo, olhando para o Templo fumegante, em ruínas.

– Mas a magia vai consertar tudo, não vai?

Ele insiste, e vejo quão desesperadamente quer acreditar nisso, o quanto quer que eu estenda a mão na direção do seu lar destruído e faça com que torne a ser inteiro. Desejaria ser capaz de fazer isso.

Balanço a cabeça e passo a água pela fila.

– A magia só pode fazer isso. O resto cabe a nós.

A Górgona nos transporta pelo véu dourado e chegamos à morada do povo da floresta, numa ilha. Eles formam uma fileira cheia de presságio ao longo da costa, apontando suas espadas e bestas recém-fabricadas. A Górgona nos mantém a uma distância segura da praia – perto o bastante para que me ouçam, mas suficientemente longe para podermos bater em retirada. Philon desliza até a beira da água. O casaco de folhas da criatura ganhou matizes de laranja, dourado e vermelho. A gola alta fulge no pescoço esguio de Philon.

– Você não é bem-vinda aqui, sacerdotisa – grita Philon.

– Acabei de vir do Templo. Vocês o incendiaram!

Ele está em pé com uma posição imperiosa.

– Isso mesmo.

– Por quê? – pergunto, pois não me ocorre outra pergunta mais pertinente.

– Tiraram um dos nossos! Você nos negaria justiça?

– E então vocês tiraram vinte deles? Como isso é justiça?

Asha levanta-se, frágil. Agarra-se à amurada da embarcação.

– Nós não matamos o centauro.

– É o que você diz – troveja Philon. – Então quem matou?

– Olhe para dentro, a fim de encontrar a resposta – diz Asha, enigmaticamente.

Neela nos joga uma pedra. Ela cai na água, que borrifa o lado da embarcação.

– Não engoliremos mais suas mentiras! Deem o fora!

Atira outra e esta quase me acerta – cai no convés.

Num impulso, agarro a pedra e sinto seu peso em minha mão.

Asha detém meu braço.

– A retaliação é um cachorro que persegue o próprio rabo.

Há sabedoria no que ela diz, mas quero atirar a pedra, e preciso de toda minha força para continuar segurando-a firmemente na palma da mão.

– Philon, será que você parou para pensar: como nos daremos as mãos numa aliança, agora que vocês queimaram o Templo?

Um murmúrio passa pela gente reunida. E por um momento vejo um toque de dúvida nos frios olhos de Philon.

– O tempo das alianças passou. Que a magia siga seu próprio curso agora. Veremos quem resiste, no fim.

– Mas eu preciso de sua ajuda! As criaturas das Terras Invernais tramam contra nós! Circe foi se juntar a elas...

– Mais mentiras! – grita Neela, e o povo da floresta se vira para o outro lado.

– Venha, Altíssima – diz a Górgona. – Fizemos tudo que havia para fazer aqui.

Ela nos leva para longe da margem, mas só depois de passarmos muito além do véu dourado é que consigo deixar de apertar a pedra. Jogo-a no rio, onde ela não faz um único ruído.

Ann toma-me o braço. Seu rosto está triste.

– Precisamos encontrar Felicity.

Encontramos Pippa e as moças no castelo, bebendo vinho e brincando. A luz do entardecer enche a capela de belas sombras. Bessie arranca as asas de uma libélula e ri, com Mae, quando o inseto sai pulando pelo chão, desesperado para voar e fugir. Sentada no trono, Pippa come amoras num cálice dourado, até seus lábios ficarem com um tom de azul-escuro. Travessas e taças estão com altas pilhas da fruta.

– Onde está Fee? – pergunto. – Vocês a viram?

– Aqui estou. – Felicity entra a valsar, vestindo a cota de malha de guerreira, com as bochechas rosadas e os olhos brilhantes. – O que você quer?

– Fee, você não pode ficar aqui – digo.

Ela se senta ao lado de Pip.

– Por que não?

– Os reinos estão entrando no caos. As tribos entraram em guerra, o Templo foi arrasado e Circe foi para as Terras Invernais, a fim de se juntar às criaturas.

– Ninguém tocou em nada aqui – diz Pip, apontando para as paredes da capela. – E então, vamos fazer outro baile, esta noite?

– Pippa – digo, incrédula. – Não podemos fazer uma festa.

A risada de Pippa é leve e infantil.

– Deixe as criaturas se atacarem. Não são páreo para mim.

Baixa uma amora na língua e lambe os dedos.

– Isso mesmo – concorda Bessie. – A Srta. Pippa vai advertir.

Ela e Mae olham Pippa com feroz devoção, e tenho vontade de dar um soco em Pippa e derrubá-la do trono.

– Contou a elas por que acabou ficando aqui? Por que não pôde atravessar?

Os olhos de Pippa lampejam.

– Ah, Gemma, mas que coisa.

Sorri junto com as moças da fábrica. O sorriso vira uma rodada de risadas que faz minha pele formigar.

– Ela me pediu que a ajudasse a atravessar o rio porque não podia continuar. Porque ficou tempo demais aqui. Porque comeu as amoras – digo.

Derrubo um cálice; as gordas amoras arroxeadas se derramam pelo chão e são engolidas pelas trepadeiras.

– Você pretendia atravessar? Sem me contar? – pergunta Felicity, baixinho.

Pippa ignora a mágoa de Fee. Fixa em mim seus olhos mutáveis.

– Que importa agora? Fui salva para um propósito mais elevado.

Olho em torno os rostos das moças, em adoração. Wendy não está entre elas.

– Onde está Wendy? – pergunto.

Vejo um lampejo de medo nos olhos de Mercy.

– Fugiu – responde friamente Pippa.

*Da próxima vez não será um coelhinho.*

– Vai me dizer que ela também roeu a gaiola?

Pippa dá de ombros.

– Se você se diverte com isso.

– Diga onde ela está!

Bato minha mão no altar, com força.

Pippa põe as mãos nos quadris, numa pose zombeteira.

– E se eu não disser?

Felicity se aproxima.

– Pippa, pare.

– Passou para o lado dela? – pergunta Pippa.

– Não há lados – diz Ann. – Há?

– Agora há – responde Pippa, e sinto o sangue bombear um pouco mais rápido.

– Ela levou Wendy para as Terras Invernais – diz Mercy rapidamente.

Bessie lhe dá uma forte bofetada na boca, derrubando-a no chão.

– Isso não passa de uma maldita mentira, Mercy Paxton. Retire o que disse!

– Ninguém gosta de um traidor, Mercy – repreende Pippa.

Caída no chão, a moça se acovarda. O castelo geme. As trepadeiras estão empestadas, doentes. Quando se movem, parecem calcificar-se. Uma delas, pesada como uma pedra, rasteja em cima de meu pé e o deixa quase preso debaixo dela. Solto-o com um puxão.

– Pippa – pergunto –, o que você fez?

– O que você não faria. Pobre Gemma, sempre com tanto medo de seu poder. Ora, eu não.
– Pip, você fez um trato com aquelas criaturas?
– E se fiz?
Felicity sacode a cabeça.
– Não fez.
Pippa acaricia-lhe o rosto, com delicadeza.
– Elas pediram uma coisa tão pequena. O sacrifício de uma coisa da qual ninguém sentiria falta. Ofereci aquele coelho idiota... só isso. E vocês veem o que recebi em troca!
Ela abre largamente os braços, mas vejo apenas um castelo bolorento danificado pelas ervas daninhas.
– Diga que não a levou para as Terras Invernais, que errei ao pensar assim – imploro.
– Eu lhe direi o que quiser ouvir – responde ela, continuando a devorar amoras.
– Diga a verdade!
Os olhos de Pip lampejam. Seus dentes estão de um azul escuro, com o sumo.
– Ela. Era. Um. Fardo.
Felicity aperta o estômago.
– Ah, meu Deus!
– Não, Fee, você verá. Será tão maravilhoso. – Pippa sorri com um jeito coquete para as outras. – Quer que lhe diga o que a árvore prometeu? O que vi lá, depois de meu sacrifício? Vi o tempo da Ordem terminar e nascer uma coisa nova – diz ela, com uma voz maravilhada. – Os dias delas se encerraram. Nosso tempo está próximo.

As moças movimentam-se para perto e se sentam aos pés de Pip, perdidas na atração dessa segurança. As feições dela são uma hipnotizadora mistura do antes e do depois. As delicadas maçãs do rosto, o longo emaranhado de cachos pretos, o nariz delicado ainda continuam ali. Mas, a intervalos, seus olhos passam de violeta-escuro a um assustador azul-esbranquiçado, debruado de círculos roxos. É uma nova e selvagem beleza, e não consigo desviar os olhos.

– Ouço a voz sussurrar baixinho em minha cabeça: *Você é tão especial. É a escolhida. Eu a exaltarei.*

Ela sorri, alegremente, e solta uma risada. O medo provoca um frio em minha barriga.

– Eu sou a escolhida. *Eu* sou o caminho. Para me seguir, precisam ser como eu.
Com dois dedos, Felicity vira delicadamente o rosto de Pip na direção do seu.
– Pip, o que está dizendo?
Pip desvencilha-se do toque dela e marcha decidida para Bessie. Oferece o cálice de amoras.
– Você me seguiria, Bessie?
– Sim, senhorita – responde Bessie, com voz rouca.
Abre a boca, obediente.
Com os olhos postos em Felicity, Pippa põe a amora na língua de Bessie, à espera. Horrorizada, Felicity corre para ela e agarra-lhe a mão, derrubando a amora. Pippa empurra-a e Felicity revida, com força. O rosto de Pip se enruga por um instante, ela revira os olhos para trás e um alto lamento lhe escapa, como uma risada que saiu errada. Seus membros entram em espasmos quando ela cai no chão, o corpo arrastado para uma dança de bela violência.
– Pippa! – chama Felicity. – Pippa!
Bessie e as outras recuam, assustadas. Finalmente, o ataque passa; as mãos de Pippa, que pareciam garras, amolecem, e ela fica deitada no chão, como uma vara deformada. Vagarosamente, Pip se senta, com a respiração difícil. Um pouco de baba escorre-lhe da boca; há sujeira em seu cabelo e nas partes do vestido que roçaram pelo chão. Felicity a embala.
– Que-que aconteceu? – choraminga Pippa.
Tenta levantar-se e não consegue, suas pernas estão fracas como as de um potro recém-nascido.
– Shh, foi um ataque – diz Felicity, suavemente.
Guia Pip até o altar e a ajuda a se sentar.
Os lábios de Pip tremem.
– Não. Aqui não. Agora não – diz.
Estende a mão para Bessie, e lhe oferece mais uma vez a amora, mas Bessie se esquiva do seu toque. As moças da fábrica se afastam dela. Seus rostos têm uma expressão de medo.
– Não! – geme Pip. – Sou especial! Escolhida! Vocês não me abandonarão!
Estende as mãos e somos cercadas por uma muralha de fogo. O calor que vem dele faz com que eu dê vários passos para trás. Não é nenhum espetáculo de lanterna mágica, nenhum truque de ilusionista,

para assustar e divertir. O fogo é real. Seja qual for o poder que Pippa tem por dentro, ele parece ter crescido com seu ataque e se transformado em algo novo e terrível.

As moças recuam ainda mais, as chamas obscurecendo o terror e reverência em seus olhos arregalados. Um estranho sorriso ilumina o rosto largo de Bessie, um cruzamento entre êxtase e medo. Ela cai de joelhos, em devoção.

– Ah, senhorita, a mão de Deus a tocou!

Mae também se prostra.

– Soube disso quando a senhorita nos salvou daqueles espíritos do mal.

Até Mercy cai de joelhos, abalada pela força do poder de Pippa.

– Nós vimos! Todas nós vimos! Foi um milagre! Um sinal perfeito! – exclama Bessie com a paixão dos convertidos.

– Um perfeito sinal do quê? – pergunto.

– É a prova de que a Srta. Pippa foi escolhida, como ela disse.

Lágrimas escorrem pelo rosto de Mae. Ela acredita ter testemunhado um milagre, e não posso dizer que não.

Felicity mantém um forte aperto no braço de Pip.

– Foi um ataque. Você tem de dizer a elas.

Testemunhei um dos ataques de Pip, quando ela era viva. Foi assustador, em sua fúria, mas nada que se comparasse com esse.

Ela abre bem os braços.

– Eu as conduzirei à glória. Quem me seguirá?

– Você deve dizer a elas a verdade! – sibila Felicity.

– Cale essa boca – adverte Mae, e vejo nos olhos dela uma devoção que a levaria a matar.

– Não me dê ordens! – diz Pippa, bruscamente. – Todo mundo vive a me dar ordens.

Felicity faz uma expressão de quem foi atingida duramente. Pippa se solta do aperto torcendo o braço e caminha entre as moças da fábrica, que estendem as mãos para tocá-la. Ela as agracia com uma leve imposição das mãos e todas choram de felicidade, ávidas por uma bênção. Pip nos olha, lágrimas nos olhos, um sorriso que é a própria imagem de inocência.

– Tinha de ser. Tudo predestinado! Por isso não pude atravessar – diz. – De que outro modo explicar por que a magia floresceu em mim?

– Pip – começo a falar, mas não termino a frase.

E se ela tiver razão, afinal?
– Você teve um ataque – diz Fee, sacudindo a cabeça.
– Foi uma visão, como as de Gemma! – grita Pippa.

Felicity esbofeteia Pippa, e Pip se vira para ela com a ferocidade de um animal encurralado.

– Vai se arrepender de ter feito isso.

As moças da fábrica caem em cima de Felicity, Ann e eu, e seguram nossos braços, atrás das nossas costas, até sermos forçadas a nos curvar. Eu podia tentar invocar a magia. Podia. Tento invocá-la e vejo Circe em minha cabeça, e em seguida arquejo, em busca de ar, aterrorizada e zonza.

– Eu senti isso, Gemma! – grita Pippa. – Não tente de novo.
– Descrentes.

Bessie cospe e o cuspe cai como uma mancha feia na face de Fee.

Elas nos arrastam para fora, segurando-nos com força, e Pip solta sua fúria com um novo círculo de fogo. Ele faz meus olhos arderem e doerem.

Se Pippa coroou a si mesma como rainha, Bessie com certeza se designou como a segunda no comando.

– Soberana Pippa, faremos tudo o que a senhora mandar. Basta uma palavra e pronto.

– Durante toda a minha vida recebi ordens. Agora quem dá as ordens sou eu.

Jamais eu vira Felicity tão magoada.

– Não de mim – diz. – Nunca lhe dei ordens.
– Ah, Fee.

A antiga Pippa vem à tona apenas por um momento, esperançosa e infantil. Puxa Felicity para si. Algo que não sei definir se passa entre as duas, e depois os lábios de Pip estão sobre os de Fee, num beijo profundo, como se alimentassem uma à outra, com os dedos das duas entrelaçados nos cabelos da outra. E, de repente, entendo o que deveria sempre ter sabido sobre elas – as conversas privadas, os abraços apertados, a ternura daquela amizade. Um rubor espalha-se meu pescoço acima ao pensar nisso. Como pude deixar de ver antes o que se passava?

Felicity se solta, com as bochechas inflamadas, mas a feroz paixão daquele beijo perdura. Pip toma-lhe o braço.

– Por que você sempre vai embora? Você está sempre me deixando.

– Eu não – responde Felicity, com a voz áspera por causa da fumaça.

– Não percebe? Aqui podemos ser livres para fazer o que quisermos.

Os lábios de Felicity tremem.

– Mas eu não posso ficar.

– Sim, pode. Você sabe como.

Felicity sacode a cabeça.

– Não posso. Dessa maneira, não.

Pippa fala em tom baixo, calculado:

– Você disse que me ama. Por que não come as amoras e fica comigo?

– Sim. Mas...

– Sim o quê? Por que não diz?

– Sim... eu a amo – diz Felicity, com terrível dificuldade.

Pip solta o braço de Felicity. Seus olhos se enchem de lágrimas furiosas.

– Chegou a hora de escolher, Fee. Ou você está comigo ou contra mim.

Pippa abre sua mão. As amoras estão à espera, gordas e maduras. Mal consigo respirar. O rosto de Felicity mostra o seu tormento – seu afeto e seu orgulho travam uma luta violenta. Ela olha fixamente para as amoras por um longo momento, sem aceitá-las nem recusá-las, e começo a perceber que o silêncio é sua resposta. Não negociará uma armadilha por outra.

Os olhos de Pippa estão cheios de lágrimas. Ela fecha a mão sobre as amoras, esmagando-as com tanta força que o sumo azul enegrecido lhe escorre pelas juntas dos seus dedos, derrama-se no chão, e tenho medo do que ela fará conosco agora.

– Deixem que vão. Não precisamos de descrentes em nosso meio – diz ela, afinal. – Separa as chamas, para nós. – Vão embora. Podem partir.

A única saída é pelo fogo, e não há nenhuma promessa de que ela não nos queimará até virarmos cinzas, quando passarmos. Engolindo em seco, conduzo Ann e Felicity pela passagem entre as chamas.

Pippa canta bem alto, ferozmente:

– "Ah, tenho um amor, um verdadeiro, verdadeiro amor, e meu verdadeiro amor espera"...

Antigamente era uma melodia simples e alegre, mas agora me causa calafrios. É uma canção desesperada. Uma por uma, as moças se juntam, suas vozes ganhando força até que os soluços de Fee são inteiramente afogados por elas. Só me atrevo a olhar para trás depois de atravessarmos a muralha de amoreiras silvestres, na trilha para o jardim, e Pippa e suas seguidoras, contrapostas às chamas, parecem carvões incandescentes transformando-se em cinzas.

# Capítulo
## Cinquenta e sete

FELICITY NÃO QUER FALAR COM NENHUMA DE NÓS DUAS. NO INSTANTE em que voltamos para a Spence, ela sobe a escada aos tropeços, segurando o corrimão como se fosse a única coisa que a liga à terra. Ann e eu não falamos do que aconteceu. A noite está pesada, difícil e não existem palavras que possam desanuviá-la. Só depois de Ann juntar-se a Cecily na costura, sigo para o quarto de Felicity. Encontro-a deitada na cama, tão quieta que sinto medo de que tenha morrido.

– Por que veio? – A voz dela é apenas uma sombra do que era. – Veio para ver a degenerada? – Vira-se para mim, o rosto pegajoso de lágrimas. Segura na mão a luva de Pippa. – Vejo isso nos seus olhos, Gemma. Vá em frente... diga. Sou uma degenerada, então. Meus afetos são anormais.

Abro a boca, mas não encontro palavras.

– Diga! Fale o que anseia dizer, o que todos suspeitam!

– Nunca suspeitei. É verdade.

Ela respira com dificuldade. Seu nariz escorre. Fios do seu cabelo estão presos na umidade e grudados em suas bochechas. Ela não quer tornar a olhar para mim.

– Mas agora você sabe, e me despreza.

Desprezo? Não. O que sinto é confuso. Ainda não sei como perguntar: ela sempre foi assim? Sente esse mesmo afeto por mim? Já me despi na sua frente. Ela me viu. E eu a vi, notei sua beleza. Será que nutro esses sentimentos secretos por Felicity? Será que sou exatamente como ela? Como saberia, se fosse?

Felicity se estende na cama, sufocando em suas lágrimas. Seu corpo treme com os soluços. Estendo uma mão nervosa e toco nela, deixando a palma apoiada em suas costas. Deveria dizer alguma coisa, mas não sei o quê. Então, digo as únicas palavras que me vêm à cabeça.

– Você vai amar de novo, Fee.
O rosto de Felicity está pressionado em seu travesseiro, mas ela vira a cabeça de um lado para o outro.
– Não. Não, não vou. Assim, não.
– Shh...
– Assim, nunca mais.
Agora, ela está perdida em seus soluços. Eles lhe vêm em ondas violentas. Não há nada a fazer a não ser deixá-la assim. Finalmente, a maré recua. Ela fica deitada ao meu lado, mole e molhada, em total esgotamento. Longas sombras da noite sobem rastejando pelas paredes e se aproximam vagarosamente. Aos poucos, alcançam-nos em cheio, mantendo-nos na quietude que só a noite pode trazer. Na nebulosa obscuridade do anoitecer, somos silhuetas de nós mesmas, reduzidas à nossa própria essência. Fico deitada ao seu lado. Ela toma meus dedos na úmida palma da sua mão. Segura-os e eu não os desprendo, e isto é alguma coisa, afinal. Ficamos deitadas ali, amarradas uma à outra pela frágil promessa dos nossos dedos, enquanto a noite se torna mais ousada. Destemida, ela abre sua boca e nos engole inteiras.

## Capítulo
## Cinquenta e Oito

O TREM SEGUE SOLTANDO FUMAÇA PELO CAMPO AFORA, RUMO A Londres. Deixei o pano na hera, junto com um bilhete para Kartik, falando sobre meu pai e prometendo voltar o mais rápido possível. Também deixei bilhetes para Felicity e Ann. Profundamente deprimida, passo de coche para trem e de trem para coche, até que, finalmente, avisto nossa rua.

A casa em Belgravia está soturna e silenciosa. O Dr. Hamilton está de plantão. Ele e Tom conversam em pé, em voz baixa, no vestíbulo, enquanto vovó e eu ficamos sentadas na sala de visitas, olhando fixamente para o fogo da lareira, do qual não temos necessidade. A casa já está desconfortavelmente quente, mas vovó insiste. Em sua mão, o lenço de papai se abre bruscamente, como uma flor raivosa. No espaço de um branco imaculado há uma pequena mancha vermelha de sangue.

Tom entra em silêncio, os ombros arriados. Fecha a porta, depois de passar, e não consigo suportar o silêncio:

– Tom? – digo.

Ele se senta junto da lareira.

– Tuberculose. Já faz meses.

– Meses? – pergunto.

– Sim – diz Tom.

Não foi obra minha. É a bebida, o láudano, o ópio, e sua maldita recusa a viver. Sua dor egoísta. Achei que podia mudá-la com a magia, mas não posso. As pessoas continuarão a ser quem são e não há magia suficiente, em mundo algum, capaz de mudar isso.

Vovó dobra repetidas vezes o lenço de papai, fazendo com ele perfeitos quadrados, que escondem a mancha.

– Aquele clima infernal na Índia.

– Não é o clima. Não vamos fingir – digo.

Tom lança-me um furioso olhar de advertência.

Vovó continua a tagarelar:

– Eu disse a ele que devia voltar para a Inglaterra. A Índia não é lugar para um inglês. Quente demais...

Saio da cadeira.

– Não é a droga do clima!

Eles levam um choque e calam a boca. Eu devia parar. Pedir desculpas pela minha explosão. Consertar o que eu disse. Culpar o clima. Mas não posso. Alguma coisa em mim cedeu e não consigo recolocá-la no lugar.

– Sabiam que ele tinha voltado ao láudano? Que não conseguiu desistir dele? Que nossas boas intenções nem de longe foram tão poderosas quanto sua vontade de morrer?

– Gemma, por favor – diz Tom, bruscamente.

– Não, Thomas. É esta a vida que quer para mim? Ser igual a você? Usar antolhos, não falar de nada importante e tomar chá fraco com outras pessoas que fariam qualquer coisa para esconder a verdade, sobretudo de si mesmas? Ora, não farei isso! E não mentirei mais para você.

Vovó aperta o polegar ao longo da branca extensão do lenço dobrado, forçando-o a se manter acomodado. De repente, está pequena e frágil. Envergonho-me de tê-la tratado de forma tão mesquinha e mais envergonhada ainda por detestá-la, por causa da sua fragilidade. Quando saio bruscamente da sala, ouço sua voz, fraca e insegura:

– É por causa do clima.

Tom me alcança na escada e me puxa para dentro da biblioteca. Os livros de papai nos encaram das prateleiras.

– Gemma, isso foi maldade.

Meu sangue se acalmou e minha raiva agora está domada pelo remorso, mas não darei a Thomas a satisfação de saber disso. Pego um livro nas prateleiras de papai e, empoleirando-me numa cadeira de madeira bastante desconfortável, abro-o na página do título. "Inferno", de Dante Alighieri.

– A saúde de papai não é o único motivo para eu ter mandado buscar você. Seu comportamento no baile foi... – A voz dele vai sumindo. – Assustador.

*Você não faz ideia, Tom.* Viro a página, fingindo um interesse apaixonado.

– Desde o momento em que chegamos à Inglaterra, você tem sido rebelde e difícil. Basta apenas uma infração, um vestígio de escândalo, para arruinar sua reputação e suas oportunidades para sempre. A raiva ultrapassa as coerções da vergonha.

– Minha reputação – digo, friamente. – É só o que sou?

– A reputação de uma mulher é o valor que ela tem, Gemma.

Viro com força uma página e ela se rasga ligeiramente.

– Está errado.

Tom tira a tampa de uma garrafa de cristal e serve uma dose numa taça alta.

– É assim que as coisas são. Talvez me deteste por dizer isso, mas esta é a verdade. Não se lembra de que foi por isso que nossa mãe morreu? Ela ainda continuaria aqui, papai estaria bem e nada disso teria acontecido jamais se mamãe vivesse de acordo com os códigos sociais consagrados pelo tempo.

– Talvez não fosse possível para ela. Talvez ela não coubesse num espartilho tão apertado.

Talvez o mesmo aconteça comigo.

– A pessoa não precisa gostar das regras, Gemma. Mas precisa de fato obedecer a elas. É nisto que consiste a civilização. Acha que concordo com todas as regras do Hospital Bethlem, ou com todas as decisões tomadas por meus superiores? Acha que eu não gostaria de agir como quisesse? – Ele toma um gole da bebida e faz uma careta ao engolir. – Não tive nenhum controle sobre mamãe, mas tenho sobre você. Não permitirei que siga o mesmo caminho.

– Não permitirá, é? – zombo. – Não acho que tenha qualquer poder de decisão em minha vida.

– Você se engana quanto a isso. Com papai doente, cabe a mim ser seu guardião, e pretendo levar muito a sério essa função.

Um novo medo se enraíza em mim. Todo esse tempo, tive medo do que a Ordem, os Rakshana e as criaturas das Terras Invernais poderiam fazer comigo. Tinha esquecido os perigos muito reais que enfrento aqui, em meu próprio mundo.

– Você não voltará à Spence. A Academia Spence para Moças foi obviamente um grave erro. Você ficará aqui até seu *début.*

– Mas tenho amigas lá...

Tom se vira para mim.
— A Srta. Bradshaw, a mentirosa sem um tostão, e a Srta. Worthington, cuja virtude é questionável. Que excelente tipo de amigas. Conhecerá aqui o tipo certo de moças.
Fico em pé.
— O tipo certo? Conheci muitas, e posso dizer a você que são inteiramente superficiais. Quanto às minhas amigas, você não as conhece, e eu lhe agradeceria se não falasse delas.
— Eu lhe agradeceria se baixasse sua voz — silva Tom, dando uma olhada na porta.
*É, não quer que os criados saibam de nossa vida. Não quer que saibam que tenho uma mente e uma boca para dizer o que penso.*
— Importa-se tão pouco com sua própria família, então? Não se importa com o fato de a Srta. Bradshaw ter me feito de idiota... e a você... com o logro dela?
— Engano dela! Você só se interessou por Ann depois que ouviu dizer que ela tinha uma fortuna.
Tom se serve de outra dose de bebida.
— Um homem em minha posição tem de pensar nessas coisas.
— Ela pensou maravilhas de você, e você a tratou com mesquinharia! São apenas as senhoritas como eu, as que têm privilégios, que necessitam de proteção, Thomas?
Ele arregala os olhos.
— E você ficaria do lado dela, contra mim, que sou do seu próprio sangue?
O sangue é mais denso do que a água. É o que dizem. Mas, na verdade, a maioria das coisas é.
Os ombros estreitos de Tom caem.
— Acredite ou não, Gemma, eu me preocupo com seu bem-estar — diz ele.
— Se fala sério, Thomas, então me mande de volta para a Spence.
Ele engole sua bebida.
— Não. Seguirei o sensato conselho de Lorde Denby, e você permanecerá aqui, onde posso vigiá-la.
Atiro o livro para um lado.
— Lorde Denby! Eu sabia! Isso é coisa dos Rakshana, não é? Ainda pretendem me controlar.
Ele aponta um dedo acusador.

– Este é exatamente o tipo de comportamento a que me refiro. Ouça o que você mesma diz – está tagarelando sobre coisas que não fazem o menor sentido.

– Nega que se juntou aos Rakshana? Basta que me diga o nome do seu clube para cavalheiros.

– Não tenho de lhe dizer nada sobre isso. É um clube de cavalheiros, e você não é um cavalheiro, embora eu não duvide de que usaria calças, se pudesse.

Deixo passar sua agressão.

– Mas você usa o alfinete dos Rakshana!

Aponto a insígnia da caveira e espada em sua lapela.

– Gemma – rosna Tom –, isto é um alfinete! Não há nada de malévolo nele.

– Eu não acredito.

Tom gira sua taça e o vidro chanfrado capta a luz e projeta espectros de cor que dançam na parede.

– Acredite ou não, é a verdade.

– Qual é o nome do seu clube, então?

Meu irmão perde seu sorriso falso.

– Ora, entenda bem, Gemma. Isto é assunto meu.

São os Rakshana. Tenho certeza. Pretendem manter-me prisioneira até que eu desista da magia, e recrutaram meu próprio irmão para alcançarem seus objetivos.

Tom enfia as mãos fechadas em seus bolsos.

– Você e eu precisamos levar as coisas adiante, Gemma. O amor é um luxo a que não posso permitir-me. Preciso fazer um bom casamento. E agora devo cuidar de você. É meu dever.

– Quanta nobreza – rosno.

– Ora, eis uma bela maneira de agradecer.

– Se deseja sofrer, sofra por sua livre e espontânea vontade, não por minha causa. Nem por causa de papai, vovó ou mais alguém. Você é um ótimo médico, Thomas. Por que isso não basta?

Seu maxilar se enrijece. Aquele cacho de cabelos infantil cai em cima dos seus olhos, sombreando-os.

– Porque não – diz ele, com rara franqueza. – Só isso e nenhuma outra esperança? Um tranquila respeitabilidade sem nenhuma verdadeira grandeza ou heroísmo nela, apenas com minha reputação para me recomendar. Então, como está vendo, Gemma, você não é a única que não consegue governar a própria vida.

Inclina a cabeça para trás e esgota o resto da bebida até a última gota. É demais e ele podia se sair da situação com uma boa tossida, mas ele a retém. Não deixará escapar nenhuma sugestão de vulnerabilidade. Nem mesmo uma tosse.

Vou até a janela. Há uma carruagem esperando do lado de fora. Não é a nossa carruagem, mas eu a reconheço. As cortinas pretas, o aspecto fúnebre. Um fósforo é aceso e levado até um cigarro. Fowlson.

Tom está bem atrás de mim.

– Ah, meu cocheiro. Tenho um compromisso bastante importante esta noite, Gemma. Espero que não ateie fogo à casa enquanto eu estiver fora.

– Tom – digo, acompanhando-o pela escada abaixo até o vestíbulo –, por favor, não vá ao clube esta noite. Fique aqui comigo. Podíamos jogar baralho!

Tom ri e veste seu casaco.

– Baralho! Que coisa emocionante!

– Está bem. Não precisamos jogar baralho. Podíamos...

O quê? O que algum dia partilhamos, meu irmão e eu, além de alguns poucos jogos na infância? Muito pouca coisa nos une, fora a mesma história infeliz. Tom espera minha oferta, mas não tenho nada a oferecer.

– Então está bem. Já vou.

Agarra seu chapéu, essa tola afetação, e se examina no espelho junto à porta. Só me resta o risco da verdade.

– Tom, sei que vou falar como uma das suas pacientes em Bedlam, mas, por favor, ouça até o fim o que tenho para dizer. Não deve ir a esse encontro esta noite. Acho que você está correndo perigo. Sei que se juntou aos Rakshana... – Ele tenta protestar, mas levanto a mão. – Eu sei. Seu clube de cavalheiros não é o que você imagina, Tom. Eles existem há séculos. Não se deve confiar neles.

Tom fica em pé, inseguro, por um momento. Só posso esperar que o tenha tocado. Ele desata a rir e aplaude:

– Bravo, Gemma! Esta é, sem dúvida, a história mais fantástica que você já inventou até agora. Acredito que não sou eu, mas Sir Arthur Conan Doyle, quem está em perigo. Pois suas histórias talvez superem as dele na intriga e em vis proezas! – Agarro seu braço e ele me empurra. – Cuidado com esse casaco! Meu alfaiate é um bom homem, mas cobra caro.

– Tom, por favor. Precisa acreditar em mim. Isto não é uma história. Eles não querem você, querem a mim. Tenho uma coisa que eles querem e fariam qualquer coisa para obter. E estão usando você para chegar a mim.

Uma terrível mágoa lampeja nos olhos de Tom.

– Você é igual a papai, não é? Duvida de mim toda hora. Afinal, por que alguém ia querer Thomas Doyle, o constante desapontamento do seu pai?

– Eu não disse isso...

– Não, mas pensou.

– Não, você está enganado...

– Sim, estou sempre enganado... Este é meu problema. Ora, esta noite, não. Esta noite eu me tornarei parte de algo maior que eu mesmo. E me convidaram. Eles me querem. Não espero que fique feliz por minha causa, mas no mínimo podia permitir que tenha minha felicidade.

– Tom... – imploro, observando-o passar pela porta.

A criada a mantém aberta, tentando desviar os olhos de nossa discussão.

– E, pela última vez, não sei o que você quer dizer com esse negócio de Rakshana. Nunca ouvi falar disso. – Ele enrola seu cachecol no pescoço com habilidade. – Desejo-lhe boa noite, Gemma. E, por favor, fique longe daqueles livros que você devora. Estão pondo em sua cabeça as histórias mais fantásticas que se possa imaginar.

Segue a passos largos pela alameda do jardim, até a carruagem. Fowlson lhe dá a mão para ajudá-lo a entrar, mas seu sorriso perverso é todo para mim.

# Capítulo
## Cinquenta e Nove

O QUARTO DE PAPAI ESTÁ ILUMINADO APENAS PELA PEQUENA LAMParina ao lado da sua cama. Sua respiração está difícil, mas ele se mostra calmo. O Dr. Hamilton deu-lhe morfina. Estranho como uma droga pode ser ao mesmo tempo um tormento e um conforto.

– Olá, querida – chama ele, com uma voz sonolenta.
– Olá, papai.

Sento-me junto à cabeceira. Ele estende uma das mãos e eu a tomo.

– O Dr. Hamilton esteve aqui mais cedo – diz.
– É, eu sei.
– Sim. – Ele fecha os olhos por um momento e depois acorda num sobressalto. – Acho... acho que vejo aquele tigre. O velho amigo voltou.
– Não – digo, tranquilamente, enxugando minhas bochechas. – Não há tigre nenhum aqui, papai.

Ele aponta a parede mais afastada.

– Não vê a sombra dele ali? – Não há nada além do obscuro contorno do braço erguido do meu pai. – Atirei nele, você sabe.
– Não, papai – digo.

Ele está tremendo. Puxo as cobertas até seu pescoço, mas ele torna a empurrá-las para baixo, em seu delírio.

– O tigre estava lá fora, entende? Eu não podia viver... com aquela ameaça. Achei que o matara, mas ele voltou. Ele me encontrou.

Seco sua testa com um pano úmido.

– Shh.

Os olhos dele encontram os meus.

– Estou morrendo.

– Não. Só precisa descansar.
Lágrimas quentes queimam minhas bochechas. Por que somos compelidos a mentir? Por que a verdade é brilhante demais e nossas almas não a suportam?
– Descansar – murmura ele, caindo em outro sono drogado. – O tigre está chegando...
Se eu fosse mais corajosa, se achasse que a verdade não nos cegaria para sempre, eu lhe perguntaria o que desejei perguntar desde a morte de mamãe: por que sua dor foi mais poderosa do que o amor? Por que não pôde encontrá-la dentro si e combatê-la?
Por que não basto para que ele viva?
– Durma, papai. Deixe o tigre ir embora, por esta noite.

Sozinha em meu quarto, imploro a Wilhelmina Wyatt que se mostre mais uma vez.
– Circe tem a adaga. Preciso de sua ajuda – digo. – Por favor.
Mas ela não quer vir quando chamada, e então adormeço e sonho.

Sentada à sombra de uma árvore, a pequena Mina Wyatt desenha a Ala Leste da Spence. Faz o sombreado do lado da boca de uma gárgula. Sarah Rees-Toome tapa o sol, e Mina franze a testa. Sarah agacha-se ao lado dela.
– O que você vê, quando olha para dentro da escuridão, Mina?
Timidamente, Mina lhe mostra as imagens que desenhou em segredo em seu livro. Rastreadores. Os mortos. As coisas pálidas que vivem nas pedras. E, finalmente, a Árvore de Todas as Almas.
Sarah passa amorosamente os dedos sobre ela.
– Poderosa, não é? Por isso não querem que a gente saiba nada sobre ela.
Mina lança um rápido olhar na direção de Eugenia Spence e da Sra. Nightwing, que jogam croqué no gramado.
– Pode me mostrar o caminho? – pede Sarah.
Wilhelmina faz que não com a cabeça.
– Por que não?
*Ela a levará*, escreve.
De repente, estou na floresta das Terras Invernais, onde as amaldiçoadas estão penduradas em árvores secas. As trepadeiras as prendem com força pelo pescoço; seus pés balançam no ar. Uma delas luta, e

os galhos afiados se empurram para dentro da sua carne, a fim de contê-la.

– Ajude-me – diz ela num sussurro estrangulado.

O nevoeiro se dissipa e vejo seu rosto, que se torna cinzento. Circe.

# Capítulo sessenta

Por dois dias inacreditavelmente longos, fico presa em nossa casa, em Londres, sem nenhum meio de ter notícias de Kartik, Ann e Felicity. Não sei o que está acontecendo nos reinos, e fico doente de preocupação. Mas toda vez que ganho coragem suficiente para recorrer à magia, lembro-me da advertência de Circe de que a magia mudou, que a partilhamos e talvez ela esteja unida com alguma coisa sinistra e imprevisível. Sinto os cantos do quarto se tornarem ameaçadores com sombras do que eu talvez não consiga controlar, e empurro o poder para baixo, para bem longe de mim. Rastejo, tremendo, para minha cama.

Sem nenhum plano de fuga à vista, resignei-me à vida de uma jovem senhorita mimada da sociedade de Londres, enquanto vovó e eu fazemos visitas. Tomamos chá fraco demais e nunca quente o bastante para meu gosto. As senhoras passam o tempo com fofocas e boatos. É o que têm em lugar da liberdade – tempo e fofocas. Suas vidas são limitadas e cuidadosas. Não desejo viver assim. Gostaria de deixar a minha marca. Arriscar-me a dar opiniões que talvez não sejam educadas, ou sequer corretas, mas minhas, não obstante. Se eu tiver de ser enforcada por alguma coisa, gostaria de sentir que vou para o patíbulo com minhas próprias forças.

Passo as noites lendo para papai. Sua saúde melhora um pouco – consegue sentar-se à sua escrivaninha com seus mapas e livros –, mas nunca mais ficará bom. Decidiu-se que, após meu *début*, ele viajará para um lugar de clima mais quente. Todos concordamos que isso restabelecerá sua vitalidade.

– Sol quente e vento cálido... isto é que é preciso – dizemos com sorrisos rígidos.

O que não conseguimos nos forçar a dizer impregna os próprios ossos da casa, até parecer que sussurra a verdade para nós, no silêncio. *Ele está morrendo. Ele está morrendo. Ele está morrendo.*

No terceiro dia, quase perco a cabeça de preocupação, quando minha avó anuncia que temos de comparecer a um *garden party* em homenagem a Lucy Fairchild. Insisto que não me sinto bem e devo ficar em casa – pois talvez possa me esgueirar até a Estação Vitória e tomar um trem de volta para a Spence, enquanto ela estiver fora –, mas vovó nem quer ouvir falar disso, e chegamos a um jardim em Mayfair que floresce com todos os tipos de beleza imagináveis.

Espio Lucy sentada sozinha num banco, debaixo de um salgueiro. Com o coração na boca, sento-me ao seu lado. Ela me ignora.

– Srta. Fairchild, e-eu queria explicar o comportamento de Simon no baile – digo.

Ela tem a boa educação de continuar sentada, muito quieta. Controla seu temperamento com a mesma firmeza que usa com as rédeas do cavalo.

– Continue.

– Talvez parecesse que o Sr. Middleton demonstrou demasiada intimidade comigo, aquela noite, mas não foi o caso. Na verdade, quando minha acompanhante se afastou por um momento, um cavalheiro que eu não conhecia, e que bebera muito além da conta, insistiu em galanteios que se tornaram impróprios.

*Acredite... por favor, acredite...*

– Fiquei muito assustada, claro, estando inteiramente sozinha – minto. – Por sorte, o Sr. Middleton viu meu dilema, e como nossas famílias são velhas amigas, agiu rapidamente, sem pensar nas consequências. Ele é esse tipo de homem. Achei que a senhorita deveria saber as verdadeiras circunstâncias, antes de julgá-lo.

Vagarosamente, o rosto dela perde a expressão de infelicidade. Uma tímida esperança comprime-lhe os lábios num sorriso.

– Ele me enviou flores belíssimas, ontem. E uma elegante caixa de seda com um compartimento oculto.

– Para todos os seus segredos – digo, reprimindo um sorriso.

Os olhos dela se iluminam.

– Foi isso que Simon disse! E me declarou que, sem mim, ele não é nada. – Leva a mão à boca. – Talvez eu não devesse ter lhe contado um sentimento tão íntimo.

Dói ouvir isso, e no entanto descubro que não tanto quanto poderia ter doído. Simon e Lucy são pessoas do mesmo tipo. Gostam de coisas agradáveis e simples. Eu não suportaria uma união assim, mas a eles convém.

– Foi perfeitamente correto a senhorita ter contado – garanto-lhe.

Lucy brinca com o broche dado por Simon, o que ele me deu uma vez.

– Sei que vocês dois foram muito... íntimos.

– Eu não era o tipo certo de moça para ele – digo. Fico surpresa ao perceber que isso não é uma mentira. – Ouso dizer que nunca o vi mais alegre do que quando está em sua companhia. Espero que encontrem a felicidade juntos.

– Se eu o perdoar.

Seu orgulho voltou.

– Sim. Depende unicamente da senhorita – digo, e ela nem sabe o quanto isso é verdadeiro.

Pois não posso mudar o que já aconteceu. É o caminho que já ficou para trás e agora há apenas o caminho para a frente.

Lucy se levanta. Nossa visita terminou.

– Obrigada, Srta. Doyle. Foi bondade sua falar comigo.

Ela não estende a mão, nem eu esperava que o fizesse.

– Foi bondade da sua parte ouvir até o fim o que eu tinha a dizer.

À noite, Tom sai mais uma vez para seu clube. Tento dissuadi-lo de ir, mas ele se recusa a falar comigo. Vovó se reuniu com as amigas para um jogo de bacará. Então, sozinha em meu quarto, tento traçar um plano para voltar à Spence e aos reinos.

– Gemma.

Quase grito quando um homem sai de trás das cortinas; quando vejo que é Kartik, fico louca de alegria.

– Como chegou aqui?

– Peguei um cavalo emprestado da Spence – explica ele. – Ora, na verdade eu o roubei. Como você não voltou...

Cubro sua boca com a minha e o calo com um beijo.

Nós nos deitamos um ao lado do outro em minha cama, minha cabeça repousando em seu peito. Ouço seu coração bater, forte e seguro. Seus dedos fazem desenhos em minhas costas. Sua outra mão está entrelaçada com a minha.

– Não entendo – digo, apreciando o calor dos seus dedos que percorrem toda a extensão da minha espinha dorsal e tornam a voltar.
– Por que ela não me mostrou como salvar Eugenia?
– Não estaria Wilhelmina ajudando Circe? Você mesma disse que elas eram íntimas.
Kartik beija o alto da minha cabeça.
– Por que ela trairia a Ordem e Eugenia? – pergunto. – Não faz sentido. Nada disso faz – suspiro. – A chave guarda a verdade. É uma frase que se repete em meus sonhos, em minhas visões, no livro de Wilhelmina. Mas o que significa?
– Não havia nenhuma chave na bolsa de couro que estava junto com a adaga? – pergunta Kartik.
– Não. E achei que talvez o livro fosse a chave. – Balanço a cabeça. – Mas não tenho certeza disso. Acho...
Lembro as imagens que Wilhelmina desenhou para *Uma história das sociedades secretas*. O Objeto Oculto. Guardiãs da Noite. A Torre. Decifrei todas, menos uma – o quarto com a pintura dos barcos.
– Sim? – insiste Kartik.
Sua mão vagueia em meu seio.
– Acho que talvez exista um lugar – digo, soerguendo-me para beijá-lo.
Ele passa para cima de mim, e aceito seu peso. Desliza as mãos pelo meu corpo abaixo e eu pelas largas costas dele. Sua língua faz pequenas explorações em minha boca.
Uma batida na porta. Empurro Kartik de cima de mim, em pânico.
– A cortina! – sussurro.
Ele se esconde atrás da cortina e me arrumo rapidamente. Sento-me na cama, um livro na mão.
– Entre – chamo, e a Sra. Jones entra. – Boa-noite – digo, e endireito o livro, que estava de cabeça para baixo.
Sinto o rubor em minhas bochechas. Meu coração martela em meus ouvidos.
– Chegou um pacote para a senhorita.
– Um pacote? A esta hora?
– Sim, senhorita. O rapaz acabou de deixá-lo.
Entrega-me uma caixa embrulhada em papel pardo e amarrada grosseiramente com barbante. Não há nome escrito nem cartão junto com ela.
– Obrigada – digo. – Acho que vou dormir. Estou muito cansada.

– Como quiser, senhorita.
A porta fecha-se com um clique e tranco-a, soltando ruidosamente o ar preso em meus pulmões.
Kartik se aproxima por trás de mim e passa as mãos em torno da minha cintura.
– É melhor abrir o pacote – diz, e eu o abro.
Dentro, estão o ridículo chapéu de Tom e um bilhete:

*Cara Srta. Doyle,*
*A senhorita tem algo de grande valor para nós. E, no momento, temos algo de grande valor para a senhorita. Estou certo de que poderemos chegar a um acordo satisfatório. Não se sinta tentada a usar a magia contra nós. À primeira sugestão dela, saberemos, e seu irmão morrerá. O Sr. Fowlson está na esquina. Não o deixe esperando.*

Os Rakshana pegaram Tom.
Eles pretendem tirar-me a magia, e, se eu me esquivar, matarão meu irmão. E se tentar recorrer a meu poder agora para salvá-lo? Não posso dizer que seja unicamente meu poder, e posso fazer mais mal do que bem. Esta noite disponho apenas da minha inteligência, e ela parece de pouca ajuda no momento. Mas é a única esperança que tenho.
– Vou com você – insiste Kartik.
– Vai fazer com que matem você – protesto.
– Então é um bom dia para morrer – diz ele, e meu estômago se contrai.
Ponho meus dedos em cima dos seus lábios.
– Não diga isso.
Kartik beija meus dedos, depois minha boca.
– Vou com você.

# Capítulo
## sessenta e um

Fowlson espera por mim junto da sua lustrosa carruagem. Está atirando uma moeda para o alto – e a pega infalivelmente de cada vez. Quando me vê chegar, ele para a moeda em cima do seu braço com uma palmada.

– Olha só... coroa. Má sorte, amor.

Ele abre a porta da carruagem para mim. Vejo Kartik esgueirar-se em torno da parte de trás.

– Diga-me, Sr. Fowlson, vai sempre cumprir as ordens que eles lhe dão? E quando, diga-me, por favor, o recompensarão por seus esforços? Ou será sempre assim... enquanto eles jantam no banquete o senhor sai para fazer o trabalho sujo deles?

– Eles me recompensarão no devido tempo – diz ele, tirando do seu bolso uma venda.

– Sem dúvida é por isso que está aqui, em vez de se sentar ao lado deles. Precisavam de um cocheiro.

– Feche a matraca!

Ele me olha com um ar ameaçador, mas há uma pequena centelha de dúvida em seus olhos, a primeira que vejo.

– Vamos fazer um trato, Sr. Fowlson. Ajude-me, e eu o levarei aos reinos.

Ele ri.

– Quando tivermos a magia, irei para lá a hora que quiser. Não, não farei nenhum trato esta noite, amor.

Aperta a venda em cima de meus olhos com mais força do que o necessário. Envolve com uma corda meus pulsos e a amarra em alguma coisa – acho que na maçaneta da porta.

– Não vai a lugar nenhum – grita ele, e ri até tossir.

A carruagem parte com um solavanco. Os cascos dos cavalos batem na calçada em ritmo rápido, e espero que Kartik esteja agarrado com força.

Não viajamos para muito longe. Os cavalos param. Os dedos de Fowlson trabalham para soltar minhas amarras, mas a venda permanece no lugar. Uma capa é jogada em cima da minha cabeça.

– Por aqui – sibila Fowlson.

Uma porta se abre. Sou meio arrastada para baixo, mais para baixo, dou uma volta, outra volta e, quando a venda é retirada, encontro-me numa sala onde velas margeiam a periferia. Meu irmão está sentado numa cadeira. Suas mãos estão amarradas e ele parece bêbado. Um homem encapuzado está em pé atrás dele, com uma faca de prontidão junto da garganta de Tom.

– Tom!

Corro para ele e uma voz estrondeia do alto:

– Pare já!

Ergo os olhos e vejo uma galeria que contorna a sala. Homens de manto e capuz estão em pé observando, com seus rostos escondidos.

– Se tocá-lo, ele morrerá, Srta. Doyle. Nosso homem é rápido com a faca.

– Gemma, não se preocupe – murmura Tom. – É minha ini... inicia...

– Iniciação! – grita Kartik, chegando ao meu lado. – Cancelem isso.

– Irmão Kartik. Disseram-me que você não vivia mais! – grita uma voz. – Sr. Fowlson, o senhor responderá por isso.

A cor se esvai do rosto de Fowlson.

– Sim, milorde.

– Soltem meu irmão! – grito.

– Com certeza, cara senhorita. Logo que nos dê a magia.

Olho para Tom, impotente sob a faca do carrasco.

– Não posso fazer isso – digo.

Tom grita, quando a faca é empurrada um pouco mais para perto.

– Pare – diz ele, com uma voz estrangulada.

– Por favor, preciso da ajuda de vocês! – grito. – Alguma coisa terrível está acontecendo nas Terras Invernais. Todos corremos perigo. Creio que aquelas criaturas pretendem entrar em nosso mundo.

Uma risada educada irrompe na sala ao meu lado, Fowlson ri com mais vontade.

— Vi Amar nos reinos! — grito. — Antigamente, ele era um de vocês. Avisou-me de que isso ia acontecer. "Cuidado com o nascimento de maio", disse.

As risadas se extinguem.

— O que ele queria dizer com isso?

— Não sei — digo, mantendo um olho em meu irmão. Tom começa a voltar a si. Vejo isso em seus olhos. — Achei que se referia ao primeiro dia de maio, mas o dia chegou e passou. Pode ser outro dia...

Lorde Denby sai das sombras.

— Não sei que tipo de truque é esse, Srta. Doyle, mas não vai dar certo. — Baixa os dedos e a figura encapuzada aperta com mais força sua faca contra o pescoço do meu irmão. — Ele morrerá.

— E se o matar? — pergunto. — Que poder de barganha terá então?

— Seu irmão morrerá!

Sua voz troveja na sala.

É como se um nevoeiro se dissipasse, e vejo com clareza pela primeira vez, desde que tudo isso começou. Não serei intimidada, não por eles. Nem por ninguém.

— E você não terá nada, então — grito, com voz segura e forte. — Nada os protegerá do *meu* poder. E eu o soltarei, senhores, como os cães de caça do inferno, se causarem dano a um só fio de cabelo da cabeça dele!

O dedo de Lorde Denby espera, de prontidão. A faca do carrasco também. Por um longuíssimo momento, todos esperamos, na borda do precipício.

— Você é mulher. Não fará isso.

Ele baixa a mão, e não paro para pensar. Invoco a magia e a faca se torna um balão que escapa do aperto do homem.

— Tom, corra! — grito.

Ele continua sentado, confuso, e Kartik o agarra e puxa para longe, enquanto eu vibro com o poder que reprimira por demasiado tempo. Ele agora sai de mim com uma nova determinação. E ninguém arregala tanto os olhos quanto meu irmão, enquanto faço chamas rastejarem pelas paredes acima. Fantasmas rodopiam no alto, dando gritos agudos. Não importa que seja apenas ilusão; os homens acreditam nela.

— Pare! — grita Lorde Denby, e as chamas e os fantasmas desaparecem. — Vai tropeçando até o parapeito. — Somos homens sensatos, Srta. Doyle.

– Não, não são. E então preciso falar com muita clareza, senhor. Não torne jamais a se aproximar da minha família, senão sofrerá as consequências disso. Fui clara?
– Inteiramente. – Ele arqueja.
Os homens conversam uns com os outros, em murmúrios. Ninguém se apresenta para a árdua tarefa.
– Está bem – diz Lorde Denby. – Reunirei alguns peões para fazer isso.
– Peões? – pergunto.
Kartik cruza os braços.
– Homens como Fowlson e eu. Homens de quem não se sentiria a falta.
– Sim, leve o Sr. Fowlson consigo – diz Lorde Denby, como quem sugere um criado a contratar. – Ele tem jeito com uma faca. Você é um bom camarada, não é, Fowlson?
O Sr. Fowlson aceita a declaração como um golpe que não revidará. Cerra a mandíbula.
– Como a escolha é minha, *ficarei* com o Sr. Fowlson. Nós nos entendemos. E ele, de fato, tem jeito com a faca – digo. – Desamarre meu irmão, por favor.
O Sr. Fowlson afrouxa a corda que prende Tom. Sustenta nos ombros o corpo mole de meu irmão e nos encaminhamos para a porta.
– A venda! – berra um homem.
Jogo-a no chão.
– Não preciso dela. Se quiser usá-la, fique à vontade.
– Gemma! O que diabos está acontecendo? O que você fez? – pergunta Tom.
Começa a se desprender e é preciso fazer alguma coisa.
– Mantenham Tom imóvel, por favor – peço a Kartik e Fowlson, que seguram os braços de meu irmão.
– Olhem aqui! Tirem as mãos de mim, já! – insiste ele, mas continua grogue demais para lutar.
– Thomas – digo, tirando as luvas –, isto vai machucar você muito mais do que a mim.
– O quê? – pergunta ele.
Dou-lhe um forte e certeiro soco na boca, e Tom fica inconsciente.
– Você é durona – diz Fowlson, acomodando meu irmão na carruagem.

Ajeito as saias sobre as pernas de maneira adequada e torno a calçar a luva em mão minha dolorida.
– Você nunca fez uma viagem de carruagem com meu irmão nesse estado, Sr. Fowlson. Confie em mim, vai agradecer-me por isso.
Quando Tom recupera a consciência – se é que tem alguma –, nós nos sentamos perto da barragem. Os postes de iluminação projetam poças de luz no Tâmisa; correm como tinta molhada. Tom está todo desarrumado: seu colarinho se projeta para fora do lugar, como um osso quebrado, e a frente da sua camisa está manchada com seu sangue. Ele segura um lenço molhado em cima do rosto machucado e me lança olhadas furtivas. Cada vez que meu olhar encontra o seu, ele se apressa a desviar a vista. Eu poderia invocar a magia para me ajudar e apagar da mente dele todos os vestígios desta noite e dos meus poderes, mas decido que não farei isso. Estou cansada de fugir. De esconder quem sou para fazer os outros felizes. Que ele saiba a verdade por mim, e se for demais, pelo menos saberei.
Tom movimenta cautelosamente seu maxilar.
– Ai.
– Está quebrado? – pergunto.
– Não, apenas dói – diz ele, colocando o lenço sobre o lábio inferior ensanguentado e se encolhendo.
– Não quer conversar a respeito disso? – pergunto.
– A respeito do quê?
Ele me dá uma olhada rápida, como um animal assustado.
– Do que acabou de acontecer.
Tom tira o lenço.
– Que há para conversar? Deram-me éter, levaram-me para um refúgio secreto, fui amarrado e ameaçado de morte. Então minha irmã, a debutante, que deveria estar longe, na escola, aprendendo a fazer mesuras e a bordar, a pedir mexilhões em francês, desencadeou uma força como nunca vi, e que não pode ser explicada por qualquer mente racional ou pelas leis da ciência. De manhã, eu me internarei para cuidados médicos. – Olha atentamente para o rio escuro que serpeia pelo centro de Londres. – Tudo isso foi real. Não foi?
– Foi, sim.
– E você não vai, ahn...

Faz um movimento com a mão, como quem brande uma varinha de condão, e acho que isto quer dizer "invocar forças mágicas que me assustam".
– No momento, não.
Ele se encolhe.
– Pode fazer passar esta dor na minha cabeça?
– Não, sinto muito.
Ele põe o pano molhado em sua face e suspira.
– Há quanto tempo você é... assim? – pergunta.
– Tem certeza de que quer saber... de tudo? Está preparado para a verdade? – pergunto.
Tom pensa um momento, e quando responde, sua voz está segura:
– Sim.
– Tudo começou no ano passado, em meu aniversário, o dia em que mamãe morreu, mas acho, na verdade, que começou muito antes...
Falo sobre meus poderes, a Ordem, os reinos e as Terras Invernais. A única coisa que não digo é a verdade sobre o fato de mamãe matar a pequena Carolina. Não sei por quê. Talvez sinta que ele ainda não está pronto para saber disso. Talvez nunca esteja. As pessoas podem viver apenas com alguma honestidade. E, às vezes, as pessoas nos surpreendem. Converso com meu irmão como nunca tinha conversado antes, confiando nele, deixando que o rio ouça minhas confissões, em seu curso na direção do mar.
– É extraordinário – diz ele, afinal. – Olha fixamente para o chão.
– Então eles queriam mesmo você, não eu.
– Sinto muito – digo.
– Não tem problema. Eu detestava o vinho do Porto deles – diz meu irmão, tentando encobrir seu orgulho ferido.
– Há um lugar que aceitaria você, se você o aceitasse – lembro. – Talvez não seja sua primeira escolha, mas são homens honestos, com os mesmos interesses que você; e, com o tempo, você pode vir a gostar mais deles. – E então, mudando de assunto, pergunto: – Tom, preciso saber de uma coisa. Acha que eu poderia ter causado a doença de papai, quando tentei fazê-lo ver... com a magia...
– Gemma, ele tem tuberculose, causada por seu sofrimento e seus vícios. Não é culpa sua.
– Jura?

— Juro. Não me interprete mal... você é muito irritante. — Ele toca de leve o maxilar. — E bate como um homem. Mas não causou a doença dele. A culpa foi dele mesmo.

Mais adiante, no rio, o apito de um navio soa como um grito lamentoso. É queixoso e familiar, um uivo na noite por causa do que alguém perdeu e não pode recuperar.

Tom pigarreia.

— Gemma, preciso dizer-lhe uma coisa.

— Está bem – respondo.

— Sei que você adora papai, mas ele não é o deus que você imagina. Nunca foi. É verdade que é encantador e amoroso à sua maneira. Mas ele é egoísta. Um homem limitado, decidido a dar cabo da própria vida...

— Mas...

Tom agarra minhas duas mãos e lhes dá um pequeno aperto.

— Gemma, você não pode salvá-lo. Por que não aceita isso?

Vejo meu reflexo na superfície do Tâmisa. O rosto tem um contorno aquoso, só linhas indefinidas, sem nada determinado.

— Porque se eu desistir disso... — engulo em seco uma, duas vezes — ... tenho de aceitar que estou sozinha.

O apito do navio torna a uivar, enquanto ele desliza na direção do mar. O reflexo de Tom aparece ao lado do meu, também vacilante.

— Estamos todos sozinhos neste mundo, Gemma. — Ele não diz isso com amargura. — Mas você tem companhia, se quiser.

— Vamos ficar aqui fora a noite toda? — grita Fowlson.

Ele e Kartik estão apoiados na carruagem como uma dupla de estoicos, como dois cães de lareira precisando de um fogo para vigiar.

Ofereço minha mão a Tom e o ajudo a se levantar.

— Então essa sua magia... será que você não poderia me transformar num barão, conde ou qualquer coisa assim? Um ducado seria ótimo. Nada de ostensivamente grandioso... bem, a não ser que goste de fazer assim.

Puxo-lhe o cacho rebelde da testa.

— Não desafie sua sorte.

— Está bem. — Ele ri e o lábio partido abre-se de novo. — Ai!

— Thomas, pretendo viver minha própria vida como julgar conveniente, sem interferência de agora em diante — digo-lhe, enquanto avançamos para a carruagem.

– Não lhe direi como viver. Apenas não me transforme num tritão nem num asno zurrando, nem, valha-me Deus, num Tory.

– Tarde demais. Você já é um asno zurrando.

– Meu Deus, você agora será intolerável. Estou assustado demais para lhe dar qualquer resposta.

– Não sabe como isso me deixa feliz, Thomas – digo. – Fowlson vai abrir a porta da carruagem, mas eu chego primeiro. – Eu mesma abro, obrigada.

– Para onde vamos? – pergunta Tom, roçando em mim ao passar e se instalando dentro da carruagem, sem se preocupar com o resto de nós.

A ordem voltou.

– A um lugar onde você é desejado – respondo. – Sr. Fowlson, leve-nos à Sociedade Hipócrates, por favor.

Ele cruza os braços no peito. Não me olha.

– Por que fez isso? Por que quis que eu viesse com a senhorita?

– Confio neles um pouco menos do que no senhor. E parece que acredito um pouco mais no senhor do que neles.

– Eles não me passariam para trás – diz Fowlson, em voz baixa.

Kartik faz uma expressão zombeteira.

– Acredita o bastante no que diz a ponto de arriscar tudo nisso? – pergunto. – Não serei mais ameaçada. Eles não têm poder nenhum sobre mim. Esta é sua chance de ser heroico, Sr. Fowlson. Não me decepcione. Não *a* decepcione – digo, com um tom de voz significativo.

– Eu nunca faria isso – diz ele, e baixa os olhos.

Percebo que até o Sr. Fowlson tem seu calcanhar de aquiles.

Quando chegamos à Sociedade Hipócrates, o Sr. Fowlson bate com força na porta até ela se escancarar.

– Que é isso? – pergunta um cavalheiro de cabelos brancos, com vários dos seus companheiros atrás.

– Por favor, é a Srta. Doyle. Precisamos da ajuda dos senhores.

Os cavalheiros se empurram e saem, em meio a um nevoeiro de fumaça de charuto. Protegendo o rosto machucado, Tom desce desajeitadamente da carruagem com a ajuda de Kartik e Fowlson, enquanto eu os acompanho.

– Doyle, velho amigo. Que aconteceu? – pergunta o cavalheiro de cabelos brancos.

Meu irmão esfrega seu maxilar dolorido.

– Bem, eu... eu...

– Quando voltávamos do jantar, malfeitores atacaram nossa carruagem – explico, com os olhos arregalados. – Meu querido irmão nos salvou daqueles homens que nos fariam mal.

– Eu... foi mesmo? – Tom gira a cabeça em minha direção. Imploro com os olhos: *Não estrague tudo*. – É mesmo! Salvei. Lamento muitíssimo o atraso.

Os homens começam a gritar e a fazer perguntas.

"Não diga!" "Mas que história fantástica..." "Como foi que aconteceu?" "Vamos dar uma olhada nesse queixo!"

– N-não foi nada – gagueja Tom.

Seguro Tom com mais força.

– Não seja tão modesto, Thomas. Ele despachou sozinho o bando. Eles não tiveram a menor chance, diante de um homem tão corajoso e honrado.

Para dizer isso, preciso combater a risada que grita em meu estômago: "Rá!"

– Esplêndida demonstração de coragem, amigo velho – diz um dos cavalheiros.

Tom está ali em pé piscando na luz, mais ou menos como um cachorro velho que não tem a sensatez de entrar e se proteger da chuva.

– Não se lembra, Thomas? Ah, meu Deus. Receio que a pancada em sua cabeça tenha sido mais séria do que pensamos. Devemos levá-lo direto para casa e para a cama, e chamar o Dr. Hamilton.

– O Dr. Hamilton já chegou – diz o próprio Dr. Hamilton.

Ele sai, com um copo de conhaque na mão e um charuto preso entre os dentes.

– Sozinho? – pergunta o homem de cabelos brancos.

Outro cavalheiro, de óculos grossos, dá um tapinha nas costas de Tom.

– Aí está um bom homem.

Um homem mais jovem pega no outro braço de Tom.

– Um conhaque aquecido é tudo o que você precisa para voltar à forma.

– De fato. Gostaria muitíssimo disso, obrigado – responde ele, e consegue parecer ao mesmo tempo encabulado e orgulhoso.

– Precisa contar-nos exatamente como aconteceu, amigo – diz o Dr. Hamilton, conduzindo Tom para dentro do clube pequeno, mas aconchegante.

– Bem – começa Tom –, em nossa pressa, esta noite, meu cocheiro, tolamente, seguiu por um atalho perto do cais e se perdeu. De repente, ouvi gritos de "Socorro! Socorro! Ah, por favor, ajude!".

– Não diga! – arquejam os cavalheiros.

– Contei três... *meia dúzia* de homens de caráter duvidoso, salteadores com olhos destituídos de toda consciência...

Vejo que não sou a única dotada de imaginação. Mas esta noite permitirei que Tom tenha sua glória, por mais que isso me irrite. Um gentil cavalheiro garante que meu heroico irmão será bem cuidado, e tenho certeza absoluta de que, após a história desta noite, ele terá assegurado um lugar nesta sociedade.

– Tom! – chamo-o por trás. – O Sr. Fowlson me levará à Spence, então?

– Huumm? Sim, claro. Vá para a Spence. – Ele me dá um adeus com a mão. – Gemma? – Viro-me. – Obrigado. – Ri, e o lábio sangra de novo. – Ai.

Fowlson põe a carruagem em marcha. Kartik senta-se ao meu lado. Londres passa por nós com toda a sua fortaleza e glória: os limpadores de chaminés marcham para casa com os rostos cobertos de fuligem ao fim de um dia duro, suas vassouras equilibradas em seus ombros; os advogados com seus chapéus muito bem escovados; as mulheres com seus babados e rendas. E, nas margens do Tâmisa, os catadores peneiram a sujeira e a lama, à procura dos tesouros que ali talvez se escondam – uma moeda, um bom relógio, um pente perdido, um brilhozinho de sorte para mudar seu destino.

– Cuidado com o nascimento de maio, cuidado com o nascimento de maio – entoo. – Como poderia ter alguma relação com Circe? Ela não sabia que eu a procuraria naquele momento – digo, em voz alta. Repito a frase mais algumas vezes, reviro-a na mente, e alguma coisa nova me vem. – Um aniversário. A advertência poderia ter relação com uma data de nascimento. Em que dia Amar nasceu?

– Julho – responde Kartik. – E o seu aniversário é em 21 de junho.

– Que bom que você se lembra.

– O dia em que nos conhecemos.

– Quando é o seu? – pergunto, e percebo que não sei, nunca perguntei.

– Dez de novembro.
– Então você não tem nada a ver com isso, não é? – concluo, esfregando as têmporas.

Ouço ao longe os barcos que se aproximam. Chegamos perto das docas. Há alguma coisa familiar neste lugar. Senti isso quando Kartik e eu viemos nos encontrar com Toby.

– "Sobre os cais da dor" – digo, repetindo um verso do poema de Yeats que encontrei no livro de Wilhelmina. A ilustração na página oposta: a pintura com os barcos na parede. E se não fosse uma pintura, e sim uma janela?

– Fowlson! – grito. – Diminua a velocidade da carruagem!
– Não vai querer fazer isso. Aqui, não – repreende ele.
– Por que não?
– É o lugar mais violento que existe. A Chave vive cheia de prostitutas, criminosos, assassinos, viciados e coisas do gênero. Eu não poderia deixar de saber. Sou daqui.

Sinto meu estômago revirar-se.

– Como foi que você chamou este lugar?

Ele declara enfático, como se eu fosse uma criança tola:

– A Chave. E você é louca, se acha que vou parar esta bela carruagem aqui.

# CAPÍTULO
## SESSENTA E DOIS

– NÃO GOSTO DISSO – RESMUNGA FOWLSON, ERGUENDO A GOLA DO SEU casaco para se proteger da pegajosa umidade, enquanto seguimos pelas ruas escuras, com suas pedras escorregadias. Ele mantém seu canivete empalmado, como se fosse um talismã. O rio exala um cheiro fétido.
– Tem certeza de que este lugar se chama a Chave? – pergunto.
As casas – se é que se pode chamar assim – são estreitas e tortas como os dentes de uma mulher pobre.
– Nós sempre o chamamos assim. Os cais e as docas. Soletra-se "cais", mas soa como "chave". "Ali na Chave", dizemos.*
– Sim, obrigado pela lição, Fowlson – resmunga Kartik.
– Que quer dizer? – grunhe Fowlson.
Interrompo:
– Senhores, vamos manter a cabeça fria. Haverá tempo suficiente para bancar o valentão, depois. É o que espero.
Percorremos as ruas escuras que se retorcem e dão voltas. Como avisou Fowlson, tipos brutais movimentam-se nas sombras, e não quero olhar para eles com muita atenção.
– A Casa da Alfândega não fica muito longe – diz Fowlson.
– Brigid contou que, quando Wilhelmina veio para Londres, ficou perdida durante uma semana perto da Casa da Alfândega. E se este lugar fosse familiar para ela? E se aqui, estranhamente, ela se sentisse segura?
Viramos uma esquina atrás da outra, até chegarmos a alguns prédios arruinados que dão para os antigos cais. Ouço os navios chamarem uns aos outros; há uma bela visão dos barcos.
– É aqui – digo. – Reconheço este lugar, das minhas visões. Vamos, Wilhelmina – sussurro. – Não me falte agora.

---

* Em inglês, *quay*, cais, pronuncia-se como *key*, chave. (N. da T.)

E de repente eu a vejo diante de mim, com seu vestido cor de lavanda.
– Vocês a veem? – pergunto, baixinho.
– Ver o quê? – pergunta Fowlson, com o canivete à sua frente.
– Não vejo nada – diz Kartik. – Mas você vê. Nós a seguiremos. Wilhelmina atravessa a parede de um cortiço miserável que só serve para demolição.
– Estou aqui – digo.
Fowlson recua.
– Está falando com quem? Enlouqueceu?
– Talvez esteja louca, de fato, Sr. Fowlson – respondo. – Mas só saberei quando entrar. Se quiser, me acompanhe; se não quiser, fique aqui mesmo.
Kartik chuta a porta apodrecida, e entro primeiro no prédio decadente, abandonado. Está escuro, e cheira a bolor e água salgada. Ratos arranham nos cantos; o ruído das suas garras atarefadas provoca um calafrio em minha espinha dorsal. Kartik está ao meu lado, com seu canivete de prontidão.
– Mas que inferno – resmunga Fowlson, muito baixinho, mas sinto seu medo.
Subimos uma escada que cai aos pedaços. Um homem mais morto que vivo jaz inconsciente no topo. Cheira a bebida alcoólica. As paredes estão descascando por causa da umidade e do abandono. Kartik dá passos cuidadosos pelo corredor escuro, e sigo logo atrás dele. Passamos por uma porta aberta e vejo várias pessoas deitadas, por todos os lados. Uma mulher levanta a cabeça por um instante e torna a apoiar o queixo no peito. Um fedor de urina e lixo sai de dentro da sala, como um perfume esmagador. Ataca meu nariz e me deixa sufocada, até que sou forçada a respirar pela boca. É tudo o que posso fazer para não sair correndo aos gritos deste lugar.
– Por favor, Wilhelmina – sussurro, e então a vejo logo adiante, brilhando na escuridão.
Ela atravessa a última porta. Experimento a maçaneta, mas a ferrugem a mantém fechada. Kartik bate com força seu ombro contra ela, mas não se abre.
– Afastem-se – diz Fowlson. Abre seu canivete e mexe com ele na fechadura até a porta ceder um pouco. – Eu disse que sou bom com uma faca.
– E é mesmo, Sr. Fowlson. Obrigada.

Empurro a porta, ela se abre; guincha como se estivesse zangada por ser despertada. O quarto é escuro. A única luz vem de uma janelinha com uma vista do Tâmisa e dos navios – o que julguei ser um quadro com barcos, pela ilustração. Não há a menor dúvida: este é o quarto das minhas visões.

– Que lugar é este? – pergunta Fowlson, tossindo por causa da umidade.

– Logo vamos descobrir – respondo. – Tem fósforos?

Ele tira uma caixinha do bolso do colete e a entrega a mim. Risco um, acrescentando o cheiro de enxofre aos outros do quarto. O fósforo flameja e, na repentina claridade, examino a mesa e uma lanterna cobertas de teias de aranha. Permanece ali um toco de vela. Acendo-o, ergo a lanterna e o quarto se inunda de luz.

– Santo Deus! – arqueja Fowlson.

As paredes. Estão cobertas de palavras. E, no centro de uma delas, o desenho da Árvore de Todas as Almas, com corpos pendentes dos seus galhos.

As marcas desbotaram-se com o tempo, mas leio o que posso:

– "Ela se tornou a árvore. São a mesma coisa. Seu nobre poder está corrompido."

– "Ela nos enganou a todos" – lê Kartik. – "Um monstro."

– "A mais amada de todos nós, não mais amada. Minha irmã se foi" – leio. Olho atentamente para a árvore. – Eugenia – sussurro.

Fowlson põe-se bem atrás de mim.

– Está me dizendo que Eugenia Spence é agora... isso?

– "A chave guarda a verdade." Foi o que ela disse. E estou preparada para ela, agora. – Ponho as mãos nas paredes e chamo Wilhelmina. – Mostre-me.

A claridade da lanterna se intensifica, as paredes se desfazem e estou nas Terras Invernais, na noite do incêndio. Um vento forte sopra areia preta e neve. Uma imensa fera, um rastreador, com uma capa preta tão longa quanto os mantos da rainha, segura com força o braço de Eugenia Spence. Ela está de joelhos, e joga seu amuleto para minha mãe.

– Você precisa fechar os reinos! Vá, agora! Depressa!

Obediente, minha mãe arrasta Sarah na direção da Ala Leste, e Eugenia inicia seu feitiço para lacrar os reinos.

O rastreador coloca-se acima dela.

– Você não pode nos fechar do lado de fora com tanta facilidade, sacerdotisa. Só porque nos nega, isto não significa que não existimos.

Ele bate com força em seu rosto e Eugenia cai. Seu sangue se derrama pelo gelo e pela neve como as pétalas de uma papoula agonizante. E ela está com medo.

Chega outro rastreador.

– Mate-a! – rosna, mostrando seus dentes afiados.

– Se isso for feito, teremos sua magia, mas não a magia do Templo! Ainda não temos como entrar no mundo delas – responde bruscamente o primeiro rastreador.

– Não vamos sacrificá-la. Ainda não. Você vai nos ajudar a entrar no outro mundo.

Eugenia levanta-se, trôpega.

– Nunca farei isso. Vocês não me dobrarão. Minha lealdade é inabalável.

– O que é inabalável é o mais vulnerável. – Sorri o rastreador. – Para a árvore.

Arrastam Eugenia para a Árvore de Todas as Almas. Não é tão majestosa quanto a planta que vi. Uma das criaturas das Terras Invernais corta a mão de Eugenia, que grita de dor e depois de terror, quando percebe o que pretendem fazer com ela. Mas os gritos são inúteis.

As criaturas forçam seu sangue a cair sobre as raízes da árvore e, em segundos, os galhos se entrelaçam sobre as pernas de Eugenia e vão subindo pelo seu corpo.

– Quando seu sangue for derramado, ela deve unir-se à árvore.

As raízes continuam sua marcha, devorando Eugenia, e então ela faz parte da árvore, sua alma unida a ela.

– Soltem-me, por favor! – suplica ela, num sussurro.

Vejo Eugenia presa dentro da árvore, com sua mente se despedaçando ao longo dos anos. Vejo o primeiro dia em que ela pede às criaturas um sacrifício e uma finíssima lasca vermelha aparece nas turvas nuvens das Terras Invernais.

Reverentes, as criaturas curvam-se diante dela.

– Estamos perdidos e precisamos de uma líder. De uma mãe. Você nos guiará?

Os galhos estendem-se e envolvem as criaturas das Terras Invernais como braços protetores. E a voz de Eugenia vem vagueando da árvore, como uma cantiga de ninar:

– Sim... sim...

O nevoeiro fica mais denso. A árvore torna a falar:

– Alguém virá, e ela tem grande poder. Ela nos dará o que queremos.
– Vamos derramar o sangue dela na árvore! – troveja um rastreador, que recebe grandes aplausos.
– Mas, primeiro, precisamos abrir o caminho para nosso retorno – diz a árvore.
A cena transfere-se para o teatro de variedades. Wilhelmina Wyatt escreve na lousa: *Você precisa restaurar a Ala Leste e reconquistar os reinos. A Ordem tem de triunfar.*
Lágrimas de alegria inundam as bochechas de Wilhelmina quando ela recebe a mensagem da sua adorada Eugenia. Ela a mostra a McCleethy, e o plano começa a ser executado. Pois como poderia a Ordem ignorar a mensagem da amada Eugenia?
Mas Wilhelmina pode enxergar na escuridão e logo ela sabe. Estou de volta ao quarto, observando-a rabiscar sua mensagem desesperada nas paredes. Quando o conhecimento se torna impossível de suportar, ela enfia a agulha sob a pele e mergulha no esquecimento. Vejo-a tentando advertir a Ordem, por meio de cartas e súplicas, mas a cocaína e o medo a tornaram cada vez mais instável; ela as assusta e a expulsam. E, quando ela escreve o livro – uma última e desesperada tentativa de se dirigir a elas –, é considerada traidora e mentirosa.
Inteiramente dominada pela droga, Wilhelmina faz um último esforço. Esconde a adaga na lousa e sai caminhando pela noite fria. Sua mente está fragilizada e ela vê assombrações – rastreadores e feras – em cada canto escuro. Uma carruagem segue com estrondo pela viela e, em sua cabeça, ela é fantasmagórica. Ela corre para o cais, onde escorrega, bate com a cabeça no píer e cai no Tâmisa. E, quando os barqueiros tornam a atirar dentro dele seu corpo sem vida, a escuridão que Wilhelmina temia a rodeia, mas ela não pode mais se preocupar com isso. Afunda devagar nas profundezas, e eu a acompanho.
Desprendo-me da visão com um alto arquejo. Kartik está ao meu lado, acariciando meu cabelo. Ele parece preocupado.
– Você ficou em transe durante horas. Sente-se bem?
– Horas – repito.
Minha cabeça dói.
– Que foi que viu?
– Preciso de ar. Preciso respirar – ofego. – Do lado de fora.
No cais, o ar úmido do rio golpeia meu rosto, e torno a me sentir bem. Conto-lhes tudo:

– Ninguém matou Wilhelmina – digo, olhando os barcos que balançam na água. – Foi um acidente. Ela escorregou, bateu com a cabeça e se afogou. Idiota, idiota. É como se falasse de mim mesma. Deixei tudo escapar. Não, ainda não. Ainda posso impedir tudo. Há tempo.
– Sr. Fowlson – digo –, precisamos voar para a Spence, imediatamente. Com que rapidez pode levar-nos até lá?

Ele dá um sorriso afetado.

– Com a rapidez que desejar.

– Então vamos logo – digo.

Corremos até a carruagem, que continua ali, graças a Deus, e o Sr. Fowlson leva-nos a toda na direção do leste e da Spence.

– Amar tentou me avisar – digo a Kartik.

– Gemma, ele está perdido. Não há a menor necessidade...

– Não, ele avisou. "Cuidado com o nascimento de maio." Era um aniversário. Wilhelmina tentou mostrar-me a lápide. Eugenia Spence nasceu no dia 6 de maio. É amanhã.

Kartik olha para fora da janela da carruagem, na direção do início do amanhecer.

– É hoje.

# Capítulo
## Sessenta e três

Já é dia quando avistamos a Spence, erguendo-se como uma miragem da terra profundamente verde. Uma tempestade chega do leste. O vento é um demônio, açoitando e arrancando as folhas das árvores. Bem longe, uma sombra negra está sentada no céu como um gato apoiado nas ancas, pronto para o bote. Os primeiros borrifos de chuva começaram a cair. Deixam feias marcas molhadas em meu vestido.

Não paro nem para tirar as luvas. Varo a escola em busca de Felicity e Ann. Conto-lhes tudo e peço que esperem por mim. Depois, vou procurar a Sra. Nightwing. Encontro-a na cozinha, instruindo Brigid sobre assuntos domésticos.

– Srta. Doyle! Não a esperávamos. Como vai seu pai...?

– Sra. Nightwing, por favor, preciso falar com a senhora no salão. É bastante urgente. Peço um encontro também com a Srta. McCleethy.

A exigência do tom da minha voz prende inteiramente a atenção da Sra. Nightwing. Nem sequer me repreende por minha falta de educação. Instantes depois, entra no salão com a Srta. McCleethy, que empalidece ao ver Fowlson.

– Sr. Fowlson. Que surpresa.

– Sahirah. A senhorita deve escutar – diz ele.

– Sei do plano secreto para reconstruir a Ala Leste e tornar a entrar nos reinos. O plano que Eugenia Spence lhes deixou – informo.

A Srta. McCleethy está sentada como quem obedece a um comando. Tem uma expressão de choque.

– Ela lhe disse que, se reconstruísse a torrinha, poderiam conectar-se com essa porta e tornar a entrar nos reinos. Mas eu já abri a porta.

Os olhos da Srta. McCleethy se arregalam. A Sra. Nightwing olha da McCleethy para mim, e depois para Kartik e Fowlson, como se esperasse por uma explicação da parte de alguém.

– Não importa que eu tenha entrado primeiro, o plano era uma mentira. Eugenia traiu as senhoras. "Ela é uma traidora", foi o que disse Wilhelmina. Ela tentou avisá-las, mas as senhoras a julgaram mentirosa – digo, andando de um lado para o outro diante da lareira. – Eugenia estava associada com as criaturas o tempo todo. A restauração da Ala Leste abriu o lacre entre os mundos, e minha magia lhe deu poder. Ela não pretendia dar-lhes uma entrada para os reinos, mas sim permitir a essas criaturas que entrassem em nosso mundo.

A Sra. Nightwing arqueja.

– Não é possível.

– Wilhelmina tentou me contar. Tive visões com ela. Tanto ela quanto Amar me disseram para ter cuidado com o nascimento de maio, e eu pensei que era o Primeiro de Maio, mas ela queria era me prevenir contra alguém *nascido* em maio. Referia-se a Eugenia Spence. Eugenia a traiu. Traiu todas nós. Sei que pareço uma lunática, mas estou dizendo a verdade.

A Sra. Nightwing está com uma expressão de quem levou uma bofetada. É possível perceber medo em seu rosto.

– Pretende sugerir que Eugenia Spence, uma das maiores sacerdotisas que a Ordem já conheceu, traiu as próprias irmãs?

Nos olhos da Srta. McCleethy há um desejo assassino. Tirei-lhe seu deus e ela poderia matar-me por causa disso.

– Como ela poderia ter feito uma coisa dessas? – pergunta a Sra. Nightwing.

Respiro fundo, para me preparar.

– Há um lugar nas Terras Invernais... a Árvore de Todas as Almas. Já ouviu falar?

– Já ouvi falar dela, sim. É uma lenda, um mito – diz furiosa a Srta. McCleethy. – As criaturas não têm fonte de poder própria. Por isso tentaram tomar a magia do Templo...

– Escute, por favor! – suplico. – A senhorita está enganada. Elas...

– A própria Eugenia nos disse que a árvore não era real! – insiste ela.

– Porque tinha medo dela! – grito. – Por isso queimou os desenhos de Wilhelmina. Porque negava sua existência. Mas lhe garanto que a Árvore de Todas as Almas é muito real. Eu a vi.

– A senhorita esteve nas Terras Invernais – sussurra a Sra. Nightwing.

Está branca da cor de um queijo.

A expressão da Srta. McCleethy é de pura fúria.

– Sua menina estúpida, estúpida!

– Talvez, se a Ordem não tivesse medo das Terras Invernais, se não as transformasse num lugar proibido, durante todos esses anos, as senhoras soubessem mais a respeito de lá!

– Sabemos o que precisamos saber sobre as Terras Invernais e aquelas imundas criaturas: precisam ser controladas ou destruídas.

– Jamais as destruirão. É impossível. As criaturas estão alimentando a árvore com almas, com almas dos mortos e dos vivos. Têm entrado em nosso mundo pela porta secreta e levam as pessoas para lá. Foi o que aconteceu com os homens de Miller, com os saltimbancos, com Ithal. Foram levados! As coisas horríveis que vi... pensei que enlouqueceria. Eugenia me contou que as senhoras me fariam ver coisas, ter ilusões, que eu ficaria como uma louca, e acreditei no que ela me disse.

– A senhorita *está* louca – rosna a Srta. McCleethy, elevando a voz.

Fowlson estende uma das mãos.

– Sahirah, e se...

Os olhos dela faíscam.

– Não. – E ele, o valentão, cala-se, como o menino assustado que foi, na cozinha da sua mãe. – Eugenia Spence foi a integrante mais leal da Ordem que já existiu – diz-me. – E você é filha daquela que quase a matou. Por que devo acreditar no que diz?

Essas palavras doem, mas não tenho tempo para ser magoada.

– Porque digo a verdade. Quando Eugenia se sacrificou por Sarah e Mary, eles deram a alma ao deus deles, a árvore. Ela se tornou parte da Árvore de Todas as Almas, levando para ela seu poder. E, com o tempo, a árvore e ela se tornaram uma coisa nova, com imenso poder. Eugenia não é o que era. Não é mais a Eugenia que as senhoras conheceram.

– Sahirah, você disse que seria seguro – sussurra a Sra. Nightwing.

– Lillian, ela inventou essa história. É ridículo! Eugenia Spence!

– Está tão desesperada para ter razão – para não admitir nenhuma falha – que prefere ignorar meu aviso? – pergunto.

– Srta. Doyle, por que não admite a verdade, a de que detesta tanto partilhar o poder que faria qualquer coisa para mantê-lo? – A

Srta. McCleethy volta-se para Fowlson. – E como pôde você acreditar nela?

Fowlson baixa os olhos e revira seu chapéu em suas mãos. O olhar da Srta. McCleethy é frio.

– Nós lhe demos uma oportunidade de se unir a nós, Srta. Doyle, e a senhorita recusou. Acha que uma menina poderia nos deter?

Não é uma pergunta que exija resposta, por isso não digo nada.

– Nossos planos continuarão a ser realizados, com ou sem a senhorita.

– Por favor – digo, com a voz rouca. – Por favor, acredite em mim. Eles precisam da minha magia para completar o plano deles. Pretendem sacrificar-me hoje. Seis de maio, o dia do aniversário de Eugenia. Precisamos encontrar uma maneira de detê-los.

– Já ouvi o bastante.

A Srta. McCleethy se levanta.

O rosto da Sra. Nightwing se agita de preocupação.

– Talvez nós...

– Lillian, lembre-se também do seu lugar.

A porta fecha-se atrás da McCleethy quase sem ruído algum.

Nunca ouvira ninguém falar com a Sra. Nightwing dessa maneira. Fico à espera de que ela me dispense, de que volte a ser ela mesma, imperiosa, autoritária, sem jamais admitir que errou.

– Sahirah... – diz Fowlson, saindo atrás da sua amante.

Ouço-os discutindo, com acalorados sussurros, do outro lado da porta, sendo que os murmúrios dela soam duros e rápidos, e os de Fowlson, mais vagarosos e defensivos.

– Não pertenço à Ordem – explica a Sra. Nightwing a Kartik e a mim. – Meu poder não se consolidou, como veem. Em poucos meses, desapareceu. Não estava destinado a continuar. Troquei a Spence por uma vida fora da Ordem, pelo casamento. E, quando esse poder também desapareceu, voltei para ajudar. Escolhi uma vida de serviço. Não há vergonha nisso. – Levanta-se. – Mulheres lutaram e morreram para preservar a inviolabilidade dos reinos. Talvez você possa ceder só um pouquinho.

A saia da Sra. Nightwing roça rigidamente o piso, ao atravessá-lo, e então Kartik e eu somos os únicos que restam. Logo a manhã se transformará em tarde. Chegará o anoitecer. Depois, a noite.

Felicity e Ann entram correndo, sem fôlego.

– Mais cedo, estávamos escutando à porta – explica Ann. – Antes que a Srta. McCleethy nos enxotasse.

– Então, sabem que ela não acredita em mim. Acham que estou louca e sou uma mentirosa, como Wilhelmina Wyatt – digo. – Estamos sozinhas.

Felicity põe uma das mãos em meu ombro.

– Talvez você esteja enganada com relação a isso, Gemma.

E, desta vez, espero sinceramente estar enganada. Porque, se eles vierem, não sei como detê-los.

# Capítulo
## Sessenta e Quatro

A CHUVA COSPE SUA RAIVA EM NOSSAS JANELAS. O VENTO É UM UIVO persistente, um animal que pede para entrar e passar a noite. Felicity e Ann iniciaram um "jogo da pulga" meio desanimado, para acalmar os nervos. Atiram os círculos coloridos uma para a outra, mas ninguém marca pontos. Do lado de fora, na frente e nos fundos, Kartik e Fowlson montam guarda. A Srta. McCleethy está furiosa com isso, mas a Sra. Nightwing insistiu, e fico satisfeita. Eu gostaria que o inspetor Kent estivesse aqui, mas ele levou Mademoiselle LeFarge a Londres, para visitar a família dele.

Espio, através das janelas, o vento forte. Meu chá está no mesmo lugar, sem ter sido tocado. Estou excessivamente perturbada para tomá-lo. Brigid está na grande bergère perto da lareira, regalando as meninas mais novas com histórias, que elas devoram e pedem sempre mais.

– Já viu fantasmas, Brigid? – pergunta uma das meninas.

– Já – responde ela muito séria.

– Eu também já vi – diz uma menina com o cabelo escuro cheio de cachinhos e os olhos arregalados.

Brigid ri, como uma tia tolerante.

– Viu mesmo, querida? Estavam roubando seus sapatos ou mexendo com os biscoitos?

– Não, vi os fantasmas ontem à noite, no gramado de trás.

Fico imediatamente com os pelos dos braços arrepiados.

Brigid franze a testa.

– Não diga bobagem.

– Não é bobagem! – insiste a criança. – Vi os fantasmas ontem à noite, da minha janela. Eles me convidaram para descer e montar a cavalo com eles, mas eu estava assustada demais.

Engulo em seco.

A criada faz cócegas na menina.

– Ora, vamos! Está contando histórias à sua velha Brigid? O rosto da Sra. Nightwing demonstra verdadeiro medo. Até a Srta. McCleethy está ouvindo com interesse.

– Juro – diz a menina, muito séria. – Juro por Deus que vi, sim... cavaleiros com mantos negros. Seus cavalos estavam com muito frio, pálidos. Disseram que eu descesse para andar a cavalo com eles, mas fiquei assustada demais.

Ann pega minha mão. Sinto seu medo pulsar debaixo da pele dela.

O alarme está infiltrado na voz da Sra. Nightwing quando ela fala:

– Você disse que foi ontem à noite, Sally?

– Lillian – adverte a Srta. McCleethy, mas a Sra. Nightwing a ignora.

A menina acena que sim com a cabeça, veementemente.

– Um dos saltimbancos estava com eles. Aquele alto e engraçado. Disseram que voltariam hoje à noite.

O vento uiva, fazendo chacoalhar minha xícara no pires.

– Sahirah?

O rosto da Sra. Nightwing está cinzento.

A Srta. McCleethy não deixará que esse fogo se espalhe entre as meninas, vai apagá-lo, exatamente como Eugenia tentou, há tanto tempo.

– Escute o que lhe digo, Sally. Você sonhou. Foi só isso. Um pesadelo muito ruim.

A menina sacode a cabeça.

– Foi real! Vi os cavaleiros.

– Não, não viu – diz Brigid. – Os sonhos são engraçados mesmo.

– É, talvez tenha sido um sonho – diz a menina.

Elas a deixaram insegura, e é assim que fazem; assim passamos a duvidar do que sabemos ser verdade.

– Hoje à noite, você vai tomar um belo copo de leite quente e não terá nenhum sonho ruim para lhe perturbar – garante-lhe a Srta. McCleethy. – Agora Brigid tem de cuidar das obrigações dela na cozinha.

Em meio aos protestos das meninas, que pedem mais uma história, Brigid sai às pressas do salão.

– Gemma? – diz Ann, com a voz tensa de medo.
– Acho que não errei, afinal – sussurro. – Creio que as criaturas das Terras Invernais estiveram aqui. E acho que vão voltar.
A Sra. Nightwing me leva a um canto.
– Sempre fui leal e cumpri minhas ordens. Mas receio que tenha razão sobre a porta, Srta. Doyle. Essas são minhas meninas, e devo tomar todas as precauções. – Dá pancadinhas no pescoço com seu lenço. – Não podemos deixá-los entrar.
– Os ciganos já foram embora? – pergunto.
– Estavam fazendo as malas para partir hoje de manhã – responde minha diretora. – Não sei se partiram.
– Mande Kartik ao acampamento deles procurar Mãe Elena – digo. – Talvez ela saiba como ajudar.
Momentos depois, Kartik ajuda a frágil e esfarrapada Mãe Elena a entrar na cozinha.
– A marca deve ser feita com sangue – diz ela. – Trabalharemos depressa.
– Não vou dar ouvidos a isso – resmunga Fowlson.
– Ela está tentando nos ajudar, irmão – diz Kartik.
Fowlson se adianta com arrogância, sorrindo zombeteiramente, seu antigo eu à mostra.
– Não sou seu irmão. Sou um representante legítimo dos Rakshana... não um traidor.
– Um bandido correto, quer dizer – replica Kartik.
Fowlson continua a caminhar para a frente, até que ele e Kartik ficam com o nariz bem próximo um do outro.
– Eu devia acabar o que comecei a fazer com você.
– Fique à vontade – diz Kartik, com violência.
Caminho até ficar entre eles.
– Cavalheiros, se sobrevivermos a esta noite, haverá tempo de sobra para lutarem o seu boxe. Mas, como temos questões mais importantes a tratar do que esse olhar furioso um para o outro, será preciso deixar de lado nossas divergências.
Eles recuam, mas não antes de Fowlson dar um golpe de despedida.
– Sou eu o homem que está no comando aqui.
– Ora essa, Hugo – repreende a Srta. McCleethy.
O rosto dele demonstra aborrecimento.
– Você prometeu não me chamar assim.

– Os mortos vêm. Eles vêm, eles vêm... – murmura Mãe Elena, trazendo-nos de volta à terrível tarefa imediata.
– Como os mantemos distantes? – pergunto.
– Marquem as janelas e portas – diz ela. – E, mesmo assim, talvez não baste.
– Não temos a possibilidade de marcar todas as portas e janelas – digo.
– Faremos o que pudermos – diz Kartik.

Mãe Elena nos faz misturar sangue de galinha com cinzas, que despeja em tigelas e nos entrega a todos. Quando as portas do grande salão se escancaram, entramos, com nossos rostos sombrios de determinação. As meninas arquejam ao ver a velha cigana e Kartik conosco, fascinadas pela velha cigana resmungando para si mesma, assim como pelo belo e proibido rapaz ao lado dela.

– O que está acontecendo? – pergunta Felicity.

Ann espia para dentro da tigela de sangue com cinzas que tenho nas mãos.

– Que é isso?

– Proteção – respondo, empurrando-a para ela. – Siga a liderança de Mãe Elena.

Nos espalhamos pelos lados do grande salão, nos movimentamos rapidamente de uma janela para a outra, checando cada um dos ferrolhos. Mãe Elena mergulha o dedo num pequeno braseiro de metal. Corre com a maior velocidade que pode, pintando cada janela com cinzas ensanguentadas, passando de uma janela para a seguinte. A Sra. Nightwing, Felicity, Ann, Kartik e eu fazemos o mesmo. Brigid coloca galhinhos de sorveira-brava nos peitoris com uma das mãos, enquanto segura firme, com a outra, um crucifixo.

A meninas as observam com mórbida fascinação.

– Brigid, o que você está fazendo? – pergunta uma menina com um grande laço de fita cor-de-rosa no cabelo.

– Deixe isso pra lá, querida – responde ela.

– Mas, Brigid...

– É um jogo – digo, alegremente.

Brigid e eu trocamos olhares.

As meninas batem palmas de excitação.

– Hoje à noite, fingiremos que os fantasmas virão. E, para impedir que entrem, vamos marcar todas as portas e janelas – respondo.

Brigid não diz nada, mas seus olhos estão do tamanho de dois pires. As meninas guincham de prazer. Também querem participar do jogo.

– Que é isso? – Elizabeth olha fixamente para dentro da tigela e franze o nariz. – Parece sangue.

Martha e Cecily torcem o nariz.

– Ora essa, Sra. Nightwing. Não é uma coisa cristã – diz Cecily, com desprezo.

As meninas menores estão encantadas. Gritam:

– Deixem eu ver! Deixem eu ver!

– Não sejam ridículas! – repreende a Sra. Nightwing. – Não passa de xerez com melaço.

– Não tem cheiro de xerez nem de melaço – resmunga Elizabeth.

Brigid despeja a malcheirosa mistura em pequenas xícaras.

– Aqui, ajudem todas.

As meninas pegam as xícaras com ar de dúvida. Cheiram a mistura e se afastam com o nariz franzido e os lábios contraídos. Mas cada menina, zelosamente, pinta a marca numa janela, e logo isso se torna uma alegre competição para ver quem faz mais. Riem e se acotovelam, disputando lugares. Porém, as gotas de suor brotam na testa de Brigid, que as enxuga com as costas da mão.

Com a ajuda de todas, lacramos e marcamos todas as portas, todas as janelas. Agora só nos resta esperar. O crepúsculo se transforma muito rapidamente em noite. Os rosas e azuis do dia desbotam e se tornam primeiro cinza, depois anil. Não posso obrigar a luz a permanecer. Nem fazer a escuridão recuar. Espiamos a noite violenta. As luzes da Spence nos cegam para as sombras no bosque.

O ar ficou imóvel como a morte. Está quente e tenho a pele úmida. Puxo a gola do meu vestido. Às nove horas, as meninas menores já se cansaram de esperar os fantasmas. Bocejam, mas Brigid manda que fiquem juntas no grande salão até depois da meia-noite – faz parte do jogo – e elas aceitam. As meninas maiores trocam olhares de desaprovação por causa dos ciganos entre nós. Fofocam sobre os trabalhos de agulha das ciganas, pequenos pontos e uma grande conversa fiada. Estou alerta e assustada. Cada som, cada movimento aterroriza. Serão eles? Já vieram nos buscar? Mas não, é apenas o ranger de uma tábua do assoalho, o silvo de uma lâmpada a gás.

A Sra. Nightwing tem um livro nas mãos, mas não está lendo uma só palavra dele. Seus olhos correm velozmente das portas para as janelas, enquanto ela vigia, aguarda. Felicity e Ann jogam uíste na tenda de Felicity, mas eu estou agitada demais para me juntar a elas.

Em vez disso, seguro a mão de Mãe Elena e espio o relógio no console da lareira, como se eu pudesse adivinhar o futuro ali. Dez horas. Dez e quinze. Dez e meia. Será que este dia se passará rotineiramente? Tornei a me enganar? O segundo ponteiro se movimenta. A meus ouvidos, soa como o disparo de um canhão. Três, *bum*, dois, *bum*, um. Às onze horas, a maioria das meninas já adormeceu. Kartik e Fowlson mantêm intensa vigilância junto das portas fechadas, parando ocasionalmente para lançarem olhares furiosos um ao outro. Ao meu lado, Mãe Elena caiu num sono intermitente. Aquelas ainda acordadas entre nós estão sentadas mais empertigadas, alertas para o perigo. A Sra. Nightwing põe seu livro em cima da mesinha lateral. Brigid agarra as contas do seu rosário. Seus lábios se movimentam numa prece silenciosa. Os minutos passam tiquetaqueando. Cinco, dez, quinze. Nada. Do lado de fora, a escuridão está tranquila, serena. Onze e meia. O dia só tem mais meia hora. Começo a sentir um peso nas pálpebras. Estou cedendo ao feitiço do sono. O ritmo do relógio me descontrai, descanso. *Clique, clique, cli...*

Silêncio.

Meus olhos se abrem de repente. O relógio no console da lareira parou. O grande salão está silencioso como um túmulo. Kartik saca a adaga.

– O que é? – sussurra Brigid.

A Srta. McCleethy lhe dá um psiu.

Eu também os ouço – os fracos sons de cascos de cavalos no gramado. O agudo crocitar de um corvo. A cor se esvai das bochechas da Sra. Nightwing. Mãe Elena mexeu-se e acordou do seu cochilo. Agarra com força a minha mão.

– Eles vieram – diz.

# Capítulo
## Sessenta e Cinco

A sala está anormalmente quieta. Gotas de suor brotam acima do meu lábio superior. Eu as enxugo com a mão trêmula.
— Eles não podem entrar — sussurra Brigid.
— Marcamos cada porta, cada janela com um lacre de proteção.
— O poder deles é forte. Não vão parar enquanto não conseguirem o que querem.
Mãe Elena me olha ao dizer isso.
— Não vamos tirar conclusões precipitadas — diz a Srta. McCleethy. — Um cavalo. Um corvo. Talvez não seja nada.
— Você prometeu que não haveria perigo — torna a dizer a Sra. Nightwing, quase para si mesma.
— Não estou convencida de que há algum perigo. A não ser pelo que aconteceu com a cabeça da Srta. Doyle.
Do lado de fora, ouço mais uma vez o barulho de cavalos inquietos, de pássaros.
— Que é isso? Qual é o problema? — pergunta Elizabeth, sonolenta.
— Sra. Nightwing, será que, por favor, podemos ir para a cama agora? — pergunta uma das meninas.
— Shh! — responde a Sra. Nightwing. — Nosso jogo só terminará depois da meia-noite.
— Sr. Fowlson, quer verificar? — pede a Srta. McCleethy.
Com um aceno afirmativo de cabeça, ele espia por trás das cortinas. Vira-se de volta, sacudindo a cabeça.
— Nada.
Brigid dá um suspiro de alívio. Está muito quente na sala.
— Só sairemos desta sala depois da meia-noite — diz a Sra. Nightwing. — Só para ter certeza. Depois disso...

Ela para de falar, com a testa franzida.
– Que é? – pergunta Felicity.
A Sra. Nightwing está olhando fixamente para a coluna no centro do salão.
– Mo-movimentou-se.
Meu coração bate mais rápido. Instintivamente, recuo. O silvo das lâmpadas se torna mais alto. As chamas tremulam em suas gaiolas de vidro, como se até elas tivessem medo. Ficamos à escuta, tentando distinguir qualquer som que possa revelar a presença deles. Ouço a cadência irregular de nossas respirações. O arranhar de galhos nas vidraças. Os silvos e estalidos das lâmpadas. Compõem uma estranha sinfonia de terror.

Diante de nossos olhos, as criaturas na coluna se esticam, saindo das suas formas de pedra.

Os olhos de Brigid estão arregalados de horror.
– Ai, meu Jesus...
A ninfa se liberta primeiro. Cai no chão com um forte baque, como um inseto que acabou de nascer. Mas ela chega rapidamente ao seu tamanho natural.
– Olá, queridas – sibila. – Chegou a hora do sacrifício.
As outras começam a libertar-se – um punho aqui, um casco ali. Seus sussurros formam um coro de gelar a espinha:
– *É hora do sacrifício, sacrifício, sacrifício...*
O salão se ilumina até meus olhos arderem. Dentro das lâmpadas, as chamas se expandem. Comprimem-se contra o vidro e lambem as paredes. Com um grande rugido, as lâmpadas explodem, provocando uma saraivada de cacos que chove em cima de nós. As meninas acordam aos gritos. As labaredas nuas bruxuleiam iradas ao longo das paredes, dando-nos um aspecto de aparições num espetáculo de lanterna mágica. Mas o que vejo descendo da coluna não é nenhuma ilusão. As criaturas não estão mais aprisionadas ali. Elas tomam forma na sala, silvando e rindo.
– *Nosso sacrifício...*
– Sra. Nightwing! – gritam duas meninas, quando um fauno estende a mão para pegá-las, errando por pouco.
– Corram! Corram para mim! – grita a Sra. Nightwing, acima do barulho, e as meninas vão às pressas em sua direção.
– Mas que inferno! – diz Fowlson, apavorado, quando uma hedionda besta com asas investe pelo salão.

– Hugo! As crianças! – grita a Srta. McCleethy, e imediatamente Fowlson agarra as suas meninas mais próximas e as empurra na direção da grande porta maciça, por onde passam, afastando-se da coluna. Kartik agarra minhas mãos e me puxa para longe exatamente quando a ninfa tenta pegar-me. Estendo a mão para o atiçador de brasas da lareira e uso-o como uma espada para mantê-la longe. Brigid reza em voz alta, com seu rosário, enquanto empurra as meninas mais novas para a relativa segurança do saguão.
– Gemma! Venha! – Felicity e Ann me chamam com acenos, do saguão.
Kartik e eu temos de percorrer toda a extensão da sala. Kartik está com sua faca de prontidão e eu com o atiçador.
– Gemma, para a direita! – grita ele.
Viro-me para a esquerda e a besta alada puxa meu cabelo com suas garras.
– Aahh! – grito.
Viro-me depressa, apunhalo-a com o atiçador. Ferida, ela recua, e Kartik me arrasta para a porta, que fechamos depois de passarmos, com todo o peso de nossos corpos. Ann agarra uma sombrinha num cabide e a encaixa nas maçanetas. Ponho o atiçador do outro lado.
– Eu... disse... à direita – arqueja Kartik.
– Maria, Mãe de Deus – resmunga Brigid.
Várias das meninas menores agarram-se às suas saias. Choram e gemem, e dizem que não gostam mais desse jogo.
– Quietas, quietas – diz Brigid, tentando confortá-las, quando nenhum conforto é possível.
Cecily, Martha e Elizabeth juntam-se, amedrontadas, e seus gritos se unem num único uivo longo:
– Gemma! Use a magia! Dê-nos força para combatê-los! – implora Felicity.
– Não! – grita Mãe Elena. – Ela não deve! Não se pode confiar na magia agora. Não há equilíbrio para a escuridão. Nenhum equilíbrio.
– Fura o dedo e usa o sangue para marcar a porta. – Não aguentará muito, mas nos dará tempo.
– O que fazemos, agora? – pergunta Ann.
Kartik responde:
– Ficamos juntos e ficamos vivos.

\* \* \*

O salão está escuro. Todas as lâmpadas se apagaram. A Sra. Nightwing e a Srta. McCleethy acendem duas lanternas. Lançam longas sombras, que dançam diabolicamente nas paredes.

— A capela. Lá, estaremos em segurança! — diz a Sra. Nightwing, lançando um olhar inseguro para a porta.

Nunca a ouvi falar com tanto medo.

— Não devíamos sair — adverte Kartik. — É o que eles querem. Podem estar à espera.

As meninas tremem e gemem, amontoadas juntas, para se proteger.

— O que está acontecendo? — pergunta Cecily, entre lágrimas.

A Sra. Nightwing responde com uma voz que nos recomenda a obediência.

— Faz parte do jogo de duendes — diz ela.

— Não quero mais brincar! — grita Elizabeth.

— Calma, calma. Você precisa ser uma moça corajosa. É só um jogo, e quem se mostrar mais valente ganhará um prêmio — diz a nossa diretora.

A Sra. Nightwing não mente bem, mas às vezes uma mentira ruim é melhor do que não ter nada em que se agarrar. As moças assustadas desejam acreditar no que ela diz. Vejo isso em seus rápidos acenos afirmativos com a cabeça.

As criaturas dentro do grande salão começam a quebrar a porta e atravessá-la, e as moças tornam a gritar. Dentes afiados aparecem na madeira; estão trabalhando e logo reduzem a lascas uma parte da porta.

— Não podemos ficar aqui com essas coisas — digo a Kartik e à Nightwing.

— Sigam-me até a capela, meninas! — diz a Srta. McCleethy, assumindo a liderança.

— Espere! — diz Kartik, mas não adianta.

Ouve-se outro grande baque lá dentro, e as moças correm para a Srta. McCleethy. Dão as mãos a Brigid e a Fowlson. Numa longa fileira serpeante, seguem a Srta. McCleethy como se ela fosse o flautista de Hamelin, e minhas amigas e eu ficamos no final da fila.

Eu já havia vagueado pelo gramado da Spence e atravessado seu bosque centenas de vezes, mas esses lugares nunca me pareceram tão assustadores como agora, com apenas a lanterna da Sra. Nightwing e nossa frágil coragem para iluminar o caminho. O ar está tão parado

que sufoca. Queria que minha mãe estivesse aqui. Queria que Eugenia tivesse encerrado isso vinte e cinco anos atrás. Que nada disso houvesse ocorrido, em tempo algum. Queria que isso não coubesse a mim, porque fracassei de maneira terrível.
Quando chegamos ao bosque, meu medo aumenta. Uma fina camada de geada cobre o chão. As flores estão mortas, estranguladas em seus talos. Na pouca luz, podemos ver nossa respiração.
– Estou com frio – diz uma das meninas, e Brigid faz com que ela cale a boca.
Kartik levanta uma das mãos. Prendemos a respiração e ficamos à escuta.
– Que é isso? – sussurra Fowlson.
Kartik acena com a cabeça na direção de um arvoredo. As sombras se movimentam. Minha mão busca um tronco de árvore, como apoio, e ela sai coberta de geada. Ouço um resfolego que vem de trás da árvore. Deslizo os olhos na direção do som. O focinho de um cavalo aparece de trás do grande pinheiro. Solta fumaça pelas narinas. É como se eu pudesse ver os ossos brilhando debaixo da sua pele. Ele avança e vejo a silhueta do seu cavaleiro. Um homem com um manto enfunado e um capuz. Ele se vira para mim e eu arquejo. Não consigo ver seu rosto, só sua boca e, nela, um esboço de dentes irregulares. Ele aponta para mim um dedo ossudo.
– O sacrifício...
O cavalo empina-se bem alto, com os cascos perigosamente próximos da minha cabeça, e grito com toda a força de que sou capaz.
O grito da Sra. Nightwing vara a noite:
– Para a capela! Vamos! Vamos!
O rastreador uiva de raiva quando a Sra. Nightwing atira neles a lanterna. A vela se apaga e a súbita escuridão nos deixa confusas.
– Gemma!
Em meu pulso, forte e segura, sinto a mão de Felicity, que me puxa para a frente. A Sra. Nightwing não consegue nos acompanhar. Implora-nos para irmos sem ela, mas nos recusamos a deixá-la para trás. Felicity e eu pegamos em seus braços e a puxamos junto conosco, da melhor maneira que podemos. Falta meio quilômetro para a capela. Meio quilômetro sem nenhum lugar para nos esconder. Chegou a neblina. Seria fácil perdermos nosso caminho.
Os cavaleiros parecem surgir do nada. Trovejam atrás de nós, arremessando-se por entre as árvores em cavalos que não são deste

mundo. Ann grita quando os cascos de um dos animais quase a pisoteiam. Com nossa passagem cortada, corremos para a esquerda, mas eles também pensaram nisso.

Gritos estridentes vêm de cima. Ergo o olhar e vejo as gárgulas descendo. Os cavaleiros guincham e cobrem o rosto. Uma das gárgulas cai, atropelada pelo cavaleiro. Reconheço a majestosa gárgula que me salvou de Ithal.

– Esta batalha é nossa. Corram!

A gárgula aponta para uma brecha no nevoeiro, por onde se vê o caminho até a capela. Não perdemos tempo. Felicity, Ann e eu empurramos a porta da capela, entramos e todos entram aos trambolhões, atrás de nós. A Sra. Nightwing deixa-se cair no banco de trás, arquejante.

– Fechem... fechem as portas – gaguejo.

A capela escurece e ouço o clique do ferrolho ao se trancar. A Srta. McCleethy corre para o lado de Nightwing.

– Lillian, você está bem?

– As meninas – responde a Sra. Nightwing, lutando para ficar em pé. – Estão todas a salvo?

Cecily se aproxima de nós.

– Sra. Nightwing, o que está acontecendo?

Seus olhos estão arregalados e a voz trêmula.

– Não vamos nos desesperar – consegue dizer a Sra. Nightwing, mas sem a impassibilidade de sempre. – Vamos. Cuide das meninas menores.

Obediente, Cecily faz o que lhe diz a diretora. Qualquer coisa, para ignorar o crescente pânico com a possibilidade de que tudo não seja o que parece. De que tenha motivos para ter medo. De que nunca mais volte a se sentir segura.

Os gritos e guinchos atravessam os vidros das janelas. Não sei o que está acontecendo do lado de fora, quem está ganhando.

A Srta. McCleethy senta-se ao lado da Nightwing no banco, com a cabeça nas mãos.

– Como pode ter acontecido isso?

– Eu já lhe disse... Eugenia se tornou parte da Árvore de Todas as Almas. Parte das Terras Invernais – digo.

A Srta. McCleethy sacode a cabeça.

– Pensei que eu estivesse enlouquecendo – digo.

– Eles vão lutar. Virão em número cada vez maior – resmunga Mãe Elena. – Não há proteção agora.

– Minhas meninas – murmura a Sra. Nightwing. – Tenho de proteger minhas meninas.
– Deve haver alguma esperança – diz Ann.
Felicity me olha, implorando-me que eu diga alguma coisa capaz de melhorar a situação, de acabar com tudo isso.
Do lado de fora, os gritos dos rastreadores se misturam com os grunhidos das gárgulas – a morte grita de uma das partes, ou das duas, é difícil saber. As meninas se seguram umas nas outras. Algumas choram; outras se balançam. Estão petrificadas.
– Precisamos acabar com isso. Temos de ir para as Terras Invernais – digo.
Kartik se afasta da porta.
– Não pode entrar nos reinos com todas as criaturas caçando você.
– Ela tem segurança maior aqui – diz Nightwing. – É preciso acabar com isso.
– Eu vou – digo. – Mas precisarei de ajuda. A porta fica do outro lado do gramado, passando pelo bosque. E, de alguma maneira, precisamos chegar lá.
Felicity rodopia.
– Você está *realmente* louca! Não temos nenhuma possibilidade de atravessar tudo isso!
– Não podemos ficar simplesmente esperando!
– Talvez as gárgulas nos protejam – diz Ann.
Kartik fica ao meu lado.
– Vou com você.
A Srta. McCleethy fica em pé.
– A Ordem baniu os Rakshana dos reinos. Você não pode levar um deles para lá.
– Já levei – digo, fazendo um aceno com a cabeça na direção de Kartik.
McCleethy sacode a cabeça, descrente.
– Extraordinário! Existe alguma coisa que a senhorita conseguiu deixar de fazer da maneira errada, Srta. Doyle? É estritamente proibido, segundo as nossas regras...
– Será que não entende? Não há mais regras! Farei como bem entender, ora essa! – sibilo.
Minhas palavras ecoam na capela, fazendo as outras moças arquejarem com o choque.

— Preciso lembrar que não pertenço mais aos Rakshana — acrescenta Kartik. — E a Srta. Doyle pode, de fato, fazer o que bem entender, ora essa!

Felicity pega minha mão.

— Vou também.

— E eu — diz Ann, pegando minha outra mão.

— Acompanharei a senhorita, representando a Ordem — diz a Srta. McCleethy.

— Muito bem, eu não vou ficar por aqui esperando — diz Fowlson.

— Alguém deve ficar e proteger Lillian e as meninas — repreende a Srta. McCleethy.

A Sra. Nightwing mantém-se firme, endireitando sua saia. Dá uma olhada para as moças apertadas umas contra as outras.

— Resistirei aqui. Mãe Elena fará a marca na porta, quando vocês partirem, e só tornaremos a abri-la de manhã.

— A senhora tem um pouco de proteção, se precisar — digo.

A Srta. Nightwing acompanha meu olhar até o vitral onde o guerreiro segura a cabeça da górgona.

— O vitral? — grita Cecily, que ouviu por alto o que eu disse.

— Você verá — respondo.

Cecily, acovardada, senta-se no chão, agarrada com força em Martha e Elizabeth.

— Veremos o quê? Eu não quero ver mais nada! — As lágrimas escorrem incontidas por suas bochechas abaixo, misturadas com o muco que corre do seu nariz. — É tudo culpa sua, Gemma Doyle. Se sobrevivermos, nada tornará a ser a mesma coisa, nunca — acrescenta, sufocada.

— Eu sei — respondo, tranquilamente. — Desculpe.

— Odeio você — geme ela.

— Sei disso também.

Outro grito agudo vara a noite, sacode as janelas e faz as meninas berrarem como gansos assustados. Trava-se uma batalha feroz entre as gárgulas e os cavaleiros.

A Sra. Nightwing ergue-se cambaleando. O hinário treme em suas mãos.

— Vamos, meninas, peguem os hinários. Vamos cantar — ordena.

— Ah, Sra. Nightwing! — grita Elizabeth. — Como podemos cantar?

– Vão nos comer vivas! – diz Martha.

– Bobagem! – grita a diretora, acima da algazarra. – Estamos em perfeita segurança aqui. Somos inglesas, e espero que se comportem como tal. Nada mais de choro. Vamos cantar.

A voz grave da Sra. Nightwing estrondeia, com notas trêmulas. Gritos mais hediondos ecoam no bosque, por isso ela canta mais alto. Brigid entra no coro, e logo as moças fazem o que lhes foi dito, com suas vozes aterrorizadas servindo como uma proteção temporária contra o horror do lado de fora.

Kartik está com uma expressão sombria.

– Está pronta?

Faço que sim com a cabeça, engolindo em seco. Felicity, Ann, Fowlson e a Srta. McCleethy vêm atrás de mim. Um bando de seis para enfrentar um exército. Não posso pensar nisso, senão me faltará coragem.

Kartik entreabre a porta e deslizamos tão silenciosamente quanto possível para dentro da noite. Mãe Elena manda que Kartik estenda a mão. Ela espeta seu dedo.

– Marque a porta pelo lado de fora – avisa ela. – Eu marco por dentro. Não deixe de fazer isso.

A porta da capela se fecha atrás de nós, e Kartik passa o dedo na madeira. Espero que a mancha fique. A neblina cinza-claro adensou-se; embranquece o bosque, tirando-lhe toda a cor. Não trouxemos uma lanterna, com medo de que as criaturas vissem nossa luz, e assim nos orientamos de memória. Os gritos dos cavaleiros e os ferozes uivos das gárgulas, empenhados na luta, flutuam em meio ao nevoeiro, de modo que não podemos dizer onde estão – perto ou longe, atrás ou à frente. Sem saber de nada, podemos estar caminhando em direção ao combate.

Passamos em segurança pelo bosque, mas ainda teremos de atravessar o gramado. Meu coração bate rápido e forte. O medo traz uma lucidez que jamais senti antes; cada músculo é uma mola comprimida, pronta para saltar. Kartik ergue um dedo e inclina a cabeça, à escuta.

– Por aqui – sussurra.

Depressa, nós o seguimos, tentando não nos perder uns dos outros no denso nevoeiro. Os uivos estão mais próximos. À direita, vejo o relâmpago de uma asa de pedra, a rápida visão de um braço esquelético. Uma gárgula voa por cima da minha cabeça e entra na luta, assustando-me em sua descida. Viro a cabeça apenas um instante, mas é o suficiente. Perdi-me dos outros. Entro em pânico. Devo correr para a esquerda, a direita ou em frente. *Vá, Gemma. Ande logo.* Precipito-me para dentro da neblina, empurrando-a com mãos frenéticas, como se pudesse afastá-la. Ouço pequenos ruídos abafados – soluços contidos entre dentes – e percebo que são meus, mas não consigo parar com eles.

Uma gárgula trava feroz batalha com um dos cavaleiros medonhos. A gárgula leva vantagem, e o cavaleiro cai de joelhos. Aquela horrenda cara esquelética, com seus olhos vermelhos e negros, faz-me arquejar. A gárgula se vira e me vê, e, nesse segundo, a criatura das Terras Invernais aproveita a chance. Com um movimento rápido e cruel, corta a barriga da gárgula com suas garras afiadas como lâminas. A gárgula cambaleia em minha direção e suja de sangue minha pelerine.

– Para as Terras Invernais – arqueja ela. – Derrube a Árvore de Todas as Almas. É a única maneira.

O grande animal de pedra cai aos meus pés. O cavaleiro abre a boca e grita, varando a noite com um chamado às armas.

Corro cegamente para a frente. Estou tão bêbada de medo que não ouço meus próprios gritos, meus chamados aos outros para que corram. Ultrapassei os limites da razão.

– Gemma! Gemma! – É a voz de Felicity.

– Felicity! – respondo.

– Gemma, aqui!

Uma mão ganha forma dentro do nevoeiro e eu a agarro e sinto seu calor. Felicity me abraça. Puxamos uma à outra para adiante. Alcançamos primeiro o torreão. Fowlson, a McCleethy, Ann e Kartik logo nos seguem.

– É aqui – arquejo. – A porta secreta.

– Vamos com isso – diz McCleethy, também aos arquejos.

Estendo minha mão e então vejo o corvo. Seu grasnido é um grito do inferno. Um aviso. Um grito de batalha. Em segundos, há uma dúzia dos terríveis pássaros. Diante dos meus olhos aterrorizados, eles se transformam nos saltimbancos que nos visitaram. Mas isto é apenas um disfarce. Sei quem são: os Guerreiros das Papoulas.

O alto tira o chapéu, faz uma profunda mesura e, quando se ergue, vejo os círculos escuros em torno dos seus olhos. Papoulas desenhadas com tinta cobrem seus braços.

– Olá, boneca. Que noite ótima para nosso sacrifício.

Os outros pássaros sacodem suas brilhantes asas negras, que desaparecem, e se tornam aqueles horrendos cavaleiros. Tremo, lembrando a catedral em ruínas que eles chamam de lar. Os jogos perversos que gostam de fazer com suas vítimas.

– Vai a alguma parte, hum? – pergunta o alto, sorrindo como uma máscara da morte.

Suas unhas sujas são compridas como garras.

– Eu-eu... – gaguejo.

Kartik está com seu punhal na mão, mas não será suficiente contra esses sujeitos.

– Mas que diabo – arqueja Fowlson. – De que poço do inferno saíram eles?

A Srta. McCleethy põe-se entre mim e o Guerreiro das Papoulas. Seus braços me envolvem, como os de uma mãe, mas ela só consegue fazer as criaturas gargalharem.

– Não vai funcionar, minha senhora – resmunga o que só tem três dentes.

– Senhoras e cavalheiros! – grita um Guerreiro das Papoulas, como um apresentador teatral. – Esta noite, temos um espetáculo altamente impressionante, para prazer de todos! A história de uma donzela sacrificada por uma nobre causa: garantir a liberdade das Terras Invernais e conceder todo o poder aos seus habitantes. Abrir para sempre as fronteiras entre os mundos. Ninguém vai salvar essa bela donzela? – Seu sorriso se torna brutal. – Não, acho que esta noite não. Pois o roteiro já foi escrito e ela deve desempenhar o papel que lhe cabe.

– Corram! – grito.

O mais rápido que posso, disparo para a escola, com os outros atrás. Os Guerreiros das Papoulas nos perseguem. Caímos pela porta da cozinha adentro, com sua marca de sangue já desbotada, e desabamos no chão, respirando forte.

– Estamos todos aqui? Gemma, você se machucou? – diz Kartik.

– Mas que diabo eram aquelas coisas? – pergunta Fowlson.

– Guerreiros das Papoulas – respondo. – Não vai querer brincar com eles, Sr. Fowlson, eu lhe garanto.

– Eles... eles sabem. Vêm atrás de nós – diz Ann.

– Como chegaremos à porta agora? – geme Felicity.

A luz da cozinha é fraca, mas posso ver o medo nos olhos da Srta. McCleethy. As asas de um corvo batem contra a janela. Isto indica aos outros onde estamos.

– Não podemos ficar aqui – digo. – Se conseguirmos chegar ao torreão, talvez seja possível voltar às escondidas por esse caminho.

Do outro lado da porta, o grande corredor está escuro e ameaçador. Qualquer coisa pode estar escondida do outro lado dele. Qualquer coisa mesmo. Kartik saca seu punhal. A Srta. McCleethy segue na frente, com Kartik e Fowlson logo atrás dela. Felicity e Ann, agarrando com força a mão uma da outra, vão um passo atrás. Sou a última e me viro a cada momento, vigiando a escuridão às minhas costas.

Atravessamos toda a extensão do corredor sem incidentes. Mas, para chegar à escada, temos de passar pelo grande salão, com seus moradores que se libertaram recentemente. Uma porta permanece fechada, porém a outra está aberta. Não sei como podemos evitar que nos vejam. Nós nos achatamos contra a parede e escutamos.

Kartik indica a escada com a cabeça. A Srta. McCleethy movimenta-se sorrateiramente em direção a ela e o resto de nós a segue. Abaixados, vamos subindo. Por entre grades e corrimão, vejo as criaturas destruindo tudo no grande salão. O piso está entulhado com os cacos de vidro das lâmpadas, o estofamento de almofadas, páginas arrancadas de livros. Eles rasgam os lenços da tenda de Felicity, deixando-os em pedaços. Uma coisa terrível de ver. Mas não há tempo para lamentações. Precisamos alcançar a segurança dos reinos, embora não seja uma verdadeira segurança, apenas uma suspensão temporária do perigo.

Na Ala Leste, deixamos a cautela de lado e entramos aos trambolhões. Ficamos em pé no torreão ainda não inteiramente terminado, escondidas pelas pedras pontudas. Ao longo do gramado, vejo os cavaleiros se disporem num leque, bloqueando toda esperança de fuga. Chamam o Guerreiro das Papoulas que guarda a porta secreta.

– Estão aí dentro! – grita ele alegremente.

– Então estão encurralados – sussurra ferozmente um dos rastreadores.

Ele cavalga até a porta secreta, que tínhamos aberto antes. Logo nos descobrirá. E trará os outros. Estamos realmente entalados.

– Gemma! – diz Felicity, com os olhos enlouquecidos de medo.

Ouve-se um arranhado na entrada da Ala Leste. Eles esperam do outro lado dessa porta.

Kartik segura minha mão e a aperta. Fowlson dá a sua à Srta. McCleethy.

– Não vou deixar que peguem você, Sahirah – diz ele.

Ouço a respiração de Ann, que exprime seu medo.
– Queria ter minha espada – sussurra Felicity. – Depois, diz uma prece suave, bem baixinho. – Pippa, Pippa, Pippa.
– Pegue minhas mãos – digo.
Kartik está perplexo.
– Que...
– Pegue minhas mãos e não solte!
– Não empregue a magia agora, Srta. Doyle. Não é aconselhável – diz a Srta. McCleethy.
– Não temos escolha – respondo. – Vou tentar invocar a porta.
– Mas você não conseguiu fazer isso nesses meses – diz Ann.
– É hora de tentar de novo – respondo.
Os gritos que vêm do gramado causam tremores em todos nós.
– E se não conseguir? – sussurra Felicity.
Balanço a cabeça.
– Não posso pensar nisso. Vou precisar da ajuda de todos. Ponham suas mãos nas minhas – digo. Quando sinto o peso delas, fecho os olhos e me concentro, casando minha necessidade com meu objetivo. – Pense numa porta de luz.
Ouço o arranhar nas portas da Ala Leste. Os grasnidos acima das nossas cabeças, enquanto os corvos se aproximam. Eles nos encontraram. *Determinação, Gemma. A porta de luz, a porta de luz, a porta de luz.*
Logo começa o conhecido formigar. No começo, não passa de um fraco pinga-pinga, mas logo passa a um zumbido e depois a um silvo acelerado que faz cada parte de mim ganhar vida. Sua força sopra meu cabelo, afastando-o do meu rosto com seu hálito cálido.
Quando olho, a porta de luz está ali, à espera.
– Você conseguiu, Gemma – diz Felicity com uma expressão de alívio.
– Não há tempo para parabéns – digo. – Vá!
Abro a porta e passamos disparadas por ela, quase numa massa única, exatamente no momento em que os rastreadores arrebentam as portas da Ala Leste, atravessando-as. Uivam, o que me gela o sangue.
– Gemma! – grita Ann.
– Feche-se, agora! – Torno a invocar a magia, e graças a Deus ela não me abandona. Enquanto a porta de luz desaparece, a última coisa que vejo é o cavaleiro com seu comprido manto esfarrapado, seus dentes descobertos, num rosnado arrepiante.

– Apodreça no inferno, sua besta miserável! – arquejo.
 – Ele já está no inferno. Temos de impedir que o inferno chegue mais perto – diz Kartik, puxando-me para a frente.
 Corremos para dentro dos reinos o mais depressa possível.
 – Não temos muito tempo. Vão entrar pelo outro caminho. Temos de chegar ao jardim e encontrar a Górgona – respondo, tentando recuperar o fôlego. Meus pulmões estão em fogo.
 – Espere! – diz Kartik. – Não sabemos o que vamos encontrar lá. Talvez eu deva correr na frente para ver.
 – Está bem – digo.
 Eu seguiria em frente, mas há verdade no que ele diz, e mal posso respirar. Os espartilhos não foram feitos para corridas.
 – Vou com você, companheiro – diz Fowlson, olhando em torno, maravilhado.
 Contra a vontade, Kartik faz um aceno afirmativo com a cabeça, e os dois saem correndo.
 Exaustas e irritadas, nós nos sentamos e esperamos, escondidas sob uma grande rocha. Ann não deixou o conforto de ficar ao lado de Felicity. Um tênue conforto, mas ela anseia por isso. Cansada da perseguição, instalo-me no chão e olho para o horizonte sangrento.
 – Por que não nos contou que tinha visto essas coisas? – pergunta McCleethy, aos arquejos, procurando recuperar o fôlego.
 Mas é uma pergunta só para produzir um efeito. Ela sabe o motivo. Seu cabelo escuro soltou-se em parte. Esvoaça loucamente ao vento tempestuoso.
 – Do caos, criamos a ordem. Fizemos beleza e moldamos história. Mantivemos a magia dos reinos segura, em nosso poder. Como as coisas chegaram agora a este ponto?
 – Vocês não mantiveram a magia segura. Mantiveram a magia para si mesmas.
 Ela sacode a cabeça, para afastar o pensamento.
 – Gemma, você ainda pode usar o poder para fazer muita coisa boa. Com nossa ajuda você...
 – E o que, por favor, vocês fizeram para melhorar a sorte de outras pessoas? – pergunto. – Chamam umas às outras de irmãs, mas não somos todas irmãs? A costureira que arruína a vista para alimentar os filhos com mingau? As sufragistas que lutam pelo voto? Moças mais novas do que eu, pedindo um salário para viver e cujas condições de

trabalho são tão lamentáveis que foram trancadas numa fábrica em chamas? Elas precisariam da sua preciosa ajuda.

Ela mantém a cabeça bem erguida.

– Teríamos feito isso. No devido tempo.

Rio de náusea.

– É assustador ser uma mulher em *qualquer* mundo. Que bem nos faz o nosso poder, quando precisa ser mantido em segredo?

– Acharia vozes ousadas melhores do que a ilusão?

– Sim.

A Srta. McCleethy suspira.

– Podemos moldar o rumo dessa luta. Mas primeiro precisamos garantir nosso poder dentro dos reinos.

– Jamais haverá segurança aqui! Para qualquer lado que me vire, alguma coisa nova sai rastejando das próprias pedras, e luta pelo poder. Ninguém se lembra de onde veio a magia, nem por quê; só querem possuí-la! Estou enjoada disso – morta de enjoo, está ouvindo?

– Sim – diz, ela solemente. – E, no entanto, é tão difícil desistir dela, não?

Ela tem razão. Mesmo agora, sabendo o que sei, vendo o que vi, ainda quero a magia.

A Srta. McCleethy agarra meu braço; tem o rosto duro.

– Gemma, você deve proteger a magia a todo custo. Esta é a nossa única preocupação. Muitos lutaram e morreram ao longo dos anos para protegê-la.

Balanço a cabeça.

– Onde acabará isso?

Os homens retornam da sua observação. O rosto de Kartik está sombrio.

– Eles estiveram no jardim.

– O que quer dizer?

– Acabou – diz ele.

# CAPÍTULO
## SESSENTA E SEIS

Atravessamos um jardim que não é mais luxuriante nem familiar. Somos recebidos por um cheiro de terra chamuscada. As árvores foram queimadas até ficarem reduzidas a cinzas. As flores, pisoteadas até virarem lama. Bateram no arco prateado que antigamente levava à caverna e o arrancaram do chão. O balanço que eu fiz com fios também de prata pende em farrapos.

Lágrimas pingam dos olhos da Srta. McCleethy.

– Sonhei ver novamente tudo isso. Mas não desse jeito.

Fowlson passa o braço pelos ombros dela.

– O que está acontecendo? – pergunta Ann, embalando um punhado de flores arrancadas.

– Altíssima!

A Górgona desliza e aparece no rio. Ela está viva e incólume. Jamais me deu tanta felicidade vê-la.

Fowlson dá um passo para trás.

– Que diabo é isso?

– Uma amiga – respondo, correndo para a água. – Górgona, pode nos dizer o que está acontecendo? O que foi que você viu?

As serpentes que são seu cabelo silvam e se contorcem.

– Loucura – diz a Górgona. – Tudo é loucura.

– Então, é a guerra? – diz a Srta. McCleethy.

– Guerra. – A Górgona cospe a palavra. – É assim que a chamam, para dar a ilusão de honra e lei. É o caos. A loucura, o sangue e a fome triunfam. Sempre foi assim e sempre será.

– Górgona, temos de chegar à Árvore de Todas as Almas. Pretendemos derrubá-la. Existe alguma passagem segura para as Terras Invernais?

– Nenhum lugar é seguro agora, Altíssima. Mas eu a levarei pelo rio, de qualquer forma.

As velas são içadas. O rio não canta baixinho hoje. Não canta de modo algum. Alguns lugares escaparam à devastação das criaturas das Terras Invernais. Outros não tiveram tanta sorte. Nestes lugares, eles deixaram terríveis cartões de visita – varas com bandeiras ensanguentadas, lembretes de que eles não têm nenhuma piedade.

Quando passamos pela Gruta dos Suspiros, vários dos Hajin espiam dos esconderijos. Asha acena-me da margem.

– Górgona, ali! – grito.

Encostamos na margem e a Górgona baixa a prancha para Asha poder embarcar.

– Cavalgam por toda parte – diz Asha. – Temo que tenham ido até o povo da floresta.

– Que é isso? – pergunta Kartik, quando nos aproximamos do véu dourado que oculta o povo da floresta.

Nuvens negras estendem-se pelo rio como uma cicatriz.

– Fumaça – respondo, e as batidas do meu coração se aceleram.

Nos agachamos na embarcação, tapando a boca e o nariz com as mãos, mas mesmo assim temos náuseas, no ar espesso e escuro. Até o véu está sufocado, espalha fuligem salpicada de ouro sobre nossos corpos. E então vejo: a linda floresta está em chamas. As cabanas ardem e soltam fumaça. As chamas consomem as árvores a ponto de parecerem dar folhas vermelhas e alaranjadas. Muita gente, do pessoal da floresta, está encurralada. Gritam, sem saber para que lado se virar. Mães correm para a água com crianças chorando em seus braços. Os centauros galopam em busca dos que ficaram para trás, agarram-nos, jogam-nos nas costas e correm para salvar suas vidas.

– Eles não podem ver – diz Kartik, tossindo. – Há muita fumaça. Estão confusos.

– Precisamos ajudá-los! – grito, tentando ficar em pé.

O calor está feroz. Faz com que eu torne a cair no piso da embarcação, arquejante.

– Não, precisamos chegar às Terras Invernais e derrubar a árvore! – grita a Srta. McCleethy. – É nossa única esperança.

– Não podemos deixar essa gente assim! – grito em resposta, mas, no momento mesmo em que faço isso, uma fagulha perdida cai em cima da minha saia e bato freneticamente nela, até apagá-la.

Ouço uma pancada na água. É Asha. Ela está fora do barco e caminha pela água em direção à margem. Há muitos cadáveres ali, mas ela não lhes dá atenção.

– Venham! – chama ela, agitando os braços para poder ser vista em meio à fumaça.

O povo da floresta corre na direção dela e da segurança do rio. Sob a pesada camada de fumaça, conseguem encontrar seus pequenos barcos. Embarcam neles e vão remando pelo rio, para longe das ruínas da sua terra outrora bela.

Philon cavalga até a beira d'água, e a Górgona nos leva para mais perto.

– As criaturas das Terras Invernais vieram. Cavalgavam depressa, com força.

– De que tamanho é o exército deles? – pergunta Kartik.

– Talvez uns mil combatentes – responde Philon. – E eles têm um guerreiro com a força de dez.

Kartik dá um chute no chão.

– Amar.

Fowlson estreita os olhos.

– Amar está lutando por aquelas criaturas? Vou cortá-lo ao meio.

– Não – diz Kartik.

– Ele não é mais um de nós, irmão. Deixe que ele siga seu caminho – diz Fowlson, quase bondosamente.

Asha puxa um corpo do rio. A criatura está ferida; vomita água, quando a puxamos para cima do barco da Górgona.

– Deixe-me em paz – resmunga ela, ao ver as mãos de Asha em seus braços.

A criatura passa da sua forma num tom de lilás escuro para a forma de Asha, a minha e a de Creostus, e depois volta à sua própria, sem esforço. É como se seu corpo não pudesse controlar a função.

Asha fala com voz firme:

– Foi você quem matou o centauro, não foi?

Neela cospe água.

– Não sei o que você quer dizer. Você está mentindo.

Os olhos de Philon brilham, entendendo.

Asha não a solta.

– Você colocou as papoulas dos Hajin nas mãos dele, para que nos culpassem.

Desta vez, Neela não tenta negar.
– E se foi isso mesmo?
– Por que você fez isso? – pergunta Philon.
As chamas da floresta lançam sombras trêmulas nos planos altos desse rosto extraordinário.
– Precisávamos de um motivo para ir à guerra. Sem isso você não teria ido.
– Então você inventou um?
– Não inventei! Sempre houve um motivo! Por quanto tempo vivemos sem nossa própria magia? Por quanto tempo você deixou que a negassem a nós? Eles têm toda a magia. E os imundos Intocáveis foram postos acima de nós! Mas você não queria atacar. Sempre foi fraco, Philon.
Os olhos de Philon relampejam.
– Você queria tanto a magia que foi capaz de matar alguém da sua própria gente?
Neela se esforça para se sentar.
– Não há progresso sem um preço a pagar – diz, em tom de desafio.
– O preço é alto demais, Neela.
– Um centauro pelo domínio dos reinos. É pouca coisa a pagar.
– Podíamos ter ficado em alerta diante do verdadeiro perigo, em vez de perseguir sombras. E agora estamos sem lar. Nossa gente, morta. Nossa integridade, arruinada. Antes, tínhamos isso, pelo menos.
Neela não demonstra remorso:
– Fiz o que era necessário.
– Sim – diz Philon, sombriamente. – Como eu agora devo fazer.
Neela se agita e treme; seus lábios se tornam tão suaves quanto a casca das uvas.
– Sofreu um choque terrível – digo. – Alguém deve ficar com ela.
– Vamos deixar que morra – diz Philon.
– Não – digo. – Não podemos permitir isso.
– Fico com ela – diz Asha, voluntariamente.
– E se os Hajin matarem Neela? – pergunta um dos centauros.
A resposta de Philon é tão fria quanto aqueles olhos que parecem geleiras.
– Então, este será o preço que ela pagará por seus crimes.
Olho para Asha, em busca de alguma garantia de que ela não fará mal a Neela, mas seu rosto não revela nenhuma emoção.

– Ficarei com a metamorfa – repete.
– Você a protegerá, Asha? – pergunto.
Há uma pausa de um instante. Ela curva a cabeça.
– Dou-lhe minha palavra.
Solto minha respiração, que prendia com força.
– Cuidarei dela, embora não deseje fazer isso – acrescenta ela, com chamas alaranjadas dançando, em reflexo, nos seus olhos negros.
– E, quando fizer sua escolha, Senhora Esperança, nós, os Intocáveis, nos manifestaremos sobre o assunto. Já ficamos calados por tempo demais.

Nós nos reunimos, embora sejamos poucos, talvez quarenta pessoas ao todo. Philon e o povo da floresta pegam todas as armas que têm. Não é muita coisa – uma besta, duas dúzias de lanças com lâminas nas duas pontas, escudos e espadas. É como tentar tomar o Parlamento com apenas um dedal de pólvora. Desejaria tanto que tivéssemos aquela adaga.

– Qual é nossa melhor aproximação? – pergunto.
– Eles cavalgam na direção das Terras Limítrofes – diz Philon.
Felicity arqueja.
– Pip.
– Não pode salvá-la – diz Kartik.
– Não me diga o que não posso fazer – responde Felicity, bruscamente.

Puxo-a para um lado. Ficamos à beira d'água, onde ainda há dois pequenos barcos.

– Felicity, temos de chegar às Terras Invernais o mais depressa possível. Podemos ver Pip mais adiante.
– Mas pode ser tarde demais! Ela não sabe o que tem pela frente – suplica Fee. – Temos de avisar a ela.
– Querida Pippa – ecoa Ann.

Penso no jardim queimado, nas bandeiras ensanguentadas que vimos assinalando a margem, o povo da floresta levado embora. Faria qualquer coisa para salvar Pippa de um destino desses. Mas o risco é grande. As criaturas das Terras Invernais poderiam estar à espera lá. E, pelo que sei, Pippa juntou-se a elas.

– Sinto muito – digo, afastando-me.
– Você é cruel! – grita Felicity, atrás de mim.

Começa a chorar. Sei que fiz a coisa certa, mas não poderia sentir-me pior com relação a isso. Acho que situações assim fazem parte da liderança.

Marcho ao lado de Philon, enquanto o povo da floresta e os Hajin se preparam para combater. Carregam suas armas para dentro da embarcação. Um Intocável iça uma aljava cheia de flechas para cima das suas costas tortas, e um dos homens do pessoal da floresta ajuda a prendê-la. Os centauros oferecem seus lombos a quem quiser cavalgá-los.

Ann corre para mim, sem fôlego.

– O que é? – pergunto.

– Ela me mandou não contar a você, mas tenho de falar. É Felicity. Foi avisar Pippa.

Um dos pequenos barcos está faltando.

– Precisamos ir atrás dela – digo.

– Não podemos – avisa Kartik, mas já me pus em movimento.

– Não vou perder Fee. Precisamos dela – declaro.

– Eu a acompanharei – anuncia a Srta. McCleethy.

– Eu também – acrescenta Ann.

Kartik sacode a cabeça.

– Está louca, se pensa que vou deixá-la ir sem mim.

– É, estou louca. Mas você já sabe disso há algum tempo – digo. Ele começa a protestar, mas eu o silencio com um súbito beijo. – Confie em mim.

Com relutância, ele me solta e nós três empurramos o pequeno bote restante e partimos. Kartik fica na margem, observando-nos seguir pelo rio. Tendo atrás de si a fumaça e as chamas que se extinguem, ele parece ligeiramente irreal – um fantasma, uma imagem bruxuleante, num espetáculo com a lanterna mágica, uma estrela cadente, um momento que não pode durar.

Tenho um impulso de dar a volta no bote e correr de volta para ele. Mas então a correnteza nos pega e somos arrastadas velozmente na direção das Terras Limítrofes e do que quer que nos espere por lá.

# Capítulo
## Sessenta e sete

O céu sangra vermelho sobre as Terras Invernais. Lança uma luz sobrenatural nas Terras Limítrofes, tornando-as da cor de uma machucadura. Ao longe, o castelo está aninhado em seu manto de trepadeiras, como uma mão pálida escondida nas dobras de um vestido. Sinto alívio por ele ainda estar intacto.

– Vê Fee em alguma parte? – sussurro.
– Não – responde Ann. – Não vejo ninguém.

Com cuidado, separamos os espinhos na muralha de amoreiras silvestres e nos esgueiramos para o outro lado. A Srta. McCleethy absorve tudo com uma olhada nervosa.

– Vocês já estiveram aqui?

Faço que sim com a cabeça. Ela estremece.

– Que lugar sinistro.

Atravessamos rápida e silenciosamente a floresta colorida de azul. Os galhos parecem depenados de quase todas as amoras e as que restam pendem em grumos farinhentos, esquecidos. Vermes vão comendo as frutas abandonadas. Isto me dá enjoo no estômago.

*Uuu. Uuu.*

– O que foi isso? – arqueja a Srta. McCleethy.
– Não se mexa – sussurro.

Ficamos imóveis como estátuas. Vem de novo o chamado:

*Uuu. Uuu.*

– Apareça, apareça, seja quem for.

É a voz de Pippa.

Ela sai de trás de uma árvore, e logo se colocam ao seu lado Bessie, Mae, Mercy e outras que não vi antes. Abrem-se em leque em torno dela, como se fossem soldados, e seguram tochas. Sinto-me como se me tivessem arrancado cada fiapo de fôlego. Sou obrigada a manter minhas mãos escondidas atrás das costas, para esconder o tremor delas. Pippa marcou o rosto com o suco azul quase negro das amoras. As outras usam marcas semelhantes, que dão aos seus rostos uma aparência esquelética.

À luz do fogo, os olhos de Pippa passam de uma condição a outra, de violeta a branco, convidativos e aterrorizadores.

– Olá, Gemma, o que a traz aqui? – pergunta.

– Eu... eu estou procurando Fee – digo.

Ela franze a testa, com um ar brincalhão.

– Você a perdeu, é? Ora, ora, Gemma. Que descuido. Bem, então acho que terá de dar uma olhada aqui dentro. Siga-me.

Pippa nos leva para seu castelo, como uma rainha vitoriosa. Continua linda. Tem a magia trabalhando para ela, mas ainda não partilhou muito dela com suas discípulas, pelo que posso ver. Elas a seguem, com as roupas em frangalhos, rasgadas, a pele acinzentada e estragada.

– Bessie – começo a dizer, e ela me dá um forte empurrão.

– Continue andando.

O castelo está tão abandonado quanto a floresta. As trepadeiras sobem livremente pelas paredes e se enrolam em torno de balaustradas, pendendo como garras verdes. Parecem uma espécie de musgo, e cobras serpeiam ao longo de sua abundância.

– Onde está Felicity? – torno a perguntar.

– Paciência, paciência.

Pippa cantarola, enquanto alinha taças cheias de amoras ao longo do altar.

Bessie sorri zombeteiramente, avaliando a Srta. McCleethy.

– Quem é ela? Sua mãe?

– Sou a Srta. McCleethy, professora da Academia Spence.

Pip bate palmas, rindo.

– Srta. McCleethy. É a senhorita quem está dando tantos problemas a Gemma. A mim não dará nenhum.

– Eu lhe darei muitos problemas, se não me disser logo onde está a Srta. Worthington.

– Não faça isso – advirto.

– Ela precisa de uma mão firme – sussurra ela.

– Agora ela está para além disso – insiste Ann, tranquilamente.

– Shh! – diz Pippa.– Este é meu castelo. Sou rainha aqui. Faço as regras.

Mae estende a mão para um grumo de bagas e ela balança a cabeça.

– Mae, você sabe que isso é para o ritual. Primeiro, precisam ser consagradas.

– Sim, senhorita.

A moça sorri, parecendo feliz por ter sido repreendida por sua deusa.

– Felicity! – grito. – Fee!

As paredes do castelo rangem e gemem como se fossem desabar sobre nós. Uma trepadeira aperta minha bota e dou um puxão para soltar meu pé.

– Ela está na torre – diz Mae. – Para sua segurança.

– Pip – suplica Ann –, você tem de soltá-la. – As criaturas das Terras Invernais estão vindo.

– Você também não, Ann – diz Pippa, com impaciência.

– Pip... – começa Ann a dizer.

– Só preciso oferecer um sacrifício. Tentei com Wendy, mas ela foi uma oferenda pobre, por ser cega. E então você voltou e percebi... percebi que era o destino, entende?

A Srta. McCleethy fica na minha frente.

– Não pode fazer isso com ela. Faça comigo.

– O que está fazendo? – pergunto.

– Gemma – sussurra a Srta. McCleethy –, aconteça o que acontecer, deve deixar o medo de lado e proteger a magia.

*Aconteça o que acontecer.* Isto não me soa bem.

– Às vezes devemos fazer sacrifícios para o bem maior – diz ela. – Prometa-me que manterá a magia em segurança.

– Prometo – digo, mas não me agrada.

Pippa cantarola para si mesma.

– Um sacrifício voluntário. Isto significa magia muito forte, de fato. Aceito.

As moças da fábrica arrastam a Srta. McCleethy na direção de Pip.

– Tirem as mãos de cima de mim, suas bandidas! – rosna ela, não tão voluntária, afinal.

Dá um forte tapa no rosto de Mae, e Bessie reage com uma pancada. A Srta. McCleethy cai no chão, com a orelha sangrando, e as outras moças começam a lhe dar chutes e socos.

– Parem!

Parto para cima delas, mas a Srta. McCleethy estende uma das mãos, ensanguentada.

– Gemma, não faça isso! – avisa ela.

– É, já basta – diz Pippa, como se recusasse um segundo prato de sopa. – Tragam essa mulher para mim.

Elas quase arrastam a Srta. McCleethy até o altar e amarram as mãos dela às suas costas. Seus lábios sangram e vejo medo em seus olhos, o início da compreensão de que julgou muito mal aquelas moças.

– Vamos tolerar descrentes? – grita Pip.

As moças respondem com um clamor de "não". Em seus rostos, vejo um ódio imenso. Isto me gela até os ossos. Não nos consideram mais seres humanos; somos o outro, a ameaça que deve ser morta.

Pippa vira-se para a Srta. McCleethy com um suspiro.

– Só existe um castigo para quem não nos segue.

Bessie apresenta uma espada reluzente. Seu fio brilha à luz. As moças se alvoroçam e gritam. Seus berros primitivos fazem um clamor ensurdecedor. A Srta. McCleethy se debate.

– Não! – grita ela, dando chutes e tentando escapar.

Mas Mae e Mercy a seguram com firmeza e a obrigam a se debruçar sobre o altar, de modo que sua cabeça fique pendurada livremente. Meu coração martela contra minhas costelas.

– Pippa, o que você está fazendo? – digo, correndo em sua direção.

Pippa me obriga a recuar com um golpe, usando a força de sua magia. Apanhada desprevenida, caio no chão, com dores. As moças empurram a cabeça da Srta. McCleethy para a frente e descobrem a carne do seu pescoço

– Não! – Levanto-me cambaleante, e antes de poder invocar a magia, Pippa desencadeia a dela.

Desta vez, caio estrondosamente no chão, como um brinquedo. A Srta. McCleethy fecha seus olhos bem apertados; sua boca se comprime numa linha determinada. A lâmina é erguida.

– Proteja a mag... – grita ela, exatamente quando a espada desce, com a rapidez de um raio.

Ao meu lado, Ann grita sem parar, seus brados desesperados misturando-se com os de exultação do grupo, até ser impossível dizer quando um acaba e os outros começam. Sinto que vou vomitar. Minha respiração está irregular e meus olhos se enchem de lágrimas.

Ann está sentada perfeitamente imóvel e para de gritar, reduzida ao silêncio pelo choque.

Com um suspiro meloso, as trepadeiras se contorcem para a frente e reivindicam o corpo sem cabeça da Srta. McCleethy. As moças se ajoelham, com as mãos unidas como se rezassem. Pippa está em pé diante delas, atrás do altar. Ela ergue um cálice acima da sua cabeça e o faz descer novamente, resmungando palavras que não posso ouvir. Ela puxa uma gorda amora da taça e a coloca suavemente sobre a palma das mãos de Bessie, que estão à espera. Vagarosa e solenemente, ela se movimenta pela fileira abaixo, entregando uma amora a cada moça curvada diante dela.

– Quem é o caminho? – brada.

– A soberana Pippa – respondem elas, em uníssono. – Ela é a escolhida.

– Qual a nossa tarefa?

– Comer as amoras e ficar no paraíso.

– Amém – diz ela.

Como uma só pessoa, as moças levam as amoras à boca. Elas as devoram.

Pip se vira para nós, com os braços estendidos e a boca aberta num sorriso delirante.

– Lamento, com relação à professora de vocês, mas ela não poderia juntar-se a nós. Mas tenho fé em vocês. Afinal, voltaram. Mas têm de ser como somos, minhas queridas. As que quiserem seguir-me devem comer as amoras.

Encontro a voz por fim:

– Pip, escute, por favor. As criaturas das Terras Invernais pretendem tomar os reinos. Se me matar, não posso lutar contra elas.

Bessie sobe os degraus para a torre e volta com Felicity, que se debate, chuta e grita. Tenta morder Bessie, e esta bate nela, com força.

– Ah, Fee! Você está aqui! Que maravilha! – diz Pippa, enquanto Felicity olha para ela, horrorizada.

Pippa se aproxima de nós e coloca amoras em nossas mãos. Dá um beijo na testa de Ann.

– Ann, querida, por que treme tanto? Está com frio?

– S-sim – sussurra Ann. Seus lábios tremem de puro terror. – Frio.

– Você acredita, querida? Acredita que sou a escolhida?

— Sim.
Ann faz um sinal afirmativo com a cabeça, soluçando.
— E comerá as amoras? Aceitará minha benignidade?
— Se você fosse de fato a escolhida, não precisaria intimidar seus fiéis – digo.
Se vou morrer, não irei muda.
Pippa acaricia meus cabelos.
— Você nunca gostou muito de mim, Gemma. Acho que sente ciúme.
— Pode achar o que quiser. Estamos em perigo. Todas nós. As criaturas das Terras Invernais pretendem dominar os reinos. Já mataram muitas das tribos. Cavalgam sem piedade, levando as almas dos que não se unem a eles.
Pip franze a testa.
— Não ouvi nada.
— As criaturas estão vindo para cá, agora. Se me sacrificarem na Árvore de Todas as Almas, terão todo o poder do Templo e governarão os reinos.
— Não podem governar os reinos. — Ela ri. — Não podem porque sou a escolhida. Tenho a magia. Ela cresce em mim. A árvore me disse isso! Se eles conspiraram, eu saberia.
— Você não sabe de tudo, Pippa – digo.
Ela aproxima o rosto do meu até ficar a apenas alguns centímetros de distância. Seus lábios ainda estão roxos por causa das amoras. Seu hálito cheira a vinagre.
— Você está mentindo. — Um leve sorriso repuxa sua boca. — Por que não usa sua magia contra mim?
— Porque não quero fazer isso – digo, com a voz se partindo.
O rosto de Pippa se ilumina.
— Você a perdeu, não foi?
— Não, não perdi...
— Por isso não pôde me deter... porque *eu* sou a verdadeira escolhida! – troveja Pippa.
Bessie agarra meu braço com força.
— Vamos provar isso às descrentes! Vamos levá-las às Terras Invernais!
— Não! – grito.
Pippa bate palmas.
— Que esplêndido plano! Ah, sim, vamos!

Felicity segura as mãos dela.
– Pippa, se eu comer amoras, se ficar com você, deixará que vão?
– Felicity! – grito.
Ela sacode a cabeça e me dá um sorriso minúsculo.
– Deixará? Deixará que vão embora?
Um brilho de reconhecimento relampeja nos olhos de Pip, como se ela se lembrasse de um sonho favorito. Inclina-se para baixo, com o negror do seu cabelo entrelaçando-se com os fios louros de Felicity, uma tapeçaria de luz e sombra. Docemente, Pippa beija Fee na testa.
– Não! – responde, asperamente.
– Pip, você não entende; vão machucá-la – implora Felicity, Pippa está além da razão humana.
– Sou mais poderosa do que eles! Não me assustam; eu sou o caminho! Sou a escolhida! Bessie, precisamos de mais uma voluntária – ordena Pippa.
Sou arrancada do meu assento e levada ao altar, onde receio ter o mesmo destino da Srta. McCleethy. Pippa empurra mais amoras em minhas mãos.
– Coma, porque sou o caminho.
As amoras mancham a palma das minhas mãos. Eu disse que protegeria a magia, mas não tenho opção: preciso usá-la. Temos de nos libertar.
Chamo profundamente meu poder e ele cresce em mim com renovado vigor. Pippa trança os braços com os meus e nos unimos numa luta. A sensação da magia é nova, dura e aterrorizadora. Minha boca tem um gosto de metal. É como se não controlasse mais meu sangue. Ele pulsa fora do compasso, correndo pelas minhas veias até me fazer tremer. Sinto tudo o que se passa dentro de Pippa – a raiva, o medo, o desejo, o anseio. E sei que ela também sente o que tenho dentro de mim. Quando descubro a ferida secreta, Felicity, uma expressão de terrível tristeza passa por seu rosto.
– Solte-me! – diz ela, em tom lúgubre. – Solte-me!
– Só se você nos soltar – digo.
Ela desencadeia todo o seu poder, e sou lançada para trás, contra a parede do castelo. Caio, arrasada.
– Pare! – grito.
E então, quando revido, ela cai de joelhos. Mas posso sentir a magia mudando e não ouso deixar de me manter alerta. Preciso refrear um pouco o meu poder e, neste momento, Pippa deixa que o seu se

levante e me prende contra a parede, onde as trepadeiras começam a se entrecruzar sobre minhas mãos e pés.

– Pippa! – grita Felicity, mas Pip agora já não dá mais atenção a nada.

– Eu sou o caminho! – grita.

Felicity gira o lado chato da espada contra ela, derrubando-a. A magia se enfraquece.

– Fee? – diz Pip, com os olhos arregalados.

E então vê o corte em seu próprio braço, seu sangue escorrendo para cima das veludosas trepadeiras. Com um poderoso gemido, o castelo muda de posição e dá solavancos, até cairmos umas em cima das outras.

– O que está acontecendo? – grita Mae Sutter.

As trepadeiras dão chicotadas em torno, estendendo-se para o que podem agarrar. Há um rugido ensurdecedor, enquanto as pedras antigas começam a cair. Corremos para as portas, num grupo cheio de pânico, esquivando-nos dos destroços que desabam.

– Pip! – grita Felicity. – Pip, saia daí!

Mas o rosto de Pippa está iluminado por uma espécie de alegria terrível. Ela ergue seus braços para o céu.

– Não há nada a temer! Sou o caminho!

– Pip! Pip! – grita Fee, enquanto eu a puxo para longe dali.

Vemos, impotentes, as trepadeiras desesperadas encontrarem Pippa e a puxarem para baixo, com força.

– Não! – grita ela. – Eu sou o caminho.

Mas cai do céu uma chuva de pedras. E então o grande castelo desaba inteiramente sobre si mesmo e sepulta profundamente Pippa dentro das suas paredes quebradas, silenciando-a para sempre.

Felicity, Ann e eu escapamos por pouco. Ficamos arquejantes no gramado, enquanto o castelo torna a afundar para dentro da terra – que reclama o que é seu, e Pippa junto. Bessie e Mae escaparam, como algumas das outras. Mercy foi enterrada junto com Pippa.

As moças olham fixamente para o local onde Pippa estava em pé. Mae sorri, em meio às suas lágrimas.

– Ela queria que fosse assim – diz, em profundo êxtase. – Não entendem? Ela se sacrificou. Por nós.

Bessie sacode a cabeça.

– Não.

Mae agarra sua saia.

– Temos de continuar fazendo o que ela mandou. Continuar a comer as amoras. Seguir seus caminhos. E então ela voltará. Reze comigo, Bessie.

Bessie a sacode, afastando-a de si.

– Eu, não. Acabou, Bessie. Levante-se.

– Ela era a escolhida – insiste Mae.

– Não, você se engana – digo. – Era apenas uma moça.

Mãe não quer ver as coisas de outra maneira. Agarra punhados de amoras deterioradas e as engole, chamando o nome de Pippa, como se fosse uma oração, depois de cada fruta. Agarra-se firmemente à sua crença; não quer saber que foi desencaminhada, que está abandonada aqui, sozinha, sem ninguém para guiá-la além do seu próprio coração.

Bessie corre atrás de mim.

– Posso ir?

Faço que sim com a cabeça. Ela é uma brigona e talvez uma pessoa assim seja útil para nós.

Vou atrás de Felicity.

– Fee... – começo a dizer.

Ela enxuga o nariz na manga e vira a cabeça para o outro lado.

– Não diga nada.

Eu devia parar aqui, mas não posso.

– Ela se fora algum tempo antes. Você era a única força que a impedia de transformar-se completamente. Isso é magia. Talvez a mais poderosa que já vi.

# Capítulo
## sessenta e oito

A Górgona não esperou que voltássemos. Navegou atrás de nós e agora nos espera no rio. Kartik dá uma única olhada no rosto coberto de lágrimas de Felicity e a deixa em paz. Ele e Bessie avaliam um ao outro e ela sobe na embarcação sem dizer uma só palavra.

– Missão cumprida – digo a ele. – Górgona, leve-nos às Terras Invernais.

Fowlson corre para meu lado.

– Espere! O que quer dizer? Onde está Sahirah?

– Sinto muito – digo, em voz baixa.

Tenho medo de que ele grite. Uive. Que nos xingue. Que bata em alguma coisa. Em vez disso, ele se abaixa em silêncio até o chão do barco, com a cabeça enterrada nas mãos, o que é, de alguma forma, muito pior.

– O que podemos fazer? – sussurro a Kartik.

– Deixá-lo em paz.

A Górgona nos conduz pelo rio. Pequenos fogos queimam sobre a água. Ardem luminosamente em seus interiores fumegantes. As labaredas saltam e estalam, ameaçando-nos com seu calor. O vento sopra, borrifando-nos com cinzas sufocantes. É como entrar na boca do inferno.

Relâmpagos pulsam atrás das nuvens vermelhas que se retorcem e agitam sobre as Terras Invernais.

– Estamos perto – diz a Górgona.

Ann arqueja, põe uma das mãos em cima da boca. Olha fixamente para a água, onde o corpo sem vida de alguma pessoa infeliz passa flutuando, com o rosto para baixo. Balança-se ali por um instante, um sombrio lembrete de nossa tarefa, e depois a correnteza o arrasta para longe. Mas ficará em minha lembrança para sempre. O resto de nós fica em silêncio. Estamos saindo das Terras Limítrofes. Entramos nas Terras Invernais e não há mais como voltar.

A Górgona diminui a velocidade e entra no pequeno lago onde encontramos pela primeira vez o exército dos mortos. Sobre o cume dos rochedos pontiagudos, fizeram fogueiras. Não quero saber quem as fez ou o que pode ter sido usado como combustível. O povo da floresta e os Hajin puxaram seus barcos para a terra. Philon vira aqueles olhos frios para os rochedos, em busca de alguma coisa.

– Qual o caminho para a árvore? – pergunta a criatura, colocando em seu ombro um reluzente machado.

– Há uma passagem por ali – digo.

– Onde está a professora? – pergunta Philon.

– Perdemos a Srta. McCleethy nas Terras Limítrofes – digo.

Fowlson tirou seu cinto. Ele afia sua faca contra o couro, com movimentos cada vez mais rápidos.

– Receio que isso seja apenas o início – responde Philon.

Armas nas mãos, nosso esfarrapado bando parte para a estreita passagem que leva ao coração das Terras Invernais. Suplico à Górgona uma última vez:

– Eu gostaria que se juntasse a nós. Precisamos muito de você.

– Não se pode confiar em mim – insiste ela.

Inclino-me para ela, mais perto do que jamais estive antes, como se pudesse abraçá-la. Uma das serpentes se esfrega sobre meu pulso e não me afasto. Ela agita sua língua e se movimenta para adiante.

– Confio em você.

– É porque não me conhece.

– Górgona, por favor...

Seus olhos demonstram sofrimento e ela os fecha, para escondê-lo.

– Não posso, Altíssima. Esperarei sua volta.

– Se eu voltar – digo. – Eles são mais numerosos do que nós e não se pode confiar em minha magia.

– Se falhar, estamos todos perdidos. Destrua a árvore. É a única maneira.

– Ela virá conosco? – pergunta Ann, quando os alcanço.

– Não – digo.

Philon dá uma olhada na paisagem impiedosa – as nuvens listradas de vermelho, a implacável passagem em frente. Ventos fortes e frios atiram areia grossa em nossos rostos.

– Que pena. Poderíamos usar agora sua força de guerreira.

Nós nos aglomeramos na estreita garganta. Uma criatura lustrosa e pálida desliza sua mão pegajosa por trás de uma pedra e tenho de colocar minha mão em cima da boca de Ann, para silenciar o grito que ela ia dar.

– Continue a caminhar – sussurro.

Kartik se espreme e chega ao final da fileira.

– Gemma, acho que não devemos sair como fizemos antes. Ficamos expostos, naquela ocasião. Há um pequeno túnel que leva a uma saliência atrás dos penhascos. É estreito, não é fácil, mas de lá poderemos observá-los, protegidos.

Nós nos arrastamos por uma saliência que se esfarela, com uma íngreme descida para o nada. Faz meu sangue martelar forte, de modo que mantenho os olhos fixos no machado cintilante de Philon, bem à frente. Finalmente, saímos do túnel e Kartik tem razão: há um local atrás do penhasco onde podemos nos esconder.

– Ouviu isso? – pergunta Kartik.

Ao longe, há o som dos tambores. Eles vêm ecoando das montanhas.

– Vou ver o que é – diz Kartik.

Escala a montanha escarpada como se tivesse nascido para isso. Enfia a cabeça por cima da borda do rochedo e depois desce, às pressas.

– Estão se reunindo no descampado.

– Quantos? – pergunta Philon.

O rosto de Kartik está sombrio.

– São tantos que não dá para contar.

O martelar dos tambores ressoa em meus ossos. Enche minha cabeça até eu pensar que vou enlouquecer. É mais fácil ignorar seu número, não olhar nem saber do horror que são. Mas preciso saber. Preciso. Agarrando-me com força ao penhasco, ergo a mim mesma até em cima e espio por sobre os ásperos rochedos que nos protegem, no momento.

Kartik não mentiu. O exército das Terras Invernais é imenso e aterrorizador. À frente, cavalgam os rastreadores, usando enfunados mantos negros que se agitam e se abrem, revelando as almas aprisionadas lá dentro. Mesmo desta distância, posso ver o brilho dos seus dentes pontudos. Eles se elevam acima dos outros, com seus mais de dois metros de altura. Os Guerreiros das Papoulas com suas cotas de malha foscas transformam-se em enormes corvos negros e descrevem círculos sobre os campos. Crocitam com uma persistência de arrepiar. Um número cada vez maior deles vai subindo, até que um trecho do céu se torna uma mancha negra e o ar estala com seus gritos. Rezo para que não voem nesta direção e vejam nosso esconderijo. Atrás deles há um exército de espíritos corrompidos – os mortos caminhantes. Seus olhos são vazios e não enxergam, ou então têm o inquietante tom azul-esbranquiçado dos olhos de Pippa. Eles seguem sem questionar. E, no centro, está a árvore, mais alta e poderosa que da última vez em que a vi. Seus galhos se estendem para todos os lados. Juro que posso ver as almas deslizando sob sua casca, como sangue. E sei que, em seu escuro centro, está escondida Eugenia Spence.

Os tocadores de tambor martelam um ritmo trovejante.

– Como vamos combatê-los? – pergunta Ann, e sinto o medo dela em meu próprio coração.

– Veja, lá embaixo – diz Felicity.

Um dos Guerreiros das Papoulas puxa Wendy junto com ele. Ela tropeça, exausta, mas está intacta. O fato de ter comido as amoras condenou-a a uma vida aqui, mas deve tê-la salvo de se tornar um sacrifício adequado. O Guerreiro das Papoulas lambe sua face, e Wendy recua. Detesto pensar nela acorrentada a uma fera tão horrorosa.

Os tambores param, e o silêncio é quase mais aterrorizador.

– O que é que eles querem? – pergunta Fowlson, com a faca já na mão.

– Não sei – respondo.

A árvore fala: *Trouxeram o sacrifício?*

– Ela está em alguma parte por aqui – responde um rastreador.

*Esperei tanto tempo por você*, murmura a árvore com aquela voz que me atraiu da primeira vez. *Conhece-me? Sabe o que poderíamos ser juntas? Que poderíamos governar este mundo e o outro? Junte-se a mim...*

As palavras se embrulham ao meu redor:
*Gemma... venha a mim...*
Minha mãe. Minha mãe está em pé naquele campo, com seu vestido azul, seus braços à minha espera, para me abraçar.

– Mamãe – sussurro.

Kartik puxa meu rosto para o seu.

– Não é sua mãe, Gemma. Você sabe disso.

– É, sei.

Olho para trás e a imagem tremula, como um quadro feito de gás e chamas.

– Eles podem nos fazer ver o que desejam que vejamos, acreditar em qualquer coisa – lembra-me uma mulher Hajin com profundos olhos castanhos.

– Como vamos combatê-los? – pergunta um centauro. – Só se tivermos um pouco da magia da sacerdotisa!

– Não! – diz Philon, observando-me. – Se ela recorrer à magia agora, a árvore sem dúvida vai sentir, e tenho medo do que isso significará.

Fowlson tem um olhar duro.

– Precisamos chegar àquela árvore, companheiros. E derrubá-la a machadadas.

– Sim, nosso objetivo é esse – diz Felicity.

Ela está com sua espada e pretende usá-la.

Uma pequena discussão irrompe em nosso contingente. Ninguém chega a um acordo quanto a um plano. Na planície lá embaixo, vejo aqueles horrendos fantasmas, a árvore que tem dentro dela a alma de Eugenia. Mas também sinto minha mãe, Circe, a Srta. McCleethy, Pippa, Amar... tantos nomes. Tanto se perdeu.

– Séculos de luta, e para quê? – digo. – Hoje acaba. Não posso mais viver amedrontada. Já amaldiçoei este poder. Tanto o apreciei quanto o utilizei mal. E o escondi. Agora devo tentar manejá-lo corretamente, casá-lo com uma finalidade e esperar que isso baste.

Um centauro começa a falar, mas Philon o silencia com um único dedo erguido.

– O Dr. Van Ripple me disse que a ilusão funciona porque as pessoas querem acreditar nela. Muito bem, então. Vamos dar a eles o que querem – digo.

Philon estreita os olhos.

– Qual é seu plano?

– Eles estão procurando a escolhida. E se ela estiver em toda parte ao mesmo tempo? E se eu puder lançar minha imagem na borda desta montanha e mais longe ainda? Eles me verão a cada volta que derem. E como farão um sacrifício de alguém que não existe?

Philon esfrega uma das mãos sobre seus lábios estreitos, pensativo.

– Inteligente, mas arriscado, sacerdotisa. E se formos descobertos?

– Precisamos apenas de tempo suficiente para confundi-los, enquanto nos aproximamos da árvore e a derrubamos.
– E a adaga? – pergunta Felicity.
– Deixe isso comigo – digo.
– Como sabemos que derrubar a árvore porá fim a tudo isso? – pergunta um centauro.
– Não sabemos – respondo. – Mas é a melhor probabilidade, se todos concordarem.
Veem-se acenos de cabeça e "sins" em toda volta.
– Sr. Fowlson, Felicity, vocês comandarão o ataque. Ann – digo, olhando para seu rosto corajoso –, tente tirar Wendy das mãos daquele bestial Guerreiro das Papoulas.
– E eu? – pergunta Kartik.
*Fique comigo.*
– Alguém vai ter de procurar Amar. Ele é muito poderoso – digo, tristemente.
– Gemma, devemos combater lado a lado – diz ele, e sei que está pensando em seu sonho.
– Foi apenas um sonho – digo, e engulo em seco, esperando que ele diga que tudo não passa de uma brincadeira e que ainda viveremos muito depois de tudo isso terminar, mas ele apenas faz um sinal afirmativo com a cabeça, o que aumenta meu medo.
– E se a descobrirem afinal? – pergunta Philon.
*Morrerei aqui. Minha alma se perderá para sempre nas Terras Invernais. Os reinos e nosso mundo serão governados pelas criaturas daqui.*
– Não devem tentar me salvar. Vão até a árvore. Derrubem-na. Não sei se o plano é bom ou não. Mas precisamos fazer alguma coisa. E só podemos realizá-la juntos.
Estendo minha mão. É o momento mais longo de minha vida, a espera. Philon e Ann apressam-se a imitar-me. Kartik põe sua mão na minha. Descem depois os dedos compridos de Philon. Bessie e Fowlson. Os Hajin. Os centauros. O povo da floresta. Com as mãos umas em cima das outras, nos unimos, até o último de nós. Preciso concentrar-me muito para afastar todos os pensamentos que não sejam os meus próprios. Seria fácil os pensamentos das criaturas das Terras Invernais se intrometerem, a árvore deslizar para dentro de minha mente. E, quando abro os olhos, é como me ver no salão de espelhos de um parque de diversões. Para todos os lados que olho, somos

os mesmos. Todos estão com meu rosto. Como descobrirão a escolhida se todos são iguais?

– Não temos tempo para pensar de novo em tudo agora – digo.

– Seremos descobertos a qualquer momento. Que não nos peguem desprevenidos.

Recomeça o bater de tambores. Meu sangue se acelera, sinto em meus ouvidos. Nos abrimos em leque no topo dos penhascos. Embaixo, os horríveis rastreadores nos apontam e gritam. Correm às armas, mas nós também. Corremos para o campo. Espadas são puxadas. O bater de aço contra aço faz um calafrio subir pela minha espinha. Uma saraivada de flechas voa dos centauros que estão em cima dos penhascos. Uma delas passa cantando por mim e encontra seu alvo num espectro perigosamente próximo.

– Aaahhh!

Um feroz grito de guerra corta o ar. Vejo um dos nossos brandir a espada como se tivesse nascido para isso, e sei que por baixo daquela ilusão bate o coração da minha amiga Felicity.

Mal posso acreditar no que vejo. A Górgona vem em nossa direção, numa marcha furiosa, com uma espada em cada uma de suas quatro mãos. Cambaleia ao avançar, desacostumada à sensação de ter pernas, depois de tanto tempo sem usá-las. Mas não importa. Ela compõe uma imagem magnífica e terrível, uma giganta verde a desferir golpes à direita e à esquerda. As serpentes no alto da sua cabeça se contorcem e silvam.

A Górgona grita mais alto do que toda a algazarra:

– Se querem um combate, lhes darei um! Sou a última de minha espécie. Não tombarei sem luta.

Em toda a sua glória, ela é um espetáculo que merece ser contemplado. As serpentes se movimentam num frenesi, em torno da sua cabeça. Sinto ao mesmo tempo reverência, diante da sua majestade, e medo do seu terrível poder. Algumas criaturas se transformam em pedra, ao olhá-la; outras ela abate com a força da sua espada. É como se ela não mais nos ouvisse nem visse. Está perdida no combate, tanto que ergue sua espada contra um de nós, por engano.

– Górgona! – grito.

Ela se vira imediatamente para mim. E, ah, o horrendo desígnio daqueles olhos amarelos, agora que ela está livre. Um horror do qual não posso desviar os olhos. Estou caindo sob o assustador feitiço da Górgona. Meus pés se endureceram, até virarem pedras. Não posso movimentar-me. O mundo gira e se afasta. Os ruídos do combate se foram. Ouço apenas o silvo sedutor da Górgona. *Olhe para mim, olhe para mim, olhe para mim e se espante...*

A pedra rasteja pelo meu sangue.

– Górgona – digo, com a voz estrangulada, mas não sei se ela me ouviu ou não.

*Olhe para mim, olhe para mim...*

Não consigo respirar.

As serpentes silvam loucamente. Os olhos da Górgona perdem sua sede de sangue. Arregalam-se de horror.

– Não olhe, Altíssima! – grita a Górgona. – Feche os olhos!

Com toda a força que me resta, faço isso. Imediatamente, o transe é interrompido. Minhas pernas ficam bambas de alívio e caio no chão, arquejando.

A Górgona me ajuda a levantar.

– Não deve olhar para mim agora, pois não sou aquela que você conhece. Sou meu eu guerreiro. Proteja-se. Entende?

Balanço a cabeça furiosamente, num sinal afirmativo.

– Eu podia ter matado você – diz ela, abalada.

– Mas não matou – arquejo.

Ouço um gemido. Uma de nós tombou. Por acaso, um dos espectros tirou seu sangue. A falsa Gemma cai no chão.

– Tolo! – grita Amar. – Se derramar o sangue dela aqui, não pode ficar com sua alma!

Mas o corpo caído não é mais uma ilusão criada por mim. A magia vacila e se desfaz. Meu rosto é substituído pelo de uma mulher Hajin. Seus olhos castanhos olham para eles fixamente.

A criatura uiva de raiva.

– Eles nos enganaram! Esta não é ela!

– Descubram-na. A verdadeira.

– Aqui! – grita um de nós.

– Não, sou eu. Sou eu a escolhida! – Outros gritos vêm do campo de batalha.

– Sou quem você quer! – berra outra voz.

As criaturas gritam:

– Eles nos confundem! Como podemos ver quando usam a magia dos reinos contra nós?

Um Guerreiro das Papoulas grita:

– É aquela junto do penhasco!

– Não, é essa perto de mim, garanto.

Estamos em toda parte, e isso é demais para eles. Acabam lutando uns contra os outros.

Grito, acima do barulho:

– Por que lutam pela glória da árvore? Pelos rastreadores? Eles os deixarão morrer e ficarão com toda a magia para si mesmos. A árvore vai governar vocês, como fez a Ordem.

As criaturas me lançam olhares raivosos, mas escutam o que digo. Uma das nossas grita:

– Vocês ainda serão escravos do poder de outro. Acreditam mesmo que eles partilharão tudo em parcelas iguais com vocês?

Amar anda de um lado para o outro no garanhão branco.

– Não prestem atenção ao que dizem! Querem enganar vocês!

Uma criatura esquelética com longas asas de mariposa esfarrapadas sacode a lança acima da sua cabeça.

– Por que devemos dar poder a eles, quando podemos tê-lo para nós mesmos?

– O que nos prometerá? – pergunta outro homem.

Sua pele é cinzenta como a chuva.

– Silêncio! – Os rastreadores abrem seus horríveis mantos e mostram as almas que gritam lá dentro. – Vocês veem o que queremos que vejam.

As criaturas das Terras Invernais se acovardam e caem outra vez sob o feitiço de seus líderes.

*Ela usa seu poder contra nós. Encontrem a moça, a verdadeira moça*, diz a árvore. *Não se deixem enganar. Ela será aquela que eles tentarão proteger.*

Um rastreador corre até a Górgona. Ela fixa nele seu olhar e a coisa mergulha num transe. A espada se balança alto. Ela cai com um silvo e o rastreador desaba como uma árvore nova sob uma forte tempestade. O que resta dele, alguma força interior, sai de seu corpo em espirais, como uma rajada de poeira, e vai para dentro da Árvore de Todas as Almas. A árvore o recebe com um grito terrível. Com um forte estalo, os galhos se estendem para mais longe e mais alto; as raízes cavam mais fundo para dentro do ermo gelado. A árvore se inflama com uma nova energia.

– Górgona? – grito, sob a saraivada de flechas e os gritos do combate. – Precisamos parar!

Ela não ousa olhar-me.

– Por quê?

– Quanto mais matamos, mais forte se torna a árvore. Ela recebe as almas! Não estamos derrotando esse bando, apenas os fortalecemos.

Examino o campo de batalha, e vejo Kartik correndo atrás de seu irmão. É Kartik livre do disfarce, com seus cachos escuros emoldurando seu rosto como a juba de um leão. Corre com graça e força. Olho em volta e tenho rápidas visões de Felicity e Philon, que avançam. A magia não está se sustentando! Dentro de uns poucos instantes eles descobrirão nosso plano e me encontrarão, e aí...

Ouço o grito de Philon. A alta e elegante criatura foi ferida por um rastreador. Seu machado foi jogado para um lado. Não há tempo para pensar. Tenho de chegar à árvore.

Levantando minha saia, corro o mais depressa que posso e agarro o machado. Quase escorrego no gelo e no sangue, mas não interrompo meus passos. Corro diretamente para a árvore.

*Lá vem ela!*, grita a árvore. Suas raízes se estendem para fora e se enroscam em torno de meus tornozelos, derrubando-me com força. O machado escapa das minhas mãos e cai pouco além de meu alcance.

– Gemma...

Ergo os olhos. Acima de mim, no labirinto de galhos da árvore, Circe está envolta num casulo de galhos, trepadeiras e afiadas urtigas. Seu rosto está cinzento, sua boca cheia de bolhas e inchada. Em suas mãos está a adaga.

– Gemma! – grita ela, com uma voz estrangulada. – Você precisa... acabar com ela.

Os ramos se apertam em torno de seu pescoço, interrompendo seu aviso, mas não antes que ela deixe cair a adaga do chão abaixo. Tateio em meio às grossas raízes, em busca da adaga.

*Gemma, você desistiria de tudo isso? Em troca do quê? Para o que voltará, quando acabar comigo?* – entoa a árvore. – *Uma vidinha cuidadosa? Nada mais?*

– Serei diferente – digo.

*É o que todos dizem.* A árvore ri, amargamente. *E então a magia deles se torna cada vez menor. Crescem, afastam-se. Seus sonhos desaparecem, como sua beleza. Mudam. E quando, finalmente, descobrem que gostariam disso, é tarde demais para eles. Não podem voltar. Será esse seu destino?*

– N-não! – digo, virando as costas para a adaga que está em meio às trepadeiras.

– Gemma! – Kartik está me chamando.

Mas não consigo desviar o olhar da árvore, não consigo parar de ouvir.

*Fique comigo*, diz ela, docemente. *Assim, sempre. Jovem. Bela. Florescente. Será venerada.*

– Gemma! – É a voz de Felicity.

*Fique comigo...*

– Sim – respondo, com minha mão estendendo-se na direção da árvore, num anseio, porque ela me entende. Pressiono a palma de minha mão contra a casca e de repente tudo desaparece. Há apenas a árvore e eu. Vejo Eugenia Spence diante dela, majestosa e segura. Olho para meus amigos, mas eles sumiram.

– Entregue-se a mim, Gemma, e jamais voltará a ficar sozinha. Será venerada. Adorada. Amada. Mas deve entregar-se a mim... um sacrifício voluntário.

Lágrimas escorrem pelo meu rosto.

– Sim – murmuro.

– Gemma, não escute – diz Circe com voz rouca, e por um momento não vejo Eugenia, vejo apenas a árvore, com o sangue bombeando sob sua pele pálida, os corpos dos mortos pendurados nela como sinos.

Arquejo, e Eugenia está de novo à minha frente.

– Sim, é o que você quer, Gemma. Por mais que tente, não pode matar essa parte de si mesma. A solidão do eu que espera bem embaixo da escada de sua alma. Sempre ali, por mais que você tenha tentado livrar-se dela. Eu compreendo. É verdade. Fique comigo e jamais será solitária outra vez.

– Não dê ouvidos... a essa... cadela! – grita Circe, e as trepadeiras envolvem seu pescoço com mais força.

– Não, você está enganada – respondo a Eugenia, como se saísse de um longo sono. – Você não podia matar essa parte de si mesma. E também não podia aceitá-la.

– Não sei o que você quer dizer – responde ela, e pela primeira vez parece insegura.

– Por isso puderam pegá-la. Descobriram seu medo.

– E do quê, faça o favor de dizer.

– Seu orgulho. Você não podia acreditar que talvez tivesse algumas das mesmas qualidades das próprias criaturas.

– Não sou como elas. Sou sua esperança. Eu as sustento.

Circe ri, um cacarejo rachado que entra sob minha pele.

– E você, Gemma? – ronrona Eugenia. – Já fez seu "exame de consciência", como diz?

– Fiz coisas das quais não me orgulho, cometi erros – respondo, a voz cada vez mais forte, com meus dedos tateando novamente em busca da adaga. – Mas também fiz o bem!

– E, no entanto, você ainda está sozinha. Apesar de todas as tentativas, ainda está separada, observando do outro lado do espelho. Com medo de ter o que de fato quer, porque: *e se não bastar, afinal?* Se conseguir e, mesmo assim, ainda se sentir sozinha e separada? Muito melhor ficar apenas com o anseio. O anseio. Essa inquietude. Pobre Gemma. Não se ajusta bem, não é? Coitada da Gemma... inteiramente sozinha.

É como se ela desferisse um golpe em meu coração. Minha mão fraqueja.

– Eu... eu...

– Gemma, você não está sozinha – arqueja Circe, e minha mão toca em metal.

– Não, não estou. Sou como todos os outros, neste mundo estúpido, sangrento, espantoso. Tenho defeitos. E muitíssimos. Mas sou esperançosa. Ainda sou eu mesma. – Agora eu a peguei. Seguro-a com força e segurança. – Vejo você por dentro. Vejo a verdade.

Fico em pé com um pulo e, de repente, a ilusão que Eugenia criou se desfaz. Vejo o campo de batalha lavado em sangue, o combate. Ouço o tinido de aço contra aço, os gritos de vingança, de medo, de cobiça por princípio e poder, de desespero, de pura coragem e justeza impiedosa – tudo borrado num único rugido terrível que afoga cada voz, cada coração, cada esperança.

– Bem feito, Gemma – diz ela. – Você é muito poderosa, de fato. Pena que não viverá o bastante para tirar mais proveito desses erros gloriosos.

Ergo a adaga.

– Certo. Vamos acabar com tudo isso da forma correta.

Os muitos braços da árvore se estendem e gemem. Sua superfície fica turva com as almas devoradas. Tento ver com clareza, mas isto não é nenhuma ilusão. Isto é aterrorizadoramente real e caio para trás, quando a árvore se ergue ainda mais alto, pairando sobre mim.

– Gemma, faça o que é preciso – geme Circe, angustiada.

Convoco cada pedacinho da magia que tenho e a canalizo para a adaga.

– Liberto as almas presas aqui. Podem sair!

Fecho os olhos e tento enterrar a adaga na árvore. Um dos galhos a derruba de minha mão, com uma pancada. Com um arquejo, vejo-a cair. A árvore grita e uiva, chamando a atenção de todos os que estão no campo de batalha.

*O sangue dela deve ser derramado!*, ordena a árvore.

– Gemma! – grita Kartik, e percebo o alarme em sua voz.

Amar vem à minha procura. Esporeia seu cavalo e ganha velocidade. Solto-me do aperto da árvore e corro para pegar a adaga, que está fora do meu alcance por pouco. Por um momento, o tempo se torna mais lento. O rugido da batalha se reduz a um zumbido. Há apenas o som de batidas de cascos, que combinam com o martelar do meu sangue pulsando em meus ouvidos. Vejo Kartik correndo atrás de seu irmão com uma feroz determinação em seus olhos. E então o mundo gira e se transforma em tempo.

As raízes me fazem tropeçar. Caio no chão. Arquejante, rastejo para a adaga, mas Amar é mais rápido.

– Não! – grita Kartik, e então sinto uma dor aguda no lado do meu corpo.

Quando baixo o olhar, a adaga está ali, e o sangue se espalha por minha blusa branca, numa mancha que cresce.

– Gemma! – grita Felicity.

Vejo-a correndo em minha direção, com Ann logo atrás.

Cambaleio para a frente e, quando chego à árvore, arranco a adaga do meu flanco com um grito de angústia.

– Eu... liberto... essas almas – repito num sussurro.

Enterro a faca na árvore. Ela grita de dor e as almas deslizam da sua pele, empurrando-se para fora dos galhos como folhas de fogo, e depois se vão.

Meus olhos batem. A terra ondula. Meu corpo treme até eu não conseguir pará-lo. Sou apanhada pelo abraço da árvore. E a última coisa que escuto, enquanto caio no berço dos ramos, é Kartik gritando meu nome.

# Capítulo
## Sessenta e Nove

O NEVOEIRO ESTÁ ESPESSO E ACOLHEDOR. BEIJA MINHA PELE FEBRIL como carinhosos lábios maternos. Não consigo ver nada à frente. É exatamente como em meus sonhos. Mas agora um brilho amarelo está cortando o nevoeiro cinzento. Algo está atravessando. O brilho vem de uma lanterna pendurada numa vara comprida e a vara está presa a uma barcaça enfeitada com flores de lótus. Chegaram as Três, e vieram buscar-me. Atrás de mim, no nevoeiro, ouço uma voz familiar: *Gemma, Gemma*. Movimenta-se em mim num suave sussurro, e anseio por voltar a ela, mas as mulheres me acenam com suas mãos e me movo para me juntar a elas. Elas têm movimentos lentos, como se fizessem um grande esforço. Também reduzo meu ritmo. Meus pés parecem afundar na lama a cada passo, mas me aproximo.

Entro na barcaça. Elas me fazem acenos afirmativos com a cabeça. A velha fala:

– Chegou sua hora. Precisa fazer uma escolha.

Abre a mão. Há ali um cacho roxo-escuro de amoras, com uma tonalidade muito mais escura do que aquelas que Pippa comeu. Estão na palma da mão em concha da velha, brilhantes como joias.

– Engula as amoras e nós a transportaremos para a glória. Se as recusar, deverá voltar para o que quer que a espere. Uma vez feita a escolha, não haverá retorno.

Por um instante, ouço minhas amigas me chamarem, mas elas parecem distantes, como se eu pudesse correr sem parar e jamais alcançá-las.

– Gemma. – Volto-me e vejo Circe atrás de mim. Perdeu a palidez cinzenta de antes. Tem exatamente a mesma aparência daquele primeiro dia em que a vi na Spence, quando era a Srta. Moore, a professora que eu amava. – Você agiu bem – diz ela.

– Sabia que Eugenia se tornara a árvore, não foi? – digo.
– Sim – responde ela.
– E pretendia salvar-me? – pergunto, esperançosamente.
Ela me dá um sorriso pesaroso.
– Não tenha ilusões a meu respeito, Gemma. Em primeiro lugar, pretendia salvar a mim mesma. Em segundo, conseguir o poder. Você estava num distante terceiro lugar.
– Mas eu *era* a terceira – digo.
– Sim – diz Circe, com uma risadinha. – Você era a terceira.
– Obrigada – digo. – Você me salvou.
– Não. Você salvou a si mesma. Eu só ajudei um pouquinho.
– O que lhe acontecerá, agora?
Ela não responde.
– Vai vaguear aqui, neste nevoeiro, pelo resto dos tempos – diz-me a velha.

A escolha está à minha frente, na palma da mão dela. Os gritos das minhas amigas se tornam fracos, em meio ao nevoeiro. Pego uma gorda amora e a ponho em minha língua, provando-a. Não é azeda. Em vez disso, sinto apenas uma doçura agradável, e depois nada. É o gosto do esquecimento. De sono e dos sonhos dos quais não se acorda mais. Jamais querer, ansiar, lutar, magoar, amar ou desejar. E entendo que isso é o que verdadeiramente significa perder nossa alma.

Minha boca fica dormente com a doçura. A amora está em cima da minha língua.

Felicity carregando varas-de-ouro em seus braços. A voz de Ann, forte e segura. A Górgona marchando pelo campo de batalha.

Preciso apenas engolir a amora e estará feito. Só isso. Engolir a amora e com ela toda a luta, toda a preocupação, toda a esperança. Como seria fácil fazer isso.

Kartik. Deixei-o na árvore. A árvore. Eu devia fazer alguma coisa lá.

Tão, tão fácil...

Com um tremendo esforço, cuspo a amora de minha boca, sentindo ânsias de vômito enquanto tento livrar-me do torpor açucarado. O corpo me dói como se eu tivesse empurrado por toda a eternidade uma pedra pesada montanha acima, mas agora estivesse livre dela.

– Sinto muito. Não posso ir com vocês. Agora não. Mas tenho direito a um pedido, não é?

– Se quiser – responde a velha.

– Quero. Gostaria de oferecer meu lugar a outra – digo, e olho para Circe.
– Você o daria a mim? – pergunta ela.
– Você salvou minha vida. Isto deve contar para alguma coisa.
– Sabe que detesto o autossacrifício – responde ela.
– Sei, mas não a deixarei vagueando pelo nevoeiro. É perigoso demais.
Ela sorri para mim.
– Você agiu muito bem, de fato, Gemma. – Vira-se para as três. – Aceito.
Circe entra na barcaça.
A velha faz para mim um aceno afirmativo com a cabeça.
– Já fez sua escolha. Agora não há como voltar atrás. Tem de aceitar o que acontecer.
– Sim, eu sei.
– Então, nós lhe desejamos sorte. Não nos encontraremos novamente.

Piso na margem lamacenta e envolta em névoa, enquanto a donzela empurra a vara contra o fundo do rio e se afasta, entrando na neblina, e Circe se refugia dentro das sombras. Movimento-me vagarosamente, até minhas pernas se lembrarem de como caminhar depressa, e depois corro, corro com toda a minha força, atravessando o nevoeiro com passos cobiçosos e determinados, com a sensação de estar voando. Sinto a dureza dos galhos em minhas costas e uma dor aguda do lado de meu corpo. Pressiono uma das mãos no lugar e, quando a retiro, ela está encharcada de sangue.
Estou de volta para onde me encontrava, no solo congelado das Terras Invernais.
– Kartik! Kartik!
Minha voz está rouca e fraca. O pouco de magia que me restava está desaparecendo.
Os olhos dele estão arregalados num sobressalto.
– Gemma! Não deve movimentar-se. Se seu sangue cair no chão das Terras Invernais...
– Eu sei.
Com um grande esforço, mergulho a adaga até o cabo e caio para trás, tentando afastar-me do emaranhado de raízes da árvore. Mantenho a mão na ferida e o sangue escorre sobre ela. A planta se balança precariamente. As criaturas das Terras Invernais gritam ao ver seu

ferimento mortal. Com um enorme estalo, ela se parte e se abre, e a magia dentro dela sangra para fora.

— Afaste-se! — grita a Górgona, porém tarde demais.

Cada partícula do poder da árvore flui para dentro de Kartik. Seu corpo recebe a magia como se fossem cem golpes. Ele cai no chão e temo que ela o tenha matado.

— Kartik! — grito.

Ele se levanta vagarosamente e fica em pé, só que não é mais Kartik, mas algo inteiramente diferente, um ser esboçado em sombra e luz, com seus olhos mudando de castanho para o aterrorizador azul-esbranquiçado. Ele está tão brilhante que olhá-lo fere meus olhos. Todo o poder da árvore — a magia das Terras Invernais — agora vive dentro dele e não sei o que isto significa.

— Kartik!

Estendo-lhe a mão para ele e meu sangue cai no solo congelado.

— Começou de novo! — grita um rastreador, em meio aos berros dos outros.

As raízes feridas da árvore ganham vida. Enroscam-se em torno de meus tornozelos e sobem pelas minhas canelas. Grito e tento afastar-me, mas estou sendo devorada.

— Nós não a matamos — arquejo. — Por quê?

— Não se pode matá-la — troveja Amar. — Só mudá-la.

Felicity e Ann correm para desprender as raízes, e Fowlson corta-as com o machado, mas os novos brotos são fortes.

— Eu lhe disse que você a traria para nós, irmão. Que seria a morte dela — diz Amar, tristemente.

Kartik brilha com o poder.

— Você me disse que seguisse meu coração — responde ele a Amar, e algum fragmento de Amar, o que quer que resta dele, escuta suas palavras.

— Eu disse, irmão. Você me dará paz?

— Darei.

Rápido como um tigre, Kartik agarra a espada de Amar. Este ergue seus braços e Kartik o atravessa com ela. Amar solta um grande uivo. Surge uma luz penetrante, e depois ele não existe mais. Kartik põe suas mãos do lado de meu corpo. A magia chameja e ganha vida, e ficamos ambos brilhantes de luz, escuros com as sombras. A força dele flui para dentro de mim até que a magia das Terras Invernais se mistura à magia do Templo. E, por um breve momento, somos uma perfeita

união. Sinto-o dentro de mim, e eu dentro dele. Posso ouvir seus pensamentos, sei o que está em seu coração, o que ele pretende fazer.
– Não – digo.
Tento soltar-me, mas ele me segura com força.
– Sim, é a única maneira.
– Não vou deixar você fazer isso!
Kartik me puxa para mais perto.
– A dívida tem de ser paga. E você é necessária no mundo. Esperei minha vida inteira para ter uma sensação de objetivo. Para saber qual o meu lugar. Sinto isso agora.
Balanço a cabeça. Lágrimas queimam minhas bochechas frias.
– Não faça isso.
Ele sorri tristemente.
– Agora conheço meu destino.
– Qual é?
– Isto.
Ele me puxa para si, num beijo. Seus lábios estão quentes. Ele me aperta com mais força, em seu abraço. As raízes suspiram e afrouxam seu aperto em minha cintura e a ferida do lado de meu corpo é curada.
– Kartik! – choro, beijando suas bochechas. – Ela me libertou.
– Que bom – diz ele.
Dá um pequeno grito. Suas costas se arqueiam e todos os músculos do seu corpo se retesam.
– Para trás! – grita a Górgona, com os olhos frios.
– Puxa vida! – diz Bessie, em reverência.
A magia apodera-se de Kartik, e agora vejo o que ele fez. Deixou que a árvore o reivindicasse, em troca. Ann e Felicity estendem as mãos para mim. Fowlson tenta deter-me, mas me solto.
Tarde demais para mudar a magia. As Terras Invernais aceitaram a barganha de Kartik.
– Se eu pudesse reverter... desfazer isso – digo, aos soluços.
– Não se deve andar para trás, Gemma. Você tem de seguir em frente. Torne o futuro seu – diz ele.
Beija-me com doçura os lábios, e retribuo até as trepadeiras se enroscarem ao redor de sua garganta e seus lábios ficarem frios. O último som que ouço dele é meu nome, dito suavemente:
– Gemma...
A árvore o aceita. Ele se foi. Só sua voz permanece, fazendo meu nome ecoar ao vento.

Os rastreadores apontam.

– Ela ainda tem a magia do Templo! Ainda poderemos tê-la! Empurro-os para trás, com a força de meu poder.

– É por isso que vocês lutam? Por isso matam? É isso que tentariam entesourar ou proteger? Acabou-se – digo, com meus lábios ainda quentes com o beijo de Kartik. – A magia era para ser dividida. Nenhum de vocês a guardará! Devolverei a magia à terra!

Ponho minhas mãos na terra rachada.

– Devolvo esta magia aos reinos e também às Terras Invernais, para que seja partilhada igualmente entre as tribos.

Os rastreadores gritam e uivam, como se sentissem dor. As almas que eles capturaram passam por mim, a caminho para onde quer que vamos daqui. Sinto sua passagem. É mais ou menos como a descida de uma montanha-russa, num parque de diversões. E, quando se vão, não resta ninguém para conduzir os outros, os mortos. Eles ficam olhando fixamente para tudo, num assombro, sem mais certeza do que aconteceu ou acontecerá.

As coisas pálidas que se escondem nas fendas e rachaduras das Terras Invernais rastejam para mais perto. O calor da árvore derrete um pequeno trecho de gelo, em sua base. Tênues brotos de grama lutam para sair da terra nova. Eu os toco e eles são tão macios quanto os dedos de Kartik em meu braço.

Alguma coisa em mim se rompe e se abre. Meu rosto está pegajoso com as lágrimas. Então, faço o que tenho vontade de fazer. Afundo na nova grama e choro.

# Ato V

*Manhã*

Você deve ser a transformação que deseja ver no mundo.

MAHATMA GANDHI

# Capítulo Setenta

A Sra. Nightwing nos espera na capela, onde embala nos braços o corpo de Mãe Elena.

– As criaturas? – pergunta Ann, com a voz rouca pelos gritos que deu.

A Sra. Nightwing sacode a cabeça.

– Foi seu coração. Não se tornou vítima deles. Pelo menos isso.

A Sra. Nightwing nos conta, enquanto passamos por ela, em fila, Felicity, Ann, Fowlson, eu.

– Sahirah...? – murmura ela. – E...

Balanço a cabeça. Ela baixa os olhos e nada mais é dito.

As meninas da Spence estão sentadas muito juntas. Seus olhos estão arregalados de medo. O que viram esta noite vai além de chás e bailes, mesuras e sonetos.

A Sra. Nightwing põe sua mão em meu ombro.

– Não tenho mais nada para dizer a elas. Viram e estão assustadas.

– Têm motivo.

É a minha voz que soa tão dura?

Ela quer que eu utilize toda a magia que me resta e apague da mente delas todas as lembranças desta noite. Que as faça esquecer, para poderem levar sua vida como antes. Sempre haverá as Cecily, Martha e Elizabeth deste mundo – as que não suportam o fardo da verdade. Beberão seu chá. Pesarão as palavras. Usarão chapéus para se proteger do sol. Espremerão suas mentes em espartilhos, para evitar que algum pensamento errante escape e arruíne a doce ilusão que têm sobre si mesmas e o mundo, da maneira como gostam.

É um luxo esse esquecimento. Ninguém virá levar as coisas que eu desejaria não ter visto nem sabido. Terei de viver com elas.

Arranco-me de seu aperto.
— Por que deveria fazer isso?

Faço, de qualquer forma. Quando tenho certeza de que as meninas estão dormindo, entro furtivamente em seus quartos, um por um, e ponho minhas mãos em cima de suas testas franzidas, demonstrando sua perturbação por tudo o que testemunharam. Observo enquanto essas testas se descontraem e se tornam telas suaves, vazias, embaixo de meus dedos. É uma forma de cura e fico surpresa com o quanto fazer isso me cura também. Quando as meninas acordarem, lembrarão apenas de um estranho sonho com magia, sangue, curiosas criaturas e talvez uma professora que conheceram, mas cujo nome não lhes vem aos lábios. Talvez, por um instante, elas se esforcem para lembrar de tudo isso, mas depois dirão a si mesmas que foi apenas um sonho e é melhor esquecê-lo.

Fiz o que a Sra. Nightwing me mandou fazer. Mas não lhes tiro todas as lembranças. Deixo-as com um pequeno indício da sua noite: a dúvida. Uma sensação de que talvez haja algo mais. Não passa de uma semente. Não sei dizer se será transformada em algo mais útil.

Quando chega a hora de visitar Brigid, encontro-a acordada em seu quartinho.

— Tudo bem, querida. Não me interessa esquecer, se é tudo a mesma coisa — diz ela, e não vejo mais folhas de sorveira-brava em sua janela.

Há um antigo provérbio tribal que certa vez ouvi na Índia. Diz que, para enxergarmos direito, precisamos primeiro derramar nossas lágrimas, a fim de clarear o caminho.

Choro durante dias.

A Sra. Nightwing não me obriga a descer, nem deixa ninguém, nem mesmo Fee e Ann, entrar para me ver. Traz minhas refeições numa bandeja, coloca-as em cima de minha mesa, no quarto escurecido, e sai sem dizer uma palavra. Só ouço o sussurro de sua afobação quando ela pisa nos velhos assoalhos de madeira, de um lado para o outro. Às vezes, quando acordo cedo, tenho a impressão de que estou saindo de um longo e estranho sonho. A luz aveludada suaviza todas as beiradas do quarto, banhando-o de possibilidades. Nesse instante feliz, espero um dia como outro qualquer: estudarei francês, rirei com as amigas. Verei Kartik atravessando o gramado, seu sorriso enchendo-me de calor. E, exatamente quando começo a acreditar que tudo está bem, há alguma mudança sutil na luz. O quarto assume sua forma verdadeira. Luto para voltar àquela ignorância feliz, mas é tarde demais. A surda dor da verdade pesa em minha alma, puxando-a para baixo. Resta-me o desamparo de estar acordada.

# Capítulo
## setenta e um

A manhã em que devemos partir está linda. Um dia de primavera como nunca vi.

Quando chega afinal a hora das despedidas, Felicity, Ann e eu ficamos incertas no gramado da frente, buscando com os olhos a poeira na estrada que assinala a chegada do coche. A Sra. Nightwing baixa com uma pancadinha rápida a gola do casaco de Ann, verifica se meu chapéu está bem preso com o alfinete e se a mala de Felicity está trancada direito.

Não sinto nada. Estou entorpecida.

– Bem – diz a Sra. Nightwing mais ou menos pela décima oitava vez em meia hora. – Vocês têm lenços suficientes? Para uma dama, lenços nunca são demais.

Ela será sempre a Sra. Nightwing, não importa os horrores que ocorram, e, neste momento, estou satisfeita com sua força, seja lá de onde ela venha.

– Sim, obrigada, Sra. Nightwing – responde Ann.

– Ah, ótimo, ótimo.

Felicity deu a Ann seus brincos de granada. Eu lhe dei o elefante de marfim que trouxe da Índia.

– Leremos sobre seus admiradores nos jornais – diz Felicity.

– Sou apenas uma das alegres donzelas – adverte-nos Ann. – Há outras moças.

– Sim, é isso. Cada uma de nós tem de começar em alguma parte – diz a Sra. Nightwing, com impaciência.

– Escrevi a meus primos e lhes disse que não esperem que eu volte – diz Ann. – Ficaram terrivelmente zangados.

– Logo que você se tornar uma sensação do palco londrino, eles vão implorar ingressos e dirão a todos que a conhecem – garante-lhe

Felicity, e Ann sorri. Felicity vira-se para mim. – Creio que, da próxima vez em que nos encontrarmos, seremos perfeitas damas.

– Acho que sim – respondo.

E não há mais nada a dizer.

Um grito se eleva das meninas mais novas, amontoadas no gramado. A carruagem está chegando. Elas quase pisam umas nas outras pelo privilégio de dar a notícia em primeiro lugar.

– Chega – resmunga Felicity, e desliza para dentro da carruagem, afastando-se da massa.

A mala de Ann é amarrada com cordas. Nos abraçamos e não nos soltamos por um longo tempo. Por fim, ela sobe os degraus e entra no coche, para a viagem até o trem, Londres, o Teatro Gaiety.

– Adeus – grita, acenando da janela aberta do coche. – Até amanhã e amanhã e amanhã.

Ergo a mão num meio aceno, ela faz um sinal afirmativo com a cabeça e deixamos que esta seja uma despedida suficiente, por enquanto.

Dentro de poucas horas, estarei de volta a Londres, na casa de minha avó, preparando-me para o estonteante giro de bailes e festas que compõem a temporada social. No sábado próximo, farei uma mesura diante da rainha e meu *début* na sociedade, sob os olhares da família e dos amigos. Usarei um lindo vestido branco e plumas de avestruz em meu cabelo.

E não estou ligando a mínima para tudo isso.

# Capítulo
## setenta e dois

Chega a carruagem para nos levar ao Palácio Saint James. Nem nossa governanta consegue esconder seu entusiasmo esta noite. Desta vez, ela me olha diretamente, e não para o que está à minha volta.
– Está linda, senhorita.
A costureira está acabando de dar os toques finais em meu vestido. Meu cabelo está erguido bem alto sobre minha cabeça e coroado com uma tiara e três plumas de avestruz. Uso longas luvas brancas, que chegam ao alto de meus braços. E papai me deu de presente os primeiros diamantes de verdade que recebi em minha vida – num delicado colar que brilha contra minha pele como gotas de orvalho.
– Lindo! Lindo! – declara minha avó, até lhe apresentarem a conta. Então, ela arregala os olhos. – Pelo amor de Deus, por que concordei com essas rosas e contas? Devia estar louca.
Tom dá um beijinho em minha face.
– Você está maravilhosa, Gem. Pronta para a longa caminhada?
Faço um sinal afirmativo com a cabeça.
– Acho que sim. Espero que sim.
Meu estômago se revira.
Papai me oferece seu braço. Ele está muito débil, mas encantador.
– Srta. Gemma Doyle, de Belgravia, suponho.
– Sim – respondo, colocando minha mão em cima da sua, com meu braço no ângulo correto em relação ao meu corpo, como me ensinaram. – Se o senhor assim diz.
Esperamos no cortejo com as outras moças e seus pais. Estamos todas nervosas como pintinhos. Uma dá uma olhada para ver se a cauda de seu vestido não ficou longa demais. Outra agarra com tanta força o braço de seu pai que temo que ele, depois, não consiga mais usá-lo. Ainda não vejo Felicity, mas gostaria que sim. Esticamos o pescoço

para ter desde já uma rápida visão da rainha em seu trono. Meu coração está batendo tão depressa! *Firme, Gemma, firme. Respire fundo.* Avançamos centímetro por centímetro, um martírio, com o cortesão chamando o nome de cada moça no cortejo. Uma moça cambaleia de leve, e os comentários a respeito serpeiam por toda a fila, em aterrorizados sussurros. Ninguém quer chamar a atenção.

– Coragem – diz papai com um beijo, e espero minha vez de ficar sozinha na sala de audiências do Saint James.

Abrem-se as portas. Adiante, no fim de um tapete vermelho muito comprido, está sentada a mulher mais importante do mundo. Sua Majestade, a Rainha Vitória. Seu aspecto é bastante severo, vestida de seda negra e renda branca. Mas sua coroa brilha tanto que não consigo desviar a vista. Serei apresentada à rainha Vitória. Irei até lá como uma menina e voltarei como uma mulher, tal o poder desta cerimônia.

Sinto que desmaiarei. Ah, vomitarei. *Pura bobagem, Gemma. Você já enfrentou coisas piores. Empertigue-se. Costas retas, queixo para fora. Ela não passa de uma mulher.* Na verdade, é – uma mulher que, por acaso, é rainha e tem todo o meu futuro em suas mãos encarquilhadas. Vou vomitar. Eu sei. Cairei com a cara no chão e passarei o resto de minha vida caída em desgraça e bizarra, numa ermida no sul da Inglaterra, acompanhada por catorze gatos de tamanhos e cores variados. E quando me aventurar a sair, em minha velhice, ainda ouvirei as pessoas sussurrarem:

– Lá vai ela... a que caiu...

O cortesão chama meu nome, alto e forte:

– Srta. Gemma Doyle!

Estou fazendo a mais longa caminhada da minha vida. Prendo a respiração, enquanto percorro a extensão de tapete, que parece encompridar-se a cada passo. Sua Majestade é um solene monumento de carne e osso, ao longe. Parece-se tanto com seus retratos que surpreende. Por fim, alcanço-a. Chega o momento que eu queria e temia. Com tanta graça quanto consigo reunir, abaixo-me como um suflê que desaba sobre si mesmo. Faço uma profunda mesura à minha rainha. Não ouso respirar. E então sinto-a bater com firmeza em meu ombro, impelindo-me a me erguer. Recuo vagarosamente de sua presença e ocupo meu lugar entre as outras moças que acabam de se tornar mulheres.

\* \* \*

Fiz o que esperavam de mim. Fiz uma mesura diante da rainha e debutei. Foi o que esperei ansiosamente durante anos. Então, por que me sinto tão insatisfeita? Todos estão alegres. Não se preocupam com nada deste mundo. E talvez o problema seja este. Como é terrível não ter preocupações nem anseios. Eu não me encaixo nisso. Tenho sentimentos muito profundos e desejos em excesso. Em matéria de gaiolas, esta é uma dourada, mas não consigo viver bem em gaiola nenhuma, esta é a questão.

Lorde Denby está de repente ao meu lado.

– Parabéns – diz ele. – Pelo *début* e por aquele outro assunto. Soube por Fowlson que você esteve realmente magnífica.

– Obrigada – digo, bebericando minha primeira taça de champanhe.

As bolhas fazem cócegas em meu nariz.

Lorde Denby fala em voz baixa:

– Também soube que devolveu a magia à terra, que ela existe agora como um recurso para todos.

– É verdade.

– Como pode ter certeza de que este é o caminho certo, de que eles não a usarão de uma maneira errada?

– Não tenho certeza – respondo.

Sua expressão horrorizada é rapidamente substituída por outra, presunçosa.

– Então, por que não me deixa ajudá-la em tudo isso? Podemos ser parceiros... você e eu, juntos.

Entrego-lhe a taça meio vazia.

– Não. O senhor não entende a verdadeira parceria. Portanto, não seremos amigos, Lorde Denby. Quanto a isso, *tenho* certeza.

– Eu gostaria de dançar com minha irmã, por favor, Lorde Denby – diz Tom.

Seu sorriso é animado, mas seus olhos têm um brilho de aço.

– Claro, meu velho. Você é mesmo um bom sujeito – diz Lorde Denby, e bebe o resto de meu champanhe, o máximo de mim que ele terá algum dia.

– Você está bem? Mas que chato insuportável – diz Tom, enquanto damos uma volta pelo salão. – E pensar que eu o admirava.

– Tentei avisá-lo – digo.

– Teremos então um desses horrorosos momentos de "eu não lhe disse"?

– Não – prometo. – E você, já encontrou sua futura esposa?
Tom mexe as sobrancelhas.
– Encontrei várias candidatas promissoras à posição de Sra. Thomas Doyle. Claro, terão de me achar charmoso e absolutamente irresistível. Será que poderia me ajudar nessa procura com um pouco de...?
– Infelizmente, não – digo. – Você vai ter de assumir seus próprios riscos.
Ele me faz girar de uma maneira um pouquinho forte demais.
– Você não é nada engraçada, Gemma.

Mais tarde, no curso da noite, procuro meu pai, antes que ele possa escapulir com os outros homens para tomar conhaque.
– Pai, eu gostaria de lhe dar uma palavrinha, por favor. Em particular.
Por um instante, ele me olha com desconfiança, mas depois parece esquecer a apreensão. Não se lembra do que aconteceu na última vez em que tivemos uma conversa dessas, na noite da festa na Spence. Não precisei de magia para tirar dele essa lembrança; já a negou a si mesmo.
Nos enfiamos numa bolorenta sala de estar, cujas cortinas cheiram a antiga fumaça de charuto. Poderíamos falar de muitas coisas verdadeiras no momento: a saúde dele, que piora, as batalhas que vi, os amigos que perdi. Mas não deveremos falar dessas coisas. Nunca passaremos do corriqueiro e acho que a única diferença agora é que já sei disso. Preciso escolher meus combates e este é o que escolhi.
– Pai – começo, com a voz trêmula –, só peço que me escute até o fim.
– Que tom de voz agourento – diz ele, com um piscar de olho, tentando amenizar o clima.
Como seria fácil esquecer tudo o que pretendo dizer. *Força, Gemma.*
– Estou imensamente grata por esta noite. Obrigada.
– De nada, minha querida...
– Sim, obrigada... mas não comparecerei a nenhuma outra festa. Não quero continuar com minha temporada social.
As sobrancelhas de papai se franzem, com sua consternação.
– É mesmo? E por que não? Você não recebeu o melhor, em tudo?

– Recebi e estou muito grata por isso – digo, com o coração martelando contra minhas costelas.
– Então, que bobagem é essa?
– Eu sei. Não faz sentido. E estou apenas começando a entender eu mesma o que se passa.
– Então talvez seja melhor deixar para conversar sobre o assunto um outro dia.
Ele começa a se levantar. Logo que o fizer, a conversa terminará. Não haverá outro dia. Sei disso. Eu o conheço.
Ponho meu braço no seu.
– Por favor, papai. O senhor disse que me escutaria até o fim.
Com relutância, ele se senta, mas já perdeu o interesse. Mexe em seu relógio. Tenho pouco tempo para dizer o que quero. Poderia sentar-me a seus pés, como fazia quando era criança, deixá-lo acariciar meu cabelo. Mas não é hora de consolo, não sou mais uma criança. Sento-me na cadeira diante dele.
– Só quero dizer que não me imagino levando esta vida. Festas, bailes intermináveis e fofocas. Não desejo passar meus dias empenhada em me tornar menor para me encaixar num mundo tão estreito. Não posso dizer o que querem me obrigar.
– Você tem uma visão muito negativa deles.
– Não pretendo fazer mal algum.
Meu pai suspira, irritado:
– Não entendo.
Uma porta é aberta. Música e conversas vindas da pista de dança intrometem-se em nosso silêncio até que a porta, misericordiosamente, volta a ser fechada e a festa se torna um abafado murmúrio do outro lado. Meus olhos estão cheios de lágrimas. Engulo em seco.
– Não peço que entenda, papai. Peço que aceite.
– Aceite o quê?
*A mim. Aceite-me, papai.*
– Minha decisão de levar minha própria vida como quiser.
Faz-se um tal silêncio que de repente eu gostaria de retirar minhas palavras. *Desculpe, foi só uma brincadeira terrível. Eu gostaria de ganhar um vestido novo, por favor.*
Papai pigarreia.
– Não é tão fácil quanto você faz parecer.
– Eu sei. Sei que cometerei erros pavorosos. Pai...
– O mundo não perdoa erros tão depressa, minha menina.

O que ele diz soa amargo e triste.

– Então, se o mundo não me perdoar – digo, baixinho –, terei de aprender a perdoar a mim mesma.

Ele faz um sinal afirmativo com a cabeça, entendendo.

– E como vai se casar? E pretende casar-se?

Penso em Kartik e as lágrimas ameaçam escorrer.

– Um dia encontrarei alguém, como mamãe encontrou o senhor.

– Você se parece tanto com ela – diz ele e, desta vez, não me encolho.

Ele se levanta e caminha de um lado para o outro do aposento, com as mãos atrás das costas. Não sei o que acontecerá. Ele satisfará meu desejo? Vai dizer-me que sou tola e impossível e me condenará a voltar para o salão de baile, com seu rodopio de cetins e leques? É lá o meu lugar? Será que amanhã lamentarei isso? Meu pai se posta diante do grande retrato de uma mulher bastante sombria. Ela está sentada, com as mãos no colo, uma expressão indecifrável em seu rosto, como se nada esperasse e, provavelmente, fosse receber isso mesmo.

– Já lhe contei, alguma vez, a história daquele tigre? – pergunta ele.

– Já, papai. Já contou.

– Não, não lhe contei tudo – diz ele.– Não lhe contei a do dia em que matei o tigre com um tiro.

Lembro-me do momento no quarto dele, depois da morfina. Achei, na ocasião, que tudo não passava de divagações. Essa não é a história que eu conheço e tenho medo desta nova história. Ele não espera minha resposta. Pretende contá-la. Ouviu-me; agora deverei ouvi-lo.

– O tigre fora embora. Não voltou a aparecer. Mas eu era um homem fora de mim. O tigre tinha chegado perto demais, entende? Eu não me sentia mais seguro. Contratei o melhor rastreador de Bombaim. Partimos para uma caçada de vários dias e seguimos as pistas do tigre até as montanhas de lá. Nós o encontramos bebendo água num pequeno poço. Ele ergueu os olhos, mas não atacou. Não prestou a menor atenção em nós e continuou a beber. "Sahib, vamos embora", disse o rapaz. "Esse tigre não pretende fazer nenhum mal ao senhor." Ele tinha razão, claro. Mas tínhamos feito todo aquele trajeto. A arma estava em minha mão. O tigre, diante de nós. Fiz pontaria e o abati com um tiro, ali mesmo. Vendi a pele do tigre por uma fortuna, a um homem em Bombaim, e ele me chamou de bravo, por causa daquilo. Mas não foi a coragem que me levou a fazer o que fiz, foi o medo.

Ele tamborila os dedos no console da lareira, diante do retrato de rosto sombrio.

– Eu não podia viver com aquela ameaça. Não podia viver sabendo que o tigre estava por ali, vagueando solto. Mas você – diz ele, sorrindo com um misto de tristeza e orgulho –, você enfrentou o tigre e sobreviveu.

Tosse várias vezes, seu peito se erguendo com o esforço. Tira um lenço do bolso e enxuga rapidamente a boca, depois torna a escondê-lo no mesmo lugar, sem deixar que eu veja a mancha que está nele, com certeza. – Para mim, chegou a hora de encarar meu tigre, olhá-lo nos olhos e ver qual de nós sobrevive. Voltarei para a Índia. Seu futuro, cabe a você modelar. Vou preparar sua avó para o escândalo de sua atitude.

– Obrigada, papai.

– Sim, bem – diz ele. – E agora, se não se importa, gostaria de dançar com minha filha, por ocasião de seu *début*.

Oferece seu braço e o pego.

– Gostaria muito de fazer isso.

Entramos no grande círculo contínuo de dançarinas. Algumas deixam a pista, cansadas e tontas; outras acabaram de chegar. Estão ansiosas para ostentar sua nova condição de damas, para desfilar de um lado para o outro e serem louvadas até verem a si mesmas com novos olhos. Os pais estão radiantes com suas filhas, achando-as perfeitas flores que necessitam da proteção deles, enquanto as mães observam das margens, certas de que este momento é um feito delas. Criamos as ilusões de que precisamos para seguir em frente. E, um dia, quando elas não deslumbram nem confortam mais, nós as derrubamos, um tijolo brilhante após o outro, até não nos restar nada, a não ser a luz forte da honestidade. A luz é libertadora. Necessária. Aterrorizante. Ficamos nus e esvaziados diante dela. E, quando é excessiva e nossos olhos não a suportam, construímos uma nova ilusão, para nos proteger da sua implacável verdade.

Mas as moças! Seus olhos brilham com o sonho febril de tudo o que poderão se tornar. Dizem a si mesmas que isto é o começo de tudo. E quem sou eu para dizer que não é?

– Gemma! Gemma!

Felicity empurra a multidão para passar, com sua aborrecida dama de companhia lutando para acompanhá-la, enquanto as viúvas tituladas observam desaprovadoramente. Faz apenas uma hora que ela debutou e já as deixa inteiramente perturbadas. E, pela primeira vez em muitos dias, eu sorrio.

— Gemma — diz Felicity, quando chega onde estou. — Suas palavras se atropelam, numa torrente de excitação. — Você está linda! Gosta de meu vestido? Elizabeth cambaleou um pouco... você viu? A rainha estava magnífica, não estava? Fiquei aterrorizada. Você também?

— Profundamente — digo. — Achei que ia desmaiar, afinal.

— Recebeu o telegrama de Ann? — pergunta Felicity.

Recebi um lindo telegrama de Ann, esta manhã mesmo, desejando-me sorte. Dizia:

ENSAIOS ESTÃO MARAVILHOSOS PONTO ALEGRIA EMOCIONANTE PONTO MUITA SORTE EM SUA MESURA PONTO DA AMIGA ANN BRADSHAW

— Recebi. Ela deve ter gasto com ele seus futuros salários.

— Quando acabar a temporada social, vou para Paris com minha mãe e Polly e depois continuarei lá.

— E Horace Markham? — pergunto, com cautela.

— Bem — começa ela. — Eu o procurei. Por conta própria. E lhe disse que não o amava, não queria casar-me com ele e que eu daria uma esposa medonha. E sabe o que ele me disse?

Balanço a cabeça.

Os olhos dela se arregalam.

— Ele disse que também não queria casar-se comigo. Já imaginou? Fiquei um tanto magoada.

Rio um pouco, minha primeira risada. Soa estranha, quase um choro.

— Paris, então. O que vai fazer lá?

— Ora, Gemma — diz ela, como se eu não soubesse nada e jamais fosse saber. — É onde vivem todos os boêmios. Agora que recebi a herança, posso pintar e morar numa água-furtada. Ou talvez me torne modelo de artista — diz, deliciando-se com o fato de que isto soa escandaloso. Baixa a voz, até que ela se transforma num sussurro. — Soube que existem outras como eu lá. Talvez eu *volte* mesmo a amar.

— Você será a sensação de Paris — digo.

Ela sorri largamente.

— Venha conosco! Poderíamos nos divertir tanto juntas!

– Acho que eu gostaria de ir para os Estados Unidos – respondo, com meu plano se formando à medida que falo. – Para Nova York.
– Que ótimo!
– É – digo, animando-me um pouco com a perspectiva. – É mesmo, não é?

Felicity segura meu braço com mais força.
– Não sei se você já soube da notícia, mas gostaria de lhe contar antes que outra pessoa lhe conte. A Srta. Fairchild aceitou o pedido de casamento de Simon. Estão noivos.

Faço um sinal afirmativo com a cabeça.
– Está certo. Desejo felicidade aos dois.
– E desejo sorte a ela. Não esqueça o que lhe digo: Simon perderá todo o seu cabelo e ficará tão gordo quanto Fezziwig, antes dos trinta anos.

Ela dá uma risadinha aguda.

Chamam para uma nova dança. Isto provoca nova excitação na multidão. A pista se enche, quando uma melodia animada dá nova vida à festa. De mãos dadas, em pé, juntas, num aperto de seda e flores, Felicity e eu observamos os dançarinos movimentarem-se como uma só pessoa. Giram em torno de si mesmos como a Terra em torno do seu eixo, suportando a escuridão, à espera do sol.

Felicity aperta minha mão e sinto uma levíssima sugestão da magia dos reinos pulsando neste contato.

– Bem, Gemma, nós sobrevivemos a tudo aquilo.
– É – digo, retribuindo o aperto. – Sobrevivemos.

## Capítulo
## setenta e três

Na sexta-feira, Thomas e eu acompanhamos papai a Bristol, onde o *HMS Victoria* aguarda, pronto para levá-lo para casa, na Índia. O cais está cheio de viajantes bem-vestidos – homens com ternos da melhor qualidade, senhoras com chapéus de abas largas para se proteger do raro sol inglês, que hoje fez a todos o favor de brilhar forte. As pranchas estão entulhadas com malas amarradas com cordéis, tendo nelas outros destinos carimbados. Servem como um testemunho de que a vida é um constante batimento cardíaco, pulsando em toda parte ao mesmo tempo, e não passamos de uma pequena parte desse eterno fluxo e refluxo. Imagino onde está Ann neste momento. Talvez em pé no centro do palco do Gaiety, pronta para seguir por um caminho onde nada é certo e ela pode ser quem desejar. Eu gostaria muito de vê-la nessa vida nova.

    Papai falou com vovó sobre minha decisão. Ela está escandalizada, claro, mas está feito. Irei para a universidade. Depois, terei para viver uma modesta pensão, administrada por Tom, que fez o possível para convencer vovó de que não cairei em ruína nas ruas. Mas se desejo verdadeiramente a independência, precisarei trabalhar. Uma coisa sem precedentes. Uma mancha negra. Porém, descubro que estou entusiasmada com a perspectiva de ter meus próprios objetivos e ganhar meu próprio sustento. De qualquer modo, é o preço de minha liberdade, então vou pagá-lo.

    Papai está usando seu terno branco favorito. Não está confortável como poderia; sua magreza é excessiva. Mas, de qualquer forma, sua figura se destaca. Ficamos no cais, nos despedindo, enquanto as pessoas passam se empurrando, num fluxo de excitação.

    – Boa viagem, papai – diz Tom.

    Ele e papai apertam-se as mãos, desajeitadamente.

– Obrigado, Thomas – diz papai, tossindo. Precisa esperar que acabe o espasmo, para poder tornar a falar. – Até o Natal.

Tom baixa o olhar para seus pés.

– Sim. Claro. Até o Natal.

Abraço papai. Ele me segura um pouco mais demoradamente do que o habitual, e posso sentir suas costelas.

– Obrigado por vir despedir-se de mim, querida.

– Escreverei para você – digo, tentando não chorar.

Ele me solta com um sorriso.

– Então, esperarei ansiosamente por suas cartas.

O apito do navio soa alto, gravemente. Camareiros de bordo erguem suas vozes, fazendo a chamada final para os passageiros embarcarem. Papai sobe a prancha e segue vagarosamente até a beirada do navio, em meio a uma multidão de outros viajantes que acenam adeuses. Fica em pé, empertigado, com as mãos na balaustrada, o rosto voltado para a frente. O sol, grande lanterna mágica, lança sua luz ilusória e pega o rosto de meu pai de tal modo que não vejo nele rugas, palidez nem tristeza. Não vejo a sombra do que virá instalada nas cavidades embaixo de seus olhos, afinando devagar os planos das suas bochechas. Há algumas ilusões das quais ainda não estou preparada para abrir mão.

Quando o navio se afasta lentamente e segue para o mar ofuscante, vejo-o como desejaria: saudável, forte e feliz, com um sorriso que é uma animada e reluzente promessa de novos tempos, seja lá o que possam trazer.

O casamento de Mademoiselle LeFarge deverá ocorrer na última sexta-feira de maio. Volto um dia antes, na quinta, e carrego minha mala para meu antigo quarto. As árvores estão com tamanha cobertura de folhas que não posso mais ver daqui o lago e a casa dos barcos. Uma sugestão de cor se agita na hera, embaixo de minha janela. Abro o caixilho e estendo a mão para baixo. É um fragmento do pano vermelho. O sinal de Kartik para mim. Arranco-o, soltando-o, e o enfio na cintura da minha saia.

Uma nova turma de homens está trabalhando duro na Ala Leste. O torreão toma uma bonita forma. Não é mais uma ferida, mas também ainda não se tornou inteira. Está num meio-termo e, com isto, sinto uma afinidade com ela. A porta para os reinos está fechada neste momento, dando a todas nós tempo para pensar, para fazer uma avaliação. Quando eu voltar da universidade, nós – as tribos dos reinos, minhas amigas, Fowlson, Nightwing e eu, e todos os que quiserem se fazer ouvir – trabalharemos juntos para elaborar uma espécie de Constituição, um documento e um governo para guiar os reinos.

Não que importe muito, no que me diz respeito. Parece que, de forma um tanto parecida com o cabelo vermelho rebelde e uma pele que ganha sardas, a capacidade para entrar nos reinos faz parte da minha pessoa. Então, numa linda última quinta-feira de maio, sento-me em minha velha cama, em meu quarto na Spence, e faço aparecer a porta de luz.

Os reinos não são o lugar impressionante de que me lembro em meus primeiros tempos aqui; também não são um lugar de medo. Apenas um lugar que acabei conhecendo e gostaria de conhecer mais.

A Górgona está no jardim, içando de volta para sua posição o arco de prata que conduz à caverna. Ele está maltratado, mas não se quebrou.

– Altíssima – chama ela. – Uma ajuda seria muito apreciada.

– Certamente – digo, puxando do outro lado.

Empurramos até o arco ficar preso no chão. Ele oscila por um momento e depois se firma.

– Quero ver Philon – digo.

– Minhas pernas estão fracas, por causa de anos na prisão – diz ela, encostando-se numa árvore, em busca de apoio. – Mas meu espírito é forte. Venha, eu a levarei lá.

Conduz-me até o rio e o barco que foi sua prisão durante séculos. Recuo.

– Não. Eu não poderia pedir-lhe que torne a se unir a esse barco horroroso.

Ela arqueia uma sobrancelha.

– Pretendia apenas governar o barco.

– Sim – digo, acalmando-me. – Vá em frente.

A Górgona pega no leme como uma verdadeira capitã e estabelece o rumo para o local onde vive o povo da floresta. Atravessamos o nevoeiro dourado e deixo que ele me cubra com salpicos que parecem joias. Alguns caem também sobre a Górgona. Ela os tira, com sacudidelas. A margem está à vista. Não é mais verdejante, como antigamente. O dano causado pelas criaturas foi grande. Árvores queimadas se erguem como frágeis palitos de fósforo e a terra está dura como couro. Muitas das pessoas da floresta partiram. Mas crianças ainda riem e brincam ao longo da margem. O espírito delas não é vencido com facilidade.

Várias crianças se aproximam timidamente da Górgona. Estão curiosas com a grande giganta verde que caminha a passos largos por sua terra. A Górgona se vira rapidamente na direção deles, deixando que suas cobras silvem e se movimentem bruscamente. As crianças fogem correndo e gritando, com uma mistura de pavor e prazer.

– Era preciso isso? – pergunto.

– Já lhe disse. Não sou maternal.

Encontramos Philon inspecionando a construção de cabanas. Mas não é apenas o pessoal da floresta que ergue vigas e martela telhados. Estão lado a lado dos Intocáveis, das ninfas, de vários trocadores de forma. Bessie Timmons carrega água, forte e segura. Uma moça trocadora de forma a acompanha, admirando sua força. Vejo até uma das criaturas das Terras Invernais espalhando com uma escova piche reluzente nos telhados. Na floresta há também figuras de todos os tipos; todas as criaturas que se possa imaginar; mortais também. Asha oferece água à Górgona, que a bebe e devolve o copo, pedindo mais.

– Sacerdotisa! – saúda-me Philon, apertando minha mão. – Veio ocupar seu lugar ao nosso lado?

– Não – digo. – Vim apenas me despedir, por algum tempo.

– Quando voltará?

Balanço a cabeça.

– Ainda não sei. É hora, para mim, de ocupar meu lugar no mundo – em meu próprio mundo. Vou para Nova York.

– Mas você faz parte dos reinos – lembra-me Philon.

– E eles sempre farão parte de mim. Cuide das coisas. Temos muito a discutir, quando eu voltar.

– O que a faz pensar que discutiremos?

Dou a Philon um olhar de quem sabe das coisas.

– Teremos que discutir sobre os reinos. Não me iludo pensando que tudo correrá suavemente.

– Mais tribos souberam. Virão conferenciar conosco.

– Ótimo.

Philon estende a mão para dentro das folhas queimadas e as sopra. Elas sobem em espiral e se agitam, até formarem uma imagem da Árvore de Todas as Almas. A imagem dura apenas um instante.

– A magia está na terra, novamente. No devido tempo, voltará centuplicada.

Faço um sinal afirmativo com a cabeça.

– Talvez a visitemos um dia, em seu mundo. Seu mundo não ficaria mal com um pouco de magia.

– Eu gostaria – respondo. – Mas você vai se comportar, não é? Nada de pegar mortais para servirem de brinquedos.

Os lábios de Philon se retorcem num enigmático sorriso.

– Você iria atrás de nós?

Faço que sim com a cabeça.

– Iria, sim.

A criatura estende uma das mãos.

– Vamos continuar amigos.

– Sim, amigos.

A Górgona me acompanha até as Terras Limítrofes.

– Receio que terei de fazer o resto desta viagem sozinha – digo.

– Como quiser – diz ela, com uma mesura.

Suas serpentes dançam em torno da sua cabeça, numa alegre auréola. Ela não tenta seguir-me, mas também não vai embora. Deixa que eu me afaste dela. Quando passo para dentro das Terras Invernais não a vejo mais, mas continuo, de alguma forma, a sentir sua presença.

Minúsculas flores brotaram nos galhos da árvore. Suas cores desafiadoras atravessam a casca cheia de nós. A árvore volta a florescer. A terra não é o que era antes. É estranha, nova e desconhecida. Pulsa com uma magia diferente, nascida da perda e do desespero, do amor e da esperança.

Apoio minha face na Árvore de Todas as Almas. Por baixo da casca, seu coração bate seguro e forte contra meu ouvido. Estendo os braços em volta da árvore, o máximo que posso. Onde caem minhas lágrimas, a casca ganha um brilho prateado.

A pequena Wendy se aproxima, timidamente. Sobreviveu. Está pálida e magra, e tem os dentes mais afiados.

– É linda – diz, admirando a majestade da árvore com seus dedos.

Afasto-me, enxugando os olhos.

– É, sim.

– Às vezes, quando o vento sopra entre as folhas, ele parece dizer seu nome. É como um suspiro – diz ela. – O som mais lindo que já ouvi.

Uma brisa suave passa então pelos galhos e eu o ouço, suave e baixo, como uma prece murmurada – *Gem-ma, Gem-ma* –, e depois as folhas se curvam para baixo e passam dedos delicados por minhas faces frias.

– Wendy, infelizmente não posso ajudar você a atravessar, porque comeu as amoras. Terá de ficar nos reinos – digo-lhe.

– Sim, senhorita – diz ela, e não parece triste. – Bessie e eu vamos ficar, tentando fazer as coisas funcionarem. Posso mostrar-lhe uma coisa? – pergunta Wendy.

Pega minha mão e me leva até o vale onde recentemente nosso combate foi travado. Em meio às extensões de neve transformada em gelo, crescem plantas inesperadas. Suas raízes escavam profundamente o gelo, crescem apesar dele.

– Diga-me o que vê – fala Wendy.

– Belos brotos estão aparecendo. Como se fosse o início da primavera. Foi você quem plantou isso?

Ela sacode a cabeça.

– Só fiz esta – diz, e toca com os dedos uma planta alta com folhas grossas, achatadas e vermelhas. – Pus minhas mãos na terra e foi como se eu sentisse a magia ali, esperando. Pensei na planta e ela cresceu. Depois, foi como se ela assumisse o controle e o resto veio por conta própria. Já é um começo, não é?

– Sim – digo.

O vale se estende, longo, até a distância, uma mistura de cor e gelo. A terra ferida luta para renascer. É um começo muito bom.

Um homem se aproxima de mim, timidamente, com seu chapéu na mão. Seu terror aparece nas pernas trêmulas e nos olhos que vasculham tudo.

– Perdão, mas me disseram que a senhorita é quem me ajudará a atravessar para o próximo mundo.

– Quem lhe disse isso?

Seus olhos se arregalam.

– Uma criatura aterrorizadora, com a cabeça cheia de cobras!

– Não deve ter medo dela – digo, pegando a mão do homem e conduzindo-o na direção do rio. – Ela é mansa como uma gatinha. Na certa, lamberia sua mão, se tivesse a oportunidade.

– Não me pareceu inofensiva – sussurra o homem, tremendo.

– É, bem, as coisas nem sempre são o que parecem, senhor, e precisamos aprender a julgar por nós mesmos.

Aqueles que precisam de minha ajuda aparecem aqui e acolá. Um deles quer dizer à sua esposa que a ama, como nunca pôde fazer em vida; aquela outra lamenta uma desavença que teve com a irmã, um ressentimento que guardou até o fim; ainda outra, uma moça de talvez dezoito anos, está assustada – não consegue afastar-se do passado com tanta facilidade.

Ela agarra meu braço, com força.

– É verdade o que eu soube, que não preciso atravessar? Que há um lugar onde poderia continuar vivendo?

Seus olhos estão arregalados com uma esperança desesperada, insuflada pelo medo.

– É verdade – respondo. – Mas não sem um preço a pagar. Tudo tem seu preço.

– Mas o que será de mim, quando atravessar o rio?

– Não sei. Ninguém sabe.

– Ah, pode dizer-me que caminho tomar, por favor?

– Não posso escolher por você. É uma escolha que só você pode fazer.

Seus olhos se enchem de lágrimas.

– É tão duro.

– Sim, é – digo, e pego sua mão, pois esta é toda a magia que consigo convocar.

No fim, ela escolhe ir – se eu a acompanhar até o outro lado do rio na embarcação governada pela Górgona. É minha primeira viagem desse tipo, e sinto o coração acelerar. Quero saber o que há para além do que já vi. Quanto mais nos aproximamos da margem, mais brilhante ela fica, até eu ter de virar a cabeça para o outro lado. Ouço apenas o suspiro da moça, de quem entende. Sinto a barcaça ficar mais leve e sei que ela se foi.

Meu coração está pesado quando a embarcação se vira e volta. As suaves lambidas da correnteza do rio não passam dos nomes sussurrados do que se perdeu: minha mãe, Amar, Carolina, Mãe Elena, Srta. Moore, Srta. McCleethy e algumas partes de mim mesma que não terei de volta.

Kartik. Pisco os olhos com força, para impedir que as lágrimas escorram.

– Por que tudo tem de chegar a um fim? – pergunto, baixinho.

– Nossos dias são todos numerados no livro dos dias, Altíssima – murmura a Górgona, enquanto o jardim torna a aparecer. – É isso que lhes dá doçura e finalidade.

Quando volto ao jardim, uma brisa suave sopra pelo olival. Ela cheira a mirra. Mãe Elena se aproxima, com seu medalhão brilhando contra sua blusa branca.
– Gostaria de ver minha Carolina agora – diz ela.
– Ela está à sua espera do outro lado do rio – digo.
Mãe Elena sorri para mim.
– Você agiu bem.
Põe uma das mãos em minha face e diz alguma coisa em romani, a língua dos ciganos, que não entendo.
– É uma bênção?
– Apenas um ditado: o mundo espera aqueles que querem ver.
A barcaça flutua, pronta para transportar Mãe Elena até o outro lado do rio. Ela canta uma espécie de canção de ninar. A luz aumenta, banhando-a com seu brilho, até eu não saber mais onde acaba a luz e ela começa. Depois, ela se vai.
*O mundo espera aqueles que querem ver.* Parece muito mais do que um ditado. E talvez seja.
Talvez seja uma esperança.

# Capítulo
## setenta e quatro

Espero algum tempo para falar em particular com a Sra. Nightwing. Às três e cinco, a porta do quarto dela se abre, dando-me entrada ao gabinete interno. Lembro-me do primeiro dia em que cheguei à Spence, com meu vestido negro de luto, perdida e dominada pela dor, sem um amigo no mundo. Quanta coisa aconteceu desde então. A Sra. Nightwing entrelaça as mãos em cima da sua escrivaninha e olha para mim por cima do alto dos seus óculos.

– Queria falar comigo, Srta. Doyle?

Boa e velha Sra. Nightwing, tão constante quanto a Inglaterra.

– Sim – começo.

– Bem, espero que seja rápida. Preciso substituir duas professoras, agora que Mademoiselle LeFarge vai se casar e a Srta. McCleethy... agora que Sahirah... – Não conclui, e pisca os olhos. Seus olhos ficam avermelhados.

– Sinto muito – digo.

Ela fecha os olhos por um rapidíssimo instante, com os lábios tremendo muito de leve. E então, como uma nuvem escura que apenas ameaça chuva, tudo passa.

– O que deseja, Srta. Doyle?

– Ficarei muito grata por sua ajuda na questão dos reinos – digo, empertigando-me.

As faces da Sra. Nightwing se avermelham com um verdadeiro rubor.

– Não vejo que assistência eu poderia oferecer.

– Vou precisar de ajuda na manutenção da porta e de uma vigilância no local, especialmente enquanto estiver fora.

Ela faz sinais afirmativos com a cabeça.

– Sim. Sem dúvida.

Pigarreio.
– E a senhora pode fazer mais uma coisa. Trata-se da Spence. E das meninas. – Ela ergue uma sobrancelha e a impressão é de um tiro. – A senhora poderia realmente educá-las. Poderia ensinar-lhes a pensar por si mesmas.

A Sra. Nightwing não se mexe, a não ser os olhos, que ela estreita até se tornarem meras fendas suspeitosas.

– Está brincando, não é?
– Pelo contrário, jamais falei tão sério.
– As mães delas ficarão muitíssimo alegres ao saber disso – resmunga ela. – Sem dúvida, acorrerão às nossas portas em bandos.

Bato meu punho em cima da escrivaninha, fazendo chacoalhar a xícara de chá da Sra. Nightwing e a própria Sra. Nightwing, nesta ordem.

– Por que nós, moças, não podemos ter os mesmos privilégios que os homens? Por que nos policiamos com tanta severidade, rebaixando umas às outras com observações ferinas ou nos abstendo da grandeza, com um escudo feito de medo, vergonha e anseios? Se primeiro não nos considerarmos merecedoras, como pediremos mais algum dia?

"Vi o que um punhado de moças pode fazer, Sra. Nightwing. Elas podem deter um exército, se necessário, então não me diga, por favor, que não é possível. Um novo século está alvorecendo. Sem dúvida, podemos dispensar alguns bordados, em favor de mais livros e ideias mais grandiosas."

A Sra. Nightwing está tão imóvel que receio ter feito seu coração parar com minha explosão. Sua voz, normalmente autoritária, vem como apenas um grasnido:

– Perderei todas as minhas meninas para a Sra. Pennington.

Dou um suspiro:
– Não, não perderá. Só as patetinhas vão para a escola da Penny.
– Muito indelicado, Srta. Doyle – diz a Sra. Nightwing, com irritação. Põe a xícara de chá no lugar exato do pires. – E a senhorita? Vai abrir mão da temporada social por uma universidade nos Estados Unidos. Está mesmo preparada para dar as costas a todo esse privilégio e poder?

Penso naquelas senhoras com seus vestidos rígidos e sorrisos forçados, disfarçando sua fome com chá fraco, esforçando-se o mais que podem para se encaixarem num mundo tão estreito, com um medo desesperado de que as vendas escorreguem e elas acabem vendo o que tinham escolhido não ver.

– Privilégio nem sempre é poder, não é?

A Sra. Nightwing faz um lento sinal afirmativo com a cabeça.

– Eu lhe darei toda assistência nos reinos. Pode contar com isso. Quanto à outra questão, exigirá mais reflexão do que posso fazer em torno dela, no momento. O sol ainda reina no céu e tenho uma escola cheia de meninas esperando minhas instruções e cuidados. Tenho meus deveres, também. Há outro assunto para discutir, ou é só isso, por hoje?

– Só isso. Muito obrigada, Sra. Nightwing.

– Lillian – diz ela, tão baixinho que quase não ouço.

– Obrigada... Lillian – digo, saboreando seu nome em minha língua como se fosse um exótico *curry* novo.

– De nada, Gemma. – Ela folheia alguns papéis em cima de sua escrivaninha e os prende embaixo de uma caixa de prata, mas logo torna a tirá-la e a folhear os papéis. – Ainda está aqui?

– Está bem – digo, levantando-me depressa.

Em minha pressa para chegar à porta, quase derrubo a cadeira.

– O que foi que você disse sobre a escola da Srta. Pennington? – pergunta ela.

– Só as patetinhas vão para a Penny?

Ela faz um sinal afirmativo com a cabeça.

– Sim, foi essa a frase. Bem. Tenha um bom dia, então.

– Bom-dia.

Ela não ergue o olhar nem me acompanha até a saída. Não dei mais de alguns passos para fora do gabinete da Sra. Nightwing, quando a ouço repetir para si mesma: "Só as patetinhas vão para a Penny." Segue-se a isso um som muito estranho, que começa baixo e vai ficando alto. Uma risada. Não, não uma risada – uma pequena gargalhada aguda, cheia de animação e alegre travessura, prova de que nunca perdemos nossos "eus" infantis, não importa que tipo de mulheres nos tornemos.

A manhã seguinte começa rósea e cheia de esperança e se suaviza num glorioso dia de final de primavera. Os ondulantes campos verdes atrás da Spence ganharam vida com explosões de jacintos e luminosas flores amarelas. O ar está perfumado por lilases e rosas. O cheiro é celestial. Faz cócegas em meu nariz e deixa minha cabeça leve. Nuvens se movimentam ociosamente no horizonte. Acho que nunca vi, em minha vida, uma paisagem tão bela, nem mesmo nos reinos. Mademoiselle LeFarge terá um esplêndido dia de núpcias.

Falta uma boa meia hora para o casamento, e Felicity e eu a passamos no jardim, colhendo flores silvestres pela última vez juntas. Ela me fala de seu novo conjunto de calças, que jura ter encomendado em Paris.

– Pense nisso, Gemma... jamais voltar a usar uma anágua nem um espartilho. Isso é liberdade – diz, sacudindo uma margarida pelo talo para enfatizar suas palavras.

Puxo uma rosa de seu ninho de folhas e a enfio com cuidado em meu saco.

– Na cidade só se falará de você; com toda certeza.

Ela dá de ombros.

– Que falem. Vou viver minha vida, não a deles. Agora tenho minha herança. E talvez, com o tempo e com minha influência, as damas de calças se tornem a última moda.

Ainda não tenho coragem suficiente para abandonar minhas saias, mas sei que Felicity usará suas calças com elegância. Com um sorriso perverso, ela enfia a mão em seu saco e atira um punhado de flores misturadas em cima de mim. Como não quero ficar atrás, atiro-lhe várias. Ela retribui, e logo vem a guerra.

– Quer se comportar? – digo, mas estou rindo.

Uma risada verdadeira.

– Só se você também se comportar.

Felicity dá risadinhas, pegando mais um punhado.

– Trégua! – grito.

– Trégua.

Estamos cobertas de flores, mas nossos sacos ficaram quase vazios. Tentamos salvar o que podemos. As flores estão amassadas, mas seu cheiro é divino. Pego no chão uma rosa pisada e a prendo em minha boca.

– Viva! – sussurro, e ela floresce, num majestoso tom de rosa, em minha mão.

Felicity dá um sorriso de desdém.

– Você sabe que não vai durar, Gemma. As flores morrem. É o que elas fazem.

Faço um sinal afirmativo com a cabeça.

– Mas não imediatamente.

Na colina, tocam os sinos da capela, chamando-nos aos nossos deveres. Felicity limpa as manchas de sujeira da saia com um rápido movimento de espanar, com as duas mãos.

– Malditos casamentos – resmunga.

– Ah, fique feliz. Que tal estou?

Ela mal me observa.

– Está parecida com a Sra. Nightwing. É o resultado de se tornar sua amiga.

– Mas que amável – suspiro.

Felicity tira uma pétala de meu cabelo. Inclina a cabeça, examinando-me. Os cantos de sua boca viram-se levemente para cima.

– Sua aparência é exatamente a de Gemma Doyle.

Decido que se trata de um elogio.

– Obrigada.

– Vamos? – pergunta ela, oferecendo-me seu braço.

Passo o meu no dela e a sensação é boa, de segurança.

– Vamos.

É um lindo casamentinho. Mademoiselle LeFarge está resplandecente, num conjunto de crepe azul da mesma cor das safiras. Nós, moças, tínhamos esperado um traje adequado para uma rainha – rendas, laçarotes e uma cauda tão comprida quanto o Tâmisa –, mas a noiva insistiu que uma mulher com sua idade e seus recursos não deve dar-se ares de grandeza. No fim, provou ter razão. O conjunto é perfeito e o inspetor a olha radiante, como se ela fosse a única mulher do mundo. Fazem seus juramentos e o reverendo Waite faz sinal para que nos levantemos.

– Damas e cavalheiros, apresento-lhes o Sr. e a Sra. Stanton Hornsby Kent.

– Não vejo o motivo para ela abrir mão de seu nome – resmunga Felicity, mas o repentino gorjeio desafinado do órgão, que toca um hino, abafa sua voz.

Seguimos o feliz casal, atravessamos as portas da capela e chegamos à carruagem à espera, providenciada pela Sra. Nightwing. Brigid assoa o nariz com força em seu lenço.

– Sempre choro em casamentos – diz, com uma fungada. – Não foi lindo?

E temos de concordar que foi.

O inspetor e sua nova esposa não escaparão incólumes. Com risadas e gritos de "Boa sorte!", jogamos nossas flores de laranjeira.

Eles recebem uma chuva de flores com um cheiro doce. A carruagem leva-os pela estrada de terra que parte da capela, e corremos atrás dela, jogando nossas pétalas ao vento e observando-as flutuar na primeira promessa estonteante de verão.

O sol banha minhas costas de calor. A poeira levantada pelas rodas da carruagem rodopia em cima da estrada, enquanto algumas das meninas mais novas ainda tentam acompanhá-la. Minhas mãos estão manchadas com o perfume pungente das flores de laranjeira. Tudo me lembra que, no momento, não estou entre mundos. Estou bem firmemente aqui, neste caminho poeirento que serpeia pelos jardins floridos e bosques até o topo da colina e desce novamente para as estradas que levam as pessoas para onde devem viajar.

E, por enquanto, não desejo estar em nenhuma outra parte.

# Capítulo
## Setenta e Cinco

A VIAGEM PARA OS ESTADOS UNIDOS NÃO É FÁCIL. Os ventos são fortes. O navio – e meu estômago – é sacudido por ondas que nem mesmo minha magia consegue domar. Sou lembrada de que há limites para meu poder e algumas circunstâncias devem ser toleradas com tanta graça quanto se possa convocar, mesmo que isto signifique passar vários dias numa infelicidade abjeta, agarrando uma panela como se fosse um salva-vidas. Mas os mares acabam por se acalmar. Consigo tomar aos golinhos a mais gloriosa tigela de sopa que já provei. E, por fim, as gaivotas se agitam lá no alto em círculos preguiçosos, assinalando que a terra está próxima. Como todos os demais, corro ao convés para dar uma olhada no futuro.

Ah, Nova York. É a cidade mais maravilhosa – deliciosamente espalhada e cheia de uma energia que posso sentir mesmo daqui. Os próprios prédios parecem vivos. Não são arrumados e cuidados como em Mayfair; em vez disso, são uma miscelânea descasada de tijolos, alvenaria e humanidade, empurrando-se uns contra os outros num ritmo estranho e maravilhoso, sincopado – um novo ritmo, em que anseio entrar.

Pais colocam em seus ombros as filhas de aventalzinho e os filhos vestidos de marinheiro, para que possam ver tudo. Uma menininha que parece uma anã, por causa de uma enorme fita no cabelo, aponta para a frente, entusiasmada:

– Papai! Veja!

Ali no porto da cidade, manchada de vapor e fumaça, está a visão mais extraordinária de todas: uma imensa dama vestida de cobre, com uma tocha numa mão e um livro na outra. Não é um estadista, um deus ou um herói de guerra quem nos acolhe neste novo mundo. Apenas uma mulher comum ilumina o caminho – uma dama que nos oferece a liberdade para tentar realizar nossos sonhos, se tivermos a coragem de começar.

Quando sonho, é com ele.

Já faz várias noites que ele me vem, acenando de uma praia distante, como se estivesse pacientemente à espera da minha chegada. Ele não pronuncia uma só palavra, mas seu sorriso diz tudo. *Como vai? Senti sua falta. Sim, está tudo bem. Não se preocupe.*

Onde ele está, em pé, as árvores se acham em pleno florescimento, resplandecem com flores de todas as cores imagináveis. Partes do solo ainda estão crestadas e pedregosas. Há extensões duras, despidas, onde talvez nunca mais cresça nada. Difícil dizer. Mas, em outros locais, minúsculos brotos verdes lutam e chegam à superfície. Uma fértil terra negra suaviza a superfície das coisas.

Kartik pega uma vara e escava o suave solo novo. Ele está fazendo alguma coisa, mas ainda não sei o que é. As nuvens mudam. Raios de sol espiam em meio a elas e agora posso ver o que ele desenhou. É um símbolo: duas mãos entrelaçadas, rodeadas por um círculo perfeito e ininterrupto. Amor. O dia vai libertando-se. Banha tudo com uma luz feroz. Kartik vai sumindo de vista.

*Não!*, grito. *Volte!*

*Estou aqui,* diz ele.

Mas não posso ver. A luz é forte demais.

*Você não pode deter a luz, Gemma. Estou aqui. Confie em mim.*

A água lambe a margem do rio, apagando as beiradas, até não sobrar mais nada. Mas eu vi. Sei que está ali. E, quando acordo, o quarto está branco com o sol matinal. A luz é tão brilhante que incomoda meus olhos. Mas não ouso fechá-los. Não os fecharei. Em vez disso, tento ajustar-me ao amanhecer, deixando que as lágrimas caiam onde quiserem, porque a manhã chegou; a manhã chegou e há tanta coisa para ver.

Impresso na Gráfica JPA